연세대국학총서 **82**

한국의 근대신문과 근대소설
1_대한매일신보

A Study on the Modern Korean Narratives and Newspapers 1

저자 **김영민**(金榮敏; Kim, Young Min)은 연세대학교 국어국문학과와 같은 학교 대학원을 졸업했다. 문학박사·문학평론가이다. 전북대학교 조교수와 미국 하버드대학교 옌칭연구소 객원교수, 일본 릿교대학교 교환 연구교수를 지낸 바 있다. 연세대학교 학술상과 한국백상출판문화상 저작상을 수상하였다. 그 동안 지은 책으로는 『한국문학비평논쟁사』(한길사, 1992), 『한국근대소설사』(솔출판사, 1997), 『한국근대문학비평사』(소명출판, 1999), 『한국현대문학비평사』(소명출판, 2000), 『한국 근대소설의 형성 과정』(소명출판, 2005) 등이 있다.

연세대국학총서 **82**

한국의 근대신문과 근대소설 − 1_대한매일신보

1판 1쇄 인쇄 2006년 8월 20일
1판 1쇄 발행 2006년 8월 30일

지은이 / 김영민
펴낸이 / 박성모
펴낸곳 / 소명출판
출판고문 / 김호영
등록 / 제13-522호
주소 / 137-878 서울시 서초구 서초동 1621-18 (란빌딩 1층)
대표전화 / (02) 585-7840
팩시밀리 / (02) 585-7848
somyong@korea.com / www.somyong.com

ⓒ 2006, 김영민

값 28,000원

ISBN 89-5626-220-9 93810

연세대국학총서 82

한국의 근대신문과 근대소설
1_대한매일신보

A Study on the Modern Korean Narratives and Newspapers 1

김영민

새로운 매체의 탄생은 새로운 문화의 탄생을 의미한다. 매체는 그 자체가 문화의 일부이면서, 당시대의 문화를 바꾸는 선도적 역할을 한다. 매체는 문화의 형식을 바꿀 뿐만 아니라, 그 내용에까지 영향을 미친다. 한국 근대신문의 탄생은 한국 근대문학의 형식과 내용에 적지 않은 영향을 미쳤다.

이 책은 한국의 근대신문에 수록된 서사 자료들을 통해 한국 근대소설의 정체성을 살펴보려는 의도 아래 기획 집필한 것이다. 이 책에서는 『대한매일신보』와 한국 근대소설의 관계를 정리하였다. 『대한매일신보』는 1904년 7월 18일 창간되어 한일병합 직전인 1910년 8월 28일까지 간행되었다. 『대한매일신보』에는 대략 120여 편의 서사문학 자료가 실려 있다. 『대한매일신보』는 우리나라 사람들이 발행한 신문 가운데서는 최초로 창작 '소설'란을 마련해 서사 자료를 수록했던 신문이다. '신소설'란을 마련해 작품을 연재한 것도 『대한매일신보』가 처음이다. 이런 점들만으로도 『대한매일신보』 소재 서사 자료를 통해 한국 근대소설의 정체성을 밝히려는 본 연구는 나름대로 의미가 있을 것이다.

제1장은 한국 근대신문에 대한 연구 상황을 점검하고 한국 근대신문과 근대소설의 관계를 살펴본 것이다. 구체적으로는, 한국 근대신문에서 소설란이 등장하는 과정과 거기에 실리는 작품의 성격을 알아보고, 장단형(長短型) 소설의 양식 분류가 어떠한 과정을 거쳐 이루어지는가 하는 문제를 정리해보았다. 아울러 『대한매일신보』에 대한 연구의 현황을 정리한 후, 『대한매일신보』에 '소설'이 수록되는 과정과 그것이 다른 신문으로 전파되는 과정에 대해서도 살펴보았다.

제2장은 한국 근대소설의 정체성 문제를 집중적으로 다룬 것이다. 여기에서는 우선 『대한매일신보』의 서지를 상세히 정리한 후, 『대한매일신보』의 편집진이 가졌던 국문에 대한 관심에 대해서 논의했다. 아울러 소설란에 실린 작품들의 특질에 대해 정리했으며 이 과정에서 '소설'과 '신소설'의 관계에 대해서 생각해 보았다. 이어서 『대한매일신보』 편집진들의 문학관에 대해 살펴보고, 그들의 문학관이 실제 수록된 작품과 어떠한 연관성을 지니는가 하는 문제에 대해서 논의했다.

제3장은 『대한매일신보』의 서사문학 자료들을 다루되, 소설란 이외의 지면에 수록된 작품들을 다룬 것이다. 『대한매일신보』에는 소설란 이외에도 서사문학 자료들이 실려 있는 지면이 많다. 근대계몽기 소설의 가장 중요한 특색이 서사와 논설의 미분리에 있다는 점을 생각한다면, 이 시기 소설사의 이해를 위해서는 논설란이나 잡보란 등에 수록된 서사문학 자료들에 대한 정리 또한 필수적이다. 여기서 다룬 자료들은 대부분 길이가 길지 않은 단형 서사문학 자료들이다.

제2부 자료편에 수록한 자료들은 대부분 이 책을 집필하면서 직접 활

용한 작품들이다. 단, 지면의 한계로 인해 장형 서사 자료들보다는 단형 서사 자료를 중심으로 수록했음을 밝힌다. 장형 서사 자료 가운데 「보응」은 유일하게 〈신소설〉이라는 명칭이 붙어 있던 작품이나 그 동안 단행본으로 간행된 바 없으므로 여기에 함께 수록한다. 참고로, 저자가 이미 간행한 바 있는 『근대계몽기 단형 서사문학 자료전집』(소명출판, 2003)의 경우는 한글 자료만을 수록했으나 이 책에는 국한문 자료를 함께 수록했음을 밝혀둔다. 그렇게 하다 보니 수록 자료의 분량이 많이 늘어났다.

현재까지 학계에 공개된 근대신문 자료들은 대부분 불완전한 상태이다. 여기서 연구와 정리의 대상으로 삼은 『대한매일신보』의 경우는 비교적 원전의 보관과 전수가 잘 된 편이지만, 그 역시 구해볼 수 없는 부분들이 적지 않다. 근대 초기에 발행된 신문 자료의 복원과 그에 대한 연구는 곧 한국 근대소설의 유산을 풍부하게 하는 일로 직결된다. 한국 근대소설이 우리와 이웃한 중국 및 일본의 근대소설과는 어떠한 공통점 및 차이점을 지니고 있는지, 그것이 세계문학사 속에서 어떠한 보편성과 독자성을 지니고 있는지를 확인하는 일 또한 이를 바탕으로 계속 이루어질 수 있을 것으로 생각한다.

앞으로 '한국의 근대신문과 근대소설'이라는 제목 아래 몇 편의 글을 더 쓸 생각이다. 이런 계획을 가능하게 하는 가족과 학교, 그리고 일상에서 마주하며 학문의 길을 함께 가는 주위 분들에게 고마운 마음을 전한다. 연구 계획을 구체적으로 실천할 수 있는 계기를 만들어준 연세대학교 국학연구원에 감사드린다.

새로운 기획 의도를 이해하고 출간을 맡아준 소명출판에도 감사드린다. 언제나 정성을 다해 책을 꾸며주는 그 성의가 고마울 따름이다.

2006년 8월

김 영 민

한국의 근대신문과 근대소설
1_대한매일신보

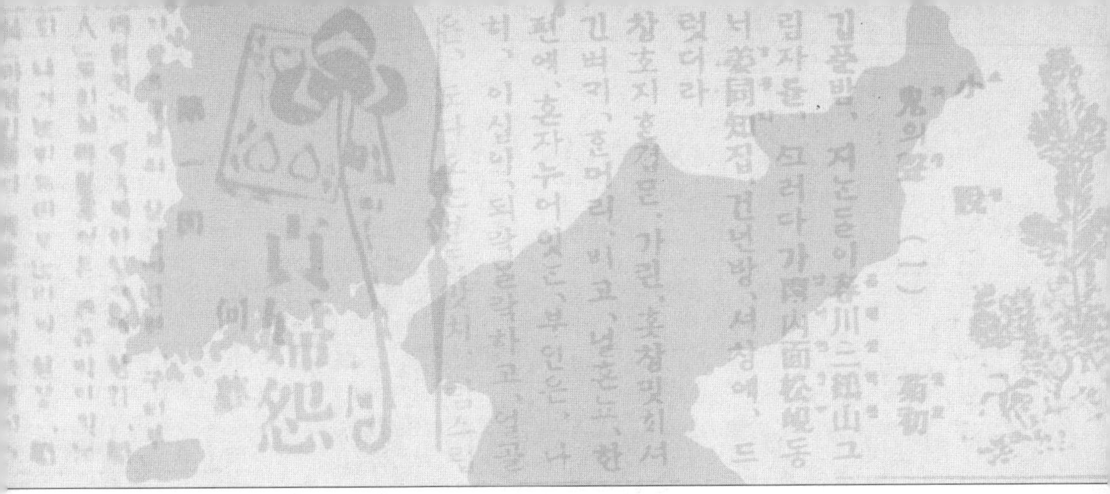

1부

연구편

제1장
한국의 근대신문과 근대소설

1. 머리말―근대신문 연구의 필요성

한국의 근대신문은 근대문학의 변화를 이끌었고, 오랜 기간 동안 그 변화의 중심에 서 있었다. 한국 근대문학 연구에서 신문에 대한 연구가 중요한 것은, 그것이 새로운 방식의 기록과 복제 그리고 신속한 유통의 중심에 서 있던 매체였기 때문이다. 근대계몽기 이후 식민지 시대를 거치는 동안 신문은 한국 근대소설을 위한 가장 안정된 발표의 장이기도 했다. 신문은 전문적 작가의 탄생을 가능하게 했고, 민족어인 한글을 정착시키는 일에도 크게 기여했으며, 이로 인해 대중 독자 집단이 생겨날 수 있었다. 그런 점에서, 신문은 한국 근대문학의 성장을 위한 가장 중요한 문화적 토대로서의 역할을 담당했던 매체라 할 수 있다. 다양한 기록 매체를 통한 작품의 존재 방식 변화 과정은 근대 이전과 근대 이후의 문학사를 구분하는 하나의 지표가 될 수 있다.

이 장의 목적은 한국 근대신문에 수록된 근대소설의 다양한 모습을 확인하고, 근대소설의 정착 과정에서 신문이 어떠한 역할을 했는가를 살펴보려는 데 있다. 구체적으로는, 한국 근대신문에서 소설란이 등장하는 과정과 거기에 실리는 작품의 성격을 알아보고, 장단형(長短型)소설의 양식 분류가 어떠한 과정을 거쳐 이루어지는가 하는 문제를 정리해 보기로 한다. 소설 양식 관련 논의에 앞서, 근대신문 자료 연구의 현황 역시 정리하려 한다.

2. 한국 근대신문 자료 연구의 현황

한국 근대신문에 대한 포괄적 연구서로는 최준의 『한국 신문사』(일조각, 1960), 이해창의 『한국 신문사 연구』(성문각, 1971), 정진석의 『한국 언론사 연구』(일조각, 1983) ·『한국 언론사』(나남출판, 1990) ·『언론조선총독부』(커뮤니케이션북스, 2005), 최기영의 『대한제국기 신문 연구』(일조각, 1991), 김민환의 『한국 언론사』(나남출판, 1996), 차배근 외 『우리신문 100년』(현암사, 2001), 그리고 리용필의 『조선신문 100년사』(김일성종합대학출판사, 1985; 나남출판, 1993) 등을 들 수 있다. 이들 저서의 공통점은 어느 특정한 신문에 대한 심층적 연구보다는 한국 근대신문의 발행 상황과 그 특질에 대한 일반적 정리를 시도하고 있다는 점이다. 이들 연구서를 통해서는 한국 근대신문의 발행 상황과 서지, 그리고 독자 집단에 대한 개괄적 지식을 얻을 수 있다.[1]

---

[1] 다음과 같은 연표 자료들도 근대신문 서지를 이해하는데 도움이 된다.
　　계훈모 편, 『한국언론연표 1881~1945』, 관훈클럽영신연구기금, 1979; 고재욱 외편, 『한

그런가 하면 윤춘병의『한국 기독교 신문·잡지 백년사』(대한기독교출판사, 1984), 이광린·유재천·김학동의『대한매일신보연구』(서강대 인문과학연구소, 1986), 정진석의『대한매일신보와 배설』(나남출판, 1987)·『독립신문·서재필 문헌 해제』(나남출판, 1996), 여증동의『부왜역적 기관지 독립신문 연구』(경상대 출판부, 1991), 김삼웅 편의『구국언론 대한매일신보』(대한매일신보사, 1998), 김유원의『100년 뒤에 다시 읽는 독립신문』(경인문화사, 1999), 수요역사연구회의『식민지 조선과 매일신보』(신서원, 2003), 한국언론사연구회의『대한매일신보 연구』(커뮤니케이션북스, 2004) 등은 특정 신문에 대한 집중적 연구서이다. 이들 연구서는 대부분 한 가지 신문을 집중적으로 분석하고 있다는 점에서 앞의 저서들과는 성격상 차이를 지닌다.

위에 제시한 자료들이 신문 자체를 연구한 성과물이라면 다음의 저서들은 한국의 근대신문과 근대문학을 함께 다룬 성과물이다. 근대신문 및 소설에 관한 초기 연구서로는 이재선의『한국 개화기 소설 연구』(일조각, 1972)와『한말의 신문소설』(한국일보사, 1975)을 들 수 있다.『한국 개화기 소설 연구』제1장에는「신소설의 발흥과 신문」이라는 제목 아래「개화기 신문의 소설 연구」라는 독립된 논문이 수록되어 있다. 이재선은 여기서, 이인직의「혈의루」에 앞서『한성신보』와『중앙신보』등에 이미 여러 편의 소설이 발표되었다는 사실을 지적하며 개화기 문학 연구에서 신문 연구의 중요성을 강조한다. 이 논문은 약간의 수정을 거쳐 다시『한말의 신문소설』(한국일보사, 1975)에 수록된다.『한말의 신문소설』은 연구 논문에 해당하는 제1부와 자료 소개에 해당하는 제2부로 나뉘어져 있다. 제1부는 '한말의 신문과 소설', '황성신문의 소설', '대한매일신보의 풍자적 희문소설', '제국신문의「혈의루」하편과 기문', '대한일보와 풍속개량 및 상업적 소설', '경남일보와 박영운의 신소설' 등의 내

___

국신문백년 사료집』, 한국신문연구소, 1975; 윤임술 편,『한국신문백년지』, 한국언론연구원, 1983.

용을 다루고 있다. 제2부에 소개되는 자료들은 「소경과 앉은뱅이 문답」, 「이태리국 아마치전」, 「청루의녀전」, 「거부오해」, 「몽조」, 「혈의루 하편」, 「이어기담」 등이다. 비록 이 책의 분량이 많지 않아 자료 정리가 본격적으로 이루어지지 못한 측면이 없는 것은 아니나, 『한말의 신문소설』이 이 분야 연구의 길을 열었다는 점에는 이의가 있을 수 없다.

　서광운의 『한국 신문소설사』(해돋이, 1993)는 개화기부터 1960년대까지의 신문과 거기에 연재 발표된 소설들을 정리 소개한 책이다. 무엇보다 이 책이 거둔 성과는 "대학의 국문학과 교수들은 연재소설이 신문에 실린 것인 만큼 이는 신방과 교수들이 정리해야 하는 것으로 미루고, 신방과 교수들은 아무리 신문에 연재됐다고 해도 소설인 만큼 국문과 교수들이 정리해야 하는 것으로 미뤄온"2) 자료들에 대해 정리했다는 점이다. 그러나 『한국 신문소설사』에 수록된 글들은 원래부터 학술적 목적으로 씌어진 것이 아니었다. 따라서 자료에 대한 언급이 단편적이며 개괄적이다.

　한국 근대문학과 근대신문을 연관시켜 본격적으로 또한 포괄적으로 다루어낸 연구자는 한원영이다. 한원영은 『한국 개화기 신문 연재소설 연구』(일지사, 1990), 『한국 근대 신문 연재소설 연구』(이회, 1996), 『한국 현대 신문 연재소설 연구』(상 · 하, 국학자료원, 1999), 『한국 신문 한세기─개화기편』(푸른사상, 2002), 『한국 신문 한세기─근대편』(푸른사상, 2004) 등 일련의 연구서를 통해 개화기부터 1990년대까지 발행된 신문과 거기에 수록된 작품들에 관해 정리하고 있다. 『한국 개화기 신문 연재소설 연구』에서는 한국 근대신문의 등장 과정 및 근대신문과 소설의 관계, 개화기라는 특수한 시대 상황이 개화기 소설에 미친 영향 등을 주로 고찰하고 있다. 구체적으로는 '개화기 신문의 등장', '개화기 신문 연재소설의 형성과 종류', '개화기 신문 연재소설의 내용과 특성' 등이 주요 목

---

2) 서광운, 『한국신문소설사』, 해돋이, 1993, 3면.

차를 이룬다.『한국 근대 신문 연재소설 연구』는『한국 개화기 신문 연재소설 연구』의 속편에 해당하는 저서이다.『한국 개화기 신문 연재소설 연구』가 대략 개항으로부터 1900년대 말에 이르는 자료를 정리하고 있다면,『한국 근대 신문 연재소설 연구』는 1910년부터 1945년에 이르는 시기 즉 식민지 시기의 신문과 문학을 정리하고 있다. '일제하의 신문', '신문 연재소설의 양상과 전개', '신문의 문예소설 현상모집' 등이 구체적 목차를 이룬다. 여기에 이어지는 책이『한국 현대 신문 연재소설 연구』이다. 여기서는 1945년 이후 약 50년에 걸쳐 발행된 신문과 거기에 연재된 소설들을 정리하고 있다. '조국의 광복과 신문', '각 신문에 연재된 소설', '신문 연재소설의 시대적 양상', '신문 연재소설의 주종', '신문 연재소설과 여류작가', '신문의 소설 현상모집' 등이 구체적 목차가 된다.『한국 신문 한세기-개화기편』과『한국 신문 한세기-근대편』은 문학 작품에 대한 논의보다는 각 신문들의 존재 양상과 특질에 대한 서술이 주를 이룬다. 하지만『한국 신문 한세기-개화기편』에는 '개화기 신문과 문학 활동'이, 그리고『한국 신문 한세기-근대편』에는 '신문의 문학 활동'이라는 항목이 있어 각 시기 신문에 실린 문학 작품들을 개관하고 있다.『한국 신문 한세기』에는 신문 발행에 관여한 인물들에 대한 정리도 함께 이루어고 있다.

양문규·김재영·최현식 외 8인의 공동 연구서인『한국 근대 서사양식의 발생 및 전개와 매체의 역할』(소명출판, 2005)은 한국 근대 서사문학 양식의 발생을 근대신문 및 잡지와 연관 지어 다룬 연구물이다. 이 책의 집필자들이 생각한 '매체'란 단순히 서사물을 수록하고 전달하는 수동적 매개체가 아니라, 서사물의 형성과 발전 과정에 구조적으로 관여하는 능동적 주체이다. 즉 매체가 문학 양식의 창조와 변화 과정에 직접적 영향을 미친다는 생각이 이들 연구의 바탕을 이루는 것이다. '1900년대 신문·잡지 미디어와 근대소설의 탄생', '근대계몽기 소설 개념의 변화', '근대계몽기 신문의 문체와 한글소설의 정착 과정', '근대계몽기

서사문학에서 민족국가의 상상력과 매체의 상관성' 등이 구체적 목차를 이룬다.

김찬기·구장률·함태영·이유미·정가람·함돈균 외 15인의 공저로 출간된 『근대계몽기 단형 서사문학 연구』(소명출판, 2005)는 근대계몽기 신문에 게재된 단형 서사물에 대한 종합적 연구서이다. 이 책에서는『독립신문』,『조선크리스도인회보』,『매일신문』,『제국신문』,『대한매일신보』,『만세보』,『경향신문』,『대한민보』 등 근대계몽기의 주요 신문에 수록된 대부분의 단형 서사문학 자료에 대한 정리가 이루어진다. '근대계몽기 단형 서사에 나타난 서사전략 연구', '근대계몽기 단편소설의 위상 연구', '근대계몽기 신문 잡지 소재 인물기사 연구', '근대계몽기 단형서 사물의 희곡적 글쓰기 연구' 등이 구체적 목차를 이룬다. 다양한 신문 자료에 대한 종합적 정리가 이 책의 성과라면, 각 논문들이 연구 방법론에서나 연구의 시각 등에서 차이를 보인다는 점을 한계로 지적할 수 있다.

이밖에 한국 근대문학을 연구하면서 부분적으로 근대신문 혹은 근대신문에 수록된 문학 작품을 연구 대상으로 삼은 저서와 논문 역시 적지 않다. 한국 개화기 문학 연구의 토대를 마련했던 전광용, 송민호 등의 연구에서부터도 이는 어렵지 않게 확인할 수 있다. 전광용이『신소설 연구』(새문사, 1986)에서 이인직을 주목하면서『만세보』에 대해 접근한 것이나, 이해조를 연구하면서『매일신보』에 대해 접근한 것은 그 예가 된다. 송민호의 경우는『한국 개화기 소설의 사적 연구』(일지사, 1975)에서 연구의 주요 대상을 신문 연재소설로 삼았다. 그가 개화기 소설의 구소설적 잔영을 밝히기 위해 거론한 「관정제호록」이나 「청루의녀전」 및 「보응」 등의 작품은 모두 당시 신문에 연재되었던 작품들이다. 개화기 한문소설의 모습을 보이기 위해 거론한 「신단공안」이나 「용함옥」 등도 신문 연재소설이었다. 이들 작품에 관한 논의는 송민호가 지녔던 근대계몽기 신문 자료에 대한 관심을 보여주기에 충분한 것이었다. 조남현 역시『한국현대소설연구』(민음사, 1987)에서 『독립신문』 등의 자료를 활용하여 논지를 전개한다. 이 책에 수록된 글들 가운데는, 「『독립신문』 논설에 비친 개화사상」, 「개화기 소설과 민요(民擾)」 등에서 근대신문의 활용도가 높다.

최근의 연구들로는 필자의 『한국 근대소설사』(솔출판사, 1997)와 『한국 근대소설의 형성 과정』(소명출판, 2005), 양진오의 『한국소설의 형성』(국학자료원, 1998), 정선태의 『개화기 신문 논설의 서사 수용 양상』(소명출판, 1999), 한기형의 『한국 근대소설사의 시각』(소명출판, 1999), 김동식의 「한국의 근대적 문학 개념 형성과정 연구」(서울대 박사논문, 1999), 권보드래의 『한국 근대소설의 기원』(소명출판, 2000), 김윤규의 『개화기 단형서사문학의 이해』(국학자료원, 2000), 김형중의 『애국계몽기의 신문 연재소설』(한국문화사, 2001), 김찬기의 『한국 근대소설의 형성과 전』(소명출판, 2004) 등을 들 수 있다. 『한국 근대소설사』에서는 개화기 신소설이 등장하기 이전에 이미 상당수의 서사문학 자료가 신문 논설란에 실려 있다는 점을 지적하고 이를 집중적으로 연구하였다. 신문에 수록된 서사문학 자료들은 시간이 흐르면서 논설의 기능은 약화되고 서사의 기능이 강화되는 쪽으로 변화한다. 그리하여 '창작의 관심사가 논설에서 서사로 옮겨가고 창작의 주체가 집단에서 개인으로 변화하는 과정'을 겪게 되는 것이다. 양진오의 『한국소설의 형성』에서는 개화기 공적 담론의 계보를 역사 지향 담론, 일상 지향 담론, 시사 지향 담론의 세 가지로 분류하여 개화기 소설의 형성 과정을 살핀다. 양진오는 여기서 개화기 소설가들에게 신문은 사회적 자기 이해의 양식으로 간주되었다는 사실을 지적한다. 아울러 개화기 소설가들이 '신문기자이면서 소설가'였다는 사실에 주목해야 한다고 주장한다. 정선태의 『개화기 신문 논설의 서사 수용 양상』에서는 개화기 저널리즘, 특히 신문이 근대적 공공 영역의 출현과 밀접한 관계가 있다는 점을 중시한다. 구체적으로는 '공공 영역의 형성과 논설의 성격', '한글전용 신문 논설의 서사 수용과 문학적 성격-『독립신문』·

『매일신문』・『제국신문』’, ‘국한문혼용 신문 논설의 전통적 서사 변용
과 확대―『황성신문』’ 등의 내용이 다루어진다. 『개화기 신문 논설의
서사 수용 양상』은 문학과 제도의 문제, 글쓰기의 전통과 사상 및 서사
수용의 문제, 문학과 문체의 문제 등 한국 근대문학 이해를 위해 거쳐
가야 할 중요한 문제들을 대부분 다루고 있다. 한기형의 『한국 근대소
설사의 시각』에서는 특히 ‘신소설 형성의 양식적 기반’을 논하는 과정
에서 신문 자료의 활용도가 높다. 한기형은 여기서 ‘신문과 근대 초기
서사문학의 연관은 단순히 발표 매체라는 문제에만 국한된 것이 아니
다. 신문은 소설의 사회적 유통 방식과 대중의 소설관을 변화시켰으며,
특히 소설 양식의 변화에 커다란 영향을 미쳤다’는 인식을 바탕으로 논
의를 이어간다. 소설 전달 방식의 변화, 근대화에 대한 대중적 계몽, 서
사 내용의 리얼리티 확보 등이 모두 신문을 통해 이루어졌다는 것이다.
근대 초기 신문에 발표된 단편 서사물들을 ‘시사토론체 단편’, ‘우의체
단편’, ‘기사체 단편’, ‘풍자 단편’ 등으로 분류하고, 이러한 단편 서사물
들과 신소설의 관련 양상을 설명하려 한 것 역시 주목할 만하다. 김동
식의 「한국의 근대적 문학 개념 형성과정 연구」는 한국 근대문학사 속
에서 근대적 문학 개념의 형성 과정을 추적한 것이다. 여기서는 문학을
초역사적이며 영속적인 실재가 아니라 계몽주의 이후에 제도화된 관념
체계로 보고 연구를 진행한다. 김동식은 근대적 문학 개념이 형성되는
과정에서 ‘계몽의 기획’과 ‘미학적 자율성에 관련된 담론의 축적’이 가
장 중요한 요소들이라고 본다. 1900년대까지 주류를 이루던 계몽은 기
획은 1910년 한일합방 이후 실패로 끝나고, 문학은 유학자들에 의해 보
수화되거나 저널리스트들에 의해 상업화된다. 근대적 문학개념은 1915
년을 전후해 형성되는데, 한국의 근대문학은 미학적 자율성 담론의 축
적을 통해서 계몽의 실패와 정치부재의 상황을 기능적으로 보완하는
지점에서 출발한다는 것이다. 김동식은 이러한 주장을 입증하는 과정에
서 『매일신문』・『황성신문』・『독립신문』・『대한매일신보』 등에 수록된

상당수의 논설을 꼼꼼히 읽고 인용한다. 권보드래의 『한국 근대소설의 기원』은 한국에서 근대적인 '문학'이라는 가치가 형성되어간 추이를 '소설' 범주 형성을 중심으로 살펴본 연구서이다. 여기서는 한국 근대에서 '문학'이라는 범주는 '소설'을 핵심에 두고 형성되었고 '민족적'이자 '예술적'이라는 토대를 마련하면서 정립되었다는 생각을 바탕으로 논의가 전개된다. 김동식이 근대적 문학 개념의 형성 시기를 1910년대 이후로 보듯이 권보드래 역시 소설이 예술로 자리잡은 시기를 이 무렵 이후로 본다. 1900년대 들어 소설의 지위가 급격히 상승하기는 하지만, 그것이 오늘날의 글쓰기와 같은 모습은 아니라는 것이다. 1910년대에 들어서면 소설은 허구라는 자질을 적극적으로 내세운 커다란 변모를 보인다. 1900년대 소설이 사실의 기록임을 주장함으로써 소설에 대한 부정적 시각을 피하고자 했다면, 1910년대 소설은 오히려 허구라는 사실을 강조하여 소설의 고유한 근거를 마련하고자 했다. 1910년대에 이처럼 새로운 시도가 나올 수 있었던 것은 사실과 허구에 대한 엄격한 분리가 비로소 생겨났던 때문이며, 이를 가능하게 한 것이 바로 신문이었다는 것이 권보드래의 주장이다. 김찬기의 『한국 근대소설의 형성과 전』은 1894년에서 1910년 사이 신문과 잡지에 발표된 전(傳)을 대상으로 하여 그것의 양식 변이와 미적 특질에 대해 연구한 것이다. 이 연구에서는 『한성순보』·『대한매일신보』·『황성신문』 등에 수록된 작품이 중요하게 다루어진다. 제2부에 수록된 「『한성순보』 소재 「아리스토텔레스전」에 관한 연구」에서는 새로운 서사 자료에 대한 발굴도 이루어진다.

필자를 비롯한 정선태·한기형·권보드래·김동식·김찬기·양진오 등의 연구는 대부분 1990년대 후반 이후에 집중적으로 출간되었으며, 근대계몽기를 중심으로 한국 근대문학을 연구하면서 근대신문에 수록된 자료들을 적극적으로 활용하고 있다는 점에서 공통성을 지닌다. 이들 연구는 개별 작품론이나 작가론보다는 문학 개념의 성립 과정, 문학사의 전개 과정, 문학 양식의 변이 과정, 문학 제도의 정착 과정 등에 대해 큰 관심을 보인다. 한국 근대소설의 태동 및 변화 과정을 문학적 근대성 논의와 연관 지어 구명하려는 시도 역시 이들 연구에서 발견되는 공통된 특질 가운데 하나이다.

3. 『대한매일신보』 연구의 현황

『대한매일신보』에 대해 집중적으로 연구한 책들로는 이광린·유재천·김학동의 『대한매일신보연구』(서강대 인문과학연구소, 1986), 정진석의 『대한매일신보와 배설』(나남출판, 1987), 김삼웅 편의 『구국언론 대한매일신보』(대한매일신보사, 1998) 그리고 한국언론사연구회의 『대한매일신보 연구』(커뮤니케이션북스, 2004)가 있다.

이광린·유재천·김학동의 『대한매일신보연구』에는 「『대한매일신보』 간행에 대한 일고찰」, 「『대한매일신보』의 논설 분석」 및 「『대한매일신보』의 시가(詩歌) 유형에 관한 연구」 등 모두 세 편의 독립된 논문이 수록되어 있다. 이광린의 글인 「『대한매일신보』 간행에 대한 일고찰」에는 신보 간행의 배경, 신보의 간행 과정, 신보사의 직원 현황, 신보의 내용 그리고 신보의 폐간 과정이 매우 상세히 정리되어 있다. 이광린은 신보의 간행 배경으로 러일전쟁의 발발과 한국이 처한 위치, 그로 인한 대외홍보의 필요성 등을 제시하고 있다. 이 논문의 요지가 담겨 있는 결어의 일부를 인용하면 다음과 같다.

> 露日戰爭을 取材하기 위해 來韓한 外國人記者와 접촉하여 영국인 「베델」을 雇用하게 되었는데, 그 일을 推進한 것은 宮內府 傘下 禮式院의 官吏들이었다. 梁起鐸도 禮式院 飜譯官補의 자리에 있었기 때문에 申報社 經營에 參

輿케 되었다. 한편 「베델」을 編輯兼發行人으로 내세우고 있었으나 실제로는
主筆(論說委員)과 記者, 校正員 등 約 50名의 한국인 社員이 申報를 펴냈던
것이다.

다음으로 申報의 內容에 대해 말한다면, 당시의 다른 신문에서는 敍述할 수
없는 문제들을 果敢히 擧論한 것이 많았다. 保護條約에 대한 批判, 田明雲·
張仁煥 義士의 친일파 미국인 「스티븐스」에 대한 狙擊事件, 義兵의 活動相,
輿論을 왜곡시키고 있던 日本統監府 機關紙나 親日系 新聞에 대한 날카로운
攻擊 등은 그 두드러진 것이었다. 특히, 1908년 3월 官報揭載를 中止하였는데,
그것은 일본의 保護政治에 대한 正面挑戰이었다.

統監府의 申報에 대한 彈壓이 날로 커진 것도 무시할 수 없는 문제였다. 每
日같이 社員들을 감시하고 脅迫하는 한편 申報를 押收하였다. 그리고 申報社
에 대해 큰 打擊을 加하기 위해 李完用內閣으로 하여금 光武新聞紙法을 制
定·公布케하고 「베델」을 追放할 목적으로 그를 起訴하여 刑罰을 내리게 하
였으며, 梁起鐸이 國債報償金을 橫領·消費했다고 造作하여 그를 拘束한 事
件 등을 일으켰다.

이처럼 어려운 환경 속에서도 社員들은 意志를 굽히지 않고 申報를 펴냈다.
그 뒤 「베델」이 起訴되면서 그의 秘書였던 「맨함」이 한 동안 申報社의 경영
을 맡았었고 또 「맨함」이 손을 뗀 뒤 한국인 社員 李章薰이 引受하여 경영하
였으나 1910년 8월 合邦으로 申報는 廢刊되고 말았다.[3]

이광린은 『대한매일신보』가 6년이라는 짧은 발행 기간에도 불구하고
한국사회에 미친 영향과 공헌이 지대했음을 강조한다. 『대한매일신보』
는 국민들에게 사실을 보도하면서 한편으로는 무엇이 문제인가를 명확
히 밝혔고, 우리 사회가 나아갈 방향이 무엇인가까지 제시했다는 것이
다. 다시 말하면, 『대한매일신보』가 진정으로 언론창달에 힘썼을 뿐만
아니라 큰 등불의 역할까지 담당하고 있었다는 것이 이광린의 주장이다.
유재천의 「『대한매일신보』의 논설 분석」에서는 먼저 『대한매일신보』

---

3) 이광린, 「『대한매일신보』 간행에 관한 일고찰」, 『대한매일신보연구』, 서강대 인문과
학연구소, 1986, 49~50면.

논설의 전반적 특질을 다음의 다섯 가지로 정리한다. 첫째, 국문판과 영문판이 합본으로 발행되던 시기의 국문판 논설은 거의 대부분이 하루나 이틀 전의 영문판 논설을 그대로 우리말로 번역한 것이었다. 마찬가지로 국한문판과 국문판 신문이 각각 별개로 발행되던 시기에도 두 판의 논설은 같은 내용의 것이 대부분이었다. 둘째, 영문판과 국문판 이 합본으로 발행되던 시기에는 다른 나라 신문들의 기사나 논설을 인용하여 소개한 뒤 거기에 『대한매일신보』이 의견을 첨가하는 경우가 많았다. 셋째, 국문판 과 영문판이 합본으로 발행되던 시기의 논설과 국한문판이 발행되기 시작한 이후의 논설에는 큰 차이가 있다. 즉 국문판과 영문판이 발행되던 시기의 논설은 러일전쟁 관계를 많이 다루었던 것에 반해 국한문판은 국내 문제에 많은 관심을 보였다. 이는 영문판의 논설은 영국인 배설(裵設)이 주로 썼고, 국한문판의 논설은 신채오나 박은식 등이 주로 썼기 때문이다. 넷째, 자신들의 의견과 일치되는 국내 신문의 논설이나 잡지의 기사를 그대로 인용하여 전문을 게재하기도 했다. 『황성신문』·『제국신문』·『경향신문』·『태극학보』 등이 그 대상이었다. 다섯째, 반드시 그날의 관심사를 논설로 다룬 것은 아니다. 때로는 몇 일 지난 사건을 다루기도 했고, 사건이나 뉴스와 관계없는 시국관을 펴기도 했다.

이어서 이 글에서는 신문의 논설에 나타난 러일전쟁에 대한 태도, 제국주의 열강에 대한 인식, 일본의 대한(對韓) 침략정책에 대한 인식, 친일세력과 매국노에 대한 태도, 의병에 대한 태도, 국민교육에 대한 태도, 국채보상운동에 대한 태도, 언론 상황과 언론정책에 대한 태도 등을 정리한다. 분석의 결과를 요약하면 다음과 같다. 첫째, 『대한매일신보』 논설을 주제별로 분석하면 국내 문제에 대한 논설이 가장 많고 그 다음이 일본의 한국에 대한 정책과 관련된 논설로 나타난다. 둘째, 국제관계에 대한 논설이 그 다음으로 많은 바, 이 가운데 러일전쟁 관련이 약 50% 정도가 된다. 셋째, 국내 문제를 다룬 논설을 하위 주제로 분류하면 가장 많이 다룬 주제는 교육과 개화이며 다음이 나라 정신의 보존이다. 이어서 친일언론에 대한 비판, 정부 시책, 정부의 부패와 무능, 민족의 단결 순이다.

이러한 양적(量的) 분석을 토대로 질적 분석이 이어지는데, 내용은 다음과 같다. 첫째, 을사조약이 체결되는 전후의『대한매일신보』의 논설은 제국주의의 본질에 대해 투철한 인식을 지니지 못했던 것으로 보인다. 둘째,『대한매일신보』는 일본의 구체적인 대한 침략정책들, 예컨대 보호를 내세운 이권침탈이라든지 혹은 황무지 개간권의 강청에서 드러내고 있는 한국 침탈의도의 폭로와 일본 헌병의 강압적인 행동 등에 대해서는 철저히 비판하면서도 고문통치나 보호 그 자체가 지니고 있는 본질적인 문제점에 대해서는 투철한 비판을 가하지 못하고 있다. 셋째,『대한매일신보』가 러일전쟁과 관련해서 친러 일변도의 태도를 보이는 바 그 원인이 어디에 있는지 의문이 아닐 수 없다. 넷째,『대한매일신보』의 항일 내지 배일(排日) 논조가 일본의 대한 침략정책 수행에 상당한 방해가 되었으리라는 점을 짐작할 수 있다. 다섯째,『대한매일신보』의 논설은 우리나라 언론사(言論史)에서 신문 논설의 변환점이 될 수 있다.『독립신문』의 논설이 대부분 뉴스와 상관없는 계몽적 주제를 다루었던 것에 비해 이 신문의 논설은 대부분 뉴스에 기초한 주요 관심사를 논설의 주제로 삼았다는 점에서 그러하다.[4]

김학동은「『대한매일신보』의 시가 유형에 관한 연구」에서『대한매일신보』에 실린 시가들의 내용과 주제의식을 분석한다. 구체적 논의는 4·4조 2행련의 시가유형과 4·4조의 가사유형 그리고 시조형식의 단가(短歌) 유형을 중심으로 진행된다.『대한매일신보』에 실린 시가의 대부분은 작자가 밝혀져 있지 않고 비전문적인 일반지식인과 논설진에 의해 창작되었다. 이들은 독자의 취향이나 상업성에 영합하지 않고 주

---

4) 유재천,「『대한매일신보』의 논설 분석」, 위의 책, 51~95면 참조

제의식에 충실했다. 그 때문에 외세 특히 일본의 식민정책에 반해 저항 정신과 구국충절을 강조할 수 있었다는 것이 이 글의 바탕에 깔린 생각이다.[5]

정진석의 『대한매일신보와 배설』은 '한국 문제에 대한 영일(英日) 외교'라는 부제가 달려 있는 연구서이다. 이 책은 그 부제가 말해 주듯이, 한국 문제에 관한 영국과 일본의 외교 교섭 문제를 주로 다룬 것이다. 그 과정에서 『대한매일신보』의 구체적 서지 및 종사자 문제, 그리고 무엇보다 『대한매일신보』의 발행인이었던 영국인 배설(裵說)에 대한 정리가 심도 있게 이루어진다. 참고로, 이 책의 주요 목차를 보면 '배설의 가계(家系)', '신보(申報)의 창간과 자금(資金) 문제', '제작진과 신보에 관련된 사람들', '한국 문제에 대한 영국의 태도', '반일(反日) 언론과 일본의 대응 홍보전략', '일본의 배설 추방 요구와 영국의 대응', '배설에 대한 재판', '양기택의 구속과 영일간(英日間)의 대립' 등이 된다. 정진석은 배설 관련 사건들과 『대한매일신보』에 대한 접근이 당시의 국제 정세와 국내 상황에 대한 이해를 바탕으로 이루어져야 한다고 생각한다. 이 신문이 발행되던 당시 일본에는 이미 서양인들의 치외법권이 소멸되었으나 한국과 중국에는 치외법권이 존재했다. 따라서 한국의 경찰권과 사법권을 장악하고 있던 일본 통감부도 배설의 신문을 탄압할 수 없었다는 것이다. 한국의 민족주의자들과 고종은 이 점을 이용하여 『대한매일신보』를 항일 민족운동의 중요한 거점으로 삼았고, 일본은 이 신문의 발행금지와 배설의 추방을 영국에 강력히 요구했으며, 영일 양국은 이 문제를 놓고 오랜 기간 교섭을 벌이게 되었다는 것이다.

이 책에서는 『대한매일신보』의 특징과 한국 현대사에서 차지하는 위치를 구체적으로 다음과 같이 정리한다. 첫째, 노일전쟁 직후부터 한일합방이 공포되던 시기까지 즉 민족사적 전환기에 발간되었으며 한국민

---

5) 김학동, 「『대한매일신보』의 시가 유형에 관한 연구」, 위의 책, 201면 참조.

의 입장을 대변하는 가장 영향력 있는 신문이었다. 둘째, 소유주가 영국인이었으나 한국의 황실과 민족진영이 뒷받침하고 있었으며 논조는 항일적이었다. 이 신문을 두고 한국·영국·일본이 미묘하게 얽혀 있어 외교사적 중요성을 지닌다. 셋째, 한반도 문제를 다루는 데 있어서 영국과 일본의 기본적인 입장과 양측의 외교정책을 구체적으로 보여주는 가장 대표적인 사례들을 이 신문이 제공한다. 넷째, 한국·영국·일본이 관련된 국제사법사적(國際司法史的) 측면에서 중요하다. 다섯째, 한국 민족운동사의 측면에서 중요하다. 여섯째, 언론사에서 중요성 크다. 특히 민족운동사와 언론사의 측면에 대해서는 다음과 같은 사실을 주목할 필요가 있다. 『대한매일신보』는 영국인 소유의 치외법권 아래 발행되었으므로 일본측의 검열을 피할 수 있었다. 이로 인해 일본의 한국 침략을 가장 신랄하게 비판하고, 한국 국민들의 저항운동을 자유롭게 보도할 수 있었다. 많은 의병들이 이 신문의 영향을 받아 무장 항일투쟁에 가담했음을 증언한 바 있듯이 이 신문은 한국 민족 독립운동의 정신적인 구심점이 되었다. 그뿐 아니라 신보사는 국채보상운동(國債報償運動)의 총합소가 되기도 했고, 양기택·박은식·신채호 등은 논설로써 일제의 침략에 항거하는 한편으로는 비밀결사 신민회(新民會)를 결성하여 항일독립운동을 조직적으로 전개했다. 따라서 이 신문은 당시의 역사적 사실과 시대상을 연구하는 데도 중요한 자료이지만, 민족 독립운동사 연구에도 중요한 자료가 될 수 있다. 이 신문은 발행 기간 동안 가장 큰 영향력을 지닌 최대의 민족지였다. 신문의 발행부수도 당시로서는 최고였지만 국한문·한글·영문의 3종을 동시에 발행한 것은 한국 언론사상 초유의 일이었다.6)

김삼웅 편의 『구국언론 대한매일신보』는 『대한매일신보』 자체에 대한 연구와 함께 『대한매일신보』에서 『서울신문』에 이르는 신문사사(新

---

6) 정진석, 『대한매일신보와 배설』, 나남출판, 1987, 20~22면 참조.

聞社史) 정리를 목적으로 한 책이다. 이 책에는 정진석의 「민족언론의 본산『대한매일신보』」와 「『대한매일신보』의 논조와 민족운동사의 역할」, 신용하의 「『대한매일신보』 창간 당시의 민족운동과 시대적 상황」, 김삼웅의 「『대한매일신보』를 빛낸 인물들」과 「『대한매일신보』에서 『서울신문』까지」와 「『대한매일』의 정체성과 새 좌표」 등의 글이 수록되어 있다. 신용하의 「『대한매일신보』 창간 당시의 민족운동과 시대적 상황」은 특히 『대한매일신보』와 신간회의 관계를 중시하고 있다는 점에서 주목할 만하다. 신용하는 이 글에서 "종래 연구자들은 『대한매일신보』가 과감한 언론구국운동을 전개할 수 있었던 요인과 조건을, 이 신문이 외국인을 사주(社主)로 추대해서 외국인 명의로 발행되었기 때문에 '신문지법' 등 일제의 탄압과 검열을 피할 수 있었기 때문이라고 설명해 왔다. 물론 이런 외적 조건은 중요한 것이다. 그러나 이것은 사실의 일면에 불과한 것이며, 불충분한 것이라고 볼 수 있다. 이와 함께 『대한매일신보』가 과감한 언론구국운동을 전개할 수 있었던 내적 조건을 밝힐 필요가 있다"[7]고 주장한다. 이 글에서 지적하는 내적 조건의 특징은 '신민회가 창립되어 그 본부를 『대한매일신보』 안에다 둔 사실'과 관련된다. 신민회는 여러 애국적 세력집단이 모여 1907년 4월 초에 비밀결사로 조직한 국권회복운동 단체인 바, 『대한매일신보』가 그 핵심에 있었다는 것이다. 더 나아가 이 글에서는 『대한매일신보』가 신민회 창립 직후부터 신민회의 기관지로 전환되었다고 주장하면서 다음과 같이 정리한다.

> 『대한매일신보』가 신민회의 기관지로 전환된 이후 이 신문은 신민회의 목적과 이념과 노선을 충실히 반영하고 대변하여 논설을 쓰고 편집하면서 과감한 언론구국운동을 전개하였다.

넓리 아는 바와 같이, 『대한매일신보』는 창간 때에 영국인 베델(Earnest Thomas

---

7) 신용하, 「『대한매일신보』 창간 당시의 민족운동과 시대적 상황」, 『구국언론 대한매일신보』, 대한매일신보사, 1998, 182면.

Bethell, 裵說)을 社主로 추대해서 창간되어 외국인명의로 발행되었기 때문에, 그 후 '신문지법' 등 일제의 탄압과 검열을 피할 수 있었다. 그러나 이러한 외적 요인에도 불구하고, 신민회기관지로 전환되기 이전의『대한매일신보』는 義兵運動과 같은 무장국권회복운동은 찬성하지 않았었다. 예컨대『대한매일신보』는 1906년 5월 홍주의병운동이 일어났을 때 그 애국적 성격을 인정하면서도 그 무장운동의 방법 때문에 이를 지지하거나 성원하지 않았었다.『대한매일신보』의 1906년 5월 30일자 논설 '의병'의 내용이 전형적 예이다.

　『大韓每日申報』가 義兵運動을 적극 지지하여 전환한 것은 신민회 창립 후 신민회가 의병운동을 지지하고,『대한매일신보』가 신민회의 기관지로 전환된 이후부터이다. 그리하여 1907년 8월의 의병운동부터는 '의병상보', '의병정형', '의병통심', '각지통신', '지방정보', '지방소식', '義日交戰' 등의 난을 특설하면서까지 이를 적극 보도하고 성원하였다. 1907년~1908년『대한매일신보』는 관동의병대장이며 13도창의대진소 의병연합부대 총대장 李麟榮의 전국 13도와 각국 영사관에게 보내는 격문을 전국에 발송해 주고 또 영문으로 번역하여 각국 영사관에 발송해 주었다. 또한 경기의병대장이며 13도창의대진소 軍師將 許蔿의 격문도 각국 영사관에 발송해주는 지원활동까지 하였다.[8]

　『대한매일신보』는 신문지법 개정 이후에도 일제의 탄압과 싸워가면서 적극적으로 의병운동을 지원했다. 이것이 가능했던 것은『대한매일신보』의 총무·주필·기자·사무원들이 모두 신민회의 주요 회원들이 되어 과감한 언론 구국 투쟁을 전개할 수 있었기 때문이라는 것이 다. 이 글에서는『대한매일신보』가 순국판을 간행하게 된 것 역시 국민을 '신민(新民)'으로 교육하기 위한 것이었다고 정리한다.

　한국언론사연구회가 엮은『대한매일신보 연구』는 가장 최근에 나온 주목할 만한 연구서이다. 이 책은『대한매일신보』와 관련된 여러 가지 주제를 매우 전문적 시각에서 다루고 있다. 구체적으로 이 책에는 「『대한매일신보』 창간의 역사적 의의와 그 계승 문제」, 「『대한매일신보』의

---

8) 위의 글, 212~213면.

참여인물과 언론 활동」, 「『대한매일신보』와 국채보상운동—배설과 양기탁을 중심으로」, 「구한말 『대한매일신보』 사옥과 배설 사저에 관한 연구—현재의 위치와 당시의 사진을 중심으로」, 「『대한매일신보』 논설 분석」, 「『대한매일신보』 잡보의 내용 분석 연구」, 「『대한매일신보』의 광고에 관한 연구—국채보상운동과 광고매체로서의 신보」, 「『대한매일신보』 독자의 신문 인식과 신문 접촉 양상」 등의 논문이 실려 있다.

「『대한매일신보』 논설 분석」에서는, 『대한매일신보』의 항일 구국논조가 이 신문이 신민회의 기관지가 된 이후 국문판을 발행하던 시기에 더 강렬하고 과감하게 나타난다는 사실을 지적한다. 『대한매일신보』는 1907년 5월 신민회의 기관지로 전환되면서 현저하게 항일논조를 높이고 국권회복을 위한 전투적 언론구국운동에 총력을 집중했다는 것이다. 이 글은 결론에서 "이러한 대한매일의 정신은 민족의 자립정신을 강조한 논설, 교육과 나라정신의 중요성, 산업진흥의 강조, 친일언론과 단체에 대한 비판, 독립의 중요성을 강조한 논설을 통해 드러나고 있다. 또한 일본의 대한정책의 부당함과 일본의 통감부 설치를 식민 지배를 감추기 위한 기만책임을 통렬히 비판하고, 국채보상운동, 헤이그 특사 파견, 고종황제 퇴위, 한일합병조약, 동양척식회사 설립 등 역사적 사건을 맞을 때마다 과감하고 열렬한 언론구국투쟁을 전개하여 국민의 국권회복운동에의 분발을 촉구하였다"[9]고 정리한다.

「『대한매일신보』 잡보의 내용 분석 연구」에서는 잡보란의 현황, 잡보 기사의 건수, 잡보 기사의 게재면, 잡보 기사의 양, 잡보 기사의 형식, 잡보 기사의 주제, 잡보 기사의 관련 지역, 잡보 기사의 주인공, 잡보 기사의 보도 태도, 잡보 기사의 정보원 등의 문제를 세세하게 정리한다. 논의의 결론에서는 『대한매일신보』 잡보에 나타난 특징을 다음과 같이 네 가지로 요약 제시한다. "첫째는, 기사의 건수가 『독립신문』에 비해

---

9) 김덕모, 「『대한매일신보』 논설 분석」, 『대한매일신보 연구』, 커뮤니케이션북스, 2004, 260면.

대폭 늘어났다는 점이다. 이는 지면의 판형이 커지고 단수가 늘어나는 등의 외형적 요인 외에도 신문이 정착기에 들어가면서 취재 여건이 다소나마 좋아졌던 때문이라고 해석할 수 있겠다. 다음으로는 사실보도와 중립적 보도 태도가 늘어났다는 점을 지적할 수 있겠다. 이는 신문이 지향해야 할 이념으로서 중립성과 객관성을 표방하는 객관 저널리즘에 좀 더 근접한 모습이라고 해석할 수 있겠다. 사실보도 위주로 가면서 단위 기사의 분량도 점차 짧아지는 경향을 보여주었다. 세 번째로는 기사의 관련 지역이나 주인공, 정보원 등에서 특정의 편향을 강하게 보였다는 점이다. 지역 면에서는 한성, 주인공이나 정보원 측면에서는 정부나 관리에의 의존이 높은 것으로 나타났다. 마지막으로 지면의 배치에서는 아직도 면별 편집은 이루어지지 않았지만 점차 잡보는 2면 중심 체제로 나아가고 있음을 알 수 있었다."10)

「『대한매일신보』 독자의 신문 인식과 신문 접촉 양상」은 독자의 신문 수용 양상을 연구한 글로, 신문의 구독 상황, 독자들의 신문 접촉 양상, 신문에 대한 인식 등을 다루고 있다. 여기서 정리된 성과를 요약하면 다음과 같다. '『대한매일신보』 독자들은 대체로 한성과 한성이북의 평안남북도, 황해도 등 서북지역에 거주하는 진보적 성향의 인물들이었다. 독자의 대부분은 남성이었을 것으로 추정된다. 직접적인 신문 열람 외에 『대한매일신보』 독자들의 신문 접촉은 다양한 유형의 기사투고, 신문 후원 및 의연금 모금 참여 행위 등이 있었다. 독자 투고의 대표적 유형인 기서(寄書) 투고자들은 60% 정도가 한성지역 거주자들이었다. 지방의 경우 평안남북도, 황해도 등 서북지역 거주자들이 많았다. 투고자의 90% 이상이 남성이었으며 그들의 70% 이상은 이름과 신분을 밝히려 하지 않았다. 기고 내용을 보면 기고자들이 학식을 갖춘 것으로 판단된다. 기서가 다룬 주제는 70% 가까이가 국권회복을 위해 자각하고

---

10) 채백, 「『대한매일신보』 잡보의 내용 분석 연구」, 위의 책, 288~289면.

분발하기를 권고하면서 새로운 사상과 지식에 대한 교육의 필요성을 강조하는 것이었다.'11) 그러나 이 글에서는『대한매일신보』의 독자 투고에서는 일본의 한국 침탈 행위나 친일 관료들에 대한 비판이 드물고, 국가의 자주독립을 위한 보다 적극적인 투쟁 방법에 대한 의견 역시 부족했다고 지적한다. 1908년 신문지법의 개정과 실력 양성에 의한 독립 준비론을 주도한 애국계몽운동의 한계가 독자들의 기서에도 반영되었다는 것이 이 글의 주장이다.

4. 한국 근대신문 소설의 등장과 전개 과정

우리나라에는『조보(朝報)』라는 이름의 소식지가 조선시대 이전부터 존재했다.『조보』는 주로 궁궐 내의 소식을 전달하는 매체였으며, 1894년 2월경『대한매일신보』까지 발행되었던 것으로 알려져 있다.12) 그러나 이는 성격상 근대신문과는 거리가 먼 것이었다. 한국 근대신문의 발행은 1883년 10월『한성순보』(1883.10.31~1884.12.?)에서 비롯된다.『한성순보』에 이어『한성주보』(1886.1.25~1888.7.?)가 간행되었고, 이후 1890년대에는『독립신문』(1896.4.7~1899.12.4),『그리스도신문』(1897.4.1~1905.6.24),『매일신문』(1898.4.9~1899.4.4),『황성신문』(1898.9.5~1910.9.14),『제국신문』(1898.8.10~1910.8.2) 등이 창간되었다. 그런가 하면 1900년대에 창간된 신문들로는『대한매일신보』(1904.7.18~1910.8.28),『만세보』(1906.6.17~1907.6.29),『경향신문』(1906.10.19~1910.12.30),『경남일보』(1909.10.22~1915.?) 등이 있다. 1910년대에

---

11) 김영희,「『대한매일신보』독자의 신문 인식과 신문 접촉 양상」, 위의 책, 374~375면 참조.

12) 최준,『신보판 한국신문사』, 일조각, 1997, 2~7면 참조.

는 『대한매일신보』를 개제한 『매일신보』(1910.8.30~1945.11.22)가 총독부 기관지로 변신해 식민지 시기 내내 발행되었고, 1920년대 들어서는 『조선일보』(1920.3.5~1940.8.11)와 『동아일보』(1920.4.1~1940.8.10) 그리고 『시대일보』(1924.3.31~1926.8.?), 『중외일보』(1926.11.15~1931.6.19) 등이 발행되기 시작한다. 여기에 근대 초기에는 『한성신보』(1895.2.17~1906.8)와 『경성일보』(1906.9.1~1945.12.11) 등 일본인이 발행하는 신문도 적지 않았다.

한국 근대신문에는 매우 다양한 형태의 '소설'이 수록된다. 그런데 한국 근대신문에 수록된 소설에 대해 연구 정리하기에 앞서 먼저 점검해야만 하는 문제가 있다. 이는 우리가 어떠한 성격의 자료들을 '소설'로 인정하고 연구할 것인가 하는 점, 즉 연구의 대상과 범주의 확정이라는 문제이다.

우리 학계의 한 편에는 소설의 개념을 이론적으로 규정한 후, 거기에 맞는 자료들만을 소설로 받아들여 정리하는 방식이 존재한다. 「금수회의록」이나 「자유종」 그리고 「애국부인전」 등의 작품을 소설이 아닌 '교술문학'으로 정리한 후, 소설과 구별하려는 시도 등은 그러한 예가 된다.

> 흔히 新小說이라고 하는 것들 중에도 開化思想이나 社會批判의 主題를 작품의 全面에 걸쳐 積極的으로 力說하는 것들도 있다. 즉 「自由鐘」·「禽獸會議錄」·「愛國婦人傳」·「夢見諸葛亮」·「꿈하늘」 등이 그러한 작품이다. 그러나 이러한 작품은 엄격히 따지면 小說이 아니다. 「自由鐘」이나 「禽獸會議錄」에서의 討論은 事件을 創造하거나 展開시키지 않고 進行되는 것이어서 소설에서의 對話와는 근본적인 차이가 있다. 「愛國婦人傳」 같은 것은 傳記이다. 「夢見諸葛亮」이나 「꿈하늘」은 소설이라기보다 夢遊錄이다. 이러한 작품은 어느 것이나 敍事文學에 속한다기보다 敎述文學에 속한다고 할 수 있다. 교술 문학은 傳達과 主張을 본질로 삼기에 새로운 思想을 직접적으로 자유롭게 역설할 수 있다. 그러나 소설에서는 전달과 주장이 人間行爲의 構造로 나타나야 하기 때문에, 인간 행위의 구조를 改造하지 않고서는 소설의 새로운 주제는 이루어지기 어렵다. 교술 문학은 前代文學의 기반에 구애되지 않고, 새로이

창조되기 쉬우나, 人間行爲의 構造는 이미 있어온 구조를 繼承하고 變貌시킴
으로써만 새로울 수 있는 것이다. 新小說의 作家들은 계승은 意識하지 않고
변모내지 개혁에만 關心을 가진 듯한 態度를 취했지만 作品에 나타난 結果는
이와 다르다.13)

「자유종」의 표지에는 '신소설'이라는 명칭이 붙어 있으며, 작품의 본
문 서두에는 '토론소설'이라는 표기가 되어 있다. 「애국부인전」에도 '신
소설'이라는 수식어가 붙어 있다. 이 점에서 보면 일단 이들을 '교술문
학'이라 칭하려는 시도는 작품의 필자 및 편집자가 '소설'이라 판단했
던 작품을 오늘날의 연구자가 소설이 아니라고 수정 정리하는 셈이 된
다. 근대신문에 수록된 작품을 연구하면서, 다음과 같은 입장을 취하는
경우도 마찬가지이다.

> 『경향신문(京鄕新聞)』에서는 '소설'이라는 고정란을 두고 계속 작품을 실었
> 는데, 소설의 개념이 제대로 자리잡히지 않았다. 대부분 한두 회로 끝나는 야
> 담류의 이야기여서 소설이라고 할 수 없다.14)

이 경우 '『경향신문』 소설란에 실린 소설은 소설이 아니다'라는 생각
으로 작품에 접근하는 것이다. 하지만 이러한 방식의 논의는 결국 소설
의 개념과 기준을 연구자가 임의로 설정하고, 그 기준에 맞는 작품들만
을 소설로 인정하려한다는 점에서 문제가 될 수 있다. 따라서 이보다는,
당시 『경향신문』의 집필진들이 소설을 어떻게 생각했는가를 이해하려
는 방식으로 접근하는 것이 우리 근대소설에 대한 올바른 접근의 길로
판단된다.15) 즉 이미 만들어진 개념에 맞는 자료들만을 의미 있는 자료

---

13) 조동일, 『신소설의 문학사적 성격』, 한국문화연구소, 1973, 79면.
14) 조동일, 『한국문학통사』 제3판 제4권, 지식산업사, 1994, 363면.
15) 『경향신문』 소설란에 실린 수십 편의 작품들은 그 길이에서나 작품의 성격에서 매
   우 다양한 모습을 보인다. 이삼십 회에 걸치는 장형 연재물들 역시 존재할 뿐만 아니
   라, 성격상으로도 현실의 첨예한 문제를 다루는 작품들이 존재한다. 따라서 위에 인용

로 인정하기보다는, 존재하는 모든 자료들의 집합 속에서 새로운 개념
이 탄생하는 것이라는 생각으로 접근해야만 우리 근대소설사를 바르게
이해할 수 있게 되는 것이다.

이러한 논의가 지닌 문제점을 파악하는 데는 '소설은 역사적 장르와
이론적 장르로 나누어 생각할 수 있고, 「금수회의록」이나 「거부오해」
등이 어느 정도 소설 양식을 지향한 것이라는 점에서 역사적 장르로서
의 소설 양식에 포함되는 것'이라거나, '소설은 단순 장르가 아닌 복합
장르이며 아주 다양한 허구적 형태를 포괄적으로 지칭하는 것'이라는
견해16)가 도움이 된다. '소설을 규범이라기보다는 현재의 상태에서 다
른 상태로 되어가는 미완성의 과정적인 경향으로 보는 관점, 즉 역사적
장르론의 관점으로 파악'해야 한다는 주장 역시 참고할 필요가 있다.17)
아울러 다음과 같은 지적 역시 좋은 참고가 된다.

소설을 이론적 장르로 파악―소설은 허구라는―할 경우, 「소경과 안즘방
이 문답」, 「거부오해」, 「을지문덕」, 「이순신전」 등은 소설의 범주에서 제외된
다. 결국 허구적 서사체인 신소설만이 진정한 소설로 인정된다. 그렇지만 이론
적 장르의 관점을 고수할 경우, 개화기 소설 연구는 신소설 중심의 연구가 되
는 문제를 낳는다. 전기소설은 신소설에 비해 허구적 충동이 상대적으로 미약
하기는 하지만 소설의 형성이라는 맥락으로 볼 때 차지하는 비중이 결코 작지
않다. 사실적이고 경험적인 서사체로부터 허구적인 서사체로 전환하는 그 변
이적 과정을 밝히기 위해서라도 전기소설은 주목되어야 한다. 그러므로 개화
기 소설의 형성을 탐구할 때는 이론적 장르의 관점을 유보해야 한다.
왜냐하면 소설 형성의 문제를 탐구하면서 소설을 이론적인 장르론으로 제한

한 '대부분 한두 회로 끝나는 야담류의 이야기'라는 조동일의 지적은 사실과 다르다.
『경향신문』 소설란에 관한 상세한 논의는 정가람, 「근대계몽기 『경향신문』 소재 '쇼
설'의 특성 연구」, 『근대계몽기 단형 서사문학 연구』, 소명출판, 2005, 223~246면 참조.
16) 조남현, 「개화기 소설양식의 변이현상」, 『한국 현대소설 연구』, 민음사, 1987, 88면
    참조
17) 양진오, 『한국소설의 형성』, 국학자료원, 1998, 25면 참조

해 버리면 소설 형성의 문제는 결국 기존 소설의 규범을 긍정해주는가 그렇지 않은가의 논의가 되는데, 이를 두고 소설 형성의 연구라고 말할 수 없기 때문이다. 그러므로 소설 형성의 문제를 탐구하기 위해서는 소설을 "규범이라기보다는 현재의 상태에서 다른 상태로 되어가는 미완성의 과정적인 경향"으로 보는 관점, 즉 역사적 장르론의 관점으로 파악해야 한다.[18]

한국 근대소설 연구에서 어렵지 않게 발견할 수 있는 또 하나의 경향은, 이론적 규정의 바탕에 서양의 근대소설(novel) 개념을 짙게 깔고 출발한다는 점이다. 우리가 종종 접하게 되는 '한국에는 1920년대 혹은 1930년대 이전까지 이렇다 할 근대소설이 없었다'는 주장의 바탕에는 서구 소설사에 대한 생각이 굳게 자리잡고 있다. 물론, 1920년대 혹은 30년대 이전 한국문학사에서 서양식 근대소설(novel)을 발견하는 것은 쉬운 일이 아니다. 하지만 특정한 시기에 우리에게 서양식 근대소설이 없었다는 사실은, 그 시기 서양에 우리식 근대소설이 없었다는 사실과 가치의 측면에서 별반 차이가 없다. 그럼에도 불구하고 특정한 시기에 서양식 소설이 존재하지 않았다는 사실을 마치 우리 근대소설사의 치명적인 약점인 양 생각하는 것은 잘못이다. 이는 서양의 근대소설(novel)을 완성된 서사문학의 모형으로 보고 그것을 향해 나아가는 것을 소설사의 발전 내지 완성으로 서술하려는 잘못된 시각에서 비롯된 것이다.[19]

---

18) 위의 책, 25면.

19) 이러한 시각이 완전히 사라진 것은 아니지만, 이 역시 최근 연구자들에 의해 많이 극복되어가고 있다. 서양의 근대소설(novel)과 한국 근대소설의 차이에 대해 정리한 최근의 논문으로는 황종연, 「노블, 청년, 제국」(『상허학보』 제14호, 상허학회, 2005, 263~297면)을 참조할 수 있다. 한국 소설 개념의 형성 과정에 대한 논의는 차혜영, 「소설 개념 형성과 식민지 근대 부르주아의 정치학」(『민족문학사연구』 제28호, 민족문학사학회, 2005, 10~40면) 등이 있다. 황종연은 여기서 다음과 같은 지적을 한 바 있다. "그러므로 노블이라는 문화적 이방(異邦)의 문학을 소설이라고 말하는 것은 소설 개념 자체의 수정을 동반하지 않는다면 노블의 이해를 방해하기 쉬웠을 어법이다. 물론, 역사의 우연에 의해 노블은 소설로 번역되었고, 노블 개념은 소설 개념으로 번안되었지만 노블과 소설의 차이는 적어도 노블을 경험한 한국 최초의 세대에게는 서양화와 동양화의 차이, 양의학과 한의학의 차이만큼이나 명백한 것이었다."(264면)

1920년대와 30년대 이전에도 우리 근대소설사의 유산은 나름대로 풍족했다는 점에 의심의 여지가 없다. 진정한 한국 소설 혹은 한국 소설사 연구를 위해서는 '오늘 우리가 무엇을 소설로 볼 것인가' 하는 물음에 앞서 '당시 그들은 무엇을 소설로 보았는가' 하는 물음에 먼저 답할 수 있어야 한다. 전자의 물음에 답하기 위해 먼저 얻어야 할 것이 후자의 물음에 대한 답이 되는 것이다. 한국 근대소설의 개념을 규정하기에 앞서, 무엇보다 먼저 그 개념 정립의 역사적 근거를 확인할 필요가 있다. 이는 우리 학문 연구의 대외 종속화를 벗어나기 위한 명분 때문이 아니라, 사실에 근거한 개념화·범주화야말로 우리 학문 연구의 근본이 되는 일이기 때문이다.

권보드래는 『한국 근대소설의 기원』에서 근대소설사 초기에 어떠한 작품들이 소설로 인식되었는가 하는 사실을 다음과 같이 정리한다.

이 지적대로 1900년대에 '소설'이라는 표제를 달고 행해진 글쓰기는 오늘날 '소설'로 지칭되는 글쓰기보다 그 폭이 훨씬 넓었다. 『한성신보』나 『제국신문』은 야담식 설화에 종종 '소설'이라는 표제를 달았으며 『황성신문』은 백화체(白話體) 공안(公案) 「신단공안(神斷公案)」을 소설란에 게재했고, 『대한매일신보』 국한문판에서는 고소설투의 「청루의녀전(青樓義女傳)」이나 시정(市井)의 풍자적 대화를 기록한 「거부오해(車夫誤解)」를 역시 소설란에 실었다. 『대한매일신보』 국문판의 소설란 구성은 더욱 문제적이다. 여기에는 「보응」·「옥랑젼」 같은 고소설투가 실렸는가 하면 일본 소설을 번안한 「국치젼」, 독일 소설가 주더만의 작품을 옮긴 「매국노」가 연재되기도 했고, 「근셰 뎨일 녀즁영웅 라란부인젼」·「슈군의 뎨일 거룩혼 인물 이슌신젼」·「동국에 뎨일 영걸 최도통젼」 등의 전기나 「미국독립ᄉ」라는 역사 서술이 등장하기도 했다. 천상과 지상의 경계에서 펼쳐지는 우국 지사의 만유(漫遊)를 그린 「디구셩미리몽」이 연재된 것 역시 소설란이었다. 신문뿐 아니라 잡지의 경우도 사정은 크게 다르지 않다. 장편 연재가 많았던 신문에 비해 잡지에 실린 '소설'은 모두 단편이었는데, 그 폭은 표기상으로는 이해조의 「잠상태(岑上苔)」 같은 백화체에서 진학문의 「쓰러져가는 딥」 같은 순국문체, 양식상으로는 『기호흥학회월보』나 『야뢰(夜雷)』의 소화(笑話)에서 진학문의 근대소설투까지 미친다. 양계초(梁啓超)의 「동물담」
·「애국정신담」이나 박지원의 「허생전」 역시 '소설'이라는 표제 하에 실렸다.
이 다양한 폭 가운데는 오늘날의 '소설'과 별 무리 없이 연결되는 예도 있었으
나, 그렇지 않은 경우도 물론 많았다.[20]

1900년대에는 소설이라는 표제를 달고 등장한 글쓰기의 진폭이 매우
넓었다는 점과, 그 중 어떤 것은 오늘날의 소설과 별 무리 없이 연결되
지만, 그렇지 않은 경우도 많았다는 것이 이 인용문의 요지이다.

한국 근대신문이 서사 자료를 수록하기 시작한 것은『한성순보』가 처
음이다.『한성순보』는 1884년 6월 14일 순한문 작품 「아리스토텔레스전
(亞里斯多得里傳)」을 게재한다.[21] 이 작품이 게재된 이후 우리 근대신문
에서는 다양한 문체의 번역 및 번안 그리고 창작 서사물들이 등장하게
되는 것이다.

국내에서 발행된 신문에 '소설'란이 등장한 것은 1897년 1월 12일『한
성신보(漢城新報)』의 경우가 처음이다.『한성신보』는 국내에서 발행되기
는 했지만 일본 자본에 의한 일본인 발행 신문이었다는 점에서 근대계
몽기의 다른 주요 신문들과는 그 성격이 구별된다.『한성신보』는 1897
년 1월 12일부터 16일까지 3회에 걸쳐 '嬌婦寃死害貞男'을 연재 발표
하면서 이 작품이 실리는 지면의 명칭을 '소설(小說)'이라고 명기한다.『한
성신보』에 수록된 서사문학 자료는 1895년 11월 7일부터 1896년 1월 26
일까지 연재 발표된 「나보레언(拿破崙傳)」을 비롯하여 대략 30여 편에
이른다. 그런데 이렇게 30여 편에 이르는 서사문학 자료 가운데 '소설'
란에 발표된 것은 대략 여섯 편 정도이다. 이들 작품을 제외한 나머지
20여 편의 작품들은 대부분 잡보(雜報)란에 수록되어 있다. 그런데 이들
잡보란에 수록된 작품들과 소설란에 수록된 작품들 사이에 특별한 차

---

20) 권보드래,『한국 근대소설의 기원』, 소명출판, 2000, 104~105면 참조.
21) 김찬기, 「『한성순보』 소재 「아리스토텔레스전」에 관한 연구」,『한국 근대소설의 형
　　성과 전』, 소명출판, 2004, 231~252면 참조.

이점 있는 것은 아니다. 그뿐만 아니라, 소설란에 실린 작품들 사이에서도 서로간의 특별한 양식상의 공통점을 발견하기는 어렵다.22) 이에 대해 김재영은 다음과 같이 정리한다.

> 이렇게 본다면『한성신보』에 지면 분류 항목으로 등장한 '소설'이라는 말은 앞에서 살펴본, 조선후기에 정리되는 소설 개념과는 별 상관없이 등장한 것임을 알 수 있다. 그것은 우선적으로 일본에서 메이지 10년경에 일반적으로 사용되기 시작했다는 '소설'이라는 말, 또는『요미우리신문』의 소설란 이후 신문에 실리는 "홍미있는 이야기"를 치징하는 말과 상관된다. 메이지 10년경에 일반적으로 사용되기 시작했다는 '소설'이라는 말은 'novel'인지 다른 무엇인지를 정확히 지적할 수는 없지만 서구어의 번역어로써 재생된 용어였다. 그렇다면 실은 이『한성신보』에 등장하는 '소설'이라는 말은, 여러 우회를 거친, 소설과 novel의 첫대면이라고도 할 수 있을 것이다.
>
> 물론 이러한 지적이,『한성신보』에 등장하는 소설 개념이 novel의 뜻을 갖고 있었음을 말하고자 하는 것은 아니다. 실제로 계획 안에서 명백히 드러나 있듯이, 이 소설란에서 싣고자 했던 것은 이담(里談)·속담(俗談)이었고, 국문독자를 끌어들일 만한 홍미있는 이야기거리라면 전통적으로 소설이라 불리던 종류의 글이든(조부인전, 곽어사전), 문답형식의 짤막한 글이든(신진사문답기, 무하옹문답」, 일본이나 한국의 설화든(기문전, 성세기몽, 섬보반덕), 염사(艶事)가 중심이 되는 짤막한 이야기이든(이씨전, 김씨전, 상부원사해정남) 일본의 정치소설이든(경국미담) 무엇이든 싣고 있다. 이렇게 본다면 이 소설 개념은 글의 형식이나 내용의 특정한 자질에 별로 구애되지 않는 것이었다. 단지 신문지면에 싣기 적당한 '독자들의 홍미를 끌 수 있는 이야기거리' 정도의 규정밖에는 갖지 못한 것이었다고 할 수 있다.23)

이런 점들로 미루어볼 때,『한성신보』편집자에게 특별히 소설이라는 양식에 대한 구체적 개념이 있었다고는 생각하기 어렵다. 야담류, 고소

---

22) 이와 관련된 논의는 김재영, 「근대계몽기 소설 개념의 변화」,『현대문학의 연구』제 22호, 한국문학연구학회, 2004.2, 25~26면 참조.
23) 위의 글, 25~26면.

설류, 번역소설류를 모두 소설이라는 하나의 용어 속에 담아내고 있는 것이다. 아울러 잡보와 소설의 차이가 명백했다고도 보기 어렵다. 단지, 잡보란에 실리던 서사성이 강한 이야기 문학 자료들에 대해 1897년 1월 이후 소설이라는 명칭을 부여해 일반 잡보 기사와 구별하기 시작했다는 정도로만 정리가 가능하다.24)

『한성신보』 이후 신문에서 소설란이 발견되는 것은 국한문판 『대한매일신보(大韓每日申報)』의 경우가 처음이다. 『대한매일신보』는 1906년 2월 6일 한글작품 「청루의녀전」을 연재하기 시작하면서 소설란을 두게 된다. 그런데 『대한매일신보』가 소설란을 둔 이후 『제국신문』·『황성신문』·『경향신문』 등이 모두 소설란을 두었다는 사실은 특기할 만하다. 1906년 이후에 한국 근대신문에서는 소설란이 일시에 활성화되어 나타났던 것이다. 『대한매일신보』보다 먼저 발행된 『독립신문』이나 『죠션크리스도인회보』·『그리스도신문』·『협성회회보』·『매일신문』 등은 소설란을 따로 두지 않았다. 이 신문들은 서사 자료를 수록할 때에 주로 논설란이나 잡보 및 내보란을 이용했다. 『제국신문』이나 『황성신문』은 창작 소설란을 두기는 했으나, 이는 모두 『대한매일신보』가 소설란을 두기 시작한 뒤부터 시작된 일이다. 『제국신문』에서 소설란이 발견되는 것은 1906년 9월 18일 이후부터이다. 『황성신문』은 1906년 5월 19일부터 「신단공안(神斷公案)」을 연재하면서 처음으로 소설란을 두었다. 잡지의 경우도 『대한매일신보』보다 뒤늦게 소설란을 두기 시작하였다. 『소년한반도(少年韓半島)』는 1906년 11월 창간호에 이해조(李海朝)의 작품 「잠상태(岑上苔)」를 수록하면서부터 소설란을 두었다. 『조양보(朝陽報)』 역시 1906년 이후 「애국정신담(愛國精神談)」(1906.12~1907.1) 등의 작품들을 소설란에 수록하기 시작했다. 이렇게 1906년을 기점으로 한국 근대신문에서 일제히 소설란이 활성화되는 이유는 명확히 설명하기 어렵다. 참고로

---

24) 김영민, 「1910년대 신문의 역할과 근대소설의 정착과정」, 『현대문학의 연구』 제25호, 한국문학연구학회, 2005.3, 262~264면 참조

『제국신문』에서 1906년 이후 소설란이 자리잡게 되는 이유는, 그것이 논설란에 대한 강화된 검열의 결과라는 주장도 있다.25) 이를 인용하면 다음과 같다.

> 을사조약 이전까지 신문에서 주류를 이루었던 서사물은 한문 산문 문체를 활용한 짧은 이야기들이었고, 대부분 논설란에 게재되었다. 하지만 『제국신문』의 경우 1906년을 기점으로 검열이 제도화됨에 따라 논설의 현실의 주요 사안에 대해 시비를 가린다는 본연의 기능을 수행할 수 없게 된다. 더불어 논설란을 중심으로 나타났던 단형 서사물 또한 존속하기 어려운 처지에 놓인다. 논설의 성격이 규제를 받고 잦은 압수와 삭제로 신문의 일관된 편집체제를 유지하기 어려운 상황에 처하자 『제국신문』 잡보란에 연재물이 등장한다. 집필진은 검열을 피할 수 있는 내용과 지면을 안정적으로 채워줄 수 있는 형식의 게재물이 필요했다. 연재물은 그러한 현실적 요구에 부응하는 글쓰기였던 것이다.
> '이어기담'으로 출발한 『제국신문』 연재물의 이름은 이후 '小說'로 변한다. 이때 '小說'은 『제국신문』의 집필진이 1906년에 처한 상황에 대처하기 위해 기존의 서사전통을 변주하여 만든 산물이었다. '小說'은 기존 연재물의 특성을 이어가는 동시에 흥미 위주에서 벗어나 비판정신을 회복하고 현실성을 강화하려는 시도를 보여준다.26)

『대한매일신보』의 경우 소설란에 수록된 작품은 총 10편이다. 이 중 8편이 국문판에 그리고 나머지 2편이 국한문판 신문에 실려 있다. 『대한매일신보』의 소설란에 실린 작품들과 잡보 혹은 논설란에 실린 작품들 사이의 차이를 논한다면, 소설란에 실린 작품들은 잡보 및 논설란에 실린 작품들에 비해 상대적으로 길이가 길다는 점을 들 수 있다.27) 이런 사례는 『황성신문』·『만세보』·『대한민보』 등 근대계몽기의 다른

---

25) 구장률, 「근대계몽기 소설과 검열제도의 상관성」, 『현대문학의 연구』 제26호, 한국문학연구학회, 2005, 199~228면 참조.
26) 위의 글, 221면.
27) 이에 대해서는 뒤에서 상세하게 다시 정리할 예정이다. 『대한매일신보』 소재 '소설'에 대한 구체적인 서술은 이 책의 제2장 참조.

신문에서도 확인할 수 있다.『황성신문』의 경우 기서란에 실린 자료는 예외 없이 단형물이고 소설란에 실린 자료는 연재물이라는 특징이 있다.『만세보』와『대한민보』는 '단편소설'란을 따로 두었다.28) 이들 신문의 경우는 소설란에 실린 자료는 장형 연재물이고 단편소설란에 실린 자료는 단형 서사물이다.29) 하지만,『제국신문』의 경우는 계속해서 소설란에 단형 서사물을 수록한다. 이 점으로 보면, 1900년대 무렵 '소설'이 꼭 장형서사물만을 지칭하는 용어였다고 단정할 수는 없다.『제국신문』의 서사 자료들은 대부분 '론셜'란 과 '이어기담(俚語奇談)' 및 '소셜(小說)'란에 실렸다.『제국신문』이 소설란을 두기 시작한 것은 1906년 9월 18일「령남 안동 짜에－」(1906.9.18)를 발표하면서부터이다. 그런데『제국신문』소설란에 실린 작품들은 그 성격이 이어기담에 수록된 것과 거의 흡사하다. 이어기담은 소설란이 등장하기 직전에 잠깐 존재했던 것으로 여기에는「평양 감영에－」(1906.7.28~8.7) 등의 작품이 실려 있다. '이어기담'이나 '소셜'란이 등장하기 이전의『제국신문』서사 자료들은 모두 논설란에 실렸다. 잡보란에는 단 한편의 서사 자료도 실려 있지 않다. 이는 앞에서『한성신보』나『대한매일신보』가 잡보란을 활용하던 것과는 차이가 난다. 아울러 소설란이 생긴 이후에는 논설에서 서사성이 사라

---

28) 단편소설란을 처음 두기 시작한 것은『만세보』이다. 1906년 7월 3일~4일까지 발표된 이인직의 작품「단편」을 첫 사례로 꼽을 수 있다.『만세보』는 이어서「백옥신년」등의 단편소설을 게재했다.

29) 특히『대한민보』의 단편소설(短篇小說) 발표 현황과 그 문학사적 의미에 대해서는 이유미,「근대계몽기 '단편소설'의 위상」,『현대문학의 연구』제22호, 한국문학연구학회, 2004, 130~166면 참조.『대한민보』단편소설란에 실린 작품의 성격을 이해하는데는 다음과 같은 정리가 도움이 된다. "1900년대 말에 발행된『대한민보』는 새해 아침이나 신문 창간일과 같은 특별한 날에 短篇小說란을 고정적으로 배치하여 '短篇小說'이라는 개념을 효과적으로 사용했다. 이들 작품은 원고지 분량으로는 10매 내외 정도로서 현재의 단편 소설을 가늠하는 방식으로 바라보기에는 지나치게 짧다. 그러나 근대계몽기, 각종 국문 신문의 논설란이나 소설란에서 계몽적 글쓰기로 출현했던 '서사적 논설'이나 자사(自社) 신문의 홍보를 간접화하는 방식, 또한 근대적 장르로서의 단편소설 양식의 기교를 나름대로 살리는 단형 서사물이 '短篇小說'이라는 표제 하에 망라되어 있다."(137면)

져버린다. 이른바 '서사적논설'이 거의 사라지는 것이다. 이러한 성격의 글들은 모두 소설란으로 옮겨간다. 결과적으로 보면 『제국신문』에서는 논설란에 실리던 서사 자료들의 일부를 소설란이 대체 수록한 셈이 된다.[30] 이 시기 『경향신문』은 약 50여 편의 서사 자료를 수록하고 있다. 『경향신문』의 서사 자료들은 대부분 '쇼셜(小說)'란에 발표되었고, 그 중 일부만이 '고담(古談)'란에 발표되었다. 『경향신문』 소설란에 에 수록된 서사 자료들의 경우도 길이에 별다른 제한이나 구별이 없었다. 『경향신문』 소설란에 수록된 작품의 대부분은 단형 서사 자료였지만, 간혹 「파선밀사」와 「해외고학」 같은 장형 서사물이 연재되기도 했다.

1910년대에 서사문학 자료를 수록했던 주요 신문으로는 『매일신보』와 『경남일보』를 들 수 있다. 『경남일보』는 1912년 1월 28일부터 2월 5일까지 5회에 걸쳐 국한문 소설을 한 편 연재하고 있다. 이 작품에는 '소설'이라는 표기 외에는 별도의 제목이 달려 있지 않으며 지은이가 금산거사(琴汕居士)라고 되어 있다. 이 소설은 등장인물 가운데 한 사람인 김금산(金琴汕)이 자신을 찾아온 친구를 만나 우리나라의 장래를 위해 상공업이 중요하다는 사실을 논하는 내용으로 이루어져 있다. 이 작품은 지은이가 자신의 이야기를 하되 그것을 객관화 시켜 이야기하는 독특한 서술 방식을 택하고 있다는 점에서 주목을 끈다. 비슷한 시기 『경남일보』는 전대소설(前代小說)의 재수록물로 보이는 한글소설 「교기원(巧奇冤)」(1912.1.6~2.9)을 연재했지만 「교기원」에는 특별한 양식 표기가 되어 있지 않다. (단지 이 작품의 연재를 거른 날 지면에 "此小說은 今日에 休揭함"[31]이라고 표기함으로써 「교기원」이 '소설(小說)'임을 상기시킨다.) 그밖에 1912년 2월 11일부터 연재를 시작한 작품 「옥련당(玉蓮堂)」에는 '애락소설(哀樂小說)'이라는 표기가, 1913년 8월 9일부터 연재를 시작한 작품 「운외운(雲外雲)」에는 '풍화소설(風化小說)'이라는 표기가 달려

---

30) 김영민, 앞의 글, 262~268면 참조.
31) 『경남일보』, 1912년 1월 12일 및 14일.

있다. 현재『경남일보』의 보존 상태가 완전하지 않아「옥련당」이나「운외운」의 내용과 길이를 명확히 알기는 어렵다. 그러나 지금 확인할 수 있는 자료들로 미루어 보건데, 1910년대『경남일보』에서 사용한 소설이라는 용어는 내용이나 길이에 관계없이, 이야기 문학 전반을 가리키는 용어였던 것으로 판단된다.

1910년대의 유일한 중앙지였던『매일신보』에서는 주로 '신소설' 및 '단편소설'란을 통해 서사 자료들이 발표된다. 그러나 1910년대『매일신보』가 '소설'이라는 양식 표기를 지양하고 '신소설' 혹은 '단편소설'이라는 표기를 사용했다는 사실이 곧『매일신보』편집자들의 소설관의 변화를 보여주는 것은 아니다. 이들에게 '신소설'은 곧 '소설'의 의미를 그대로 지닌 대체 용어에 불과한 것이었으며, '단편소설'은 작품의 길이를 구별하기 위해 사용한 용어였을 뿐이다.

『매일신보』가 1917년 1월 1일 이광수의 작품「무정」을 게재하기에 앞서 내보낸 광고문에서 그것을 '신년(新年)의 신소설(新小說)'[32]이라고 했던 점은 이미 잘 알려진 사실이다. 이러한 방식의 광고는 후일 발표되는 홍난파(洪蘭坡)의 작품「허영(虛榮)」 등에서도 계속된다.「허영」은 연재에 앞서 광고를 내보내는데, 광고문의 서두는 '신소설예고(新小說豫告)'로, 작품「허영」은 '가정소설(家庭小說)'로 표기가 되어 있다.[33] 「허영」의 연재가 끝난 후『매일신보』는 다시 백대진(白大鎭)의 소설「박명(薄命)」을 연재하기로 하고 광고를 내보낸다. 이때는 '신소설'이라는 용어는 빠져 있고「박명」에 '가정소설(家庭小說)'이라는 명칭만을 덧붙인다. 하지만 여기에 '신소설'이라는 표기가 빠져 있다고 해서 그것 역시 별다른 의미를 지니는 것은 아니다. 한국 근대문학사 초기에 사용된 신소설이라는 용어는 양식 용어라기보다는 수사(修辭)에 더 가까운 것이었다. 근대문학사 초기에 사용된 신소설이라는 용어는 주로 대중의 관심을 끌기 위한

---

32)『매일신보』, 1916년 12월 26일.
33)『매일신보』, 1919년 8월 29일.

목적으로 사용된 수사였다고 보는 것이 옳다. 신문 연재소설 가운데 '신소설'이라는 표기가 달려 있던 최초의 작품은『대한매일신보』에 연재된 「보응」(1909.8.11~9.7)이다. 그러나 이 작품은『대한매일신보』연재소설 가운데 가장 구소설적 요소를 많이 지니고 있는 작품이다. 한국 근대신문에서 '신소설'란이 존재했던 것은 이해조의 작품 「봉선화」가 연재되던 1912년 7월 18일까지이다.『매일신보』는 「봉선화」연재 도중 조중환의 번안소설 「쌍옥루」를 연재하기 시작한다. 「쌍옥루」연재가 시작된 지 사흘째 되던 날부터 이해조의 「봉선화」에서는 별다른 이유도 없이 그동안 줄곧 따라다니던 '신소설'이라는 명칭이 사라진다. 이날 이후『매일신보』는 연재물에 직접 신소설이라는 용어를 사용하는 것을 중단한다.34) 이는『매일신보』의 강조의 초점이 신소설에서 번안소설로 옮겨갔음을 보여주는 것이다. 이 시기 이후 우리 소설사에서는 신소설이라는 '양식'이 사라지는 것이 아니라, 신소설이라는 '수사'가 사라지는 것이다. 이 문제는 신문소설 연구뿐만 아니라, 근대소설사 연구 전반에서 매우 중요한 문제가 된다. 이 문제는 뒤에서 다시 언급하게 될 것이다.

　다음의 문안은『매일신보』편집자들이 '소설'을 어떻게 생각했는가를 보여주는 자료이다. 이 문안의 제목은 "현상소설모집(懸賞小說募集)"이다. 이 가운데 '응모규정'이라 된 부분만을 떼어내 인용하면 다음과 같다.

懸賞小說募集
應募規程
一. 小說의 種類ᄂ 新聞連載에 適當호 家庭小說, 一回一行二十字式 一百二十行內外, 總回數一百回로 完結홀 것임을 要홈
一. 材料ᄂ 總히 現代에 置호되 創作을 爲貴요 但飜案이라도 朝鮮의 現代에 矛盾되지 안이ᄒ면 無妨홈. 飜譯은 此를 取치 안이홈. 用語ᄂ 可成口語體를

---

34) 단, 「무정」 등의 경우처럼 광고문이나 기사 등에서만 이 용어를 계속 사용한다.

使用ᄒ며 漢文을 未修ᄒ 人이라도 充分히 了解ᄒ도록 可成漢文의 難解ᄒ
熟語를 避ᄒ고 가장 通俗的의 純朝鮮語로 作稿홈을 要홈. 一回式 適當히 此
를 分配ᄒ야 每回마다 반다시 其順號를 記홈을 要홈
一. 原稿ᄂ 반다시 楷書홈을 要ᄒ며 句點을 明記ᄒ거나 句節에ᄂ 一字 又ᄂ
半字의 間隙을 置ᄒ고 行數와 配字를 均一히 홈을 要홈. 原稿ᄂ 稿紙의 片
面에만 記載홈을 要홈
一. 原稿에ᄂ 別로히 原稿와 同一ᄒ 文體로 其小說의 梗槪를 記ᄒ고 尙編中
의 主要人物로부터 順位로 其性格 年齡 地位系統 等을 簡潔히 列記ᄒ 梗槪
書을 添附홈을 要홈
一. 原稿揭載時에ᄂ 雅號를 使用홈도 作者의 隨意이나 本社에 提出홀 時ᄂ
반다시 住所氏名을 明記홈을 要홈. 原稿ᄂ 此를 小包로 送附홈을 要ᄒ며 別
로히 書狀으로 此旨를 通ᄒ되 送處ᄂ 總히 本社編輯部라 明記ᄒ고 原稿의
表面에 懸賞應募小說原稿라 朱書홈을 要홈
一. 原稿의 審査採點은 本社及各大家에 依賴ᄒ야 가장 公平히 此를 行홈
一. 原稿提出期限은 大正八年九月三十日ᄭ지 本社에 到着ᄒ도록 提出홈을
要홈
一. 當選된 原稿ᄂ 隨時本紙에 連載ᄒ되 其版權은 本社에 屬홀 것이오 其餘
의 原稿ᄂ 作者의 通知가 有홀 時ᄂ 本社에서 此를 返送홈[35]

여기서 우리는 다음과 같은 사실을 알 수 있다.『매일신보』는 일단
‘가정소설’을 신문연재에 가장 적합한 작품으로 생각했으며, 그 길이는
대략 200자 원고지 1,200매 정도가 적당하다고 보았다. 이를 하루에 원
고지 12매씩 100일 정도 연재하려 했던 것이다. 작품의 재료는 현대에
서 취해야 하고, 문체는 구어체를 사용할 것이며, 문자는 ‘가장 통속적
인 순조선어’로 쓸 것을 요구하고 있다. 창작소설을 원칙으로 하되, 조
선의 현실에서 크게 벗어나는 것이 아니라면 번안소설도 가하다는 생
각을 드러내고 있는데, 번안소설에 대한 인식은 지금 우리의 판단과는
적지 않은 차이를 보이는 부분이다.[36]

---

35) 「현상소설모집」, 『매일신보』, 1919년 6월 3일.

1910년대 초반 『매일신보』에 지속적으로 실리는 독자 원고 현상모집 란에 실린 대상 원고는 '속요(俗謠), 시(詩), 소화(笑話), 단편소설(短篇小說), 서정서사(敍情敍事)' 등이다. 이 가운데 '단편소설'은 '일 행 18자, 행수 150행' 즉 200자 원고지 14매 정도의 분량임을 밝히고 있다.[37] 「현상소 설모집」 공고를 통해 장형소설을 모집하던 『매일신보』는 같은 기간 중 「소품문예 현상모집」이라는 공고를 통해 단편소설을 따로 모집한다. 이 문안을 인용하면 다음과 같다.

小品文藝懸賞募集
半島新文學의 發達을 助長ᄒ며 文藝의 趣味를 一般에 普及케 ᄒ기 爲ᄒ야 每週一次 本紙에 『文藝페—지』를 設ᄒ야 來月브터 此를 實行코져 ᄒᄂ 바 其紙面의 一部를 公開ᄒ야 讀者의게 提供코져 左記條件으로 繼續ᄒ야 原稿 를 募集홈
一. 作品의 種類ᄂ 短篇小說, 詩調, 新體詩, 日記及紀行 其他隨筆 等 小品文 藝
一. 賞은 甲(二圓)乙(一圓)丙(五十錢)으로 定員을 設치 안이ᄒ며 入賞以外라 도 秀逸로 採用ᄒᄂ 時ᄂ 若干의 賞을 贈呈
一. 每週繼續ᄒ야 募集홈으로 投稿의 期限은 定치 안이ᄒ얏스며 短篇小說은 一行約二十字一編一百行을 超치 안이홈을 要홈
一. 原稿의 封皮에ᄂ 반다시 『懸賞文藝原稿』라 朱書홈을 要홈[38]

여기서 단편소설은 '소설'보다는 '소품문예'에 속하는 것으로 정리가 된다. 그 길이는 '일 행 20자, 100행 이내'로 200자 원고지 10장 정도의 분량이 된다.

---

36) 근대계몽기 번안소설의 등장 과정과 그 의미에 대해서는 박진영, 「일재 조중환과 번 안소설의 시대」, 『민족문학사연구』 제26호, 민족문학사학회, 2004, 199~230면 및 박진 영, 「1910년대 번안소설과 '실패한 연애'의 시대」, 『상허학보』 제15호, 상허학회, 2005, 273~302면 참조.
37) 「현상모집」, 『매일신보』, 1912년 3월 15일 참조.
38) 「소품문예 현상모집」, 『매일신보』, 1919년 6월 24일.

1910년대 말까지는 단편소설에 대한 구별은 분명히 존재했지만, '장편소설'에 대한 명확한 인식은 존재하지 않았던 것 같다. 한국 근대신문에서 장편소설이라는 용어가 언제 자리를 잡게 되는가에 대해서는 좀 더 치밀한 자료 조사가 필요하다. 그러나 분명한 것은 1920년대를 거치는 동안, 장편소설(長篇小說)과 단편소설, 그리고 중편소설뿐만 아니라 거기에 장편소설(掌篇小說)에 대한 인식까지 생기게 되었다는 점이다. 길이에 따른 양식 분류는 1920년대 말 이전에 일단 모두 정리가 되는 셈이다. 이를 확인하기 위해 1920년대 말 『조선일보』에 발표된 「장편소설(掌篇小說) 소론(小論)」의 일부를 인용한다.

> 모든 事物의 變遷 生長 發達은 事物發達의 辨證法的 原理이다. 封建主義 社會制度는 原始 酋長社會의 發展된 것으로써 그 發展 過程 中에 自體內에 必然的으로 胚胎되고 創生된 成長하든 矛盾이 잇서 그 矛盾이 어느 一定한 時間까지 生長하다가 飛躍하여 새로운 社會形式을 形成하엿스니 今日의 資本主義 社會가 그것이다. 이와 가튼 辨證法的 發展 法則은 小說의 變遷 發達에도 避함 업시 事物의 發展 原理로 賦課되어잇다. 中篇小說은 長篇小說 形式 內에서 그 端初를 삼어 發達된 것이고 이 中篇小說 形式은 自體內에 短篇小說이란 新形式을 姙娠하고 잇든 것이엇다. 이러한 長篇小說 中篇小說 短篇小說의 發展 過程을 考察할 쌔에 短篇小說의 次位를 繼承할 어는 新形式이 잇슬것은 事物의 發展法則上 無疑한 일이다. 이에 우리는 掌篇小說을 小說 發展上 必然的 出生의 한 新形式이고 事物 發展上 短篇小說의 次位를 連結할 一個 過程的 存在가 아니라 할 수 업다. 결코 偶然한 存在가 아니고 連結업는 孤立的 形式이 아닌 것이다.39)

이 글을 전후하여 실제로 『조선일보』에는 박영희의 「춘몽」(1929.3.1), 이익상의 「남자없는 나라」(1929.3.16), 이태준의 「모던걸의 만찬」(1929.3.19), 심훈의 「오월비상」(1929.3.20~21), 김동환의 「재판장과 코」(1929.3.28~30), 안

---

39) 김홍희, 「장편소설(掌篇小說) 소론」, 『조선일보』, 1929년 4월 19일.

석주의 「갈 때 웃는 여자」(3.24~27) 등 장편소설(掌篇小說)이라 명기된 다양한 작품들이 실리게 된다.

일제하 신문에서 장편소설(長篇小說)에 대한 인식을 보여주는 주목할 만한 자료로는 1931년 『조선일보』에 발표된 다음의 광고문을 들 수 있다.

懸賞長篇小說募集
賞金五百圓
一等 三百圓 一人
二等 百 圓 二人
現在 創作界의 進展과 新聞小說의 向上을 昔日에 比할 것이 아닌 줄 안다. 그러나 참말로 大衆을 『아피―르』할 만한 力作이, 左右文壇을 通하야 發見하기 어려운 것을 遺憾으로 생각하고서 本社에서는 이제 **名作을 天下에 求한다**
一. 每回一行十四字百六十行分量으로 百五十回以上
二. 飜譯飜案은 絶對不可 (朝鮮文으로 大衆本位일 것)
三. 原稿에는 싸로히 簡略한 梗槪를 添附할 것
四. 版權은 本社의 所有로 함
五. 原稿는 一切返還치 아니함
六. 封皮에는 懸賞長篇小說募集係라 朱書할 일
期限은 四月末日[40]

여기서 『조선일보』의 편집자는 장편소설의 길이를 14자 160행 분량으로 150회 이상을 주문한다. 200자 원고지로 대략 1,700매 이상을 요구하고 있는 것이다. 번역이나 번안은 절대 불가하다는 점을 지적하고 있는데 이는 1910년대 말 『매일신보』 편집자가 지녔던 인식과는 완전히 달라진 태도를 보여준다. 조선문(朝鮮文), 즉 한글 중심의 대중본위(大衆本位)적 작품이어야 한다는 요구는, 과거 신문들이 택했던 소설의 문체를 『조선일보』 역시 그대로 이어가고 있음을 확인시켜 준다.

---

40) 『조선일보』, 1931년 2월 22일.

『동아일보』의 경우도 1930년대 중반 이후 여러 차례 장편소설을 공모한다. 그 가운데 하나를 인용하면 다음과 같다.

長篇小說特別公募
本報創刊十五週年記念
【期限은 六月末 謝禮는 五百圓】
本報는 創刊十五週年記念事業의 하나로 長篇小說을 天下에 求한다. 例年 新春文藝懸賞應募募集等에서 意圖한 바는 主로 新人을 얻으려는 것이 엇지마는 이번은 「人」을 찾는 것이 아니오 「作」을 求하는 것이다. 그러므로 新人의 躍登도 歡迎하지만 文壇諸家의 勞作도 기다림이 勿論이다.
【題材와 構想】
應募作品의 題材와 構想은 作者에게 一任할 性質의 것이지마는 本社의 意圖가 朝鮮農漁山村文化에의 寄與에 잇는지라 다음의 몇 가지에 留意해 주면 더욱 조흘까 한다.
一. 朝鮮의 農漁山村을 背景으로 하야 朝鮮의 獨自的 色彩와 情調를 加味할 것
一. 人物中에는 한 사람만은 朝鮮靑年으로서의 明朗하고 進取的인 性格을 設定할 것
一. 新聞小說이니만치 事件은 興味잇게 展開시켜 都會人農漁山村人을 勿論하고 다 熟讀하도록 할 것
【規定】
▲長篇은 百二十回內外 ▲期限은 今年六月末日限 ▲考選은 本社編輯局 ▲採擇은 單一篇. 謝禮는 金五百圓 ▲殘稿는 返送料를 添附하면 ——히 返送
【東亞日報社】[41]

『동아일보』의 편집자는 120회 정도 연재가 가능한 작품을 주문한다. 이 역시 대략 1,200매 정도의 분량을 요구하는 것이다. 여기서는 응모

---

41) 『동아일보』, 1935년 3월 20일.

작품의 제재와 구상은 작가에게 일임하지만, 농어산촌문화의 기흥에 이바지할 수 있는 작품이라는 단서가 특이하다. 참고로, 이러한 장편소설 공모 결과 당선된 작품이 심훈의 「상록수」였다.

1920년대 후반 이후 『동아일보』와 『조선일보』에서는 장편소설(長篇小說)이라는 용어가 비교적 자주 눈에 뜨인다. 『동아일보』는 이광수의 작품 「군상(群像)」에 대한 예고문과 「이순신」에 대한 예고문 등에서 이들이 장편소설임을 내세운다.[42] 하지만 이들 작품이 실제 연재될 때에는 거기에 아무런 양식 표기를 하지 않는다. 이는 『조선일보』의 경우도 마찬가지이다. 『조선일보』는 심훈의 소설 「불사조(不死鳥)」 연재 예고문에서 그것이 장편소설이라는 점을 밝히고 있다.[43] 그런데 심훈의 「불사조」역시 실제 연재물에는 장편소설이라는 표기가 되어 있지 않다. 이는 「불사조」와 같은 지면에 실린 조벽암의 작품 「건식(健植)의 길」에는 '단편소설(短篇小說)'이라는 양식명이 계속 명기되던 것과 구별된다.[44] 이광수의 장편 「유정」 등의 경우도 마찬가지이다. 『조선일보』 1933년 9월 27일자 「유정」의 연재 광고문에는 그것이 분명이 '長篇小說 有情'이라고 되어 있지만, 실제 작품에는 아무런 표식이 되어 있지 않다. 앞에서 인용한 『동아일보』의 '장편소설 특별공모'에 당선된 심훈의 작품 「상록수」역시 실제 연재물에는 아무런 양식 표기가 되어 있지 않았다. 「상록수」는 『동아일보』에 1935년 9월 10일부터 연재되기 시작했다.

실제 작품에 장편소설(長篇小說)이라는 용어를 표기해 가면서 연재를 시작한 것이 언제부터인가에 대해서는 명확한 결론을 내리기 어렵다. 아울러, 그 사실 자체가 한국 근대문학사 혹은 근대신문 소설사 이해에 절대적으로 중요한 것도 아니다. 그보다는 1930년대 초반에 들어서면 우리나라 신문에서 이미 장편소설이라는 용어의 사용과 실제 장편소설

---

42) 『동아일보』, 1929년 12월 12일 및 1931년 5월 23일 참조.
43) 『조선일보』, 1931년 8월 12일 참조.
44) 『조선일보』, 1931년 8월 11일~21일 참조.

의 창작이 보편화되기 시작한다고 하는 사실을 인식하는 것이 더 중요
하다.45) 한편, 일제하의 대표적 장편소설로 꼽히는 홍명희의 「임꺽정」
의 경우를 살펴보는 것은 근대 장편소설과 관련된 문제들을 이해하는
데 나름대로 도움이 된다. 『조선일보』 편집자들이 처음부터 「임꺽정」에
장편소설이라는 용어를 사용했던 것은 아니다. 1928년 11월 『조선일보』
는 홍명희의 작품 「임꺽정」의 연재를 결정하면서 다음과 같은 광고를
내보낸다.

> 朝鮮서 처음인 新講談
> 碧初 洪命憙氏作
> 독자 제씨의 갈채를 밧든 김동환(金東煥)씨의 「전쟁과 련애」 이십이로 끗을
> 맛치고 이십일일부터는 조선에 잇서서 새로운 신강담(新講談) 림거정전(林巨
> 正傳)을 실게 되엿습니다. 작자(作者)는 조선문학계의 권위(權威)요 사학계(史
> 學界)의 웃듬인 벽초(碧初) 홍명희(洪命憙) 선생이니 이 강담이 얼마나 조선문
> 단에 큰 파문을 줄는지 추측되는 바이며 (…중략…) 이 강담의 내용은 일즉이
> 조선에도 소개된 세계명작 「알렉싼더 – 쓔마」의 암굴왕(巖窟王)보다도 더욱
> 그 구도(構圖)가 크거니와 홍명희 선생의 필치(筆致)는 오히려 「쓔마」류(類)의
> ㅅ것보다도 훨씬 장대(壯大)할 것을 미리 말씀합니다.46)

여기서 『조선일보』 편집자는 홍명희의 「임꺽정」이 이른바 세계명작
「암굴왕」보다도 그 구도가 크고 필치가 장대할 것임을 예견한다. 그런
데 이 작품에 붙어있는 표식은 소설도 혹은 장편소설도 아닌 '신강담(新
講談)'이다. 이 작품에 대해 홍명희는 「임꺽정」 연재 첫회에 기록한 머
리말에서 "십여세 아희쩍부터 이야기듯기 소설보기를 조하하든 것과
삼십지넌 할 일이 만흔 몸으로 고담부스러기 가지고 소설비슷이 써내

---

45) 이 시기 박영희의 경우도 신문기자와 인터뷰를 통해 '장편소설(長篇小說)을 시작해
보겠다'는 언급을 한다. 『조선일보』, 1934년 7월 22일 참조 장편소설 관련 기사는 당
시 신문에서 어렵지 않게 발견할 수 있다.
46) 『조선일보』, 1928년 11월 17일.

게 되는 것을 련락을 매저 생각하고 에라 한번 들리워노코 인과관계를 의론하야 이야기머리에 언지리라 별르다가 중간에 생각을 돌리어 그럴 것이 업시 문학이란 것을 보는 법이 녜와 이제가 다르다고 녯사람이 일 신정력을 들여 모하노은 그쌔지 말슴을 알윈 일이 잇섯답니다"47)라고 술회한다.48) 「임껵정」 연재란에는 '신강담'은 물론 '장편소설'이라는 양 식 표기도 한동안은 되어 있지 않았다. 이는 1928년 11월 21일부터 1929 년 12월 26일에 끝난 제1차 연재분에서는 물론, 1932년 12월 1일에 시작 된 제2차 연재분에서도 마찬가지였다. 제2차 연재분 머리말에 홍명희는 "도합 여섯 편을 쓰되 편편이 짜로 쩨면 한 단편(短篇)으로 볼 수 잇도록 쓰랴는 것이엇슴니다. 그러나 손이 마음과 갓지 못하야 복안대로 잘 되 지 안는 싸닭에……"49)라고 언급한다. 「임껵정」 전체를 여섯 편으로 엮 되, 그 여섯 편은 각각 떨어져서도 독립된 '단편'처럼 이해될 수 있기를 바라며 작품을 집필하고 있다는 것이다. 「임껵정」에 편집자가 '장편소 설'이라는 용어를 사용해 광고하기 시작한 것은 1934년 9월 제3차분 연 재를 앞두고부터이다. 1934년 9월 8일자 「신문소설(新聞小說) 대웅편(大雄 篇)」이라는 제목의 광고문에는 다음과 같은 내용이 들어 있다.

> 벽초 홍명희(碧初 洪命熹)씨의 대웅편 림거정전(林巨正傳)은 우금륙칠년 동
> 안 본지에 련재된 이래 독자 제씨로부터 답지하는 찬사(讚辭)는 이로 헤아리기
> 어려웟든만큼 실로 장편소설로써 비류가 업는 대걸작인 바……50)

여기서 『조선일보』 편집자는 이것이 '장편소설'의 대걸작임을 강조 하고 있다. 아울러 특기할 만한 사실은, 이후 「임껵정」의 제4차 연재가

---

47) 홍명희, 「임껵정」 제1회, 『조선일보』, 1928년 11월 21일.
48) 이에 대해 강영주는 "연재 초기에 홍명희는 강담과 역사소설 사이에서 뚜렷한 형식
    을 정하지 못한 채 집필을 시작했던 듯하다"(『벽초 홍명희 연구』, 창작과비평사, 1999,
    270면)는 견해를 보인다.
49) 『조선일보』, 1932년 11월 30일.
50) 『조선일보』, 1934년 9월 8일.

시작되는 1937년 12월 12일자부터 『조선일보』는 작품의 제목 앞에 '장
편소설'이라는 용어를 병기하기 시작한다는 점이다. 그런가 하면, 제4차
연재를 앞둔 작가의 말에서도 홍명희는 다음과 같은 언급을 통해 이 작
품이 '장편'이라는 점을 강조한다.

> 내가 림꺽정이를 쓰기 시작할 때 세운 륜곽이 잇습니다. 첫 편에 꺽정이의 래
> 력 둘재 편에 꺽정이의 아이쩍 일 셋재 편에 꺽정이의 시대와 환경 넷재 편에
> 꺽정이의 동무 다섯재 편에 꺽정이의 도적질 그리고 꺽정이의 신후사를 한 편
> 써서 끄틀 막으랴고 하얏습니다. 모두 합하면 여섯 편인데 이 중에서 첫재 봉단
> 편과 둘재 갓바치편과 셋재 량반편과 넷재 의형제편은 이왕 쓴 것이요 다섯재
> 의적편은 조금 쓰다가 만 것이요 여섯재 파손편은 아직 쓰지 아니한 것입니다.
> 단편이나 중편을 여섯 모하서 장편이 하나 되도록 결국 한 것이라……51)

이는 그가 제2차 연재분 작가의 말에서 「임꺽정」의 각 여섯 편이 독
립된 작품이라는 사실을 강조했던 것과는 대조가 된다. 여기서는 이들
여섯 편이 각각 독립된 단편이라는 사실보다는 그것들이 모여 하나의
'장편'이 될 수 있다는 점에 분명히 무게가 실려 있다. 그만큼 30년대 후
반으로 오면 장편소설의 의미가 중요해졌다고도 할 수 있을 것이다. 이
는 한국문학 평단에서 장편소설에 관한 논의가 본격화되는 것이 1930년
대 중반 이후라고 하는 점과도 연관성이 없지 않다. 1930년대 중반을 넘
어서면서 우리 평단에서는 김남천의 「조선적 장편소설의 일고찰」(『동아
일보』, 1937.10.19~10.23) 등 장편소설과 관련된 이론적 논의가 본격화 된다.
참고로, 『조선일보』가 작품에 장편소설이라는 용어를 직접 표기하기
시작한 것이 「임꺽정」의 경우가 처음은 아니다. 1936년 12월 22일부터
연재를 시작한 이광수의 작품 「나의 자서전」이나, 1937년 3월 30일 연
재를 시작한 이기영의 「어머니」, 3월 31일 연재를 시작한 김말봉의 「찔

---

51) 『조선일보』, 1937년 12월 12일.

레꽃」, 5월 28일 연재를 시작한 이광수의 「공민왕」, 그리고 10월 20일 연재를 시작한 채만식의 작품 「탁류」에도 장편소설이라는 표기가 되어 있다. 『조선일보』가 작품 제목에 '장편소설'이라는 양식 표기를 본격적으로 하기 시작한 것은 1930년대 중반 이후이다. 『조선일보』의 「임꺽정」의 경우와 유사한 사례는 『동아일보』에서도 발견할 수 있다. 『동아일보』는 1935년 9월 26일부터 김말봉의 작품 「밀림(密林)」을 연재한다. 이 소설의 연재가 시작될 당시 작품명 앞에는 아무런 양식 표기가 되어 있지 않았다. 이후 「밀림」은 연재 도중 『동아일보』의 정간 사태 등 지면 사정으로 중단되었다가, 1937년 11월 1일부터 다시 2차분 연재를 시작한다. 그런데 이렇게 2차분 연재를 시작하면서부터는 작품 앞에 '장편소설(長篇小說)'이라는 양식 명이 붙게 된다. 일단 연재를 끝냈던 김말봉의 「밀림」은 1938년 7월 1일부터 또다시 후편(後篇) 연재에 들어간다. 이때는 물론 처음부터 작품에 장편소설이라는 표기를 하게 된다.

지금까지의 논의를 토대로 한국 근대신문 소설의 성격을 정리해 보면 다음과 같다. 첫째, 근대 초기 신문에서는 소설과 잡보 그리고 논설의 분류가 명확하지 않았다. 비슷한 성격의 서사 자료들이 신문 편집자의 취향에 따라 각각 다른 지면에 실렸던 것으로 판단된다. 둘째, 한국 근대신문에서 '소설'란이 생긴 것은 1906년 이후의 일이다. 『대한매일신보』 국한문판이 1906년 2월 소설란을 두기 시작한 이래 곧바로 『제국신문』·『경향신문』·『황성신문』 등도 모두 소설란을 두었다. 셋째, 근대신문 소설란에 수록된 작품들은 대부분 순한글로 된 작품들이다. 국한문혼용을 주된 문자로 삼았던 신문들조차도 소설란에 수록된 작품들만은 순한글로 게재했다. 이는 근대신문이 소설의 독자를 한글 사용층 즉 전통적 지식인층보다는 학문적 식견이 그리 높지 않은 일반 대중과 여성으로 생각했기 때문이다. 넷째, 소설란이 정착되면서 대부분의 신문에서는 길이가 긴 연재물들을 소설란에 실었다. 길이가 짧은 단형 서사물들은 잡보란이나 기서 및 논설란 등에 실렸다.[52] 다섯째, 『만세보』

가 '단편소설'란을 두기 시작한 이후 『만세보』와 『대한민보』 등은 길이가 긴 작품은 소설란에, 길이가 짧은 작품은 단편소설란에 실었다. 이러한 길이 분류는 이후 1910년대의 대표적 신문인 『매일신보』로까지 이어졌다. 여섯째, 『매일신보』는 소설이라는 용어 대신에 신소설이라는 용어를 주로 사용했다. 『매일신보』는 신소설이라는 용어를 장형 서사물에만 사용했다. 1910년대까지는 장편소설이라는 용어는 사용하지 않았다. 하지만 원고 모집 문안 등을 살펴보면 장형 소설과 단편소설에 대한 양식적 구별은 분명히 존재했다. 이는 「무정」 등의 장형 서사물 연재에서도 확인되는 것이었다. 신문 연재 장형 소설이 지향하는 바는 대중적 '가정소설'이었다. 신소설이라는 용어는 한국 근대신문이 즐겨 사용한 용어이기는 했지만 양식 용어라기보다는 소설의 상업화 혹은 대중화를 겨냥한 수사적 성격이 강한 것이었다. 일곱째, 한국 근대신문에서는 1920년대 말 이전에 장편소설(掌篇小說) · 단편소설 · 중편소설 · 장편소설(長篇小說) 등 길이에 따른 소설 양식 분류가 이론적으로 충분히 이루어진 것으로 보인다. 1920년대 후반에서 30년 초반으로 들어서면 장편소설이라는 용어의 실제 사용도 빈번해지고, 장편소설에 대한 관심 및 작품 창작도 크게 늘어난다. 장편소설에 대한 관심과 용어의 활용은 1930년대 중반으로 가면서 더욱 높아진다.

---

52) 단, 여기에는 예외가 있었으므로 이것이 근대 초기 신문의 절대적인 서사 자료 편집 원칙이었다고는 말할 수 없다.

5. 마무리–근대신문과 근대소설

초창기 한국 근대소설의 작가는 신채호나 이인직처럼 신문사의 주필이기도 했고, 이해조나 조중환처럼 신문기자이기도 했다. 한국 근대계몽기 소설들에서 서사와 논설이 강력하게 결합된 상태로 존재했던 원인 가운데 하나는, 신문 소설의 작가가 곧 동일한 신문의 논설 집필자였다는 사실과도 관계가 없지 않다. 근대계몽기 신문은 신문사 내에 자체 필자를 두고 소설을 연재하기도 했지만, 다양한 형태의 독자투고를 받아들이거나 현상문예 모집 제도 등을 통해 새로운 작가를 길러내기도 했다. 이광수 등과 같이 이미 다른 매체를 통해 작품 활동을 하고 있는 작가에게 원고를 청탁해 게재하기도 했는데, 이는 신문소설 독자의 범주를 확장시키고 근대소설의 대중화를 이루는 데에 기여였다.

한국 근대 서사물들의 문체 변화와 서술 시점의 변화 등을 이끈 것도 근대신문이었다. 『한성순보』의 순한문체 서사물 「아리스토텔레스전(亞里斯多得里傳)」에서부터 『매일신보』의 구어체 순한글 서사물 「무정」에 이르는 동안, 한국 근대신문들은 다양한 문체 실험을 했다. 그 사이 『대한매일신보』는 동일한 서사 작품을 국한문혼용체와 순한글체 두 가지로 편집해 발표하기도 했다. 신채호의 국한문소설 「수군(水軍) 제일(第一) 위인(偉人) 이순신(李舜臣)」(『대한매일신보』 국한문판, 1908년 5월 2일~8월 18일)을, 패서생이 번역해 「리슌신젼」(『대한매일신보』 국문판, 1908년 6월 11일~10월 24일)으로 다시 발표한 경우가 여기에 해당한다. 『만세보』는 부속국문체를 사용해 동일한 지면에 활자 크기를 달리하여 한글과 한자를 병기하는 새로운 문체를 실험하기도 했다. 이인직의 소설 『혈의루』(『만세보』, 1906년 7월 22일~10월 10일)와 「귀의성」(『만세보』, 1906년 10월 14일~1907년 5월 31일) 등이 여기에 해당한다. 이러한 다양한 문체 실험의 결과 얻어진 것이 근대소설의 한글문체 정착이라 할 수 있다. 국한문판 『대한매일신보』

나 『만세보』, 그리고 『대한민보』 등은 주된 문자를 국한문으로 선택했으면서도 소설란만은 순한글체를 사용했다. 1900년대 이들 신문을 통해 정착된 '일반 기사는 국한문체로, 소설은 순한글체로'라는 편집 방향은 1910년대의 대표적 신문인 『매일신보』로 이어진다. 이광수의 「무정」이 한글 소설로 나타나게 된 것 역시 『매일신보』의 편집 관행을 작가 이광수가 받아들인 결과였다. 일반 기사는 국한문혼용체를 사용하면서도 소설들만은 순한글로 연재했던 『매일신보』의 관례를 받아들여 이광수는 「무정」을 한글로 발표하게 되었던 것이다.53) 일반 기사의 문체와 소설의 문체를 분리시키는 편집의 원칙은 1920년대 이후에 창간된 『조선일보』나 『동아일보』 등에도 그대로 적용된다. 『동아일보』는 창간호인 1920년 4월 1일자 신문부터 민우보(閔牛步)의 작품 「부평초(浮萍草)」를 연재한다. 『동아일보』의 주된 문체는 국한문혼용체였지만, 이 작품만은 순한글로 발표되었다. 『조선일보』는 1920년 3월 9일자 소설란에 해관생(觀海生)의 작품 「춘몽(春夢)」을 게재한다. 그런데 다른 기사들이 국한문혼용체인 것과 달리 이 작품은 순한글로 되어 있다.

근대소설의 정착 과정에서는 신문 편집자들의 작품 길이에 대한 인식 변화 역시 중요했다. 한국 근대신문의 서사 자료들은 한동안 단형이 주류를 이루다가 점차 그 길이가 다양화된다. 이 과정에서 길이가 긴 작품들은 소설 또는 신소설이라는 명칭으로 분류되어 잡보란이나 논설란 그리고 기서란 등에서 독립해 나오기 시작한다. 소설란으로 옮겨간 작품 가운데 비교적 길이가 짧은 것들에는 소설단편 혹은 단편소설이라는 용어가 붙게 된다. 소설에 장형과 단형의 구별이 생기기 시작하는 것이다. 1910년대에 들어서면 장형과 단형소설에 대한 인식이 점차 명료해지지만 그것이 아직은 절대적 의미를 지니지 못한다. 1920년대를 거치면서 장편소설(長篇小說)·중편소설·단편소설, 그리고 장편소설(掌篇

---

53) 이에 대한 상세한 논의는 김영민, 『한국 근대소설의 형성 과정』, 소명출판, 2005, 160
～170면 참조.

小說)에 대한 분류는 명확해진다. 1930년대 초반에 들어서면 신문에서는 장편소설(長篇小說)에 대한 관심이 점차 커지게 되고, 1930년대 중반에 이르러 이는 극대화된다. 양적으로나 질적으로 주목할 만한 장편소설의 시대가 펼쳐지는 것이다. 근대초기 서사물들은 대부분 삼인칭화자를 전면에 내세운 서술의 형태를 띠고 있지만, 1900년대 후반『경향신문』에 연재 발표된 번안소설 「파선밀사(破船密事)」 등에서는 일인칭화자가 서술자로 등장하기도 한다. 근대신문 소설의 서술자 변화 문제는 문체 변화 못지않게 중요한 것이다.

소설의 개념에 대한 편협한 인식, 소설의 개념에 대한 서구적 경도 등은 그 동안 한국 근대소설의 수많은 유산, 특히 신문에 수록된 다양한 형태의 서사문학 자료들을 경시하거나 무시하는 쪽으로 연구의 방향을 이끌었다. 소설의 개념에 대한 이러한 인식은 한동안 서사가 활성화된 작품들로만 연구가 집약되는 결과를 낳기도 했다. 그러나 최근의 연구 성과물들은 과거 이러한 성향의 연구가 지닌 문제점을 파악하고 그 극복을 향해 나아가고 있는 중이다.

제 2 장

『대한매일신보』와 한국의 근대소설

1. 머리말―『대한매일신보』 연구의 필요성

한국 근대'소설'의 정체성을 분명히 하기 위해서는 무엇보다 다양한 근대 서사문학 자료에 대한 정리가 선행되어야 한다. 이 장의 목적은 한국 근대계몽기 '소설'의 성격을,『대한매일신보』 소설란에 수록된 작품들을 통해 살펴보려는 데 있다.『대한매일신보』는 근대계몽기 신문 최초로 창작 소설란을 마련하고 거기에 다양한 형태의 서사문학 자료를 수록했던 신문이다. 이른바 '신소설'란을 마련해 작품을 연재한 것도 『대한매일신보』가 처음이다.

『대한매일신보』는 한일합방 이전 최대의 발행 부수를 유지했던 신문 이라는 점에서도 주목할 필요가 있다. 그만큼 여러 계층의 독자들에게 많은 영향을 미친 것으로 볼 수 있기 때문이다.『대한매일신보』는 영문

·국문·국한문 등 다양한 문자와 문체를 활용했다. 『대한매일신보』의
편집진들은 소설의 기능에 대해서도 분명한 생각을 지니고 있었다. 그
들은 과거와 현재의 소설에 대해서 관심이 많았을 뿐만 아니라, 미래
한국 소설이 나아갈 방향에 대해서도 일정한 생각을 지니고 있었다.
　이 장에서는 먼저 『대한매일신보』의 발행 상황을 알아보고, 이 신문
의 소설란에 실린 작품들의 특질에 대해 정리하기로 한다. 이 과정에서
근대계몽기 소설 및 신소설의 정체성 문제에 대해 생각해보기로 한다.
이어서 『대한매일신보』 편집진들의 소설관을 살펴보고, 『대한매일신보』
소재 소설 작품과 소설관 사이의 상관성 등에 대해서도 정리해 나가기
로 한다.

2. 『대한매일신보』의 서지(書誌)

　『대한매일신보』는 1904년 7월 18일 창간되어[1] 한일병합 직전인 1910
년 8월 28일까지 발행된 신문이다.[2] 『대한매일신보』가 창간될 당시 한

---

1) 『대한매일신보』는 현재 제1호에서 15호까지가 결호인 상태로 전해진다. 따라서 이
　신문의 창간 날짜는 추정치인 셈이며 창간 일자에 대한 논란이 전혀 없는 것은 아니
　다. 하지만, 『대한매일신보』의 기사 속에는 이 신문이 '광무 팔년 칠월 십팔일'에 창간
　되었다는 사실이 분명히 기록되어 있으므로 창간 일을 이렇게 확정지어도 무리가 없
　다(「사고(社告)」, 『대한매일신보』 국문판, 1907년 5월 23일자 참조). 참고로 『대한매일
　신보』는 본격적인 창간에 앞서 1904년 6월 29일 이후 『코리아타임즈(Korea Times)』라는
　제명으로 십여 호 정도 발간되었다는 주장도 있다(이광린, 「『대한매일신보』 간행에 대
　한 일고찰」, 『대한매일신보연구』, 서강대 인문과학연구소, 1986, 11면 참조).
2) 『대한매일신보』는 한일합방이 공포된 이후인 1910년 8월 30일부터는 『매일신보』로
　제명이 바뀌게 된다. 『대한매일신보』의 종간호는 1,461호이다. 『매일신보』는 첫호를
　1462호로 표기하고 있다. 두 신문의 지령이 이어지는 것으로 표기한 것이다. 통감부가
　『대한매일신보』를 인수한 것은 한일합방 이후가 아니라 그로부터 3개월 전인 5월 21

국에는『황성신문』(1898.9.5~1910.9.14)과『제국신문』(1898.8.10~1910.8.2), 그리고『그리스도신문』(1897.4.1~1905.6.24) 등이 간행되고 있었다.『황성신문』이 지식인을 대상으로 한 국한문 혼용 신문이었다면,『제국신문』은 서민층과 부녀자를 대상으로 한 한글 신문이었다.『그리스도신문』은 장로교 선교사인 언더우드(H. G. Underwood)가 중심이 되어 발행한 한글 신문으로, 선교와 대중계몽의 목적을 지니고 있었다.

『대한매일신보』는 발행자가 영국인 배설(E. T. Bethell)이었다.『대한매일신보』와 배설의 관계 혹은 그 역할에 대해서는 서로 다른 해석들이 존재한다. 하나는『대한매일신보』의 실질적 창간 주체를 한국정부로 보고 배설을 그 조력자로 보는 것이다. 주변 열강의 침탈 과정 속에서 한국정부는 자신의 의사를 국제사회에 알릴 방도를 찾아야 했다. 그 방도 가운데 하나가 영자신문(英字新聞)의 창간이었다. 이런 목적을 달성하기 위해 한국정부는 당시 영국 일간지의 임시 기자로 한국에 와 있던 배설과, 예식원(禮式院)의 번역관보(飜譯官補)로 근무하던 양기탁(梁起鐸)에게 신문의 간행을 맡기게 되었다는 것이다.3) 다른 하나는 신문을 창간하고 직접 경영한 주체를 배설로 보는 것이다. 배설은 상업적인 차원에서 이윤 추구를 목적으로 신문을 창간했으나, 점차 주한 일본 공사관과 마찰하고 갈등 관계가 심화되었다. 반면에 한국인들과 고종의 측근들은 그를 신뢰하게 되었고, 이후 고종으로부터 얼마간 자금이 지급되었다는 것이다.4) 이 둘 가운데 어느 쪽 주장을 받아들이건『대한매일신보』가

일이었다. 통감부는 한일합방 조약이 성립될 때까지 신문의 매수를 비밀에 부쳤고, 한일합방이 공포되면서 곧바로 이 신문의 제호를『매일신보』로 고쳐 총독부 기관지로 삼았던 것이다(정진석,『한국언론사』, 나남출판, 1992, 232면 참조). 한일합방의 공포와 함께『대한매일신보』가『매일신보』로 단절 기간 없이 이어질 수 있었던 것은 통감부의 이러한 철저한 준비 때문이었던 것으로 판단된다. 참고로, 한일합방 공포일인 1910년 8월 29일 신문이 출간되지 않은 것은 특별한 사정이 있어서가 아니라 그날이 이 신문의 정기 휴간일인 월요일이었기 때문이다.

3) 이광린, 앞의 글, 3~11면 참조.

4) 정진석,「『대한매일신보』 창간의 역사적 의의와 그 계승문제」,『대한매일신보 연구』,

고종을 비롯한 한국 정부의 호의 속에서 발행되었던 것만은 분명한 사실이다. 『대한매일신보』는 사고(社告)를 통해 신문 발행의 목적이 대한의 안녕과 질서를 위한 공평한 변론에 있음을 주장한 바 있다.

우리 대한민일신보의 목뎍은 대한의 안녕 질셔에 관한 모든 뎨목에 디ᄒ야 ᄂᆞᆫ 공평한 변론을 쥬쟝홈이라5)

『대한매일신보』는 1904년 7월 18일 창간시 영문판 4면과 국문판 2면의 6면 체제로 출범한다. 이러한 국영문판의 체제의 신문은 1905년 3월 10일까지 이어진다. 이후 『대한매일신보』는 약 5개월 간의 휴간 과정을 거쳐, 1905년 8월 11일부터 다시 간행된다. 이때부터는 국문판이 사라지고 대신 분리된 국한문판이 등장한다. 영문판과 국한문판으로 분리된 두 가지 신문을 간행하기 시작한 것이다. 이러한 두 종류 신문 발행 시기는 1907년 5월 말까지 이어진다. 그러다가 다시 국문판을 추가로 발행하게 된다. 국문판 『대한매일신보』 제1호는 1907년 5월 23일에 발간되었다. 그러나 이는 시험판에 불과한 것이었고 본격적으로 국문판 신문이 간행되기 시작한 것은 1907년 5월 30일부터였다.6)

커뮤니케이션북스, 2004, 60~63면 참조.

5) 「샤고」, 『대한매일신보』 국영문판, 1904년 8월 4일.

6) 정진석은 『한국언론사』 등을 비롯한 『대한매일신보』 국문판 영인본 해설 등 여러 자료에서 1907년 5월 23일 이후 국문판 『대한매일신보』가 지속적으로 발행된 것으로 정리하고 있다. 그러나 이광린은 1907년 5월 23일자는 견본(見本)이고 그 첫 호가 발행된 것은 5월 30일이라 정리한다(이광린, 앞의 글, 21면 참조). 이 가운데 어느 쪽 주장이 맞는 것일까? 1907년 5월 23일자 신문은 견본임이 분명하다. 그런데 이 날짜 신문은 견본임에도 불구하고 거기에 제1권 제1호라는 호수가 명기되어 있다. 그렇다면 1907년 5월 30일에 발행된 신문은 제1권 몇 호로 기록되었을까? 현재 확인할 수 있는 견본 이후 최초의 국문판 신문은 1907년 7월 2일자인 제1권 제29호이다. 일간지였던 『대한매일신보』는 당시 월요일에는 휴간이었으며, 1907년 7월 1일자는 월요일로 휴간이었다. 1907년 6월에는 3일, 10일, 17일, 24일 이렇게 월요일이 4번 있었다. 따라서 6월 중에는 총 26호가 발행될 수 있었다. 5월에는 30일과 31일 총 2 호를 낼 수 있었다. 종합하면, 1907년 7월 2일 이전에 총 28호를 발행한 것으로 계산할 수 있다. 그렇다면 1907년 5월 30일 발행분부터 다시 제1권 제1호라는 표기가 있었던 셈이 된다. 국문판

따라서 1907년 5월 30일 이후『대한매일신보』는 영문판과 국한문판, 그리고 국문판의 세 가지 형태가 존재하게 되는 것이다.[7] 국문판 신문의 발행에 대한 사항은 다음의 광고문안들을 통해 확인할 수 있다.

特別社告

本報가 一般人士의 愛讀으로 以ᄒ야 漸次發達ᄒᄂ 效果를 見ᄒ니 此ᄂ 大韓人民의 國家思想과 開明程度가 漸進흠이라 吾儕ᄂ 以爲ᄒ되 大韓의 文化를 開進코저ᄒ면 便利훈 國文을 發達케홈에 在훈 故로 特히 **國文報一部分**을 幷爲發行ᄒ야 普通男女의 智識을 開廣코저ᄒ오니 有志ᄒ신 僉君子ᄂ 本月內로 本社에 請求狀을 送ᄒ시옵[8] (강조도 원문대로임)

本社告白

本社에셔 國文申報見本을 巳經刊布인바 僉君子의 非常훈 懽迎愛讀을 受훈지라 不可不益加遠遠發行故로 六月一日로 預定ᄒ엿던 것을 數日을 先期ᄒ야 五月三十日붓터 發行홀터이오며 本社의 斷斷一念은 **大韓人民**의 **國權恢復**을 **爲**ᄒ야 **目的**을 **到達**ᄒ도록 **始終**을 **恒常如一**케홈에 在ᄒ오니 誰某이시든지 本國文申報를 閱覽ᄒ신이ᄂ 各其朋友의게 本社趣旨를 廣布ᄒ오면 本社에셔 感謝無窮이오며 우리ᄂ 盡其心力ᄒ야 高等新聞이 되도록 홀것이니 本社趣旨를 愛好ᄒ시거든 朋友의게 購覽ᄒ기를 極力勸告ᄒ시고 愛好치 아니시면 無可奈何요 亦是 本社의 不幸이어니와 本社의 咎失은 아리니라ᄒ노라[9] (강조도 원문대로임)

『대한매일신보』는 제1권 제1호가 두 번 발행된 것이다. 참고로, 1907년 5월 23일자 국문판『대한매일신보』사설(社說)에는 "본샤에셔 국문신보 일부를 다시 발간ᄒ야 국민의 정신을 ᄭ여니르키기로 쥬의훈지가 오래엿더니 지금셔야 제반 마련이 다 쥰비되여 릿월일 이브터 발ᄒ을 시작ᄒ오니"라는 구절이 있다. 이로 보면 견본판을 발행할 당시에는 정식판을 6월 중에 발행할 예정이었던 것 같다.
7) 영문판의 표기는『*Korea Daily News*』였다. 국한문판의 표제는『大韓每日申報』였으며, 국문판은『대한믹일신보』였다.
8) 『대한매일신보』국한문판, 1907년 5월 11일.
9) 『대한매일신보』국한문판, 1907년 5월 26일.

이렇게 출발한 국문판과 기존의 국한문판『대한매일신보』는 한일합방 시기인 1910년 8월 28일까지 계속 발행된다. 그러나 영문판은 1908년 6월부터는 발행이 중단된다. 이후 1909년 1월말 잠시 복간되었으나 다시 3개월 정도 발행된 후 중단되고 이후로는 다시 복간되지 않는다.[10]

『대한매일신보』가 국문판과 국한문혼용판 사이에서 변화하는 것은, 신문사가 독자층을 어떻게 선택했는가 하는 문제와 관계가 깊은 것이었다. 즉 일반 대중을 독자로 선택할 경우 국문판을 발행하고 지식인층을 독자로 선택할 경우 국한문혼용판을 발행했던 것이다. 다음에 인용하는 사고(社告)는『대한매일신보』의 문체 선택이 곧 독자에 대한 선택이라고 하는 사실을 그대로 보여준다.

본사에서 세수가 변환ᄒ고 시국이 급박홈을 보고 광무 팔년 칠월 십팔일브터 본 신보를 초초히 창간ᄒ야 팔구삭을 경과ᄒ다가 긔계와 쥬자가 미비ᄒ고 경비가 군급ᄒ야 이빅 여 호를 발ᄒᆼᄒ고 정지ᄒ얏더니 사장과 사원 수인이 열심 쥰비ᄒ야 영원ᄒ 긔초를 확정ᄒ고 광무 구년 팔월 십일일에 지차 발간이 되엿ᄂᆞ디 당초의 국문과 영문으로 합ᄒ야 발간ᄒ든 것을 영문은 ᄯ로 니고 국문은 변ᄒ야 한문으로 츌간ᄒ니 그시에 한문으로 츌간홈은 한국 풍긔가 남자는 국문을 보지도 안코 여자는 훈문을 비ᄒ지도 안는고로 시ᄉ의 급급홈을 응ᄒ야 위션 남자ᄉ회를 위ᄒ야 발ᄒᆼᄒ고 국문을 중지홈이 본ᄉ의 유감이 되얏더니 훈문신보ᄂᆞᆫ 익독ᄒ시ᄂᆞᆫ 쳠군자의 권고ᄒ심을 닙어 본사가 차차 흥황ᄒ여 오쳔 여 장이 발간되며 ᄯ 지금도 구람ᄒ시ᄂᆞᆫ 인원이 미일에 칠팔 인식 느러가오니 디단히 감하ᄒ거니와 훈문을 모르시ᄂᆞᆫ 쳠위와 부인녀자의 사회를 위ᄒ와 슌국문으로 신보 일부를 다시 발간ᄒ되 히외 젼보를 즉졉ᄒ고 니외국간 탐보를 민쳡활발ᄒ게 보도ᄒ오며 ᄯ 타인의 반대ᄒ고 혹 혐의ᄒᄂᆞᆫ거슬 죠곰도 긔탄치 안니ᄒ고 강경ᄒ 론션노 시셰와 물졍을 ᄯᅡ라 공정히 쥬필ᄒ오며 려염

간 풍긔와 질고와 선악까지라도 소상히 긔지홀 터이오니 첨위 동포는 다슈히
구람ᄒ사 남자와 녀ᄌ가 동등으로 문명상에 진달ᄒ심을 본사에셔 희망이옵[11]

이 사고에서는 『대한매일신보』를 국문으로 발행하다가 국한문으로
바꾼 이유를 '한국 풍기가 남자는 국문을 보지도 않고, 여자는 한문을
배우지도 않는 고로 시사의 급급함을 응하여 우선 남자 사회를 위하여'
라고 서술하고 있다. 그러다가 다시 '한문 모르는 사람들과 부인여자의
사회를 위하여' 국문으로 신보 일부를 발행하게 되었다는 것이다. 그런
가 하면 영문판의 발행과 중단은 독자층과 관련된 문제보다는 발행인
의 신변 문제와 더 깊은 관련을 맺고 있었다. 즉 배설에 대한 재판과 사
망 등이 무엇보다 중요한 요인으로 작용했던 것이다.[12]

『대한매일신보』는 흔히 민족언론 혹은 구국언론의 대표격으로 불리
운다. 『대한매일신보』가 이른바 언론구국운동을 벌일 수 있었던 것은
외국인을 발행인으로 했기 때문이라는 것이 통설이다. 즉 법률상의 발
행인이 외국인이었기 때문에 일제 통감부의 신문지법에 의한 검열을
거치지 않아도 되었다는 것이다. 이를 『대한매일신보』 활동의 외적 조
건이라 한다면, 활동의 내적 조건으로는 『대한매일신보』가 신민회(新民
會)의 기관지였다는 주장이 있다.[13] 신민회는 1907년 4월에 창립된 비밀
결사 조직이었다. 신민회의 총감독이 『대한매일신보』의 총무인 양기탁
이었다는 점과, 신민회의 본부가 『대한매일신보』사 내에 있었다는 주장
등이 그 근거가 된다는 것이다. 이러한 주장을 정설로 받아들인다면,

---

11) 「사고(社告)」, 『대한매일신보』 국문판, 1907년 5월 23일.
12) 이에 대한 상세한 논의는 정진석, 앞의 책, 232~234면 참조
13) 이에 대한 상세한 논의는 신용하, 「『대한매일신보』 창간 당시의 민족운동과 시대적
   상황」, 『구국언론 대한매일신보』, 대한매일신보사, 1998, 182~219면 참조 신용하는 여
   기서 『대한매일신보』가 신민회의 기관지로 전화된 후 그 논설과 편집에서 주목할 만
   한 큰 변화가 있었다고 지적한다. 1907년 4월 이전에는 주로 '대한의 안녕 질서에 대
   한 공평한 변론'이나 '개화'에 중점을 두었고, 그 이후에는 '국권회복'에만 집중했다는
   것이다.

1907년 5월말 이후『대한매일신보』의 국문판 발행은 신민회의 창립 및 민족적 저항 운동과도 무관한 것이 아니라는 추정 또한 가능해진다.

『대한매일신보』의 발행 부수는 한일합방 이전에 발행된 신문으로서는 최고였다. 국한문판과 영문판이 발행되던 1906년 당시의 발행부수는 대략 4000부 정도였다. 그러다가 1907년 국문판이 발행되면서부터 발행부수가 급속히 늘어난다.14) 1908년 5월 7일 당시 국한문혼용판 8,143부(서울 3,900부, 지방 4,243부), 순국문판 4,650부(서울 2,580부, 지방 2,070부), 영문판 463부(서울 120부, 지방 280부, 외국 63부) 등 총 13,256부에 달했다.15) 이는 당시 국내의 어떤 신문보다 발행부수가 많은 것이었으며, 그만큼 일반국민과 민중에 대한 영향력이 컸음을 나타내는 것이었다.16)『대한매일신보』의 발행부수는 여타 민족지인『황성신문』과『제국신문』, 그리고 친일지인『국민신보』와『대한신문』등 네 신문의 총 발행부수를 합친 것과 거의 비슷했다는 기록도 있다.17)

그런가 하면 신문을 접하는 방식도 오늘날과는 적지 않은 차이가 있었다. 열 집 혹은 스무 집이 합해 하나의 신문을 구독하기도 하고, 이웃사람 곁에서 신문 읽는 것을 듣기도 했으며, 뜻있는 사람들이 자발적으로 설치한 신문잡지종람소에서 읽기도 했다. 장날에는 여러 사람이 모

---

14) 신문의 발행부수가 급격히 늘어나게 된 것은 1907년 1월부터 시작된 국채보상운동의 중심 기관 역할을『대한매일신보』사가 맡았다는 사실과도 연관성이 있다. 김영희, 「『대한매일신보』독자의 신문 인식과 신문 접촉 양상」,『대한매일신보연구』, 서강대 인문과학연구소, 1986, 343~344면 참조.

15) 정진석, 앞의 책, 239면 참조.

16) 신용하, 앞의 글, 198~199면 참조. 이밖에 최준은 "1908년 5월 현재 가장 인기를 끌었던『대한매일신보』가 국문·국한문·영문의 각 판을 합쳐 13,400부였다"(최준,『신보판 한국신문사』, 일조각, 1997, 101면)고 정리한다. 그런가 하면『대한매일신보』의 논설 기자였던 장도빈은 "국한문판 신문의 독자가 대개 수만명이었고, 국문판 신문의 독자가 약 6천명이었다"(장도빈, 「암운짙은 구한말」,『사상계』, 1962년 4월호, 285면 참조)고 술회한 바 있다.

17) 일제 당국의 한 조사에서는 1908년『대한매일신보』의 발행부수를 8,083부로, 나머지 신문들의 총 발행부수를 8,484부로 보고 있다. 정진석, 앞의 책, 240면 참조.

인 자리에서 신문을 읽어주기도 했다. 또한 신문을 한 번 읽고 버리는 것이 아니라 책처럼 묶어서 보관하며 반복 열람하기도 하였다. 이렇게 다양한 열람형태를 고려한다면 이 시기 신문의 영향력이나 파급 효과는 발행부수보다 훨씬 컸을 것으로 추정된다.[18]

한말 당시 조선을 통제하던 일제 당국자에게 『대한매일신보』는 매우 신경이 쓰이는 존재였다. 당국은 1908년 4월 29일 관보에 신문지법을 일부 개정하여 공고하였다. 거기에는 '외국에서 발간하는 국문 혹은 국한문 및 한문 신문이나, 외국 사람이 국내에서 발간하는 국문 혹은 국한문 및 한문 신문으로 치안을 방해하거나 풍속을 괴란케 할 때에는 내부대신이 그 신문지를 국내에서 압수 처분'하도록 규정하고 있다. 여기서 '외국 사람이 국내에서 발간하는 신문'은 곧 『대한매일신보』를 겨냥한 것이었다. 이에 『대한매일신보』는 「정부 당국쟈의 힝식」이라는 사설을 실어 이 조항을 비판한다. 아울러 "지금 한국 슌사가 본보 구람ㅎ시는 사룸의 셩명을 됴사ㅎ다는 말을 드른고로 ㅎ말슴을 광포ㅎ노니 본보를 구람ㅎ는 졔씨가 지금 만여 명이나 되엿슨즉 이것을 일일히 됴사하랴면 쓸더업시 허다ㅎ 공부를 허비홀지로다"[19]라는 말과 함께, 독자들이 혹 불이익을 당하게 될 경우 신문사에 통고해줄 것을 당부한다. 『대한매일신보』가 정정당당하게 신문 사업을 하고 있는 중이므로, 만일 신문의 배포와 연관하여 불공정한 대우를 받게 될 경우 강력히 저항할 것임을 분명히 하고 있는 것이다.

---

18) 김영희, 앞의 글, 348~349면 참조. 실제로 필자는 『그리스도신문』의 경우, 발행인 언더우드가 1년치 신문을 합본한 후 그 앞에 날짜별 논설이나 기사의 목차를 일일이 다시 작성해 비치해 둔 것을 직접 확인할 수 있었다. 이는 신문을 마치 잡지 형태로 제본해 보관한 셈이 된다.
19) 「정부 당국쟈의 힝식」, 『대한매일신보』 국문판, 1908년 5월 1일.

3. 『대한매일신보』와 국문에 대한 관심

한국 근대문학 발달사에서 국문, 즉 한글에 대한 관심과 그 사용은 매우 중요한 의미를 지닌다. 한글의 사용은 우선 자국어의 사용이라고 하는 근대문학사의 범세계적 보편성을 충족시킨다. 그런가 하면, 근대문학의 대중화를 이룩하는 일에도 빼놓을 수 없는 요인으로 작용하게 된다. 『대한매일신보』 이전에도 근대계몽기 신문들에서 국문에 대한 관심이 없었던 것은 아니다. 근대계몽기 신문들 가운데서는 1896년에 창간된 『독립신문』이 한글을 사용하기 시작한 이래 기독교 계통 신문들인 『조선크리스도인회보』·『대한크리스도인회보』·『그리스도신문』 등이 모두 한글을 사용했다. 『협성회회보』·『매일신문』·『제국신문』 등의 민간신문 역시 한글을 사용했다. 이렇게 근대계몽기 신문이 한글을 사용하게 된 데에는 무엇보다 『독립신문』의 역할이 컸다. 『독립신문』은 1896년 4월 7일 창간호의 논설로부터 시작해, 이후 곳곳에서 한글의 우수성에 대해 역설한다.[20] 그러나 『독립신문』의 간행은 오래 지속되지 못하고 1899년 12월에 중단되고 만다.

---

20) 다음과 같은 글들을 그 예로 들 수 있다. "우리 신문이 한문은 아니 쓰고 다만 국문으로만 쓰는 거슨 샹하귀쳔이 다 보게 홈이라 또 국문을 이러케 귀졀을 쎄여 쓴즉 아모라도 이 신문 보기가 쉽고 신문 속에 잇는 말을 자세이 알어보게 홈이라 각국에셔는 사룸들이 남녀 무론ᄒ고 본국 국문을 몬저 비화 능통한 후에야 외국 글을 비오는 법인디 죠션셔는 죠션 국문은 아니 비오드릭도 한문만 공부ᄒᆞᄂᆞᆫ 까둙에 국문을 잘 아는 사룸이 드물미라 죠션 국문ᄒ고 한문ᄒ고 비교ᄒ여 보면 죠션 국문이 한문보다 얼마가 나흔 거시 무어신고 ᄒ니 첫ᄌᆡᄂᆞᆫ 비호기가 쉬흔이 됴흔 글이요 둘ᄌᆡᄂᆞᆫ 이 글이 죠션글이니 죠션 인민들이 알어셔 빅ᄉᆞ을 한문 디신 국문으로 써야 샹하귀쳔이 모도 보고 알어보기가 쉬흘 터이라"(『독립신문』, 1897년 4월 7일), "쪼 글ᄌᆞ의 ᄌ 모음을 합ᄒᆞ야 믄든거시 격식과 문리가 더 잇서 비호기가 더욱 쉬으니 우리 싱각에는 죠션 글ᄌᆞ가 세계에 뎨일 됴코 학문이 잇는 글ᄌᆞ로 녁히노라"(『독립신문』, 1897년 4월 22일). 이와 관련된 논의는 김영민, 「근대계몽기 신문의 문체와 한글 소설의 정착 과정」, 『현대문학의 연구』 제22호, 2004, 47~88면 참조.

『독립신문』에 뒤이어, 우리 문자의 중요성을 강조하고 국문 사용의
필요성을 가장 크게 역설한 신문이『대한매일신보』였다.『대한매일신
보』의 국문에 대한 존중과 사용 필요성 강조는『독립신문』에 비해서 결
코 뒤지지 않는다.『대한매일신보』의 한글에 대한 관심은 일회적이 아
니라 지속적이었으며, 그 주장의 깊이 역시 충분히 주목할 만한 것이었
다.『대한매일신보』의 국문에 대한 관심은 우선 신문 논설란에 실린 글
들을 통해 살펴볼 수 있다.『대한매일신보』논설란을 통해 국문에 대한
관심을 살펴볼 때 그 첫 번째 대상이 되는 글은 국문판『대한매일신보』
창간호인 1907년 5월 23일자에 실린「국문신보 발간」이라는 제목의 사
설(社說)이다.

이 글에서는 우리나라가 주권을 잃고 비참한 지경에 빠지게 된 이유
를, 편리한 국문을 버리고 불편한 한문을 숭상한 때문이라고 주장한다.
국문 옹호와 한문 비판의 강도가 매우 높은 것이다.

> 대져 삼쳔리 강토와 이쳔만 인구로 ᄌ쥬독립ᄒ지 못홀 걱정이 업거놀 무슴 연
> 고로 오늘날에 나라 권셰를 온젼히 일코 사롬의 권리가 젼혀 엽서져 무궁히
> 비참호 경우애 ᄲ져젓ᄂ뇨 그 원인을 의론컨더 ᄌ리로 한국인이 편리호 군문은
> 바리고 편리치 못호 한문을 숭상ᄒᄂ 폐막으로 말미암이라 ᄒ노니 모든 한문
> 가에셔ᄂ 혹 이말에 디ᄒ야 노여ᄒ며 괴이히 넉이ᄂ 자도 잇스려니와 이것손
> 한국니에 큰 마귀의 저희인즉 일쟝셜명ᄒ야 벽과치아니치 못홀지로다
> 대져 셰계 렬국이 각기 졔나라 국문과 국어(나라방언)로 졔나라 졍신을 완젼케
> ᄒᄂ 긔초를 삼ᄂ 것이어놀 오직 한국은 졔나라 국문을 ᄇ리고 타국의 한문을
> 숭상홈으로 졔나라 말ᄭ지 일허ᄇ린 쟈가 만흐니 엇지 능히 졔나라 졍신을 보
> 존ᄒ리오[21]

세계 각국이 자기 나라의 국문과 국어로 졔나라 졍신을 완전케 하는
기초를 삼는 것이 오늘날의 현실이다. 그러나 오직 한국은 졔나라 국문

---

21)「국문신보 발간」,『대한매일신보』국문판, 1907년 5월 23일.

을 버리고 타국의 한문을 숭상함으로써 제나라 말까지 잃어버린 자가 많이 나오게 된다. 이러니 어찌 제나라 정신을 보존할 수 있을 것인가? 국문을 버리고 한문을 숭상하는 데서 오는 폐단은 하나 둘이 아니다. 첫째, 국문을 배우지 않고 한문만 배움으로 말과 글이 한결 같지 못하여 공부하는 데 심히 어려움을 겪게 되며 전문가가 아니면 따라가기도 어렵게 된다. 따라서 국민의 일반 지식을 개발하는 길이 심히 좁아진다. 둘째, 배우기 쉽고 쓰기 편한 국문을 버리고, 배우기 어렵고 쓰기 불편한 한문을 괴롭게 공부함으로써 청춘부터 장을 치고 백수가 되도록 경서를 궁리하되 혜두가 더욱 막혀가고 실효가 더욱 없어져서 제 집안의 경제도 책임지기 어려워진다. 그러니 어찌 부국강병을 생각할 수 있겠는가? 지식이 막히고 실업이 쇠하며 염치가 없어진 것이 다 이로 말미암은 것이다. 셋째, 제나라 국문은 천히 여기고 가볍게 여기며 남의 나라 한문은 귀하게 여기고 소중히 여기는 고로 제나라를 제가 업신여기고 남의 나라를 쳐다보는 노예의 성품을 양성하게 된다. 이런 상황 속에서는 결코 독립 사상이 나오고 자랄 수가 없는 것이다. 한국 내의 문학가는 청국의 지리와 역사 및 산천구역과 풍토물산 등에 대해서는 입으로 술술 외우고 눈으로 손바닥 같이 밝게 보되, 제나라의 산천구역과 사적과 풍토물산에 대해서는 저마다 캄캄하니 이것이 소위 노예의 학문이라 하지 않을 수 없게 된다는 것이다.

이 글의 필자는, 우리나라의 재주 있고 총명한 선비들이 다 한문 과정에만 빠져 사업을 펼치지 못하고 마침내 적막히 늙어 죽어가는 것을 한탄한다. 이것이 바로 우리나라를 가난하게 하는 원인이며 자주독립을 이룰 수 없도록 하는 원인이 된다는 것이다. 그리하여 "한국은 국문이 발달되야 사롬의 지혜가 열니고 나라힘이 충실홀지라"22)는 주장으로 글을 마무리 한다.

---

22) 위의 글.

당시 『대한매일신보』의 주필이었던 단재 신채호가 집필한 것으로 알려진 논설 「국한문의 경중」 역시 이 글과 매우 유사한 맥락과 주장을 담고 있다. 신채호는 이 글에서 국문과 한문 가운데 국문이 중한 것은 당연한 일이나, 지금 세상 사람들 가운데는 그 반대로 생각하는 이가 적지 않다는 사실을 전제로 논지를 펴나간다. 어떤 이는 국문을 한문의 부속품으로 생각하는가 하면, 한문을 읽는 자가 세상을 능히 만들어 간다고 주장하는 자도 있고, 심지어 한문을 주인 삼고 국문을 신하삼거나, 국문을 폐지하고 한문만 숭상하려는 의사를 지닌 사람까지 있다는 것이다. 그러나 국문은 우리나라의 문자요 한문은 외국의 문자이니 자신의 문자를 중히 여기는 것이 당연하다는 것이 이 글의 논지이다.

「국한문의 경중」에서는, 고려시대 이후 나라의 힘이 삼국시대만 못하고 외세의 침탈 앞에 머리 숙이는 일이 자주 일어나게 되는 원인을 한문의 사용에 두고 있다. 이 점에서 '우리나라가 주권을 잃고 비참한 지경에 빠지게 된 이유를 편리한 국문을 버리고 불편한 한문을 숭상한 때문'이라고 주장한 「국문신보 발간」과 맥락을 같이한다.

> 고려 이후로는 삼한을 통일ㅎ고 문운이 트게 열넛다홀지라도 나라 힘의 강장훈 것도 그째만 못ㅎ고 인민의 용밍도 그째만 못ㅎ야 몽고사롭이 와 치드리도 머리를 숙이고 밧을싸룸이며 만쥬사롭이 와 침로ㅎ드리도 머리를 숙이고 밧을싸룸이니 이것은 웬 싸둙인가 무타라 삼국 이젼 시디에는 한문이 그디지 셩힝치 아니ㅎ고로 젼국 인민이 다만 ㅈ긔 나라만 존슝ㅎ며 자긔 나라만 소랑ㅎ야 지나(청국)가 비록 크드리도 흥샹 우리의 원슈로 보와 을지공의 휘하의人 일개 비부도 슈ㅅ나라 텬즈를 스갈과 ㅈ치 믜워ㅎ엿스며 쳔합씨의 랑하의人 일개 반비도 당나라 황뎨를 견마와 ㅈ치 싸지져 남녀로쇼를 무론ㅎ고 낫낫치 익국ㅎ눈 혈성으로 텬디간에 특별히 셔셔 나라를 위ㅎ야 노리ㅎ며 나라를 위ㅎ야 울며 나라를 위ㅎ야 살며 나라롤 위ㅎ야 죽눈고로 변디에 봉화불이 훈번 니러나면 비록 초동목슈라도 분개훈 ㅁ옴을 품어 젼장에 나아가기를 스양치 아니ㅎ눈고로 뎌ㅈ치 크고 뎌ㅈ치 강훈 대뎍을 이긔고 긔념비롤 쳥쳔강 우혜

장구히 세워 천만고에 아름다운 말을 류젼ᄒ게 ᄒ더니 삼국 이후로는 거의 집
집마다 한문을 져축ᄒ며 사롬마다 한문을 닑어 외국 력ᄉ에 국민의 졍신이 미
몰ᄒ며 외국 풍쇽에 국가의 혼빅을 일허 심지어 말ᄒᆯ 째도 송나라는 반ᄃᆺ시
대송이라 ᄒ고 명나라는 반ᄃᆺ시 대명이라 ᄒ고 쳥나라는 반ᄃᆺ시 대쳥이라 ᄒ
야 당당ᄒᆫ 대죠션은 불과 타국의 부용국으로 알아 노례의 셩질이 복즁에 츙만
ᄒ매 굴쇽에 ᄲᅡ진 지가 임의 깁고 임의 오릭거늘 오늘날에도 오히려 국문을
한문보다 경ᄒ다 ᄒ는 쟤 잇스니 이 사롬도 ᄯᅩ혼 한국 인민이라 칭ᄒᆯ가[23]

이 글에서는, 삼국시대까지만 해도 한문이 그다지 성치 아니하였고
모든 나라 백성들이 자기 나라만 사랑하여, 중국이 비록 크더라도 그들
의 힘 앞에 굴하지 않았고 나라를 위하여 살며 나라를 위하여 죽을 자
세가 되어 있었다고 주장한다. 그러나 삼국시대 이후로는 집집이 한문
을 읽어 외국 역사에 국민정신이 매몰되고 외국 풍속에 국가의 혼백을
잃게 되었다는 것이다. 그리하여 국문을 한문보다 가볍다 생각하는 자
가 생겨나니 이들을 과연 한국 인민이라 부를 수 있을 것인가 개탄한다.
자기 나라의 언어로써 자기 나라의 문자를 만들고, 자기 나라에서 만든
문자로써 자기 나라의 역사와 지리를 편집하며, 그것으로 전 국민을 가
르침으로써 국가의 정신을 보전하며 애국심을 분발케 하는 것이 당연
한 일이다. 그러나 이제 한국의 사정을 보면, 중국의 요순을 우리의 단
군보다 더 추앙하며 중국의 은탕과 주문왕을 혁거세와 동명왕보다 더
존중한다. 한무제와 당태종은 천하에 없는 영웅으로 알되 광개토대왕과
태종문무왕은 불과 소국의 변변치 않은 인물로 아는 것이 현실이라는
것이다. 이는 모두 자기 선조의 역사를 잊고 다른 사람의 보첩만 배속
에 넣고 다니는 일과 다름이 없는 것이다.
「국한문의 경중」에서는 이렇게 되어 버린 원인을 "한국의 국문이 늦
게난 ᄭᆡᆰ으로 그 셰력을 한문에 뻐앗기여 일반인민들이 한문으로써

---

23) 「국한문의 경중」, 『대한매일신보』 국문판, 1908년 3월 22일.

국문을 대용ㅎ며 타국 력스로써 본국 력스를 대용ㅎ야 국가 스샹을 박멸케ㅎ 소이"24)라고 본다. 한문의 사용이 자신의 역사와 국가 사상까지 잊고 스스로를 비하하는 요인으로 작용하고 있다는 것이다.

「녀즈와 로동샤회의 지식을 보급게 홀 도리」 역시 국문의 필요성을 강조한 대표적 논설 가운데 하나이다. 여기서 글쓴이는, 옛것을 좋아하는 자는 한문을 학문으로 오해하고 있고, 새것에 고혹한 자는 일어와 영어 같은 외국말을 학문으로 오해하고 있다고 지적한다. 그러나 한문과 외국말에 대한 경도는 애국심을 없어지게 할 뿐만 아니라, 공부의 효험이 극난하고, 사람에게 염증을 일으켜 실제 학문의 길에 들어서는 데 방해가 된다는 것이다.

> 대뎌 국문과 국어는 이국심의 근원이 될 뿐아니라 쏘흔 간편ㅎ고 알기가 쉬운쟈ㅣ라 그런고로 교과셔를 슌국문으로 지어셔 녀즈샤회와 로동샤회의 지식을 열니게 홈이 ᄀ쟝 긴요흔 방법이 될지어눌 지금에는 이런 교과셔가 업스니 가히 흔탄홀 일이로다 그윽히 듯건디 뎌 각군 로동 학교에셔 흔히 교육월보샤에셔 발힝ㅎ는 교육월보롤 교과셔로 쓴다ㅎ니 그 월보는 원리 력스와 디지롤 각과로 눈호와 정당ㅎ게 편찬흔 것인즉 이거시 녀즈 샤회의 교육계에 됴흔 교과셔가 될지니 쏘흔 가히 하례홀 만ㅎ거니와 우리는 더욱 국문 교과셔가 만히 나기를 ㅂ라노라25)

그리하여 이 글에서는 여자와, 남자들의 대다수를 이루는 노동자를 위해서라도 국문을 가르치고 국문으로 교과서를 만드는 일이 필수적임을 주장하게 되는 것이다.

「오늘날 교육의 졍신」에서는 일제가 점차 일본어로 된 교과서를 도입하려하자 이를 크게 경계하는 내용을 담고 있다. 이 글에서는, 무릇

---

24) 위의 글, 1908년 3월 24일.
25) 「녀즈와 로동샤회의 지식을 보급게 홀 도리」, 『대한매일신보』 국문판, 1908년 12월 30일.

조국의 정신을 보전하는 것도 그 나라의 말과 글이며, 독립하고 스스로 존중하는 덕행의 성품을 확충케 하는 것도 그 나라의 말과 글이고, 외국에 대한 사상을 분발케 하는 것도 그 나라의 말과 글이며, 몸을 받쳐 나라를 위한 기운을 발달케 하는 것도 그 나라의 말과 글이라는 사실을 강조한다. 그 나라의 말과 글이 아니면 그 나라 사적의 신성함을 알 수 없고, 그 나라의 말과 글이 아니면 그 나라의 사회가 단체력을 키울 수 없으며, 그 나라의 말과 글이 아니면 그 나라의 신민이 그 조상을 높일 줄 알지 못하고, 그 나라의 말과 글이 아니면 그 나라의 동포가 그 형제를 사랑할 줄 알지 못하게 된다는 것이다. 그리하여 "국어와 국문의 쇠삭ᄒᆞ여 업서짐을 두려워홈이 아니라 국어과 국문이 쇠삭ᄒᆞᄂᆞᆫ 그ᄯᅢ에 국가 정신이 홈ᄭᅴ 업서질가 이거슬 두려워홈"[26]이라는 것이다.

『대한매일신보』의 편집진들은 당시 학부에 설립된 '국문연구회'의 활동에 대해서도 적지 않은 관심을 나타내고 있었다. 『대한매일신보』가 관심을 표명한 국문연구회란 곧 1907년 7월 학부(學部) 안에 개설된 '국문연구소'를 일컫는 것이었다. 국문연구소는 당시 통일되지 않은 문자 체계와 정서법 등에서 오는 문자생활의 혼란을 막기 위해 정부가 설립한 것이다.[27] 「국문론」은 국문연구회에 대한 『대한매일신보』의 관심을 표명한 대표적 논설이다. 「국문론」에서는 "기벽된 지가 임의 오리매 인종이 만흘ᄉᆞ록 텬디의 ᄌᆞ연ᄒᆞᆫ 리치로 사ᄅᆞᆷ의 문치가 점점 열니고 지해가 점점 잘아셔 인물의 죡류를 분별ᄒᆞ고 거쥬ᄒᆞᄂᆞᆫ 구역을 덤홈으로 브터 그 나라와 풍토를 ᄯᅡ라 말이 다른지라 이에 녯셩인의 지은 글ᄉᆞ즈의 형샹을 근본ᄒᆞ여 각각 ᄌᆡ긔나라 습관과 말과 구음에 편리홈을 ᄯᅡ라 변ᄒᆞ야 ᄒᆞᆫ가지 글을 지으니 이거시 곳 국문이라"[28]는 말로 국문의 의미를 설명한다. 그 나라의 풍토에 따라 다른 언어가 생겨나고, 그 나라의 습

---

26) 「오늘날 교육의 졍신」, 『대한매일신보』 국문판, 1909년 6월 30일.
27) 이기문, 『개화기의 국문 연구』, 일조각, 1970, 34면 참조.
28) 「국문론」, 『대한매일신보』 국문판, 1908년 2월 25일.

관과 말과 구음에 편리함에 따라 글이 생겨나니 이것이 곧 국문이라는 것이다. 그런데 「국문론」에서 국문연구회에 대해 요구하는 것은 국문의 기원이나 역사에 관한 것이 아니다. 「국문론」은 국문연구회가 단순히 이론적 연구에만 치우쳐 세월을 허비하지 말 것을 권고하면서, 전 국민이 균일한 국문과 국어를 쓰는데 실제로 필요한 사항들을 정비해 줄 것을 요청한다. 이론보다는 실천에 도움이 되는, 국문연구회의 활동[29]을 요청하는 것이다.

> 근일에 드른즉 학부에셔 국문연구회를 셜시ᄒ고 국문을 연구ᄒᆫ다 ᄒ니 무슴 특이ᄒᆫ 주의가 잇ᄂᆫ지는 알수업스나 나의 우견으로는 그 연원고 리력을 넘어 깁히 연구ᄒ기 위ᄒᆞ야 세월만 허비ᄒᆯ 거시 업고 다만 풍쇽에 말과 시례에 어음을 팔도에 넓니 키여 순젼ᄒᆫ 셔울 토화로 명ᄉ와 동ᄉ와 형용ᄉ 등류를 분별ᄒᆞ야 국어 ᄌᆞ젼 일부를 편셩ᄒᆞ야 젼국민으로 ᄒ여곰 균일ᄒᆫ 국문과 국어를 쓰게 ᄒᆞ디 그 글ᄌᆞ의 고뎌와 쳥탁은 대강 젼 사룸이 작뎡ᄒᆫ거시 잇슨즉 가히 취ᄒᆞ여 쓸거시오 반ᄃᆞ시 새로 괴벽ᄒᆫ 의론을 창긔하야 사룸의 이목을 현란케 ᄒᆞᆫ거슨 불가ᄒᆞ다 ᄒ노라[30]

그러나 이러한 요청에도 불구하고 국문연구회가 자신들의 역할을 다하지 못하고 있다고 판단한 『대한매일신보』는 「국문연구회 위원 졔씨에게 권고흠」이라는 논설을 통해 그들의 활동을 비판한다. 국문연구회의 활동이 국민의 실제 언어생활에 도움이 되지 않는 무익한 이론 논의에 그치고 있다는 것이다. 따라서 이러한 번잡하고 무익한 논의를 접고 "인민의 지식 발달에 유익ᄒᆫ 칙ᄌᆞ와 ᄌᆞ뎐이나 편찬ᄒᆞ디 쉽고 균일ᄒ게 ᄒ여 낡ᄂᆞᆫ쟈로 ᄒ여곰 손바닥을 보는 것 ᄀᆞᆺ게 흘"[31] 것을 요구하게 된다.

---

29) 『대한매일신보』는 국문연구회의 활동에 대해 많은 관심을 보였다. 예를 들면 다음과 같은 기사들이 이와 연관된 것이다. 「국문연구회」(1907년 9월 18일), 「국문회의」(1907년 10월 1일), 「송씨 공천」(1907년 10월 1일), 「ᄒᆫ 자리를 쳥ᄒᆫ다」(1907년 10월 2일), 「국문연구회」(1907년 10월 12일).

30) 「국문론」, 『대한매일신보』 국문판, 1908년 2월 25일.

『대한매일신보』는 한자 사용층을 대상으로도 한글 사용의 의미를 강조했다는 점에서 특별한 의미가 있다. 즉 국문판에서만 한글 사용의 중요성을 강조한 것이 아니라 국한문판에도 같은 논설을 수록한 것이다. 국문판 『대한매일신보』 논설란에 실린 국문 사용에 대한 주장은 국한문판 『대한매일신보』 논설란에도 대부분 그대로 실려 있다. 예를 들면 「국문신보 발간」은 「국문보병간(國文報幷刊)」이라는 제목으로 국한문판 신문 1907년 5월 14일자에 실려 있다. 「국한문의 경중」은 같은 제목으로 국한문판 1908년 3월 17부터 19일자까지 실려 있으며, 「국문연구회 위원 제씨에게 권고홈」 역시 같은 제목으로 1908년 11월 14일자 신문에 실려 있다.

『대한매일신보』의 국문에 대한 관심은 단지 이렇게 신문의 편집진들에 의한 사설 혹은 논설들에만 담겨 있는 것이 아니다. 『대한매일신보』의 국문에 대한 관심을 담고 있는 또 하나의 주요 지면은 독자 투고를 중심으로 꾸며지는 기서(奇書)란이었다.32) 특히 국문판 『대한매일신보』의 창간호에 실려 있는 두 편의 기서는 국문신문의 창간에 대해 독자들이 얼마나 적극적으로 환영하고 있었는가 하는 사실을 잘 보여준다.33)

---

31) 「국문연구회 위원 졔씨에게 권고홈」, 『대한매일신보』 국문판, 1908년 11월 14일. 참고로, 이 글은 앞에서 다룬 「국한문의 경중」과 함께 『단재 신채호 전집』 별집(형설출판사, 1977)에 수록되어 있다.

32) 국문판 『대한매일신보』에 독자가 의견을 제시할 수 있는 난은 '기서'와 '투서'였다. 투서는 다섯 줄 내외의 짧은 글이었고 기서는 이에 비해 길이가 긴 글이었다. 독자 투고에 대한 『대한매일신보』의 안내문은 다음과 같다. "본사에 긔셔ᄒ시는 쳠군즈는 성명과 거쥬를 분명히 써셔 증거가 잇게 ᄒ시기를 바라오며 쏘 쫄막쫄막ᄒ 투셔를 밧아 투셔론닉에 긔지홀 터이오니 투셔는 아모죠록 ᄉ의가 간단ᄒ고 분명ᄒ 일노 긔록ᄒ시되 ᄉ오 줄에 넘지 안케 ᄒ시오며 일반 국민의 평화홈을 어지럽게 ᄒ거나 남의 사회상을 황잡게 ᄒᄂ 긔셔는 밧지 안ᄂ 권리가 본사에 잇사오니 그리 아시옵"(『대한매일신보』 국문판, 1907년 5월 23일).

33) 참고로, 이 기서들은 신문 창간호에 실렸다는 점에서 일상적 혹은 자발적인 독자투고라기보다는 청탁원고로 볼 수 있다. 아직 국문판 신문이 발간되지도 않은 상태에서 이런 원고가 미리 투고될 수는 없었기 때문이다.

대범 신문은 천하의 이목이라 귀사에서 츈츄필법으로 셰계에 파유명네 ᄒᆞ야 비록 녀인이라도 누가 흠승치 아니ᄒᆞ며 누가 열람키 원ᄒᆞ지 아니ᄒᆞ리요 문은 한문을 미ᄒᆡ홈으로 단지 챳송뿐이러니 근일에 귀ᄉᆞ에셔 부인사회와 보통ᄉᆞ회를 위ᄒᆞ야 국문 신보를 특별이 발간하신다 ᄒᆞ오니 감ᄉᆞ 막대하오며 우리나라의 무론무론 남녀로소 하고 일노붓터 문명의 공긔를 흡슈하겟ᄉᆞ오니 우리동포의 문명진보와 갓치 귀샤에서도 홍왕진보 되심을 응축하오며 귀샤에서 권장ᄒᆞ고 면려ᄒᆞ시ᄂᆞ 열셩에 대ᄒᆞ야 찬하불이ᄒᆞ노이다
　ᄉᆞ립광동하교장 신소당34)

듯사온즉 귀사에서 우리사회의 지식을 널니시기 위ᄒᆞ야 국문보을 리월붓터 발힝ᄒᆞ신다 ᄒᆞ오니 신문이란거슨 츈츄필권을 잡고 도덕심으로 혹 찬양ᄒᆞ며 혹 견칙ᄒᆞ야 악헌ᄌᆞ를 착허도록 경계ᄒᆞ며 착헌ᄌᆞ를 더욱 착허도록 권고ᄒᆞ야 민지를 기발케 ᄒᆞᄂᆞ 사롬 씌우는 종이라 남녀를 무론ᄒᆞ고 문약 신문을 보지 안ᄂᆞᆫ ᄌᆞ ㅣ면 문명에 도젹이로다
　본인이 비록 녀ᄌᆞ의 츈챵이오나 국문보 발간 ᄒᆞ신단 말숨을 듯습고 깃분 마음으로 학문 업스물 불고ᄒᆞᆸ고 감히 두어쥴을 긔술ᄒᆞ와 주필지하에 올니오니 조량ᄒᆞ신 후 귀보에 긔지ᄒᆞ심을 복망ᄒᆞ나니다
　하 방교 강용슉35)

이 기서에서 투고자들은 '부인사회와 보통사회'를 위하여 '국문 신문'을 발간하게 된 것을 크게 기뻐하며 감사한 마음을 표하고 있다. 국문판 『대한매일신보』가 본격적으로 출범한 지 두 달 남짓 지난 시점에서 투고된 「하와이에 거ᄒᆞᄂᆞ 최씨 졍슌」에서도 글쓴이는 "홍샹 전일에 한문을 비호지 못 ᄒᆞ거슬 탄식ᄒᆞ더니 하ᄂᆞ님이 나와 우리 부녀샤회를 도라보샤 귀 샤쟝의 손을 비러 대한민일 신문을 국문으로 이갓치 시로 츌판ᄒᆞ게 ᄒᆞ시니 하ᄂᆞ님끠 감샤ᄒᆞ고 귀 각하ᄂᆞ 더욱 진력ᄒᆞ와 우리 부녀 샤회에 대션싱이 너너 되옵심과 우리 부녀샤회가 일노 말미암아 날

---

34) 「기서」, 『대한매일신보』 국문판, 1907년 5월 23일.
35) 위의 글.

노 진보ᄒᆞ여 삼쳔리 강산우헤 혁혁ᄒᆞᆫ기를 복축ᄒᆞ옵니다"[36]라는 말로 국문 신문을 대하는 벅찬 심정을 전하고 있다.

그런가 하면 『대한매일신보』의 국문의 중요성 강조와 그 보급에 대한 관심은 잡보란 등에 실린 다양한 형태의 기사를 통해서도 확인할 수 있다. 『대한매일신보』 국문판에서는 국문학교 혹은 국문 야학에 대한 기사를 어렵지 않게 발견할 수 있다. 기사 한편을 인용하면 다음과 같다.

> 경성군에 거ᄒᆞ는 김정구 김경슈 김하건 류영학 스씨가 희군셩니 셩남 셩셔 세 곳에 국문 야학교를 셜립ᄒᆞ고 쵸동목슈를 모집ᄒᆞ야 각기 의무로 셩니에는 김정구씨와 김경슈씨오 셩남에는 김하건씨오 셩셔에는 류영학씨가 담임ᄒᆞ고 열심히 교슈ᄒᆞ는디 학원이 일빅스십여명이나 된다더라[37]

이러한 유형의 기사들은 「열심공부」(1907년 11월 27일), 「쟝씨열심」(1907년 12월 4일), 「리씨열심」(1908년 1월 9일), 「량학원의 열심」(1908년 1월 23일), 「영등포학교」(1908년 2월 28일), 「로동자교육」(1908년 4월 7일) 등 매우 많다. 『대한매일신보』에 실린 이러한 유형의 기사들은, 기사 속의 인물 개개인의 행적을 알리기보다는 이른바 '보통사회'의 사람들이 국문을 가르치고 배우는 일에 얼마나 열심이었나 하는 사실을 알리려는 데 그 의도가 있었던 것으로 보인다. 다음의 글은, 국문학교의 설립과 여자 및 노동 계층에 대한 교육이 조선을 개명 발달하게 하고, 이른바 유지한 기득권층에 대한 위협이 될 것이라는 생각을 담고 있다는 점에서 적지 않은 의미가 있다.

> 여보시오 대한에 속히 기명발달홀 방침이 잇쇼 면면촌촌에 국문학교를 셜립ᄒᆞ고 부인 녀ᄌᆞ와 목수초동이라도 유익ᄒᆞᆫ 셔칙을 교슈ᄒᆞ여야 멋히가 되지못ᄒᆞ야 기명발달홀 터이니 유지ᄒᆞᆫ 사롬들은 조곰 주의ᄒᆞ시오 다른 사롬의 스업을

---

36) 「하와이에 거ᄒᆞ는 최씨 경슌」, 『대한매일신보』 국문판, 1907년 8월 8일.
37) 「국문야학」, 『대한매일신보』 국문판, 1908년 8월 30일.

> 싀긔치 말고 주긔의 스업을 확쟝ᄒ며 다른 스람의 압졔홈을 원망치 말고 주긔
> 가 압졔에 버셔날 방침을 싱각ᄒ지어다[38]

면면촌촌에 국문학교를 설립하여 부인여자와 목수초동을 교육하면 오래지 않아 우리나라가 개명발달할 것이니 유지한 사람들은 주의하라는 것이 글의 요지이다. 아울러 부인여자와 목수초동에게는 남의 압제를 원망하지 말고, 스스로 압제에서 벗어날 길을 찾으라는 지적 역시 주목할 만하다. 법전(法典)의 국문 번역과 그에 따른 논란을 다룬 다음과 같은 기사 역시 이와 연관된 맥락에서 이해될 수 있다. 법전을 국문으로 발행하여 누구라도 그것을 쉽게 이해하도록 돕는 일이 결국 대중의 실질적 사회생활을 돕는 일이라는 생각이 이 글의 바탕에 깔려 있는 것이다.

> 김교각 리졍세 리용혁 삼씨가 형법대젼을 국문으로 번역ᄒ야 경향의 우부우
> 부라도 법률됴례를 아라 보기에 편리ᄒ고 인민싱활샹에 범죄홈이 업게ᄒ기를
> 위ᄒ야 곡 발간ᄒ고져ᄒ나 법률에 당ᄒ야셔는 스스로이 발간ᄒᄂ 거시 규칙에
> 어긔ᄂ일인고로 특별히 인허ᄒ라고 법부에 쳥원ᄒ엿다더라[39]

이렇듯 『대한매일신보』가 지녔던 국문에 대한 관심은 지대한 것이었다. 그들의 국문에 대한 관심과 주장은 단순히 한문에서 한글로의 변화라는 문자 변환의 차원에만 머물러 있는 것이 아니었다. 이는 시대의 구투를 벗고 새로운 시대를 열어가야 할 당시대 지식인의 책무 실현과도 연관된 시도였으며, 일제의 침탈이 가속화되는 시대적 분위기 속에서는 민족 수호의 의지와도 연관된 주장이었다. 근대계몽기 당시 한문을 매개로 한 제도권 교육은 철저히 남성 엘리트 중심주의로 흐르고 있었다. 이러한 현실을 직시한 후, 여성과 노동자의 교육을 위해 국문 교

---

38) 「시사평론」, 『대한매일신보』 국문판, 1907년 10월 20일.
39) 「맛당히 힝홀 일」, 『대한매일신보』 국문판, 1907년 8월 10일.

과서의 편찬이 무엇보다 급선무라고 주장한 대목에서는 대중의 권익을
위한 지식인의 역할이라는 측면 역시 보여준다. 이는 『대한매일신보』
편집진 자신들이 속한 계층의 이데올로기가 아닌 상대적으로 소외된
계층의 권익 반영이라는 측면에서도 주목할 만하다.

4. 『대한매일신보』의 필자와 편집진

　『대한매일신보』에는 대략 40여 명의 사원이 있었을 것으로 추정된다.
물론 이 가운데 상당수는 집필 기자가 아니라 총무·회계·인쇄·발송
등을 담당한 사무원이었다.[40] 『대한매일신보』의 중요 편집진은 배설(E.
T. Bethell)·양기탁(梁起鐸)·박은식(朴殷植)·신채호(申采浩)·장도빈(張道
斌) 등으로 정리된다. 이 가운데 배설은 영문판의 사설 및 원고만을 집
필한 것으로 알려져 있다. 양기탁의 경우는 신문사의 운영과 편집 및
제작 실무에 주로 관여했고, 논설이나 기사 작성에는 크게 관여하지 않
은 것으로 알려져 있다.[41] 그렇게 보면 국한문판 및 국문판 신보의 주
요 집필진은 박은식·신채호·장도빈 등이 되는 셈이다. 국한문판 시사
평론 담당자 이장훈(李章薰), 외보번역 담당자 양인택(梁寅澤), 국문판 논
설번역 담당자 김연창(金演昶), 잡보·외보 번역 담당자 유치겸(兪致兼)
등도 『대한매일신보』의 편집부 기자로 기록이 되어 있다. 이밖에 일반
기자가 있어 잡보 등을 취재하고 기사를 작성했을 것인데, 탐방자(探訪
者) 명단에 올라 있는 성선경(成宣京)·이만직(李晩稙)·이호근(李鎬根) 등

---

40) 신보 종사원에 관한 상세한 논의는 이광린, 앞의 글, 23~32면 참조
41) 『대한매일신보』의 운영과 집필진에 대한 자세한 논의는 박정규, 「『대한매일신보』의
　　참여인물과 언론활동」, 『대한매일신보 연구』, 커뮤니케이션북스, 2004, 66~112면 참조.

이 거기에 속했을 것으로 생각된다.

　겸곡(謙谷) 박은식(朴殷植)은『황성신문』의 주필로 언론활동을 시작했다. 그러다가『대한매일신보』의 국한문판이 간행되기 시작하던 1905년 8월 경 주필이 되었던 것으로 보인다. 이후 1907년 말이나 1908년 전반기에『대한매일신보』를 사직하고『황성신문』으로 옮겨가 거기서 신문 폐간 때까지 주필로 활동한 것으로 추정할 수 있다.42) 박은식은『황성신문』의 주필로 활동하면서『대한매일신보』에는 객원논설진으로 기고를 지속하였다.43)

　단재(丹齋) 신채호(申采浩) 역시 박은식과 같이『황성신문』의 주필로 언론 활동을 시작했다. 그러나 1905년 11월 20일 이 신문이 장지연의「시일야방성대곡(是日也放聲大哭)」을 실어 정간을 당하자,『대한매일신보』로 옮겨와 주필이 되어 박은식과 함께 논설을 쓰고 기사를 집필했다. 신채호는 1910년 4월 중국으로 망명하기 전까지『대한매일신보』에서 근무한 것으로 알려져 있다.44) 그러나 신채호의 소설「동국거걸 최도통전」이 5월 27일까지 연재 발표된 사실을 들어 그가 4월 이후에도 얼마간 국내에 남아 집필활동을 계속했을 것이라는 추정45)도 나오고 있다. 신채호는 금협산인(錦頰山人)・무애생(無涯生)・열혈생(熱血生)・한놈・검심(劍心)・적심(赤心)・연시몽인(燕市夢人) 등의 필명을 사용했으며, 유맹원(劉孟源)・박철(朴鐵) 등의 가명을 사용하기도 했다. 신채호는『대한매일신보』의 가장 중요한 필자였다.

　산운(汕耘) 장도빈(張道斌)은 1908년 보성전문학교 법과 재학중 박은식

---

42) 이광린, 앞의 글, 24~25면 및 박정규, 앞의 글, 108면 참조.
43) 김삼웅,「『대한매일신보』를 빛낸 인물들」,『구국언론 대한매일신보』, 대한매일신보사, 1998, 45면 참조. 한편 이 글에서는 박은식이『대한매일신보』의 주필이 된 시기를 1904년 신문의 창간 당시로 보고 있다.
44)『개정판 단재 신채호전집』(하), 형설출판사, 1977, 498면 및 이광린, 앞의 글, 25~26면 참조.
45) 박정규, 앞의 글, 82~83면 참조.

의 소개로 『대한매일신보』의 논설 기자로 입사한다. 이 무렵 『대한매일
신보』의 주필인 신채호가 와병 중이어서 그가 대신 논설을 집필했으며,
1909년부터는 신채호와 일주일씩 교대로 논설을 집필한 것으로 알려져
있다.46) 장도빈은 한일병합 직전 『대한매일신보』가 일제에 의해 곧 폐
간될 것이라는 사실을 알게 되자 신문사를 사직했다.47)

　『대한매일신보』의 집필자 문제를 생각할 때 빼놓을 수 없는 것이 바
로 독자 투고이다. 『대한매일신보』는 독자의 참여가 매우 활발했던 신문
이었다. 『대한매일신보』의 독자 투고 가운데 가장 대표적인 것은 '긔서
(奇書)'였고, 다음으로는 편편긔담(片片奇談)이 비중 있게 다루어졌다. 『대
한매일신보』는 글을 보내준 독자들에게 구독료를 면제해 주는 등 보상
을 하기도 했다. 그밖에 잡보기사의 정보원으로서 보도 내용을 제공하는
일도 있었으나 이런 사례가 많지는 않았던 것으로 추정된다.48) 독자 통
신원의 존재와 역할, 그리고 기서의 문제 등에 대해서는 다음의 자료들
을 참조할 수 있다.

　　우리 통신원의 탐보논 신문보시논 쳠군ᄌ의게 흥상 보도ᄒ리며 편지를 긔셔

---

46) 장도빈, 앞의 글, 284~285면 및 김삼웅, 앞의 글, 79면 참조. 『단재 신채호 전집』에
　　수록된 글 가운데 일부는 장도빈의 저술로도 논의되고 있다. 예를 들면, 『단재 신채호
　　전집』에 수록된 「국수보전설(國粹保全說)」의 경우, 김상웅의 『구국언론 대한매일신보』
　　에는 장도빈의 글로 소개되어 있다. 『대한매일신보』 논설 필자의 불명확성과 관련해
　　서는 박정규, 위의 글, 102~110면 참조.
47) 장도빈, 위의 글, 286면 참조. 기존의 한 연구는 "장도빈의 신보사 재직은 틀림없는
　　사실이고 논설을 집필하기도 하였을 것이나 정식 주필의 위치에 있었다는 주장은 면
　　밀한 검증이 요구된다"(박정규, 위의 글, 84면)는 견해를 보인다. 아울러 이 연구에서는
　　"국문판이나 국문판 어디에도 장도빈의 필명이나 본명으로 게재된 기사는 없다"고 본
　　다. 물론 본명으로 발표된 논설 혹은 기사를 발견할 수는 없다. 하지만 필명의 기사조
　　차 없다고 단정하기는 어렵다. 예를 들면 국한문판 『대한매일신보』 1908년 9월 18일자
　　기서(奇書)란에는 산운자(山雲子)의 글 「未來韓半島問答」이 실려 있다. 이 글은 같은
　　날 국문판 신문에는 「한국의 장리」라는 제목으로 실린다. 지은이는 '산운ᄌ'로 표기되
　　어 있다. 장도빈의 호가 '산운(汕耘)'이라는 점을 생각한다면 이런 유형의 글이 장도빈
　　의 글이었을 가능성을 완전히 배제하기는 어렵다.
48) 김영희, 앞의 글, 350~351면 참조.

ᄒ여주시ᄂ 이ᄂ 성명과 반디를 적어붓치시기를 희망ᄒ오니 이거ᄉ 신문상에 긔지하랴ᄂ 거시 아니오 다만 극히 신용ᄒᄂ 증거를 ᄉᆷ고쟈ᄒᆷ이라 긔쟈ᄂ 아모 긔셔던지 긔지ᄒᆷ을 퇴각ᄒᄂ 권리를 가젓스나 퇴각ᄒᄂ 리유를 말ᄒᆯ터이오며 공즁평화를 문란케ᄒᄂ듯ᄒ 긔셔ᄂ 의례히 밧지 안켓ᄉ나이다[49)

본사에 긔셔ᄒ시ᄂ 쳠군ᄌᄂ 성명과 거쥬를 분명히 써셔 증거가 잇게 ᄒ시기를 바라오며 ᄯ 쌀막쌀막ᄒ 투셔를 밧아 투셔란니에 긔지ᄒᆯ터이오니 투셔ᄂ 아모죠록 ᄉ의가 간단ᄒ고 분명ᄒ 일노긔록ᄒ시되 ᄉ오 줄에 넘지 안케ᄒ시오며 일반 국민의 평화ᄒᆷ을 어지럽게 ᄒ거나 남이 사회상을 황잡제 ᄒᄂ 긔셔ᄂ 밧지 안ᄂ 권리가 본사에 잇사오니 그리 아시읍[50)

이러한 글들에 따르면 당시 독자들은 통신원으로 참여해 기사를 신문사에 제공했음을 알 수 있다. 아울러 일반 독자의 투고를 받아 기서란 등에 실었는데 이때 독자에게 이름과 주소를 분명히 밝히도록 하고 있다. 이는 이름과 주소를 신문에 게재하려는 이유에서가 아니라 투고의 신뢰도를 높이기 위함이라는 것이다. 그런가 하면 신문의 편집자는 투고된 독자의 원고를 퇴각할 권리를 가지고 있으나, 퇴각의 사유는 말해줄 것이라는 사실 또한 밝히고 있다.

그러나 『대한매일신보』 수록 기사들 가운데 어떤 것이 외부 필자의 투고이고 어떤 것이 내부 필자의 글인가를 명확히 가르기는 어렵다. 예를 들어, '논설'은 내부 필자가 그리고 '기서'는 외부 투고자가 쓴 것이라고 하는 분류[51)도 꼭 옳은 것은 아니다. 동일한 기사가 국한문판 신문에는 독자 투고의 형식으로, 국문판 신문에는 내부 편집진의 집필 형

---

49) 「샤고」, 『대한매일신보』 국영문판, 1904년 8월 4일.
50) 「특별 광고」, 『대한매일신보』 국문판, 1907년 5월 23일.
51) 예를 들면 "기서란은 사원이 아닌 독자들만이 기고하여 게재하는 것이 원칙이라는 점을 알 수 있겠다"(박정규, 앞의 글, 76면)거나 "『대한매일신보』 독자들의 기사투고 유형 가운데 가장 대표적인 것은 당시에 긔셔(奇書)라고 불렸던 독자투고라고 할 수 있다"(김영희, 앞의 글, 350면)와 같은 지적을 들 수 있다.

식으로 편집되어 있는 것이다.[52] 그런가 하면 논설란에 실린 글을 외부 필자가 투고한 경우도 있다.[53] 이렇게 보면 수록란을 중심으로 기계적으로 필자를 내부와 외부로 나누는 것이 무리라는 것을 알 수 있다. 이는 물론 '소설'을 비롯한 서사 자료의 필자를 가리는 경우에도 마찬가지이다.

5. 『대한매일신보』 소재 '소설' 연구

1) 국한문판 『대한매일신보』 소재 '소설'

『대한매일신보』는 소설란에 창작물을 수록하기 시작한 최초의 근대계몽기 신문이다. 이보다 앞서 일본인들이 발행하던 『한성신보(漢城新報)』에 소설란이 있기는 했지만 여기에 수록된 작품들은 창작물이 아니었다.[54] 하지만 『대한매일신보』 역시 초기부터 소설란을 두고 서사문학 자료를 수록했던 것은 아니다. 『대한매일신보』가 영문판 및 국문판으로 발행되던 초기에는 단 한 편의 서사문학 자료도 수록하지 않았다. 그러다가 국한문판을 발행하면서부터 서사문학 자료를 다수 수록하기 시작했던 것이다. 『대한매일신보』에는 총 120여 편의 다양한 형태의 서사 자료

---

52) 예를 들면 동일한 글이 국한문판에는 논설란에, 국문판에는 기서란에 실리기도 한다. 1908년 7월 25일자 국한문판 1면 논설란에 게재된 글 「韓國과 滿洲」는, 국문판 1면 기서란에 「한국과 만쥬」라는 제목으로 실렸다. 이 글은 신채호의 글로 알려져 있으며, 『단재 신채호 전집』에도 수록되어 있다.

53) 『대한매일신보』 국문판 1907년 10월 6일과 8일에 연재 발표된 「범잡는 물」은 그 필자가 '동경류학싱'으로 되어 있다.

54) 이에 관련된 상세한 논의는 이 책의 제1장 참조.

가 실려 있다. 이 가운데 국한문판 신문에 실린 자료가 80여 편, 국문판
신문에 실린 자료가 40여 편이다. 이들 서사문학 작품들은 대체로 소설
(小說)·잡보(雜報)·기서(奇書)·논설(論說)·담총(談叢)란 등에 실려 있다.

이 장에서 논의의 대상으로 삼고 있는, 『대한매일신보』 '소설'란에
수록된 작품의 수는 국한문판에 2편, 그리고 국문판에 8편으로 모두 10
편이 된다. '신소설'이라고 표기된 작품의 수를 여기에 합할 경우는 총
11편이 된다. 이들 작품의 제목과 발표일은 다음과 같다.

> (小說) 「靑청樓루義의女녀傳젼」(국한문판, 1906.2.6~2.18)
> (小說) 「車거夫부誤오解희」(국한문판, 1906.2.20~3.7)
> (소설 / 쇼셜) 「라란부인젼 근세 뎨일 녀즁 영웅」(국문판, 1907.5.23~7.6(미완))
> (쇼셜) 「국치젼」(국문판, 1907.7.9~1908.6.9)
> (쇼셜) 「슈군의 뎨일 거록흔 인물 리슌신젼」(국문판, 1908.6.11~10.24)
> (쇼셜) 「매국노(나라푸는놈)」(국문판, 1908.10.25~1907.7.14(미완))
> (쇼셜) 「디구셩 미리몽」(국문판, 1907.7.15~8.10)
> (신쇼셜) 「보응」(국문판, 1909.8.11~9.7)
> (쇼셜) 「미국독립스」(국문판, 1909.9.11~1910.3.5)
> (쇼셜) 「동국에 뎨일 영걸 최도통젼」(국문판, 1910.3.6~5.26)
> (쇼셜) 「옥랑젼」(국문판, 1910.8.16~8.28)

『대한매일신보』 소설란에 실린 작품들은 예외 없이 모두가 순한글로
표기되어 있다. 국한문판에 실린 2편의 작품조차도 모두 순한글로 씌어
져 있다는 점은 특히 주목할 만하다.55)

참고로, 1910년 이전까지 근대계몽기 신문에 실린 수백 편의 서사문학
작품들 가운데 소설이라는 명칭이 붙어 있는 작품은 대략 100여 편 정도
이다. 이들 가운데 순한글이 아닌 작품, 즉 국한문혼용으로 된 작품은 오

---

55) 『대한매일신보』 국한문판에 수록된 서사 자료의 상당수는 국한문혼용체로 표기가
    되어 있다. 그럼에도 불구하고 예외적으로 소설란에 실린 자료들만은 순한글로 표기
    되어 있는 것이다.

직 단 두 작품뿐이다.56) 그 가운데 하나는 『한성신보(漢城新報)』에 수록된 번역소설 「경국미담(經國美談)」(1904.10.4~11.2)이며 다른 하나는 『황성신문(皇城新聞)』에 수록된 작품 「신단공안(神斷公案)」(1906.5.19~12.31)이다.57) 이는 1910년대의 경우를 살펴보아도 대동소이하다. 1910년대의 유일한 중앙지였던 『매일신보(每日申報)』의 경우 '단편소설'란이나 '응모단편소설'란 등에 수많은 작품을 싣고 있지만 이들 대부분은 한글로 씌어 있다.58) 『한성신보』·『황성신문』·『매일신보』는 모두 국한문혼용을 원칙으로 하는 신문들이었다. 그런 점에서 『한성신보』가 「경국미담」을 제외한 다른 모든 작품들을 순한글로 수록하고 있다는 점이나 『매일신보』가 상당수의 신소설을 비롯해 대부분의 '단편소설'과 '응모단편소설'을 한글로 수록하고 있다는 점은 분명히 주목할 만하다.59)

국한문판 『대한매일신보』는 한글 작품 「청루의녀젼」(1906.2.6~2.18)을 수록하면서 소설란을 처음 두게 된다. 「청루의녀젼」은 과거 중국에서 있었던 일을 소재로 삼은 것으로 야담의 성격을60) 띠고 있는 작품이다.

---

56) 단, 『만세보』에는 한글과 한문을 나란히 표기한 부속국문체라는 특수한 문체가 활용되기도 했다. 이에 대한 자세한 논의는 김영민, 「근대계몽기 신문의 문체와 한글소설의 정착 과정」, 『한국 근대소설의 형성 과정』, 소명출판, 67~110면 참조.

57) 「신단공안」은 이른바 공안류(公案類)소설로서 한문소설(漢文小說)의 말기 형태를 보여주는 작품이다. 한문현토체(漢文懸吐體)로 된 이 작품은 주로 조선조 시대 전국 각지에서 있었던 일화를 보여주면서 사회 윤리 등의 문제를 다루고 있다. 이 작품에 대한 상세한 논의는 송민호, 『한국 개화기 소설의 사적 연구』, 일지사, 1975, 65~86면 참조.

58) 『매일신보』에서 발견할 수 있는 국한문혼용 작품은 단 세 편뿐이다. 이들 작품의 제목은 「해몽선생(解夢先生)」(1912.1.1), 「육맹회개(六 盲悔改)」(1912.8.16~17), 「장원례(壯元禮)」(1913.1.8)이다.

59) 『황성신문』도 반아(槃阿)의 소설 「몽조(夢潮)」(1907.8.12~9.17)를 순한글로 수록하고 있다. 『황성신문』의 경우는 비록 단 한 편의 작품만을 한글로 수록하고 있지만, 이 신문 편집자들의 성향과 한문 중심의 신문 문체 등을 생각할 때는 이 역시 적지 않은 의미를 지니고 있는 것이다. 한편, 잡지의 경우는 소설란에 실린 작품의 상당수가 국한문혼용체를 택하고 있다. 이는 신문과 잡지의 독자층이 기본적으로 차이가 있었다는 사실과도 관련이 있다. 일반적으로 근대계몽기 잡지는 극소수 지식인층이 읽었다고 보아야 할 것이다.

60) 박희병은 「한국 한문소설 개관」에서 '야담계소설'에 대해 논의한 바 있다. "'야담(野

작품의 소재는 장안 성내에 살던 청년 배생과 북경 청루(靑樓)의 미인 사이의 일화이다. 배생은 미인을 만나 아내를 삼게 되지만, 곧 그녀를 다른 사람에게 돈을 받고 팔기로 한다. 사정을 알게 된 미인은 강물에 뛰어 들어 목숨을 끊는다. 이 이야기에서는 배생의 지조 없음을 탓하고 미인의 절개를 칭송하는 내용이 골격을 이룬다. 이 작품의 곳곳에는 편집자적 해설이 붙어 있는데 마무리 해설을 인용하면 다음과 같다.

> 디져 비싱으로 말을 ᄒ게 드면 당쵸에는 어이그리 오활ᄒ고 나죵에는 비루ᄒ고
> 만일 비싱으로 ᄒ야금 당초에 뜻을 변치 아니ᄒ엿든덜 그런 보비와 그러케 아름다온 스람을 모다 보젼ᄒ얏슬 터이오
> ᄯᅩᄒ 쳥츈녀ᄌ로 쳔츄에 원혼이 되지아니ᄒ얏슬지라 스람의 어리셕고 무졍ᄒᆷ이여 눈압헤뵈이ᄂᆞᆫ 져근리를 취ᄒᆞ야 큰 의리를 져바리ᄂᆞᆫ지
> 엇지 고금에 비싱뿐이라오만은 비싱의 일은 죡히 의론ᄒᆞᆯ것업거니와 그 미인의 잡은바 마음과 행ᄒᆞᆫ 바 일은
> 가히 효측ᄒᆞᆯ 만ᄒᆞ기로 근일 경박 자례들과 창가 소부들에게 디하야 경고하노라[61]

여기서는 배생의 모자람을 탓할 뿐만 아니라, '사람의 어리석고 무정함이여. 눈앞에 보이는 적은 이익을 취하여 큰 의리를 저버리는 자가 어찌 고금에 배생뿐이리오'라고 함으로써 세태와 풍습에 대한 경고의 목소리를 함께 담아내고 있다.

譚'이란 주로 시정(市井)을 중심으로 한 민간의 이야기가 한문으로 기록된 것을 말하는데, 장르론적으로 볼 때 단일하지 않고 일화(逸話)나 전설(傳說), 민담(民譚), 소화(笑話), 단편소설(短篇小說) 등을 포괄하는 장르복합체의 개념에 해당한다. 바로 이 야담 속에 들어있는 단편소설을 '야담계소설'이라 지칭한다. 야담계 소설은 그 수가 아주 많다"(박희병, 『한국(韓國) 한문소설(漢文小說) 교합구해(校合句解)』, 소명출판, 2005, 33면)는 것이다. 박희병의 '야담계소설'에 대한 정리는 한국 근대소설사를 논하는 데에도 매우 유용하게 활용할 수 있다.
61) 「靑樓義女傳」, 『대한매일신보』 국한문판, 1906년 2월 18일.

「청루의녀젼」은 중국의 옛 일을 소재로 취하면서 이른바 권선징악의 주제를 드러내고 있다는 점에서 야승(野乘)란에 수록된 「젹션여경녹」과 유사한 성격을 띤다. 그런 점에서 이는 전대소설(前代小說)의 범주를 거의 벗어나 있지 못한 작품이라고 할 수 있다.62)

『대한매일신보』 국한문판 소설란에 실린 작품 가운데 주목할 만한 것은 단연 「거부오희」이다. 이 작품은 '개화기 무서명 소설이 제재를 과거에서 취하고 있고, 창작이 아닌 기존의 이야기의 반복이고, 형식이나 내용이 조선시대 소설과 거의 다를 것이 없다'63)는 기존의 주장을 반박하는 중요한 근거가 되기도 한다.64)

「거부오희」는 한 무식한 인력거꾼의 현실에 대한 오해와 그것을 풀어나가는 주변 사람들과의 대화가 작품의 큰 틀을 이룬다. 여기서 인력거꾼은 정부 조직을 정부 조짚으로 잘못 알아듣기도 하고, 일본 통감이 오는 일을 일본에서 서책 통감을 한 권 가져오는 대수롭지 않은 일로 오해하기도 한다. 그러다가 현실 상황의 심각함을 깨닫게 된 인력거꾼은 '속담에 일은 말로 들으면 병이오, 안 들으면 약이라는 말이 옳도다. 지금 자세히 알고 본 즉 비록 우둔한 마음이라도 가슴이 메어지는 듯, 피를 토할 듯하여 일단 병근이 될 듯하니 도리어 듣지 아니하였을 때만 같지 못하도다' 하며 탄식한다. 인력거꾼은 자탄가를 부르며 자리를 떠나는데, 그 자탄가에서 정부대관과 유지인사들이 지금이라도 외세를 막을 수 있는 구체적 대비를 할 것을 주문한다.

「거부오희」가 지닌 소설사적 의의에 대해 이재선은 다음과 같은 적

---

62) "설사 이 작품이 목전의 소리를 취하면서도 보다 큰 의리를 망각하는 인심의 경박함을 경고하는 하나의 인간고발의 교훈이라고 할지라도, 이를 소설형태로 의식할 때에는 분명히 이조 소설의 퇴행이요, 창작적 요소란 찾아볼 수도 없는 전래의 단순한 이야기라는 것이 사실이다"(이재선, 『한말의 신문소설』, 한국일보사, 1975, 37면)라는 지적 역시 참고할 수 있다.
63) 조연현, 「신소설 형성 과정고」, 『현대문학』, 1966년 4월호, 170~182면 참조.
64) 이재선, 앞의 책, 37~39면 참조.

극적인 평가를 내리고 있다.

구조상으로 보아 이 작품은 등장인물 인력거군을 무식한 질의자로 선정하고, 다른 인물들이 응답자의 입장이 된 대화체다. 변화 있는 극적 구성요소가 없는 채로 대화의 내용을 그대로 시사문답이 주축이 되고 있고, 여기에 간간이 시폐에 대한 풍자와 해학의 요소가 가미되어 있다. 그래서 외견상으로 보면 시사문답으로 일관하고 있지만, 작가는 시대성의 해설에서 선구적 역할과 언어유희란 수단을 통한 정치와 사회의 비평을 동시에 의도하고 있는 것이다. 주인공 인력거군 자체가 다분히 허구적 의식에 있어서 본다면 반어적 양식(ironic mode)에 해당하며, 글의 성격상으로 보면 희작(戱作)에 속한다. 희극적 인물인 '거부'의 오해는 바로 당시 사회의 시사성에서 출발하지만, 이 오해는 신구가 교차하는 한 시대의 문제다. (…중략…) 따라서 풍자문학인 희작이 될 수 있는 요건적 특색이 화제적이고 '리얼리스틱'하고 익살스런 점과 비난 비속화를 구비하고 있다는 점에서 근대적 감각이 없다고 단안을 내릴 수는 없다. 가사도 일종의 '패러디(parady)'이다.[65]

이재선이 여기서 주목하고 있는 것은 결국 「거부오희」에 나타난 근대적 감각들, 즉 근대소설적 요소들이다. 「거부오희」는 소설사적 맥락에서 본다면 〈서사적논설〉의 단계를 벗어나 독립된 단형소설의 모습을 보여주는 단계의 작품이다. 〈서사적논설〉과 「거부오희」 사이에 보이는 가장 큰 차이는 작품에서 해설자가 사라진다는 점이다. 〈서사적논설〉에서는 작가가 곧 해설자가 되어 작품의 중심 서사가 지닌 의미에 대해 직접 해설한다. 하지만 「거부오희」에서는 등장인물들의 입을 통해 작가의 입장을 드러낸다. 작품에서 논설이 사라지는 것은 아니지만, 작가가 직접 모습을 드러내는 것이 아니라는 점에서 보면 〈서사적논설〉과는 적지 않은 차이를 느낄 수 있는 것이다. 하지만 그럼에도 불구하고 이 작품이 계몽을 목적으로 하고 있다는 점만은 명약관화한 것이기도 하다.

---

65) 위의 책, 38~40면.

조남현도 「거부오회」 등과 같은 대화체 서술양식이 한국소설사에서 일정한 의미를 지닌다고 하는 사실에 대해 주목한 바 있다. 조남현은 '소설도 역사적 장르와 이론적 장르로 나누어 생각할 수 있다는 견해를 용인한다면, 「거부오회」 등의 작품이 어느 정도 소설 양식을 의식하고 지향한 한에 있어서는 역사적 장르로서의 소설 양식에 포함되는 것'이라는 견해를 제시했다. 조남현은 「거부오회」를 '계몽적인 것'과 '모방적인 것'의 결합으로 설명한다. 아울러, 소설은 단순 장르가 아닌 복합 장르이며 아주 다양한 허구적 형태를 포괄적으로 지칭하는 것이라는 사실을 강조한다.[66]

국한문판『대한매일신보』에 실린 소설 「거부오회」를 논할 때 함께 거론해야 하는 작품들이 있다. 이들은 「향긱담화」(1905.10.29~11.7), 「소경과 안즘방이 문답」(1905.11.17~12.13), 「향로방문의싱(鄕老訪問醫生)이라」(1905.12.21~1906.2.2) 그리고 「시사문답(時事問答)」(1906.3.8~4.12) 등이다. 이들 작품은 「거부오회」와 매우 유사한 성격을 지니고 있다. 특히 「소경과 안즘방이 문답」과 「향로방문의싱이라」는 「거부오회」와 내용이 서로 연결된다. 그런가 하면 구성의 방식 역시 매우 유사해서 이들은 모두 동일 작가 혹은 동일 집단에 의한 연작 형태의 작품으로 추정할 수 있다. 이들은 모두 대화체를 택하고 있으며 등장인물이 국권상실을 염려하며 일제의 침탈을 경계하는 내용을 다룬다. 하지만 이들 가운데서는 오직 「거부오회」만 소설란에 실려 있다. 나머지 작품들은 잡보란에 실려 있는 것이다. 그런 점에서 이 시기 국한문판『대한매일신보』의 편집자에게 소설(小說)은 잡보(雜報)와 크게 구별하기 어려운 혹은 매우 가까운 양식이었다고 할 수 있다. 어떤 점에서 소설과 잡보는 거의 동일한 의미를 지닌 것이기도 했다. 그 한 가지 예로 지적할 수 있는 사실이, 소설란에 실린 「거부오회」도 실은 연재 첫 회에만 잡보와 구별되는 소설란에 수록되었을

---

66) 조남현, 「개화기 소설양식의 변이 현상」, 『개화기문학의 재인식』, 지학사, 1987, 118~147면 참조.

뿐 이후부터는 계속 잡보란에 아무런 표식 없이 실리고 있다는 점이다. 「청루의녀전」의 경우는 소설란에 연재되기는 했지만 이 역시 아무런 표식 없이 잡보란에 실렸던 적이 한 회 있다. 국한문판『대한매일신보』에 실린 서사문학 작품 가운데 약 20편 정도가 잡보란에 실려 있다는 사실 역시 소설과 '잡보'의 상관성을 뒷받침하는 중요한 근거가 될 수 있을 것이다.

2) 국문판『대한매일신보』 소재 '소설'

『대한매일신보』 국문판 소설란에 처음 실린 작품은 「라란부인젼」이다. 그런데 이 작품이 실리기 시작한 1907년 5월 23일은 바로『대한매일신보』 국문판의 창간일, 엄밀히 말한다면 한글 견본판 발행일이었다. 『대한매일신보』는 한글본의 견본판에 소설 「라란부인젼」을 연재발표하기 시작했던 것이다. 「라란부인젼」은 프랑스 대혁명에 참여한 라란부인의 활약상을 담은 번역소설로 원 저자는 중국의 양계초(梁啓超)이다.[67] 이 작품은 1907년 7월 6일까지 연재 발표되었다. 7월 6일자 연재분에는 '미완'이라는 표기가 되어 있지만, 다음날인 7월 7일자 제1면의 다음과 같은 사고(社告)를 보면 이 작품의 연재가 여기서 끝났음을 알 수 있다.

> 졍오(正誤)
> 작일 본보 뎨일면에 긔지ᄒ 쇼셜 라란부인젼은 임의 끗치낫스미 미완을 완 즈로 긔졍ᄒ오며 ᄎ호부터 다른 쇼셜을 게지ᄒ겟슴[68]

---

67) 이 작품은 양계초가 1902년『신민총보(新民叢報)』에 발표한 「라란부인젼(羅蘭夫人傳)」을 번역한 것이다. 「라란부인젼」은 양계초의 유일한 여성전기 작품이다. 우림걸,『한국개화기 문학과 양계초』, 박이정, 2002, 65~66면 참조.
68)『대한매일신보』, 1907년 7월 7일.

「라란부인젼」은 신문 연재를 끝낸 후 대한매일신보사에서 단행본으로 출간되었다. 연재 직후 출간된 단행본에는 이 작품의 저술자 및 번역자 후기가 첨부되어 있다. 저술자의 서문은 신문연재본 첫 회에도 수록되어 있다.[69] 다음은 신문연재본 첫 회에 실린 저술자 양계초의 서문 중 일부이다.

> 셔문에왈 오호라 ᄌ유여 ᄌ유여 텬하 고금에 네 일홈을 빌어 힝혼 죄악이 얼마나 만흐뇨 ᄒ엿스니 이말은 법국 뎨일 녀즁 영웅 라란 부인이 림죵시에 혼말이라 라란 부인은 엇던사롬 인고 ᄌ유가 뎌의게셔 낫고 뎌가 ᄌ유로 말미암아 죽엇스며 라란 부인은 엇던 사람인고 뎌가 나파륜 의게도 어미요 미특날 의게도 어미요 마지니와 갈소스와 비스믹과 가부이 의게도 어미라 홀지니 질졍ᄒ야 말 홀진대 십구셰긔의 구쥬 대륙에 일졀 인물이 라란부인을 어미 숨지 아닐이 업고 십구 세긔의 구주 대륙에 일졀 문명이 라란부인을 어미 숨지아닐 수 업도다 무슴연고뇨 법국의 대혁명은 구쥬 십구셰긔의 어미가 되고 라란부인은 법국 디혁명의 어미가된 ᄭ닭이라 ᄒ노라[70]

『대한매일신보』가 번역소설 「라란부인젼」을 수록한 이유는 어디에 있었던 것일까? 그 중요한 이유 가운데 하나는 여성 독자들을 독려하는 데 있었던 것으로 보인다. 다음의 단행본 번역자 후기는 그 사실을 잘 보여준다.

> 번역혼쟈ㅣ 굴ᄋ디 대뎌 라란부인은 텬하고금에 처음 난 녀즁영웅이라 뎌가 비록 녀인이나 그 지기와 그 ᄉ업이 남ᄌ의게셔 지나니 만셰의 ᄌ유도 뎌로 말미암아 활동이 되엿고 텬하의 혁명도 뎌로 말미암아 발긔가 되엿스니 홀노 법국에셔만 ᄌ유의 션각쟈며 혁명의 지도쟈이 될뿐 아니라 쏘혼 가히 나라

---

69) 저술자 및 번역자의 후기는 연재본에는 없고 단행본에만 들어있다. 7월 6일자 『대한매일신보』가 이 작품에 '미완'이라는 표기를 했던 것은 실수라기보다는, 저술자 후기까지 번역하려던 의도 때문이었던 것으로 생각된다. 그러다 생각을 바꾸어 본문까지만 수록하는 선에서 연재를 마무리 지었던 것으로 판단된다.
70) 「라란부인젼」, 『대한매일신보』 국문판, 1907년 5월 23일.

에마다 스승이 될거시오 사롬의게마다 어미가 될거시니 우리 대한 동포도 진
실노 능히 그 일동일졍과 일언일ᄉ를 다 본밧아 그 지기를 품고 그 ᄉ업을 힝
치못ᄒ면 엇지 가히 이국ᄒᄂ 지ᄉ라ᄒ며 엇지 가히 국민의 의무라 ᄒ리오[71]

　여기서 번역자는 작품 속 주인공 라란부인이 비록 여자였으나 그 품
은 뜻과 사업이 남자를 넘어섰다는 사실을 먼저 강조한다. 만세의 자유
도, 천하의 혁명도 모두 그로 말미암아 시작되었다는 것이다.
　『대한매일신보』 국문판은 적지 않은 여성 독자를 확보했던 것으로
추정할 수 있다. '롱운'이라는 이름의 기생이 투고한 글에는 다음과 같
은 내용이 들어 있다. "본인이 넉넉지 못ᄒ 언론으로 국문미일신보를
축호 렬람ᄒ온즉 언론이 공명졍대ᄒ며 무편무당ᄒ야 한국 동포로 ᄒ야
곰 독립ᄌ유의 감발심을 격동케 ᄒ니 나ᄂ ᄒ로 밥은 궐홀지언뎡 신문
은 궐ᄒ지 못ᄒ노이다."[72] 밥은 굶어도 신문 보는 일을 그칠 수는 없다
ᄂ 서술이 투고자의 심정을 잘 드러내고 있다. 투고자인 기생 롱운은
"본인은 교육의 유의ᄒ야 일본으로 유학ᄒ기롤 결뎡ᄒ고 불원간 쩌ᄂᆯ
터인디 쳐창감탄홈을 불승ᄒ와 이ᄀᆺ치 두어마디 고ᄒ오니 죠곰이라도
비루ᄒ 계집에 말이라 마시고 용셔ᄒ야 보시옵쇼셔"[73]라는 말로 이 글
을 맺는다.
　기존의 한 연구에서는 기서 투고자들의 성별에 대해 남성이 83.5%,
여성이 9.7% 정도를 차지했다고 정리한다. 여기서는 성별을 정확히 알
수 없는 경우는 대부분 남성일 것으로 추정하고 있다. 아울러 "국문판
신문이므로 국한문판 신문보다 여성독자들이 상대적으로 더 많았을 것
으로 생각되지만, 기서투고자들로만 보면 여성독자의 비중은 매우 낮
아, 독자 대부분이 남성이었을 것으로 추정된다"[74]고 정리한다. 그러나

---

71) 『라란부인젼』, 대한매일신보사, 1907, 39면.
72) 기싱 롱운, 「교육이 뎨일 급션무」, 『대한매일신보』 국문판, 1908년 5월 23일.
73) 위의 글.
74) 김영희, 앞의 글, 360면.

투고자의 비율을 곧 독자의 비율로 환산하는 것은 다소 무리가 있다고 판단된다. 아울러 여성의 사회 활동이 자유롭지 못했던 근대계몽기 당시 여성 독자의 투고 비율이 10% 정도에 이른다는 사실은 그 자체만으로도 적지 않은 의미가 있다고 보아야 할 것이다.

「라란부인전」은 전형적인 번역 '역사·전기소설'이다. '역사·전기소설'은 한 인물의 일대기를 소재로 삼아 당시대 독자들의 민족의식을 깨우치려는 의도 아래 창작된 소설이다. 「라란부인전」의 번역자가 계속해서 '나라가 흥해야 제 몸도 흥하고, 나라가 망하면 제 몸도 욕될 것이며, 임군이 망하고 나라가 멸하면 그 몸을 어찌 보존할 수 있을 것인가'라고 개탄하는 것도 이러한 창작 의도를 직접 반영한 것이다. 『대한매일신보』에 수록된 다음의 광고문안에서도 이러한 의도는 그대로 드러나 있다.

라란부인젼 羅蘭夫人傳 근셰뎨일 녀즁영웅
　이 쇼셜은 슌국문으로 미우 ᄌ미잇게 ᄆᆫ들어 일반 국민의 ᄋᆡ국ᄉᆞ샹을 비양ᄒᆞᄂᆞᆫ 칙이오니 ᄋᆡ국ᄒᆞᄂᆞᆫ 유지ᄒᆞᆫ 남ᄌᆞ와 부인은 만히들 사셔 보시오[75]

근대계몽기의 '역사·전기소설'에 대한 번역은 곧 창착 '역사·전기소설'의 출현으로 이어진다. 단재 신채호의 소설 「슈군의 뎨일 거룩ᄒᆞᆫ 인물 리슌신젼」이나 「동국에 뎨일 영걸 최도통젼」이 바로 그것이다. 이들 소설의 창작 의도 역시 「라란부인젼」의 번역 의도와 크게 다르지 않다. 「슈군의 뎨일 거룩ᄒᆞᆫ 인물 리슌신젼」 연재에 앞서 밝힌 "근간에 임진왜란 평졍ᄒᆞ신 츙무공 리슌신씨의 ᄌᆞ셰ᄒᆞᆫ ᄉᆞ격을 엇엇ᄂᆞᆫ디 그 나라 ᄉᆞ랑ᄒᆞᄂᆞᆫ 츙셩과 신츌귀몰ᄒᆞᄂᆞᆫ 병법과 졍대ᄒᆞᆫ 심법과 굿센 졍신은 셰계에 짝이업셔 후ㅅ사람이 법밧을 만ᄒᆞᆫ고로……"[76]라는 내용의 광고에

---

75) 『대한매일신보』 국문판, 1907년 8월 31일. 이후 이 광고는 9월 말까지 계속해서 실리게 된다. 한편 이 광고는 국한문판 신문에도 9월 4일, 5일, 6일, 18일 등에 걸쳐 실린 바 있다. 국한문판 신문의 경우도 한글 소설에 대한 광고는 동일하게 수록하고 있는 것이다.

서도 이는 명확히 드러난다.

그런데 이들 두 작품을 다룰 때 특기할 만한 사실은 이들 작품에는 국한문혼용 판본과 순한글 판본의 두 가지가 각각 존재한다는 점이다. 즉 「슈군의 데일 거룩혼 인물 리슌신젼」(국문판, 1908.6.11~10.24)과 「동국에 데일 영걸 최도통젼」(국문판, 1910.3.6~5.26)에 앞서 국한문판인 「水軍第一偉人 李舜臣」(국한문판, 1908.5.2~8.18)과 「東國巨傑 崔都統」(국한문판, 1909.12.5~1910.5.27)이 연재 발표되었던 것이다. 「슈군의 데일 거룩혼 인물 리슌신젼」에는 '금협산인 져슐 패셔싱 번역'이라고 표기해 번역자를 밝히고 있다. 그러나 「동국에 데일 영걸 최도통젼」에는 번역자 명이 없이 '금협산인 져슐'이라고만 표기되어 있다.

또한 간과할 수 없는 점은 한글 판본들인 「슈군의 데일 거룩혼 인물 리슌신젼」과 「동국에 데일 영걸 최도통젼」은 모두 소설란에 실리지만 국한문혼용 판본은 그렇지 않다는 사실이다. 「水軍第一偉人 李舜臣」과 「東國巨傑 崔都統」은 모두 '소설'이 아니라 '위인유적(偉人遺蹟)'란에 실려 있다. 이런 현상은 무엇을 의미하는 것일까? 우선 하나의 작품에 두 가지 문체의 판본이 존재한다는 사실의 의미는 무엇인가? 그것은 계층에 따라 사용 문자가 달랐다는 현실을 주목한다면 나름대로 자연스럽게 받아들일 수 있는 현상이 된다. 즉 국한문신문의 독자에게는 국한문체의 작품을, 순한글 신문의 독자에게는 한글 작품을 제공하겠다는 작가의 의지의 반영이라고 보면 되는 것이다. 그렇다면 순한글 신문에만 '소설'이라는 표기를 한 이유는 무엇인가? 그 중요한 이유 가운데 하나는 한글 독자에게는 '소설'이 유인력이 있는 어휘였지만, 국한문혼용 독자에게는 그렇지 않았다는 점에 있다.[77] 근대계몽기의 '소설'은 곧

---

76) 「쇼셜」, 『대한매일신보』, 1908년 6월 10일.

77) 『대한매일신보』는 여러 편의 다양한 서사문학 자료를 싣고 있지만, 소설 자체에 대한 편집진의 인식은 긍정적이었다고만 보기 어렵다. "상말과 속담으로 지어놓은 책자는 일체 우부우부와 아동주졸이 편벽되이 즐겨보는 바"(「근일 국문쇼셜을 져슐ㅎ는쟈의 주의홀 일」, 『대한매일신보』 국문판, 1908년 7월 8일 참조)라거나 "소설과 연희는

'한글' 독자를 떠올리는 문학 양식이었다고 볼 수 있는 것이다.

「슈군의 뎨일 거록훈 인물 리슌신젼」 및 「동국에 뎨일 영걸 최도통젼」은 외형상 이른바 회장체(回章體) 소설로 분류된다. 「슈군의 뎨일 거록훈 인물 리슌신젼」은 제1장부터 19장까지로 이루어져 있으며, 이순신의 일생을 다루고 있다. 「동국에 뎨일 영걸 최도통젼」은 제1장부터 7장까지만[78] 연재되다 중단되었기 때문에 최영(崔塋)의 삶의 일부만을 언급하고 있다. 「슈군의 뎨일 거록훈 인물 리슌신젼」의 장 배열을 보면 이 작품의 내용과 창작 의도를 어렵지 않게 짐작할 수 있다.

제일장 서론
제이장 이순신이 어렸을 때와 소싯적의 일
제삼장 이순신의 출신과 그 후의 곤란
제사장 오랑캐를 막던 조그만 싸움과 조정에서 인재를 구함
제오장 이순신이 전쟁을 준비
제육장 부산 바다로 구원하러 간 일
제칠장 이순신이 옥포에서 첫 번 싸움
제팔장 이순신의 제이전(당포)
제구장 이순신의 제삼전
제십장 이순신의 제사전
제십일장 제오전 후의 이순신

심상한 부인과 시정 무식배의 제일 감동하기 쉽고 제일 즐겨하는 바"(「쇼셜과 연회가 풍쇽에 상관되는 것」, 『대한매일신보』 국문판, 1910년 7월 20일 참조)라는 표현에는 소설에 대한 편집진의 태도가 간접적으로 담겨 있다. 『대한매일신보』 편집진들의 소설관에 대해서는 뒤에서 상세히 다룬다.

78) 국한문판 신문의 「東國巨傑 崔都統」은 8장까지 연재되었다. 국문판에 실린 번역본 「동국에 뎨일 영걸 최도통젼」은 1910년 5월 26일까지만 발표되었다. 이 날짜는 단재 신채호가 중국 망명으로 인해 집필을 중단한 국한문본 「東國巨傑 崔都統」이 마지막으로 발표되던 5월 27일과 별 차이가 없다. 이는 「동국에 뎨일 영걸 최도통젼」의 번역을 「슈군의 뎨일 거록훈 인물 리슌신젼」과는 달리 단재가 직접 했을 가능성을 보여준다. 만일 다른 사람이 번역을 맡고 있었다면 단재가 망명한 이후라도 8장까지는 한글본 번역이 이루어질 수 있었기 때문이다.

「슈군의 데일 거록혼 인물 리슌신전」 및 「동국에 데일 영걸 최도통
전」과 함께 거론할 수 있는 작품이 「디구셩미리몽」이다. 「디구셩미리몽」
은 앞의 두 작품처럼 '역사・전기소설'로 분류할 수 있는 작품은 아니
다. 그러나 창작 의도의 측면에서 보면 이는 앞의 두 작품과 매우 긴밀
한 관계에 놓여 있는 작품이 된다.

「디구셩미리몽」은 우세자라는 주인공이 세상을 유람하던 중 수미산
에서 원장법사를 만나 현실을 개탄하고 미래를 염려하는 이야기가 바
탕을 이룬다. 우세자는 대한제국 사람으로 민족의 부패함과 국세의 빈
약함을 근심하여 월보와 잡지를 발간하며 세상을 계도하던 인물이다.
그러나 우세자는 그 일에 감동하는 이가 별로 없음을 안타깝게 여기고
유람을 시작한다. 다음에 인용하는 글들은 우세자의 출신과 유람의 배
경을 구체적으로 보여준다.

　우셰즈는 단군 이후 스쳔여년 시더 사롬이라 일즉 교화가 붉지 못ᄒ고 풍쇽
이 아롬답지 못혼 것을 근심ᄒ야 혹 쳥년을 교육ᄒ며 혹 지스를 권고ᄒ고 혹
완고를 경□ᄒ기 위ᄒ야 셰샹에 도라ᄃ닌지 몃 ᄒ에 혼 사람도 ᄭᅵ닷 쟈 업고
도로혀 지목ᄒ기를 광패혼 쟈ㅣ라 ᄒ며 죠롱ᄒ기를 허황혼 쟈ㅣ라 ᄒ야 인류
로 디졉지 아니ᄒ거늘 우셰즈ㅣ 즈탄즈가ᄒ다가 창즈 속에 더운 피가 ᄭ음을
금치 못ᄒ야 일일은 표연히 멀니 놀 ᄯ을 두미 손에 잡고 일반 동포에게 권고
ᄒ라던 일쳬 잡지와 월보를 다 집어더지고 니러서니 그 힝장을 볼작시면 쳥려

쟝 일개와 셔시집신 일쌍이며 조고마흔 보ㅅ짐 뒤에 소라 표ㅈ 흔 개를 둘엇
더라 십리 빅리 천리를 뎡쳐업시 둔니다가 흔 곳을 다다르니[79)

우셰ㅈㅣ왈 나는 대한 뎨국에 우셰ㅈㅣ라 칭ᄒᄂ는 광긱이니 우리 민족의 부패
흠과 국셰의 빈약흠을 근심ᄒ야 월보와 잡지를 발간ᄒ야 세상 사름을 긔도ᄒ
기로 일을 숨더니 ᄒ나도 씨둣ᄂ는 쟈는 업고 졈졈 비참흔 디경에 싸지미 내 비
록 불곳흔 열혈이 쓰르나 흔 손으로 건질 수 업ᄂ는 고로 ㅈ연 화에 씌여 세계에
멀니 놀어 흉회를 펼가 ᄒ다가 우연히 이 곳에 왓거니와 나도 이왕 불경을 대
강 열람ᄒ여 계음과 인도를 만히 알엇스나 지금 대ㅅ의 부르ᄂ는 계음은 이왕에
보도 듯도 못ᄒ엿스니 그 계음은 무슴 쯧이며 소릭는 엇지 그리 비챵ᄒ뇨[80)

우세자가 만난 원장법사는 자신이 옥경으로 가는 길에 염라부에 들러
목격했던 바를 전해준다. 현재 염라부에는 망국 민족들이 넘쳐나 그들
에 대한 처치가 곤란하여 염라부가 장차 터지게 될 지경에 이르렀다는
것이다. 원장법사는 '애급, 인도, 파란, 월남'의 수많은 인종이 지옥에 모
여 고통 받고 있다는 말로 염라부의 실상을 전한다. 망국 인종들이 염라
부 지옥에서 고생한다는 말을 전해들은 우세자는 대성통곡을 하며 '민
족민족'하고 부르짖는다. 원장법사는 우세자에게 왜 남의 나라 사정을
듣고 그렇게 슬퍼하는가 묻자, 우세자는 남의 나라 민족 때문에 슬퍼하
는 것이 아니라 자신의 민족 때문에 슬퍼하는 것임을 이야기한다.

법ㅅ왈 인도 익급은 망흔 지 빅년식이나 다 되엿고 파란 월남은 쪼흔 니웃나
라이 아니라 엇지 션싱은 이곳치 과도히 슬허ᄒ시ᄂ뇨
우셰ㅈㅣ 일향 아모 말이 업고 다만 익고 하ᄂ님 하ᄂ님 소리 뿐이라 법ㅅㅣ
홀일 업시 잔디밧헤 물너 안ㅈ 흔숨을 쉬고 남무아미타불을 외오더라
우셰ㅈㅣ 법ㅅ를 향ᄒ여 왈 여보 대ㅅ 내 말슴 드러보시오 나는 인도 익급의
민족을 슬허ᄒᄂ는 것이 아니라 우리 대한 민족을 슬허ᄒ며 파란 월남의 국ㅅ를

<hr>

79) 「디구셩미리몽」, 『대한매일신보』 국문판, 1909년 7월 15일.
80) 위의 글, 1909년 7월 17일.

슬허ᄒᆞᄂᆞᆫ 것이 아니라 우리 대한 국ᄉᆞ를 슬허ᄒᆞ노라 우리 신셩ᄒᆞ신 단군의 ᄌᆞ
손의 디옥이 목젼에 잇도다 여보 대ᄉᆞ 우리 대한에 졀ᄉᆞᄒᆞᆫ 민영환씨를 혹 맛
나 보앗ᄂᆞᆫ지 과연 대ᄉᆞ의 말슴과 ᄀᆞᆮ홀진ᄃᆡ 민츙졍도 환생홀 긔한이 묘연ᄒᆞ리
로다81)

「디구셩미리몽」은 '역사・전기소설'들과 연결되는 작품이면서 또한
국한문판『대한매일신보』에 실렸던 작품 「거부오희」와 같은 토론체 소
설과도 강한 연결고리를 지니고 있는 작품이다. 「거부오희」와 유사한
성격의 토론체 작품 「향긱담화」의 지은이가 '우시싱(憂時生)'이라는 점
과, 「디구셩미리몽」의 주인공이 '우세자(憂世子)'라는 점도 주목할 필요
가 있다. 두 이름 모두가 세상을 염려한다는 동일한 뜻을 담고 있는 것
이다. 「거부오희」와 「향긱담화」가 그러했던 것처럼, 「디구셩미리몽」의
서사 전개의 중요한 축이 등장인물들 사이의 대화를 중심으로 하고 있
다는 점도 주목을 끈다. 하지만 「디구셩미리몽」의 구성은 단순히 등장
인물들 사이의 대화로만 이루어진 작품이 아니다. 주인공 우세자는 법
사를 따라 길을 나서 명산대찰을 구경한 후 옥경에 이르러 백옥세계를
보게 된다. 거기서 우세자는 여러 다양한 광경을 만나게 되고 노승 등
의 새로운 인물과 조우하게 된다. 이렇게 「거부오희」와 같은 대화체 소
설의 틀을 유지하면서도 서사성을 강화한 작품이 「디구셩미리몽」인 것
이다. 이 소설이 「거부오희」에서처럼 대화체의 틀을 유지하는 이유는
작가의 계몽의 의도를 담아내기에 그것이 매우 효율적인 장치였기 때
문이다. 그런가 하면 거기에 서사성을 강화시킨 이유는 대중들의 흥미
를 불러일으키는데 그것이 효과적이었기 때문이다. 「디구셩미리몽」은
계몽의 의도와 대중적 흥미의 제고라는 두 축을 모두 살리려는 작가의
깊은 의도 속에서 탄생한 작품이다. 그런 점에서 「디구셩미리몽」은『대
한매일신보』뿐만 아니라 근대계몽기 소설사 전체에서도 중요한 의미

---

81) 위의 글, 1909년 7월 21일.

를 지닌 작품이라 할 수 있다.82)

「디구셩미리몽」의 작가가 누구인가를 단정할 만한 확실한 근거는 아직 발견한 바 없다. 그러나 작품 속에 나오는 주인공 우세자가 월보와 잡지를 간행하며 청년을 교육하고 지사를 권고 계도하던 인물이라는 점, 거듭해서 민족을 부르짖으며 지구의 미래를 염려하는 인물이라는 점 등을 바탕으로 할 때 단재 신채호일 가능성을 배제하기 어렵다. 주인공이 민족을 위해 눈물을 흘리고 옥경으로 가는 일 등은 이보다 수년 후인 1916년에 창작되는 작품 「꿈하늘」을 연상시킨다. 「디구셩미리몽」이 신채호의 작품임을 주장하기 위해서는 무엇보다, 당시 그가 한글을 자유롭게 구사할 수 있었음을 증명해야 한다. 신채호는 「국한문(國漢文)의 경중(輕重)」(1908.3.17~19), 「국문(國文)의 기원(起源)」(1909.12.29), 「국문연구회(國文硏究會) 위원(委員) 제씨(諸氏)에게 권고(勸告)함」(1908.11.14) 등의 글을 통해 한글 사용의 중요성을 여러 차례 강조한 바 있다. 그뿐만 아니라 「국문연구회(國文硏究會) 위원(委員) 제씨(諸氏)에게 권고(勸告)함」 등에 나타난 주장은 그의 한글에 대한 관심과 지식이 보통 수준 이상이었음을 보여준다.83) 그런가 하면 그가 주재한 것으로 알려진 『가뎡잡지』에는 신채호의 이름이 표기된 한글 기사가 여러 편 존재한다.84) 더구나

---

82) 송민호는 이 작품이 한문소설식 구투가 남아 있기는 하지만, 문답식 대화체, 상징적 수법, 주제의 현실성, 수사적 기교 등을 생각할 때 새로운 소설적 요소를 적지 않게 지니고 있는 작품이라고 적극적으로 평가한 바 있다. 송민호, 앞의 책, 126~131면 참조

83) 이 글은 같은 날 국한문판과 국문판 신문에 모두 실려 있다. 이 가운데 국문판에 실린 주장의 일부를 인용하면 다음과 같다. "이제 뎨공이 혹은 ㅈ ㅊ ㅋ ㅍ ㅎ 등즈를 가져 죵셩에 써셔 잇으니 바츠이 등을 지여내여 글즈를 곳쳔다ㅎ니 이는 초셩을 다시 죵셩에도 쓴다ㅎ는 귀결만 준힝홀 뿐아니라 영문에 바왜ㄹ과 콘손엔트의 음의를 취ㅎ여 씀이나 초셩을 다시 죵셩에 쓰는거슨 오히려 가ㅎ거니와 가ㅅ 잇으니 바 ㅊ이로 의론홀진티 으ㅅ즈와 이ㅅ즈가 이믜 초셩과 중셩을 합ㅎ여 된 즈이어눌 엇지 바왜 ㄹ과 ㄘ치 쓰리오 혹은 ·를 廢ㅎ고 二를 쓰자는 오활혼 의론을 창긔ㅎ는 쟈 ㅣ 잇다ㅎ니 이는 당초에 글즈를 지은 본 뜻을 알지 못ㅎ는 쟈 ㅣ라 죡히 의론홀 것 업도다."(「국문연구회 위원 졔씨에게 권고홈」, 『대한매일신보』 국문판, 1908년 11월 14일)

84) 신채호는 1908년 1월 이후 순한글 잡지 『가뎡잡지』의 편집겸 발행인이 된다. 신채호는 여기에 「신희축사」, 「우리 잡지를 이어 발간ㅎ는 일로 보시는 이에게 고ㅎ는 말슴」,

『가뎡잡지』 1908년 1월호에 수록된 글 「슈원리싱원」은 서사와 편집자 해설이 결합된 〈서사적논설〉 형태의 서사 자료이다. 이런 점들로 미루어보면 순한글로 씌어진 작품 「디구성미리몽」이 단재 신채호의 작품일 가능성은 충분히 존재한다.

국문판 『대한매일신보』에 수록된 소설을 다룰 때, 이른바 '신쇼셜'이라는 표기가 되어 있는 작품 「보응」(1909.8.11~9.7) 역시 살펴볼 필요가 있다. 신소설이라는 용어에 큰 의미를 두고 이 시기 문학을 연구하던 기존의 관념에 의거에 본다면 「보응」은 『대한매일신보』에 실린 유일한 신소설 작품이 된다. 「보응」은 『대한매일신보』에 실린 유일한 신소설이기도 하지만, 근대계몽기 신문에 연재된 작품 가운데 최초로 신소설이라는 표식을 달고 나타난 작품이기도 하다.85) 하지만 정작 「보응」을 구체적으로 살펴보면 이 작품이 소설사적으로 그렇게 새로운 작품은 아니라는 점을 알 수 있게 된다.

이 작품은 매회 연재 앞머리에 "격션ᄒ면 여경이 잇고 젹악ᄒ면 여앙이 잇ᄂ니라"는 경구를 수록하고 있다. 이 경구는 그대로 국한문판 『대한매일신보』 야승(野乘)란에 실렸던 「젹선여경녹」을 떠올리게 한다. 「보응」은 가족 구성원들 간의 헤어짐과 만남을 큰 축으로 하면서 그 사이에 일어나는 선행과 악행에 따른 보상과 징벌의 문제들을 다룬 작품이다. 그런데 이 작품은 연재 서두에 다음과 같은 말로 작품의 큰 틀을 먼저 밝히고, 주제를 요약해 드러낸다는 점에서도 특기할 만하다.

본의환금인득ᄌᄒ고
립심매수반슈쳐롤

「슈원리싱원」, 「한씨부인의 ᄌ션」 등 여러 편의 기명, 무기명 한글 기사를 작성 게재한다.
85) 이인직의 작품 「혈의루」를 비롯한 여러 작품에 신소설이라는 명칭이 사용되기는 했지만 이는 단행본의 경우에 한정된 것이다. 「혈의루」나 「귀의성」 등도 『만세보(萬歲報)』에 연재될 당시에는 신소설이 아니라 소설란에 발표되었다. 연재 당시에 신소설이라는 표식을 단 것은 「보응」이 처음이다.

세간유유텬공교ᄒ야
션악분명불기긔를

　이 글 뜻을 희셕홀진디 금을 엇어셔 본쥬를 차쟈주고져 ᄒ다가 인ᄒ여 즈긔
의 일헛던 아ᄃᆞᆯ을 찻고 형슈를 풀고져 ᄒ다가 인ᄒ여 즈긔의 ᄉᆞ랑ᄒᄂᆞᆫ 쳐를
일헛ᄂᆞᆫ 지라 이거슬 볼진디 세상에 다만 하ᄂᆞ님이 우희 계시샤 션ᄒ고 악ᄒᆞᆫ거
슬 솗히신즉 분명히 속일 수 업다ᄒᄂᆞᆫ 뜻이러라86)

　‘금을 얻어 본 주인을 찾아 주고저 하다가 자기의 잃었던 아들을 찾게
되고, 형수를 팔고저 하다가 자기의 사랑하는 처를 잃었다’는 구절은 이
작품의 줄거리를 요약 제시한 것이다. ‘이것을 보면 세상에 다만 하나님
이 위에 계시고, 선하고 악한 것을 살피신 즉 분명히 속일 수 없다’는 구
절은 이 작품의 주제를 명시한 것이다. 이렇게 연재 시작과 함께 먼저
줄거리를 요약해 제시하고, 거기에 작품의 주제를 명시한 것은 작가의
창작 의도를 독자에게 직설적으로 드러내는 행위이기도 하다. 이 작품
은 두 개의 일화로 구성되어 있는 바, 첫 번째 일화는 다음과 같다.
　경성 동문 앞에 한 사람이 있으니 그의 이름은 이백옥이다. 그의 첫
째 아우는 중옥이고 둘째 아우는 계옥이다. 백옥은 왕씨에게 장가들어
아들이 있고, 중옥은 양씨를 취하였으며, 계옥은 아직 혼자이다. 어느날
승려들의 굿중패를 구경하러 갔다가 백옥은 일곱 살 난 아들 희동이를
잃어버리게 된다. 백옥은 아들을 찾기 위해 이웃 부자에게 가서 자본
몇 백 환을 빌려 장사 길을 나서게 된다. 이런저런 우여곡절을 겪으며
수 년이 흐른 뒤, 백옥은 평양에 이르게 된다. 거기서 뒷간에 들어갔다
가 푸른 보자기에 싼 물건을 발견하게 되는데 풀어보니 은 네 덩이가
들어있었다. 백옥은 거기서 주인을 기다렸으나 해가 저물도록 아무도
나타나지 않는다. 백옥은 부득이 주점에 들어가 밤을 지새고 이튿날 길
을 떠나게 된다. 수일이 지난 후 백옥은 해주에 이르러 한 사람을 만나

---

86) 「보응」, 『대한매일신보』 국문판, 1909년 8월 11일.

이야기를 하다가, 그가 바로 보물의 주인임을 알게 된다. 보물의 주인은 손봉조라는 인물로, 송도에서 큰 객주를 열고 살아가는 사람이었다. 백옥은 봉조와 함께 송도로 가게 되고 거기서 보물을 전해주게 된다. 봉조는 감사의 마음으로 은 덩이의 절반을 백옥에게 주려하나 백옥은 받지 않는다. 봉조는 이런 좋은 사람을 다시 만나기 어려우니 혹 이 사람에게 아들이 있으면 자신의 딸과 혼인을 시키면 좋겠다는 생각을 하게 된다. 봉조가 백옥에게 아들이 있는가 묻자 백옥은 그간의 사정을 설명하게 된다. 백옥의 이야기를 들은 봉조는 자신이 7년 전부터 우연히 맡아 키우던 아이가 바로 백옥의 아들 희동임을 알게 되고 곧이어 부자 상봉이 이루어진다. 이러한 첫 번째 일화의 마무리 부분을 직접 인용하면 다음과 같다.

청컨디 형은 ㅈ세히 긔억ㅎ여보라 희동이 이 말을 듯더니 문득 눈물 흘님을 금치 못ㅎ는지라 빅옥이 쏘혼 눈물을 흘니며 닐ㅇ디 네 왼편 무릅헤 검은 사마귀 둘이 잇느뇨 희동이 텬망히 단님을 글으고 바지를 것어 왼편 다리를 내여 뵈이니 과연 무릅헤 검은 사마귀 둘이 잇는지라 부ㅈㅣ 셔로 확실ㅎ게 알미 그졔야 셔로 붓들고 일장을 통곡ㅎ다가 빅옥이 몸을 니러 봉죠의게 사례ㅎ여 굴ㅇ디 만일 귀부에셔 이 ㅇ희를 거두어 두지 아니하엿던들 오늘날 골육이 셔로 디[다]시 모도히[하]기를 엇지 브라리오 봉죠ㅣ 굴ㅇ디 형이 오늘날 은을 엇어셔 취ㅎ지 아니ㅎ시고 쥬인을 차쟈주는 셩ㅎ 덕이 잇는고로 하늘이 존가를 인도ㅎ샤 이로 니르러 부ㅈㅣ 셔로 맛나게 ㅎ심이니 내가 무슴 치하롤 밧을 공효가 잇스리오 다만 희동이 형의 령랑인 줄을 알지 못ㅎ고 티만흔 일이 만흐니 이롤 죄송히 넉이노라 빅옥이 쏘 희동을 명ㅎ여 시로이 손쟝씌 졀을 ㅎ여 그 양육흔 은혜를 샤례ㅎ라 ㅎ니 봉죠ㅣ 문득 몸을 니러 답례코져 ㅎ거눌 빅옥이 붓드러 머므르고 례를 맛친 후에 희동으로 ㅎ여곰 빅옥의 겻헤 안게 ㅎ고 봉죠ㅣ 왈 나의 쏠이 잇셔 나히 바야흐로 십이세라 례모 지질이 비록 출중ㅎ지는 못ㅎ나 령랑의 건즐은 밧들만 ㅎ며 텬셩이 효순ㅎ오니 령랑으로 더브러 결혼코져 ㅎ나 존형의 뜻을 알지 못ㅎ여 감히 쳥ㅎ노니 다힝히 브리지 아니ㅎ시면 평성의 진진지의로 오늘날 셔로 맛난 거슬 닛지 아니홀가 ㅎ노라

빅옥이 그 말솜이 진정에셔 나옴을 보미 다만 흔연히 응락ᄒ더라[87]

두 번째 일화는, 봉조와 헤어져 길을 떠난 백옥과 희동의 이야기로 이어진다. 봉조는 고향으로 향하는 백옥에게 돈 육십 환을 건네지만 백옥은 받지 않는다. 그러자 봉조는 그 돈을 자신의 사위가 될 희동에게 주는 것이라 하며, 돈을 받지 않을 경우 혼사를 허락하지 않는 것으로 알겠다고 말한다. 백옥이 이를 막지 못하고 아이에게 돈을 받게 한다. 백옥이 봉조를 작별한 후 경성으로 가기 위해 임진강에 다다르니, 이날 풍세가 험하여 저 편에서 건너오던 배 한 척이 엎어지는 것을 목격하게 된다. 그 광경을 본 백옥은 돈 육십 환을 손에 들고, 저 배에 탔던 사람들을 구해오는 자에게 이 돈을 주겠다고 소리친다. 그 말을 들은 뱃사람들이 모두 나서 물에 빠진 이들을 구해낸다. 물에 빠진 사람들을 구해내고 보니, 그 가운데는 백옥의 막내 동생 계옥도 있었다. 백옥은 계옥에게 그간의 사정을 듣게 된다. 백옥의 첫째 동생 중옥은 본시 부랑한 인물이었던 바, 그 형이 나간 뒤 더욱 기탄이 없어져 잡기판의 잡배들과 어울려 방탕한 생활을 하게 된다. 하루는 그가 형수인 왕씨에게 와서, 자신이 의주 지방에서 온 사람에게 들은 것이라 하며 형님이 악한 병을 얻어 이미 죽었다고 말한다. 대성통곡을 하던 왕씨는 이 말을 곧이 듣기 어렵다하며 계옥에게 길을 나서 사실을 확인하고 와 줄 것을 간청한다. 계옥은 행장을 수습하고 길을 떠났다가 백옥을 만나게 된 것이다. 한편, 계옥이 집을 나서자 중옥은 돈 백 환을 받고 자신의 형수인 왕씨를 팔아넘기기로 한다. 그 사실을 눈치 챈 왕씨는 교군들이 자신을 데리러 오자 노끈으로 목을 매어 자살을 시도한다. 그러나 왕씨는 노끈이 끊어져 목숨을 건지게 된다. 왕씨의 자살 소동 중, 중옥의 아내 양씨는 방바닥에 떨어진 왕씨의 비녀를 자신의 것으로 잘못 알고 머리에 꽂

87) 위의 글, 1909년 8월 24일.

는다. 몰려온 교군들은 어둠 속에서 중옥의 아내인 양씨가 꽂은 비녀를
보자 그녀를 왕씨로 오인해 납치해 간다. 날이 밝아 형수 왕씨 대신 자
신의 아내 양씨가 붙잡혀 간 것을 알게 된 중옥은 안절부절 못한 채, 다
시 왕씨를 팔아버릴 계략을 세우려 한다. 그때 문밖이 소란해지며 여러
사람이 들어오는데, 소식이 끊겼던 백옥과 희동 일행이었다. 형과 아우
를 볼 낯이 없어진 중옥은 급히 뒷문을 열고 도망친다. 그리하여 이 작
품은 다음과 같은 내용으로 마무리가 된다.

> 챠셜 왕씨 졍히 그 싀슉 중옥으로 더브러 말을 ᄒᆞ더니 중옥이 일언반ᄉᆞ가
> 업시 급히 뒤흐로 나감을 보고 괴이히 녁일 즈음에 문ㅅ간이 분요ᄒᆞ며 엇던
> 사ᄅᆞᆷ들이 짐ㅅ군수 삼인을 령솔ᄒᆞ고 드러오ᄂᆞᆫ디 ᄒᆞ나흔 의쥬에 가셔 죽엇던
> ᄌᆞ긔 남편 빅옥이오 ᄒᆞ나흔 싯헤 싀슉 계옥인디 열삼ᄉᆞ세 된 쥰슈ᄒᆞᆫ 아ᄒᆡ를
> 압셰우고 짐ㅅ군은 문ㅅ간에 머므르고 드러오니 이ᄂᆞᆫ 싱각이 닐어 ᄀᆞᆫ졀ᄒᆞᆷ으로
> 죽은 귀신이 와서 눈에 뵈임인가 하늘이 불샹히 녁이샤 죽은 남편으로 ᄒᆞ여곰
> 다시 살어오게 ᄒᆞ심인가 텬샹으로 좃ᄎᆞ ᄂᆞ려오ᄂᆞᆫ가 ᄯᅡ흐 좃ᄎᆞ 소ᄉᆞ오르ᄂᆞᆫ가
> 깃부고 반가움을 니기지 못ᄒᆞ여 눈물이 비오듯 ᄒᆞ며 신을 것구로 신고 마당으
> 로 ᄲᅱ여 ᄂᆞ려가셔 쟝부와 싀슉을 맛ᄌᆞ 당샹으로 올나오며 뎌 슈지ᄂᆞᆫ 누구이뇨
> 무를졔 희동이 어머니를 부르니 반가온 중에 밋쳐 ᄋᆞᄌᆞ의 싱각도 못ᄒᆞ엿다가
> 그 어머니를 부ᄅᆞᄂᆞᆫ 소리를 듯고 ᄌᆞ셰히 다시 보니 그 ᄉᆞ이 심히 쟝셩ᄒᆞ고 쥰
> 슈ᄒᆞᆫ지라 연고를 무른디 빅옥이 금을 차쟈주고 ᄋᆞᄌᆞ를 맛난 일과 혼인을 뎡ᄒᆞᆫ
> 일과 륙십환을 허비ᄒᆞ여 파션ᄒᆞᆫ 사ᄅᆞᆷ을 건지다가 계옥을 구ᄒᆞ여 맛나던 전후
> ᄉᆞ실을 일쟝셜명ᄒᆞ니 왕씨 ᄯᅩᄒᆞᆫ 중옥의 실계ᄒᆞ던 일을 말ᄒᆞ고 가중이 화락ᄒᆞ
> 야 태평올 누리더라88)

「보응」의 작품 내용과 주제는 제목 자체가 암시하듯이 인과응보(因果
應報)적 성향이 강하다. 백옥이 다른 사람의 보물을 찾아준 후, 잃어버렸
던 자신의 아들을 만나게 된 것이 우선 그러하다. 물에 빠진 사람들을

---

88) 위의 글, 1909년 9월 7일.

구하고 나니, 그 속에 자신의 동생이 들어 있었다는 사실 또한 그러하다. 중옥이 재물을 탐내 형수를 팔아버리려 하다가, 결국 자신의 아내를 팔아버리게 된 결과 역시 마찬가지이다. 이 작품에서 볼 수 있는, 선하고 악한 인물의 성격을 구분해 드러내는 방식이나 우연에 의존하는 구성법 등은 이미 전대소설에서 익히 사용하던 방식이다. 그런 점에서 「보응」이 "그동안의 '쇼설'란의 소설에 비하여 소설기법상으로나 문장의 서술 면에서 조금도 앞선 면을 볼 수가 없다. 오히려 『대한매일신보』에 연재됐던, 「청루의녀전」과 더불어 구소설적(舊小說的)인 잔영(殘影)을 가장 많이 보여주는 것이 이 소설이다. 문장에 있어서도 (…중략…) 모두가 이조소설(李朝小說)의 문어체(文語體) 종결어미가 그대로 쓰이고 있다. (…중략…) 이와 같이 이 소설은 첫 장 일회 분을 다 읽지도 않아서 이 소설의 주제(主題)와 소재(素材)까지도 다 알 수 있게 되어 있다. 소설에서 가장 무가치하게 평가받는 주제의 노출이 너무나도 심한 소설이다"[89]는 비판은 지극히 타당하다.

그렇다면, 이른바 '신소설' 「보응」에는 왜 소설과 대비되는 새로운 요소들이 없는 것일까?

지금은 신소설이라는 용어가 근대계몽기 소설이라는 문학사적 의미를 지닌 일종의 고유명사로 굳어져 있다. 하지만 근대계몽기 당시 신소설이라는 용어는 '새로운 소설'이라는 보통명사로만 사용되었다.[90] 이때 새로움의 의미는 새로 썼다거나, 새로 인쇄를 했다거나, 혹은 새로 번역했다거나 하는 것이었다. 신소설은 양식적 구별이나 문학사적 분리의 의미를 전혀 지니고 있지 않았던 것이다. 이를 증명할 수 있는 구체적 사례 하나를 제시한다. 1908년 7월 8일자 『대한매일신보』 국한문판

---

89) 한원영, 『한국 개화기 신문 연재소설 연구』, 일지사, 1990, 110면 참조.

90) 다음과 같은 글을 예로 들 수 있다. "오늘날 교육의 힘쓰시는 여러분 학원과 유지계 군조는 유명무실이란 원통훈 말솜을 듯지 마시고 각종 신셔적 신문잡지와 각종 신쇼설과 교육계에 응용될 만훈 교과셔를 각국에서 슈입호야 도덕샹과 의무덕으로 국민의 혈셩을 다흐야 ᄌᄌ근근히 열심 양셩을 흐시오"(『대한매일신보』, 1908년 5월 28일).

과 국문판 논설란에는 각각 「近今 國文小說 著者의 注意」와 「근일 국
문쇼셜을 져슐ᄒᆞᄂᆞ쟈의 주의ᄒᆞᆯ일」이라는 글이 실려 있다. 이 글의 필자
는 신채호로 알려져 있다. 그런데 국한문판 「近今 國文小說 著者의 注
意」에 들어있는 '新小說'이라는 용어가 국문한 「근일 국문쇼셜을 져슐
ᄒᆞᄂᆞ쟈의 주의ᄒᆞᆯ일」에서는 '소셜' 또는 '새소셜'로 표기되어 있다.

各種 新小說을 著出하여 此를 一掃홈이 亦 汲汲ᄒᆞ다 云ᄒᆞᆯ지로다 (…중
략…)

綾羅島 葛衣를 換ᄒᆞ면 不應者가 無ᄒᆞ고 染肉으로 脫粟을 易ᄒᆞ면 不樂者
가 無홈과 갓치 奇妙瑩潔ᄒᆞᆫ 新小說만 多出ᄒᆞ면 舊小說은 自然 絶跡退藏ᄒᆞᆯ
지어늘, 何必 此等 强制的으로 民心을 逆ᄒᆞ여 難行의 事를 行하리오 然而 近
今 新小說이라 云하는 者ㅣ 刊出이 稀罕ᄒᆞᆯ쑨더러 又 其 刊出者를 觀ᄒᆞᆫ즉, 只
是 一時 牟利的으로 草草 選出ᄒᆞ야 舊小說에 比함에 便是 百步五十步의 間
이라 足히 新思想을 輸入ᄒᆞᆯ 者ㅣ 無ᄒᆞ니 噫라 余가 此를 慨ᄒᆞ여 管見을 陳
ᄒᆞ여 小說 著者에게 警ᄒᆞ노라[91] (고딕 강조는 인용자)

각종 쇼셜은「을」 져슐ᄒᆞ여 내여셔 이런거슬 ᄒᆞᆫ번 쓸어 ᄇᆞ리ᄂᆞᆫ거시 뎨일 급
ᄒᆞ다 ᄒᆞᆯ지로다 (…중략…)

릉라를 가지고 갈포를 밧고쟈ᄒᆞ면 응치 아니ᄒᆞᆯ쟈 업고 고량진미를 가지고
조밥을 밧고쟈ᄒᆞ면 즐겨ᄒᆞ지 아닐쟈 업슴과 ᄀᆞᆺ치 긔묘ᄒᆞ고 졍결ᄒᆞᆫ 새쇼셜만
만히나면 구쇼셜은 ᄌᆞ연 졀종이 될거시어늘 엇지 반ᄃᆞ시 이런 강계ᄒᆞᄂᆞᆫ일노
민심을 거슬녀서 힝ᄒᆞ기 어려운 일을 ᄒᆞ리오
그러나 근일에 새쇼셜이라ᄒᆞᄂᆞ쟈는 발간ᄒᆞ여 내ᄂᆞᆫ거시 드믈기도 ᄒᆞᆯ쑨더러
그 발간ᄒᆞ여 내ᄂᆞᆫ쟈를 본즉 다만 ᄒᆞᆫ째에 리익이나 도모ᄒᆞᄂᆞ 스샹으로 초초ᄒᆞ
게 지어내셔 녯쇼셜에 비교ᄒᆞ면 곳 오십보를 다라난쟈가 빅보를 다라란쟈를
웃는 것과 ᄀᆞᆺᄒᆞ니 죡히 새스샹을 슈입케ᄒᆞᆯ 수 업ᄂᆞᆫ지라 슯ᄒᆞ다
나는 이거슬 개탄ᄒᆞ야 좁은 소견을 베프러 쇼셜짓ᄂᆞᆫ쟈를 경고ᄒᆞ노라[92] (고

---

91) 「近今 國文小說 著者의 注意」, 『대한매일신보』 국한문판, 1908년 7월 8일.
92) 「근일 국문쇼셜을 져슐ᄒᆞᄂᆞ쟈의 주의ᄒᆞᆯ일」, 『대한매일신보』 국문판, 1908년 7월 8일.

이는 '新小說'이 고유명사가 아니라 보통명사였음을 보여주는 하나의 예가 된다. 이것은 근대계몽기를 지나 1920년대에 들어섰을 때도 마찬가지였다. 안자산의 『조선문학사』(1922)에서 신소설은 '최근소설'이라는 의미로 사용된다. 김동인의 「조선근대소설고」(1929)에서도 신소설은 '1919년 이후의 새로운 소설'이라는 의미로 사용된다. 신소설이 지금처럼, '개화기의 일정한 특질을 지닌 소설'이라는 의미 즉 문학사적 의미를 지닌 용어로 처음 사용되기 시작한 것은 김태준의 『증보 조선소설사』(1939)에서부터이다. 김태준은 이광수 이후의 소설을 '현대소설'이라 부르면서 조선조 조설이 현대소설로 오는 사이에 '신소설(新小說)'의 시대를 지났다고 정리한다.93) 이 정리가 바로 신소설이라는 용어에 문학사적 의미를 부여하고 그것을 근대계몽기 소설로 정의해 사용한 최초의 사례가 되는 것이다.94)

당시 신문의 편집자들이 신소설이라는 용어를 사용한 가장 큰 이유는 독자들의 관심을 끌기 위한 것이었다. 신소설과 소설은 내용이나 형식에서 전혀 구별이 되지 않는다. 신소설의 내용이나 문체는 소설과 조금도 차이가 나지 않는 것이다. 따라서 『대한매일신보』에 실린 '신소설'이 여타 '소설'에 비해 새로울 것이 없었음은 지극히 당연한 일이었다.

이밖에도 『대한매일신보』 소설란에는 번역소설인 「국치젼」95)과 「매국노」,96) 그리고 연재를 시작하던 중 신문의 폐간으로 막을 내린 미완

---

93) 김태준, 『증보 조선소설사』, 학예사. 1939, 267면 참조.
94) 김태준 이전의 자료에 나타나는 신소설이라는 용어는 예외 없이 모두가 새로운 소설이라는 의미를 지닌 보통명사이다. 1917년 『매일신보』가 이광수의 「무정」 연재를 알리면서 거기에 '신년(新年)의 신소설(新小說)'이라는 표현을 썼던 것도 그런 뜻에서였다. 이와 관련된 논의는 김영민, 『한국근대소설사』, 솔출판사, 1997, 125~135면 참조.
95) 기존 연구에서는, 작중인물이나 배경 등으로 보아 일본 소설의 번역일 것으로 추정하고 있다. 한원영, 앞의 책, 103~106면 참조.
96) 지은이는 "덕국 소덕몽"으로 되어 있으며, 번역자는 밝혀져 있지 않다. 김병철은 이

성 작품 「옥랑전」 등의 작품이 존재한다. 이들 작품은 부분적으로 개화를 지향하고 때로는 권선징악의 전통적 덕목을 옹호하기도 하나, 특기할 만한 요소를 담고 있지는 않다. 「미국독립亽」는 번역 '역사·전기소설'에 속하는 작품으로, 원 저자나 번역자를 밝히고 있지 않다.[97]

국한문판『대한매일신보』가 소설란 이외의 잡보란에 적지 않은 서사문학 작품을 수록했듯이, 국문판『대한매일신보』는 서사문학 작품의 상당수를 논설란에 수록했다. '론셜'란에 실린 작품의 수와 '시亽평론'에 실린 작품의 수를 합치면 20편이 훨씬 넘는다. 국문판『대한매일신보』의 소설란에 실린 작품들과 잡보 및 논설란에 실린 작품들의 내용 혹은 서술 방식에는 서로 큰 차이가 없다. 그런데 이들 사이에 형식적 차이가 전혀 없었던 것은 아니다. 이들 사이의 차이를 논한다면, 소설란에 실린 작품들은 상대적으로 길이가 길고, 잡보 및 논설란에 실린 작품들은 그 길이가 짧다는 사실을 지적할 수 있다. 소설란에 실린 작품들은 짧게는 모두가 이십일 이상 길게는 11개월 정도 연재를 한 작품들이다.[98] 그러나 잡보 및 논설란에 실린 작품들은 「흑룡강의 여장군」(1907.9.27)처럼 하루에 발표가 완료된 경우가 대부분이다.

국한문판『대한매일신보』가 1906년 처음 소설란을 마련할 당시에는 '잡보'(혹은 논설)와 '소설' 사이에 이 정도의 길이 구별조차도 없었다. 그러나 이후 국문판에서 '소설' 혹은 '신소설'란을 마련하기 시작하면서부터는,『대한매일신보』편집자에게 길이에 관한 의식이 분명히 존재했던

작품이 독일작가 즈델만(Hermann Sudermann, 1857~1928)의 작품 Der Katzensteg(1889)를 중역(重譯)한 것으로 보고 있다. 중국 한역본(漢譯本) 「매국노(賣國奴)」(1900)가 우리 말 역본의 토대가 되었다는 것이다. 김병철, 『한국근대번역문학사연구』, 을유문화사, 1975, 269~272면 참조.

97) 김병철은 이 작품이 삽강보(澁江保), 현채(玄采) 역(譯), 국한문혼용본 「美國獨立史」 (황성신문사, 1899)의 한글번역본이라고 밝힌 바 있다. 김병철, 위의 책, 193~196면 참조.

98) 소설 「옥랑전」의 연재 기간이 보름에도 미치지 못하는 것은 신문의 폐간으로 인해 작품이 중단된 때문이다.

것으로 보인다. 어느 정도 길이를 갖춘 연재물만을 소설 혹은 신소설란
에 싣게 되는 것이다. 이런 사례는 근대계몽기의 다른 신문에서도 확인
할 수 있다.『황성신문』의 경우 백여 편의 서사 자료를 수록하고 있는데
이들 대부분은 당일 발표로 완결되며 논설란에 실려 있다. 하지만, 연재
물들인「신단공안(神斷公案)」(1906.5.19~12.31)이나「몽조(夢潮)」(1907.8.12~9.17)
는 소설란에 실려 있다.『만세보』는「백옥신년」(1907.1.1)처럼 길이가 짧은
작품은 '단편소설'란에 실었고,「혈의루」(1906.7.22~10.10)와「귀의성」(1906.
10.14~1907.5.31)처럼 길이가 긴 연재물은 '소설'란에 실었다.『대한민보』도
길이에 따라 '단편소설'과 '소설'을 구분하는 동일한 방식을 활용했다.『대
한매일신보』를 이어받은 1910년대『매일신보』는 소설란을 두지 않았는
데, 길이가 짧은 작품은 '단편소설'로 길이가 긴 작품은 '신소설'로 표기
했다.99)

6. 『대한매일신보』 편집자들의 소설관

『대한매일신보』의 편집진들은 소설의 기능에 대해서 분명한 생각을
지니고 있었다. 아울러 과거와 현재의 소설이 어떠하며, 또한 미래의 소
설은 어떠해야 하는가에 대해서도 여러 번 의견을 피력한 바 있다.

---

99) 이렇게 일부 신문의 편집자들에게는 소설의 길이에 대한 인식이 존재했다. 그러나
모든 근대계몽기 신문 편집자에게 길이에 관한 의식이 있었던 것은 아니다. 예를 들어
『제국신문』의 경우는 1906년 이전에는 서사 자료를 예외 없이 모두 논설란에 실었다.
그러다가 1906년 이후 소설란이 생기면서부터는 길이에 관계없이 대부분의 서사 자료
를 소설란에 싣는다. 따라서『제국신문』소설란에는 연재물과 그렇지 않은 것이 섞여
있다.『경향신문』의 경우도 마찬가지이다. 이와 관련된 논의는 김영민,「1910년대 신문
의 역할과 근대소설의 정착 과정」,『현대문학의 연구』제25호, 2005, 261~300면 참조

『대한매일신보』의 편집진들은 소설의 기능에 대해 매우 적극적으로 평가한다. 먼저 「근일 국문쇼셜을 져슐ᄒᆞᄂᆞᆫ쟈의 주의홀일」에서는 소설, 특히 국문소설의 기능에 대한 강조가 두드러진다.

> 나는 흥샹 닐ᄋ기를 텬하에 큰 ᄉ업은 을지문덕이나 합소문ᄀᆞᆺ흔 큰 영웅이나 큰 호걸이 지어내ᄂᆞᆫ 거시 아니라 우부우부와 ᄋ동주졸이 지어내ᄂᆞᆫ 거시며 샤회의 크게 붓좃게 ᄒᆞᄂᆞᆫ 거슨 종교나 졍치나 법률ᄀᆞᆺ흔 큰 학문으로 바르게 ᄒᆞᄂᆞᆫ 거시 아니라 언문쇼셜노 바르게 ᄒᆞᄂᆞᆫ 바ㅣ라 ᄒᆞ노니 (…중략…)
> 그런고로 나는 닐ᄋ디 샤회의 크게 붓좃ᄂᆞᆫ 바ᄂᆞᆫ 국문쇼셜이 바르게 ᄒᆞᆫ다 홈이로라 오호라 영웅호걸을 도와셔 텬하 ᄉ업을 일우ᄂᆞᆫ 쟈ᄂᆞᆫ 우부우부와 ᄋ동주졸이오 우부우부와 ᄋ동주졸의 하등샤회로 시작ᄒᆞ야 인심을 변화ᄒᆞᄂᆞᆫ 능력을 ᄀᆞᆺ흔 쟈ᄂᆞᆫ 쇼셜이니 그런즉 쇼셜을 엇지 쉽게 볼 거시리오 라약하고 음탕ᄒᆞᆫ 쇼셜이 만흐면 그 국민도 이로써 감화를 밧을 거시오 호협ᄒᆞ고 강개ᄒᆞᆫ 쇼셜이 만흐면 그 국민이 쏘ᄒᆞᆫ 이로써 감화를 밧을지니 셔양 션비의 닐ᄋ바 쇼셜은 국민의 혼이라 홈이 진실노 그러ᄒᆞ도다[100]

이러한 언급은 『대한매일신보』가 왜 소설에 관심을 갖는가 하는 점을 보여준다는 점에서 의미가 있다. 그런가 하면 이는, 『대한매일신보』가 왜 소설란에는 모두 한글 작품을 실었는가 하는 점을 해명하는 일에도 도움을 준다. 이 글의 필자는, 천하의 큰 사업은 큰 영웅이나 호걸이 지어내는 것이 아니라 '우부우부와 ᄋ동주졸'이 지어내는 것이며, 우부우부와 아동주졸이 영웅호걸을 도와서 큰 사업을 이루도록 인심을 변화시키는 능력을 갖춘 것이 국문소설이라고 믿는다.[101] 이름 높은 선비가 엄정한 선생의 자리에 앉아 사물의 깊은 이치와 고금흥망(古今興亡)의 역사를 말할 때에는 그 영향이 오직 유식한 자 몇에게만 미치고 만

---

100) 「근일 국문쇼셜을 져슐ᄒᆞᄂᆞᆫ쟈의 주의홀일」, 『대한매일신보』 국문판, 1908년 7월 8일.
101) "여성이나 어린이, 노동자 등 이전에는 문제되지 않던 계층이 '국민'으로 포섭되면서 각광받은 글쓰기가 바로 소설"(권보드래, 『한국 근대소설의 기원』, 소명출판, 2000, 118면)이라는 지적은 이와 연관된다.

다. 그러나 국문소설은 백 사람 천 사람이 읽고 감동하며, 성품의 감화를 받아 움직이게 된다는 것이 글쓴이의 입장이다. 그러므로 『대한매일신보』의 편집진들은 국문소설을 결코 쉽게 볼 수 없게 되는 것이다. 이들은 나약하고 음탕한 소설이 많이 나오면 국민은 그 소설에 빠져들 것이지만 호협하고 강개한 소설이 많이 나오면 국민 또한 그리 될 것이라고 믿으며, '소설은 국민의 혼'이라고 생각한다.

그러나 『대한매일신보』의 편집자들이 볼 때에 과거의 소설들은 대부분 음란하거나 허황된 것들이다. "한국에 전리ᄒᆞᆫ 쇼셜은 태반이나 모다 음란ᄒᆞ고 호탕ᄒᆞᆫ 글이오 부쳐를 슝비ᄒᆞ야 복을 비ᄂᆞᆫ 괴이ᄒᆞᆫ 말이니 이로 ᄯᅩᄒᆞᆫ 인심과 풍쇽을 부피케ᄒᆞᄂᆞᆫ거시라"102)는 지적이 이를 잘 보여준다.

『대한매일신보』의 편집진들이 볼 때에는 과거의 소설만이 음탕하고 허황된 것이 아니다. 이른바 연극을 개량하고 소설을 새롭게 한다는 이인직의 활동 역시 그 범주를 조금도 벗어나는 것이 아니었다. 『대한매일신보』 논설란에는 이인직의 문필 활동을 직설적으로 비판하는 「연극장에 독갑이」라는 글이 실려 있다. 이는 『대한매일신보』의 소설이 왜 이인직 류의 상업주의 소설과 차이를 가져올 수밖에 없는가를 보이는 자료이다. 전문을 인용하면 다음과 같다.

한국에 몃빅년 리로 츈향가이니 심쳥가이니 홍보타령이니 화용도타령이라 ᄒᆞᄂᆞᆫ 각식 음탕ᄒᆞ고 허탄ᄒᆞ게 연희ᄒᆞ던 거슬 오늘날에 니르러 리인직 씨가 팔을 뽐내며 대담ᄒᆞ고 기량ᄒᆞᆫ다 ᄌᆞ담ᄒᆞ엿스며 오늘날에 니르러 리인직 씨가 눈을 부릅 쓰며 대담ᄒᆞ고 기량ᄒᆞᆫ다 ᄌᆞ긔ᄒᆞ엿도다
오호―라 연희를 기량ᄒᆞᆷ은 우리도 일죽 극히 찬성ᄒᆞ던 바―라 이거슬 기량ᄒᆞ여야 국민의 순연ᄒᆞᆫ 덕셩을 훈도하며 이거슬 기량ᄒᆞ여야 국민의 고상ᄒᆞᆫ 감졍을 고동ᄒᆞᆯ지라 이럼으로 일반 유지ᄒᆞᆫ 사름들은 모다 연희를 기량ᄒᆞ고져 ᄒᆞ던

---

102) 「근일 국문쇼셜을 져슐ᄒᆞᄂᆞᆫ쟈의 주의ᄒᆞᆯ일」, 『대한매일신보』 국문판, 1908년 7월 8일.

츠에 리인직 씨가 원각샤를 셜치ᄒ고 연희를 기량ᄒ다 ᄒᄂᆞᆫ지라 이에 귀롤 기우리고 ᄌᆞ셰히 드러 굴ᄋᆞ디 오날 연희에ᄂᆞᆫ 동국에 유명ᄒᆞᆫ 우온달이나 을지문덕의 형용을 불가ᄒᆞ엿더니 슯ᄒ다 이샹ᄒ다 의구히 월미의 쫄을 ᄭᅮ짓ᄂᆞᆫ 소리가 나며

오날에나 연희ᄒᆞᄂᆞᆫ 마당에 태셔 근러에 워싱돈이나 나팔룡의 웅위ᄒᆞᆫ 긔개를 볼 줄 알앗더니 슯ᄒ다 괴이ᄒᆞ도다 의구히 놀보가 아오를 믜워ᄒᆞᄂᆞᆫ 말이 란만ᄒ며

오날에나 츙신렬녀와 의긔남ᄋᆞ의 력ᄉ를 ᄒᆞᆫ번 드롤가 신세계에 겹업ᄂᆞᆫ 인물을 ᄒᆞᆫ번 볼가 ᄒᆞ엿더니 오호―라 의구히 츈향가 심쳥가 화용도 타령 ᄲᅮᆫ이로다

오호―라 리인직 씨여 그더의 말디로 ᄒ면 기량ᄒᆞᆫ 지가 이믜 오러엿슬 터인디 즁인의 눈으로 보면 기량ᄒᆞᆫ 거시 도모지 업스니 오호―라 리인직 씨여 리씨의 심쟝은 사롬마다 다 알 바ㅣ라 리씨가 이왕에 일본 가셔 류학ᄒᆞᆯ ᄯᅢ에 쇼셜에 크게 주의ᄒᆞ여 거연히 한국 안에 뎨 일등 쇼셜가로 ᄌᆞ담ᄒᆞ던 쟈ㅣ라 리씨가 만일 샤회와 국가에 디ᄒᆞ여 일반분이라도 공익상에 싱각이 잇슬진디 라빈손의 표류긔 ᄀᆞᆺᄒᆞᆫ 긔이ᄒᆞᆫ 쇼셜을 져슐ᄒᆞ여 국민의 겹업ᄂᆞᆫ 므음을 고동ᄒᆞᆷ도 가ᄒ고 안졍덕의 나라롤 구원ᄒᆞ던 것과 ᄀᆞᆺᄒᆞᆫ 쇼셜을 번역ᄒᆞ여 국민의 익국셩을 굿게 ᄒᆞᆷ도 가ᄒᆞ거늘 이제 리씨가 그러치 아니ᄒᆞ야 뎌것도 아니ᄒᆞ며 이것도 아니ᄒᆞ고 다만 모리ᄒᆞᄂᆞᆫ 소견으로 쳡을 위ᄒᆞ여 변호ᄒᆞᄂᆞᆫ 귀신의 소리라ᄂᆞᆫ 쇼셜 등을 져슐ᄒᆞ여 샤회상에 도덕을 해롭게 ᄒᆞ며 보ᄂᆞᆫ 사롬으로 ᄒᆞ여곰 졍신을 혼미케 ᄒᆞ여 칙갑 몃 빅환으로 식비롤 치왓도다

우리ᄂᆞᆫ 이 ᄒᆞᆫ가지를 미루워 보와도 리인직 씨의 오장을 드려다가 볼 바ㅣ니 리씨가 연희를 기량ᄒᆞᆫ다ᄂᆞᆫ 일홈을 쟈탁ᄒᆞ여 이런 업장을 주츌ᄒᆞᆷ을 엇지 괴이타 ᄒᆞ리오마ᄂᆞᆫ 이제 ᄒᆞᆫ가지 가히 놀날 만ᄒᆞᆫ 일이 잇스니 리씨가 연희시찰ᄒᆞᆯ 츠로 일본에 건너갓다 ᄒᆞ니 희라 그 마귀의 슐업이 더욱 자라셔 졈졈 그 긔괴 허탄ᄒᆞᆫ 연희로 국민의 심지를 방탕케 ᄒ면 그 해가 엇지 젹겟ᄂᆞᆫ가

오호―라 리씨여 죄얼을 지은 거시 이믜 만커놀 무슴 못된 킹참을 주츌ᄒᆞ여 동포에게 류독코져 ᄒᆞᄂᆞᆫ지

셔젹을 지어 젼포ᄒᆞ든지 연희를 셜힝ᄒᆞ든지 이 빅셩의 리되고 해되ᄂᆞᆫ 거슨 뭇지 아니ᄒ고 다만 지폐 몃 빅환만 ᄌᆞ긔 손에 드러가면 이거슬 즐겨ᄒᆞᄂᆞᆫ 리씨여 외국에 유람ᄒᆞ여 문명ᄒᆞᆫ 새 공긔를 흡슈ᄒᆞᆫ 사롬의 심법이 이러ᄒᆞᆫ가[103]

『대한매일신보』는 이 글에서 전래 작품들인 춘향가나 심청가, 그리고
홍보타령이나 화용도타령 등을 모두 음탕하고 허탄한 작품으로 비판한
다. 아울러 이인직이 원각사를 설치해 한국의 연극을 개량한다 하는 소
식을 듣고는, 그가 국민의 고상한 감정을 움직일 작품들을 공연할 것을
기대한다. 『대한매일신보』가 기대하는 작품은 충신열녀와 의기남아의
역사를 담은 것들이며, 구체적으로는 바보온달이나 을지문덕의 형용을
그린 것들이다. 로빈슨표류기 같은 작품을 저술하여 국민의 용기를 돋
우고, 좋은 작품을 번역하여 애국심을 굳게 만드는 일 또한 기대할 수
있는 영역에 속한다. 그러나 실제 이인직이 한 일은 춘향가와 심청가를
반복하고, 첩을 위하여 변호하는 「귀의성」과 같은 소설을 지어 사회도
덕을 해치는 일이었다.104) 『대한매일신보』의 편집진들이 바라보는 이인
직의 문필활동의 본질은 '책값 몇 백 환'을 탐내는 상업주의에 있다.
'소설책을 짓거나 연희를 설행할 때에 우리 백성의 이익되고 해되는 것
에 관심을 두지 않고 다만 지폐 몇 백 환만 자기 손에 들어가면 이것을
즐겨하는 이인직'에 대한 꾸짖음은 『대한매일신보』가 지향하는 새로운
소설이 무엇인가 하는 점을 상대적으로 극명하게 보여준다.105)

소설의 기능에 대한 생각과 현재 유행하는 소설에 대한 『대한매일신

---

103) 「연극장에 독갑이」, 『대한매일신보』 국문판, 1908년 11월 8일. 이 글은 같은 날 『대
한매일신보』 국한문판 논설란에는 「연극계지이인직(演劇界之李人稙)」이라는 제목으
로 실려 있다.
104) 이인직의 「귀의성」에 대한 『대한매일신보』의 비판은 다음 글에도 있다. "쇼셜이라
ᄒᆞ는 것이 졍치상과 가뎡간의 부패습관 기량ᄒᆞ고 문명ᄉᆞ상 기도 후에 졍대ᄒᆞ다 ᄒᆞ겟는
더 쳡위ᄒᆞ야 쟝황ᄒᆞ게 음탕ᄒᆞ고 헛된말노 됴양미명 부녀비를 졍신 현혹 ᄒᆞ게 ᄒᆞ니 사
젹비의 요괴물은 귀의셩이 뎨일이오"(「시ᄉᆞ평론」, 『대한매일신보』, 1909년 3월 14일).
105) 그런 점에서 "1900년대에 새롭게 주장된 소설과 전대 소설은 '연속'이 아니라 '대체'
의 관계에 있다"(권보드래, 앞의 책, 115면)는 지적이 나오기도 한다. 그러나 『대한매일
신보』가 전대 소설 전부를 부정한 것은 아니다. 『대한매일신보』 소설란에는 새로운 서
사 방식으로 새로운 세계를 다루는 소설들이 실려 있는가 하면, 이른바 전대 소설적
서사 방식으로 과거의 세계를 다룬 작품들 역시 적지 않게 실려 있다는 사실이 이를
보여준다.

보』의 견해는 다음에 인용하는 자료들인 「잡동산이」와 「쇼셜과 연희가 풍쇽에 샹관되는 것」에도 잘 나타나 있다.

근일에 쇼셜짓는 쟈의 츄셰를 볼진디 사름으로 흐여곰 대경 쇼괴홀 쟈ㅣ 불 일흐도다 이 쇼셜도 음풍이오 뎌 쇼셜도 음풍이라 미인의 아릿다온 티도를 그 려내며 남즈의 호탕흔 모양을 식여내여 흔 번 보미 음심이 싱기고 두 번 보미 음심이 방탕케 흐느니 오호ー라 쇼셜은 국민에게 지남침과 곳흔 쟈ㅣ라 그 말 이 쳔근흐고 그 쓴 거시 공교흐여 아모리 무식흔 로동쟈들꼬지라도 쇼셜은 능 히 보지 못흐는 쟈ㅣ 드믈며 쏘 보기 됴와 아니흐는 쟈ㅣ 업느니 그럼으로 쇼 셜이 국민을 강흔 디로 인도흐면 국민이 강흐여지고 쇼셜이 국민를 약흔 디로 인도흐면 국민이 약흐여지며 쇼셜이 국민을 졍대흔 디로 인도흐면 국민이 졍 대흐여지고 쇼셜이 국민을 사특흔 디로 인도흐면 국민이 사특흐여 지느니 쇼 셜을 짓는 쟈들은 맛당히 깁히 슴가홀 바ㅣ어놀 근일에 쇼셜을 짓는 쟈들은 음풍을 フ르치는 거스로 쥬지를 숨으니 이 샤회는 엇더케 되려는가 근일에 대 한신문에 게지흔 한강션이라 흐는 쇼셜을 보미 더욱 실성 탄식홀 바ㅣ로다 비 록 그러흐나 한강션은 명빅히 음풍을 フ르치는 것인즉 비유컨디 칼과 창으로 사름을 죽임과 곳흐여 보고 피흐기가 쉽거니와 다른 허다흔 쇼셜을 짓는 쟈들 은 일홈을 샤회쇼셜이라 흐며 일홈을 졍치쇼셜이라 흐고 일홈을 가뎡쇼셜이라 흔 거시 은근히 음풍을 도와셔 아편으로 사름을 죽임과 다름이 업스니 엇지 가외가 아닌가106)

일국의 풍쇽을 기량코져 홀진디 쇼셜과 연희를 반드시 몬져 기량홀 거시니 엇지흐여 그러흐고 흐면 쇼셜과 연희가 셰샹일에 별노히 샹관될 거시 업슬 듯 흐나 그 근원을 궁구홀진디 불과시 호스쟈의 져슐흔 바와 챵부와 기싱의 노름 거리에 지나지 못흐니 대인군즈는 죡히 괘념홀 거시 업지마는 그 류폐를 연구 흐여 보면 사름의 모음에 박히고 샤회의 풍긔에 물이 드러셔 심지를 고혹흐게

---

106) 「잡동산이」, 『대한매일신보』 국문판, 1909년 12월 2일. 이 글은 같은 날 『대한매일신 보』 국한문판 담총(談叢)란에 신채호의 필명 가운데 하나인 검심(劍心)의 글로 실려 있다. 또한 「신채호 전집」 별집(형설출판사, 1977)에 「小說家의 趣勢」라는 제목으로 수록되어 있다.

흐고 성정을 방탕흐게 흐여 료량홀 수 업논 효력이 잇느니 (…중략…)

쇼셜과 연희논 심샹흔 부인녀즈와 시정무식비의 뎨일 감동흐기 쉽고 뎨일 즐겨흐논 바 - 라 그 힘이 능히 샤롬으로 흐여곰 그 성정을 쓰러셔 변흐게 흐고 능히 셰속으로흐여곰 그 풍쇽을 쓰러셔 변흐게 흐논쟈 - 라 흘만흐도다 (…중략…)

대범 공명부귀의 싱각이 혹 여긔셔 나기도 흐고 남녀간에 정욕이 혹 여긔셔 싱기기도 흐니 그런즉 이 쇼셜과 연희가 풍쇽에 관계됨이 엇지 적다 흐리오 (…중략…)

우리 한국은 쇼셜과 연희의 지료를 볼진더 흔 가지도 긔샹이 활발흐여 사롬이로 흐여곰 긔운이 발싱케 홀 거슨 업고 다만 음란흐고 괴패흔 습관만 자라게 흐니 인심의 효박흠과 민싱의 곤난흠이 모다 이를 인흐여 되논 거시 아니라 홀 수 업스니……107)

여기서도 글쓴이는 소설이 '아무리 무식한 노동자라도 보지 못할 자 드물며, 또 보기 좋아하지 않는 자 없는' 대중적 인기물이라는 사실을 지적한다. 그런가 하면 '소설이 국민을 강한 곳으로 이끌면 국민이 강해지고, 약한 곳으로 인도하면 약 해질 것'임을 주장하며 소설의 기능이 나침반과 같다는 점을 강조한다. 하지만 오늘날의 소설가들은 주로 음풍을 가르치는 것으로 주지를 삼으니 이 사회의 미래가 걱정되지 않을 수 없다는 것이다. 우리나라 소설과 연희의 재료는 한 가지도 활발한 기상을 다룬 것이 없고, 다만 음란하고 괴이한 습관만 자라나게 하는 것이라는 비판 역시 이러한 맥락 속에서 이루어진다.108)

『대한매일신보』의 편집자들이 이렇게 음란하거나 허황된 소설에 대항하는 길은 두 가지가 있었다. 하나는 소설의 폐해에 대해 지적하고 그 문제점을 비판하는 것이다. 그러나 이는 소극적 대응에 그치고 만다.

---

107) 「쇼셜과 연희가 풍쇽에 상관되논 것」, 『대한매일신보』 국문판, 1910년 7월 20일.
108) 『대한매일신보』에 나타난 소설관의 상당 부분은 발상이나 수사 용어 등에서 양계초(梁啓超)의 영향을 받은 것으로 알려져 있다. 이와 관련된 논의는 김재영, 「근대계몽기 소설 개념의 변화」, 『현대문학의 연구』 제22호, 한국문학연구학회, 2004, 7~46면 참조.

이보다 더욱 적극적인 방식은 『대한매일신보』 스스로가 좋은 소설들을 찾아내 수록하거나, 편집진들이 직접 창작물을 만들어내는 것이다. '각종 소설을 많이 지어 이런 것을 없애버리는 일이 시급하며', '기묘하고 정결한 새소설이 많이 나면 구소설은 자연히 사라져버릴 것'[109]이라는 구절은 바로 이러한 적극적 대응의 방식을 언급하고 있는 것이다.

『대한매일신보』 편집진들의 소설관내지 문학관이 『대한매일신보』에 수록되는 서사문학 작품들의 성격에 어떤 형태로든 반영되는 것은 당연한 일이었다. 그들이 지닌 소설의 사회적 기능에 대한 생각은, 근대계몽기 소설이 서사와 논설의 결합 형태로 나타나게 되는 중요한 바탕이 되었을 것으로 판단된다. 그런가 하면 '선비의 글은 오로지 지식인 몇이 읽지만, 국문소설은 백 사람 천 사람이 읽고 즐긴다'고 하는 생각은 소설란을 한글로 채우는 편집 방침을 이끌어냈다. 춘향전이나 흥부전 등의 전래 작품을 음탕하거나 허황된 작품으로 판단하고, 이인직 중심의 현실적 문예 활동을 천박하고 이기적인 상업주의로 판단한 『대한매일신보』의 편집진들이 취할 태도는 분명한 것이었다. 그들은 대화체 혹은 토론체 소설들을 통해 현실의 첨예한 문제를 파고들었고, '역사·전기소설'류의 작품 창작을 통해 상업주의와 맞서나갔던 것이다.

7. 마무리―『대한매일신보』와 근대소설

근대계몽기 소설의 가장 중요한 특색은 그 내용에서 서사와 논설이 분리되지 않은 형태로 존재한다는 점이다. 이러한 사실은 여기서 살펴

---

109) 「근일 국문쇼셜을 져슐ᄒᆞᄂᆞᆫ쟈의 주의ᄒᆞᆯ일」, 『대한매일신보』 국문판, 1908년 7월 8일 참조

본 『대한매일신보』 소재 소설란 수록 작품에 대한 검토를 통해서도 분명히 확인할 수 있었다. 국한문판 『대한매일신보』의 경우는 특히 소설과 잡보가 분리되어 있지 않았다. 그런가 하면 국문판 『대한매일신보』의 경우는 소설과 논설의 구분이 명확하지 않았다. 이는 근대계몽기 소설에 대한 정리를 어렵게 만드는 점이기도 하면서, 역설적으로 그것이야말로 다른 시기와는 크게 구별되는 이 시기 소설의 중요한 정체성이 되기도 하다.

국한문판 『대한매일신보』의 소설란에 실린 작품들과 잡보 혹은 논설란에 실린 작품들 사이의 차이를 논한다면, 소설란에 실린 작품들은 잡보 및 논설란에 실린 작품들에 비해 상대적으로 길이가 길다는 점을 들수 있다. 소설란에 실린 작품들은 모두가 이십일 이상 연재를 한 작품들이다. 그러나 잡보 및 논설란에 실린 작품들은 한 회로 발표가 완료된 경우가 대부분이다.

『대한매일신보』 소설란에는 번역 및 창작 서사물이 구분 없이 함께 실려 있다. 그런가 하면 과거부터 전래되어 오던 야담계소설 류의 작품에서부터 당시대의 문제를 첨예하게 다룬 작품들까지 그 소재도 광범위하다. 그러나 창작물이나 번역물의 차이, 또한 과거와 현재라는 커다란 소재의 차이에도 불구하고 이들이 계몽의 방편으로 서사를 활용하고 있다는 점에는 별반 차이가 없다. 「청루의녀젼」처럼 과거의 이야기를 소재로 한 작품에서는 권선징악의 전통적 도덕이나 윤리를 강조하고, 「거부오희」나 「디구셩미리몽」처럼 현재의 상황을 소재로 한 작품에서는 민족이 처한 상황을 경계하고 자주 독립의 의지를 강조한다.

신문에 작품을 연재하면서 신소설이라는 표기를 제일 먼저 사용한 것 역시 『대한매일신보』였다. 하지만, 여기서 사용한 신소설이라는 용어의 의미가 소설과 구별되는 것은 아니었다. 신소설이 소설에 비해 양식상의 새로움을 의미하는 바는 전혀 없었던 것이다. 그런 점에서 근대계몽기 서사문학 자료를 연구하면서 신소설이라는 용어 표기에 집착했던 과거의 연구가 지닌 문제점과 한계가 무엇이었나를 새삼 확인할 수 있게 된다.

근대계몽기 소설은 한글을 주된 표현 문자로 선택했다. 근대계몽기 신문에 발표된 소설의 대다수는 한글로 씌어진 작품이다. 이 시기에는 심지어 국한문혼용을 기본으로 하던 신문들조차도 소설란에는 한글 작품을 실었다. 『대한매일신보』의 편집진들은 소설의 독자를 전통적 지식인층보다는 한글 사용의 일반대중 혹은 여성으로 생각했다. 『대한매일신보』 소설란에 실린 작품들은 단 한 편의 예외도 없이 모두 한글로 씌어졌다. 국한문판 『대한매일신보』의 경우도 소설란만은 한글로 채웠다. 신채호의 동일한 작품을 국한문혼용판과 국문판에 모두 수록하면서 국문판에만 소설이라는 표기를 한 것 역시 독자를 생각한 의도적인 편집이었다. 국문판 『대한매일신보』를 창간하면서 그 견본판에 여성 주인공의 활약상을 다룬 「라란부인젼」을 연재하기 시작한 것 또한 이러한 맥락에서 이해할 수 있다. 이렇게 보면, 『대한매일신보』 '소설'란에 사용된 '한글'은 신문 편집진들의 일관된 계획과 의도의 산물이었음을 알 수 있다.

『대한매일신보』에 수록된 소설들에서 서사와 논설이 분리되지 않은 가장 중요한 이유는 소설의 사회적 기능에 대한 편집진들의 태도 때문이었다. 『대한매일신보』의 편집진들은 사회 변화는 대중들에 의해 일어나는 것이라는 생각 아래, 소설을 대중 교화의 주요 수단으로 인식하고 활용했다. 그들은 춘향전 등의 전래 작품을 음탕하고 허망한 것으로 판단하는 한편, 이인직 류의 작품을 상업주의의 집약으로 보고 비판했다. 이러한 그들의 입장이 현실성을 강조하는 토론체 소설들과, 비상업적 공익성을 지향하는 '역사 · 전기소설'류의 작품 창작으로 귀결되었던 것이다.

<h1 style="text-align:center">제3장
『대한매일신보』와 기타 서사문학 자료</h1>

1. 머리말 — 단형 서사문학 연구의 필요성

『대한매일신보』에는 소설란 이외에도 서사문학 자료들이 실려 있는 지면이 적지 않다. 근대계몽기 소설의 가장 중요한 특색이 서사와 논설의 미분리에 있다는 점을 생각한다면, 이 시기 소설사의 이해를 위해서는 논설란이나 잡보란 등에 수록된 서사문학 자료들에 대한 정리 또한 필수적이다. 이 장에서는 『대한매일신보』에 수록된 서사문학 작품 가운데, 소설란 이외의 기타 지면에 수록된 자료들에 대해 정리하고자 한다. 이 장에서 다루게 될 자료들은 대부분 길이가 길지 않은 단형 서사문학 자료들이다.[1] 단형 서사문학 자료에는 서사적논설을 비롯한 짧은 양식

---

1) 국한문판 『대한매일신보』에는 비교적 길이가 긴 장형의 작품들도 수록되어 있다. 위인유적(偉人遺跡)란에 발표된 「水軍第一偉人 李舜臣」(1908.5.2~8.18)과 「東國巨傑 崔

의 모든 이야기문학 자료들이 포함된다.[2]

2. 국한문판 『대한매일신보』의 단형 서사문학 자료

국한문판『대한매일신보』의 지면 구성은 논설(論說), 관보(官報), 외보(外報), 잡보(雜報), 사림(詞林), 기서(奇書) 및 광고(廣告) 등으로 이루어져 있다. 이 가운데 서사문학 자료들이 많이 실려 있는 지면은 잡보와 기서 그리고 논설란 등이 된다. 국한문판『대한매일신보』는 순한문과 국한문혼용문, 그리고 국문의 세 가지 문체를 모두 사용했다. 이 가운데 가장 많이 사용된 문체는 국한문혼용체이다. 국한문판『대한매일신보』에 수록된 서사문학 작품의 문체는 크게 국한문혼용체와 국문체의 두 가지로 나눌 수 있다.

都統」(1909.12.5~1910.5.27) 등이 그것이다. 이러한 장형의 작품들의 성격과 그 국문본에 대해서는 앞 장에서 언급한 바 있으므로 여기서는 따로 다루지 않는다.
2) 근대문학 출발 과정에 대한 관심이 높아지면서 이러한 작품들은 '토론체 단형소설', '개화기 단형서사체', '개화기 단편 서사물' 등으로 불리며 주목받고 있다. 이에 대한 기본적 이해는 김영민,「근대계몽기 단형서사문학 개관」,『근대계몽기 단형 서사문학 연구』, 소명출판, 13~34면 참조 이밖에 다음의 자료 역시 참조가 가능하다. 정선태,『개화기 신문 논설의 서사 수용 양상』, 소명출판, 1999; 한기형,『한국 근대소설사의 시각』, 소명출판, 1999; 양문규,『한국 근대소설과 현실 인식의 역사』, 소명출판, 2002; 권보드래,『한국 근대소설의 기원』, 소명출판, 2000.
　그런가 하면『대한매일신보』의 단형 서사문학 자료를 직접 다룬 연구로는 다음의 논문이 있다. 서은경,「『대한매일신보』를 통해서 본 개화기 서사의 특질과 의미 연구」,『근대계몽기 단형 서사문학 연구』, 소명출판, 2005, 161~186면; 김종훈,「근대계몽기 단형 서사 삽입 시가 연구」,『근대계몽기 단형 서사문학 연구』, 소명출판, 2005, 323~341면.

1) 잡보란의 작품들

국한문판『대한매일신보』에 수록된 최초의 서사문학 자료는「갑을우담(甲乙耦談)」(1905.10.27)이다. 이 글은 갑과 을 두 사람이 여관에 나란히 앉아 시국을 논하는 대화체 서사물이다. 여기서 을은 계속해서 묻고 갑은 그에 대해 답을 한다. 그런 점에서 이 자료는 형식상 문답체 서사물로 분류할 수도 있다. 갑은, 오늘날 우리나라는 국세가 심히 위태롭고 사람들의 삶이 지극이 어려우나 장래는 그것을 모두 벗어날 수 있을 것이라고 전망한다. 을이 갑에게 그렇게 생각하는 이유를 묻자 갑은 "我韓에 賣國之輩가 多ᄒ니 今에ᄂ 비록 國家의 禍가 되나 將來에ᄂ 人民의 福이 되리로다"3)라고 대답한다. 이에 대해 다시 을이 "賣國之輩가 國家의 禍가 된다 홈은 可케니와 人民의 福이 된다 홈은 大不可ᄒ도다"4)고 반박한다. 거기에 대해 갑이 중국의 경우를 들어, 매국의 무리들이 사후에 가축 등이 되어 결국은 우리의 농작(農作)에 보탬이 될 것이라 답한다. 이야기를 끝내고 둘은 크게 웃고 함께 술을 마신다. 갑과 을의 대화에는 짙은 풍자와 함께 해학이 깃들어 있다.

국한문판『대한매일신보』의 잡보란에 수록된 서사문학 자료들을 살필 때에 가장 주목할 만한 작품들은「향긱담화」(1905.10.29~11.7),「소경과 안즘방이 문답」(1905.11.17~12.13),「鄕향老로訪방問문醫의生싱이라」(1905.12.21~1906.2.2),「時시事사問문答답」(1906.3.8~4.12) 등이다. 이들 작품은 앞 장에서 다룬 소설란 수록 작품「거부오해」(1906.2.20~3.7)와 더불어 근대 계몽기의 대표적 〈논설적서사〉에 속하는 작품이기도 하다. 이들 작품은 모두 토론체 내지 문답체 형식이라는 공통점이 있다.

이들 작품뿐만 아니라, 국한문판『대한매일신보』에 수록된 단형 서사문학 자료들이 지니는 가장 중요한 특질은 문답체 내지 토론체의 형식

---

3)「甲乙耦談」,『대한매일신보』국한문판, 1905년 10월 27일.
4) 위의 글.

을 취한다는 점이다. 문답체는 근대계몽기 문학의 특징을 드러내는 중
요한 서사 유형 가운데 하나이다. 문답은 기본적으로 대화의 한 방식에
속한다는 측면에서 대화체로 보기도 한다. 그런가 하면 문답이라는 형
식을 통해 토론 혹은 토의를 진행하는 경우가 많다는 점을 중시해 이를
토론체 및 토의체 서사로 정리하기도 한다.5) 따라서 문답체는 대화체
혹은 토의체로 분류되는 작품들과 엄격히 구별하기는 어렵다.6) 문답체
서사는 특정한 사건을 중심으로 극적 구조를 이어가기보다는, 평면적
구조로 진행이 된다. 그것은 문답체 자체가 극적 서사 구조를 창조하려
는 의도보다는 논설 혹은 계몽의 의도를 전면에 내세운 작가의식의 산
물이기 때문이다. 근대계몽기라는 시기에 논설 혹은 계몽의 의도를 전
면에 내세운 문답체 서사문학이 성행하게 되는 것은 일면 당연한 일이
다. 계몽이라는 시대적 이데올로기를 가장 효과적으로 표현할 수 있는
형식 가운데 하나가 문답체 서사이기 때문이다.7)

---

5) 이와 연관된 기존의 연구는 다음과 같다. 조남현, 「개화기 소설 양식의 변이 현상」,
『개화기 문학의 재인식』, 지학사, 1987; 원미진, 「토론체 소설 연구」, 연세대 석사논문,
1993; 이강엽, 『토의문학의 전통과 우리소설』, 태학사, 1997; 정선태, 앞의 책; 한기형,
「신소설 형성의 양식적 기반」, 앞의 책; 김윤규, 『개화기 단형 서사문학의 이해』, 국학
자료원, 2000; 신지영, 「『대한민보』 연재소설의 담론적 특성과 수사학적 배치」, 연세대
석사논문, 2003; 문한별, 「『독립신문』 소재 단형 서사문학 연구—문답체 서사를 중심
으로」, 『근대계몽기 단형 서사문학 연구』, 소명출판, 2005.
6) 문답체와 토론체, 그리고 대화체를 엄밀히 구별하는 것은 쉽지 않은 일일 뿐만 아니
라, 그에 대한 엄정한 구별이 문학사 이해에 별반 유용한 것도 아니다. 굳이 이들의 차
이를 구분한다면, 토론체는 등장인물들이 서로 다른 의견을 내놓고 옳고 그름을 따지
는 형식을 취하는 것이다. 문답체는 한 인물이 묻고 다른 인물이 답하는 형식을 취한
다. 대화체는 등장인물들이 대화를 서로 주고받는 형식을 취하는 작품을 모두 일컫는
다. 문답이나 토론보다 대화가 더 폭넓은 의미를 지니는 개념이라고도 할 수 있다. 국
한문판 『대한매일신보』에 수록된 작품들은 일상적 대화보다는 묻고 답하는 문답의 형
식을 가장 많이 사용한다. 그런 점에서 토론과 문답의 형식이 주류를 이룬다고 해야
할 것이다. 문답체 서사는 이른바 토의문학 류에 속하는 것이기도 하다. 따라서 이를
이해하는 데에는 토의문학의 정의에 대한 다음과 같은 언급이 좋은 참고가 된다. "토
의문학의 첫째 요건으로는 작품 속의 토의가 작품의 중심 주제에 근접해야 한다는 점
이 중시될 수 있다. 둘째, 작품 속의 토의가 작품 구성상의 주도적 역할을 하는 경우로
제한해야 한다." 이강엽, 위의 책, 16~17면 참조.

　문답체 서사는 근대계몽기의 중요한 문학 양식이기는 하지만, 근대
계몽기에만 존재했던 독자적 문학 양식은 아니다. 문답체 서사는 이미
조선시대 한문의 논변류(論辨類) 문장이나 한문단편(漢文短篇) 등을 통해
그 모습을 충분히 드러낸 바 있다. 이는 몽유록(夢遊錄) 등 다양한 형태
의 고소설로 전이되었고, 근대계몽기에 들어 흔히 '토론체 소설'로 불리
는 작품들로 소설사적 맥락을 이어간다.8) 하지만 근대계몽기 문답체 서
사에 대한 평가가 문학사에서 항상 긍정적인 것만은 아니다. 이러한 문
답체 서사들이 '우화소설과 상통하는 허구적인 설정을 빌어오기는 했어
도 서사문학다운 전개는 찾을 수 없다'거나 '작자의 주장을 우회적인
방법으로 전하면서 독자의 흥미를 유도해 교훈을 주자는 것이어서 문
학갈래로서 지속적인 생명을 지닐 수 없었다'는 지적9)은 그러한 예가
된다. 문답체 서사에 여러 가지 문제점들이 있다는 사실은 부인할 수
없다. 하지만 그럼에도 불구하고, 그것이 근대계몽기 서사 양식의 한 주
류를 형성한다는 사실 또한 분명하다. 따라서 문답체 서사에 문학성이
부족하다는 등의 이유를 들어 이를 문학사에서 도외시하거나 혹은 가
볍게 다루려는 시도는 타당한 것이라고 보기 어렵다. 문학성에 관한 논
의는 결국 무엇을 문학으로 볼 것인가 하는 원론적인 문제로 환원된다.
문학을 무엇으로 정의하는가에 따라 문학성은 달라질 수 있는 것이다.
문답체가 근대계몽기의 주류를 이루는 서사 양식 가운데 하나라는 점
을 생각할 때, 문답체 서사에 대한 정리와 연구는 궁극적으로 한국 근
대문학사의 유산에 대한 다양한 시각의 연구를 낳게 될 것이다.

---

7) 문답체 및 토론체는 다음의 두 가지 경우 모두 활용이 가능한 형식이다. 첫째, 작가
　가 특정한 사안에 대해 확신을 갖고 등장인물들의 대화를 통해 자신의 생각을 직설적
　으로 전달하고자 하는 경우. 둘째, 작가가 독자에 대해 계몽을 의도하고 있기는 하나
　아직 확신이 없는 경우. 이때, 등장인물들의 대화를 통해 여러 가지 다양한 가능성을
　드러낼 수 있다. 이 두 가지 경우 가운데,『대한매일신보』의 서사 자료에서 확인할 수
　있는 문답체 및 토론체 서사는 주로 전자의 경우와 관련이 많다.

8) 이강엽, 앞의 책 참조.

9) 조동일,『한국문학통사』제4권, 지식산업사, 1989, 319~320면 참조.

「향직담화」는 작가가 우시싱으로 밝혀져 있는 작품이다. 여기서 우시싱이라는 이름은 본명이 아니라 필명임이 분명하다. 즉 실명이라기보다는 비실명인 것이다. 근대계몽기 문학에서 작가가 자신의 이름을 밝혀가는 과정은 한국문학사의 근대성 구현 과정의 하나이기도 하다. 무서명에서 비실명으로, 그리고 이어서 실명으로 이어지는 것이 이 시기 소설사에서 작가가 자신의 이름을 밝혀가는 과정이라 할 수 있다. 그런 점에서 보면 우시싱 등의 필명을 사용하는 것은 실명 소설로 가기 직전의 단계가 된다. 근대계몽기 문학사에서 단형 서사의 작가들은 대부분 무서명으로 작품을 게재하거나, 「향직담화」의 경우처럼 비실명으로 작품을 게재한다. 이들이 서명을 하지 않은 가장 큰 이유는 특별히 이름을 밝힐 필요가 없었기 때문이다. 잡보란이나 논설란 등에 신문사 기자 및 편집진들이 작품을 창작해 수록하는 경우, 이들 작품에 저작권 개념이 개입될 여지가 없었으므로 작가를 밝힐 필요가 전혀 없었던 것이다. 특히 『대한매일신보』와 같은 민족지의 경우는 대부분 현실을 비판하는 사회성 짙은 작품들을 수록했다. 그런 점에서 무서명이나 비실명 제도는 검열 및 사법 기관 등으로부터 작가를 보호하는 역할을 하기도 했던 것으로 판단된다.

「향직담화」는 모처를 지나던 작가가 여러 향객이 모여 담화하는 내용을 듣고 기록한 것이다. 이 작품의 구성 방식을 살피기 위해 전반부와 후반부를 직접 인용해 보기로 한다. 먼저 작품의 시작 부분을 인용하면 다음과 같다.

①모쳐롤 지나다가 슈슴 향직이 모혀 담화ᄒᆞ는 말를 들은즉 ②한 사람이 가로디 지금 세계ᄂᆞᆫ 참 휘황찬란호 세계라
우리들의 고루호 소견으로ᄂᆞᆫ 엇더타 형언홀 슈 업거니와 만국통상 약조하야 터셔 각국 사롭들은 쳔만 리롤 지척으로 만리타국 나와셔도
거쳐 범빅 의복 졔도 문명국인 긔상이오 언어 힝동 쳐신 범졀 ᄌᆞ유 권리 비양

ㅎ야 약혼 티도 아죠 업시 텬지간에 오유ㅎ야 학문으로 업을 숨고 신의로 근
본 숨아 이국지심 사람마다 잇것마는
우리 대한 정부 관리 학문이 무엇인지 신의가 무엇인지 이국이 무엇인지도 모
지불계ㅎ고 복중에 가득혼 경륜리욕 일관 쑨이로다
박탈 민지 독혼 정수 성령이 어육이오 긔군망상 숭혼 죄명 죽은들 써글손가
더신 협판 더감 령감 귀 밋히 옥관즈 금관즈와 각식으로 지은 젼복 식슐듸롤
미고 보니 물식은 조커니와 창우하쳔 복식이오 스린교 인력거에 구종별비 옹
위ㅎ야 젼후로 벽졔ㅎ니 긔구는 장커니와 외국인의 슈치로다 (…중략…)
강토는 쥴어가고 인민은 도탄이라 인민을 모라다가 화격당에 너허쥬고 국권을
쎄아셔다 외국인을 맛겨가며 부귀롤 도모ㅎ니
인민이 업게 되면 나라이 엇지 되며 나라이 업게 되면 부귀를 엇지홀가
그런 싱각 못ㅎ는지 망국디죄 즈취ㅎ니 가셕코 가통이라 일성장탄에 한슘쉬니
③쏘한 스람 가로더 나라의 흥망성쇠는 쳔시와 국운이라 인력으로 홀 바리
오[10]

  여기서 ①부분 즉, "모쳐롤 지나다가 슈숨 향긱이 모혀 담화ㅎ는 말
를 들은즉"은 향객들의 담화를 끌어내기위한 도입 액자의 역할을 한다.
이후 ②부분부터 실제 향객들의 담화가 지속된다. 향객들의 담화는 한
사람씩 돌아가며 자신의 견해를 드러내 보이는 방식으로 전개된다. ③
부분의 "쏘 한 스람 가로더"와 같은 방식으로 여러 사람들이 말을 이어
가게 되는 것이다.
  이어서 작품의 마무리 부분을 인용하면 다음과 같다.

  ④쏘 한 사람 가로더 여보시오 글란 지각업는 말 마시오 그 사람들이 죽게 되
면 여더로 갈듯하오 필연 짱속으로 갈 터이지
  짱속은 디부라 하고 디부는 렴나국이라 하니 그런 간셰비롤 달려가면 더한국
은 힝복이라 허려니와 렴나국은 우리 모양 될 터인즉
  달여갈리 만무허지 렴른국 정부 사람들리 우리나른 명부 사람의 식견으로 아

---

10) 우시싱, 「향긕담화」, 『대한매일신보』 국한문판, 1905년 10월 29일 및 31일.

지 마오

그러면 그 사람들은 장싱불수허게 춤 긔막히고 통곡홀 일이로다 ⑤ 허며 일장

담화가 모다 시극이 잘못 되여가믈 한탄허는 말이더라[11]

여기서 ④ 부분은 마지막 향객의 담화를 기록한 것이다. ⑤ 부분, 즉
"허며 일장담화가 모다 시극이 잘못 되여가믈 한탄허는 말이더라"는 작
가가 다시 나타나 이야기를 마무리 하는 것으로 형식상으로 볼 때는 마
무리 액자의 역할을 하는 부분이다.

이 작품의 토대를 이루는 것은 현실비판의식이며, 그 비판의 핵심을
이루는 것은 관리와 정부에 대한 불신이다. 이 작품에서는 관리와 정부
에 대한 불신을 효과적으로 드러내기 위한 작품화 방법으로 대조의 수
법을 사용한다. 작품의 서두에서부터 외국 정부와 외국 관리를 칭송하
며, 그 반대의 경우로 우리 정부와 관리를 탓하는 것이 그 시작이다. 작
품의 전개 과정에서도 '구미 각국 넓은 세계에서 입헌정치 공화정치를
숭상하는 문명국은 백성이 크다하되, 압제정치를 하는 우리나라에서는
백성을 무시하고 마음대로 정치를 행한다'고 비판한다. 상호 대조를 통
한 현실 비판이라는 구도는 이 작품의 끝까지 지속되는데, 작품의 마무
리 부분인 선진 문명국에 대한 시찰 태도 비판에 이르러 작가는 풍자적
어조까지 동원한다. 염라국에서 우리 관인들을 잡아가면 우리나라는 행
복해질 것이지만 염라국이 불행해질 것이니, 어찌 염라국 사람들이 그
런 일을 행하겠느냐고 묻는 것이다. 이 물음에서는 자조(自嘲)와 풍자(諷
刺)가 동시에 이루어진다. 그런 점에서 이 작품의 마무리 부분에 이루어
지는 이른바 '염라대왕도 안 잡아갈 사람들'에 대한 풍자는 대상을 공
격하며 웃음을 불러일으키는 단순 풍자라기보다는, 풍자의 주체 자신이
다시 그 공격의 피해자가 되는 복합적 풍자가 된다.

「소경과 안즘방이 문답」은 작가 혹은 편집자의 직접 노출이 전혀 없

---

11) 위의 글, 1905년 11월 7일.

는 작품이라는 점에서 〈서사적논설〉은 물론, 앞에서 다룬 「향긱담화」와
도 구별된다. 이 작품의 주요 등장인물들인 소경과 안즘방이는 실제로
장애를 가진 인물들이면서, 한편으로는 당시 우리나라가 처한 형편을
상징적으로 보여주기 위한 의도 아래 창작된 인물이기도 하다. 이 작품
은 소경 한 사람이 안즘방이의 망건 가게 앞을 지나다가 서로 만나 대
화를 주고 받는 형식으로 구성되어 있다. 먼저 작품의 도입부를 인용하
면 다음과 같다.

일젼에 엇더훈 소경 한아이 막더를 쑤덕거리고 모쳐 망건가 압호로 지나가는디
그 곳에셔 망건일 흐는 안즘방이가 그 소경을 불너 갈오디 여보게 그동안 엇
지허여 오리 맛나지 못허엿나
소경이 디답허되 즈연 그럿케 되엇네마는 그동안 슐이나 잘 먹엇나
여보게 아모 말 말게 말허면 긔가 막히네 슐를 먹기컨니와 슐 먹는 사롬의 입
도 구경치 못허네
젼일에논 가로상에 슐 먹고 쥬졍허는 쟈도 만터니 근일에도 별노 엇어 볼 슈
업데 아마 후쥬 죄인으로 잡혀 갈가 두려홈인지
아니 돈이 극귀허여 그럿치 신화 한 푼 엇어보기논 하눌에 별짜기오 구화죠차
구경홀 슈 업스니
어는 결을에 슐먹을 슈 잇스며 먹은들 취홀 슈 잇겟나 그 젼에논 니가 문슈 소
리를 질으고 도라다니면
이집 져집에셔 불너들려 하로 못버러도 숨스십 량이더니 근일에는 다리에 가
리토시가 셔도록 다여도 숨스 푼을 구경치 못허니 춤 살 슈 업셔
자네는 그러치 나도 이왕에논 망건이 숨 긔만 맛허도 미일 스오십 량 오륙십
량을 버러 고기도 스먹고 슐도 먹엇더니
근일 당허여는 돈도 귀홀 쑨 아니라 머리 싹는 스롬 만어셔 졔각금 망건을 파
라 먹으려 드는 까닭에 싱이 업셔 죽겟네
그말 말게 즈네나 나는 고만 두고 우리보담 십십비 잘 벌고 잘 쓰던 디상고들
도 젼문을 닷친다 도망을 훈다 허니 돈은 춤 귀훈가 보데[12]

---

12) 위의 글, 1905년 11월 17일.

소경과 안즘방이의 문답은 세상살이의 고단함을 거론하는 일에서부터 시작된다. 그 동안 술이나 잘먹고 다녔냐는 안즘방이의 질문에, 소경은 술을 먹기는 커녕 술 먹는 사람의 입도 구경한 바 없다고 대답한다. 전에는 문수 소리를 지르고 다니면 하루 삼십 량을 벌었지만 이제는 그 십분지 일도 벌기 어렵다는 것이다. 안즘방이 역시 과거에는 하루 사오십 량을 벌어 술도 먹고 고기도 먹었지만 이제는 돈도 귀해지고, 머리 깎는 사람이 늘어 망건이 필요 없어지니 살기 어려워졌다는 사실을 토로한다.

「소경과 안즘방이 문답」의 전반부에서 이루어지는 비판의 핵심은 매관매직(賣官賣職)에 의한 탐관오리의 양산이다. 돈이 귀해지고, 사람들이 살기 어려운 세상이 되었음에도 불구하고 돈을 쉽게 쓰고 다니는 사람들이 있다. 그들은 관직을 사기 위해 남북촌 재상의 집을 찾아다니는 사람들이다. 돈을 주고 벼슬을 산 자들이 임지에 내려가 악정을 펼 것은 두말할 필요가 없는 사실이다.

> 참 이상흔 일 셰상에 만아 지금갓치 젼황흔 써에도 군슈쥬본이 된다허며 수면
> 에 돈 리왕 허는 소리에 귀가 압흐니 이렇케 귀흔
> 돈을 일이량도 아니오 멧 만량 멧 쳔원을 돌녀 니는 것 보면 참 돈이 졔갈량이
> 라 허되 그 사룸들도 졔갈량이지
> 그러나 져러나 큰일낫셔 관츌군슈롤 죠졍에셔 것흐로는 퇵차ᄒ야 보닌다고 허
> 여도 그 사룸이 그 스람갓흐여 이젼에는
> 빅셩들이 선졍 불망비를 셰우더니 지금은 악졍 불망비가 셔게 되얏슨즉 사람
> 마다 불망비 한아식은 다 엇을 모양이지
> 참 근리는 관찰군슈의 불망비는 거리거리 만히 셧데 선치를 허여도 비를 셰고
> 불치를 허여도 비를 셰며
> 선졍을 흔 자도 원류악졍을 흔 자도 원류허니 그 셈판을 참 알 슈 업셔
> 그 무엇이 알 슈 업나 선졍을 허던지 악졍을 허던지 빅셩들이 잇지 못홀 일은
> 한 가진즉 이럿턴 져럿턴 불망비는 일반이오 불치를 허던지 선치를 허던지

원류흠은 이 사람이나 져 사람이나 일반인즉 무근 사람의게는 이왕 만히 먹혀
슨즉 다시 더 먹힐 것 업거니와 식로 식 사람 오게 되면
또 먹으려고 혀를 둘너 가진 악정 다 할 터이니 돈 몟 천량 쎄앗기랴면 죽을
고싱 다 흔다네[13]

벼슬을 하게 되면 그 개인의 공명도 공명이려니와, 먼저 충군애국하
고 이후 부모와 가족을 돌보는 것이 순리라 할 수 있다. 그러나 돈을 들
여 벼슬을 하게 되면 곧 벼슬을 사게 되는 것이니, 그 벼슬 살 때 들인
돈 찾아가려면 박탈민재(剝奪民財)할 수밖에 없다는 것이다. 소경과 안즘
방이는 지방 관리의 타락이 심해지는 사회상을 고발하는 한편, 정부 대
신들의 책임에 대해서도 거론한다. 정부 대신들이 돈을 받고 벼슬을 팔
아먹은 탓에 사태가 이렇게 되었으니 그들 역시 책임을 면하기 어렵다
는 것이다. 관찰이나 군수를 지방에 보낼 때 중앙 정부가 기대하는 것
은, 첫째는 백성을 잘 다스리는 일이고 둘째는 세금을 확보하는 일이다.
그러나 지금 지방 관리들은 백성을 두들겨 재물을 빼앗고는 세금을 중
앙으로 보내는 것이 아니라 자신들의 배를 채우는 일에 사용한다. 이
모든 것이 '윗물이 흐리니 아랫물이 맑지 못한 것'이며, '탐학하든 집안
에서 탐학하는 자손 난 것'이라는 것이 소경과 안즘방이의 판단이다.
매관매직과 탐관오리에 대한 비판은 교육의 필요성에 대한 강조로 이
어진다. '사람은 교육하기에 달렸으니 교육을 잘못하면 부랑패도 되고,
교육을 잘하면 현인군자가 될 수 있다'는 것이다.
　「소경과 안즘방이 문답」에서는, 겉 다르고 속 다른 개화의 모습 또한
비판의 대상이 된다. '지금 판세를 가만히 보면 개화니 문명이니 한다
고 머리는 잘들 깎았나보네만 속에는 전판 완고의 구습이 가득하여 겉
으로는 어찌 개명 진취의 뜻이 있는 듯하나 실상은 잠을 깨지 못하여
길에 다니는 자들이 말짱 코를 골고 다니니 비유컨대 고목나무 겉은 성

---

13) 위의 글, 1905년 11월 19일.

하나 속은 좀이 먹어들어가는 모양이라'고 안즘방이는 개화의 허상을 비판한다. 그런데 소경과 안즘방이가 주로 하는 일은 사람들의 운세를 보는 일과 망건을 만드는 일이다. 이들이 하는 일 자체가 '개화'와 '문명'과는 거리가 먼 것이다. 따라서 이들은 자신들의 생업이 사회에 유해무익한 것임을 확인하고 스스로 비판하는 과정을 거치게 된다.

「소경과 안즘방이 문답」에서는 우리 백성에게는 횡포를 부리면서 외국인에게는 아첨하고 매국적 행동을 일삼는 관리들에 대한 비판 역시 중요한 주제를 이룬다. '화당금옥의 금의옥식은 만민의 고혈이요 거마복중의 영광 위엄은 나라의 난신이라. 자주권리 반점 없이 외국인을 의뢰하여 전국 이익 주워 가며 황실이권 빼앗아다 외국으로 돌려보내어 강토는 점점 줄어가고 황권은 날로 미약하여 만민은 도탄이요 도적은 봉기하니 국세의 위급함은 조석이 난보로다. 그 까닭 설명하면 지금 소위 각부 대신 매국하는 수단으로 만든 것이라. 무죄한 전국인민 곡절없이 남의 노예 될 터이니 그 죄를 의논하면 한국에는 역신이요 외국에는 충신이라'는 지적은 이러한 비판을 위한 도입부이다. 관리들의 매국적 행동에 대한 비판은 구체적으로 한일신조약과 통감부 설치에 대한 비판으로 이어진다. 소경과 안즘방이는 '신조약은 무엇이며 통감부는 어찌하는 것인가'라는 질문을 던진 후 '자세히는 알지 못하나, 신조약은 우리나라 외교권을 걷어다가 일본 동경으로 이설하는 것이요, 통감부는 통감 있을 처소요 통감은 외교권이나 기타 범백 따위를 모두 감찰하는 관헌의 벼슬 이름'이라 정리한다. 이어서 이들은 외교권의 박탈이 곧 자주국권의 포기라는 사실을 강조하고 비판한다.

이 작품의 마무리 부분에는 우리나라의 신문이 처한 현실에 대한 작가의 안타까운 심정이 잘 나타나 있다. 신문을 만들어 놓아도 사람들이 보지 않으면 그 신문은 휴지나 다름이 없다. 이는 곧 『대한매일신보』의 편집진들이 독자들에게 느끼는 안타까움과 서운함의 표현이기도 하다. 「소경과 안즘방이 문답」의 창조적 서사 문학으로서의 우수성은 이러한 마무리 부분에서 매우 선명하게 나타난다. 여기에서는 현실을 바로 보지도 못하고 또 거기에 적절히 대응하지도 못하는 사람들이 모두 소경과 안즘방이로 비유된다. 서사 양식을 끌어가는 형식적 요소로서의 주요 등장인물인 소경과 안즘방이가, 서사 내용의 핵심을 이루는 상징적 이미지로 자리바꿈 되는 것이다. 다음은 작품의 마무리 부분 일부를 인용한 것이다.

> 여보게 그 말 말게 나는 두 눈이 다 업셔도 오십 여 년을 사라 잇네마는 신문을 허여 노은들 잘덜 보와 쥬어야 하지 보는 사룸업고 보면
> 휴지나 일반이오 두 눈이 발근 놈도 학문이 업고 보면 나와 갓흔 소경이오 사지빅히가 멀졍허다 허나 즈유 활동 못하고 보면
> 즈네와 갓흔 병신이라 전국 인민 평론허면 등신은 아즉 살아 셰상에 잇다 허나 마암은 발셔 죽어 황천에 갓다 홀지니
> 가위 말허는 귀신이라 홀 만허고 소위 완고라 슈구라 허는 분네들은 문명 셰계의 말하게 드면 언필칭 예젼의는 그런 것 겨런 것 다 업셔도
> 국퇴민안 허엿다 하야 죠흔 말 듯지도 안코 죠흔 것 보려고도 아니 하니 귀와 눈이 잇다 흔들 무어시 유죠흔가 귀먹어리 소경이라 홀 만하고 소위 학즈니 산림이니 허는 분네들은 공즈왈 밍즈왈 허며 시문을 구지 닷고 산고곡심유벽쳐에
> 초당을 지어 노코 두 무릅흘 쑤러인져 즈칭왈 도학군즈라 스문뎨즈라 하야 벌노 빅리 밧글 나가 보지 못허고 무졍셰월을 허숑하니
> 가위 써근 션비라 홀 만하야 안즘방이나 다름이 무엇인가[14]

두 눈이 밝다 하여도 신문을 통해 현실을 직시하지 못하거나 학문이 없으면 소경이요, 사지가 멀쩡하여도 자유롭게 활동하지 못하면 안즘방이나 다름없다. '한일 신조약'으로 우리 백성들의 자유로운 활동을 억제하고, 『황성신문』 등 민족적인 신문을 정간시킴으로써 우리 백성들의

---

14) 위의 글, 1905년 12월 10일, 12일.

눈을 막은 일은 곧 우리 백성을 소경과 안즘방이로 만드는 일이다. 여기에서는 '소경'과 '안즘방이'가 지니는 의미의 상징성이 한 두 사람 개인의 문제가 아니라 우리 민족 전체가 당하는 현실적 억압의 상징으로까지 확대된다. 결말 부분에서 안즘방이는 소경에게 함께 '일신단체'가 되어 이전에 못하던 일을 해 보자고 제안한다. 하지만, 그에 대해 소경은 '무슨 팔자로 내 몸도 내가 주체할 수 없는데 남을 또 업고 다닌단 말인가?'라는 말로 거절한다. 소경은 길을 떠나며 다음과 같은 노래를 부른다. "수천년 오랜 나라 어이훈들 망홀숀가 오빅년 놉흔 종샤 뉘라셔 바라볼가 셔산에 지는 히는 다시 도라 올나오고 동히로 가는 물은 궁진 흠이 업스리라 현인군주가 어느 씬에 업다 하며 란신적주가 미양 득의 허단 말가 홍망성쇠는 주고로 무상훈즉 사롬의 알 바 아니로다 력산에 밧갈기와 위슈변에 고기 낙기는 고인의 힝적이니 우리도 오호에 비를 쩌여 스풍셰우에 불슈귀 호여볼가."[15]

　「소경과 안즘방이 문답」에서 교육의 중요성을 거듭 강조하는 것은 이 작품이 애국계몽 운동의 맥락 속에서 기획된 작품임을 알 수 있게 한다. 나라와 백성에게 유익한 일을 찾으며 '무슨 회사같은 것 하나 조직하여 내 나라 물건으로 외국 돈 빼앗아 오며 상업을 발달하여 돈을 많이 벌었으면 나라에 원납하여 국용을 보태가며, 학교를 설치하여 인민을 교육하며 전문을 장만하여 부모를 봉양하며 가옥을 넓게 지어 처자를 양육하면 장부의 행사가 쾌활치 못할손가'라고 하는 것도 같은 맥락에서 이해할 수 있다. 어려운 시대 속에서 민족이 나아갈 길에 대해 논하며 '나라를 사랑하고 백성을 무휼하여 인재를 배양하여 교육을 발달하며 농상공업 권면하여 재원을 융통하며 내정을 밝게 하여 관리를 택용하며 외교를 믿게 하여 인방을 친목하면 개명 진취 절로 되어 국부민강 할터이니'라고 주장하는 것도 이 소설의 필자가 지닌 애국계몽과

---

15) 위의 글, 1905년 12월 13일.

부국강병의 사상을 잘 드러내는 부분이다.

「鄕향老로訪방問문醫의生싱이라」는 시골 사는 한 노인이 서울로 올라와 각처를 돌아다니다가 약국 주인 의생을 만나 담화한 내용을 기록한 것이다. 이 작품은 이야기 전개의 방식과 내용, 주제 등이 모두 「소경과 안즘방이 문답」과 유사하다. 그런 점에서 볼 때, 「향로방문의싱이라」와 「소경과 안즘방이 문답」의 작가는 동일 인물이거나, 최소한 동일 집단에 속한 인물이었을 것으로 추정된다. 「향로방문의싱이라」에서는 일본과 우리나라와의 이해관계에 대해 '일본에 이익이 되는 일은 우리에게 해 되는 일'이라고 명확히 정리한다. 이러한 입장 정리에 따라, '한일신조약'에 대한 비판은 더욱 강도를 높여가게 된다.

> 조약이 무엇인지 거연이 체결하야 금성탕디 우리 강토 일죠일셕 남을 쥬고 무고흔 우리 빅셩 스쳐로 모라너니 울어도 긔막히고 죽은들 시원홀가 오호 통지 셜운지고 엇지홀지 모로갓네 옛 사롬의 말 드르니 디룡갓흔 버려지도 발끗헤 차일진딘 움죽움죽 흔다다 허니 슬프다 우리 동포 곤츙만도 못허도다 깁히 깁히 싱각허고 널니널니 싱각허오 뭇노니 러두스를 쟝찻 엇지 허려시오 칫직 질과 두다림이 불구에 일으리라 피는 흘녀 바다되고 한슘모야 바람이라 로소를 불계허니 유약을 뉘 알니오 엇지허고 엇지허나 이 일을 엇지허나 그 중에도 불상흔 것 우리 청년 뿐이로다 여보여보 동포남[님]네 이 싱각들 허여보소 익즈지졍 뉘 업스며 텬륜졍의 뉘 모로리 오륙십 늘근이는 죽을 날이 불원허나 영영 고초 격글 즈는 후진 청년니로구나 여보시오 동포님네 즈식이나 손즈들이 이 디경을 당허여셔 쳔신만고 격글진디 부모된 지속 마암에 편안흠을 엇을손가[16]

이 작품에서도 암울한 현실을 타개할 수 있는 방편은 교육에 있다. '항언 이르기를 자식을 낳기가 어려운 것이 아니라 기르기가 어렵고, 기르기가 어려운 것이 아니라 가르치기가 어렵다 하니, 이제 나의 깨달

---

16) 「鄕향老로訪방問문醫의生싱이라」, 『대한매일신보』 국한문판, 1906년 1월 7일.

은 마음은 멀리 자손에게 미칠 교육상 덕목이로다'는 지적이 우선 이를 보여준다. 교육의 중요성에 대한 강조는 계속해서 이어진다. 자손이 귀하다고 금의옥식을 시킬 것이 아니라 그 돈으로 서책을 사다 줄 것이며, 자손을 먹인다고 고량진미 생각 말고 그 마음 옮겨다가 공부를 시킬 것이며, 자손에게 끼친다고 전답을 사주지 말고 그 재물 옮겨다가 학교를 창설할 것이며, 자손을 위한다고 기도와 불공을 드릴 것이 아니라 그 정성을 옮겨다가 교사를 초빙하여 학문을 가르칠 것을 권유하는 것이다. "두렵고 두렵울ㅅ 이쳔만 동포들은 하나님의 쯧을 밧아 구습을 쎄발이고 신학문 신교육에 어셔 밧비 나갑세다"[17)는 구절은 교육의 필요성을 강조하는 두 인물의 대화의 절정을 이룬다.

「時시事사問문答답」은 시골 선비 호문생과 서울 선비 선해생이 만나, 시비를 평론하며 시국의 어려움을 개탄하는 내용으로 이루어진 작품이다. 「시사문답」 역시 두 사람의 대화를 통해 서사가 전개되며, 대화의 내용이 현실 비판에 있고, 교육의 중요성을 강조하며, 작품의 마무리에서 노래를 활용한다는 점에서 앞에서 살핀 작품들인 「소경과 안즘방이 문답」이나 「향로방문의싱이라」 등과 내용적 형식적 공통성을 지닌다.[18)

이러한 일련의 작품들에 대해 송민호는 정치류소설(政治類小說)이라는 용어를 사용해 그 특질을 설명한 바 있다. 일부를 인용하면 다음과 같다.

> 어느 시대라도 정치류 소설이 없지 않았겠지만, 이 때에 나타난, 정치적 전환기에 있어 근대화 과정의 계몽성(啓蒙性)을 띤 이런 종류의 소설은 특이한 유형에 속한다고 하겠다.
> 여기서 '정치류소설(政治類小說)'이라 칭하고 '政治小說'이란 말을 삼간 것은, 정형적(定型的)인 정치소설의 개념에서가 아니라, 조선말기(朝鮮末期)의

---

17) 위의 글, 1906년 1월 19일.
18) 「향긱담화」, 「소경과 안즘방이 문답」, 「향로방문의싱(鄉老訪問醫生)이라」, 「시사문답(時事問答)」 등에 대한 더욱 상세한 논의는 김영민, 『한국근대소설사』, 솔출판사, 1997, 51~80면 참조.

정치적 변형에 수반된 사회현상을 제재로 한 소설류라는 뜻에서, '정치류소설'이라는 명칭을 사용한 것이다. (…중략…) 이런 정치류소설은 구한말 사회상의 일반적 성향을 대변한 점에서 당시 모든 소설의 작품배경이 되었다고도 볼 수 있다. 따라서 개화기소설을 이해하는데 기초적인 역할을 감당했고, 한편 과도기적인 성격이 가장 농후한 유형의 소설이라고 볼 수도 있다. (…중략…) 그것이 소설론적인 제요소를 갖추지 못했어도 당시의 환경에 비추어 소설분야에 넣을 수 있는 것은 정치류소설로서, 이것은 오늘날 고찰의 대상이 된다고 생각한다.

정치류소설의 문학성에 대해서는 관점에 따라 이설(異說)이 있겠지만, 사회적인 배경이 그 문학작품의 생성과 직결되고, 또 당시를 이해하는 독자에게 불가결하다는 견지에서, 문학의 사회적 고찰은 문학연구의 중요한 부분이라 생각된다.[19]

송민호가 여기서 사용한 '정치류소설'이라는 용어는 물론 일본 근대문학사에서 발견되는 '정치소설'과는 구별되는 것이다. 그가 이 글에서 '정형적인 정치소설의 개념이 아니라'는 사실을 강조한 것을 주목할 필요가 있다. 송민호는 결국 「소경과 안즘방이 문답」, 「거부오해」 및 뒤에 나오는 이해조의 「자유종」 등의 '정치류소설'은 과도기의 소설로서 한국 근대소설의 형성 과정에 일정한 역할을 담당했던 중요한 작품들이라고 평가한다. 계속해서 송민호는, 이러한 작품들을 과연 '소설'로 볼 수 있는가 하는 질문에 대해서 다음과 같이 답한다.

다만, 이 세 작품은 소설적 플롯 전개가 불충분하여 이를 소설이라 칭할 수 있느냐가 문제될 수 있다. 그러나 스토오리의 변화 전개가 꼭 소설구성의 절대요건이 아니라는 관점에서 볼 때, 이 작품들은 그 대화(對話)를 통한 서술성(敍述性)만으로써 소설의 범주에 넣을 수 있고, 또 정치소설은 줄거리의 전개보다는 서술적 요소가 성(盛)한 점으로 미루어 일단 소설로 보고자 한다.[20]

---

19) 송민호, 『한국 개화기 소설의 사적 연구』, 일지사, 1975, 176~179면.
20) 위의 책, 180면.

대화를 통한 서술성만으로도 이들 작품은 소설의 범주에 속할 수 있다는 것이 이 글의 요지인 것이다.

국한문판 『대한매일신보』 잡보란에 수록된 서사문학 자료를 정리하면서 빼놓을 수 없는 작품이 「의퇴리국아마치전」(1905.12.14~21)이다. 이 작품이 발표되던 시기는 「소경과 안즘방이 문답」, 「향로방문의싱이라」 등이 발표되던 시기와 유사하다. 정확히 말하면 그 두 작품 사이에 발표된 것이 「의퇴리국아마치전」이다. 이 작품의 서두에 묘사된 아마치는 비록 빈곤한 집에서 태어났지만 어려서부터 뜻이 높고 기운이 활발한 인물이었다.

> 서양 의퇴리국에 아마치라 하는 사람이 잇스니 니슈도 짜에 빈곤훈 집의 아들리라
> 어려셔붓터 쯧시 놉고 긔운이 활발허여 병법과 검슐을 죠와허더니 나이 장셩하야는 쳔하에 쥬류허여
> 오디쥬에 형세를 널피 살펴보고 크게 찌달은 소견이 잇슨지라 쏘 쳔하에 이름잇는 션비로 더부러 사귀여 놀민
> 학식이 디단이 발달훈지라[21]

병법과 검술을 좋아할 뿐만 아니라 학식 또한 발달한 인물이었던 아마치는, 장차 백성의 자유를 위하여 타국의 간섭을 막고 이태리를 통일하여 정치를 개명하는 것이 그의 꿈이었다. 마침 선농화 땅의 백성들이 군사를 일으켜 자유정치를 도모하자, 아마치는 그들을 도와주다가 실패하여 나라를 떠나게 된다. 두 해가 지난 후 돌아와 과거의 일을 다시 도모하던 그는 결국 붙잡혀 장차 사형에 처해질 운명에 놓인다. 감옥을 탈출한 아마치는 불란서로 피신했다가 다시 남아메리카 등지를 돌며 그곳의 난리를 평정하고 고국 이태리에 돌아오게 된다. 아마치가 이태

---

21) 「의퇴리국아마치전」, 『대한매일신보』 국한문판, 1905년 12월 14일.

리에 돌아와 보니 이태리는 오스트리아의 침략을 당해 고통을 겪는 중이었다. 아마치가 크게 분개하여 군사를 거느리고 오스트리아 군을 쳤지만 이기지 못하고 항복하게 된다. 다음 해 다시 이태리 백성들이 군사를 일으키자, 아마치는 때가 두 번 다시 오지 않을 것이라 생각하고 일어나 의용병들과 함께 오스트리아와 불란서 두 나라 군대를 이기고 성을 장악해 굳게 지킨다. 그러나 불란서 군대가 다시 공격해 오자 군사 수가 적은 아마치는 성을 지키지 못하고 피난길에 오르게 된다. 타국으로 도망을 가던 중 침식을 폐한 지 수삼일 되던 날, 아마치의 부인은 '첩이 나라와 백성을 위하여 죽어도 한이 없거니와, 오직 장부의 성공을 보지 못하고 죽는 것이 한이라. 장부는 마땅히 뜻을 조금도 굴하지 말고 다른 날에 큰 공을 이루어 아름다운 이름을 천치와 같이 하라'는 말을 남기고 목숨을 끊는다. 서기 1856년 불란서가 오스트리아와 개전하게 되자 아마치는 이태리로 돌아온다. 이후 아마치는 선능화 지방의 도원수가 되어 이태리를 통일하고 국세를 정돈하는 일에 앞장선다. 이태리 왕이 그 공을 높이 여겨 대장군 자리를 주었으나 그는 받지 않고 평민으로 지낸다. 이후 서기 1870년 독일과 불란서가 개전하여 불란서가 패하자, 아마치는 다시 군사를 모집하여 불란서를 구원하고자 한다. 독일과 불란서가 전쟁을 끝낸 후에 불란서 정부에서 아마치에게 높은 벼슬을 주려하자, 아마치가 웃으며 '난을 구완하고 상을 바라는 것은 선비의 수치라' 말한 후 고향에 돌아와 종신토록 은거한다.

그리하여 이 작품의 기록자는 아마치를 다음과 같이 평가하며 글을 맺는다.

디저 아마치는 세상에 빅셩을 위ᄒ야 험난을 물읍스고
화희를 덜고저 홈이오 놉흔 벼슬과 즁흔 녹은 곳히 진신쏙과 갓치 보고 그 자봉은 극히 박ᄒ야
갈건폐의로 군사로 더부러 음식을 갓치 ᄒ고 칠차사루 집피믈 입어스디 디지

를 빈치 안코

칠차 싱금을 당햐되 디지를 변치 아니하며 빅졀을 맛나되 소의를 굴치 아니하
야 맛참니

의티리 전국을 통일하야 짜의 쩔어진 나라 위염을 회복하야 구라파의 열강국
으로 더부러 병립케 홈으로써 자긔에 칙임을 삼으니

미양 거병홀 쩌에 하는 말이 일이 셩공이 되면 왕끠 돌리고 셩공치 못하면 그
죄를 자당하리라 하니

디져 아마치에 일언일힝이 구쥬셰계에 자유관계가 되니 엇지 만고의 희한혼
호걸이 아니리오22)

아무리 어려운 일을 당해도 곧은 뜻을 변치 않았으며, 나라를 통일하
여 땅에 떨어진 자신의 조국의 위엄을 되찾았고, 일이 성공하면 왕의
공으로 돌리고 실패하면 그 죄를 자신이 감당한 것이 아마치의 인물됨
이었던 것이다.

이 작품은 원래 양계초가 1902년에 발표했던 작품 「이태리건국삼걸
전(意大利建國三傑傳)」의 일부를 번역한 것이다. 다음의 정리는 이 작품
의 판본 관계를 이해하는데 도움이 된다.

한국 개화기에 번역 소개된 「意大利建國三傑傳」의 판본은 네 가지가 있는
데, 그 중의 두 가지는 신문연재의 형식으로 되어 있고, 다른 두 가지는 단행본
으로 되어 있다. 신문연재의 형식으로 된 두 판본은 1905년 12월 14일부터 21
일까지 『대한매일신보』에 연재된 「이태리건국아마치전」과 1906년 12월 18일
부터 28일까지 『황성신문』에 연재된 「讀意大利建國三傑傳」이다. 단행본으로
된 두 판본은 1907년 7월 25일자로 서울 광학서포(廣學書鋪) 김상만(金相萬)이
발행한 국한혼용체 「伊太利建國三傑傳」(申采浩 譯, 張志淵 序)과 1908년 6월
13일자로 서울 박문서관에서 발행한 순국문 「伊太利建國三傑傳」(주시경 역)
이다.

신문연재로 된 두 판본은 「意大利建國三傑傳」을 그대로 번역한 것이 아니

---

22) 위의 글, 1905년 12월 21일.

다. 「이태리건국아마치전」의 경우는 「意大利建國三傑傳」에서 삼걸(三傑) 중
의 한 사람인 아마치(즉 瑪志尼)의 삶을 간추려서 역술한 것이다. 「讀意大利
建國三傑傳」의 경우는 제목으로부터 알 수 있듯이 이 글이 독후감의 형식으
로 되어 있다. 하지만 이 글의 대부분이 「伊太利建國三傑傳」의 압축 번역이
었다.

　　1905년 12월 14일부터 21일까지 7회에 걸쳐 『대한매일신보』에 연재된 「이태
리건국아마치전」은 개화기 문단에서 가장 일찍 양계초의 「意大利建國三傑傳」
의 영향을 받던 서사적 문학 작품이다. 양계초의 원작에서 마지니(瑪志尼), 가
리발디(加里波的), 가보르(加富爾) 등 이탈리아 건국의 세 영웅을 모델로 다룬
것과 달리 「이태리아마치전」에서는 아마치(마치니)에 관한 내용만을 가려 서
술했다.23)

　　『대한매일신보』 국한문판에 발표된 작품 「의티리국아마치전」은 근대
계몽기 신문에 발표되었던 다양한 형태의 '인물기사'24)가 '역사 · 전기
소설'로 넘어가는 단계에서 나타난 작품이다. 이 작품에는 '역사 · 전기
소설'의 중요한 특질인 민족성에 대한 자각이 매우 강하게 담겨 있다.
「의티리국아마치전」과 같은 번역 전기물의 출현은 본격적인 근대계몽
기 '역사 · 전기소설' 출현의 토대가 된다는 점에서도 중요하다. 이 작품
을 축약하고 번역한 인물이 누구인지는 명시되어 있지 않다. 그러나
1907년 광학서포에서 발행한 단행본 『이태리건국삼걸전(伊太利建國三傑
傳)』의 판권란에 역술자(譯述者)가 신채호로, 그리고 교열자(校閱者)가 장
지연으로 밝혀져 있는 점으로 미루어 볼 때, 「의티리국아마치전」의 번
역자 역시 신채호일 가능성이 매우 높다.

---

23) 우림걸, 『한국 개화기 문학과 양계초』, 박이정, 2002, 51~52면.
24) '인물기사'란 근대계몽기 신문과 잡지에서 자주 발견되던, 인물에 대한 전기적 사실
　　을 담은 기사들을 총칭한다. '인물기사'는 일 회 발표로 완결되는 경우도 있고, 길게
　　연재가 되는 경우도 있었다. 문체 역시 국한문혼용과 순국문 등 다양했다. 대표적인
　　예로는 『독립신문』(1898.8.11)에 실린 「모긔장군의 사적」, 『그리스도신문』에 실린 「리
　　홍장과 쟝지동 사적」(1901.4.25), 「알푸레드 님군」(1901.5.16), 「을지문덕」(1901.8.22) 등
　　이 있다.

신채호가 이 작품을 번역해『대한매일신보』에 연재한 이유는 분명하다. 그것은 바로 애국심의 고취에 있다고 할 것이다. 이는 신채호가『이태리건국삼걸전(伊太利建國三傑傳)』의 서두에 쓴「서론(緒論)」을 보면 잘 나타나 있다. 여기서 신채호는, 애국자(愛國者)가 없는 나라는 지금 비록 강하다고 해도, 장차 약해질 것이며, 번성하고 있다 해도 곧 쇠약해질 것이며, 흥하고 있다 해도 곧 망할 것이며, 살아 있다 해도 곧 죽게 될 것임을 경고한다. 반면, 애국자가 있는 나라는 지금 비록 약할지라도 이내 강해질 것이며, 죽었다 할지라고 다시 살아날 수 있을 것임을 강조한다. 그렇다면 애국자는 어떠해야 하는가? 애국자는 그의 뼈와 피와 살이 모두 애국심으로 이루어진 자이니, 입으로만 애국하는 것도 아니요, 붓으로만 애국하는 것도 아니다. 항시 나라를 생각하고, 그 한 몸을 희생하여 나라를 위하는 정신으로 행동하는 자가 진정한 애국자이다. 그리하여 신채호는 이렇게 말한다. '우리나라 이천만 인구가 번성하여 이천억 이천조가 되는 것은 내가 축하할 바가 아니다. 내가 축하하고자 하는 것은 우리나라에 애국자가 있는 것이다. 우리나라 삼천리가 삼만리 삼억리로 늘어나는 것도 내가 바라는 바가 아니다. 내가 바라는 바는 우리나라에 애국자가 있는 것이며, 땅을 파는 곳마다 황금이 물처럼 솟구치는 것도 원하는 바가 아니며 도처에 오곡이 넘쳐나는 것도 내가 구하는 바가 아니다. 내가 원하고 구하는 바는 지금 우리나라에 애국자가 있는 것이다. 오호라 수많은 인구와 토지와, 보화(寶貨)와 산업이 있을지라도 애국자가 없으면 호시탐탐 노리는 것에 피륙이 녹아 없어지고 참살의 칼날에 고통이 막심해질 것이니 그 누가 보호하고 그 누가 구해줄 수 있을 것인가?' 이러한 서론의 마무리 부분을 직접 인용하면 다음과 같다.

若此書의 因緣과 此書의 紹介로 大韓中興三傑傳 或 三十傑傳 三百傑傳을 更作ᄒ면

此ᄂᆞᆫ 無涯生 無涯의 血願也로다 伊太利建國三傑傳을 述ᄒᆞ노라[25]

이 책의 소개가 인연이 되어 앞으로 대한중흥삼걸전·삼십걸전·삼백걸전을 다시 지을 수 있게 되기를 바라며 이 책을 역술한다는 것이다.

2) 기서란의 작품들

「狐와 猫의 問答」(1908.3.24)은 『대한매일신보』에 수록된 단형 서사문학 자료 가운데서 특히 주목할 만한 작품이다. 이 작품은 국문판에도 실려 있는데, 국문판에는 「여호와 고양이의 문답」(1908.3.27)이라는 제목으로 논설란에 수록되어 있다. 국한문판 신문에는, 이 작품이 독자 투고를 주로 취급하던 기서(奇書)란에 실려 있다. 하지만, 이 작품이 기서란에 실렸다고 해서 외부 투고자의 작품이라고 단정할 수는 없다. 국문판에는 내부 필자의 글을 주로 싣던 논설란에 수록되어 있기 때문이다. 국한문판에는 지은이가 관물생(觀物生)으로 명기되어 있지만, 국문판에는 지은이가 밝혀져 있지 않다. 이 작품은 편집자 주나 해설이 전혀 없이 독립된 서사만으로 이루어져 있다.

심산궁곡 무인처에 여우와 고양이가 각각의 자손을 양육하며 살고 있었다. 그러던 어느 날 여우가 고양이에게 '네가 지혜와 재능이 모두 우리만 못하고, 지위와 세력이 우리만 못하니 너의 자손을 우리에게 맡길 것'을 제안한다. 그 말을 들은 고양이는 '하나님이 만물을 내실 때에 모든 종족에게 다른 성질과 다른 직분을 주었으니 각기 자기의 종족을 보전하며 자기의 직분을 따르는 것이 당연한 일'이라고 전제한 후 "今에 爾가 吾의 子를 庇護하고 馴化ᄒᆞᆫ다 홈은 不過是甘言利誘的 說話라. 爾의 狡猾ᄒᆞᆫ 性質과 殘忍ᄒᆞᆫ 野心은 一般獸類가 皆所稔知니 爾가

---

25) 신채호 역술, 『伊太利建國三傑傳』, 광학서포, 1907, 4면.

비록 我를 誑誘ᄒ고 恐嚇코ᄌ ᄒᄂ 吾가 엇지 居然히 爾의 術中에 墮
落ᄒ리오"26) 하고 꾸짖는다. 여우가 물러서지 않고 고양이더러 미련하
다고 탓하며 인류의 예를 들어 그것을 따라야 한다고 권유한다. 지금
동양 반도의 대한 상등 사회 대관 모씨는 육십만 명 회원을 모아서 외
국인에게 바치고 보호를 애걸하고 있으며, 또 대관 모씨는 사십만 명
회원을 지휘하여 외국인에게 바치고 그 공로를 발표하였고, 모 회장은
전국 유림을 위협하여 외국인에게 바치고 계도하여 주기를 간청하였으
니 이것이 모두 다 시세에 통달하는 민첩한 수단이 된다는 것이다. 이
말을 들은 고양이는 크게 노하여 다음과 같이 대답한다.

爾가 人類의 行爲를 引証ᄒ야 我를 誘脅코저 ᄒ나 此ᄂ 其一을 徒知하고
其二ᄂ 未知흠이로다. 大抵 人類가 禽獸보다 靈ᄒ고 貴ᄒ다 ᄒᄂ 것은 道德
과 智慧가 禽獸보다 卓異흔 故라. 然이나 現今世界에 人類의 行爲를 觀ᄒ건
디 自己의 官爵을 圖得하기 爲ᄒ야 詬天辱父者도 有ᄒ고 自己의 勢力을 取
得하기 爲ᄒ야 販君賣國者도 有ᄒ고 自己의 利益을 圖謀ᄒ기 爲ᄒ야 殘害
同族者가 接踵相望하니 如彼行爲ᄂ 可히 人類로 論흘 者가 아니오 吾獸族
의 深恥痛罵ᄒᄂ 者어늘 爾乃以此嚇我乎아. 27)

---

26) 「狐와 猫의 問答」, 『대한매일신보』 국한문판, 1908년 3월 24일. 참고로, 이 부분의
국문판의 내용은 다음과 같다. "지금 네가 나의 ᄌ손을 보호ᄒ고 기도ᄒ여 준다ᄂ 말
은 불과시 감언리셜노 쏘이ᄂ 말이니 너의 간특흔 셩질과 잔악흔 심장은 우리 일반
즘싱 동포의 다 아ᄂ 바이니 네가 비록 나를 속이며 위협ᄒ드리도 나도 쏘흔 본셩과
본심을 일치 아니흔 쟈라 엇지 거연히 너의 간계에 샌지리오"
27) 위의 글. 참고로, 이 부분의 국문판의 내용은 다음과 같다. "네가 인류의 힝위를 인
증ᄒ야 나를 쏘이고져 ᄒ나 이것은 그 첫재만 알고 둘재ᄂ 아지 못ᄒᄂ 것이로다 대
뎌 인류가 금슈보다 신령ᄒ고 귀ᄒ다 흠은 도덕과 지혜가 금슈보담 탁월흔 ᄭᆰ닭이어
늘 현금 셰계의 인류의 힝위를 볼작시면 ᄌ긔의 관직을 도득ᄒ기 위ᄒ야 하놀을 ᄭᅮ짓
고 어버이를 릉욕ᄒᄂ 쟈도 잇스며 ᄌ긔의 셰력을 유지ᄒ기 위ᄒ야 임군을 속이고 나
라를 ᄑᆞᄂ 쟈도 잇고 ᄌ긔의 리익을 도모ᄒ기 위ᄒ야 동포를 잔학ᄒᄂ 쟈가 비비우지
ᄒ니 이러흔 쟈ᄂ 가히 인류라 칭ᄒ지 못흘지며 우리 즘싱 동류 중에셔도 깁히 붓그
러워 ᄒᄂ 바어늘 네가 이로써 나를 쏘이고져 ᄒᄂ냐."

그러자 마침내 여우는 '내가 너의 자주할 사상과 자보할 방침을 찬성할지언정 방해하는 것은 불가하며, 내가 붙들어주는 것은 가하거니와 압제하는 것은 부당하다'고 시인한다. 논쟁을 마친 여우와 고양이는 각자 자기의 집으로 돌아간다. 이 작품에서 지은이가 말하고자 하는 바는 크게 두 가지이다. 하나는 일제를 비롯한 제국주의 열강의 약소국 침략 논리가 지닌 허구성에 대한 비판이다. '내가 실심으로 보호하고 성력으로 교도하여 우리와 같이 행복을 누리게 할 것'이라는 여우의 주장을 허구라 비판하는 고양이의 대응을 통해 이는 잘 드러난다. 다른 하나는 열강의 침탈에 맞서기는커녕, 오히려 그 침탈에 순응하는 일부 고위 관료들에 대한 비판이다. 대한의 상등사회 대관 모씨가 회원 수십만을 모아 외국인에 바치고 있다는 사실 등에 대한 지적에서 이것이 드러난다. 이 작품의 주요 등장인물들은 여우와 고양이라는 동물들이다. 이들의 대화를 통해 글쓴이가 드러내고자 하는 것은 당시 조선의 현실과 조선인의 그릇된 행동이다. 이 점에서 볼 때 「狐와 猫의 問答」은 전형적인 동물 우화소설 계열에 속하는 작품이다. 등장인물을 동물로 바꾸어 독자들에게 흥미를 불러일으키는 이 작품의 서사적 수법은, 1908년 2월에 발행되어 당시대 독자들에게 상당한 인기를 끌었던 안국선의 작품 「금수회의록」의 영향 아래 씌어진 것으로도 볼 수 있다. 이렇게 동물을 등장시켜 인간의 어리석음을 풍자하고, 인간에게 교훈을 주려는 문학적 시도는 이후 김필수의 「경세종」(1908.10) 등의 작품으로 맥을 이어가게 된다.

특기할 만한 사실은, 북한문학사에서는 이 작품을 1900년대 계몽기 소설의 대표적 작품으로 다룬다는 점이다. 안함광이 『조선문학사』에서 이 작품에 대해 언급한 이래 현재까지 이에 대한 적극적 평가는 반복되고 있다. 이 작품에 대한 안함광의 평가는 다음과 같다.

「여우와 고양이의 문답」(륭희 2년 3월 24일 대한매신)은 국한문 혼용체로 되어 있으며 그 문체에도 낡은 한문체 요소를 많이 가지고 있으나 「금수회의록」에 비하여 정치사상적 립장이 더욱 뚜렷한 것으로써 특징된다. 이 작품은 여우와 고양이의 갈등을 통하여 당대 사회의 기본적인 모순을 보여 주고 있으며 조선 인민의 애국적 사상을 명확히 표현하고 있다. 여우가 고양이를 예속시키기 위하여 갖은 수단으로 회유 공갈 정책을 다 쓰다가 종내 뜻을 이룰 수 없음을 알게 되었을 때 인간 사회의 실정을 빌어 최후적으로 강요하는 장면에서의 문답은 특히 이채를 발한다. (…중략…) 이와 같이 이 작품은 여우와 고양이의 문답의 련속 형식을 통하여 민족 자주권 옹호의 사상, 일본 침략자들에 대한 적개심, 민족 반역 도배들에 대한 폭로 규탄 등을 표현하고 있다.28)

최근에 발간된 『조선문학사』에서도 이러한 평가는 반복된다. 이를 인용하면 다음과 같다.

이 작품은 제목이 말하여주는 바와 같이 여우와 고양이 사이에 오고가는 이야기를 통하여 당시의 시대상과 침략자와 매국역적들의 본성과 죄행을 그리고 있다. (…중략…) 고양이의 말에는 작가의 주장이 담겨겨 있는데 그것은 침략자들이 회유와 기만을 꿰뚫어보며 그에 절대로 굴복하지 말하야 한다는 사상이다. 여우는 고양이가 자기의 말을 듣지 않자 그를 힐책하면서 "시세에 따라 변"할 줄 알아야 한다는 것을 설교하며 그렇지 않을 경우 자멸하게 된다고 위협한다. 고양이는 세계에는 매국자도 있고 동족을 잔혹하게 학대하는 자도 있기는 한데 이런자는 가히 인류를 론할 수 없다고 한다. 결국 여우의 설교는 시세에 따르는 변화, 즉 형세에 따라 나라를 배반하기도 하고 팔아먹기도 하면서 제 한 목숨을 지킬데 대한 요구인 것이며 그것은 「일진회」를 비롯한 친일매국역적들에 대한 비호로 된다. 작품은 이에 격분한 고양이의 날카로운 면박을 통하여 친일파, 민족반역자들의 반역행위와 그 죄악상을 폭로하고 있다.29)

『조선문학사』에서는 이 작품이 지니는 한계를 다음과 같이 지적하기도 한다.

---

28) 안함광, 『조선문학사』, 연변교육출판사, 1956, 31~32면.
29) 류만·리동수, 『조선문학사』 제7권, 과학백과사전종합출판사, 2000, 79~80면.

작품은 여우가 자기의 침략적 야심을 포기하고 고양이와 화해하는 것으로 종말을 처리함으로써 비판적 기백을 약화시키고 있으며 봉건적인 충군사상을 고취한 약점도 있다. 그리고 언어표현에서도 국한문을 씀으로써 예술적 문체로서의 세련성이 부족한 약점을 나타내고 있다.[30]

하지만, 이러한 지적 가운데 '언어표현에서 국한문을 씀으로써 예술적 문체로서의 세련성이 부족한 약점을 나타내고 있다'는 비판은 잘못된 것이다. 이러한 비판은 『조선문학사』의 저술자가 「狐와 猫의 問答」의 국문본인 「여호와 고양이의 문답」의 존재를 확인하지 못한 상태에서 나온 것으로 판단된다.

이밖에도 국한문판 『대한매일신보』 기서란에는 몽유생(夢遊生)의 「신석(晨夕)이 사량(乍凉)에 추의(秋意)가 완연(宛然)이라」(1907.9.26)와 우수산인(友殊山人)의 「초공설(梢工說)」(1907.11.16 寄書) 등이 실려 있다.

3. 국문판 『대한매일신보』의 단형 서사문학 자료

국문판 『대한매일신보』에는 대략 30여 편의 단형 서사문학 자료가 수록되어 있다. 이들 단형 서사문학 자료들은 대부분 한 회에 완결되었고, 길이가 긴 경우에도 예외 없이 모두가 이틀 이내에 연재가 완료되었다.[31] 이들 작품은 '잡보', '논설', '시ᄉ평론' 및 '긔셔'란 등에 실려 있다. 국문판 『대한매일신보』에 수록된 단형 서사문학 자료들은 매우 다양한 형태를 취하고 있다.[32]

---

30) 위의 책, 80면.

31) 국문판 『대한매일신보』에 실린 단형 서사문학 자료들은 국한문판 『대한매일신보』에 실린 단형 서사문학 자료들과 비교해도 그 길이가 매우 짧다는 특징이 있다.

1) 잡보란의 작품들

「흑룡강의 녀쟝군」(1907.9.27)은 국문판『대한매일신보』에 수록된 최초의 단형 서사문학 작품이다. 이 글의 내용은 다음과 같다. ‘만영승은 흑룡강 장군 막하의 영관이었으나 거짓 참소를 당하여 죽게 된다. 남편의 죽음을 원통히 여긴 부인 일장청은 그 매씨 화호첩과 장천화라 일컫는 장부와 함께 영관의 부하 오백인을 거느리고 나가 웅거한다. 그들의 형세가 점차 크게 자라나자 청국 정장군이 쳐서 멸하고자 하나 오히려 패배한다. 구원 요청을 받은 조장군과 서통령이 마대 칠백오십기와 대포를 가지고 여장군을 크게 격파한다. 간신히 몸을 피해 몽고로 달아난 여장군은 정병 이천명을 모집하여 거느리고 흑룡강에 다시 와서 싸우는 중이나 승패는 아직 결단치 못한 상태이다.’ 이 글에서 지은이가 보여주고자 하는 것은 일장청이라는 여장군의 용맹성이다. 여장군 일장청은 청나라 군사들의 공격에도 쉽게 무너지지 않는다. 한 번 패퇴한 이후에도 전열을 가다듬어 다시 흑룡강으로 돌아와 싸움에 임하는 모습은 그녀의 용맹성을 거듭해서 보여준다. 「흑룡강의 여장군」은 여성 주인공의 활약상을 소재로 한 이야기라는 점에서 우선 주목을 끈다. 이는 국문판『대한매일신보』 ‘소설’란에 최초로 연재된 장형 서사물 「라란부인전」(1907.5.23~7.6)을 연상시킨다. ‘근세 데일 녀중 영웅’이라는 부제가 달려 있는 「라란부인전」은 프랑스 대혁명에 참여해 활약한 여주인공의 활약상을 그린 작품으로, 중국 양계초의 작품을 번역한 것이었다. 국문판『대한매일신보』가 창간 당일부터 여성의 활약상을 담은 소설 「라란부인전」을 연재하기 시작한 것은, 국문판 신문이 대상으로 삼은 주요

---

32) 국한문판『대한매일신보』 수록 자료의 경우는 모두 제목이 달려 있다. 그러나 국문판『대한매일신보』 수록 자료의 경우는 원 자료에 제목이 없는 경우도 적지 않다. 이렇게 원 자료에 제목이 없는 경우에는 본문 처음의 2~3어절을 인용하여 제목으로 삼았다.

독자층이 여성이었다는 점과 무관하지 않은 것이었다. 국문판『대한매
일신보』가 첫 단형 서사 자료를, 여성의 활약상을 보여주는 글「흑룡강
의 녀쟝군」으로 택한 것 역시 이와 동일한 맥락에서 이해할 수 있다.『대
한매일신보』가 이 작품을 '잡보'란에 수록하면서 "일쟝쳥이라논 녀쟝군
은 나히 이십삼셰요 화호졉이라논 녀인은 나히 이십셰에 곳ズ흔 얼골
과 누에ズ흔 눈셥이 춤 졀디 미인이요 쟝쳔화논 나히 이십삼셰인디 그
도 얼골이 쥰슈흔 대쟝부라 ㅎ니 그 스실이 죡히 쇼셜가의 지료가 될
만ㅎ더라"33)라는 말로 마무리 지은 것 역시 주목할 필요가 있다. '잡보'
란에 수록된 이 글이 '족히 소설가의 재료가 될 만하다'라는 글쓴이의
판단을 주목할 필요가 있는 것이다.

「긔쟈ㅣ 즁부 엇던 방곡을」(1908.12.10~11)은 문답체 단형 서사물이다.
이 작품은 "긔쟈ㅣ 즁부 엇던 방곡을 지나다가 슌사 스오인이 홈끠 가며
졍셰 탄식으로 셔로 문답ㅎ논 거슬 드르니 그 졍셰도 가긍ㅎ기로 대강
긔록ㅎ노라"34)라는 도입 해설로 시작된다. 이러한 형식의 도입부는 일
종의 편집자 주 역할을 한다. 이러한 편집자 주는, 기자가 길을 가다가
들은 이야기를 그대로 옮겨 적는다는 사실을 적시함으로써, 작가가 객
관적 전달자의 역할을 하고 있음을 밝히는 기능을 한다. 그런가 하면
이러한 도입부는 뒤에 기록한 이야기의 현실성과 신뢰성을 높이는 데
에도 기여한다. 이 작품의 중심을 이루는 것은 세상 정세에 대한 탄식
이다. 작품 가운데 등장인물들인 갑과 을의 대화 부분을 인용하면 다음
과 같다.

갑이 닐으디 여보게 세상만스가 무물이면 블셩이라 ㅎ논 말이 올테
을이 골으디 별안간 무물블셩이란 말이 웬말인가
갑이 닐으디 즈네논 금번에 승등이나 ㅎ엿논가

---

33)「흑룡강의 녀쟝군」,『대한매일신보』국문판, 1907년 9월 27일.
34)「긔쟈ㅣ 즁부 엇던 방곡을」,『대한매일신보』국문판, 1908년 12월 10일.

을이 골으디 나도 못ᄒ엿네

갑, ᄌ네 금년에 감봉이나 슈유ᄒ 일이 잇셧는가

을, 감봉도 ᄒ 일 업고 슈유도 ᄒ 일 업네

갑, 글노 볼지락도 ᄌ네가 만일 슐잔이나 ᄌ초와 권임 경부를 디졉ᄒ엿스면 승등을 ᄒ엿겟지마는 ᄌ네가 아모 흠졀 업는 것만 밋고잇는 고로 승등을 못ᄒ 것 아닌가

을, 슐잔 디졉ᄒ다고 되겟나마는 엇더튼지 공평치는 못ᄒ 거시 승등ᄒ 사름을 보면 슈유장도 잇고 병장도 잇고 감봉도 ᄒ 쟈가 잇스며 혹 엇던 사름은 봄에 승등ᄒ고 가을에 ᄯ 하는 쟈도 잇데

을, 그러치마는 우리네 월급이 불과 칠팔원이니 타는 날에 쌀ㅅ되나 사고 외샹 갑이나 주면 눔는 거시 잇셔야 이 입 뎌 입 씻겨 보지

갑, 그러키에 긔가 막히지 그러나 뎌 사름들도 잇셔셔 그런 줄을 모르는지

을, 그거시야 알 수 잇나 일어ㅅ마디나 ᄒ는 사름이 이럿타 뎌럿타 ᄒ면 그 사름은 응응ᄒ 쑨이지 무엇을 아나

갑, 그리ᄒ여도 그 사름과 졍슉만 ᄒ면 보와주나보데 누구는 일인을 닛지방이라 ᄒ 씨닭에 등을 을녓다데

을, 뎜검ᄒ 째마다 훈시ᄒ 거슬 보면 대단히 공직ᄒ지마는 힝ㅅ는 말아니야

갑, 이말 뎌말 ᄒ 것 잇나 이 것 ᄃ니는 것만 불찰이지마는 하도 분ᄒ여 그 말일세

을, 분ᄒ 말이야 나도 말마디나 ᄒ고 복쟝을 버셔 메여치고 말고 십으나 일인이 보면 ᄉ지곡직은 모르고 도로혀 완패ᄒ다 ᄒ 터이기로 춤고 말엇네

갑, 잘ᄒ엿네 일인이 보면 틀닌 사름만 되엿지 변명이나 ᄒ 수 잇나

을, 우리도 일어나 비화 통정만 ᄒ고 보면 그런 쏠 뎌런 쏠 아니 보지

갑, 이 사름 ᄌ네 슌사만 ᄃ니려나

을, 아니야 무엇을 ᄒ든지 일어만 알어야ᄒ겟데[35]

이들 대화의 핵심을 이루는 생각은 '무물불성(無物不成)' 즉 '돈이 없이는 아무 것도 이루어지지 않는다'는 것이다. 윗사람에게 술잔이나 대접하면 설혹 잘못이 있더라고 승진하고, 시도 때도 가리지 않고 승진하

---

35) 위의 글, 1908년 12월 10일~11일.

지만, 그렇지 않으면 돌아올 것이 없다는 생각이 두 사람에게 가득 차 있는 것이다. 그런가 하면, 이들의 대화에서는 일이 성사되는 데에는 '일본인'의 입김이 매우 크다는 사실 또한 드러난다. '누구는 일인을 닛지방이라 혼 쓰둙에 등을 올녓다데', '우리도 일어나 비화 통졍만 ᄒ고 보면 그런 쑬 뎌런 쑬 아니 보지', '무엇을 ᄒ든지 일어만 알어야ᄒ겟데' 와 같은 표현에서 이를 알 수 있다.

2) 논설란의 작품들

「범잡는 말」(1907.10.6, 10.8)은 논설란에 실린 자료 가운데 유일하게 작가가 밝혀져 있는 작품이다. 이 작품은 이야기 서술자가 겪은 실화를 독자에게 전달하는 형식으로 꾸며져 있다. 서술자인 나는 산 아래 마을을 지나다가 날이 저물어 어느 집에 머물게 된다. 그 마을은 원래 호환(虎患)이 있던 마을이었다. 집 주인은 호랑이에게 굴하지 않고 덤벼 상처를 입는다. 상처를 입은 주인은 이후 동족 형제 이십 인과 더불어 호랑이와 싸워 그를 물리친다. 그러자 이후부터는 마을에 호랑이가 들어오지 못하게 된다.

> 그 연고를 무른디 디답ᄒ여 굴으디 나는 본시 이 마을에 거싱홈으로 동성지친이 단취ᄒ여 니웃을 ᄒ고 동구밧 빅리 산쳔을 나가보지 못ᄒ고 평싱의 소업은 기음믹고 농ᄉ홀 쑌이러니 근년에 호환이 심ᄒ야 날마다 기르는 개와 돗홀 물어가셔 온 동리에 육츅이 업셔지게 되매 이 마을은 강구연월에 태평시디를 누리는 쓰둙으로 일직이 방비ᄒ는 게칙을 연구홈이 업셔 총과 칼과 ᄀᆞᆺ흔 병쟝긔를 두지 못ᄒ엿스니
> 뎌 즘승들도 이거슬 만홀히 보고 일일은 동즁 어룬의 집에 와셔 침범ᄒ야 사룸을 해코져 ᄒ며 형셰가 심히 급박ᄒᆫ 고로 내가 단신으로 팔을 쑵내여 표범의 니마를 치다가 그 발톱에 글키여 조곰 샹ᄒ엿스나 표범도 또ᄒᆫ 사룸의 경

신을 쎄앗지 못ㅎ고는 능히 사롬을 잡아먹지 못ㅎ눈지라
분긔를 이긔지 못ㅎ야 우리 동족형뎨 이십인으로 더브러 약속을 단단히 ㅎ고
쏘 일후의 화를 예방코져 ㅎ야 풍부곳혼 력스의 주먹을 들고 원슈 갑흘 모음
을 결단ㅎ야 혼번 싸와 잡앗더니 그 후로는 호환이 다시 업노라36)

사건의 자초지종을 전해들은 나는 그래도 호랑이가 무서운 동물임을
거듭 지적한다. 그러자 집 주인은 나에게 호랑이의 성질에 대해 이야기
한다. 호랑이는 흉악한 계교를 행하고저 노기가 등등해 찬바람을 뿜으
며 위엄을 뽐내는데, 이는 사람의 정신을 빼앗으려는 의도에서 나오는
행동이다. 이때 사람이 무서워하지 않고, 정신을 철저히 차리면 호랑이
는 감히 사람을 해치지 못한다는 것이다. 이 이야기는 "이졔 내가 희외
에 나와 풍쇽과 물터를 만히 구경ㅎ다가 우연이 이젼에 범잡든 사롬의
말을 싱각ㅎ고 모음에 감동ㅎ눈 바 l 잇셔 우리 류학싱 여러분의게 혼
번 경고ㅎ노라"37)라는 서술자의 마무리 해설로 끝이 난다. 「범잡눈 말」
은 이른바 '호랑이에 물려가도 정신만 똑바로 차리면 된다'는 속담의
작품화이면서, 외세의 침략에 어떠한 태도로 대응해야 할 것인가를 구
체적으로 표현한 작품이기도 하다. 외세의 침략을 두려워하지 말고, 힘
을 합쳐 대응하는 것만이 우리민족이 살 수 있는 길임을 제시하고 있는
것이다.

「벼슬 구ㅎ눈 쟈여」(1907.12.12)는 꿈속에서 겪은 일화를 중심으로 한
작품이다. 서술자인 나는 꿈속에서 척후관 벼슬을 하는 장승이라는 인
물을 만나 대화한다. 장승은 비가 오나 눈이 오나 자리를 피하지 않고
자신의 직무만을 충실하게 수행한다. 나는 장승에게, 잠시 일을 쉬고 서
울에 다녀올 것을 권고하며 다음과 같이 제안한다. "근일에 각 디방관
들을 볼진디 그 직소를 쳔단히 쎠나셔 혹 일이삭 스오삭식 셔울셔 두류

---

36) 동경류학싱, 「범잡눈 말」, 『대한매일신보』 국문판, 1907년 10월 6일.
37) 위의 글, 1907년 10월 8일.

ᄒ여도 샹부에서 칙망ᄒ엿다는 말은 드를 수 업고 도로혀 그 사람들이 권문세가에 츌입ᄒ야 ᄌ긔 ᄆ음에 편ᄒ고 리로온 ᄃ나 풍후ᄒ고 놉흔 ᄃ로 쳔젼ᄒ여 가는 것만 보겟스니 공도 잠간 그 고집ᄒ ᄆ음을 놋코 권도를 써서 가만히 셔울 올나가셔 쥬션을 ᄒ면 공의 풍치와 지됴로 엇지 대관을 엇어ᄒ지 못ᄒ리오."38) 권문세가를 찾아 아첨하여 좀더 높은 벼슬을 구하라는 것이다. 나의 말을 들은 장승은 크게 노하여 "그ᄃ는 더러온 사람이로다 관인이라 ᄒ는 거슨 적고 큰 거슬 물론ᄒ고 그 벼술을 ᄒ는 날은 그 직칙을 극진히 ᄒ는 거시 신ᄌ의 도리어늘 이계 그ᄃ가 사람을 불의의 일노써 동ᄒ야 나를 시험ᄒ니 엇지 쟝쟈를 ᄃ졉ᄒ는 쯧이리오 내 비록 여긔 잇셔 경셩이 멀고 쥬션이 업슬지라도 나의 직무만 극진히 ᄒ면 ᄌ연 샹관이 알고 쳔거ᄒ야 승차가 될 거시어늘 엇지 ᄉ곡ᄒ 길을 쏫차 비리의 힝ᄉ로 공톄를 손샹케 ᄒ리오 나는 비록 초야에셔 썩을 지언뎡 이ᄀᆞ치 비리의 힝실은 힝치 아니ᄒ노라"39)고 대답한다. 직책의 높고 낮음을 떠나 맡은 바 소임을 다해야 하는 것이 관인의 도리라는 것이다. 나는 장승에게 크게 절하며 사과한 후 자리를 떠난다.

이 작품은 꿈 이야기라는 중심서사에 도입 액자와 마무리 액자를 갖춘 전형적인 액자소설의 형태를 띠고 있다. "어제 밤 비온 뒤에 바람은 불고 방은 찬ᄃ 손을 불고 찬 등잔을 ᄃᄒ야 신문을 보다가 셔안을 의지ᄒ야 정신이 몽롱ᄒ 즁에 강남 수쳔 리를 잠시에 힝홀계"40)가 도입 액자의 역할을 하는 부분이라면, "ᄉ벽닭의 소리를 듯고 놀나 찌다르니 남가일몽이라 인ᄒ야 져술ᄒ야 세상에 구구히 벼슬 구ᄒ는 사람을 경계ᄒ노라"41)가 마무리 액자의 역할을 하는 문장이다. 이 마무리 액자는 다시 두 부분으로 나눌 수 있다. '새벽닭이 소리를 듣고 놀라 깨달으니

---

38) 「벼슬 구ᄒ는 쟈여」, 『대한매일신보』 국문판, 1907년 12월 12일.
39) 위의 글.
40) 위의 글.
41) 위의 글

남가일몽이라’가 형식상의 마무리를 담당하는 부분이라면, ‘인하야 저술하야 세상에 구구히 벼슬 구하는 사람을 경계하노라’는 작가 해설이 된다. 이 작품에서 지은이가 말하고자 하는 바는 세태에 대한 비판과 함께 묵묵히 자신의 자리를 지켜 일하는 자들에 대한 흠모이다. 자신의 임지를 비우고 서울로 올라가 아첨하며 승진을 꾀하는 자들에 대한 비판은, 앞에서 살펴본 잡보란 수록 작품 「긔쟈ㅣ 즁부 엇던 방곡을」에서 보여준 세태 비판과 맥을 같이한다.

「남방의 혼 완고싱의 일을 긔록홈」(1908.6.9)은 나약하고 변덕 심한 지식인에 대한 비판이 뼈대를 이루는 작품이다. 영남 땅에 살던 한 완고생은 소시적에 과거 급제를 목적으로 공부하던 인물이다. 그러다 청일전쟁 대포 소리에 그 꿈을 접은 후, 자신의 생명을 영원히 썩지 않는 락토에 의탁하리라 생각하며 십 년 세월을 보낸다. 하지만 하룻밤 풍우에 삼천리 강산이 황폐화되고 이천만 생령이 도탄에 빠져 애원의 목소리가 자주 들리게 되자, 완고생 또한 눈물을 흘리며 정세 파악을 위해 서울로 가게 된다. 서울에 간 완고생은 조정이 아직 존엄하며 백성의 생활상 역시 의구하고 태평한 것으로 판단하고 집으로 돌아온다.

> 완고싱이 이에 스스로 의심ᄒ야 골ᄋ디 근러에 변ᄉ들이 혀를 놀니면 반듯시 나라이 망ᄒ엿다 ᄒ며 글ᄒᄂ 사롬들이 붓을 들면 반듯시 나라이 망ᄒ엿다 ᄒ나 나보기에ᄂ 이런 언론은 도모지 광담이로다 현금 상티를 보건디 무슴 연고로 오ᄂ 날에 나라이 망ᄒ엿다 ᄒᄂ고 오늘 날에 망ᄒ 거슨 다만 션왕의 법도와 션현의 례의오 나라이 망ᄒ 거슨 아니라 ᄒ야 이러케 스스로 밋으며 이러케 스스로 희리ᄒ고 이에 산에 드러가 글을 닑어 유도나 부지홀 ᄉ상이러니[42]

완고생은 나라가 망하였다는 주장을 언론의 과장으로 이해한 것이다.

42) 「남방의 혼 완고싱의 일을 긔록홈」, 『대한매일신보』 국문판, 1908년 6월 9일.

그는 다시 산에 들어가 글을 읽으며 유도나 지키리라 생각한다. 그러던 중 하루는 책상 위에 있는 '월남망국사' 한 권을 빼내어 읽다가 비감한 마음이 생긴다. 그는 깊이 탄식하며 "오늘날 시디가 이러흔 시디로다 우승렬패ㅎ고 약육강식ㅎ는 이 시디로다 이러흔 시디에 안져셔 내가 수십 년릭에 무슴 스업을 ㅎ엿는가" 하고 후회한다. 이때부터 그는 완고의 구습을 버리기로 작심하고 신문도 구해 읽고 신학문 책도 열심히 읽게 된다. 하지만 그는 얼마 지나지 않아 사회의 상태를 살펴보고 모두를 미워하는 마음이 생겨 사람을 대할 때 성을 내며 욕을 하는 일이 다반사가 된다.

> 비호는 쟈롤 맛나면 팔을 쏨내며 굴ㅇ디 네가 오랑키의 말을 비화가지고 외국 사롬의 형셰를 의뢰ㅎ야 동포를 모해ㅎ는 쟈 아닌가 ㅎ며 양셔를 비호는 쟈롤 맛나면 졀치ㅎ며 굴ㅇ디 네가 쏘불랑 글시를 비화가지고 문명흔 신스로 즈쳐ㅎ야 조국을 릉모ㅎ는 쟈ㅣ 아닌가 ㅎ며 단발흔 쟈롤 맛나면 굴ㅇ디 네가 일진회가 아닌가 ㅎ며 의복이 찬찬흔 쟈롤 맛나면 굴ㅇ디 네가 정탐군이 아닌가 ㅎ야 무고히 쑤지즈며 무고히 뮈워ㅎ며 무고히 웃스며 무고히 깃버ㅎ야 그 언론과 힝동이 젼혀 밋친 사롬과 굿흔지라[43]

결국 이로 말미암아 그는 친구가 다 끊어지고, 사회에서도 용납 받지 못한 채 고향으로 돌아가 다시 완고생이 되어 두문불출하게 된다. 이 글의 지은이는, 지사가 되어 자신의 품은 뜻을 지속적으로 이행하기 위해서는 인내하고 극복해야 할 일이 많다는 사실을 강조한다. 이 작품의 마무리 부분에는 "긔쟈 굴ㅇ디 이 완고싱은 밋친증이 태피ㅎ야 셰샹을 슬혀ㅎ는 싱각이 드디여 싱겻도다 괴로온 디경과 어려온 경우가 압헤 당ㅎ엿슬지라도 쒸여 지나가며 쳐량흔 풍진과 혼암흔 운무가 스면에서 니러날지라도 비쳑ㅎ여 업시 ㅎ여야 어시호 대쟝부의 스업이라 홀지어

---

43) 위의 글.

눌 불과 긔일에 밋친 ᄆ 옴이 나셔 부패흔 사회를 긔혁고져 흐다가 불여 의흠을 탄식흐고 거연히 ᄌ퇴흐엿스니 그 지긔가 엇지 그리 용렬흔 가”44)라는 기록자의 해설과, “흔 친고가 와셔 이 말을 젼흐기로 대략을 긔록흐여 유지흐신 졔씨의 흔번 열렬흐시기에 드리노라”45)라는 편집자 주가 연이어 달려 있다. 형식상 기록자 즉 작가와 편집자가 분리되어 있고, 분리된 작가와 편집자가 각각 사안에 대한 해설을 하고 있는 것 이다.46)

「회긔흐는 쟈는 방셕홈을 엇느니라」(1908.6.18)는 옛 이야기를 소재로 삼아 오늘날의 매국 행위를 비판한 글이다. 이 글의 중심 서사를 이루 는 것은 감옥을 탈출했다 돌아와 용서를 비는 한 살인죄인의 일화이다. 그러나 이 일화 자체는 큰 의미를 지니지 않는다. 그보다 이 글에서 중 요한 것은 이야기를 마무리하는 편집자의 해설이다. “슯흐다 일직이 드 르니 흔 싱각을 스스로 시롭게 흐면 빅 가지 악흔 것이 다 업셔진다 흐 니 뎌 나라롤 망흐고 빅셩을 학뎌흐ᄂ 죄인들은 쳔만인의 ᄯᅮ짓ᄂ 것도 두려워 아니흐고 쳔츄 스긔에 토죄흐ᄂ 것도 싱각지 못흐ᄂ가 아모됴 록 일직이 회긔흐여 이젼 악을 쾌히 씻고 상뎨끠 면죄문빙을 밧을지어 다”47)라는 마무리 해설에 이 글의 집필 의도가 담겨 있는 것이다. 글쓴 이는 여기서, 나라를 망하게 하고 백성을 학대하면서도 아직도 자신의 잘못을 뉘우치지 않는 일군의 집단을 향해 잘못을 회개하고 이전의 악 행을 씻을 것을 권고한다.

「완고와 신진의 문답」(1908.7.29)은 우리나라가 나아가야 할 방향을 제 시한 대화체 서사물이다. 이 작품의 줄기를 이루는 것은 '완고선생'과

---

44) 위의 글.
45) 위의 글.
46) 근대계몽기 단형 서사문학 자료들에서는 작가 즉 기록자와 편집자의 역할이 엄밀히 구별되지 않는 경우가 많다. 이 작품의 경우도 작가와 편집자의 구별이 아주 명확한 것은 아니다.
47) 「회긔흐는 쟈는 방셕홈을 엇느니라」, 『대한매일신보』 국문판, 1908년 6월 18일.

'신진소년'이 남대문 문루에서 서로 만나 행하는 대화이다. 완고선생은 먼저 아름다운 우리 산하가 오늘날 가련한 형상이 되었음을 탄식하고, 그렇게 되도록 한 자를 원망한다. 완고선생이 탄식하고 원망하는 것은 '과거 오랜 세월 동안 오직 우리나라 관리만이 이 성안에 있었으며 오직 우리 백성만이 이 성안에 있더니, 오늘날 거리에 횡행하는 자의 태반이 외국인이며 여염에 착잡한 것이 대부분 외국인의 가옥'이라는 사실이다. 이러한 사실들에 대한 완고선생은 "오호―라 누가 이 디경에 이르게 ᄒ엿ᄂ뇨 ᄉ대문을 닷지 아니ᄒ고 뎐챠가 왕리ᄒ며 남산을 ᄑ문허서 디형이 변ᄒ엿스니 나는 이 디경 되게 ᄒᆯ 쟈를 부득불 원망ᄒ리로다"48)라고 푸념을 하는 것이다. 그러나 신진소년은 완고선생의 이러한 주장에 동조하지 않는다. 신신소년은 완고선생에게 '다만 성문이나 닫고 험한 산천만 보전하면 국가가 근심이 없을 줄 아는가' 반문한 후 우리민족이 나아가야 할 길에 대해 이야기한다.

오늘날은 만고에 새 셰계라 화륜션이 나셔 호호망망ᄒᆫ 태평양도 넓은 줄 모로고 텰도가 나미 몃 만리의 셔빅리아가 먼 줄을 모르니 이 세계에 안져셔는 큰 셩을 히몰나야산만치 놉히 싸코 문루ᄅᆯ 한무뎨의 션인쟝만치 놉히 지을지라도 실노 직희기가 어려울거시오 눔의 우슴ㅅ거리만 될지니 무슴 리익이 잇스리잇가

션ᄉᆼ은 과연 국가를 위ᄒ야 큰 셩을 쌋코져 ᄒᆼ실진디 나는 ᄒᆫ 가지 새 법을 지시ᄒ리이다 인국졍신으로 쥬초ᄅᆯ 숨고 각죵 학문으로 달고질을 ᄒ며 권리의 ᄉᆼᆼ으로 셕지를 숨으며 식산흥업으로 공쟝을 숨아 오늘에 ᄒᆫ치를 쌋고 리일에 ᄒᆫ자를 싸아셔 ᄒᆫ 히에 일우지 못ᄒ거든 십년으로 긔약고 십년에 필역지 못ᄒ거든 빅년으로 긔약ᄒ야 태극팔쾌 독립긔를 광대ᄒᆫ ᄶ에 세우고 젼진ᄒ면 거의 될돗 하오이다49)

---

48) 「완고와 신진의 문답」, 『대한매일신보』 국문판, 1908년 7월 29일.
49) 위의 글.

세계는 서로 교류하고 있으며, 이러한 시기에 나라의 문호를 닫으려 하는 것은 웃음거리가 될 만한 일이다. 지금 국가를 위해 할 수 있는 일은 성을 쌓아 땅을 지키는 것이 아니라 애국정신으로 주초를 삼고 각종 학문을 갈고 닦으며 식산흥업으로 공장을 일으키는 것이다. 이 일을 한 해에 이루지 못하면 십 년을 기약하면 될 것이고, 십 년에 이루지 못하면 백 년을 기약하면 될 것이라는 것이 신진소년의 주장인 것이다. 신진소년의 주장에 쉽게 동조하지 않던 완고선생은, 소년이 태서의 역사를 들어 그 성쇠흥망의 사적을 설명하자 그제야 동의하고 소년과 함께 길을 가게 된다. 「완고와 신진의 문답」을 통해 글쓴이가 말하고자 하는 것은, 단순한 쇄국이 나라를 지키는 일이 아니라는 사실이다. 그보다는 문호를 개방하여 외국과 교류하되, 애국과 자주의 정신을 바탕으로 삼아 학문과 산업을 일으키는 것이 진정으로 국가를 위하는 길이 될 수 있다는 것이다.

「허다흔 녯 사룸의 죄악을 심판흠」(1908.8.8)은 민족에게 죄를 짓는 자들의 그릇된 행위를 고발하는 내용이 중심을 이루고 있다. 이 작품은 앞에서 다룬 「벼슬 구흐는 쟈여」와 마찬가지로, 도입 액자와 마무리 액자를 지닌 액자소설 계통의 작품이다. 중심 서사의 내용이 꿈 이야기라는 점 역시 동일하다. "몽즁인가 진경인가 오동나무에 돌그림즈는 희미흔더 몽롱히 벼기롤 의지하야 조을더니"[50]가 꿈으로 들어가는 도입액자이고, "놀나 씨드르니 시벽 닭이 처음으로 울더라"[51]가 꿈에서 나오는 마무리 액자의 구실을 한다. 지은이가 꿈결에 하늘을 날아 한 곳에 다다르니 문이 열려 있고 층층히 높은 곳 중앙에 조선의 시조 단군이 앉아 있었다. 그 좌우에 있는 인물들은 모두 역사 속에서 기개를 펼쳤던 광개토대왕·천합소문·을지문덕·최영·이순신 등이었다. 그들 앞에 신라 충신 박제상이 등장하여 통곡하며, 지금 조선 반도에서 일어나

---

50) 「허다흔 녯 사룸의 죄악을 심판흠」, 『대한매일신보』 국문판, 1908년 8월 8일.
51) 위의 글.

고 있는 일에 대해 상세히 설명한다. 역사 속의 죄인들을 엄히 징계하지 않으면, 그 후손들이 교훈을 얻을 수 없다는 것이다.

> 지금 대동반도국에 겁운이 비참ᄒᆞ야 삼쳔리 강토가 키업는 비를 씌움과 ᄀᆞᆺ ᄒᆞ며 이쳔만 싱명이 도탄에 잇셔셔 지ᄉᆞ는 툭셔 죽고 영웅은 말나셔 죽ᄉᆞ오니 나라이 망흠은 고샤ᄒᆞ고 종족의 멸흠이 당쟝에 잇ᄉᆞ온지라 신이 단단무타ᄒᆞ온 ᄆᆞ음으로 춤아 보지못ᄒᆞ와 밤낫으로 폐하의 ᄌᆞ손을 보호ᄒᆞᆯ 방침을 싱각ᄒᆞ온즉 그 병든 근본이 오리엿스며 독해를 씻친 쟈ㅣ 여러 사롬이라 대뎌 ᄉᆞ쳔여 년 동안에 무수ᄒᆞᆫ 간신민적이 비루ᄒᆞ고 용렬ᄒᆞᆫ ᄉᆞ샹을 고동ᄒᆞ고 압제ᄒᆞᄂᆞᆫ 사오나온 불꼿을 더ᄒᆞ야 국가의 정신을 죽이고 민족의 힝복을 박탈ᄒᆞ야 신성지존한 대동뎨국이 오늘날 이 참혹ᄒᆞᆫ 디경에 달ᄒᆞ엿ᄉᆞ오니 신은 그윽히 싱각건뎌 큰 죄악을 용셔ᄒᆞ오면 후ᄉᆞ사롬이 무엇을 보고 증계ᄒᆞ며 근원을 맑히지 아니ᄒᆞ오면 하류가 엇지 맑으리잇고 그런 고로 신의 뜻은 이런 죄인을 불가불 됴률엄징ᄒᆞ온 후에야 쟝리 ᄌᆞ손이 본밧고 징계ᄒᆞᆯ 바ㅣ 잇스리라 ᄒᆞ와 이에 간신과 민적 등의 죄악을 로렬ᄒᆞ와 왈외옵ᄂᆞ이다[52]

박제상은 역사를 거짓으로 기록한 자, 거짓 문학을 행한 자, 정치를 잘못한 자, 신하로서의 역할을 잘못한 자들을 찾아 차례로 고발한다. 이런 죄를 명백히 징벌한 후에야 지금 인물들도 깨닫게 될 것을 바랄 수 있기 때문이다. 그는 또 '지금 조정에는 무수한 간신과 비부들이 나서서 문자의 옥을 설치하고 언론의 자유를 박탈하며, 대국을 섬기는 주의로 자주의 정신을 말살하고, 당파끼리 싸우며 국가의 공적이익은 생각하지 않고 벼슬에 부귀만 탐하고 있음'을 비판한다. 그리하여 '해마다 늘어가는 것은 다만 압제의 정책이며, 날마다 더하여 지는 것은 오직 의뢰의 사상이니 이런 무리들을 그냥 두면 필경 사회와 국가를 망하게 할 것'이라고 주장한다. 따라서 이들을 속히 처단할 필요가 있다는 것이다. 박제상의 말을 듣고 있던 열위제공들이 박장찬미하고 대한제국

---

52) 위의 글.

만세를 세 번 부르는 것으로 이야기는 끝이 난다. 「허다혼 녯 사롬의 죄악을 심판홈」은 과거 역사 속 죄인들의 행위에 대한 비판을 통해, 현실의 위기를 극복하고 나라를 바로 세우려는 목적 아래 집필된 글이라 할 수 있다. 국운이 경각에 달려 있는 바, 역사의 죄인들을 가려 처벌하지 않으면 불행한 역사가 반복될 수 있음을 경계하고 있는 것이다.

「실업계에 실패혼 쟈의 가련혼 담화」(1908.11.5)는 제조의 기술을 배우고 상공업 경쟁에서 이기는 것이 민족의 장래에 크게 중요한 일임을 강조한 글이다. 이 글은 크게 보면 도입단락과 중심서사, 그리고 글쓴이의 해설이라는 세 부분으로 이루어져 있다. "가을밤에 잠을 일코 등ㅅ불은 ㄱ믈ㄱ믈ㅎ는디 밤 긴 거슬 혼ㅎ면셔 셔안을 의지ㅎ여 안젓더니 벽을 격혼 니웃집에서 두어 사롬이 셔로 디ᄋ여 말ㅎ거눌 귀를 기우리고 드르니"[53]라는 내용의 도입단락은 마치 앞에서 다룬 「벼슬 구ㅎ는 쟈여」 및 「허다혼 녯 사롬의 죄악을 심판홈」의 도입액자와도 같은 구실을 한다. 이웃 집 사람들의 이야기를 이끌어 내는 과정이, 꿈속 이야기를 이끌어내는 것과 유사한 것이다. 그러나 이 작품의 구성 방식은, 마무리 액자 없이 바로 작가의 해설로 이어진다는 점에서 앞의 작품들과는 구별된다. 이 작품의 중심 서사는 세 사람의 등장인물이 각각 자신의 일화를 소개하는 것으로 이루어져 있다. 첫 번째 인물은 양초를 만들어 파는 사람이다. 그는 자본가 몇 사람과 더불어 회사를 만들고 양초를 만들어 팔기 시작한다. 처음으로 양초를 만들어 팔았을 때는 세간에서 그 평이 매우 좋았었다. 그러나 두 번째 만들어낸 제품부터 냄새가 고약하여 그 원인을 알아보니 심주가 좋지 못한 까닭이었다. 그리하여 동경에 연락해 좋은 심주를 택하여 보내라 부탁하지만 언제나 나쁜 것만 보내는 고로 결국 자본을 탕진하고 회사는 문을 닫게 된다. 두 번째 인물은 비누를 제조하는 사람이다. 그는 일본에서 비누 제조하는 법을 배웠다는 자

---

53) 「실업계에 실패혼 쟈의 가련혼 담화」, 『대한매일신보』 국문판, 1908년 11월 5일.

를 고용해 사업을 시작한다. 하지만 비누 제조는 계속 실패하고 몇 천 원 자본만 공중에 날리게 된다. 세 번째 인물은 철공장을 설립한 인물이다. 그는 조선 사람을 고용해 쇠 녹이는 법을 시험했지만 잘 되지 않는다. 그러자 거기에 익숙하다는 일본 사람을 고용하나 그 역시 잘 되지 않는다. 쇠 녹이는 법을 우리나라에 전수할 생각이 없기 때문이다. 지은이는 이러한 중심 서사에 뒤이어 다음과 같은 해설을 덧붙인다.

> 오호ㅣ라 이 세 사름이여 이 째가 엇지 이곳치 혼탄만 홀 쩨인가 전국 사름의 죽고 사는 것이 간난ᄒ고 넉넉ᄒᆫ디 돌녓스며 전국인의 간난ᄒ고 넉넉ᄒᆫ 거슨 상업과 공업의 발달홈에 돌녓슨즉 상업과 공업은 전국인의 싱명이라 ᄒ여도 과ᄒᆫ 말이 아니여늘 지금 한국에셔 셕류황 ᄒᆫ 갑이라도 외국에셔 슈입홈을 기ᄃ려 쓰며 무명ᄒᆫ 쟈ㅣ라도 외국에셔 직조ᄒᆫ 거슬 쓰ᄂᆫ 바ㅣ라 본국에셔 슈출ᄒᄂᆫ 물픔은 도모지 업고 오죽 외국 물픔의 슈입ᄒᄂᆫ 것 뿐이니 그 빅셩이 빈약ᄒ고 멸망ᄒᄂᆫ 경우를 뎐코져 ᄒᆫ들 엇지 면ᄒ리오 이 째에 나셔 공연히 혼탄만 ᄒ지 말고 더욱 공업과 상업계에 힘써 나아가셔 분력ᄒ여 경징홈을 시험홀지어다54)

지은이는 우리나라 사람의 죽고 사는 것이 가난하고 넉넉한 데 달렸으며, 가난하고 넉넉한 것은 상업과 공업의 발달에 달렸으니, 상업과 공업이 전 국민의 생명이라 하여도 과장이 아니라고 역설한다. 계속해서 그는 '아는 자는 행하며 알지 못하는 자는 배우되 일본에 가서 저들이 잘 가르쳐주지 않거든 서양으로 갈 것'을 권유한다. 자신이 나이 들었다 생각하면 자식이라도 보낼 것이며, 마음이 썩고 뇌수가 다하도록 연구해야 우리나라가 살 수 있다는 것이다. 이 글은 "젼국에 큰 리익과 권세ᄂᆫ 모다 놈의 손으로 드러가고 구구ᄒᆫ 실업도 이곳치 진보치 못ᄒ니 일국 싱명이 어느 디경에 니를는지 지금에 브랄거슨 다만 뜻이 잇ᄂᆫ 쟈와 ᄌᆞ본잇ᄂᆫ 쟈들이 그 ᄆᆞ음과 피를 실업교육ᄒᄂᆫ디 다ᄒ면 일션싱믹

---

54) 위의 글.

이 잇스리니 일시 실패홈으로 져샹ᄒ야 퇴보치 말지어다"55)라는 당부의 말로 마무리 된다. 제국주의 열강의 이권 침탈 속에서 우리나라가 회생할 수 있는 길이 오로지 실업교육을 통한 실업의 진보에 있음을 강조하고 있는 것이다.

「긱창문답」(1908.11.18)은 문답체로 이루어진 작품이다. 이 작품은 객이 계속해서 묻고, 지은이가 답을 하는 형식으로 이루어져 있다. 이 글에서 문답의 소재는 '식민지'이다. 식민지와 연관된 항목들을 객이 물으면, 지은이가 대답을 하는 것이다. 객은 먼저 식민지가 무슨 뜻인가 묻는다. 이에 대해 글쓴이는 "대뎌 오늘날 경징 시뎌에 강훈 민족이 약훈 민족의 토디에 침압ᄒ여 그 본토 민족과 혹 홈끠 셕겨 살기도 ᄒ고 혹 쫏ᄎ 내기도 ᄒ며 혹 지멸ᄒ기도 ᄒ고 그 ᄯᅡ에셔 의지식지ᄒ며 그 ᄯᅡ에셔 거쥬ᄒ고 싱육ᄒᄂ니 이거시 곳 식민디라"56)고 대답한다. 강한 민족이 약한 민족의 땅에 침입하여 그 땅에서 주인인 양 살아가는 것이 곧 식민지의 정의가 된다는 것이다. 객이 다시 식민지와 보호국의 관계를 묻자 글쓴이는 "보호국은 완젼훈 독립의 셰력이 부죡홈으로 다른 강국의 보호를 밧아셔 그 나라에 훈두 가지 권한만 그 강국의 졀졔를 밧을 ᄲᅮ이나 식민디는 그럿치 아니ᄒ니 국가의 형톄가 도모지 업셔셔 그 샹터가 완연히 사롬업ᄂ 뷔인 ᄯᅡᆼ을 새로 기쳑훈 것과 ᄀᆺᄒ니라"57)고 대답한다. 보호국이 한 두 가지 권한만 빼앗긴 상태라면 식민지는 국가의 형체조차 없이 모든 것을 빼앗긴 상태가 된다는 것이다. 객이 다시 식민지와 속국의 관계를 묻자 글쓴이는 "쇽국이라는 거슨 다른 강국에 부쇽훈 바 ㅣ 되여 그 일체 졍치롤 모다 그 강국의 지휘디로 홀 ᄲᅮ이어니와 식민 디는 그러치 아니ᄒ니 강국의 인민이 옴겨 살아셔 본토 인죵은 일니어 멸망ᄒᄂ디 니ᄅᄂ니라"58)고 대답한다. 속국은 강대국에게 정치적 구

---

55) 위의 글.
56) 「긱창문답」, 『대한매일신보』 국문판, 1908년 11월 18일.
57) 위의 글.

속만을 받으나, 식민지는 강대국의 인민이 옮겨오는 일로 인해 자국의 인종이 멸망할 수도 있다는 것이다. 객은 마지막으로, 그러면 그 본토의 인종은 어떻게 되는가 하고 묻는다. 그러자 글쓴이는 "본토ㅅ사롬은 량뎐옥답이 잇셔도 제 것이 아니오 고뎌광실이 잇셔도 제 것이 아니며 광산이나 어업도 가진 권한이 업셔셔 다만 흔편 모퉁이 박쳑흔 쌍으로 몰녀가셔 물마른 너에 고기와 ᄀ치 참혹흔 경우를 당흘 뿐이니라"59)고 대답한다. 객은 이 답을 듣고 더 이상 말을 잇지 못한 채 탄식만 하게 된다. 글쓴이는 이렇게 전개되는 주객 사이의 문답을 통해 조선의 식민지화를 경계한다. 조선의 식민지화는 곧 우리 민족의 멸망을 의미하게 되는 것임을 경고하고 있는 것이다.

「학계에 비참흔 말을 긔록흠」(1909.1.21)은 실업학문 즉 실용학문의 중요성을 강조한 글이다. 이 작품의 중심서사는 세 인물의 술회와 체험담으로 이루어져 있다. 첫 번째 이야기는 한 노인과 손자에 관한 것이다. 노인은 손자 하나를 외국에 보내 정치학을 배워오게 한다. 손자는 칠팔년 만에 졸업을 하고 돌아와 일자리를 얻기는 하였으나, 그 자리가 전혀 만족스럽지 못하다. 노인은 "이 셰샹에 ᄉ환은 ᄒ여 무엇 ᄒ리오 실업이 뎨일이지 근일에 외국사롬들이 련ᄒ여 건너와셔 진황디를 기근ᄒ기에 챡슈ᄒ여 농업을 확쟝ᄒᄂ디 우리 ᄋ희도 농학이나 졸업ᄒ엿던들 농업에나 뎐력ᄒ엿스면 우리 집에도 리익이 되고 국가에도 유조ᄒ엿슬 거시어놀 지금에는 후회막급이로다"60)라고 탄식한다. 차라리 농학을 공부하였더라면 좋았을 것이라 후회하는 것이다. 두 번째 이야기는 한 사람과 그 아우에 관한 것이다. 그는 이제 신학문을 해야 한다는 사람들의 말을 듣고, 아우를 경성에 보내 공부시킨다. 아우는 법률학교에 입학하여 작년에 졸업하였지만 그 동안 유학을 위해 논밭을 팔아 없앤 것

---

58) 위의 글.

59) 위의 글.

60) 「학계에 비참흔 말을 긔록흠」, 『대한매일신보』 국문판, 1909년 1월 21일.

을 생각하면 그 결과가 마음에 들지 않는다. 그는 "이제 우리나라에 공업이 업셔셔 민력이 날마다 쇠퇴ᄒ고 국지가 날마다 경갈ᄒᄂ 이 째에 우리 아오도 공업이나 비홧던들 셕류황 ᄒ 개나 비누 ᄒ 갑이라도 졔조 ᄒ엿스면 ᄌ싱도 되고 국가의 부요홈에도 일조가 되엿슬 거시어늘 엇지 후회ᄒᄂᆯ 쓸 더 잇스리오"[61]라고 탄식한다. 차라리 공업을 배웠더라면 좋았을 것이라 후회하는 것이다. 세 번째 이야기는 한 소년이 직접 체험한 이야기이다. 소년은 사오 년 전에 외국에 가서 경찰학교에 입학해 공부하고 돌아온다. 그러나 지금은 사오 년 전과 달리 상전이 벽해가 된 세상이라, 전국 관정에 외국인이 충만하고 경찰관리가 되더라도 외국인이 시키는 대로 해야만 한다. 그는 외국인을 따르자니 부끄럽고 거부하자니 생계가 막연하다고 하며 깊이 탄식한다. "오호ㅣ라 근러에 우리나라에 금은동텰 등 각죵 광업이 모다 외국사롬의 슈즁으로 날마다 드러가니 나도 처음 ᄆ움과 ᄀ치 광산학이나 졸업ᄒ엿던들 광업이나 ᄒ엿스면 싱활도 될 거시오 국가의 텬산물을 만분지일이라도 외국인에게 가지 아니케 ᄒ엿슬 거시어늘 엇지 가셕지 아니리오"[62] 광산학을 배웠더라면 좋았을 것이라고 후회하는 것이다. 이 작품의 구성은 도입해설과 중심서사, 그리고 마무리 해설의 삼 단계로 되어 있다. 전형적인 근대계몽기 〈서사적논설〉의 형태를 취하고 있는 것이다. 이런 경우 대체로 도입해설은 중심서사를 끌어내기 위한 형식적 요소로서의 역할을 한다. 이른바 도입액자의 구실을 하는 것이다. 작품 서두의 문장 "려관에셔 삼경ᄭ지 안졋스미 쇠잔ᄒ 등잔ㅅ불은 감감ᄒᄂ디 엇던 사롬 두셋이 화로를 씨고 마조 안ᄌ셔 각기 소회를 의론ᄒᄂ디 그 쳐량ᄒ 말이 가히 ᄒ번 드를 만ᄒ더라"[63]가 그것이다. 그런가 하면 마무리 해설은 중심서사의 내용과 직결되는, 작가 혹은 편집자 개입의 주제 해설이

---

61) 위의 글.
62) 위의 글.
63) 위의 글.

되는 것이 보통이다. 작품의 말미에 붙은 다음의 두 단락이 그것이다.

> 긔쟈ㅣ 이 말을 듯고 굴ᄋᆞ디 슯흐다 제군이여 지금에야 알엇는가 지금이라
> 도 탄식만 ᄒ지말고 외국에 가셔 류학을 ᄒ든지 ᄂᆞ디에셔 공부를 ᄒ든지 실업
> 학문에 챡념ᄒ여 부즈런이 연구홀지어다
> 그러나 긔쟈의 이 말은 정치 법률 등 학문은 졸업ᄒ여도 아조 쓸 디 없다 흠
> 이 아니라 다만 실업학문을 졸업하는 쟈ㅣ 정치 법률 학문을 졸업ᄒ는 쟈보다
> 더 만흠이 가ᄒ다 ᄒ노라[64]

여기서 마무리 해설을 두 단락으로 분리한 것은, 이 작품의 중심서사
의 내용이나 첫 단락의 해설이 모두 오해의 소지가 있기 때문이다. 즉
이 작품은 정치나 법률 등에 대한 공부가 이제는 전혀 필요 없다는 식
으로 읽힐 여지가 분명히 있는 것이다. 글쓴이는 이에 대한 우려를 불
식시키기 위해 마지막 한 단락을 추가해 '정치나 법률 등의 학문이 아
주 쓸데없는 것은 아니며, 다만 실업학문을 하는 자가 많아지기를 바라
는' 마음을 표현하고 있는 것이다.

「금슈의 말」(1909.5.2)은 여러 동물들에 관련된 일화를 소개함으로써
인간에게 용맹과 의리의 삶을 주문하고 있는 글이다. 중심서사를 이끌
어내기 위한 이 작품의 도입해설 부분은 "ᄒᆞᆫ 날은 본 긔쟈ㅣ 안셕을 의
지ᄒ여 한가히 안졋더니 홀연 동챵 아리에셔 은은히 말ᄒᆞᆫ 소리가 들
니는지라 긔를 기우리고 드르니 엇던 두어 사름이 마조 안즈셔 금슈의
말을 ᄒ더라"[65]이다. 중심서사는 이들 두어 사람의 등장인물들이 보고
듣고 겪은 일화를 소개하는 내용으로 이루어져 있다. 여기서는 토끼와
코끼리, 비비와 새 등의 용맹성과 의리에 관한 일화가 다루어진다. 중심
서사에 이은 작품의 마무리는 다음과 같다.

---

64) 위의 글.
65) 「금슈의 말」, 『대한매일신보』 국문판, 1909년 5월 2일.

이 말을 맛치고 셔로 디ᄒᆞ여 탄식ᄒᆞ여 ᄀᆞᆯ♡디 금슈도 뎌희 동류를 셔로 구
원홈이 뎌러ᄒᆞ거늘 ᄒᆞ믈며 사ᄅᆞᆷ이야 말홀 것 잇스며 금슈도 뎌희 동류를 위ᄒᆞ
여 의험ᄒᆞᆫ 거슬 무릅쓰고 몬져 탐지ᄒᆞ거늘 ᄒᆞ믈며 사ᄅᆞᆷ이며 금슈도 ᄌᆞ비ᄒᆞᆫ ᄆᆞ
음과 용밍ᄒᆞᆫ ᄆᆞ음이 뎌러ᄒᆞ거늘 ᄒᆞ믈며 사ᄅᆞᆷ이며 금슈도 의리가 뎌러ᄒᆞ거늘
ᄒᆞ믈며 사ᄅᆞᆷ이리오 ᄒᆞ더라
본 긔쟈ㅣ 듯기를 맛치미 놀나고 탄식ᄒᆞ여 ᄀᆞᆯ♡디 이ᄂᆞᆫ 한국동포 이쳔만인
에게 공포홀 만ᄒᆞᆫ 말이라 ᄒᆞ고 인ᄒᆞ여 그 말을 긔록ᄒᆞ노라[66]

이 작품은 중심서사 속의 등장인물들이 곧 이야기의 해설자 역할까
지 맡고 있다는 점이 특이하다. 인용문 첫 단락의 '서로 대하여 탄식하
는' 해설자가, 이야기의 편집자가 아닌 중심서사 속의 등장인물들인 것
이다. 편집자 혹은 기록자의 해설은, 이야기 수록의 이유를 간략히 밝히
는 것으로 대체되어 있다. 글쓴이가 여기서 의리와 용맹을 강조하는 이
유는 물론, 주변 열강의 침략에 대한 우리민족의 대응을 촉구하기 위한
것으로 보아야 할 것이다.
「긕의 말을 긔록홈」(1909.7.25)은 삼림 경영의 중요성을 강조한 글이다.
도입해설은 한 시골사람이 신문사로 찾아와 이야기를 전한다는 내용의
"긕이 동리로셔 올나와셔 긔쟈에게 말ᄒᆞ여 ᄀᆞᆯ♡디"[67]이다. 중심서사는
그 시골사람이 기차 안에서 일본인을 만나 나눈 필담이 주가 된다. 일
본인은 기차 안에서 만난 그에게 조선의 산이 모두 흰 돌과 붉은 흙뿐
인 민둥산이라고 조롱한다. 그가 우리나라 산도 십 년 후에는 더벅머리
처럼 푸른 산이 될 것이라고 답하자, 일본인은 그 때에는 청산의 소유
권을 일본이 가지게 될 것이라고 다시 조롱한다. 중심서사의 후반부에
서 그는 다음과 같은 말로 현실을 걱정한다.

오호ㅣ라 직금에 무릇 리를 경영ᄒᆞ고 업을 흥긔ᄒᆞᄂᆞᆫ 모든 일은 다 외국사ᄅᆞᆷ

---

66) 위의 글.
67) 「긕의 말을 긔록홈」, 『대한매일신보』 국문판, 1909년 7월 25일.

에게로 가고 우리나라 사름은 참예치 못혼다 혼나 즈긔 스스ᄉ산에 숨림을 기
르며 스스ᄉ동산에 과목을 비양ᄒᄂ 거슨 금홀 쟈가 어듸 잇셔서 이거슬 아니
ᄒᄂ뇨

　숨림이라 ᄒᄂ 거슨 나라 리익의 큰 근원이라 건츅ᄒᄂ 스업이 이거시 아니
면 홍긔ᄒ기 어렵고 슈츌ᄒᄂ 스업이 이거시 아니면 셩ᄒ기 어려오니 이 리익
의 근원이 마르면 비록 영웅이 잇슨들 무엇을 지뢰ᄒ여 활동ᄒ며 지스가 잇슨
들 무엇을 빙쟈ᄒ여 진보ᄒ리오 그런 고로 숨림의 셩ᄒ고 쇠ᄒ 거스로 국가의
홍ᄒ고 망ᄒᄂ 거슬 볼지어놀 슯흐다 우리 국민이여 이에 류의치 못홈이 엇지
이 디경에 니르뇨[68]

여기서 그가 지닌 생각은 '삼림의 성하고 쇠하는 것이 국가의 흥망과
직결된다'는 것이다. '이익의 근원이 마르면 비록 영웅이 있은들 무엇에
기대어 활동하며, 지사가 있은들 무엇을 빙자하여 진보할 것인가'라는
물음 역시 동일한 맥락에서 해석될 수 있다. "일인의 죠롱ᄒᄂ 거시 비
록 가통은 ᄒ나 ᄯ한 가히 즁계홀 만ᄒ도다 귀샤 신문은 젼국 동포의
신앙ᄒᄂ 바ㅣ니 ᄶᄶ로 소경의 경을 닑듯이 숨림 두 글ᄌ를 혈셩으로
권홈을 ᄇ라노라 나ᄂ 지금 싀고을노 도라가셔 이에 챡슈코져 ᄒ노라
ᄒ더라."[69] 비록 일본인의 조롱이 분하기는 하나 결코 무시할 수 없어,
일본인과의 일화를 그가 신문사에 전달한다는 것이다. "이샹은 모다 긕
의 말이라 이에 대강 긔록ᄒ노니 유지쟈는 혹 류의ᄒ여 볼가 ᄒ노라"[70]
라는 편집자 해설로 이 글은 마무리된다.

「긕의 말을 긔록홈」(1909.7.25)에서는 외국인들에 의한 삼림의 소유 및
산업 경영권에 대한 우려가 심각하게 다루어지고 있다. 이는 「긕창문답」
에서 '본토 사람은 양전옥답이 있어도 제 것이 아니오 고대광실이 있어
도 제 것이 아니며 광산이나 어업도 가진 권한이 없어서 다만 한편 모

---

68) 위의 글.
69) 위의 글.
70) 위의 글.

퉁이 박척한 땅으로 몰려가서'라고 지적한 것이나, 「학계에 비참훈 말을 긔록홈」에서 '근래에 우리나라의 금은동철 등 각종 광업이 모두 외국 사람의 수중으로 들어가니'라고 하여 광산개발권과 어업권 등의 찬탈을 염려하던 것과 같은 맥락에서 이해될 수 있다.

「가을ㅅ비는 긔이고」(1909.9.8)는 조선인에 대한 멸시 풍조를 개탄하고, 어려운 현실을 벗어나 미래를 대비하기 위해 우리민족이 택해야 할 길이 무엇인가를 이야기한 글이다. 이 글은 갑·을·병이라는 세 사람의 이야기를 순차적으로 나열하는 방식으로 이루어져 있다. 갑의 이야기는 일본의 대판에서 화재가 나자 어떤 신사들이 거액의 구휼금을 기부한 일을 소재로 삼고 있다. 갑은, 자기 나라 고을들은 수재로 결단이 나고, 한재로 피해를 받아 사방으로 떠돌게 된 동포가 많음에도 불구하고 아무도 돌보는 이가 없음을 한탄한다. 을의 이야기는 개 기르는 단속령을 소재로 한 것이다. 을은, 한국 사람이 기르는 개는 사람을 보아도 감히 짖지 못하고 도적을 보아도 감히 물지 못하나, 일본인이 기르는 개는 한국 아이들을 물어도 아이들 잘못이라 하는 현실을 개탄한다. '한국 사람은 일본의 개만도 못한지' 반문하고 있는 것이다. 병은, 양정의숙에서 학생을 모집하는데 법률과와 경제과에 입학하기를 원하는 자가 몇이 되지 않음을 탄식한다. "슯흐다 쇼년들이여 법부를 폐지훈디 분을 내여 학문을 폐ᄒ면 쟝춧 정치샹에 활동ᄒ여 이 권리를 회복홀 쟈ㅣ 잇겟ᄂᆞᆫ가 두리건디 궁훈 집속에서 슯히 탄식만 ᄒ고 셰월을 허송ᄒ며 도로에셔 방황만 ᄒ여 만ᄉᆞ가 다 틀니게 될 ᄲᅮᆫ이라 ᄌᆞ긔를 위ᄒᆞ여 비호ᄂᆞᆫ가 ᄂᆞᆷ을 위ᄒᆞ여 비호ᄂᆞᆫ가 나는 그 쇼년들이 론어를 닉지 못훈 거슬 훈ᄒᄂᆞ라."71) 학문을 하지 않으면 장차 정치적으로 활동하여 민족의 권리를 찾을 수 없게 될 것임을 염려하고 있는 것이다. 이 글 역시, 세 사람의 대화로 들어가는 도입액자와 함께, 이야기를 마무리하는 편집자 해

---

71) 「가을ㅅ비는 긔이고」, 『대한매일신보』 국문판, 1909년 9월 8일.

설이 달려 있다. "가을ㅅ비논 기이고 가을ㅅ밤은 셔늘흔디 일개 외로운 등ㅅ불을 도드고 디밧 속 적은 집안에셔 슈구ㅎ는 사롬 세히 무릅흘 모흐고 안즈셔 셔로 말들을 ㅎ더라"72)와 "긔쟈ㅣ 칙상을 의지ㅎ여 안즈셔 이윽히 듯다가 흔 번 탄식ㅎ고 글ㅇ디 타산의 돌이 가히 옥을 다스리느니 이제 도도히 유신을 말ㅎ는 쟈는 이 격언을 취ㅎ여 ㅁ음에 싞여 직흴지어다"73)가 각각 그것이다.

「안셕을 의지ㅎ여 다셧 학싱의 쑴니약이 ㅎ는 말을 듯는다」(1910.3.8)는 나라사랑의 마음을 강조하기 위한 작품이다. 이 글은 갑·을·병·정 네 사람의 꿈 이야기를 듣고 무가 꾸짖는 내용으로 꾸며져 있다. 먼저 도입해설은 "벽을 격흔 니웃집에 외로온 등ㅅ불이 경경흔디 갑과 을과 병과 뎡과 무 다셧 학싱이 모혀 안즈셔 셔로 말을 ㅎ거늘 안셕을 비겨안즈셔 귀를 기우리고 즈셰히 드르니"74)로 되어 있다. 이웃집에서 다섯 학생이 모여 이야기하는 것을 내가 귀 기울여 듣는 형식인 것이다. 갑은 선조가 장만한 집이 어느 날 불에 타게 되고, 그로 인해 놀란 가슴이 진정되지 않는다. 그리하여, 눈을 감으면 그 모습이 꿈에 보여 괴롭게 지내게 된다는 것이다. 을은 가난으로 인해 가족이 모두 죽게 되고 애통한 마음이 가슴에 박혀 사라지지 않는다. 그리하여, 눈을 감으면 부모 형제의 모습이 떠올라 괴롭게 지내게 된다는 것이다. 병은 한때 상업에 성공하여 수천금을 얻었으나, 어느 날 불한당 괴수를 만나 모든 것을 빼앗기고 분한 마음을 억누를 수 없게 된다. 그리하여, 눈을 감으면 그 불한당과 싸움을 하느라 괴롭게 지내게 된다는 것이다. 정은 어린아이가 하나 있는데, 그를 어떻게 하면 큰 정치가를 만들고, 큰 전공을 세울 인물을 만들 수 있을지 근심이 사라지지 않는다. 그리하여, 밤

---

72) 위의 글.
73) 위의 글.
74) 「안셕을 의지ㅎ여 다셧 학싱의 쑴니약이 ㅎ는 말을 듯는다」, 『대한매일신보』 국문판, 1910년 3월 8일.

마다 눈을 감으면 학과를 가르치고 기술을 가르치느라 괴롭게 지낸다
는 것이다. 네 사람의 이야기를 들은 무가 땅을 치며 크게 소리 높여 다
음과 같이 외친다.

> 그디 등은 진개쑴ㅅ속에 쑴을 꾸는 쟈ㅣ로다 단군황조의 젼슈ㅎ신 ㅅ쳔년
> 국가가 이굿치 쇠퇴ㅎ엿거눌 너눈 무슴 겨를에 ㅅㅅㅅ집의 셩쇠를 쑴꾸며 삼
> 쳔리 산쳔에 사눈 이쳔만 동포가 이굿치 곤난ㅎ게 되엿거눌 너눈 어느 겨를에
> ㅅㅅㅅ집안에 고락을 쑴꾸며 젼국에 실업이 이굿치 쇠잔ㅎ거눌 너눈 어느 겨
> 를에 일시 ㅅㅅㅅ영업의 실패ㅎ 거슬 쑴꾸며 즉금에 교육이 이굿치 떨치지 못
> ㅎ거눌 너눈 어느 겨를에 일개 너의 아둘의 젼졍만 쑴을 꾸느뇨 젼ㅅ사롬이
> 닐ㅇ기를 몽미간에 엇더케 ㅎ눈 것으로도 가히 그 학문의 잘되고 못될 것을
> 징험ㅎ다 ㅎ지 아니ㅎ엿느뇨[75]

단군이 물려주신 사천 년 국가가 이렇게 쇠퇴하였는데 어찌 사사로
운 집안의 성쇠를 말하며, 이천만 동포가 이렇게 곤란하게 되었는데 어
찌 사사로운 집안의 고락을 말하며, 전국의 실업이 쇠잔하였는데 어찌
사사로운 영업의 실패를 말하며, 작금에 교육이 이렇게 떨치지 못하거
늘 어찌 일개 아들의 앞길만 염려 하는가 꾸짖는 것이다. 이 말을 들은
갑·을·병·정 네 사람은 모두 절하여 사례하며 잘못했음을 시인하게
된다. 글쓴이는 "긔쟈ㅡ듯기를 다ㅎ고 안셕 밀치며 니러나셔 굴ㅇ디 오
호ㅡ라 쑴에도 집을 니져ㅂ리고 나라를 ㅅ랑ㅎ며 ㅅㅅㅅ싱각을 ㅂ리고
공변된 거슬 슝샹ㅎ라고 권면ㅎ니 오호ㅡ라 한국의 젼도를 이에 가히
알지로다"[76]라는 해설을 덧붙임으로써 이야기를 마무리 한다. 사(私)보
다는 공(公)의 중요성을 강조하고 있는 것이다.

---

75) 위의 글.
76) 위의 글.

3) 기서란의 작품들

김시언의 「로쇼문답」(1908.2.13~14)은 나라를 망하게 한 폐습을 비판한 대화체 작품이다. 이 작품은 작가의 해설이나 편집자 주 없이, 노인과 소년의 대화로만 이루어져 있다. 경성 북촌에 삼공 벼슬을 지낸 후 나이 칠십이 넘은 노재상이 살고 있었다. 그는 남촌 사는 한 소년을 만나 자주 시국형편을 담론하다가 '갑오 이후에 나라가 비록 망하였다 하나 어찌 이같이 심하리오' 하고 탄식한다. 소년이 한숨을 쉬며 '어찌 다 말씀을 하겠나이까' 하고 맞장구를 치자 노재상은 나라가 망한 증거 열두 가지를 나열한다. 그러나 노재상이 꼽는 열두 가지 증거란 모두가 자신의 사리사욕을 채우던 구습을 더 이상 행할 수 없게 되었다는 사실에 대한 아쉬움의 표명이었다. 노재상의 말이 끝나자 소년은 크게 화를 내며 벌떡 일어나 "오늘날 한국의 망흔 거시 파란이나 인급과 갓흔 고로 세샹이 다 말흐기를 망흐엿다 흐는더 대감의 소위 망흐엿다흐는 거슨 이 열놈은 됴건이오니잇가 나는 지금 나히 이십이라 갑오년에 륙칠 셰쯤 되엿스니 갑오 이젼 풍습이 엇더흐던 줄 몰낫더니 이제야 드르니 이런 폐습이 오늘날 망케 흐엿거눌 오히려 부죡흐야 그 구습을 힝치 못흐다고 흔흐시옵느니잇가"[77]라고 말한 후, 그 얼굴에 침을 뱉고 사라진다. 망국 현실에 대한 인식이 노인과 소년에게 너무 큰 차이가 있었던 것이다. 이 작품은 망국에 대한 인식이 사람들 사이에 서로 다를 수 있다는 사실을 보여줄 뿐만 아니라, 일부 구세대의 탐욕과 부패가 망국의 원인이 되었음을 비판하고 있는 것이다.

죽스싱의 「몽즁스」(1908.3.8)는, 나라의 성패존망이 천운에 있지 않고 사람들의 노력에 달려 있음을 강조한 글이다. 이 작품의 중심서사를 이루는 것은 지은이의 꿈 이야기이다. 「몽즁스」는 형식상, 꿈으로 들어가

---

77) 김시언, 「로쇼문답」, 『대한매일신보』 국문판, 1908년 12월 14일.

는 과정과 꿈에서 깨는 과정이 모두 있다는 점에서 액자소설류에 속하는 작품이기도 하다. 첫 문장인 "ᄒᆞ로는 친구롤 모화 셰상 소문으로 셜왕셜리 ᄒᆞ다가 슐이 취ᄒᆞ야 안셕을 의지ᄒᆞ여 누엇다가 우연히 잠이 들엇더니"78)가 꿈으로 들어가 위한 도입액자의 역할을 하는 부분이다. 이야기 서술자는 꿈속에서 옥황상제를 만나게 된다. 옥황상제는 "종ᄉᆞ의 존망은 비록 필부라도 칙임이 잇ᄂᆞ니 너도 ᄯᅩᄒᆞᆫ 션비의 몸이 되여 이러ᄒᆞᆫ 경ᄌᆡᆼ 시ᄃᆡ에 기예를 발명ᄒᆞ고 학문을 연구ᄒᆞ야 인민으로 ᄒᆞ야곰 우미ᄒᆞᆷ을 변ᄒᆞ야 기명케 ᄒᆞ며 국셰로 ᄒᆞ야곰 미약ᄒᆞᆷ을 변ᄒᆞ야 강셩케 ᄒᆞ지 못ᄒᆞ고 쓸 ᄃᆡ 업ᄂᆞᆫ 녯글만 닑으며 부질업시 시ᄉᆞ나 평론ᄒᆞ니 셰샹에 션비잇ᄂᆞᆫ 보롬이 무엇인고"79) 하며 크게 꾸짖는다. 나라의 존망은 모든 백성에게 그 책임이 있다는 것이다. 옥황상제는 외교권과 행정권까지 잃은 조선의 현실을 개탄하며 그 극복의 길을 제시한다. '지금 너의 한국이 비록 미약할지라도 토지가 아직 남아 있으며 인민이 아직 남아 있으니 관민상하가 동심협력하여 애국하고, 동포를 사랑함으로써 황천을 감동케하는 지성이 있으면 그 백성과 토지만 가지고도 넉넉히 강국이 되어 육대주에 횡횡할 수 있다'는 것이다. 옥황상제는 '사람의 노력이 하늘의 조화를 이길 수 있다'는 사실을 거듭 강조하며, 나라의 흥망을 천운으로 돌려 원망하는 것을 삼갈 것을 당부한다. 하늘만 원망하고 노력하지 않는 것은 '너로 인하여 천하 사람이 모두 분발하는 사상을 속수무책케 하는 것이며, 남까지 해롭게 하는 것'이 된다. 따라서 현실의 질곡을 벗어나기 위해서는, 지금부터 모든 사람이 분발하고 일심으로 진보를 꾀해야만 한다는 것이다. 「몽중ᄉᆞ」의 마무리는 "죠칙을 다 들은 후에 홀연히 ᄭᅢ여보니 곳 남가일몽이라 이것이 비록 꿈일만뎡 사롬의 션불션과 나라의 성패존망이 다 ᄌᆞ긔의게 잇ᄂᆞᆫ 것이오 텬운에 잇지 아니ᄒᆞᆫ 것을 가히 알지니 나의 ᄒᆞᆫ 꿈이 죡히 젼국 동포의 깁흔 꿈을 ᄭᆡ칠

---

78) 쥭ᄉᆞ싱, 「몽중ᄉᆞ」, 『대한매일신보』 국문판, 1908년 3월 8일.
79) 위의 글.

만 ㅎ기에 신보샤로 쵸ㅎ여 보내여 광포ㅎ노라"[80]이다. 여기서 '조칙을 다 들은 후에 홀연히 깨어보니 남가일몽이라'는 문장은 형식상 서사의 마무리 구실을 하는 부분이다. 그 뒤를 이어 나오는 '나라의 성패존망이 모두 자기에게 달린 것이요 천운에 있지 않다'는 지적은 곧 작가 해설에 해당하는 부분이 된다. 「몽즁ㅅ」는 앞에서 다룬 논설란의 작품 「벼슬 구ㅎ는 쟈여」와 동일한 구성법을 취하고 있다. 액자소설류의 구성법을 취하고 있을 뿐만 아니라, 마무리 액자 또한 「벼슬 구ㅎ는 쟈여」와 마찬가지로 형식상의 마무리와 작가 해설이라는 두 부분으로 이루어져 있는 것이다. 이 작품의 핵심은, 나라가 식민지로 전락한 것은 한 두 사람의 책임이 아니라 모든 사람에게 책임이 있으며 따라서 그 원상회복 역시 모든 사람의 공동 노력을 통해 이루어져야 한다는 사실을 강조하는 데 있다. 사람들의 힘이 하늘의 조화를 이길 수 있다는 언급 역시 같은 맥락에서 이해할 수 있다.

산운즈의 「한국의 쟝릭」(1908.9.18)는 나라를 되찾기 위해 취해야 할 자세에 대해 이야기하고 있는 글이다. 형식상으로는 주인과 객이 대화하는 형태를 띠고 있다. 여기서 주인은 작가인 산운즈 자신이다. 산운즈는 자신을 찾아온 객과 함께 세월을 염려하고 미래에 대해 이야기한다. 객은 슬픈 심정을 토로하며 "약ㅎ 쟈가 강ㅎ 쟈를 디덕지 못홈은 어린ㅇ히라도 아는 바ㅣ라 슯흐다 약ㅎ기로 우리 한국 ㄱㅈ흔 쟈ㅣ 엇지 이 권리롤 슝샹ㅎ는 이 시디에 싱존ㅎ기를 엇으리오 나는 싱각건디 쟝릭의 한국은 오늘날 한국보다 슯흠이 일층 더 심홀지니 엇지 상심치 아니리오"[81]라고 탄식한다. 약한 자가 강한 자를 대적할 수 없으니 우리나라의 미래는 오늘보다 더욱 암담해지리라는 것이다. 그러나 산운즈는 이와는 전혀 다른 견해를 드러낸다. "그디의 말이 그러홀 듯ㅎ나 그러치 아닌 리치가 쏘흔 잇스니 그디의 말솜과 ㄱㅈ치 약ㅎ 쟈는 패ㅎ고 강ㅎ

---

80) 위의 글.
81) 산운즈, 「한국의 쟝릭」, 『대한매일신보』 국문판, 1908년 9월 18일.

쟈는 이긔는 거슨 실노 공변된 리치나 오늘날 한국이 약ㅎ다 ㅎ야 반듯 시 망혼다 홈은 결단코 그럿치 아니ㅎ니 오늘날은 비록 약홀지라도 우 리 무리가 능히 실력을 분발ㅎ고 능히 고초를 감내ㅎ야 강대혼 대한 뎨 국을 건셜홀진디 엇지 싱존홈만 엇을 뿐이리오 온 디구의 셰력을 우리 쟝악에 넛코 세계에 쥬인이 됨도 어렵지 아니리라 ㅎ노라."82) 우리들이 능히 실력을 발휘하고 고초를 이겨내 강대한 대한제국을 건설하여 세 계의 주인이 될 수도 있다는 것이다. 약한 나라를 어떻게 하면 강하게 만들 수 있는가 하고 다시 객이 묻자, 산운쥬는 몇 가지 처방을 제시한 다. 그 가운데 가장 중요한 것은 민족의 단합이다. 지금은 한 사람만의 힘으로는 아무것도 할 수 없는 시대이며 따라서 단합이 중요하다는 것 이다. "지금 셰계는 사름사름이 쥬쥬의 텬연을 능히 아는 고로 녯적 혼 둔시디와 ㄱ치 혼 사름의 영호홈으로는 인민의 단합을 능히 ㅎ지 못ㅎ 는지라 대개 인민을 단합코져 홀진디 학문이 아니면 능히 홀 수 업ᄂ니 몃 쳔만 인민을 교육으로 인도ㅎ야 나라를 스랑ㅎ고 동포를 스랑ㅎ고 쥬긔를 스랑ㅎ는 리치를 씨듯고 싱명지산을 보호ㅎ는 법을 알아셔 몃 쳔만인이 개개히 호걸의 ㅁ음을 가지고 호걸의 스업을 홀 줄노 스스로 밋을 만큼 학력이 견실히 된즉 쥬연 동성상응ㅎ고 동긔상구ㅎ는 리치 에 권ㅎ고 지촉ㅎ는 쟈 | 업셔도 단합은 스스로 되리니 인민을 단합ㅎ 고 지원을 넉넉ㅎ게 ㅎ고 실력을 견확ㅎ게 ㅎ면 쟝리 한국으로 ㅎ여곰 강대혼 한국이 되게 홈이 엇지 어려우리오 긱이 골ᄋ디 그디의 말슴과 ㄱ홀진디 나는 쟝춧 오호를 변ㅎ야 쾌락이라 ㅎ리로다 ㅎ거놀 인ㅎ야 이 문답을 대강 긔록ㅎ야 여망이 업다고 혼탄만 ㅎ는 쟈들을 경고ㅎ노 라."83) 단합을 위해 필요한 것은 교육이다. 몇 천만 인민을 교육으로 인 도하고, 인민을 단합하고 재원을 넉넉히 하고 실력을 확고히 하면 장래 한국이 강대한 나라가 될 수 있다는 것이다. 이 글은 주제 면에서 바로

---

82) 위의 글.
83) 위의 글.

앞에서 다룬 작품 「몽중亽」와 매우 유사하다. 잃어버린 나라의 권리를 되찾기 위해 모든 백성이 함께 노력해야 한다는 사실을 강조하는 것이 특히 그러하다. 작품의 구조 역시 유사하다. 「몽중亽」에서는 옥황상제가 지은이에게 강한 나라를 만드는 방안에 대해 설명하고 있다면, 「한국의 쟝릭」에서는 주인인 산운즈가 객에게 강대국을 만드는 방법 대해 설명하고 있는 것이다.

4) 사평론란의 작품들

「북촌에 로인들이 모혀」(1908.3.3)는 노인과 소년의 대화만으로 이루어진 글이다. 이 글은 외형상 거의 희곡체에 가까운 모습을 띠고 있다. 대화의 주제는 시국 문제이며, 두 사람의 대화가 서로 다른 시각을 드러내고 있다는 점에서 토론체라고도 할 수 있다.

이 작품의 시작 장면은 북촌의 노인들이 모인 곳에 개화 소년이 나타나는 것이다.

> 북촌에 로인들이 모혀 안져 슈작ᄒ더니 양복을 선명히 닙은 쇼년 ᄒ나가 맛춤 와셔 긔식이 당돌ᄒ야 조곰도 긔탄이 업논지라 ᄒ 로인이 말ᄒ기를 근러에 긔화ᄒᆫ 량반들은 디단히 무셥더고 ᄒ매 그 쇼년이 발연변식ᄒ여 왈 긔화로 무어시 못된 일 잇쇼[84]

여기서 지은이가 의도한 것은 '북촌 사는 노인'과 '양복을 선명히 입은 소년'과의 대립상이다. 이는 보수 대 개화의 대립을 이야기하기 위해 설정한 상징적 대립 구도이기도 하다. 노인과 소년은 다음과 같은 내용으로 서로 의견을 개진한다.

---

84) 「북촌에 로인들이 모혀」, 『대한매일신보』 국문판, 1908년 3월 3일.

▲로인이 링쇼ᄒ며 왈 기화 바람이 ᄒ번 불더니 소위 오됴약이니 칠협약이니
ᄒ야 국ᄉ가 이 디경에 니르럿스니 이거시 잘된 일이오

▲쇼년왈 기화 의미를 모로시ᄂᆫ 말ᄉᆷ이오 이거슨 매국 대신의 ᄉ업이라 엇지
기화 ᄉ업이라 ᄒ겟소

▲로인왈 그러ᄒ면 몃 쳔년 례의문물을 일죠에 변기ᄒ야 머리 ᄭᅡᆨ고 양복 닙기
를 외국 사롬의 모양과 ᄀᆞᆺ치 ᄒᄂᆫ 거시 잘된 일이오

▲쇼년왈 지금 시디ᄂᆫ 기혁 시디라 외양브터 변기ᄒ여야 ᄉ샹이 변ᄒ여 문명
샹에 진보가 되지오

▲로인왈 그러ᄒ면 일진회도 모다 머리를 ᄭᅡᆨ것스나 온 셰샹이 창귀라 지목ᄒ
니 이것도 문명샹에 진보라 ᄒ겟쇼

▲쇼년왈 일진회ᄂᆫ 원리 노례의 셩질이라 머리를 ᄭᅡᆨ것던지 아니 ᄭᅡᆨ것던지 말
ᄒᆞᆯ 거시 업거니와 샹투가 서너치 웃쑥ᄒ고 소미가 두어ᄌ 길쑥ᄒ여도 이국 ᄉ
샹이 업스면 일진회와 다름이 업지오

▲로인왈 그러ᄒ면 근리에 유지쟈ㅣ라 ᄒᄂᆫ 사람들이 회이니 단이니 각각 셩
립ᄒ엿스나 그들의 ᄒᄂᆫ ᄉ업인즉 명예나 요구ᄒ고 ᄉ환이나 도득ᄒ랴 ᄒ니
이것도 유지쟈ㅣ라 ᄒ겟쇼

▲쇼년왈 단과 회를 셩립ᄒ여야 인민의 단톄력을 비양ᄒ고 이국 ᄉ상을 발달
ᄒᄂᆫ 거신디 근리에ᄂᆫ 단과 회를 빙쟈ᄒ고 공명이나 도득ᄒ랴ᄒᄂᆫ 가지ᄉ들도
잇지오[85]

여기서 노인이 주장하는 것은 개화와 매국의 상호 관련성이다. '개화
의 바람이 한 번 불더니 소위 오조약이니 칠협약을 거쳐 나라가 이 지
경에 이르렀다'는 것이다. 개화와 일진회를 연결시키고 있는 것 역시
동일한 의도의 반영이다. 이에 반해 소년이 주로 이야기하고 있는 것은
개화 사업과 매국 사업의 구별이며, 애국사상의 중요성이다. 각종 단체
를 구성하는 목적이 특정한 개인의 명예를 위함에 있지 않고, 대중의
단결력을 배양하고 애국사상을 발달시키는 일에 있다고 하는 사실을
강조하는 의도가 거기에 있다. 대화의 후반부에서 두 사람은 서로 의견

---

85) 위의 글.

의 일치를 보고 헤어진다. 소년의 개화 주장에 노인이 동의하면서 토론이 마무리되는 것이다. 백성의 몽매한 뜻을 계몽하고 자유의 권리를 회복하는 데 개화의 의의가 있다는 소년의 주장에 대해, '신선한 언론을 들으매 전날 고루한 소견이 파벽되었다'고 노인이 화답하면서 작품은 마무리 된다. 이 작품은 서두에서 노인과 소년의 대립이라는 구도로 출발했지만 그 두 사람의 화해로 끝이 난다. 그 화해의 매개체 역할을 하는 것은 '애국사상'이다. 이른바 신구세대 모두에게 가장 중요한 것이 애국사상이라는 메시지를 주고 이야기가 마무리되는 것이다.

「동창에 둘이 빗쳐 밤이거즌」(1908.7.21)은 꿈속에서 본 일을 바탕으로, 대조법을 활용하여 현실을 비판한 작품이다. 이 작품의 경우는 서술자가 꿈속으로 들어가는 틀은 있지만, 꿈에서 나오는 틀은 없다. 꿈의 내용은 여러 종(鐘)이 나와 연설을 하는 것이다. 글의 서두는 다음과 같다.

> 동창에 둘이 빗쳐 밤이거즌 오경인디 놉흔 벼기롤 의지ᄒ고 잠간 죠올다가 심쨕 놀나 도리키니 일봉셔간이 최상우에 잇는지라 반갑에 쩨여본즉 종각 원셜회에셔 온 쳥텹인 고로 즉시 가셔 참예ᄒ미 회쟝에 인명은 쥬셕이 되여 안꼬 각식 종들이 ᄎ례로 연셜을 ᄒ눈디 언ᄉ가 심히 격결ᄒ야 사롬의 ᄆ음을 감동홀 만ᄒ더라86)

여기서 '동창에 달이 비쳐 밤이 거의 오경인데 높은 베게를 의지하고 잠깐 졸다가 깜짝 놀라 돌이키니'가 꿈으로 들어가는 액자 역할을 한다. 작품의 서술자는 초청장을 받고 모임에 참석하여 각 종의 연설을 듣는다. 구체적 연설 내용은 다음과 같다.

> ▲ 니각종이 말ᄒ기를 나는 만리대양을 건너 한국으로 올 제 이 나라이 당당독립데국으로 알고 니각에 드러가셔 째와 날을 보니여도 각부대신이 회의에 기량방침과 진취언론은 드를 수 업고 셔로 싀긔ᄒ야 디위들만 닷토니 원통ᄒ야

---

86) 「동창에 둘이 빗쳐 밤이거즌」, 『대한매일신보』 국문판, 1908년 7월 21일.

못 살겟쇼

▲샤회종이 말ᄒ기를 나는 만리대양을 건너 한국으로 올 제 각 샤회에 드러가
셔 동심합력되기를 날노 기ᄃ려도 열심교육ᄒᆞ고 외양으로 말만ᄒᆞ며 명에의
벼슬이나 ᄒᆞ기에 골몰분주ᄒᆞ니 원통ᄒᆞ야 못 살겟쇼

▲셰가집 종이 말ᄒ기를 나는 만리대양으로 한국에 건너올 제 교목셰신과 동
거ᄒᆞ야 츙의 슝샹홈을 지셩으로 권고ᄒᆞ되 이국ᄉᆞ샹은 고샤ᄒᆞ고 만복경륜이 부
귀에만 허욕나셔 좌쳥우촉ᄒᆞᄂᆞᆫ 졍티가 구구ᄒᆞ니 원통ᄒᆞ야 못 살겟쇼

▲규문종이 말ᄒ기를 나는 만리대양으로 한국에 건너올 제 도쟝안에 깁히 걸
녀셔 문명긔초가 가뎡에 잇는 줄노 날마다 권고ᄒᆞ여도 학문샹에 몽미ᄒᆞ야 ᄌᆞ
녀교육 희티ᄒᆞ니 원통ᄒᆞ야 못 살겟쇼87)

이들의 연설에서 나타나는 공통점은 기대감의 표현과 그에 대한 실
망감이다. 내각종의 경우는 '독립제국, 개량방침, 진취언론'을 기대하지
만 그가 본 것은 '시기와 지위 다툼'이다. 사회종은 '동심합력, 열심교
육'을 기대하지만 그가 본 것은 '벼슬에 골몰하기'이다. 세가집 종은
'충의 숭상, 애국사상' 등을 기대하지만 그가 본 것은 '부귀에 대한 허
욕'이다. 규문종은 '가정의 문명기초'를 기대하지만 그가 본 것은 '자녀
교육의 해태'이다. 작품의 마무리에서 회장을 맡은 인정(人定)은 "부패ᄒᆞᆫ
인물들이 구습을 곳치지 아니ᄒᆞ니 아모조록 일심으로 권면ᄒᆞ야 문명셰
계에 ᄀᆞ치 나아가기를 ᄇᆞ라노라"88)라고 권고한다. 이 권고가 실질적으
로는 작가의 권고가 되는 셈이다.

「오동츄야 ᄃᆞᆯ밝은더」(1908.9.4)는 서술자가 꿈속에서 보고 들은 이야기
를 기록한 것이다. 이 작품은 박제순과 민영기라는 두 사람의 실존 인
물이 서로 대화를 주고받는 형식으로 이루어져 있다. 이 글에 등장하는
박제순은 이른바 을사조약에 조인한 오적신(五賊臣) 가운데 한 사람이다.
그는 이후 이완용 내각의 내부대신이 되어 1910년 한일합방 조약에 서

---

87) 위의 글.
88) 위의 글.

명하게 되는 인물이기도 하다. 민영기는 조선말기 군부대신을 지냈고, 황국협회를 조직하여 독립협회를 탄압한 인물이면서 한일합방 이후에는 동양척식회사 부총재를 지내게 된다. 이 작품은 이들 등장인물에 대한 풍자적 성격을 띤다. 두 사람이 나누는 시국관련 대화를 통해 이들을 희화화하면서, 그들이 개과천선할 것을 희망하고 있는 것이다.

「황국단풍 됴흔 집에」(1908.9.24) 역시 등장인물들을 희화화시켜 야유하고 있다는 점에서 위의 「오동츄야 둘밝은디」와 유사한 측면이 있다. 이 작품은 대감과 나아리가 벼슬자리를 놓고 흥정하는 내용을 다루고 있다. 나아리는 대감에게 벼슬자리를 요구하고, 대감은 그 대가로 나아리의 처첩과 재산과 형제를 모두 바칠 것을 요구한다. 두 사람의 흥정이 성사되는 모습을 보면서 지은이는 '이같이 비루한 인종은 물이나 불에 다 던진 후에야 문명국이 될 것'임을 이야기한다.

「뎌 셔산에 히 걸치고」(1909.6.26)는 동물을 의인화시켜 현실을 비판한 작품이다. 이 작품의 서두는 다음과 같다.

> 뎌 셔산에 히 걸치고 져녁 연긔 즈옥ᄒ여 황혼턴디 되엿ᄂᆞᆫ디 소ᄂᆞᆫ 졀노 ᄂᆞ려오고 계견들도 모혀들며 쥐들ᄭᅥ지 왕리ᄒᆞᆫ다 뎌 금슈들 모혀안져 회의셕을 비셜ᄒᆞ고 츠례츠례 출셕ᄒᆞ야 각기 졍원 말ᄒᆞᄂᆞᆫ디 그 모양이 가관일세[89]

이 글에서는 소·개·쥐, 그리고 닭이 차례로 등장해 한국에서 살아가는 일이 어렵다는 사실에 대해 토로한다. 특히 마무리 부분에서 닭이 말하는 '약육강식 이 시대에 약하고는 못살겠지'라는 대사가 이 작품의 핵심이 된다고 할 수 있다.

「동방에 위인도라 ᄒᆞᄂᆞᆫ」(1909.7.20) 역시 동물우화적 성격의 작품이다. 동방에 위인도라 하는 섬이 있는데, 그 섬에 천 년 묵은 여우가 살고 있었다. 여우는 환술을 부려 어여쁜 여자로 변장하고 인류 중에 나서 방

---

89) 「뎌 셔산에 히 걸치고」, 『대한매일신보』 국문판, 1909년 6월 26일.

탕한 자제들을 유혹한다. 그러나 남방 돌우물 골에서 만든 요물 비추거울로 인해 자신의 정체가 드러나자 여우는 미술관을 없애려고 갖은 요술을 다 부린다. 이에 대해 글쓴이는 "여호여 여호여 보비거울을 원망치 말고 네 ᄆ옴을 곳치며 보비거울을 쎄앗지 말고 네 형용을 변홀지어다 원망ᄒᄂᆫ 긔샹과 쎄앗ᄂᆫ 모양ᄭ지 그 거울 속에 보이ᄂᆞ니 음젹코져 ᄒᄂᆫ 거시 도로혀 로츌되ᄂᆫ지라 무엇에 유익ᄒᄆᆡ 잇스리오"[90]라고 권고하며 작품을 마무리 짓는다. 여우에게 가면을 벗고 마음을 착하게 고쳐먹을 것을 권유하는 것이다. 이 역시 세태 풍자적 주제를 드러내는 작품이라고 할 수 있다. 이는 시사평론란에 수록된 것 중 유일하게 대화체가 아니라 일반 서술체로 된 작품이다.

「화긔동에 엇던 개 ᄒ나가」(1909.7.25) 또한 동물우화적 성격을 띠고, 인물에 대한 풍자를 목적으로 한 작품이다. 여기서는 「오동츄야 둘밝은ᄃᆡ」에 등장했던 을사오적 박제순에 대한 풍자와 비판이 핵심을 이룬다. 아쇽싱의 「인쳔항구 쥐무리들 제 지조을」(1909.10.23) 역시 동물우화에 속하는 글이다. 여기서는 인천에서 괴질병 박살령 때문에 한성으로 도망나온 쥐들과, 한성에서 구충령 때문에 쫓기던 파리가 서로 만나 과거의 악한 행실을 뉘우치고 속죄하며 살 것을 서로 의론한다.

「샹풍은 쇼슬ᄒ고」(1909.11.12)는 네 사람의 친구가 모여 탁주 두어 그릇을 마신 후 투전 놀이를 하는 장면을 그린 작품이다. 여기서 네 사람은 "지금 시ᄃᆡᄂᆫ 세계 각국이 우등되기를 경징ᄒᄂᆫ 시ᄃᆡ가 아닌가 우리도 각국 ᄃᆡ표가 되여 승부나 ᄒᆞᆫ 번 결단ᄒᆞ여 보세"[91]라고 말한 후 각각 일본, 아라사, 미국 그리고 조선의 대표가 되어 투전놀이를 시작한다.

(갑) 그리ᄒ세 지금 셰샹은 세력 밧긔 뎌 됴혼 것 업스니 나는 동양 텬ᄃᆡ에 뎨일 강국되ᄂᆞᆫ 일본의 ᄃᆡ표가 되여 익기패나 보겟네

---

90) 「동방에 위인도라 ᄒᄂᆫ」, 『대한매일신보』 국문판, 1909년 7월 20일.
91) 「샹풍은 쇼슬ᄒ고」, 『대한매일신보』 국문판, 1909년 11월 12일.

(을) 동양만 뎨일인가 지금 셔양에셔도 권리가 됴코 동양에셔도 셰력이 어지간 흐기는 아라스가 뎨일일네 나는 아라사 디표가 되여 흔 패 보겟네
(병) 그 사룸들 셰력은 다 무엇시란 말인고 이 셰샹은 먹는 것이 뎨일이니 동셔 양을 통계흐여도 지물 만키는 미국이 뎨일이라데 나는 미국 디표가 되여 흔 패 보갯네
(졍) 나는 셰력도 업고 지산도 넉넉지 못흐다고 즈네들이 만만히 보고 먹을집 이로 아네그려 아모턴지 나는 그디로 본국심을 일치 안코 됴션국 디표로 물쥬 가 됨세92)

이렇게 각각 이유를 들어 네 나라의 대표가 된 갑·을·병·정은 바 로 놀이를 시작한다. 놀이 초반에 조선은 궁지에 처하지만, 곧 그 궁지 를 벗어나게 된다는 것이 이 글의 요지이다. 이 작품은 투전놀이를 빗 대어 세계열강의 조선 침탈의도를 보여주고, 이어서 조선이 그것을 벗 어날 수 있다는 가능성을 시사하려는 데 창작 목적이 있었던 것으로 해 석된다.

「밤은 드러 삼경되여」(1910.1.18)는 세태풍자적인 작품이다. 그런데 이 작품에서 풍자의 대상이 되고 있는 인물들은 이른바 개화된 '신진파 소 년'들이다. 그 점에서 이 작품은 다른 작품과 구별된다. 이 작품에서 신 진파 소년들이 비판받는 이유는 개인적 욕심 때문이다.

(갑) 나는 년전에 참 아슬아슬흔 일도 보앗지
(을) 무어시 그러케 아슬아슬 흐더란 말인가
(갑) 압다 의병이 흔참 치셩흐여 벌쩨갓치 니러나는디 걱졍은 그런 걱졍이 업데
(을) 오 즈네가 부호로 유명홀 터이니까 군슈젼이나 혹시 내라홀가 보아셔 그 러케 걱졍을 흿지그려
(갑) 아닐세 균슈젼이야 눈치만 보아셔 도망만 잘흐면 면홀 수가 잇지마는 근 년에 내가 일어 졸업을 흐엿는디 의병이 그러케 치셩흐면 일인이 다 쏫거갈

---

92) 위의 글.

터이오 일인만 다 업셔지면 내 일어를 엇다가 써먹나 십년 공부 도로아미타불
될 터이니까 그러셔 걱정이 되어 그 째는 하도 아슬아슬 ᄒ더니 요스이는 발
을 쑥 뻣고 자겟데
(을) 나는 신학문이 싱긴 뒤에 아모 것도 ᄌ미가 업스되 ᄒ 가지 맛드릴 거슨
잇데
(갑) 무어시 그리 맛드릴 게 잇단 말인가
(을) 압다 녀학교 실시되는 거시 뎨일 고소ᄒ여 그젼 완고시디에야 우리가 눔
의 집 쳐녀와 아씨의 얼골은 고샤ᄒ고 그림ᄌ나 구경을 홀 수가 잇던가 지금
은 녀학교의 교스나 임원을 ᄒ나 엇어ᄒ여 ᄒ 좌셕에 참례ᄒ여 언어를 샹통ᄒ
면 눈료긔에 별별 ᄌ미가 다 잇데93)

　여기서 갑은 일본인들이 조선에서 사라지면 그 동안 자신이 공들여
배운 일어 지식이 소용없게 될 것을 걱정한다. 그런가 하면 을은, 신학
문을 배워 여학교 교사나 임원을 하게 되면 눈요기 할 일이 많아 질 것
이라고 기뻐한다. 이들은 모두 새 세대 지식인으로서의 공적 책임감보
다는 사적 욕망에 사로잡혀 있는 인물들인 셈이다. 지은이는 '지금 신
진파 중에 저 같은 망패한 자가 있어 신학문계에 누추한 말이 낭자하
다'는 지적으로 이 글을 마무리한다. 이 작품을 보면 『대한매일신보』
소재 단형 서사 자료들에 나타나는 비판이 꼭 수구세력에 대한 것만이
아님을 알 수 있다. 『대한매일신보』 편집진들에게 중요했던 것은 수구
인가 신진인가 하는 선택보다는, 진정한 애국이란 무엇인가 하는 점이
었던 것이다.
　「동창이 발가오미 보관문을」(1910.1.25)은 완고한 수구파와 수전노, 그
리고 사리 판단을 하지 못하는 사람들에 대한 비판을 담은 글이다. 이
글은 일종의 희곡체 형태를 취하고 있다. 특정한 상황을 제시한 후 등
장인물들의 대화를 이어가는 것이 특히 그러하다. 본문을 인용하면 다
음과 같다.

---

93) 「밤은 드러 삼경되여」, 『대한매일신보』 국문판, 1910년 1월 18일.

▲동창이 발가오미 보관문을 턱턱 열어노코 동즈 불너 상우에 몬지를 쓸허ㅂ
리고 긔쟈 션싱이 안져셔 문방스우를 지휘흔다

▲관셩쟈ㅣ아 지금 산림간에 뭇쳐잇셔 슈구파로 즈쳐흐는 쟈의 힝동을 네가
혹 드럿느냐 그 쟈들이 그 일홈은 노례문셔에 잇건마는 그 몸은 가쟝 쳥결흔
톄흐며 그 입으로는 인의이니 인의이니 말을 흐면셔도 동포의 참혹흔 화는 초
월ㅈ치 보느니 그 쟈들의 일홈은 완고귀라 너는 그 쟈들의 졍형을 력력히 그
려내여라 네 텽령흐엿소

▲셕향후ㅣ아 향곡의 부호로 유명흐야 그 눈은 고량진미의 독이 발흐여 쎡엇
고 그 귀는 황금님음시로 흐여 귀먹쟝이가 되어셔 풍랑이 문젼에 드러오는지
벽력이 머리 우에 느리는지 막연부지흐고 공익이라면 머리를 흔들며 의연이라
면 십리만치 다러나는 쟈는 그 일홈이 슈젼로ㅣ라 너는 그쟈들의 심스법을 력
력히 그려내여라 네 텽령흐엿소

▲현향쟈ㅣ아 셰계의 대셰도 불관흐고 강약도 불계흐야 일이라고는 손톱만치
도 아니흐고 텬운만 말흐야 운수가 도라오면 군함대포가 일시에 져졀노 쇼멸
홀 줄노 밋는 쟈는 일홈이 오괴귀라 너는 그쟈들의 화상을 력력히 그려내여라
네 텽령흐엿소

▲져 션싱은 늙은지라 그림그리기에 슈고흐기가 어려우니 됴희만 빌니시오
네 그리흐오리다

▲긔계공슈 불너라 네 뎌령흐엿소

▲이 우헤 그려노흔 인물은 한국의 국력을 손샹흐고 문명을 져희흐는 죄가 잇
셔셔 불가불 그 모양디로 샤진을 박혀야흐겟스니 너는 불변식 샤진으로 이 됴
희에 샤진을 력력히 박히라 네 분부디로 흐오리다

▲이 인물들을 조쳐흐는 방법은 별별량칙이 잇스니 러일 다시 지휘흐려니와
동즈ㅣ아 날이 져므럿스니 문방스우를 졍졔케 흐여라 네94)

「지난 겨울 밍렬흔 바룸에」(1910.3.9)는 병들어 쓰러진 오얏나무 아래
에서 있었던, 한 부인과 시앗으로 보이는 미인 사이의 대화를 다룬 작
품이다. 부인은 젊은 시앗을 대감에게서 떼어놓으려 하나 말을 듣지 않

---

94)「동창이 발가오미 보관문을」,『대한매일신보』국문판, 1910년 1월 25일.

는다.

「이이 말을 홀 수도 업고 아니 홀 수도 업고나 이리 좀 닥어 안져라 네가 혼
마디 홀 말 잇다」「네 무슴 말슴이야요」「오냐 요시 각 신문을 너도 보앗지 우
리 가문에 츄혼 소리가 하도 랑쟈ᄒ니 대감이 일본으로 건너가시든지 네가 잠
간 어디로 가셔 잇든지 ᄒ여야지 신문상에 집안 흉이 끈칠 시가 업시 나니 진
졍 보기슬더라」「에그 별말슴을 다 ᄒ심니다 ᄂ리 업셔도 스히에 쩌돌고 발
업셔도 만리가는 거슨 신문이람니다 지금 각거ᄒ다고 신문에 이왕 난 흉이 업
셔지겟슴닛가」「이이 답답도 ᄒ다 내가 말을 ᄒ노라니 신문을 빙쟈혼 거시지
대감이 병원에서 나오실 쌔에는 긔운이 됴ᄒ시더니 몃칠 안되여 병환이 더러
케 복발ᄒ셧ᄂ디 너는 그냥…」「제가 답답희요 어마님이 답답ᄒ외다 동거ᄒ면
신병나신다고 걱정ᄒ시지마는 만일 각거ᄒ면 심화ㅅ병이 나실 터인즉 신병도
못곳치고 심화ㅅ병ᄭ지 나시면 엇지 희요」 ᄒ면셔 슈문슈답을 련희 ᄒᄂ디 대
감끠셔 아씨 어셔 나오시랍니다 ᄒᄂ 소리가 밧긔셔 나ᄂ지라 미인은 발짝 니
러셔셔 쏘루루 나가며 입을 혼번 빗죽ᄒ고 그 부인은 동의ㅅ덩이굿혼 불이 가
슴에 치미러 ᄒᄂ 말이「어셔 나가거라 쓰러지든지 쟛바지든지 나 모른다 후
후」[95]

이 모습을 본 작가는 "완악ᄒ고 용렬혼 이 쟈가 사롬의 힝위ᄂ 일호
도 아니ᄒ고 즘승의 ᄒ위보다도 더 흉즉ᄒ니 텬도가 엇지 무심ᄒ리
오"[96]라고 비판하며 글을 맺는다. 작품 내용상 이 비판은 두 사람의 대
화에 등장하는 대감과 젊은 시앗의 관계를 겨냥한 것으로 보인다. 더불
어 '가문에 추한 소리가 낭자하다'거나 '대감이 일본으로 건너가시든지
네가 잠깐 어디로 가 있든지 해야지 신문상에 집안 흉이 그칠 사이가
없다'는 말로 미루어 본다면 이 글에서 다루고 있는 것이 단순히 한 집
안의 추문이라기보다는 한 나라의 미래에 관한 추문이라고 보는 것이
적절하다. 이 작품이 친일파 세력들에 대한 비판과 조선의 미래에 대한

---

95)「지난 겨울 밍렬혼 바롬에」,『대한매일신보』국문판, 1910년 3월 9일.
96) 위의 글.

우려를 담고 있다는 점에는 별반 의심의 여지가 없다. 그럼에도 불구하고, 이 작품은 이러한 주제를 그렇게 논리적으로 담아내지 못한다. 다른 작품들에 비해 논리성이 크게 떨어지는 것이다. 부인의 대화 상대를 '자기의 자부라고도 할 만하고 자기의 시앗이라고도 할 만한 미인'으로 설정한 것부터 그러하다. 이 작품이 이렇게 모호한 방식으로 주제를 드러내게 된 것은 당시의 사회적 정치적 상황과 관련이 깊다. 이 작품이 발표되던 1910년 3월은 이미 국운이 기울 만큼 기울었고, 더 이상 우회적 방식으로조차도 현실을 비판하기 어려워진 시기였다. 현실을 비판하는 것을 목적으로 하던 『대한매일신보』의 단형 서사문학 자료들 수록은 이 작품에서 끝이 난다. 국문판 『대한매일신보』에서도, 그리고 국한문판 『대한매일신보』에서도 더 이상 단형 서사문학 자료를 발견할 수 없게 되는 것이다.97)

국문판 『대한매일신보』에 수록된 단형 서사문학 자료들은 다음과 같은 특징을 지니고 있다. 첫째, 이들 단형 서사문학 자료가 담아내고 있는 주제는 타락한 세태비판, 외세에 대한 비판, 민족의 진로 제시, 나약한 지식인 비판 및 공적 사명감 강조 등으로 정리할 수 있다. 타락한 세태를 비판하거나 풍자한 작품으로는 「긔쟈ㅣ 즁부 엇던 방곡을」, 「회기 ᄒᆞ는 쟈는 방셕홈을 엇ᄂᆞ니라」, 「허다ᄒᆞᆫ 녯 사람의 죄악을 심판홈」, 「로쇼문답」, 「동창에 돌이 빗쳐 밤이거든」, 「황국단풍 됴흔 집에」, 「뎌 셔산에 ᄒᆡ 걸치고」, 「동방에 위인도라 ᄒᆞ는」, 「화기동에 엇던 개 ᄒᆞ나가」, 「밤은 드러 삼경되여」, 「동창이 발가오미 보관문을」, 「지난 겨울 밍렬ᄒᆞᆫ 바롬에」 등이 있다. 외세의 침탈을 비판하고 경계한 작품으로는 「범잡는 말」, 「여호와 고양이의 문답」, 「긱창문답」, 「금슈의 말」 등이 있다. 나약

<hr>

97) 「지난 겨울 밍렬ᄒᆞᆫ 바롬에」 이후 국문판 『대한매일신보』에는 더 이상 단형 서사문학 자료가 실리지 않는다. 장형 서사문학 자료를 포함할 경우에도 이후에 실린 작품은 미완성 작품 옥랑전(1910.8.16~28) 한 편뿐이다. 「지난 겨울 밍렬ᄒᆞᆫ 바롬에」는 「李下才談」이라는 제목으로 1910년 3월 9일자 국한문판 『대한매일신보』 잡보란에도 실려 있다. 「李下才談」 역시 국한문판 『대한매일신보』에 수록된 마지막 서사물이다.

한 지식인을 비판하고 공적 사명감을 강조한 글로는, 「남방의 훈 완고싱의 일를 긔록홈」과 「안셕을 의지ᄒ여 다섯 학싱의 쑴니약이 ᄒ는 말을 듯는다」 등을 들 수 있다. 이러한 주제들의 바탕에 깔려 있는 글쓴이의 생각은 약육강식과 적자생존이다. 강한 자만이 살아남는 현실세계에서 조선이 살아남기 위해서는 강해지는 길밖에 없다. 조선이 강해지기 위해서는, 조선 사람들이 역경을 헤쳐 나갈 수 있다는 자신감을 갖고 외세에 대응해야 한다는 것이다. 아울러, 실질학문을 중시하고 산업을 육성함으로써 나라 발전을 위한 물질적 토대를 쌓는 일이 필요하다. 국문판 『대한매일신보』 소재 단형 서사문학 자료들에 나타나는 이러한 주장들은 결국 애국애족이라는 대주제로 모두 수렴된다.

둘째, 이들 단형 서사문학 자료는 국한문판『대한매일신보』 소재 자료에서 자주 발견되었던 문답체(토론체, 대화체)를 선택한 경우가 많다. 「긔쟈ㅣ 즁부 엇던 방곡을」, 「완고와 신진의 문답」, 「긔창문답」, 「로쇼문답」, 「몽즁ᄉ」, 「한국의 쟝리」, 「북촌에 로인들이 모혀」, 「오동츄야 둘 밝은디」, 「황국단풍 됴흔 집에」, 「밤은 드러 삼경되여」, 「지난 겨울 밍렬ᄒ 바롬에」 등의 작품이 모두 그러하다.98) 이들 작품이 이렇게 대화체를 선택한 이유는, 지은이가 등장인물들의 대화를 통해 자신의 의도를 곧바로 드러낼 수 있었기 때문이다. 그런 점에서 대화체는, 긴박한 정세에 대한 해설을 목적으로 했던 근대계몽기 '단형' 서사문학 작품에 매우 효과적인 서사 형식이었다고 볼 수 있다.

셋째, 이들 단형 서사문학 자료는 액자소설의 형태를 띤 경우가 적지 않았다. 이는 다시 둘로 나눌 수 있는데, 도입액자와 마무리 액자를 모두 갖춘 경우 즉 완전 액자소설의 형태를 취한 경우와 도입액자만 갖춘 경우 즉 불완전 액자소설의 형태를 취한 경우가 있었다. 액자소설의 형

---

98) 특히 시사평론란에서는 대화체가 중요하다. 이 난에 실린 작품들은 「동방에 위인도라 ᄒ는」을 제외하면 대부분 대화체 작품으로 분류하더라도 큰 문제가 없다. 경우에 따라 이러한 대화체 단형 서사문학 작품들은 '희곡체'에 가까워 보인다.

태를 취한 작품들의 경우는 대부분 꿈을 소재로 삼았다는 점도 공통적 특질로 지적할 수가 있다. 드물기는 하지만, 꿈을 소재로 삼지 않은 경우는 우연한 기회에 다른 사람들의 이야기를 엿듣게 되는 방식으로 이야기를 전달하고 있다. 완전 액자소설 형태의 작품으로는 「벼슬 구ㅎ는 쟈여」, 「허다흔 녯 사롬의 죄악을 심판흠」, 「몽즁스」 등을 들 수 있다. 불완전 액자소설 형태의 작품으로는 「실업계에 실패흔 쟈의 가련흔 담화」, 「동창에 둘이 빗쳐 밤이거즌」 등을 들 수 있다. 이렇게 상당수 작품들이 꿈 이야기를 소재로 한 액자소설의 형태를 취한 것은, 이 이야기들이 창작물임을 드러내 보이려는 글쓴이의 의도 때문이다. 즉 이런 작품들이 다루고 있는 이야기는 대부분 현실성이 매우 강한 것들이어서 역으로 이것이 실화가 아니라 꿈에서 일어난 일을 적은 창작물이라는 사실을 강조할 필요가 있었던 것이다.

넷째, 동물우화의 형태를 취한 작품이 많다. 다양한 종류의 동물을 등장시켜 인간 세계의 문제를 다룬 작품들이 적지 않았던 것이다. 「여호와 고양이의 문답」, 「금슈의 말」, 「뎌 셔산에 힌 걸치고」, 「동방에 위인도라 ㅎ는」, 「화기동에 엇던 개 ㅎ나가」, 「인쳔항구 쥐무리들 제 지조을」 등이 모두 그러한 예가 될 수 있다. 동물우화의 형태를 취한 작품들은 대부분 현실에 대한 비판과 풍자의 시각을 날카롭게 드러내는 작품들이다. 동물의 등장은 현실에 대한 비판과 풍자의 날카로운 칼날을 상대적으로 무뎌보이도록 하는 장치가 될 수 있다. 그런 점에서 동물우화 유형의 작품들은 꿈을 소재로 삼은 액자소설류 작품들과도 서로 통하는 측면이 있다. 강렬한 현실성이 담긴 내용을 특정한 형식을 통해 다소 약화시켜 전달한다는 점에서 유사한 것이다. 이렇게 현실성을 약화시켜 전달하게 되는 사회적·정치적 배경으로는 당시의 검열 제도가 자리잡고 있었다. 결국 동물우화는 액자소설류 작품들과 함께, 당시의 검열 제도 등 문학 외적 압력에 적응하기 위한 방편으로 보편화되었던 창작 수법이었다고 볼 수 있는 것이다.[99]

4. 마무리―단형 서사문학의 특질

국한문판『대한매일신보』는 순한문과 국한문혼용문, 그리고 국문의 세 가지 문체를 모두 사용했다. 이 가운데 가장 많이 사용한 문체는 국한문혼용체이다.

국한문판『대한매일신보』의 잡보란에 수록된 서사문학 자료들을 살필 때에 가장 주목할 만한 작품들은 「향긱담화」, 「소경과 안즘방이 문답」, 「鄕향老로訪방問문醫의生싱이라」, 「時시事사問문答답」 등이다. 이들 작품은 소설란에 수록된 「거부오해」와 더불어 근대계몽기의 대표적 〈논설적서사〉에 속하는 작품이기도 하다. 이들 작품은 모두 토론체 내지 문답체 형식이라는 공통점이 있다.

「狐와 猫의 問答」은 국한문판『대한매일신보』기서(奇書)란에 수록된 단형 서사문학 자료 가운데서 특히 주목할 만한 작품이다. 이 작품은 국문판에도 실려 있는데, 국문판에는 「여호와 고양이의 문답」이라는 제목으로 논설란에 실려 있다. 국한문판에는 지은이가 관물생(觀物生)으로 명기되어 있지만, 국문판에는 지은이가 밝혀져 있지 않다. 이 작품은 편집자 주나 해설이 전혀 없이 독립된 서사만으로 이루어져 있다. 이 작품은 근대계몽기 문학의 중요한 범주를 이루는 우화소설 계통의 작품이다. 이 작품은 당시 독자들에게 상당한 인기를 끌었던 안국선의 작품 「금수회의록」의 영향 아래 씌어진 것으로도 볼 수 있다. 이렇게 동물을

---

99) 그밖에 작가명의 문제를 정리해 볼 수 있다. 국문판『대한매일신보』의 단형 서사문학 자료에는 대부분 작가 명이 밝혀져 있지 않으나, 극히 예외적으로 작가 명이 기재된 경우가 있었다. 논설란에 실린 「범잡는 말」에는 '동경류학싱'이라는 필자명이, 시사평론란에 실린 「인천항구 쥐무리들 제 지조을」에는 '아쇽싱'이라는 필자명이 기재되어 있었다. 그런가 하면 잡보란에 실린 작품에는 필자명이 전혀 없지만, 기서란에 실린 작품들에는 모두 '김시언, 죽스싱, 산운즈' 등의 필자명이 기재되어 있었다. 잡보·논설·기서란에 수록된 자료들은 대부분 제목이 달려 있지만, 시사평론란에 수록된 자료들에는 전혀 제목이 달려 있지 않다는 점도 특기할 만하다.

등장시켜 인간의 어리석음을 풍자하고, 인간에게 교훈을 주려는 문학적 시도는 이후 김필수의 「경세종」 등의 작품으로 맥을 이어가게 된다.

국문판 『대한매일신보』에는 30여 편의 단형 서사문학 작품이 수록되어 있다. 이들은 잡보·논설·시사평론·기서란 등에 나뉘어 수록되었다. 이들 작품들은 대부분 한 회에 완결되었고, 길어도 이틀 이내에 연재가 완료되었다. 이들 작품의 대부분은 작가가 밝혀져 있지 않으나, 작가명이 표기된 경우도 있었다. 논설·시사평론·잡보란에 실린 작품들에는 대부분 작가 명이 없지만, 기서란에 실린 작품들에는 모두 작가명이 기재되어 있다는 점은 특기할 한하다. 그런가 하면 논설·잡보·기서란에 실린 작품들에는 대부분 제목이 달려 있고, 시사평론란에 실린 작품들은 모두 제목 없이 수록되었다는 점도 주목을 끈다. 하지만, 잡보란에 실린 작품이나 논설란에 실린 작품, 그리고 시사평론이나 기서란에 실린 작품들의 성격에 큰 차이가 있는 것은 아니다. 이는 내용적 측면에서나 형식적 측면에서 모두 그러하다.

국문판 『대한매일신보』에 수록된 단형 서사문학 자료들의 특징을 종합해 정리하면 다음과 같다. 첫째, 이들 단형 서사문학 자료가 담아내고 있는 주제는 타락한 세태비판, 외세에 대한 비판, 민족의 진로 제시, 나약한 지식인 비판 및 공적 사명감 강조 등이 된다. 이러한 주제들의 바탕에 깔려 있는 생각은 약육강식과 적자생존이었고, 이러한 다양한 소주제들은 결국 애국애족이라는 대주제로 수렴된다. 둘째, 형식상 문답체(대화체, 토론체)로 된 경우가 많다. 이는 긴박한 정세에 대한 해설을 목적으로 했던 근대계몽기 단형 서사문학 작품에 매우 효과적인 서사 방식이었다. 셋째, 액자소설의 형태를 띤 경우가 적지 않았다. 액자소설의 형태를 취한 작품들의 경우는 대부분 꿈을 소재로 삼아 현실을 비판했다. 넷째, 동물우화의 형태를 취한 작품이 많다. 동물우화 유형의 작품들은 꿈을 소재로 삼은 액자소설류 작품들과 서로 통하는 측면이 있다. 강렬한 현실 비판성이 담긴 내용을 특정한 형식을 통해 다소 약화시켜 전달한다는 점에서 유사한 것이다. 동물우화는 액자소설류 작품들과 함께, 근대계몽기 당시의 검열 등 문학 외적 압력에 적응하기 위한 방편으로 보편화되었던 창작 수법이었다고 볼 수 있다.

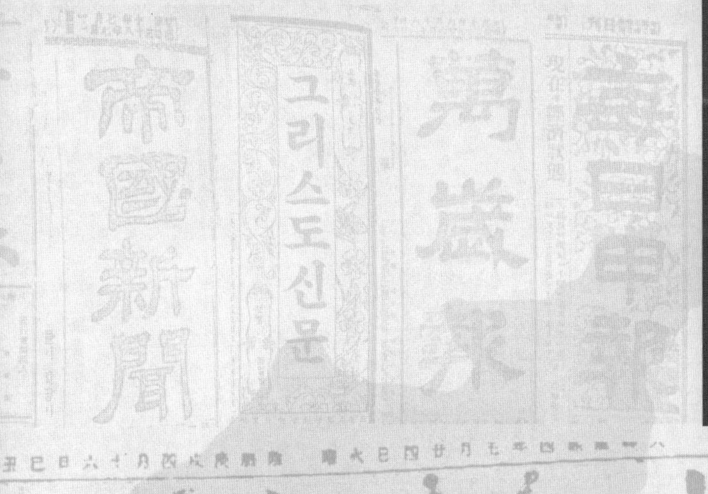

2 부

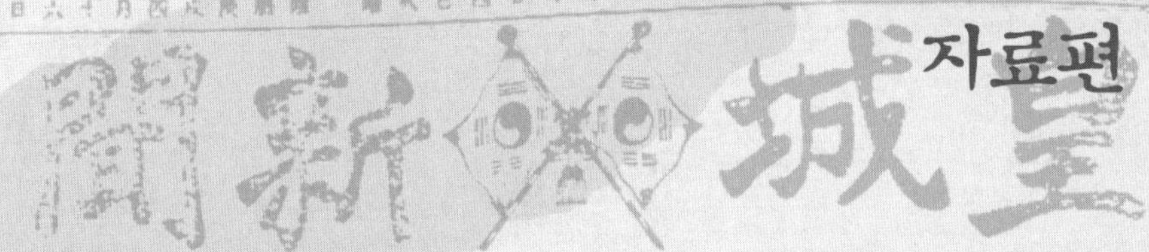

· 일러두기

1. 이 자료는 『대한매일신보』 국문판 및 국한문판에 수록된 것들이다. 국한문판 수록 자료에는
   별도의 표기를 하지 않았으며, 국문판 수록자료에만 '국문판'이라는 표기를 따로 했다.
2. 표기는 원문에 충실하되 띄어쓰기만 현대 어문규정에 맞게 고쳤다. 맞춤법과 줄바꾸기와 들여
   쓰기의 경우는 원문을 그대로 따랐다.
3. 자료의 표제 표기 순서는 다음과 같다.
   1) 저자가 기록된 경우는 저자 이름을 표기했다.
   2) 원문에 제목이 없는 경우는 본문 처음의 2~3어절을 인용하여 제목으로 삼고 *로 표시했다.
   3) 제목 다음은 날짜를 표기했다.
   4) 날짜 뒤에는 글이 게재된 신문의 난 이름을 표기했다. 난 이름의 표기 방식은 원본을 그대로
      따랐다.
   5) 연재된 글인 경우 매회 날짜를 표기했다.
4. 자료에 사용된 부호와 기호는 다음과 같다.
   1) 본문 가운데 해독 곤란한 글자—□
   2) 해독 불가능한 글자 중 문맥상 복원 가능한 경우—□[ ]
   3) 원문에서 명백한 인쇄상의 오류 글자—오류글자[ ]
   4) 자료 본문에서 사용되는 ○, △, ▲나 발화자 표시에 사용된 ( ), 그리고 한자 표기시의
      ( ) 등은 원문을 그대로 따랐다.

甲乙 二客이 旅舘에 耦坐ᄒ야 談話가 有ᄒ니. 甲曰 今我韓에 現狀은 國勢가 甚히 危殆ᄒ고 人民이 極히 困難ᄒ나 將來ᄂ 必然 旺ᄒ리로다.

乙曰 其 理由를 可聞乎아. 甲曰 我韓에 賣國之輩가 多ᄒ니 今에ᄂ 비록 國家의 禍가 되나 將來에ᄂ 人民의 福이 되리로다.

乙曰 賣國之輩가 國家의 禍가 된다 홈은 可케니와 人民의 福이 된다 홈은 大不可ᄒ도다. 甲曰 子ᄂ 支那人의 所著世說을 不觀ᄒ얏ᄂ가.

趙宋之末에 秦檜라 ᄒᄂ 奸臣이 有ᄒ야 賣國專寵홈으로 趙宋의 宗社를 구壚케 ᄒ얏더니

其 死後에 輪回受生ᄒᄂ 刧은 娼妓가 되기를 三回요 牛畜이 되기를 九回라. 末梢에ᄂ 霹靂이 降ᄒ야 其魂을 滅ᄒ고

牛畜에 文字가 有ᄒ되 秦檜라 ᄒ고 又曰 三妓九牛라 ᄒ얏스니 彼가 一時 賣國之輩로 後生 永刧에 □□ᄒ 至苦至辱ᄒ 報復을 受ᄒ얏스나

娼妓와 牛畜이 또ᄒ 世上에 不可無者라. 妓之爲物은 天下男子의 情慾을 慰解홈으로 金錢이 自産ᄒ야 其 名曰 錢樹라 謂ᄒᄂ 것이오

牛之爲畜은 其 力으로써 人民의 勞役을 代ᄒ야 農作과 輪運에 功效가 最多ᄒ고 其 肉은 人의 食料中 第一佳品이오 其 皮과 其 角이

皆 人生의 需用을 供給ᄒᆞᄂᆞᆫ 者라. 現今 我韓에 賣國之輩ᄂᆞᆫ 不知爲幾箇秦檜라. 此輩가 死後에ᄂᆞᆫ 其 輪회生世에 娼妓가 될 者도 無限ᄒᆞ고 牛畜이 될 者도 無數ᄒᆞ리니

好箇錢樹ᄂᆞᆫ 處處有之요 農作과 輪運에 □勞ᄒᆞᆯ 者도 多多産出ᄒᆞ리니 此ᄂᆞᆫ 我韓이 將來에ᄂᆞᆫ 興旺之兆라 ᄒᆞ노라.

乙이 大笑曰 其 然가 豈其然乎아 ᄒᆞ고 呼童酌酒ᄒᆞ야 相與痛飮而起ᄒᆞ더라.

향긱담화

1905.10.29~11.7. 雜報

1905년 10월 29일

모쳐롤 지나다가 슈슴 향긱이 모혀 담화ᄒᆞᄂᆞᆫ 말를 들은즉 한 사람이 가로더 지금 셰계ᄂᆞᆫ 참 휘황챤란ᄒᆞᆫ 셰계라

우리들의 고루ᄒᆞᆫ 소견으로ᄂᆞᆫ 엇더타 형언ᄒᆞᆯ 슈 업거니와 만국통상 약조하야 티셔 각국 사롬들은 쳔만 리롤 지쳑으로 만리타국 나와셔도

거쳐 범빅 의복 졔도 문명국인 긔상이오 언어 ᄒᆡᆼ동 쳐신 범졀 즈유 권리 비양ᄒᆞ야 약ᄒᆞᆫ 티도 아죠 업시 텬지간에 오유ᄒᆞ야 학문으로 업을 숨고 신의로 근본 숨아 ᄋᆡ국지심 사람마다 잇것마ᄂᆞᆫ

우리 대한 졍부 관리 학문이 무엇인지 신의가 무엇인지 ᄋᆡ국이 무엇인지도 모지불계ᄒᆞ고 복즁에 가득ᄒᆞᆫ 경륜리욕 일관 쑨이로다

박탈 민지 독ᄒᆞᆫ 졍스 싱령이 어육이오 긔군망상 슝ᄒᆞᆫ 죄명 죽은들 써글손가 더신 협판 디감 령감 귀 밋ᄒᆡ 옥관즈 금관즈와 각식으로 지은 젼복 식슐듸롤 미고 보니 물식은 조커니와 창우하쳔 복식이오 스륜교 인력거에 구종별비 옹위ᄒᆞ야 젼후로 벽졔ᄒᆞ니 긔구ᄂᆞᆫ 장커니와 외국인의 슈치로다

관찰 군슈셔 임ᄒᆞᆯ 졔 졍치 학문 뭇지 안코 문벌이니 셰교이니 돌녀가며 차츌ᄒᆞ고 불학무식 하등 인물 돈을 밧고 미미ᄒᆞ야

부임호 후 힝졍호면 무죄 평민 착슈호고 횡셜슈셜 가진 죄명 빅 가지로
얼거니여 스갈의 독호 희와 시랑의 모진 소릐
호령이 츄상 갓고 악형이 무쌍호즉 어리셕은 어둔 빅셩 일루 잔명 보존
초로 상평뎐 하평뎐과 가장 즙물 방미호야 긔쳔량 긔만량에 간신히 탈
신호니

1905년 10월 31일

부모 쳐즈 류리기걸 일죠에 되고 보니 원입골슈 깁혼 한은 욕식기육 싱
각호나 합계로 민든 졍치 어디 가 호소호며
호소혼들 쓸 디 잇나 그런 고로 젹당에도 투입호고 의병이라 즈칭호야
셩군작당 횡힝호니
셩쥬에셔 근심호스 죠칙을 나리시고 효유안무호라신들 간신이 만죠호니
셩쥬의 깁흔 근심 더러닐 자 누가 잇나 한심코 이달을스 기름지고 조흔
강토 숨쳔리와 순호고 어진 빅셩 이쳔만이 당당 대한 즈쥬호야
독립국이 못될손가 간휼혼 모모디 관져호 몸의 영욕으로 외국인을 부
동호야 토지룰 허급호며 인민을 구축호니
강토는 줄어가고 인민은 도탄이라 인민을 모라다가 화젹당에 너허쥬고
국권을 쎄아셔다 외국인을 맛겨가며 부귀룰 도모호니
인민이 업게 되면 나라이 엇지 되며 나라이 업게 되면 부귀를 엇지홀가
그런 싱각 못호는지 망국디죄 즈취호니 가셕코 가통이라 일셩장탄에
한숨쉬니 쏘
한 스람 가로디 나라의 흥망셩쇠는 쳔시와 국운이라 인력으로 홀 바리오
우리나라 지금 형편 사룸으로 비유호면 방병 디종병이 들어 편작이 란
의로다 그 죄를 의론호면 관민이 일반이라
졍부룰 조직호야 시졍긔션 못호기는 쥬무디신 칙임이오 샤회룰 창립호

야 일심단톄 못ᄒ기는 인민의 칙임인즉 왈시 왈비 말을 말고 곤히 든
줌 씌여가며 시 졍신을 가다듬어
시왈부왈 강산풍월 그만 더져 발여 뇨코 기명국 신학문을 렬심으로 연
구ᄒ여 니졍을 발쎄 ᄒ면 외의 모롤 면ᄒ리니

1905년 11월 1일

졍부대관 밋지 말고 사름마다 힘을 써서 디한 뎨국 쳔만 년에 반셕것치
굿게 홈은 인민의 칙임이라 아모 타슬 말지어다 쏘
한 사름 강기훈 말 변명ᄒ여 가로디 나라 흥망은 쳔시와 국운에 잇다ᄒ
니 지공무ᄉ한 아님이 쳔ᄒ만국 감찰ᄒᄉ
이중이 업ᄉ시니 어이 우리 디한만 국운이 쇠ᄒᆞᆺ슬가 쳔시 국운 허언이오
국가롤 망ᄒ 죄는 관민이 일반이라 ᄒ니 구미각국 널은 세계 립헌졍치
공화졍치 슝상ᄒ는 문명국은 빅셩이 크다 ᄒ되
우리나라 압졔졍치 디소ᄉ롤 물론ᄒ고 소위 졍부 디신끼리 잘되던지
못되던지 마음디로 시힝ᄒ야
빅셩은커니와 한 조졍에 별살ᄒ고 한 마을에 녹을 먹는 관리도 작위가
낫게 되며 흉즁에 비록 장ᄌ방 졔갈량의
도략이 잇서도 쓸디 업셔 한 마디 뭇지 안고 한 마디 ᄒ지 안아 무엇이
무엇인지 젼연이 모로거든 함을며 졍권이 업는 빅셩이 이일너 무엇ᄒ리

1905년 11월 7일

우리나라 미약갓은 디신이라 협판이라 하는 사름 슈단으로 만든 것시
지 그 지ᄎ국장이니 과쟝이니 하는 ᄉ름

디신 협판 입만 짜라 하눈디 홀 뿐인즉 즈유 언권 죠금 업고 스환니나
다름 업셔 가련하기 측량업네
남의 나라 사롬들른 즈긔 돈을 들여가며 문명정치 발달코즈 각국을 유
람하야 지식을 긔도하고
우리나라 관인들른 려비를 쥬어가며 외국 제도 시출하라 파송하면 아
모 싱각 도시 업고 갓다 왓다
하는 것이 직책으로 아는 모양 가소하고 통탄토다 그런 것들른 일즉 죽
지도 아니하데 쏘
한 사람 가로디 여보시오 글란 지각업는 말 마시오 그 사람들이 죽게
되면 여디로 갈듯하오 필연 쌍속으로 갈 터이지
쌍속은 디부라 하고 디부는 렴나국이라 하니 그런 간셰비롤 달려가면
디한국은 힝복이라 허려니와 렴나국은 우리 모양 될 터인즉
달여갈리 만무허지 렴르국 정부 사람들리 우리나르 명부 사람의 식견
으로 아지 마오
그러면 그 사람들은 장싱불스허게 춤 긔막히고 통곡홀 일이로다 허며
일장담화가 모다 시극이 잘못 되여가믈 한탄허는 말이더라

1905년 11월 17일

일젼에 엇더흔 소경 한아이 막디를 쑤덕거리고 모쳐 망건가 압흐로 지나가는디

그 곳에셔 망건일 ᄒᆞᄂᆞᆫ 안즘방이가 그 소경을 불너 갈오디 여보게 그동안 엇지허여 오리 맛나지 못허엿나

소경이 디답허되 즈연 그럿케 되엇네마는 그동안 슐이나 잘 먹엇나

여보게 아모 말 말게 말허면 긔가 막히네 슐를 먹기컨니와 슐 먹는 사롬의 입도 구경치 못허네

젼일에ᄂᆞᆫ 가로상에 슐 먹고 쥬졍허는 쟈도 만터니 근일에도 별노 엇어볼 슈 업데 아마 후쥬 죄인으로 잡혀 갈가 두려흠인지

아니 돈이 극귀허여 그럿치 신화 한 푼 엇어보기는 하늘에 별짜기오 구화죠차 구경홀 슈 업스니

어ᄂᆞᆫ 결을에 슐먹을 슈 잇스며 먹은들 취홀 슈 잇겟나 그 젼에ᄂᆞᆫ 니가 문슈 소리를 질으고 도라다니면

이집 져집에셔 불너들려 하로 못버러도 슘슈십 량이더니 근일에ᄂᆞᆫ 다리에 가리토시가 셔도록 다여도 슘슈 푼을 구경치 못허니 춤 살 슈 업셔

자네는 그러치 나도 이왕에ᄂᆞᆫ 망건이 슘 긔만 맛허도 미일 슈오십 량

오륙십 량을 버러 고기도 스먹고 슐도 먹엇더니
근일 당허여는 돈도 귀홀 쑨 아니라 머리 싹는 스롬 만어셔 제각금 망
건을 파라 먹으려 드는 까닭에 싱이 업셔 죽겟네
그말 말게 즈네나 나는 고만 두고 우리보담 십십비 잘 벌고 잘 쓰던 뎌
상고들도 젼문을 닷친다 도망을 혼다 허니 돈은 춤 귀혼가 보데

1905년 11월 18일

그려치만 아모 것도 아니 흐고 젼복이나 입고 뒤짐이나 지고 남북촌 지
상의 집으로만 도라다이는 사롬들은 무엇을 먹고 스는지 우리 갓하야
셔는 돈 업스면 쏙 죽을네
이 사롬 그런 패스의 말 허지 말소 그 사롬들이 공연이 단이는 줄 아나
모다 곡졀이 잇셔 단인다네
그러면 협잡 속이지 협잡도 한 두 가지오 하로 잇흘이지 일년 슴빅륙십
일에 날구장쳔 무슨 협잡이 그리 만탄 말인가 필연 것흔 번번허나
속은 싱이가 버셕버셕홀 터인즉 대문에 나올 썌에 트림허고 가리침 곤
도 올니는 거슨 속담에 이른바 닝슈 마시고 니슈시는 모양이지
안일셰 그런 협잡질 허라 단이는 사롬들은 비포와 경륜이 짜로 잇셔 어
디던지 가면 남의 비위를 잘 맛초와 입을 열면 소진이 구변이오 쬐를
니면 진평이 묘계가 잇는 듯흐야
긔인 편지 일등이오 쥬사참□ 시긴다고 긔쳔량 긔만량을 쎼앗는 날은
도독놈에 계집갓치 먹셩죠케 잘 먹으며 죠즈룡이 흰창 쓰듯 보기 죠케
잘 쓰고 지는다네
그런게야 근일에 마쥬스 젼참봉도 그런 협잡비에 슈단으로 된 것이지
이 스롬 시럽슨 말 작작허게 속담에 상말노 긔가 돈이 만으면 멍쳠지라
혼다는 말은 혹 잇지마는 마쥬스 젼참봉이론 말은 금시 초문일세

1905년 11월 19일

자닌는 공연이 남다려 시럽다 허지말게 즈닌는 눈이 멀어 보지는 못호
다 하거니와 소문죠츠 못들엇단 말인가
자닌 말호 바 멍첨지는 김싱의 멍첨지오 나의 말호 바 마쥬수 젼참봉은
사롬의 마쥬수 젼참봉이라 일젼 관보에 게지 되엿다데
이 사롬 자네는 다리가 병신이라 허되 돌아단이면셔 소문을 샐니 듯네
가위 시골 안즌방이가 셔울 죠졍 공론 혼다는 말이 자닌게 쏙 맛쳣고
춤 이상호 일 셰상에 만아 지금갓치 젼황호 찌에도 군슈쥬본이 된다허
며 스면에 돈 리왕 허는 소리에 귀가 압흐니 이럿케 귀호
돈을 일이량도 아니오 멧 만량 멧 쳔원을 돌녀 니는 것 보면 춤 돈이
졔갈량이라 허되 그 사롬들도 졔갈량이지
그러나 져러나 큰일낫셔 관출군슈롤 죠졍에셔 것흐로는 퇴차흐아 보닌
다고 허여도 그 사롬이 그 스람갓흐여 이젼에는
빅셩들이 션졍 불망비를 셰우더니 지금은 악졍 불망비가 셔게 되얏슨
즉 사람마다 불망비 한아식은 다 엇을 모양이지
참 근리는 관찰군슈의 불망비는 거리거리 만히 셧데 션치를 허여도 비
를 셰고 불치를 허여도 비를 셰며
션졍을 혼 자도 원류악졍을 혼 자도 원류허니 그 셈판을 참 알 슈 업셔
그 무엇이 알 슈 업나 션졍을 허던지 악졍을 허던지 빅셩들이 잇지 못
홀 일은 한 가진즉 이럿턴 져럿턴 불망비는 일반이오 불치를 허던지 션
치를 허던지
원류홈은 이 사람이나 져 사람이나 일반인즉 무근 사람의게는 이왕 만
히 먹혀슨즉 다시 더 먹힐 것 업거니와 시로 시 사람 오게 되면
쏘 먹으려고 혀를 둘너 가진 악졍 다 할 터이니 돈 멧 쳔량 쎄앗기랴면
죽을 고싱 다 혼다네
불치허는 쟈의 월류는 시로 오는 즈를 두려홈이오 션치허는 즈의 월류

는 참 이석허여 홈인즉 이리도 월류 져리도 원류는 일반이지 무어시 알
슈 업셔

1905년 11월 21일

벼슬인지청을 친지허게 되면 공명도 공명이거니와 첫지는 츙군이국이
오 둘지는 위부모보쳐 ᄌ홀 경륜인디 돈을 들이고 ᄒ게 드면
벼슬을 ᄉ는 것이라 그 벼슬 ᄉ가지고 들인 돈 □이려 ᄒ며 박탈민지
아니코는 홀 슈 업스리니 빅셩은 나라의 근본이라 근본을 흔들며 나라
이 위티훈즉
두국병□역적이오 만구일담 □원 소리 ᄉ랏셔도 죽은 모양이니 ᄉ롬은
못홀 바라 그런 말 허고 보면 가위 불가ᄉ문어타인일셰
그런지 져런지 관찰군슈 노릇도 졈졈 ᄌ미업나 보데 탐학으로 늘근 슈
단ᄒ고는 십지마는 ᄉ면에 걸니는 일 만하 못ᄒ나 보데
그 즁에도 죠금 낫다 ᄒ는 쟈도 잇지마는 언필칭 디방 관리 탐학훈다
ᄒ니 가위 일불이슐륙통일네
디방관더러만 잘못훈다 홀 것 아니지 대관결졍부 더신네들이 돈을 밧
고 파라 먹는 까닭인즉 졍부 더신이 식키는 것 아닌가 가위 상탁하부졍
일셰
관출이니 군슈이니 디방에 보니기는 첫지는 치민이오 둘지는 보세인데
지금은 엇더케 된 셈판인지 빅셩을 두다려가며 돈 쎄셔 먹는 거시 치민
으로 아니 다ᄉ릴 치ᄌ는 두다릴 치ᄌ로 알고
세탈을 독봉ᄒ야 국고에는 상랍지 안코 ᄌ긔네 비속에 너허 발이니 봉
셰라는
봉ᄌ는 숨킬 봉ᄌ로 아는 모양이니 당초에 글ᄌ롤 잘못 비운 타신지

1905년 11월 22일

안일세 얼[어]려셔부터 보고 들은 가장지학이지 속담에 이른바 시오는
디디 곱스등이오 콩 심은 데 콩나고 팟 심은 데 팟난다 ᄒ이
그와 가치 쳥빅훈 집안에셔 쳥빅훈 ᄌ손이 나고 탐학허든 집에셔 탐학
ᄒ는 ᄌ손이 잇나니
그런고로 효ᄌ문에셔 츙신이 난다 홈이라 엇지 글ᄌ를 잘못 비왓다 ᄒ
리오
그도 그러치마는 가장지학이라눈 말은 요혹무괴훈 말이나 디디 곱스등
이라눈
말은 과격의 말일세 ᄌ네눈 ᄌ식을 나으면 안즘방이나 코 나는 눈 먼놈
나킷나 모다 져 되게 잇지
그리게 말일세 사롬은 교육ᄒ기에 잇느니 교육을 잘못ᄒ면 부랑픽듀되
고 교육을 잘ᄒ면 현인군ᄌ 될지라 그 교육의 관계가 엇더타 ᄒ갯눈가
이 사롬 교육인지 무엇인지 쓰른 희 길게 보니고 입에셔 바람들이며 쓸
디 업눈 말 그만두고 돈이나 잇거든 술이나 한잔 먹세
여보게 이 사롬 자니커니와 오비가 슘쳑일세 그 젼에눈 아모리 구츠ᄒ
여도 쥬먼이에 돈량 쩌난 날이 업더니 지금은 민복 한 자리 못ᄒ고 치
셩 한 자리 못 맛하 츰 돈 귀ᄒ야 못 살겟네

1905년 11월 23일

이 스롬 쓴 소리 말게 지금 판셰롤 감아니 보면 기화니 문명이니 훈다
고 머리는 잘덜 싹나 보데마는 속에는 젼판완고의 구습이 가득허여
것흐로는 엇지 기명 진취의 쯧이 잇는 듯 허나 실상은 잠을 씨지 못허
여 길에 단이는 자들이 말쟝 코를 골고 단이니

비유컨니 고목 남기 것흔 셩허나 속은 좀이 먹어 들어가는 모양이라 참
것기화라 홀 만허여
니 망건셩이만 죠잔허여 갈 쑨이오 죠금 별 슈는 업슬 터이되 자니 복
슐에는 관계치 아니허리
남 화나는 말 허지 말게 즈니는 듯지도 못허엿니 지금 경무쳥에셔 무당
과 판슈를 엄금혼다네
그 무당은 스지 빅희가 멀졍허여 아무려도 관계치 안커니와 우리 눈갈
머른 소경놈은 아모 것도 홀 슈 업고
다만 비운 바 경일고 졈치는 슈 밧게 업스니 니가 니 싱각허여도 쏙 죽
엇지 다른 계칙 업슬네
여보게 아모리 금혼다 허되 쇠고□ 잘 덜□[만] □[허]나보데 사롬마다
잠을 씌여 졍신이 잇게 드면 경무쳥에셔 아모리 경일고 굿허라고
권허여도 안이홀 터이지마는 지금 혼몽 즁에 잇는 사롬들이야 아모리
금허기로서니 될 말인가
노야 들을 말이지마는 즈네 비운 싱이는 업셔져야 나라이 흥왕홀 터일셰
니 스람 남의 말은 시근 죽 먹기 갓치 잘 허네 그러케 홀 말리면 즈니
비운 싱이는
무어시 유죠혼가 나의 비운 바 경문과 복슐은 빈말리라도 츅슈나 허고
길흉이나 판단혼다 허지마는 그 망건 갓흔 것 무엇 허나

1905년 11월 24일

안일셰 망건이라 허는 것은 례의지국의 관으로 션왕의 고풍이 일죠에
업지 못홀 것이지
싹헌 말 만이 허네 즈니 앗가 허던 말은 엇지 기명에 의취가 잇는 듯
허더니 지금 말은 우부에 말일셰 참 단지기일이오 미지기이로다

그 망건의 폐단을 대강 이르리라 사롬의 머리는 가히 정신든 쥬먼이라 홀 터인데 그 정신 쥬먼이를 잔득 졸나 미여 혈믹이 즈유 활동을 모허게 허니
정신에 유희무익이오 아모리 밧분 일이 잇는 쟈라도 망건을 쓰즈 허면 멧 시간을 허비허니
스업에 유희무익이오 스치허는 자는 고혼인모라 곱슐이라 허는 것으로만 드리 쓰고 보면 그 망건의 체격맛쳐 갓과 의복이며
탕건까지 곱게 허니 경졔상에 유희무익이오 간란흔 자는 구멍이 쑤러진 것을 깁지도 못허되 아니 쓸 슈 업셔 쓰고 보면 츄루가 막심허여 속담에 일은 바 망건이 히여지□[면] 셕승이라도 간난허여 보인다 허니 외모에도 유희무익이라
그 허다 폐단을 엇지 다 말 허리오마는 이젹에 명퇴죠가 망건을 니여 우리나라 사롬들을 쓰일 쩌에 사롬의 머리에 김싱의 털을 붓치란다고 한스모 피허다가
긔혀이 쓰엿느니 기후 몟 빅년 후에 사롬의계 희롭다고 버스라 흔즉 쏘 벗기 슬타고 흐엿단 말 듯지 못흐엿나
도시 사롬 습관이지 무슴 션왕의 졔도를 존즁이라 그런턴가 그런 언쯔는 것 션왕의 고풍이라 칭탁지 말고 어진 졍치와 아름다온 규모를 좀 션왕의 유풍이라고 슝상흐엿스면 부국긔명 되련마는

1905년 11월 25일

여보게 그러면 즈니 싱이나 니 싱이 사롬의계 유희무익 되기는 피츠 일반인즉 슉시슉비 그만두고 나라에 유익흐고 인민에게 유죠흔 것 좀 허여보세
무슴 회스갓흔 것 한아 죠직허여 니 나라 물건으로 외국 돈 쎄셔 오며

상업을 발달허여 돈을 만히 버러쓰면 나라에 원랍ㅎ야 국용을 보터가며
학교를 셜시허여 인민을 교육ㅎ며 뎐장을 작만허여 부모를 봉양허며
가옥을 널게 지어 쳐즈를 양육허면 장부에 힝사가 쾌활치 못홀손가
이 사룸 돈은 벌기 전에 홀 것은 만히 잇네 가위 노루 잡지 안코 골모
감 먼져 마련ㅎ다는 말과 갓도다 무슨 지력으로 회사 셜시허고 무슨 근
력으로 외국 돈 쌔이셔 오나 쳔하만스가 도시 돈 잇슨 연후스지 아모리
싱각만 잇슨들 우리 쥬변으로는 홀 슈 업네
그러면 그것도 못허면 굴머 죽엇지 별 슈 잇나 참 무젼쳔지에 소영웅이
란 말이 올토다 쟝사를 허즈 허니 돈이 업셔 못허고 모군을 스즈 허니
다리가 졀너 못허고 훈학을 허즈ㅎ니 학문이 업셔 못ㅎ니 무엇을 ㅎ단
말인가 뜻이 잇스나 소용이 업스니 한갓 이달를 쑨니로셰
우리는 다 틀엿네 우리 즈식들이나 잘 길너 그 덕이나 볼 슈밧게 업지

1905년 11월 26일

졍신 서푼어치 업는 말 쏘 허네 그 즈식도 기르랴면 먹이고 입혀야 허
고 덕을 보랴 하면 잘 교육을 ㅎ야 셩도를 시겨 노코야 홀 말이지
당장 죽을 지경인데 무엇으로 양육허나 공족이라 납거미먹고 살가
그리도 쳔불싱무록지인이라 허니 엇더케던지 먹고 슐터이오 메밀도 세
모에셔 굴너가다 스는 모가 잇다 허니 미양 그러홀가
밋기는 미오 잘 밋네 즈니 경문이니 복슐이니 비와 가지고 도라 단이며
남을 소기던 힝습으로 즈니 마음까지 소기나 보에
남을 잘 속이는 놈은 져까지 잘 속는다더니 즈내게 두고 일온 말이로라
남의 길흉화복 판단치 말고 즈내 길흉 좀 무러 보게
기막혀 말 한 마디 홀 슈 업곤 속담에 무당이 졔 굿 못ㅎ다는 말 잇지
안은가 졔 졈은 못ㅎ다네

그러면 지금 시국에 이러케 전황허여 사롬마다 죽을 지경이니 그 돈이 언졔나 유통이 되깃나 졈 한 괘 쳐셔 보게

안일셰 졈도 리치로 마련흔 것이오 셰상만스가 모다 리치밧게 일은 업는지라 그 돈 류동되기를 싱각흐면 졔각금 눈을 부릅 쓰고 업던 졍신 씨여가며

무슨 스업이던지 흐야 내 돈 남도 쥬고 남의 돈 나도 쎄셔 여긔 져긔 힝화허면 즈연 융통되지 아모 것도 아니 허고 돈 융통되기만 바라면 누가 거져 갓다 쥴 터인가 속담에 말로 붓두막에 소금도 집어 노와야 쨔다 흐는 셰음으로 무엇이던지 돈 싱길 일을 허고 돈을 바라지 것물노

1905년 11월 28일

그러치만 무슨 스업을 흐랴 히도 돈 구경을 히야 흐지 돈 업시 졍신만 츠리고 눈만 부릅 쓰면 스업이 될 터인가 이 셰종로 판에 장스흐던 스람도 못혀는 것 보게

그 스람들은 눈갈 감고 졍신 업셔 누구게 도젹 마져 그러흔가 도시 신구화 교환에 힝용허던 구화는 한 곳으로 물녀 들어가고 신화는 나오지 아니허는 씨문에 여슈가 막혀 그러흔 것이지

그는 그러치 물귀즉쳔이오 물쳔즉귀라 흐니 돈도 하 너무 쳔흐엿스니 좀 귀흐여야 유의유식건디 픠류잠을 씨여 돈 귀흔 쥴도 알고 엇더케 허면 돈벌 일도 싱각홀 터이

우리도 아모리 곤란허나 한홀 것 업시 니 손으로 니 옷 찌즌 쥴노 알 것이오 온 셰상에 잠든 사롬 씨라는 일노 알 쑨이라 슈원슈구 한을 마소

여보게 참 가로에 안져스면 기막힌 소리 만이 듯깃네 일젼에 어는 외국 사롬들이 지나가며 말혀는디

한국 사롬들은 위협과 압졔로 즈란 스롬인 고로 우리네게도 의례이 압

제 밧을 쥴노 아는 터인즉

우리도 그 스룸들의게 위협과 압계를 아니홀 슈 업고 그 압계와 위협을
아니허고 보면 아모 일도 아니 되고 심지어 모군 한아 어더 불일 슈 업
슬 터이라

1905년 11월 29일

그런 고로 앗가 아모 디셔 아모가 한국 스룸의게 짐을 지워 가지고 와
셔 그 삭전을 니 마음디로 쥰즉 그 삭군이 돈이 격다고 흐지 안턴가 그
리 혀여도

그 스룸이 눈을 부릅 쓰고 쌤을 싸리랴 흐며 소리를 크게 질은잇가 그
계야 물너셔셔 아모 말도 못허고 가지 안턴가

그 셰음으로 지어 정부 대관ㅅ지라도 그러케 교계를 허고 보면 참 외교
의 슈단이 잇는 사룸이 되고 그런 경위를 아지 못허여 사룸이 사룸 디
접흐는 동등 디우를 허게 되면

가위 외교 슈단에 어두운 사룸이 되나니 진소위 입향슌쇽이라는 말이
올타 허며 셔로 웃고 가는 것을 보니 한아은 우리나라에 나온지 오리
되여

풍토션악과 인심셰티를 짐작허는 자이오 한아은 쳐음으로 나와 아즉
우리나라 풍속을 모로는 자인가 보되 멧 달 지니고 보면

그런 슈단이 쏘흔 능흘 모양이니 그 말노 볼진딘 우리가 우리 말노 사
람이라 허지 져 외국 사람들은 사람으로 아지 안코 다만 우마에게 의복
입혀 노은 일긔 동물노 아는 모양이니

1905년 11월 30일

엇지 통분치 아니ᄒᆞ며 그 전에 우리나라 사람들이 외국을 지목허여 오
랑키니 무엇이니 허며 ᄌᆞ칭 동방례의지국 사람이라 허던 것 싱각허면
참 가소치 아니ᄒᆞᆫ가
그런 말 허지 말게 보고 듯는 것이 도로혀 병통일세 우리 나라 대관들
의 로론이니 소론이니 허는
죠흔 문벌 공연니 ᄂᆡ 집 ᄉᆞ랑 구셕에셔나 ᄌᆞ셰하지 외국 사ᄅᆞᆷ에게는
문벌ᄌᆞ셰도 듯허고 도로혀 그 ᄉᆞ롬의게 의뢰 허가를 도모ᄒᆞ니 그 쳐신
의론허면 디관이 소관만도 못혀다네
그 말 말게 이 근러 각부 디신네들 출입시의 보게 드면 긔구도 굉장하
데 순검 병정 옹의혀고 일헌병 일순사가
좌우로 보호혀야 츄종이 벌쎄 갓ᄒᆞ니 그 영광 엇더혀며 그 위엄 엇더ᄒᆞᆫ
가 사ᄅᆞᆷ마다 못허리라
이 사ᄅᆞᆷ 명담이로다 그네들의 부귀영총을 의론허면 슈모슈모 당셰의
뎨일이나
그 악명 그 신세는 우리 만도 못허도다 화당금욱의 검의옥식은 만민의
고혈이오 거마복즁의 영광위엄은 나라의 란신이라

1905년 12월 1일
ᄌᆞ쥬 권리 반졀 업시 외국인을 의뢰ᄒᆞ야 젼국 이익 쥬어가며
황실위권 쌔이셔다 외국으로 돌여 보내여 강토는 점점 줄어가고
황권을 날로 미약ᄒᆞ야 만민은 도탄이오 도젹은 봉긔ᄒᆞ니 국셰의 위급
홈은 죠젹이 란보로다 그 ᄭᅡ닥 셜명혀면 지금 소위 각부 대신 미국허는
슈단으로 만든 거시라 무죄ᄒᆞᆫ 젼국 인민 곡졀 업시 남에 로예될 터이니
그 죄를 의론허면 한국에는 역신이오 외국에는 츙신이라 죽기를 면홀
손가 그런고로 졔죄를 졔가 알고 순검병졍 쳥득ᄒᆞ야 쥬야로 보호ᄒᆞ니

그 보호는 미양 인가인군을 공동허여 나라롤 파라 먹기도 사름마다 못
홀 바라
여보게 참 이번에 쏘 한일신죠약이 성립되야 일본서 우리나라에 통감
부를 설치허는디 그 위치는
경복궁 안으로 된다 허니 그 신죠약은 무엇이며 통감부는 엇지 허는 것
인가 즈네는 쏙쏙이 □[아]는 □[바] 좀 들엇스면

나도 즈셔히 알지 못허나 그 신죠약은 우리나라 외교권을 것어다가 일
본 동경으로 이셜혼다 홈이오 □[그] 통감부라는 것은
통감 잇슬 쳐소요 통감은 외교권이나 기타 범빅 스위롤 모다 감찰허는
관원의 벼살 일홈이라네
그러면 외교권이라는 것은 우리나라 외부와 각국 공스관에 교섭허던
권리 아닌가 그 외교 권리가 일본으로 가고 보면
우리나라 외부라 각 항구 감리라 허는 것 무엇 허나 불공즈파 될 터이
오 각국 공스 여긔 잇셔 무엇 허나
텰환본국 홀 터이니 참 그러케 되고 보면 우리나라는 정말 독립국될 터
이지
미친 스람의 말이로다 나라는 그만 두고 일기인의 일로 말허게 드면 가
령 김가의 집에셔 잔치롤 기셜허고 각쳐 빈긱을 모다 쳥허여 노코
그 쥬인이 능히 접졔치 못허여 그 이웃집 스람 최가에게 부탁허면 비록
그 집과 음식은 김가의 것이나
그 디졉의 잘허고 못허기논 최가의 마음에 달녀나니 그 빈긱들이 무엇
을 쳥허던지 치하를 허던지 허랴면 필경 졉디허논 최가의게 말홀 터이
니 굿하야 리가 보고 말허잘 것 무엇인가 그와 갓치 우리나라 정부에셔

외교 권리를 일본에 쥬고 보면 렬강 졔국에셔는 무슴 국졔상 일에 디허여 디소를 불계허고 그 외교 권리 잡은 일본과 교섭홀 터이니 권리업는 우리 정부와 의론홀 묘리잇나 그러혼즉 세계 렬강과 디등국이 못 되고 남의 나라 쇽국이나 다름업셔

니 일을 내가 못혀고 남의 손 비러 허니 무엇시 즈쥬국이며 무어시 독립국이라 혀리오 즈쥬 독립 헷말일세

1905년 12월 6일

여보게 나는 남들이 독립 독립 흥기에 외국과 상관이 업시 홀노 지너는 거시 독립으로 알고 각 공스가 것어 가면 독립국이 되는 쥴 알앗더니 지금 즈네 말 듯고 보니 니 일을 내가 하고 남의게 의뢰치 아니허는 거시 독립이로다 그러케 중혼 권리 무슴 쥬의로 남의게 쥰단 말인가

근일에 정부 회의를 즈죠 혼다더니 그런 일 흥야구면 즈네 앗가 말에 병졍 순검과 일순사 일헌병을 보호로 셰고 단이는 거시 영광이오 위엄시럽다 하엿지 그 무엇이 영광인가

나라를 사랑혀고 빅셩을 무휼허며 인지롤 비양허여 교육을 발달허며 농상공업 권면하야 지원을 융통하며 내졍을 발게 하야 관리를 틱용하며 외교를 밋게 하야 린방을 친목허면 긔명진취 졀노 되야 국부민강홀 터이니 누구를 부러허며 나라이 젹다 하나

디방이 숨쳔리오 인민이 이쳔만이라 무엇을 쓰릴손가 그런 싱각 더져 두고 캄캄 어둔 금음 칠야에 혼몽을 못씨는지 내 나라 파라 가며 내 권리 쥬어 가면

1905년 12월 7일

고식지계도 모혀여 인군게 득죄허고 빅셩의게 젹원하야 일신 셩명 보
존코즈 외국인에게 보호를 요구한니
죄상은 통한흐고 졍경은 츰혹도다 츙군이국 하엿스면 늬 나라 내 빅셩
에 무엇을 고긔하며 만민이 축원하되
어질고 착흔 우리 상공 빅슈무강 송덕으로 유방빅셰 허련마는 악허고
츄흔 물이 란신젹즈 죄명으로 뉴취 만년 혀즈 허니 가련고 가동일셰
여보게 속담에 허기를 남의 굿에 츔춘다는 말은 잇지마는 지금 일본이
남의 나라 일에 무슴 렬심이 그리 잇셔
츙고니 권면이니 허고 늬외 졍치를 모다 간셥허랴 덤벙이니 무슴 까닭인
지 몰나 즈네는 보지 못허엿나 일젼 뎨국신문에 쩍타령이 춤 명담이데
그와 갓치 지금 이러케 발근 셰상에 다른 나라 사롬들은 눈을 크게 쓰
고 셰계 형편 보아가며 늬 나라 내 인종의 유익허고 죠흔 업계 각금 하
랴는더 슬프다

1905년 12월 8일

우리나라 사롬들은 눈을 감고 잠을 즈니 무엇을 아니 일흐며 무엇을 아
니 쎄아슬가 무슴 일흔다는 것 보게 드면
나라는 망허든지도 모지불계허고 져 흔 몸의 비긔지욕만 싱각하야 스
스이 낭퓌허니 젼국의 혈믹되는 지졍 긔관은 남의게 양여하야 졍리인
지 목독인지 흔다고
지졍이 탕갈하야 일국 싱령이 아사지경을 면치 못허게 되얏스니 싱령
이 다 죽으면 나라이 엇지 되며 나라이 업게 되면
졍부는 잇슬손가 통곡흘 즈 이것이오 기타 광산이나 삼림이니 어업이

니 통신원이니 허는 전국에 큰 리익되는 것은 스분 오렬하야 죠각죠각
쩌여니야
외국인을 난와 쥬고 텰도디이니 군용지단이니 하야 소중혼 나라 강토
를 위협에도 쌔이앗기며 호의로도 쥬어가며
각식으로 쑤며니는 허다 폐단은 사람의게 비유컨디 만신창 쥬마창 각
종의 악혼 종긔 시시로 발작허며 상한 병긔 부족이 날마다 침중허여
일이넌 숨사넌에 시득부득 말으는 모양이니 그런 병에도 어진 의원을
만나 죠흔 약으로 먼져 긔믹을 숟케호고 시후롤 짜라 가며
지죠를 가입하야 병근을 다사리면 일이삭 일이넌에 츠츠 완인되려니와
만일 악혼 의원을 만나 죽을 병 들어스니 편작이 란의라고 더져 밸여
두게 드면 엇지 술기를 바라리오
지금 우리나라의 병들미 일이삭 일이넌이 아닌즉 그 병을 고치랴면 쏘
혼 일이넌에 되지 못홀 터이나 어진 의원이 화제롤 연구하며 침과 약을
덕당호도록

1905년 12월 9일

쓰게 드면 즁흥홀 도리 업슬숀가 목금 형편 보게 드면 양의는 혼아 업
고 만죠졍이 모다 용렬혼 의원뿐이니 가위 장틱식홀 즈이로다
여보게 즈네 말 지금 듯고 이왕 지닌 일 싱각허니 작년 일이 옛일인즉
금일이 명일에는 쏘혼 옛날이라 홀지로다
졍부대관은 하우불위로 차치 몰논허고 우리나라 디방이 비록 젹다 허
나 숨쳔리 닉 이쳔만 싱령 중에 유지지인과 강긔지스가 아죠 업던 아니
호야
외국도 유름혼다 무슴 사회도 창셜혼다 하는디 모다 발달이 못되야 유
명무실 허는 중에 오즉 황셩 뎨국 량 신문사가 경비가 부족허되

동터셔취로 근근이 지팅하야 졍계 독실과 국가 리히와 인심 셰티를 론
란하야 인민의 지식을 기도혼다 허엿더니 그것도 국민의 복이 업셔 황
셩신문사가 일죠에 폐텰이 되앗슨즉
사롬의게 비유컨디 두 눈과 갓흔지라 눈 두리 잇슬 졔도 남과 갓치 못
허엿거든 눈 하나를 쎄고 보니 갑갑허고 이다른 일 엇더타 말홀손가

1905년 12월 10일

여보게 그 말 말게 나는 두 눈이 다 업셔도 오십 여 년을 사라 잇네마
는 신문을 허여 노은들 잘덜 보와 쥬어야 하지 보는 사롬업고 보면
휴지나 일반이오 두 눈이 발근 놈도 학문이 업고 보면 나와 갓흔 소경
이오 사지빅히가 멀졍허다 허나 즈유 활동 못하고 보면
즈네와 갓흔 병신이라 젼국 인민 평론허면 등신은 아즉 살아 셰상에 잇
다 허나 마암은 발셔 죽어 황쳔에 갓다 홀지니
가위 말허는 귀신이라 홀 만허고 소위 완고라 슈구라 허는 분네들은 문
명 셰계의 말하게 드면 언필칭 예젼의는 그런 것 져런 것 다 업셔도
국티민안 허엿다 하야 죠흔 말 듯지도 안코 죠흔 것 보려고도 아니 하
니 귀와 눈이 잇다 혼들 무어시 유죠혼가 귀먹어리 소경이라 홀 만하고
소위 학즈니 산림이니 허는 분네들은 공즈왈 밍즈왈 허며 시문을 구지
닷고 산고곡심유벽쳐에

1905년 12월 12일

초당을 지어 노코 두 무릅흘 쑤러인져 즈칭왈 도학군즈라 스문뎨즈라
하야 벌노 빅리 밧글 나가 보지 못허고 무졍셰월을 허송하니

가위 써근 션비라 홀 만하야 안즘방이나 다름이 무엇인가 허다 셜폐허
랴며는 입이 압파 홀 슈 업셔 디강 말일세
여보게 그런 말 허고 듯고 보면 참 화증이 졀노 나셔 못 살깃네 우리도
죠흔 방칙 좀 허여 보세 나는 눈이 잇스나 다리가 부실하고 즈네는 다
리가 셩허나
눈이 업셔 피츠에 낭퍼되는 일이 만은즉 우리 두리 일신단체 되여 이젼
에 못하던 일 허게 드면 그 아니 쾌홀손가
말인즉 대단이 감격훈 말이나 우리 갓흔 병신들이 졔 아모리 단체된들
무엇을 훈다 하리오 가위 지이불힝인즉 가셕홀 뿐이로세
안일세 즈네가 단체의 뜻을 모르는 말인가 보네 즈네가 나를 업고 보면
눈도 잇고
다리도 잇셔 어디를 가지 못훈다 허며 무엇을 허지 못훈다 허리오 그러
케만 허고 보면 단체가 아니 되나

1905년 12월 13일

그러면 즈네는 업펴 단이게 되야 죠커니와 나는 무슴 팔즈로 니 몸도
니가 쥬체홀 슈 업는데 남을 쏘 업고 단인단 말인가
참 기막힌 말일세 하며 허희쟝탄에 노리 일곡 부르면셔 막디를 두루혀
갓더라
그 노리에 흐엿스되 스쳔년 오랜 나라 어이훈들 망홀손가 오빅년 놉흔
종스 뉘라셔 바라볼가
셔산에 지는 히는 다시 도라 올나오고 동히로 가는 물은 궁진 홈이 업
스리라 현인군즈가 어느 쩌에 업다 하며 란신젹즈가 미양득의 허단
말가
흥망셩쇠는 즈고로 무상훈즉 사롬의 알 바 아니로다 력산에 밧갈기와

위슈변에 고기 낙기는
고인의 힝젹이니 우리도 오호에 비를 써여 슷풍셰우에 불슈귀 ㅎ여볼가

004 의티리국아마치젼

1905.12.14~21. 雜報

1905년 12월 14일

서양 의티리국에 아마치라 하는 사람이 잇스니 니슈도 짜에 빈곤훈 집의 아돌리라

어려셔붓터 쯧시 놉고 긔운이 활발허여 병법과 검슐을 죠와허더니 나이 장셩하야는 쳔하에 쥬류허여

오디쥬에 형셰를 널피 살펴보고 크게 찌달은 소견이 잇슨지라 쏘 쳔하에 이름잇는 션비로 더부러 사귀여 놀미

학식이 디단이 발달훈지라 잇쩌에 나라의 빅셩을 압졔하는 졍사를 깁피 미이 역여

쟝찻 빅셩에 자유하는 권리를 확장하야 타국에 간셥을 막아 쯴코 의티리국을 동일하야

졍치를 긔명홈으로써 평싱 사업을 삼고져 훌시 맛참 션농화 짜의 빅셩 더리 군사를 들어 자유졍치를 도모하거날

아마치가 그 군사를 도와쥬다가 일이 퓌하야 나라를 쎠낫더니 후에 두 힉를 지나

다시 젼일 도모를 계교하다가 잡핀 비 되야 쟝찻 사형예 처하거날 아마치가 옥을 넘어 도망하야 불난셔국으로 갓다가

남아미리까쥬에 일으다 금명년에 우류우위 나라에 날리가 일어나거날

1905년 12월 15일

아마치가 막디를 집고 그 날리에 나아가니 히류군 도독이 되야 그 날리
를 평정하고 다시
의티리국에 돌아오니 잇떠에 의티리국에 돌아오니 잇떠에 의티리국이
오티리국에게 능모하고 침학하는 바를 입어 날아 지경이 날노 쥴어지
는지라
아마치가 크게 분기하야 슈하에 군사를 거나리고 오티리국을 치다가
이기지 못하야 항복하얏더니
명년에 의티리국 빅셩덜이 군사를 이릿켜 자쥬하기로 격셔를 젼하니
방너가 소동하거날
아마치가 옷소미를 떨치고 일아나 갈아디 쩌가 두 번 오지 안코 긔회를
가히 일치 못하리라 하고
의용병을 거나려 즈죠 불난셔와 오티리 두 날아의 군사를 이기고 셩을
웅거하야 굿지 직히더니
뭇참니 불류국 사람이 불난셔 군사로 더부러 형세를 합하야 셩을 치니
아마치가 몸으로써 탄환을 물릅스고 밤낫 싸온지 삼십일에 군사가 젹
어 젹국을 젹지 못홀지라 직히지 못홀 쥬를 알고 군사로 하야금 항복을
의논하라

1905년 12월 16일

하고 단신으로 졍렬하고 용감흔 부인을 잇끌고 젹군을 헤치고 빅롤 타고

타국으로 도망코져 홀 시 적병이 씨닷고 짜으른지라 비를 바리고 륙지
에 올나 산곡을 넘어 달아나니

침식을 폐훈지 슈삼 일에 츄병은 더욱 급혼지라 그 부인이 쥬리고 곤핍
하야 츈보를 힝허기 어려운지라

흐르는 물를 웅킈여 마시다가 아마치다려 일너 갈오디 첩이 나라와 빅
셩을 위허여 죽어도 한이 업거니와

오작 장부에 셩공을 보지 못허고 죽는 거시 한이라 장부는 맛당이 뜻을
죠곰도 굴치 말고 다른 날에 큰 공을 일우워 아름다온 일홈을 쳔지와
갓치 ㅎ라 하고 혼번 웃고 목을 미야 죽으니 슬픈지라

1905년 12월 17일

아마치에 부인이여 그 졍렬과 용감이 춤 아마치에 안히되미 북쓰럽지
안토다 아마치가 기후에 남미쥬에 갓다가

셔력 일쳔팔빅오십륙년에 좌류유아국이 불난서로 더부러 연합ㅎ야 오
국과 기젼ㅎ더니 아마치 본국에 도라와

의용병을 소모ㅎ야 선봉장이 되야 젼공을 일으고 기후에나불류왕이 포
학무도ㅎ니 사지리 지방의 빅셩이 분로ㅎ야

군사를 일잇키니 선능화 지방의 빅셩이 쏘혼 응ㅎ야 군사를 들시 아마
치를 츄쳔ㅎ야 도원수를 삼으이

아마치가 그 군사를 거라리고 사지리를 건너가 의티국 중에 격서를 젼
하니 원근이 향응ㅎ야 막하에 투입하는 자가 부지기수라 소항에 무적
ㅎ야 파죽지세와 갓타니 졔셩니 다 항복ㅎ고 사방이 신동ㅎ는지라 도
쳐의 빅셩들이 환영하야 쟈유 만세를 불으면서

1905년 12월 19일

아마치로써 빅셩을 구완ᄒᄂᆫ 두령관 자유에 주인을 삼우이 듸디여 의
티리국을 동일하야 국세를 졍돈ᄒᄂ

의티리왕이 그 공을 가상하야 디장군의 인수로써 주거를 아마치가 사
양하야 밧지 안코 표연이 희도 중에 도라와 평민과 갓치 거셩ᄒ더니 이
ᄶᅵ를 당하야 아마치가 큰 공을 일우고 자긔ᄂᆫ 희도 중에 잇서 평민과
갓탄지라 의티국이 비록 경니를 통일혓스나

불국과 오국의 횡자 능모홈이 젼일과 갓타거를 아마치가 ᄯᅩ 분노하야
졍부에 상서하야 오국과 졀화히기를 권하되 졍부가 불쳥ᄒᄂᆫ지라

아마치가 더욱 노하야 의용병을 모집하야 장찻 나마를 업습호고 불국의
방수ᄒᄂᆫ 군사를 추격호고자 허거날 졍부가 크게 놀나 군사를 보니야
아마치를 사루 잡아 돌와왓더니 명년에 ᄯᅩ 의용병을 모집하다가 풍녀
도에 유수를 망호고 ᄯᅩ 나마국으로 달아가셔

법왕의 군사를 파하얏더니 불국의 완군이 니공홈이 아마치가 ᄯᅩ 싱금
을 당하얏더니 마참 방환히기를 쳥ᄒᄂᆫ 자가 잇셔 희도의 돌아왓더니

1905년 12월 20일

서력 일쳔팔빅칠십년에 보국과 불국이 긔젼하야 불국이 픠홈을 듯고
아마치가 ᄯᅩ 긔연히 군사을 모집하야

불국을 구완호고저 허더니 보국과 불국이 화혼 후에 불국 졍부에서 아
마치을 놉흔 벼슬노써 주고저 허거날 아마치가 우서 왈 난을 구완호고
상을 바라ᄂᆫ 거ᄂᆫ 뜻잇ᄂᆫ 션비의 수치라 호고 이예 병권을 글으고 고향
에 돌아와 은거죵신하얏스니 디져 아마치ᄂᆫ 세상에 빅셩을 위하야 험
난을 물읍스고

화히를 덜고저 홈이오 놉흔 벼슬과 중훈 녹은 곳히 진신쪽과 갓치 보고 그 자봉은 극히 박후야
갈건폐의로 군사로 더부러 음식을 갓치 후고 칠차사루 집피믈 입어스더 디지를 빈치 안코

1905년 12월 21일

칠차 싱금을 당하되 디지를 변치 아니하며 빅졀을 맛나되 소의를 굴치 아니하야 맛참니
의티리 젼국을 통일하야 짜의 쩔어진 나라 위염을 회복하야 구라파의 열강국으로 더부러 병립케 홈으로써 자긔에 칙임을 삼으니
미양 거병홀 찐에 하는 말이 일이 셩공이 되면 왕끠 돌리고 셩공치 못하면 그 죄를 자당하리라 하니
디져 아마치에 일언일힝이 구쥬세계에 자유관계가 되니 엇지 만고의 희한훈 호걸이 아니리오

1905년 12월 21일

시골스는 로인 한아이 시국이 소요홈을 듯고 관광츠로 쥭장마혜에 도
보로 상경하야 각쳐로 도라단니다가
모쳐 약국에 드러간즉 그 약국 쥬인 의싱이 마져 좌졍호 후 무로 갈오
디 로인이 무슴 연고로 이 심동에 올나 오셧스며 엇지하야
힝식이 져리 쵸초하온잇가 훈디 로인이 위연쟝탄에 갈오디 나의 스졍
은 그디가 다 아는 바어니와 니가 츌싱 이후로 식육 부귀 팔십년에 지
금 나히 팔십이라
져간에 지닌 바 허다 스변을 말하고져 하면 스스이 낭픠오 촉쳐에 후회
로다 임이 잘못된 후에 아모리 후회훈들 쓸 디 잇나 그러나

1905년 12월 22일

디강 셜명호야 그디로 호야금 알게 호리라 니 지산으로 말호게 드면 뎐
답이 슘쳔셕직이오
우마가 이쳔여필이오 돈이 슈빅 만금이오 문하식긱이 빅여명이오 가옥

이 슘빅여간이라 그런즉 남들이 부즈른 지목ㅎ야 동셔남북 물론 ㅎ고 지나다가

로슈가 핌졀ㅎ여도 들오오며 잠갓 구경ㅎ랴고도 들어오고 긔쳔량 긔만 량을 감언이셜로 쎄아셔 먹으려고도 들어오매

그 치닥거리 엇던 염의 업는 사롬들은 슘ㅅ삭 일이년을 묵어가며 각가 지로 쬐이기를 아모데 논을 파라다가 아모데 작답하면

몃 비 리익이 싱긴다 하며 죠부모 션산에 약시호 화피가 잇스니 약시호 곳에 이 창을 허면 공명이 난다 아모 산에 긔도하면 복록이 무궁하리라 하며

아모 졀에 불공ㅎ면 즈손이 창셩하리라 달달리 굿슬 하면 집안이 평안 허다 룡신경을 닑그면 슈화의 지앙을 면호다 하고 빅가지로 하던 모계 는 지금 싱각하니 나를 위홈이 아니오

니 지물 허비하야 져의 낭탁하랴는 의사인디 어리셕고 미련호 즈셔 졔 질과 쳐쳡비복은 아모런 쥴 모르고 니게 조타 허는 것슨 모다 하려 덤 벙이니

잡용은 졈졈 늘어가고 지산은 날노 쥴어가미 이웃 사롬들이 비소도 하 고 혹 권고도 하야 즁론이 불일호 즁 집안 형셰가 거의 위티훈지라

맛참 친고 훈아이 그 형편을 민망이 여겨 니게 말하기를 지물이 잇다고 셔 공현이 남용허면 그 지물이 오릭 지팅치 못홀 터이오

1905년 12월 23일

만일 지물이 업게 드면 집안이 망홀 터이오 망ㅎ게 드면 신명조차 보젼 키 어려올 쑨 아이라 허탄호 일 조아ㅎ야 스신 우상의게 복과 명을 빈 다ㅎ니

그것은 복을 비는 것이 아니라 지앙을 비는 것이오 부모의 빅골을 이장

ᄒ야 ᄌ손과 공명을 바라다 ᄒ니 그것은 리치 밧게 일이라

그 부모가 ᄉ라 잇슬 ᄯ에도 능히 그 ᄌ손을 마음디로 보죠를 못ᄒ거던 홈믈며 죽은 후에 혼승빅강ᄒ고 다만 진토에 뭇친 빅골이 무슴 신령이 잇셔

그 ᄌ손을 도으리오 그디에 ᄒ는 일 보게 드면 각쳐 사찰을 즁슈ᄒ고 봉양답을 작만ᄒ야 쥰다 산소를 면례ᄒ야

셕물등속과 치산범졀을 굉장이 □□무당을 들여 굿슬 ᄒ다 소경의게 졈을 친다 ᄉ쥬 푸는 사람 구ᄒ가며 평ᄉ 길흉을 뭇는디

관상ᄒ는 샤람 쳥ᄒ여셔 관형찰식을 시긴다 각쳐에 명ᄌ를 지어 노리쳐를 만긴다 소를 잡어 고ᄉᄒ다 돈을 들여 긔도ᄒ다 ᄒ야 허다

셰월에 허다 남용을 무엇으로 지팅하며 간간이 소리ᄭ군 쳥하여 소리를 시긴다 홍각장이 불너 붕류를 듯는다 하니 그러케 쓰는 지몰을 장ᄎ 어디 찻ᄌ하리

ᄯ히도 작구 파면 구멍이 ᄯ러지고 물 아리도 작구 푸면 궁진홈이 잇다 하니 홈믈며 한졍이 잇는 지믈이야 일너 무엇하리오

1905년 12월 24일

그 ᄲᆫ 아니라 그렁셩 져렁셩 ᄒ게 드면 슈신졔가에는 마암이 업고 망탕 오유ᄒ는데만 졍신이 잇셔 어진 법은 멀니 가고

오합잡류를 만들어 모혀 귀에 듯기 죠코 비위에 맛는 감언리셜로 남의 평ᄉ대계를 져회ᄒ니 그 사롬을 원망치 말고 마암을 굿게 뎡ᄒ야 그런 말 져런 일을 ᄎᄎ 거졀ᄒ면 오든 자도 아이 오고 집 사롬도 긔회ᄒ야 불금이 ᄌ금될 터이니 일단 쥬인의 집심ᄒ기에 잇다 ᄒ거날 그 말이 근리ᄒ 듯ᄒ나 몃 십연 져진 습관을 일죠에 고치기 바이 어려워 인슌치 하는

나약호 성질로 유일도일로 지니다가 엇지 다시 싱각하고 먼져 말하던
친고의 계가사를 잘 보아 달나고 열쇠를 맛겨더니 과연 그 사람의 하는
범졀은 분명하기가 쨔이 업셔
일푼젼 일닙곡을 허소이 쓰지 안는다 하되 니 집에 당호 일에는 디단이
젹즁하야 일용범빅을 모다 감셩하고 져의 집에 리하고 일에는 다소를
불계하고
니여 쥬면셔 허는 말은 아모디로 무곡을 허라 보닌다 아모디로 목상을
허러 보닌다 하야 다만 문셔 칙즈에만 긔록하니 가위 빅문션이 헛 문셔
로 젼지는 경갈허고
기타 던답은 근리 각국인의 금광에도 손희허며 텰도긔디라 군용지범위
라 허는 디로 드러가며 우마는 일본군스 리왕셔에
군슈물품 슈운허기에 피례허여 스스로 업셔지고 문하식긱은 각쳐로 환
산하야 지금 지니는 형편은 참 긔 막혀 이로 다 말 홀 슈 업거니와
다만 울울이 지니는 즁 근일 경셩 니의셔 디단 소요하다 하기로 화나는
김의 올나와셔 본즉 참 가통호 일도 만코 괴상호 일도 잇도다

1905년 12월 28일

현금에 미국젹으로 지목호는 모모인의 힝스는 어이 그러 가통가통호며
민보국죠 의졍의 살신셩인혼 일은 어이 그리 굉장굉장호지 가위 일비
일희의 일도 만토다 그러나 외부를 폐지혼다니 어는 날에나 폐지가 되
며 일본셔 통감이 나온다 호니 어는 날에 나온다 호노
모다 기다릴 거리는 아니로되 그 호는 것 좀 보앗스면 심히 갑갑호여
못 견듸깃도다 그 쥬인 의싱이 갈오디 로인 말숨을 드른즉 가셰가 령쳬
호야 대단 낙막히 됨은 심히 애달고 쏘훈 감동홀 만훈 마올이거니와
지금 경계 샹일에 디호야 외부 폐지하는 것과 통감 나오는 일은 아즉

일즈는 명하여 말홀 슈 업스나 필경 불원간에 되고 말 일이지오 로인왈
근리 우리나라에도 샤회 명식이 여러 가지로 잇눈딕 그 중 일진회라눈
것슨 엇더케 된 것인지

1905년 12월 29일

그 취지와 목덕을 드러도 이겨발이기를 잘하니 륙으면 졍신죠츳 륙눈
줄을 알깃도다 의싱왈 일진회의 목덕을 딕강 들은즉 첫지눈 독립 긔초
를 공고케 하고 둘지눈 황실 존중이 하고
인민의 싱명 지산을 보호혼다 하나 근일로 보면 그 목덕이 변하엿눈지
알 슈 업셔오
로인왈 이졔 그딕 말을 드르니 거의 알겟노라 니 나라 외교 권리를 남
의게 보니노라 신죠약을 셩리혼다 한편으로눈 원로 딕신이 솔빅관졍쳥
을 혼다
한편으로눈 딕신이 잡혀간다 한편으로눈 딕관이 즈결을 혼다 흐눈 판
에도 슈슈방관ᄒᆞ야 말 한 마딕들 아니 홀 쑨 아니라
도로혀 션언셔인지 무엇인지 하여 노코 신죠약을 창도혼 모양이니 그
거시 다 독립 긔초를 공고케 혼다눈 목덕이며 외교 권리 업셔지고
보호 감독밧고 보면 국권이 감삭하고 황위가 미약하니 무엇으로 황실
을 존중이 혼다 하며 텰도딕 군용디로 인민의 가옥과 분묘를 훼파하며
전답을 쎄아스되 텅이 불문 안져 잇고 텰도목 뎐션줄에 우쥰혼 쟈 실슈
하면 군ᄉ상 방히라고 군률로 포살하되 시이불견 누어 잇셔 한 소릭 반
마딕도 질문 한번 업셧스니 그거시 다 인민의 싱명 지손 보호혼다눈 목
덕인가 그 목덕도 알 만혼 목덕이지마눈 깁히 깁히 싱각하면 그 졍치도
가련일셰
의싱왈 일진회의 하눈 일과 소경ᄉ로 보게 드면 그 목덕이라 하눈 것과

눈 다 틀니되 그 회원의 말을 듯게 드면 다른 스롬들은 모다 혼몽 중에 잇셔 아모 것도 모르고셔 왈시왈비흔다 하며 즈긔들은 이쳔만 인구 중에 먼져 씨여

1905년 12월 30일

문명진취에 뜻이 잇고 텬하 디셰와 국가 리히를 안다 흐여 그러흠인지 모로거니와 걸풋하면 정부 관인에게 스직을 하여라 힝공 말어라 흐며 도라

단이는데 근일에 일반 국민이 기왈 국적이라 허는 모모 디신들의게는 뭇지도 아니 허더니 변변치 못허고

만만흔 신임 경무스 윤철규시의게는 날마다 가셔 스직허라고 론박이 즈심허다 허나 그 쥬의는 참 올 슈 업셔요

로인왈 그 쥬의는 디강 짐쥭허리로다 지금 모모 디신들은 이왕에 소위 권고도 만이 당허엿슬 쑨 아니라

금번 일로 보게 드면 가위 동셩상응으로 지긔상합홀 터인즉 다시 말홀 것 업시 되엿고 경무스 윤철규시로 말허게 드면

속담에 시물쳥어로 쳐음 나와 졍계요임에 쳐허엿슨즉 혹여 일진회 셩식과 위셰를 모르는가 허여 한번 스직허

명령허여 츠츠 니 범위 안에 들면 허미라 그러치 아니허면 버슬은 나라의 공긔라 인군이 시기신 버슬을 누가 니여 노아라 말아라 홀 쟈 잇스며

만일 죄를 지이면 관을 당혀기 젼에는 스직혀고 아니 허기가 쏘흔 즈유 권리에 잇는 바라 누구 명령을 기다릴 것 잇나 가히 우슈울 만흔 일이로다

의싱왈 니가 의약으로 업을 삼아 기간 몃 십년 동안에 각식 병을 만히 고첫스되 지금 정부 디관들의 병과 일진회 병은 무삼 약을 쓰면 그 병

근을 돌니고

원지를 붓잡아 즈유 활동의 힘도 나고 텬부 지셩으로 된 양 션훈 마음
이 나게 흘는지 아모리 화졔롤 연구허여도 묘방을 웃지 못허엿나이다

1906년 1월 4일

로인왈 그런 병에는 그더의 약으로는 무어시 덕당ᄒ다 홀 슈 업거니와
졍부 대관들의 병은 임의 골슈에 박엿스니
그 병근은 쳔ᄒ 장ᄉ 항우 힘으로도 쎄일 슈 업고 옛젹 명의 편작의 슐
법으로도 곳칠 슈 업셔 다 만턴디 죠화로 된
벽력화가 맛당ᄒ고 일진회의 병은 외양으로는 비록 크다 ᄒ나 안으로
는 병근이 깁지 못ᄒ야 비유컨더 아ᄒ들 경풍징과 갓하여
ᄂ외공박을 당홀 쎠면 간간이 발죽되나 ᄎᄎ 장셩하여지면 져졀노 업
셔지는 모양으로 그 병은 좀 오리 가면 부지 즁에 업셔질 듯 하도다 의
셩왈 ᄂ 싱각에는 먼져 치즁탕을 먹여 그 가온더를 다스리고 다음에 졍
긔샨을 먹여 그 몸을 발으게 하고
그 다음에 청심환을 먹여 그 마암을 말케 하면 이 젼 구십의 병징은 업
셔지고 시로 시 졍신나셔 츙군 익국의 ᄉ상도 싱길 터이오
ᄂ 직무 ᄂ가 하여 졍치 긔명의 ᄉ상도 잇슬 터이오 관리를 틱츠하야
탐학 불법의 폐단도 업슬 터인즉 즈연 궁금이 슉쳥하여질 터이어
농공상업을 권면하야 민성을 무휼하며 학교를 확장하야 교육을 발달하
며 경용을 졀검하야 국지를 졍리하며 범빅 ᄉ위를 모다 열심으로 한게
드면 국퇴민안 하오리니 그 안이 묘방이오

1906년 1월 5일

로인이 박장대소왈 그디가 남을 약먹닌다고 흐지 말고 ᄌ긔벗텀 약 먹을 일이로다 바랄거슬 바라지 그러케 되기를 엇지 바라리오 가위 병풍 승셩흔 사람의 말과 비졋흐도다

그 되지 못홀 유를 디강 셜명홀 터이니 ᄌ셔히 들어보소 디뎌 갑국과 을국이 잇셔 무슴 일이던지 갑국에 리롭게 홀 일이 을국에는 히 되는 일이지 엇지 리히가 업다 흐리오

이제 일본과 우리나라 ᄉ이에 일본에 리 되는 일은 우리나라에 히 되는 일이라 여러 ᄉ소흔 일은 그만 두고

금변 신죠약으로 보게 드면 응당 일본에는 영화롭다 홀여니와 우리나라예야 그런 낭퓌가 어디 잇나 그러케로 미루여 보면 지금 당국ᄌ들이 만일 우리나라에 유용지인 갓흐면 져 사람네들이 그져 잇슬 터인가 발셔 면관흐라는 권고도 만이 흐엿슬 터이오

방츅향리도 만이 되엿슬 터이오 일본으로 쏫구경도 만이 갓슬 터이오 ᄉ령부에 갓치기도 만이 흐엿슬 터이나

그것은 시로혀 순샤 한병으로 보호를 흐야 쥰다 흐니 그런 것 보게 드면 소위 정부 디관이라는 쟈들을

사람으로 보지 안코 토목우인갓치 아라 명식으로 디신이라고 정부에 안쳐 노코 져의 일들 흐여가ᄌ는 의ᄉ인 고로 언필칭 슉쳥궁금을 흐여라 정부 죠직을 흐여라 흐고 권고는 흔다 흐되 그런 란신젹ᄌ를 죠졍에 두고셔 슉쳥궁금이 엇지 되며 정부 죠직이 무엇인가

말인즉 언졍리슌하게 슉쳥궁금 정부 죠직이라 하나 정부 죠직도 다 틀니고 슉쳥궁금도 다 틀엿네

1906년 1월 6일

골륜산에 불이 나매 옥셕이 구분이라는 푼슈로 나라는 그 멧멧 사람들
의 슈즁으로 이 디경을 만드러 노왓스나

그 앙화는 젼국 동포가 다 당ᄒ니 그를 슬퍼ᄒ노라 치즁탕 졍긔샨 쳥심
환이 무엇인가 벽력화가 맛당ᄒ네 의싱왈 옛말에 일넛스되 망훈 후에
흥훈다 ᄒ니 금일 우리나라 형셰로 말ᄒ올진디 흥횟다 ᄒ올 슈 업ᄂ지라
각국 사람들이 우리나라 대관들은 망국 디부라 지목ᄒ고 우리나라 빅
셩들은 망국지민이라 지목ᄒ니 그 지목을 엇지 원통타 ᄒ며 엇지 면ᄒ
갯다 ᄒ리오 지금이라도 사람 사람이 각각 마음을 굿게 ᄒ고

졍신을 가다듬어 나 한아이 잘ᄒ고 보면 젼국이 다 잘될 쥴로 알게 드
면 거의 거외 바랍이 잇스리라 로인왈 그디 말 드르니 극히 유리ᄒ야
일번 찌닷는 마음도 잇고 일변 붓그런 마음도 나는도다 니 일노 볼지라
도 이웃 사람들이 나를 지목ᄒ야 망가옹이라 하고 나의 ᄌ질을 지목하
야 망가ᄌ데라 하니 나라 일이 닌일 긔인의 집안 일이나 다름이 업도다
나도 근일에는 젼일을 후회하고 장리를 경계하야 여간 남은 젼량과 박
토마지기를 남의게 부탁지 안코

일일이 간검하며 스스이 분별하야 번화홈을 물니치고 안졍홈을 승상하
며 스치을 폐지하고 검소홈을 실시하야 졀용졀검 하얏더니 젼량을 젼
빅되고 박토는 옥토되야 여망이 잇셔 가니 가스도 그러커던 국스라고
달을손가

1906년 1월 7일

조약이 무엇인지 거연이 쳬결하야 금셩탕디 우리 강토 일죠일셕 남을
쥬고 무고훈 우리 빅셩 스쳐로 모라닌니 울어도 긔막히고 죽은들 시원

홀가 오호 통지 셜운지고 엇지홀지 모로갓네 옛 사름의 말 드르니 디룡갓혼 버러지도 발긋혜 차일진딘 움죽움죽 혼다다 허니 슬프다 우리 동포 곤츙만도 못허도다 깁히깁히 싱각허고 널니널니 싱각허오 뭇노니 리두ㅅ를 쟝찻 엇지 허려시오 칫직질과 두다림이 불구에 일으리라 피는 흘녀 바다되고 한슘모야 바람이라 로소를 불계허니 유약을 뉘 알니오 엇지허고 엇지허나 이 일을 엇지허나 그 중에도 불상혼 것 우리 쳥년 쑨이로다 여보여보 동포님[님]네 이 싱각들 허여보소 이즈지졍 뉘 업스며 텬륜졍의 뉘 모로리 오륙십 늘근이는 죽을 날이 불원허나 영영 고초 겪글 즈는 후진 쳥년니로구나 여보시오 동포님네 즈식이나 손즈들이 이 디경을 당허여셔 쳔신만고 겪글진딘 부모된 지속 마암에 편안흠을 엇을손가

1906년 1월 9일

의싱왈 옛말에 일넛스되 오십에 비로소 스십구년의 잘못흠을 씨닷는다 ㅎ엿더니 이졔 로인의게 맛친 말인즉 디단 감스ㅎ거니와 죠금 늦지 아니하얏ㄴ잇가 로인왈 나는 팔십에 비로소 칠십구년의 글은 줄을 안다 흠이 비록 니게는 느졋다 ㅎ려니와 니 즈손의게는
디단이 일은 일이로다 항언 일으기를 즈식을 낫키가 어려온 거시 아니라 기르기가 어렵고 기리기가 어려온 거시 아니라
가라치기가 어렵다 ㅎ니 이졔 나의 씨다른 마음은 멀니 즈손의게 미칠 교육상 목뎍이로다 의싱이 스례ㅎ고 갈오디 근일의 엇던 친고가 외국을 유람ㅎ고 도라와 나라 형편된 것을 보고 강기혼 비회를 금치 못ㅎ야

1906년 1월 11일

전국 동포의게 권고ᄒᄂᆫ 말노 지은 글이 노리와 방불ᄒ나 스의가 심히 격절ᄒ더니 다 볼상ᄒ고 잇달을ᄉ 이쳔만 동포들아 한편 귀를 기우려셔 이 니 말을 드러보오 나라이 이 디경에 거의 거의 망ᄒ엿고 인민은 이 디경에 거의 거의 다 죽겟네 더한 텬디 십슘도에 살기ᄂᆫ 죠□[코] 죠와 여텬디덕 황상끠셔 우림ᄉ히 ᄒᆞᆸ시니 희호건국 엇더튼냐 강구연원 다시 보네 치평이 오리 되면 화란이 이러나믄 고금에 동측이오 국가에 상경이라 슬ᄒ고 압ᄒ도다 국운이 불길ᄒ야 옹계더략 간 곳 업고 란신젹ᄌ 싱겨나셔 만일 그러ᄒ올진댄 금슈만도 못ᄒ리라 못드럿소 드럿소 파란 ᄉ젹 못드럿소 어린이 졀문이를 함부로 잡아갈 졔 써근 밥 쩍 죠각에 굴머셔 다 죽엇데 참혹도다 이 광경을 엇지ᄒ면 죠흘손가 사람의 부모되니 이 니 말을 드러보오 오날날 이 디경에 홀 일이 무엇잇가 어셔 붓비 시급ᄒ게 ᄌ손을 가라치오 한아 알고 두리 알아 차차 ᄢᅢ여 늘오가면 국권을 회복ᄒ기 무엇시 어려우리 못보앗소 못드럿소 덕국 사긔 못보앗소 법국과 ᄊᆞ홈ᄒ야 셩ᄒ지약 미졋다가 상하일심 융분ᄒ야 교육에 힘을 써셔 몟 십년 아니 되야 몰슈히 차졋스니 젼감이 소연하야 명빅하기 물과 갓다 여보시오 여보시오 부모되신 동포님네 이 일을 거울 숨아 ᄌ셰히 살피시오 부모ᄂᆫ 굼더리도 ᄌ손온 가라치고 부모ᄂᆫ 칩드리도 ᄌ손온 가라치오

1906년 1월 12일

밋지마오 밋지마오 여간 지산 밋지마오 타년타일 불힝ᄒ야 급훈 경우 당ᄒ올진디 셕슝갓혼 부ᄌ라도 쓸 데가 무엇이오 되지 안은 지물 가져 도젹의 것 되오리니 멀니멀니 싱각ᄒ고 젹은 눈을 크게 ᄯᅳ오 오호 통지며

우희비지라 우리나라 빅셩된 지 뉘 안이 그러ᄒ리 무지혼 동포님네 돈
이 만아 무엇 ᄒ며 지각업는 동포님네 직산잇셔 무엇ᄒ나 그날 그시 쥭
을 젹에 넉넉혼들 엇지 사오 망홀 디경된 연후에 후회하여 쓸 더 업소
만량 가진 스람을낭 만량 들여 공부ᄒ고 쳔원 가진 사람들낭 쳔元 들여
공부ᄒ오 녜 성현이 일넛스되 ᄌ손의게 분지홈이 한가지 직죠로셔 갈
아침만 못ᄒ다니 직몰노 젼가홈은 픠ᄌᄒᄂᆫ 근본이라 ᄌ셔히 궁구ᄒ고
집히 집히 싱각ᄒ야 가라치어 가라치오 어셔 밧비 가라치오 나라는 업
셔져도 빅셩은 사라쓰니 잇는 스업 잇는 직죠 그릇ᄒ게 마르시오 빅셩
을 교육홈은 흥국ᄒᄂᆫ 근본이라 요만콤 만은 빅셩 게으르게 ᄒ지마오
일낙서산 가는 희는 불遠간에 어둡깃네 어미나 아비되야 ᄌ식을 그릇
침이

1906년 1월 13일

당장에 쥭임보다 그 죄가 더욱 크며 필부필부 빅셩되야 국가 슈치 씨칠
진딘 님군 비반 역적보다 무엇이 경홀손가 어셔 밧비 갈아치고 어셔 밧
비 인도ᄒ야 공스간 국가스에 죄인되지 말지어다 여텬 여희 집흔 회포
일필노 눈긔로다 타일을 징험□[코]ᄌ 위션 권고홈이로다 로인이 듯기
를 다ᄒ고 잠연이 눈물을 흘너며 왈 쓸푸도다 이 말이며 두렵도다 이
말이여 나도 니 일 싱각ᄒ니 쏘혼 일긔 죄인이라 쓸푸기도 측양업고 두
렵기도 긔지업다 부모된 쟈 이 니 몸이 교육을 모로고셔 등혼이 발엿스
니 쏘혼 ᄌ손 죄인이라 무삼 면목 들어니여 ᄌ손을 보ᄌ ᄒ며 무슴 말
노 입을 열어 발명을 ᄒᄌ ᄒ리 언언이 졀당ᄒ고 스스이 낭픠로다 소경
스 싱각ᄒ고 장리사 혜아리니 텬지가 아득ᄒ여 몸둘 곳이 바이 업네 부
쳐끠 불공홈도 ᄌ손들 위홈이오 명산에 긔도홈도 ᄌ손을 위홈이오 돈
을 모려 이를 쓰는 것도 ᄌ손을 위혼다 홈이러니

1906년 1월 14일

이금 소견 싱각ᄒ니 젼일이 후회로다 그것 져것 그만두고 그 돈 드려 교육ᄒ면 그것이 위흠이오 그것이 상책이라 이왕에는 몰로고셔 지냇다 ᄒ려니와 지금에는 알고셔도 모로는 쳬 ᄒ게 드면 ᄌ손의게 엇는 죄가 더욱 크다 ᄒ리로다 젼일을 후회말고 오는 쟈를 죠치리라 자손을 귀ᄒ다고 금의옥식 그만두고 그 돈을 옴겨다가 셔칙을 스셔 쥬며 ᄌ손을 먹인다고 고량진미 싱각말고 그 마음 옴겨다가 공부를 시겨 쥬며 ᄌ손의게 ᄭᅵ친다고 뎐답을 스쥬지 말고 그 지물 옴겨다가 학교를 창졀ᄒ며 ᄌ손을 위ᄒ다고 긔도 불공 ᄒ여가며 명과 복을 빌지 말고 그 졍셩 옴겨다가 교ᄉ 고빙ᄒ야 학문을 가라치며 지식을 기유ᄒ면 그 안이 죠흘손가 알앗도다 알앗도다 지금이야 알앗도다 교육의 중ᄒ 듯을 황연이 알앗도다 학문이 업게 드면 무엇으로 사람이며 교육을 아니 ᄒ면 무엇으로 부모 되나 교육사상 업는 부모 ᄌ손의계 도적이오 학문 슬타하는 자손 부모의계 불효로다 어이 그려ᄒ고 하면 학문업셔 무식ᄒ즉 학문잇는 사람의게 로예 밧게 못되리라 로예가 되고 보면 압졔를 면ᄒᆯ손가 압졔를 밧게 드면 릉욕이 일을지라 릉욕을 당케 드면 욕급죠죵 하올지니 욕급죠죵 ᄒ게 드면 불효패자 아이 되며 교육을 아니 시겨 그 지경 되게 드면 부모를 원망ᄒ야 구슈갓치 아올지니 구슈갓흔 그 부모 도적보다 나을손가

1906년 1월 16일

지닌 일과 쟝리ᄉ는 그만 더져 발여노코 츠일츠시 당ᄒ 소죠 궁구ᄒ여 말ᄒᆯ진디 일본인과 한국인이 인종은 일아로디 압졔와 확디흠이 어이 그리 틱심ᄒ고 이쳔만 빅셩들을 교육 안ᄒ 퇴시로다 통이론지 ᄒ게 드

면 경부나 인민이나 귀쳔상 하불게ㅎ고 피츠 일반 쏙갓ㅎ니 누구를 원
망ㅎ며 누구를 한탄ㅎ리 아모 말도 ㅎ지말고 기기이 정신ㅊ려 후진을
권면ㅎ야 전정을 짝가쥬며 우리는 죽더리도 청년을 비양ㅎ야 국권을
회복ㅎ고 즈쥬 독립ㅎ게 드면 산 쟈도 영화롭고 죽은 즈도 영화로쎄 중
흥의 일단 정신 교육일관 쑨이로다 바라고 바라기는 이쳔만 동포들이
늘은 나를 본을 바다 확연이 씨다르여 쎄 느졋다 ㅎ지 말고 일심단쳬
셩을 모아 하로 밧비 나가기를 간절이 바라노라 무궁ㅎ 이니 회포 정신
이 모손ㅎ여 디궁 셜명ㅎ거니와 다힝이 쥬인 션싱 니 몸을 디신ㅎ여 나
의 지은 젼일 죄상 이쳔만 동포의게 보는 디로 스레키를 산과 갓치 바
라노니 부디부디 잇지마오

1906년 1월 17일

의싱이 듯기를 다ㅎ고 공슈칭스ㅎ여 왈 로인의 씌다름이여 장ㅎ고 굉
장토다 로당익장이란 말은 로인을 두고 일은 말이어이와 나의 져근 회
포를 잠간 들으소셔

   텬디 죠판된 연후에
   일월이 싱겨 잇고

   일월이 싱긴 후에
   만물이 번셩ㅎ고

   만물이 셩ㅎ 후에
   사람이 귀ㅎ엿고

사람이 귀흔 후에
가옥을 건축ᄒ고

가옥을 지은 후에
동리가 일우엿고

동리가 일운 후에
고을이 일우얏고

고을이 일운 후에
일도가 일우얏고

일도가 일운 후에
나라이 일우얏고

나라이 일운 후에
죠졍이 일우얏고

죠졍이 일운 후에
빅관이 셜치되고

빅관이 셜치된 후
법률을 마련ᄒ고

1906년 1월 18일

법률을 마련 후에
각도에 감스 니고

각 읍에 원을 니고
각 면에 면장 니고

각 동에 동장 니여
빅셩을 다스리매

스농공상 업을 슴아
안락터평 ᄒ올 젹예

그 공을 말ᄒᆞᆫ진ᄃᆡ
하나님의 죠화시라

죠화로다 죠화로다
지공무스 ᄒᆞ아님의

억쳔년 억만년이
무궁ᄒ신 죠화로다

쵸목금슈 만물들을
니시기도 하날이오

업시기도 하날이오

흥케홈도 ᄒ날이오

망케홈도 하날이니
존망흥폐가

ᄌ고로 무샹하야
력력히 셰일지라

복희씨 신농씨와
요슌 우탕 문왕 무왕

하나님의 쯧을 밧아
만민을 교화ᄒ미

인의례지 효졔츙신
차뎨로 발달되야

착ᄒ 쟈ᄂ 흥왕ᄒ고
악ᄒ 쟈ᄂ 멸망ᄒ니

흥망승쇠ᄂ
선악의 근인이라

흥망이 업게 드면
선악을 엇지 알며

셩흠이 업게 드면

쇠홈을 엇지 알니

하걸은쥬 악호 인군
어이 그리 무도호며

왕망 진희는 호 역적
어이 그리 방즈한고

그 나라를 망케홈도
지공호신 하날이오

1906년 1월 19일

그 몸을 업시홈도 무스호신 하날이라 무도호 쟈 토멸하야 후세를 경계
호고 어진 비양홈은 후인의 모법이라 명명호 가온디로 선악을 감출호
스 보응이 소소호니 전능하신 하나님은 텬호만국 호 분이오 공변되신
도덕심은 익증 업스신디 어이 우리 디한국은 황상폐하 어지시고 이쳔
만민 슌하온디 포학호 이웃나라 감안이 명령호스 위력으로 압졔호고
강포로 학디하야 쵸잠식지 모진 계교 일취월장 늘어가셔 학욕이 대발
호미 신의률 불고하고 시비를 발계하야 츙현을 구박하며 간신을 부동
하야 우익을 일우이매 국세는 급업하고 인민은 도탄이니 명명하신 하
나님이 익증을 두시는가 익증이 업게 드면 어이 그리 하단 말고 황연이
씨닷게라 빅셩들의 용우함과 정부 디신 깁히 든 잠 씨오시는 본의로다
두렵고 두렵울스 이쳔만 동포들은 하나님의 뜻을 밧아 구습을 쎼발이
고 신학문 신교육에 어셔 밧비 나갑셰다

1906년 1월 20일

나라를 스랑ᄒ고 동포를 사랑ᄒᄂ는 인국인민 열심으로 기명 목뎍 나갑
세다 나가지 아이코셔 츠일피일 지니다가 텬부샹뎨 하나님이 혁연이
진로하스 나라이 전복되고 인죵이 멸케 되면 아모리 후회ᄒᆞᆫ들 쓸 데가
무엇인가 호텬 통곡 무익ᄒ고 쌍을 쳐도 쓸 디 업셔 텬디가 막막ᄒ니
어디로 향홀손가 고언에 일넛스되 스스로 지은 죄ᄂᆞᆫ 오히려 살연니와
하날게 엇은 죄ᄂᆞᆫ 빌 데가 업다ᄒ니 이 싱각 뎌 싱각을 깁히 깁히 혜아
려셔 게으르던 젼일 구습 청년을 권면ᄒ야 교육에 열심ᄒ면 한아둘이
느르가셔 긔쳔 긔만 될 터이오 일년 이년 숨스년에 일취월장 발달되야
농상 공학 졍치 법률 각기 학문 즈격디로 농민은 농스ᄒ고 상민은 장스
하고 쟝식은 제죠하며 벼살홀 쟈 벼살하야 직업을 직히이면 싱계가 넉
녁하야 가급인족 못될손가 가급인족 하계 드면 국티민안 못될손가 국
티민안 하게 드면 국부민강 못될손가 국부민강 하게 드면 독립국이 못
될손가 독립국이 되게 드면 즈유권리 업슬손가 즈유권리 잇게 드면 압
졔를 밧을손가 압졔를 면케 드면

1906년 1월 21일

학디가 잇슬손가 학디가 업게 드면 평등권리 그 아닌ᄀ 평등 권리 잇게
드면 즈유활동 못홀손가 자유활동 하게 드면 누구를 고긔ᄒ며 무엇을
부러ᄒ리 졍부 디신 졔공들은 전일을 씨다르여 졍치를 발게 ᄒ며 교육
에 마암 두어 후싱을 비양하야 쟝리를 긔약하오 빅셩을 교육홈이 농부
의게 비유하면 산뎐슈뎐 너른 들에 곡식을 심으랴고 첫번에ᄂ는 거름쥬
고 다음에ᄂ는 죵자 더져 흑을 덤허 두엇다가 식이 나셔 즈랄 찌에 잠쵸
를 졔히 쥬며 북을 도다 비양하야 풍지 츙지 각식 지앙 혹시나 잇슬가

날마다 염려타가 오육삭에 결실하야 버혀 드려 노은 후에 비로소 방심 하니 그 곡식에 들인 공력 엇더타 일으리오 인지를 비양홈이 이와 갓다 하오리이 공력이 들지 안코 무엇이 될 터인가 바라고 바라나니 교육을 힘쓰시오 이 닉 향격 말홀진더 신농유업본을 밧아 의셔를 비운 후에 약 국을 기셜하고 믹문동 턴민동과 진피반 하강활 독활 쳔가 빅지 각종 약 을 봉지 봉지 달아 놋코 병즈의 징셰 보아 이것 져것 기입ᄒ야 병근을 다스릴 제 한 가지 잘못하면 병셰가 변홀지니 범연하고 될 터인가 정부 에 디신들도 의원과 갓흔지라

1906년 1월 23일

나라의 병들음이 이러케 급흔 쎼에 긴요흔 약봉지를 차셔 업시 더져 노 와 화졔를 연구안코 흠부로 쓰게 드면 병이 졈졈 깁흘지니 병근을 돌일 손가 국력을 발달코즈 하게 드면 민턱을 붓잡아야 될 터이오 민력을 붓 잡으랴 ᄒ게 드면 농공상업 권면코즈 ᄒ게 드면 교육에 힘을 써야 될 터이오 교육을 힘쓰고즈 ᄒ게 드면 학교를 확장하야 될 터이오 학교를 확장코즈 하게 드면 교亽를 틱용하야 될 터이오 교亽를 틱용코즈 하게 드면 인지를 슈습하야 될 터이오 인지를 슈용코즈 하게 드면 경향을 물 론하고 친소를 불계하고 귀쳔을 불구하고 청촉을 밧지 안코 슌젼흔 이 국졍신 빅졀 불희 굿게 직혀 물의를 치탐ᄒ며 지식을 시험ᄒ야 젹당흔 칙임으로 면면이 맛긴 후에 근티 션악 감찰ᄒ야 권면홀 자 권면ᄒ고 죄 쥴 즈 죄를 쥬고 상쥴 쟈 상을 쥬어 각기 직분 다케ᄒ면 무어시 안이 될가 텬시가 불힝ᄒ다 국운 타슬 말고 정부 디신 일심되고 디소 인민 단체되야 일심 단체셩을 모고 기과즈신 ᄒ개드면 문명 진취 이것이오 시졍 기션 이것이라

1906년 1월 30일

천창만검 무엇ㅎ며 만리장성 무엇ㅎ나 텬시의 불힝홈도 가히 감동홀
거시오 국운의 불길홈도 능히 돌녀 올 거시오 강린의 포학홈도 가히 제
어홀 거시니 국부민강 아니 되며 즈쥬 독립 못될손가 어화 우리 동포들
은 곤이 든 잠 쎄오시오 다 발갓네 다 발갓네 동역에셔 도든 희가 일즁
이 되얏스니 디명 텬디 지금이라 쎄오시오 쎄오시오 잠잘 쎄가 아니로
다 일즁에 일은 희가 셕양불원ㅎ고 셔산에 걸닌 희가 황혼이 불원ㅎ니
이 쎄를 일케 드면 다시 엇기 어려워라 아모리 권고ㅎ나 듯지를 아니ㅎ
면 그 말이 쓸 디 잇소 열업슨 긱담이니 ㅎ갓 답답홀 뿐이라 소용이 바
이 업네 나도 너일 싱각ㅎ야 정신을 가다듬고 마암을 쎄오쳐셔 후일을
기다리오

1906년 1월 31일

로인이 의성에 ㅎ는 셜화를 듯기를 맛친 후 그 손을 잡고 류쳬탄식왈
우리 량인의 말은 가위 즈탄즈가라 족히 세상 사람을 감동케 홀 능력이
업거니와
이쳔만 동포 즁에 엇지 쎄다른 자 업스리오 한 사람이 열을 권면ㅎ고
열 사람이 빅을 권면ㅎ고 빅 스람이 쳔을 권면ㅎ야 ᄎᄎ 그러케 셔로
스랑ㅎ고셔 권면ㅎ면 불과 몃 희 안에 젼국 동포가 모다 화ㅎ리니 그러
케 드면 유의유식 ㅎ려는 쟈도 업셔질 터이오 협잡홀 싱각도 업슬 터이
오 아모 스업이던지 아니ㅎ면
집도 망ㅎ고 나라도 망홀 줄 알아 이러케 심혼 겁운을 버셔 바리고 스
쳔년 오란 나라의 독립 긔초를 쳔만년에 굿게 홀
목뎍으로 스람 스람이 렬심ㅎ야 이러케 미약ㅎ고 이러케 쇠픽혼 나라

이 변ᄒ야 오디쥬 안에 아셰아 뎨일 극락셰계가 될 쥴을 뉘 알니오 엇
더케 싱각ᄒ면
가슴이 답답ᄒ야 피를 토홀 듯ᄒ고 엇더□[케] 싱각하면 츔을 츌 듯ᄒ
니 아모커나 웅식하게 싱각지 말고 활발하게 싱각하야 각기 즈긔 마암
과 뜻을 양성하야
유용ᄒ 스람이 유용ᄒ 일에 쓰이고 무용ᄒ 짜흐도 도라가지 안키를 간
졀이 바랄 쑌이로다

1906년 2월 1일

의싱이 사례ᄒ고 쥬효를 나와 셔로 죠샹ᄒ며 셔로 하례ᄒ미 그 일장셜
화가 혹 원망도 갓고 혹 하소홈도 갓트여 듯는 쟈로 하야금 슬흔 마암
도 나고 깃분 마암도 나게 ᄒ야 그 언론이 심히 격졀ᄒ더라 로인과 의
싱이 술이 반취ᄒ미 강기ᄒ 마암으로 취흥을 못이긔여 단가 일슈로 화
답ᄒ니 그 단가에 갈왓스되

　반넘어 늘거스니 다시 졈든 못ᄒ리라 여보소 뎌 소년아 빅발 나를 웃
　지 마라 무졍 셰월 덧업스니
　넌들 미양 소년이리 늘거 죽어지면 북망산쳔 도라가셔 령혼은 일진
　닝풍에 헛터지고 빅골은 구쳔혹혈에 진토가 되리로다 문나니 뎌 어
　부야 금울을 둘너메고 네 어듸로 향ᄒ는야 만경츙희 널은 물에
　아압을 홀이너냐 어별을 홀이너냐 그 무어슬 ᄒ랴너냐 샹뎐벽희 잠
　간이라 벽희가 샹뎐되면 어별은 잇슬손가

1906년 2월 2일

뎌긔 뎌긔 목동은 둑긔를 둘너메고 네 어디로 향ㅎ는야 만확쳔봉 깁
흔 산에 슈목이 참쳔ㅎ니 그 곳은 미록에 노는 바오 평원광야 널은
들에 슈림이 울밀ㅎ니

그 곳은 금죠의 노는 바라 메고 가는 그 독긔로 벌목뎡ㄷ 베지마라

그 남글 베게 드면 금슈를 어이ㅎ리 보탁나니 소년 어부 목동들아 니
말을 웃지 말고 명심불망 ㅎ여써라

동ᄌ야 슐부어라 일비일비 부일비로 장취불셩 ㅎ여씨라

취흥을 불승하야 단가일곡 화답ㅎ니 낙지기즁 이 안인가

그디는 취하엿고 나는 쟝ᄎ 갈 터이니 후일을 다시 긔약노라

아아. 金書房인가. 자닉는 어딕로 가는가. 京城으로 가네. 朴書房 어 딕로 가나. 나는 平壤으로 가네. 지금 시골 형편 엇더혼가.

살 슈 업네. 엇지히여 살 슈 업나. 村에 살자 허니 盜賊 쩌문에 살 슈 업고 邑近處에 살자 허니 日人壓制 難堪일서 우리 田畓 抑奪허며 우 리 家屋 쌔아스니 살 곳시 업셔지며 馬草라 鐵路役夫라 星火갓치 督 促허며

牛馬 갓치 使役허니 奴隷들 이 갓튼 奴隷 쏘 잇는가. 살 슈 업네. 살 슈 업네. 우리 同胞 살 곳 업네. 요사이에 셔울 형편은 엇더혼가.

셔울 형편 그 말 말게. 기막키네. 무어시 기막키나. 나온다네. 나온다 니 무어시 나오는가.

統監이 나온다네. 內治 外交 다 차지허고 財政 軍政 다 監督하며 統 監府 官制 반포 벌써 되야 統監 以下 七十餘名 나온다네.

그러면 헐 슈 업시 망허엿네. 이 스룸 꿈을 쑤나. 별셔 망흔 지 오랜 네. 요스이에 新條約 事件으로 五賊이니 六賊이니 八賊이니 쩌들던 일 엇지 되엿나.

여보게. 그 말 말게. 賊字는 업셔지고 눈에 宦慾이 벌건 사롬더리 賊 臣이라 허는 그 사롬 집에 드나드는 거시 풀방구리에 쥐 드나들 덧허면 셔 귀에 속은속은 눈을 끔젹끔젹 여젼이 허는 모양이데.

여보게. 朴書房. 이리뎌리 싱각 말고 지금은 밋어야 사네. 여보게. 밋
는단 말 그만두게 우리나라 사룸은 남을 밋다가 판눈네.

여보게. 니의 밋는단 말을 그런 것 안일세. 그러면 무어신가. 드러보
세. 하나님 공경 예슈를 밋어야 술 길 잇네.

예슈롤 밋으면 엇지 살 길 잇나. 여보게. 자셰히 니 말 드러보소. 우
리나라이 다시 되자 허면 지금 다 써거져 구데기가 들셕들셕허는 政府
는 소용 업고 우리네 빅셩이 열녀야 되네.

그러면 예슈를 밋으면 나라이 잘 되깃나. 지셩으로 하나님을 공경허
면 심묘흔 리치로 인연혀여 新學問上 無궁허신 智識을 어더 우리네가
智識이 잇스면 國民 團體 되기 쉽고 權利 回復 잠간 되네. 참 그러흔
가. 여보게. 알기 쉽게 美國獨立史를 펼쳐보게. 그 나라이 무슨 심으로
되엿는가. 예슈 밋은 源因일세. 하하. 참 그러흘세. 나도 예슈 밋어 하나
님 공경허여보세.

先生 姓宋氏 諱秉璿 尤庵先生 九世孫也 先生承受洛閩之學於家庭之傳 早立跟脚 以英勃之氣 成溫恭之德.

其爲學也 自天人性命 至事物鉅細 悉研究 其理領會 其要今.

上丁丑 被旌選爲國子祭酒 自是 禮遇隆摰歲問起居 國有大事 必遣近臣 臣咨詢且.

召命屢降 先生終守東岡之陂 盆뫃聖賢之書 發揮聖賢之道 門人受業者甚衆 當甲申秋 朝廷變更衣制.

先生以爲此是□霜氷至之候 三次卜疏極諫 皆不報 遂結茅於沃川先룽下決意不復言朝家事日與門徒講學論道而已.

及韓日協約旣□ 先生召門弟子曰 今日之變是前古所□ 我不可膠守宿戒而 緘默遂上遁請討□廢約者再.

未蒙 兪允乃曰 今人類將진滅 此萬古地盡頭處也 當以地盡頭處事應之而 吾一身地盡頭處 只一苑字而已.

吾將以苑積誠回天遂告訣先詞 又作文告訣尤庵先生墓直回 京城至□門外欲上請對疏 上內憚諸賊之脅迫外盧曰 人之加以不法有暫難色.

先生處以非常不拘格例直詣外廷院上請對疏上驚動 卽設法筵而 邀見之禮遇甚重先生以誅賊復權之意懇眷敷陳.

又上袖箚十條 其大意 則以爲國存道存 國亡道凵 人皆謂 陛下之國

已亡 臣獨以爲天下之道亡矣 天陛咫尺 卽臣死所.

聖教曰 所言朕甚嘉納 皆當實施退埃私處 對曰 臣以死自處不準請則不可退仍俯伏筵希掌禮卿 南廷哲曰 自.

上旣有實施 處分而 久伏筵吞恐非儒臣體統先生於是還出私次門生疑 其速先生曰 我來自草野自與他人不同若一諫莒聽而 便死.

天陛之下是非事君盡禮之道而 揚君之過也 旣以死自判餘日尙多何必乃爾經一夜無實施 處分翌日再詣外廷院莒得入對.

遂却飲食經夜待 命矣 翌日警務使尹喆圭承詣賊指喉詐傳.

勅令曰自 上有入待處分先生信之出平成門.

尹喆圭曰 此距漱玉軒甚遠老人不可步行請乘轎子 盖先生莒解宮廷□□逞故也 使曰巡查憲兵等變服羅立誣言五賊欲害先生 故特保護閉轎簾驪出西門外客館.

日兵乃以日本服色圍住而 守先生叱之 則稱以 勅令直奪先生之佩刀及衣衿□所藏藥物終夜固守曼通出入 先生歎曰 吾見欺於竪子笑而 順受之.

其翌遂昇載滊車夜抵公州之大田日兵始釋廬而 稍懈 先生曰 此去吾先祖尤庵先싱舊第不數十武直我死所□入懷德石村之里　卽尤庵舊居之側也.

召門人曰　我受此罔測之辱於犬羊之奴以我一身固不足自重所處之位 乃一國儒敎之領袖也 所尊之道 乃孔孟程朱之道也.

若苟取싱活其如一國士林 何其如聖賢之道 何哉 遂裁遺訣子書社同志及全邦士民書 又寫遺疏深衣幅巾北向四拜然後 出行囊吞藥物吞下而 待化.

先싱稟質甚堅藥方弗能逞　又服至再辭色夷然少無異於平時呼門人鄭稧朵曰 此藥甚無靈如是者三遂易簀時 舊曆十二月三十日也.

嗚呼 先싱之殉義非但爲國家爲싱靈而 爲東方五千年儒道而 殉者其弗赫赫乎垂萬世而 彌光哉.

1906년 2월 6일

이젼 장안셩니 시뎡 즁에 비싱이라 ᄒᆞᄂᆞᆫ 사ᄅᆞᆷ이 잇스니 그 사람은 방년
이 이십오셰에 풍치가 미려ᄒᆞ나 마암은 츄루ᄒᆞ야 것흐로는 관후ᄒᆞ고
속으로는 졸직ᄒᆞᆫ 고로 사람들이 모다 비단 쥬머니에 기똥이라고 지목
ᄒᆞ더니

기후에 각국 물화를 교환ᄒᆞ여 상리를 도모ᄒᆞᆯ ᄎᆞ로 호조에 돈 오쳔량을
쳥득ᄒᆞ야 가지고 여러 상고들과 동ᄒᆡᆼᄒᆞ야 즁원 북경에 들어간즉 인물
의 번화홈과 가턱의 장려홈은 실노 심목을 놀니ᄂᆞᆫ지라. 스스로 싱각ᄒᆞ
되 이졔 나는 ᄒᆡ 우편방에 일기 빈한 셔싱으로 이러한 뎨성 문물의 번
화홈을 엇더 구경ᄒᆞ고 ᄯᅩ ᄒᆞ나의 아름다온 풍치와 다속ᄒᆞᆫ 은ᄌᆞ가 잇슨
즉 죡히 남아의 평싱 ᄯᅳᆺ을 맛치리로다 ᄒᆞ며 말께 의지ᄒᆞ야

두로 단이여 구경ᄒᆞᆯ세 홀연한 곳을 바라본즉 쥬란화각이 좌우에 벌여
잇고 그 문 우히 금ᄌᆞ로 방을 부쳣ᄂᆞᆫᄃᆡ 일야에는 빅량이 빅량이라 ᄒᆞ고
혹 팔십양 구십량이라 슨지라.

비싱이 홀노 헤오디 이ᄂᆞᆫ 창녀의 ᄌᆞ식으로 고ᄒᆞ를 등분ᄒᆞ여 갑슬 졍홈
이로다 ᄒᆞ고 눈을 들어 ᄉᆞ면을 살펴보니 영롱ᄒᆞᆫ 쥬렴 속에 옥빈화용들
이 혹 쥬렴을 것고 안졋기도 ᄒᆞ며 혹 난간을 의지ᄒᆞ야 셧기도 ᄒᆞ야

장안 디도를 구버보며 왕리ᄒᆞᄂᆞᆫ 힝긱을 지졈ᄒᆞᄂᆞᆫ지라. 비싱이 그 광경을 보ᄆᆡ 신혼이 호탕하야

1906년 2월 7일

눈을 뎡치 못ᄒᆞ고 멀니 ᄯᅩ 한 곳을 바라보니 푸른 버들은 들이워 문을 가리엿고 불근 잉도화ᄂᆞᆫ 난만ᄒᆞ야 담을 뎝헛ᄂᆞᆫ데
운창무각이 표연이 반공에 소스 향긔로 온 바람이 사람을 엄습ᄒᆞᄂᆞᆫ지라. ᄯᅩᄒᆞᆫ 그 디문 우헤 금ᄌᆞ로 디셔ᄒᆞ기를 일야에 천금이라 ᄒᆞ엿거늘 비싱이 마암에 헤오디 그 갑시 이러케 고등ᄒᆞᆫ즉 그 미인의 아름다옴은 가히 알지로다
방츈 슴월에 화류를 구경ᄒᆞᄂᆞᆫ데 능히 뎨일 명화를 썩거가지지 못ᄒᆞ면 엇지 풍류의 운치라 ᄒᆞ리오 ᄒᆞ고 드디여 말을 몰아 그 디문에 들어가 소식을 통ᄒᆞᆫ즉 량긔 차환이 나와 압흘 인도ᄒᆞ야 마져 들이ᄂᆞᆫ지라
겨오 즁문 지나 졍하에 일은즉 나히 이팔 즘 된 일 미인이 록의홍상으로 봉미슈당혜를 쓸고 시녀의게 붓들여 계하에 나려 읍ᄒᆞ고 마져 당상에 올으ᄆᆡ
그 빅미교팀ᄂᆞᆫ 진짓 쏫치 붓그리고 달이 시긔홀 듯ᄒᆞ여 셔시와 양귀비가 ᄯᅩᄒᆞᆫ 이에 지나지 못ᄒᆞ너라. 비단 장막을 것고 산호 평상 우헤 좌졍ᄒᆞᆫ 후 옥반에 쥬효를 갓쵸와 나오ᄆᆡ 모다 인간의 등한ᄒᆞᆫ 마시 아니러라. 그 미인이 금루스 일곡으로 슐을 권ᄒᆞ다가 원앙검금에 나아가 운우지몽을 일우니 그 환흡ᄒᆞᆫ 낙은 예젼 쵸양왕의 장디지낙에 스양치 아니ᄒᆞ너라. 스스로 츈소가 심히 졀음을 한ᄒᆞᄆᆡ
스창이 졈졈 발금을 ᄭᅵ닷지 못ᄒᆞ야 침장에셔 싱각ᄒᆞ여 왈 나의 가진 바 오천량 은ᄌᆞ가 하상 귀홀 바 아니오 일만년 셰상 ᄌᆞ미가 도시 여긔 잇도다 ᄒᆞ고 인ᄒᆞ야 오 일을 유슉ᄒᆞᄆᆡ 은ᄌᆞ가 임의 진ᄒᆞᆫ지라. 비싱이 그

미인을 디호야 체연이 눈물을

1906년 2월 9일

흘니며 왈 우리 량인의 은정은 비록 무궁호나 힝탁이 임의 뷔엿스니 오
즉 낭즈는 쳔만 보즁호라. 나는 일로 좃츠 이별호노라 혼디
미인이 염용 디왈 너 진실노 금일에 일으리 이 말숨이 잇슬 줄 아온지
라. 쳡의 회포를 말호고즈 호면 말이 심이 장황호나
맛당히 그 디강을 베풀어 랑군의 불상이 여김을 구호리이다 호고 왈 쳡이
근본 양가 녀자로 부로를 눈 즁에 일코 로상으로 바장이며 호곡호다가
인호여 이 쥬인 장모의게 슈양훈 바 되여 쳡의 나히 겨오 십슘셰에 일
으미 즈못 졀식의 일홈이 잇눈지라. 난쵸의 향긔로온 풀이 혹여 봉졉의
탐향호눈 폐가 잇슬가 렴려호야
쳔금의 놉흔 갑스로 방을 걸고 일빅 창녀의 우헤 놉히 거호미 그 갑시
너무 티과훈 연고로 비상에 일졈 잉혈을 보존호엿다가 금일에 비로소
랑군을 맛난지라
랑군이 외국의 잠시 력려 과긱으로 이갓치 지물을 경히 여기고 식을 즁이
여기스 먼져 고등 향명을 졈독호시니 그 풍류와 긔개를 가히 알니로다
지금 랑군의 오쳔량 은즈가 죡히 장모의 양육훈 은혜를 갑흘지니 쳡이
랑군을 싸라 고국에 도라가 길이 긔최의 역스를 밧들가 원호나니다 혼디

1906년 2월 10일

비싱이 그 말을 듯고 깃부믈 이긔지 못호여 미친 듯 취훈 듯 의혹을 뎡
치 못호야 슈일을 지니더니

미인이 그 창모의게 고ᄒᆞ여 왈 모친의 양육ᄒᆞᆫ 은혜ᄂᆞᆫ 머리털을 쎄여도 능히 갚을 슈 업스나 녀ᄌᆞ가 장셩ᄒᆞ면

반다시 츌가ᄒᆞᆷ은 사람의 쩟쩟ᄒᆞᆫ 일이오 임의 장부에게 허신ᄒᆞᆫ 후ᄂᆞᆫ 부창부슈가 녀ᄌᆞ의 도리라

첩이 이제 스람을 죠치미 슴강의 엄ᄒᆞᆷ이 일우이고 오륜의 즁ᄒᆞᆷ이 갓쵸인지라 바라나니 모친은 첩으로써 싱각지 마압고 만셰에 무강ᄒᆞ소셔 ᄒᆞᆫ디 그 창모가

쏘ᄒᆞᆫ 만류ᄒᆞᆯ 말이 업고 근쳐에 잇ᄂᆞᆫ 쳥루 미녀들이 모혀 와셔 셔로 젼별ᄒᆞ며 칙칙 칭션ᄒᆞ여 왈 이 스람의 졍졍 유한ᄒᆞᆫ 죠ᄒᆡᆼ이 진실노 우리 등의게 비ᄒᆞᆯ 바 아니라 ᄒᆞ고 각각 금빅으로써 셔로 쥬되 일일이 스례코 밧지 아니ᄒᆞ고 그 창모가 오쳔량 은ᄌᆞ 즁에 반을 난호와 쥬나 쏘ᄒᆞᆫ 밧지 안이ᄒᆞ며

다만 일신의 쓸닌 물건만 가지고 비싱을 ᄯᆞ라 져근 슈리에 올나 푸른 치마로 그 머리를 덥ᄒᆞᆯ 다름이러라

이ᄶᆡ 비싱은 마상에 놉히 안져 락미곡을 노리ᄒᆞ며 셩문밧게 나아온즉 동힝ᄒᆞ여 온 장슘리스들은 금쥬보픽를 무역ᄒᆞ야 슈리에 실어 각각 행장을 차리미 그 무역ᄒᆞᆫ 바 물화가 심히 부셩ᄒᆞ더라.

1906년 2월 11일

사람들이 비싱의 행식이 여ᄎᆞᄒᆞᆷ을 보고 셔로 힐칙ᄒᆞ여 왈 그디가 쳔금을 허비ᄒᆞ여 일기 녀ᄌᆞ를 밧구와 도라오니 그 녀ᄌᆞ가 능히 금을 나올손야 호죠에 쳥디ᄒᆞᆫ 돈은 장ᄎᆞ 무엇으로 판랍ᄒᆞ며

각쳐 변리ᄂᆞᆫ 엇지 마감ᄒᆞᆯ 즉 ᄒᆞᄂᆞᆫ요 ᄒᆞᆫ디 비싱이 그 말을 들으미 ᄭᅮᆷ을 쳐음 ᄭᆡ인 듯ᄒᆞ야 ᄎᆞᄐᆞᆫᄒᆞᆷ과 후회ᄒᆞᆷ을 마지 아니ᄒᆞ여 빅굽을 느르고져 ᄒᆞ니 그 스람됨이 어리셕음은 이를 미루여 가히 알네라

그렁져렁 압녹강을 다다라는 류디를 발이고 비에 올나 슈로로 힝홀 시
겻 비에 잇는 리싱이라 ᄒᆞ는 자이 그 미인의 용모를 보고 심신이 황홀
ᄒᆞ야

여취여광ᄒᆞᆫ 마음으로 가만이 비싱을 쳥ᄒᆞ야 먼져 그 마음을 탐지홀 ᄎᆞ
로 말ᄒᆞ여 갈오디 텬하에 보비는 미인에셔 지님이 업는디 그디가 능히
엇어슨즉 집에 도라가 규즁에 깁히 감쵸고ᄌᆞ ᄒᆞ는야 즁가을 밧고 팔고
져 ᄒᆞ는요 ᄒᆞᆫ디 비싱이 머리를 숙이고

장탕ᄒᆞ며 왈 비록 팔고져 ᄒᆞ나 살 자이 업슬가 두려ᄒᆞ며 집에 감초와
두고져 ᄒᆞ나 스스로 보젼치 못홀가 염여ᄒᆞ노라. 리싱이 마음에 착급하
여 실졍으로 고하야 왈 죽을 스람의게 살 약은 본리갑시 업나니 이제
니심 즁에 품은 병은 반다시

져 미인이 아니면 능히 곳칠 슈 업고 ᄯᅩᄒᆞᆫ 살 슈 업는지라. 그디가 만일
갑슬 밧고져 홀진딘 니게 팔기를 허락홈이 엇더ᄒᆞ요 니 힝즁에 잇난 물
화가 슈만금 어치에 지나되 맛당이 그디의게 몰슈히 쥴이라 ᄒᆞᆫ디 비싱
이 그 말을 듯고 디희하여 왈

니 마암은 그러하려니와 미인의 ᄯᅳᆺ이 엇더홀는지 알 슈 업슨즉 아모커
나가셔 의론하여 보리라 하거늘

1906년 2월 13일

리싱이 더욱 착급ᄒᆞ여 갈오디 일을 맛당이 더듸게 말지니 죠흔 소식을
엇어 급히 와셔 통긔ᄒᆞ라 ᄒᆞ니라. 이 ᄯᅢ 비싱이 ᄌᆞ긔 션창 즁에 도라와
부슈 침음ᄒᆞ며 장우단탄으로 무슴 말을 ᄒᆞ랴다가 쥬져ᄒᆞ여
능히 말을 ᄒᆞ지 못ᄒᆞ거늘 미인이 그 ᄉᆞ식을 보고 무러 갈오디 랑군은
무슴 슬푼 회포가 잇셔 이갓치 번뢰ᄒᆞ는요 ᄒᆞᆫ디 비싱이 움을줌을 ᄒᆞ며
말ᄒᆞ기를 져 비에 잇는 쟈는

그 풍류와 부귀가 나에 슈빅비나 지나는 스람이라 호며 쏘 쥬져호거늘
미인이 고히 여겨 그 연고를 지쵹호디 비싱이 얼골을 바로 들지 못호야
다른 데를 도라보며 디답호되 나는 당쵸에 이런 쯧이 업노라 호며
쏘 쥬져호거늘 미인 왈 그 무슴 일인지 ᄌ셔히 말슴호시오 무엇시 얼여
와 쥬져홀 바 잇스릿가. 비싱이 부득이 호야 머리를 슉이고 자리를 손
으로 쓰드며 왈 져 사람이 낭ᄌ의 ᄌ식을 보고 만만금어치 보화로 밧구
고져 호되
나는 당쵸에 그 쯧이 업노라 미인이 말을 듯기를 다하미 홀연 량협에
불근 빗치 나며 쌍누 종횡하야 옷깃을 젹시며 허희장탄 왈 명도의 궁흠
을 가히

1906년 2월 14일

억지로 홀 슈 업도다 호며 눈물을 거두고 도로혀 깃버호는 쳬호야 우스
며 왈 빈쳔훈 자를 발이고 부귀훈 남ᄌ를 좃침이 나에 소원이나 인물을
미미홈이
가히 허소치 못홀지라 명일 아참 발션홀 ᄯ에 여러 사람을 디호야 홍셩
을 명빅히 호야 피ᄎ간 후회가 업게 호라 호니
비싱이 미인의 말을 진실훈 마음으로 알고 만심환희호야 급히 리싱의
게 통긔호니라
익일 아참에 여러 스람들이 강두에 둘너 셔셔 각기 션복을 치힝홀 셰
미인이 단장과 의복을 션명호게 호고 션두에 나셔워여 왈
엇던 스람이 나를 다려갈 사람인요 훈디 리싱이 젼도이 나와 갈오디 니
가 곳 그 스람이로라 호고 비를 셔로 갓가이 디이미 미인이
비싱을 갈아쳐 리싱의 비로 보니고 리싱을 마져 비싱의 비로 오게 훈
후 드디여 각각 비를 쪄여 행홀 셰 미인이 션두에서 멀니

비싱더러 일너 왈 금보는 업다가도 잇거니와 은졍이야 끈엇다가 다시
이을손야
닉가 눈이 잇셔도 동자가 업셔 양의 가쥭을 범의 가쥭으로 보아쓰니 이
는 도시 나의 박명흔 연고라 다시 누를 원망흐리오

1906년 2월 15일

마는 당쵸에 즁로에셔 길을 고칠 쥴 알아든들 엇지 쳔리에 셔로 쵸츠미
잇스리오 도라보건디 무엇시
한번 죽기가 얼여와 량인의게 몸을 허흐리오 져 만리장강은 가히 나의
원한을 쳔츄에 흘니리라 흐고
드디여 강에 쌔져 죽은지라 슬푸고 가련토다 이 미인의 신셰여. 그 졀
기와 의긔는 가히 쳔고 졍열에 부인을 붓그릴 바
업셔 후인에 모범이 되려니와 비싱의 위인과 힝스를 보게 드면 엇지 가
통코 가셕지 안으리오 이 쩨 강상에셔
관광흐던 쟈 뉘 아니 차악히 여기며 탄상치 아니흐리오. 비싱과 리싱이
쏘흔 어이업고 일변 창황망죠흐여
각각 도망흐여 가니라. 그 후에 메칠 후에 미인의 령혼이 그 근쳐 스공
에게 현몽을 흐여 왈 나는 일젼에 투강이

1906년 2월 16일

스흔 미인이거니와 닉몸에 쓸닌 보비가 잇스니 그디는 가히 그 보비를
취흐고 닉 시신을 뭇어 달나 흐거날 그 스공이 꿈을 씨여 익일 아참에
강변에 나아가 물 밋흘 슈탐흐야 본즉

과연 그 미인이 당쵸에 쌔지던 곳에 잇스되 용모가 싱시나 달음업더라.
그 의상을 풀고 본즉 비록 모다 금슈의복이나 별노 보화라고 헐 것이
업고 다만 일기 금낭이 미여 잇스되
물에 져져서 안팟치 달나 붓터 그 속에눈 아모 것도 업눈 것 갓튼지라.
드듸여 풀어다가 벽상에 걸어두고 관곽을 갓쵸아 강 어구에 뭇고 표목
을 세운 후 쥬과를 베푸러 그 혼박을 위로ᄒ니라
그 후일은 무슈훈 션쳑이 문밧 강변에 디이미 엄연이 일위 관인의 모양
인디 그 츄죵이 심히 만터라. 드듸여 그 스공에 집에 이르러 무러 갈오디
너의 집에 필경 긔이훈 보비가 잇거니와 너의 집에 두어셔눈 쓸 디 업
슨즉 즁가을 밧고 팔나 혼디 스공이 심히 경아ᄒ야 창황이 디답ᄒ야 왈
강촌 어부의게 무슴 보비가 잇스오릿가

1906년 2월 17일

그 관인이 양구히 보다가 스스로 방즁에 드러가 벽상에 걸닌 바 금낭을
쩨혀 가지고 나와 갈오디 이것이 진실노 보비라 ᄒ고
즉시 죵자를 명ᄒ야 십여 쳑 선즁에 실은 바 물화를 슈운ᄒ야 스공의
집 쓸 가온디에 젹치훈 후
갈오디 이것이 다 검슈 보픠라 그 갑으로 의론ᄒ면 몃 쳔만량에 지날
터이니 이와 밧구즈 ᄒ거날 스공이 일변 놀나고 일변 깃버ᄒ야
무러 갈오디 그것이 무슴 보비완디 갑시 이쳐럼 만흔지 그 곡졀을 알고
져 ᄒ나니다. 관인이 갈오디 임의 미미하야 너가 쥬인이 되얏슨즉 그디
를 위하야 훈번 시험하리라 하고 그 검낭을 열고 본즉
다만 일편 금젼지가 잇고 그 금젼지에눈 일기 검은 암소를 그린지라 물
노써
그 죠희에 쑤린즉 무슈훈 검은 암소가 들에 가득ᄒ야 거의 슈쳔 필이나

되난지라

1906년 2월 18일

그 관인이 스공을 도라보며 우셔 갈오디 이 보비는 이러케 쓰는 것이되 써도 궁진홈이 업는니라 호며 인호야 들 가온디 잇는 소까지 모다 스공을 쥬고

검낭을 가져가니라 디져 비싱으로 말호게 드면 당쵸에는 어이 그리 오활호고 나죵에는 어이 그리 비루훈고

만일 비싱으로 호야금 당초에 뜻을 변치 아니호엿든덜 그런 보비와 그러케 아름다온 스람을 모다 보젼호얏슬 터이오

쏘훈 쳥츈 녀즈로 쳔츄에 원혼이 되지 아니호얏슬지라. 스람의 어리셕고 무졍홈이여 눈압헤 뵈이는 져근 리를 취호야 큰 의리를 져바리는지 엇지 고금에 비싱 쑨이리오만은 비싱의 일은 족히 의론홀 것 업거니와 그 미인의 잡은 바 마음과 행훈 바 일은

가히 효측홀 만호기로 근일 경박 즈뎨들과 창가소부들에게 디하야 경고하노라.

(완)

1906년 2월 20일

모쳐 병문에셔 여러 스람드리 모야 안져 각기 소경수로 보고 들은 말을 셔로 논란허는디 기 중에 인력거군 혼아이 ᄀ로디

나는 아모리 싱각하야도 알 슈 업는 일 혼 가지가 잇셔 모단 친고의게 뭇나니 너가 인력거로 싱이하는 고로 남북촌 지상가도 만이 가셔 보고 각쳐 연회의나 연셜허는 곳에도 더러 가셔 들은즉

정부 죠직 정부 죠—집 허니 정부의셔 죠—집은 허여 무엇에 쓰려는지 정부란 말은 각 디신네들 모혀 나라 일 의론허는 쳐소로 짐쥭허거니와 그 죠—집은 무삼 죠—집인지 알 슈 업데 정부가 마소 치는 려각집이 안인즉 말이나 소롤 먹이려고 죠—집을 구할 것도 아니요 혹시 골셔는 죠—집으로 집웅이나 담ㄱ튼 것을 이기나 허거니와

정부외셔는 그런 소용도 안일 터인즉 아마 일본 감부의셔 일인을 외군에 나려 보내여 각 면 각 동에 군중 시급소용이라 허고 말먹이 곡초롤 분경호야 돈도 쥬지 아니 허고

위협으로 특달혼다 ᄒ니 정부의셔 민폐롤 싱각허여 일본 군디로 보내려고 허는 일인지 스람마다 정부 죠—집이 된다 허며 혹 엇던 스람에 말은 정부 죠—집이라는 거시 무어신고 그도 져도 다 틀엿다고 ᄒ니

1906년 2월 22일

감안이 여러 사롬의 말을 듯고 눈치로 싱각흐야 보면 정부 죠집이 된다 홈은 정부에셔 죠-집을 구취혼다는 몰이오

정부 죠-집이 틀엿다 홈은 여슈히 구취가 되지 못흐얏다는 말노 알거니와

그 죠집을 어디 쓸 소용인지 알 슈 업셔 갑갑히 지니노라 흐거늘 그 말을 듯고 일좌가 박장디소흐여 왈 이 무식흔 놈아 정부 죠-집이란 말도 잇던가

정부 죠직이라 흐는 말이지 죠직이라 흐는 말은 무론 무엇이던지 쓴다는 말이니 명부 죠직은 정부를 쓴다는 말이라 흔디 인력거군이 스례흐여 왈 그런 말을 나는 밧혜심으는 죠-집으로만 싱각흐엿슨즉 그는 무식흔 타시어니와 지금 그디의 말을 듯고야 황연이 씨다라도다

1906년 2월 23일

한동안 일진회원이 각부 디신의 집으로 도라 단이며 스직 상소를 흐녀라 스진을 말아라 흐며 공갈이 막심흐게 들입더 쓴다더니 그것시 정부를 쓰노라고 흐는 일이로곤 그만치 물이 못나게 들입다 쓰슨즉

소위 정부 죠직은 잘된 모양인디 혹 엇던 스롬의 물은 정부 죠직이 무어신야 아모 것도 다 안된다 하니 엇더케 하는 물인가 이도 자셔히 알 슈 업는 일인즉 쏘흔 갑갑흐도다 허거날 여러 스롬들이 더욱 디소허며 왈 우리가 모다 학식이 업셔 이 병문의셔 남의 삭짐이나 져 쥬고 구루마나 인력거나 교군질을 하야 혹여 전관 전량이 싱기면 비지 안쥬와 사발 막걸니에 낙을 부처허다 세월을 챠일 피일로 지내는 터인즉 정부이니 죠직이니 알 것도 업고 올 수도 업거니와

지금 그디의 말을 듯고 보면 가위 쵸상상계가 요절홀 말이로다 당쵸의 조직을 죠—집으로 아는 것을 일것 설명허여 쥬엇더니 일향 죠직이라 는 두 글즈에 뜻을 히석지 못허고 혼갓 여러 사람이 위협으로 남을 졸 나 쓰다는 의미로만 아니 실노 우슬만 혼 일이로다
그 죠직이라는 말이 엇지 흐엿던지 짜기는 쓴다는 말이로되 그것을 사 물상으로 비유흐야 말흐게 드면 베실이나 무명실갓튼 것으로 베나무 명갓튼 것을 쓴다 홀

1906년 2월 24일

여니와 정부를 쓴다 흐게 드면 각 디신을 갈희여 학문과 지능이 업는 쟈는 면관흐고 지식이 유여흐야 능히 국스를 도울만 한 쟈로 의정 디신 이하 각부 디신의 직임을 맛겨 우흐로
황상 폐흐에 성총을 기우며 아리로 제 관리를 통솔흐야 정치와 법률을 발게 흐며 디방 관리를 틱츠흐야 도톤에 든 싱령을 무휼흐며 구계흐여 나라의 근본을 굿게 홈이니
그 심원혼 계교와 즁디혼 칙임을 엇지 입으로 다 말흘리오 그러혼즉 정 부 죠직이라는 말을 쉽게 하면 쉽다 하려니와 얼엽게 알면 극히 얼여울 지니 엇지 정부 죠직이 된다 흐리오
목금 소견으로 보게 드면 오빅년을 쏘 지니도 될는지 맛치 몰을 일이니 그디 말과 갓치 그러케 싱각흐는 것시 맛당흐니 그디가 진짓 몰으로 흐 는 말인가 알고도 몰으는 체흐고
웃노라 흐는 말인지는 알 슈 업스되 엇지 흐엿던가 가히 우슈을 만혼 일이로다 인력거군이 쏘혼 가가 디소왈 소위 정부 죠직이 그쳐럼 신즁 혼 말을 나는 이쩌까지 쓴 말만 흐엿거니와

1906년 2월 25일

시정 기션흔다 시뎡 기산된다 흐더니 참 시졍 기산은 작년 가을 이후로
착실흔 시졍 기산이라 흐거날 겻희 잇던 쟈이 무러 갈오디 자내는
엇더케 흐는 말인가 시졍 기션이 엇지 되얏다 흐는요 인력군왈 시졍이라
흐는 말은 죵로 각젼 시졍이오 기션이라 흐는 말은 시졍들이 젼황흐야
각쳐로 기산이를 미여 단닌다는 말이 안닌가 그로 미루허 보게 드면 소
위 지식이 잇다는 사람도 시졍 기산이 되어야 흔다 흐고 일진회원이라
일본 관인이라 흐는 스람들도 시졍 기산을 식힐 목뎍이라고 권고롤 흐
다 츙고를 흔다 흐나 일본 스람이나 일진회원 갓흔 쟈는 시졍 기산이를
만들여고 훔이 용혹무괴흐거니와
소위 우리나라 유지쟈라 흐는 분네들은 나라 일을 되도록 쥬의흔다면
셔도 시졍이 기산이를 미여 도라단이기를 바라는 모양이니 무엇이 쾌
홀 것 잇스며
돈이 업셔 상□가 죠잔흐면 무엇이 나라에 유릭흐건디 언필칭 시졍 기
산이 되어야 흔다고 들 흐는지 급기 시졍들이 그러케 기산이를 미여 이
를 써도 하나토 죠흔 일 업스니 무엇이 잘 될지 몰오깃데 신구화교환으
로 돈이 귀흐기가

1906년 2월 27일

극항에 일으러 시졍들이 젼문을 다친다 출판을 당흔다 도망을 흔다 빅셩
들은 굴머 죽깃다 얼어 죽깃다 흐며 심지어 우리들의 여간 돈푼 버리도
아죠 업셔져셔 곤란이 막심흐되 소위 졍부 디관이나 유지쟈라는 분네
들이 한아토 그런 것을 구폐홀 싱각은 업고 지금까지도 시졍 기산이 되
여야 흔다 흔즉

이 예셔 쏘 엇더케 되나 시정들이 기산이를 미다 못ᄒᆞ야 지쳐 죽어야
무슴 일이 잘 될는지 어리셕은 내 소견으로 보면 시정 기산을 민드지
말고 아모죠록 시정들을 보호ᄒᆞ야

상업이 흥왕케 ᄒᆞ고 리익이 발달되도록 쥬의ᄒᆞ면 비단 그 시정과 상민
들의게만 리익이 잇슬 쓴 아니라 정부에도 리익이 될 터이오 전국 인민
의게도

리익이 되야 나라 지정에 얼마큼 효력이 잇슬 터인데 그는 싱각지 안코
다만 신화 일원에 구화 이원 ᄒᆞ는 것을 다행이 아는 모양인지 각부 관
리는

그 월급이 가량 빅원이면 신화를 츠져 상로관에서 시량이라 포목이라
각식 물건을 무역ᄒᆞ게 드면 일원을 구화 이원으로 쓰는 즈미에 시정은
기산이를 미뎐

1906년 2월 28일

부죠직이라 ᄒᆞ고 시정 기선이 되기를 발알 말이지 덥허 노코 그네들을
거져 두고 정부를 죠직ᄒᆞᆫ다 ᄒᆞ면 무어시 죠직이라 홀 터이며 그네들이
정부 우혜 안져셔 시정 기선ᄒᆞᆯ 깃다 ᄒᆞ면 무어시 기선될 터인가 이 말
져 말 쓸 데 업고 일본셔 통감이 건너온 후에야 무슴 결말이 난다 ᄒᆞ니
한심코 답답ᄒᆞᆫ 일이라 ᄒᆞᆫ디 인력거군이 튼식ᄒᆞ여 왈 나는 이쩌것 이러
케 그 의미를 효득직 못ᄒᆞ고 오히홈이 즈심ᄒᆞ얏슨즉 당쵸에 글을 비오
지 못ᄒᆞ야

무엇이 무슨 말인지 아지 못ᄒᆞ고 다만 음상ᄉᆞ로 비스름ᄒᆞ게 듯고 억견
으로만 싱각ᄒᆞ얏거니와 아마 정부 디신네들도 나와 갓치 그러케 무식
ᄒᆞ야

그 의미를 효희치 못ᄒᆞᄂᆞᆫ 모양인지 일간에 일본셔 통감이 건너온다 ᄒᆞ

니 아지 못게라 졍부 관리들이 글을 더□ 오려 홈인가 우리나라에도
통감이 업슬 것시 아니여뎐 하필 일본셔 가져올 것 무어신가 우리나라
에 만일 통감이 업게 드면 스략이라도 무방하고 소학 뎌학 밍즈 용이허
다 한데
그것 져것 불게 하고 일본 통감이 젹당한단 말인가 우리나라 사람들의
셩질이 아모리 내 것슨 흉하다 하고 남의 것슨 죠타 하야 일용 범빅이
모다 외국 것이오 심지어 집고 단이는 집행이까지라도 외국 것을 스거
니와

1906년 3월 1일

그 통감이야 아모데 통감이면 관계홀 것 잇나 진소위 내 쳔즈와 남의
쳔즈가 달으다 하는 말 거긔 두고 일은 말이로다 하거날 좌즁이 쏘한
박쟝뎌소 왈
이 스람되지 안은 말 작작하소 듯기를 잘못하엿나 싱각을 잘못하나 엇
지 그리 오희하는 말이 만은고 금번에 일본셔 건너온다는 통감은
셔칙 일홈이 통감이 아니오 벼슬 일홈에 통감이니 그 통감은 일본에 유
명한 원로 후작 이등박문씨가 통감으로

1906년 3월 4일

건너왓다네 그 통감의 직권을 말하즈면 뎌단이 훌륭한가 보데 이왕에
일본 신문상에도 통감의 운치를 론는하얏다는뎌 한국 풍속이 쥬임관
이상은
영감이라 하고 칙임관 이상은 뎌감이라 하고 뎌황뎨 폐하는 상감이라

혼즉 지금 통감이라 흐는 칭호가 극히 운치가 잇고 즈미시러온 말이라
고 흐얏다데
그런 말 듯고 감안이 혜알여 보면 통감이라는 통즈는 거나릴 통즈오 통
감이라는 감즈는 볼 감즈이니 그 통감 두 글즈를 합흐야 말흐게 드면
도통 거날여 본다는 말 아닌가 그럭 미루혀 보게 드면 통감이라는 칭호
와 직권이 우리 한국에는 굉중굉중흔 칭호와 직권이 아닌가 져 스람네
들은 운치가 잇게 알 만도 흐고
즈미시럽게 여길 만도 하거니와 우리나라 일반 국민의게는 엇지 기막
키고 한심흔 일이 아니리오 즈네 말과 갓치 셔칙 일홈의 통감갓고 보면
무어시 관계잇다 하며 무엇이 원통하다 하기는가 흔갓 우스을 만흔 일
이로다

1906년 3월 6일

인력거군이 듯기를 다 흐고 길이 탄식흐여 왈 속담에 일은 말로 드르면
병이오 안 들으면 약이라론 말이 올토다
나는 그러케 굉장한 통감인 줄은 몰오고 다만 공즈왈 맹즈왈 흐는 통감
으로만 알앗더니 지금 즈셔히 알고 본즉 비록 우쥰흔 마음이라도
가슴이 무여지는 듯 피를 토홀 듯흐야 일단 병근이 될 듯흐니 도로혀
듯지 아니흐얏슬 쩌만 갓지 못흐도다 흐고
인력거를 쓸고 가며 즈탄가 노리흐니 그 노리에 흐얏스되
산첩첩 슈중중이라 산이 놉파 만장이니 그 산을 넘쓰 흐면 스다리를 노
올만 못흐도다 만일에 스다리도 놋치 안코 한 거름도 것지 안코 다만
산이 놉다 즈탄흐면 명일이 금일이오 명년이 금연이라 하월 하일에 그
산을 넘어간다 긔필홀가

1906년 3월 7일

산첩첩 슈중중이라 물이 깁퍼 쳔쳑이니 그 물을 건너랴면 빈를 쥰비홈
만 못ᄒ도다 만일에 비도 쥰비치 안코 ᄉ공도 부으지 안코 다만 물이
깁다 ᄌ탄ᄒ면 하월 ᄒ일에 그 물을 건너간다 질언홀가 아마도 그 산
그 물을 넘고 건너ᄌ ᄒ면 ᄉ다리와 션쳑을 쥰비코져 미리미리 경영홈
이 뎨일 상칙이라 이도 져도 아이 ᄒ고 무졍세월 허송ᄒ면 그 산 그 물
이 졀노졀노 평디되기 바랄손가 슬프고 슬프도다 우리나라 형편됨과
우리 동포 젼졍됨은 산첩첩 슈중중에 우심타 ᄒ리로다 바라고 바라나
니 졍부 디관 유지인ᄉ 홀 슈 업다 ᄌ탄말고 ᄉ다리와 션쳑 등을 어셔
밧비 쥰비ᄒ오 우리는 무지ᄒ등의 인류라 일너 무엇

1906년 3월 8일

근일 츈긔 화창ᄒᄆᆡ 엇던 션비 량인이 손을 글고 놉흔 곳에 올나 안져
쟝안 디도상 왕릭ᄒᄂᆞᆫ 사ᄅᆞᆷ을 지졈ᄒᆞ며 고금치란의 시비를 평론ᄒᆞ야
시국의 불평홈을 긔탄ᄒᆞ고 강긔ᄒᆞᆫ 마음을 금치 못ᄒᆞᆫ다 ᄒᆞ니 그 션비의
셩명은 한아ᄂᆞᆫ 시골 션비의 호문셩이오 한아ᄂᆞᆫ 셔울 션비의 션희셩이라
셔로 장황이 담화홀 즈음에 마참 무슴 령악ᄒᆞᆫ 소릭 들닉ᄂᆞᆫ지라 호문셩
이 놀나 무러 갈오디 그 무슴 소릭가 그다지 령악ᄒᆞᆫ뇨 쳐음에ᄂᆞᆫ 깁흔
산골에
폭포슈 흘으ᄂᆞᆫ 소릭갓치 나더니 나죵에ᄂᆞᆫ 널븐 들에 황소 경각ᄒᆞᄂᆞᆫ 소릭
것ᄒᆞ나 극히 굉장ᄒᆞ야 그 무엇의 소릭라 지뎍홀 슈 업거니와 그 소릭를
감안이 지음한즉 금목슈화토 오행이 구비ᄒᆞ게 된 물건의 소릭인 듯ᄒᆞ
도다 션희셩이 미미이 우스며 왈 그디가 쳐음 들은 듯ᄒᆞ거니와 가위 어
린 아희가
텬동 소릭를 분변치 못홈과 갓도다 그 소릭ᄂᆞᆫ 달은 것이 아니라 인쳔
동릭 의쥬 등디로 릭왕ᄒᆞᄂᆞᆫ 텰마의 소릭라 ᄒᆞᆫ디 호문셩이 더욱 의심ᄒᆞ
야 갈오디
텰마라 ᄒᆞᄂᆞᆫ 것은 무엇이완디 그 소릭가 그다지 령악ᄒᆞ고 션희셩왈 그

털마라 홈은 그뒤의 일은바 금목슈화토 오힝이 구비ᄒ게 된 물건이니
그 물건된 체격을 의론ᄒ면 금긔로 전체가 되얏스되 간혹 목긔가 셧것
고 토긔를 잇그러 슈긔와 화긔의 힘으로 활동ᄒᄂᆞᆫ 것이니

1906년 3월 9일

그 각력은 능히 일일에 쳔리를 행ᄒ고 그 힘은 능히 한번에 쳔만근의
즁슈를 슈운ᄒ나니라 호문싱이 이윽히 싱각ᄒ다가 갈오뒤 니 이제 알
앗도다
소위 털마라 홈은 털로륜거를 일음이 안닌가 그러ᄒ나 그것이 엇지 금
목슈화토 오힝이 구비ᄒ게 되얏다 ᄒ리오 션희싱왈 니 즈셔히 일으리라
그 물건됨이 젼혀 쇠와 남무로 만들엇슨즉 금목이 분명ᄒ고 셕탄은 흑
에서 나고 화륜통에 물을 붓고 셕탄에 불을 핀 연후에 운동이 되니
슈화토가 구비치 아니ᄒᆞᆫ가 그러ᄒ나 그것은 젼혀 금체로 되엿슬 쑨더
러 우리나라의 여간 빅동이라 쳥동이라ᄒᄂᆞᆫ 쇠쪼각은 모다 그 놈의
복즁으로 몰녀 들어가ᄂᆞᆫ고로 그 놈이 쇠를 만히 먹어셔 그러ᄒᆞᆫ지 간간이
질으는 소리가 일단 쳘셩이라 만일 우리나라 인민이 그뒤로 어리셕고
그 놈은 그뒤로 왕셩ᄒ면 장츳 젼국의 쇠쪼각이라고는 구경홀 슈 업슬
터이오 쏘혼 함흥 원산까지도 왕리ᄒ며 홈부로 집어 먹을 터인뒤 그 쑨
아니라
그 놈 왕리ᄒᄂᆞᆫ 곳마다 인민이 견딀 슈가 업셔 뎐토와 가옥□ 부지치
못ᄒ며 쳥산에 뭇친 빅골까지도 보젼치 못ᄒ나니

1906년 3월 10일

엇지 두렵지 아니ᄒᆞ리오 혹문싱왈 그 화륜거가 구미각국에셔 먼져 지
은 것이로되 그 나라에 쇠쏘각이 귀ᄒᆞ얏졋다는 말을 듯지 못ᄒᆞ고
졈졈 식리가 되야 부국강민이 되얏스니 그것으로 ᄒᆞ야 돈이 업셔질 바 잇
스리오 션희싱이 탄식ᄒᆞ야 왈 그런 ᄉᆞ업을 우리 국민이 ᄒᆞ는 것 갓흐면
쇠쏘각 업셔질 염려는 시로여 지물을 모흘 근본이 될 터이지만은 그것
이 우리나라에 반푼 일리도 리익은 업고 다만 민국간 큰 고막인 것시
텰도 긔지로
몃 쳔리 몃 빅리 되는 연로 각 디방에 관유지 민유지를 불계ᄒᆞ고 텰로
긔지라 뎡거쟝 긔지라 ᄒᆞ야 갑도 업시 졈탈ᄒᆞ니 나라에는 강토가 졈졈
줄어지고
빅셩은 뎐토가 업셔 농업을 폐지ᄒᆞ니 그 관계가 엇더ᄒᆞ며 텰로 잇는 각
지방 인민들은 륜거 삭시 빗스니 쓰니 ᄒᆞ면셔도 보힝으로 왕리치는 안
으려 하야
연로 졈막에 힝긱이 죠졀하야 로변에셔 거싱하는 인민들이 싱익가 ᄭᅳᆫ
어지고 젼젼푼푼이 몰여 륜거 삭젼으로 외국인의 낭탁에 들어가니
한번 들어간 후에야 무슴 지간으로 다시 구경이나 하야볼 슈 잇나 비록
긔쳔리 긔빅리를 삽시간에 왕리ᄒᆞᆫ즉 그 니왕의 신속홈과 로비의 감싱
됨이 당쟝에는 편리타 홀연니와

1906년 3월 11일

감안이 혜알이면 그 폐단이 엇던타 일으리오 져 구미 각국으로 말ᄒᆞ게
드면 무론 무슨 ᄉᆞ업이던지 나라에 유익하고 인민의게 편리ᄒᆞ도록
어디ᄭᅥ지 연구ᄒᆞ야가며 경영ᄒᆞ는 고로 민국간에 방희됨이 업시 졈졈

부강흔 데로 나아가 그 털로 갓흔 것도 닉 나라 토디에 닉 나라 인민이
부셜흐야 영업흐는 것인즉 지금 만국이 통상흐는 판에 한푼이라도
외국인의 돈이 닉 나라 지방에 쩌러질 터이지 내 나라 돈을 남의 나라
스람이 가질 묘리가 업셔 졈졈 부국강민이 된다 흐려니와 우리나라 형
편은
그러치 못흐야 남의게 긔지도 빌니고 심지어 물지와 역부까지 빌니여
가며 리익을 만들어 쥬니 무엇이 내게 리롭다 하리오 도시 우리나라 졍
부 이하로
지어 빅셩까지 모다 용우하고 혼암하야 초츠에는 무슨 경륜으로 무엇
을 시작하는 쳬 하다가

1906년 3월 13일

필경 셩스치 못흐고 나죵에는 홀 슈 업시 남의게 쎄앗기고 마는 지간
쑨인즉 가위 발죵지 하시는 것이라 츠라리 아모 것도 흐는 쳬 안는 것
이 도로혀 상쳑이니
나라의 젼도를 싱각흐면 엇지 한심흐고 통곡홀 일이 안일손가 호문셩
왈 쳘로는 그러흐거니와 시계 즈명죵 면보쥴 면화쥴 면긔등 갓흔 것은
디단 유용흔 것일가 흐노라 션희싱왈 유용흐기로 말흐면 어느 거시 유
용치 아니흠이 아니나 한갓 탄식홀 바는 내 토지 내 물력을 들여 닉가
흐지 못하고
남의 슈즁으로 돌녀 보닉는 일이 원통하도다 호문셩왈 그 열어 가지 명
목의 신긔흔 말은 시골 잇슬 쩌에 보지는 못하고 남의 젼하는 말을 들
오믹
그 말이 심히 허황밍낭하게 듯고 일호도 밋지 아니하야 싱각하기를 진
긔 글언 것이 잇스면 혹여 신졉흔 죠화의 슈단인가 하얏더니

1906년 3월 14일

금번에 눈으로 친히 보고 성각호즉 이왕에 젼호던 스람의 말이 허언이
안닌 쥴 알찌고 쏘호 신졉호 죠화로 되지 안닌 쥴을 알앗도다 그러나
져 셔양 스람들은 엇더케 호야 달은 스람이 듯고도 의심호고 보고도 알
기 얼여온 스업을 만들어 니엿는지 참 희한호 일이로다 션희싱왈
그 스람들도 숨두 륙비가 아니오 우리와 갓치 눈 둘에 코 호아 잇는 인
종이로더 그 졔죠물의 특별홈은 다른 연고 아니라 다만 무엇이던지 리
치를 궁구호야
긔어히 투득호야 니고마는 특셩이 잇는 연고어니와 쳔종 만물의 졔죠
홈을 모다 나라에 유익하고 빅셩의게 편리하도록 졈졈 연구하야 만드
는 것인즉
그것은 모다 익국익민하는 스상에셔 나오는 비라 화륜거와 화륜션을
지어 사람으로 하야금 긔쳔리 긔빅리를 순식간에 왕리하되 피곤홈이
업게 하고
시계 즈명종을 졔죠하야 쥬야 이십스시를 평균이 분비하야 스람으로
하야금 그 시간을 맛초아 일홀 찍는 일호고 쉬을 찍는 쉬게 호되 일년
숨빅륙십 일에
일분이 틀님이 업게 호고 뎐보쥴 뎐화쥴을 셜치호야 사람으로 호야금
쳔리 밧 일을 삽시간에 알게 호야 멀고 갓가옴이 업게 호고 뎐긔등을
졔죠호야 어둔 것을 발케 호니 그 허다 긴요호 것을 일일이 셜명할 것
업거니와 우리나라 사람들은 다만 유용호고 편리호 쥴노만 알고
그리 희가 엇더케 되는 것을 아지 못호니 유용호 것이 도로혀 무용호
것만 갓지 못호고 편리호 것이 도로혀 불편호 갓만 갓지 못호도다 호문
싱왈

1906년 3월 15일

무론 무엇이던지 유용호 것이면 유용호게 쓸 터이오 무용의 것이면 무
용호게 될 터인디 엇지호야 유용호 것이 무용호
것만 갓지 못하다 호며 편리호 것이 불편한 것만 갓지 못호다 호는요
선희싱왈 디뎌 그런 것 져런 것을 물론 호고 우리나라 인민이 츳츳 씨
다라
호 가지식이라도 졔죠를 호다던지 부셜을 호다던지 호야 나의 졔죠홈
과 부셜물이 흥왕호고 남의 것이 쇠잔호면 즈연 즁 유용호 것이 유용호
게 되고
편리호 것이 편리호게 되려니와 그러치 못호야 한갓 눈으로 죠케만 보고
입으로만 유용호 것이라 말홀 쑨 아니라 그간 션호 빅동푼을 모아다가
털로 륜션 뎐거 뎐보 등속의 소비로 들여 보닌즉 그 돈은 외국인의 슈
즁으로 들어가는 것이라 그런 리익을 남을 쥬어 가며 유용하다 편리하
다 하면

1906년 3월 16일

무엇이 유용하고 편리호가 지금 세계는 젼혀 학문과 직물로 쌋호는 시
디인즉 학문과 직물이 업스면 무엇으로 나라를 보젼혼다 홀이오
이왕에 그것 져것 업슬 쎠에는 우마와 교군으로 화륜거와 뎐거를 디신호
고 들길음과 소길음으로 셕유와 뎐긔등을 디신호고 나졔는 히그림즈와
밤에는 달긔 소리 등속으로 시계와 즈명죵을 디신 호얏스니 이젼과 지
금을 비교호면 그 질둔홈과 군식홈은 비록 달으나 기 리치는 일반이라
그러호나 지금 시디는 쎠로 달고 날노 변하야 졈졈 무근 것을 발이고
시 것으로 나아가는 판인즉 우리나라 스람들도 남의 나라 스람들의

하지 못혼신 수업은 추치 물론하고 눈으로 보고 귀로 듯는 것을 승니라
도 닉기를 싱각하여야 될 터인디 한갓 조포조기 하는 마음으로 등한이
발여 두고 입으로만 유용혼 것이니 편리혼 것이니 혼즉

1906년 3월 17일

그것이 일단 병통의 근원이오 완고의 육습이어니와 만일 완고의 육습
이 잇게 드면 찰아리 말과 교군을 탈지언정 륜거나 뎐거를 타지 마는
것이 올코 들길음과 소길음을 쓸진정 셕유나 뎐등을 거론치 안는 것이
가 하고 달긔 소리와
일영을 비쥰하야 쥬야의 일쏘 느즘을 짐작할 지언정 시계 조명종을 스
지 안는 것이 당연ㅎ거날
그 ㅎ는 것을 보게 드면 완고니 슈구니 ㅎ는 조들도 륜거나 뎐거거를
타지 안는 쟈이 업고 셕유나 뎐긔등을 켜지 안는 집이 업고 시계 조명
종이
업는 집이 업슬 뿐만 아니라 기타 일용 만물에 어는 것이 업셔 소소혼 리
익이라도 모다 남을 쥬어 젼국 지경의 경갈홈이 극항에 일으되 그 병이
어디셔 나지는지 어는 곳에 잇는지도 모지불계ㅎ고 혼갓 외면으로만
완고슈구의 목뎍이 잇는 쳬도 ㅎ고 우국익민의 소상이 잇는 쳬도하나
실상을 의론하면 아모 경륜도 업고 다만 이젼 부패한 육습으로 젼일에 지
니던 일만 싱각하야 혼 뭉텅이 캄캄한 마음을 능히 기오치 못하니 가위
교쥬고실이라 할 만하고 소위 지간이 죠금 잇다 ㅎ는 자는 교스가 무쌍
ㅎ야 신학문이 좀 잇는 스람을 디ㅎ면 조긔도 신학문에 향의ㅎ는 쳬ㅎ고
완고의 소상이 잇는 듯혼 스람을 디ㅎ면 조긔도 슈구의 티도를 나타내
여 항상 말ㅎ기를 이젼에난 그런 것 져런 것 업셧셔도 오빅년 승평 세
계를 일윗스니

1906년 3월 18일

기명 문명이라난 것이 무엇인고 ᄒ야 이 스람 져 스람의 눈치 보아 가
며 그 ᄯᅳᆺ을 마초난 것을 스스로 임시체변의 졔일 능스로 알고 한가지
쥬쟝할 마옴이 업슨즉
가위 표리부동이라 할 만ᄒᆫ지라 그 허다 병풍 상속의 악습은 이로 론란
할 슈 업거니와 디져 상고로 말ᄒᆷ면 무슴 물건이던지 우마에 실는 것이
비록 륜거나 륜션에 실는 것보담 부비가 더ᄒᆷ다 ᄒᆞ려니와 깁히 싱각ᄒᆞ
면 가량 한량을 져 스람 쥬고 두량을 우리 사람 쥬면 당쟝은 리희가 관
계되나
져 스람 줄 돈 한량은 영영 업셔지는 모양이오 우리 사람 두량 쥰 돈은
항상 내 나라 디방에 잇슬 터이니 속담에 일은 바 쥬머니에 돈을 초갑에
옴겨 넛는 것 갓다 할지니 초갑과 쥬머니가 비록 명목과 소용이 달으나
필경에 니 긔물 되기난 일반이니 그 리희를 교계ᄒᆞ면 엇디ᄒᆞ다 ᄒᆞ리오
그 밧게 여러 가지가 모다 그와 갓흔 고로 유용ᄒᆞᆫ 것이 무용한 것만 못
ᄒᆞ고 편리ᄒᆞᆫ 것이 불편ᄒᆞᆫ 것만 갓지 못ᄒᆞ다 흠이로다

1906년 3월 20일

호문싱왈 그리ᄒᆞ는 그러ᄒᆞ거니와 소위 ᄌᆞ명죵이라 ᄒᆞ는 것은 가위 경
세죵이라 할 만ᄒᆞ도다 니가 일젼에 모쳐에 간즉 그 ᄰᅥ는 오졍에 갓가이
되얏고
그 곳에 엇던 스람이 안져는디 맛참 시계가 우는지라 기즁에 늘근이 ᄒᆞᆫ
아이 시계의 우는 소리를 듯고 잠연이 눈물을 흘니며 왈 져 시계의 돌
아감을 보면
셰월이 덧업시 흘음을 알깃고 사람이 늑는 줄을 더욱히 ᄯᅵ다를지로다

이왕 나도 소년쳑에 항상 소년으로만 잇슬 쥴로 알고 셰월이 한량업시
쟝구한 쥴로 알앗더니 져간에 셰월이 츠타 하야 귀밋히 검은 털이 변하
야 금일 빅발을 일우엇스니 그 빅발이 다시 검어질 리가 만무하고

얼마 되지 못ㅎ야 이내 육신이 북망산 한 줌 흑을 보틸리니 엇지 슬프
지 아니ㅎ며 금일 금시 이 종소리를 다시 들을 슈 업스리니 엇지 죠상
할 만한 일이 아닌가 하미 일좌가 모다

마음이 감동ㅎ야 비창한 비치 잇는지라 나도 그 말을 듯고 감인이 싱각
한즉 츌싱이 후슴 십여 년에 유졍한 셰月를 무졍하게 허송하고 아모 스
업도 한 가지 일 업스니 압헤 오는 셰月을 뒤에 지난 일과 갓치 우유도
일하다가 한번 죽은 후에 누가 나를 위하야 죠상할 쟈 잇스며

내가 셰상에 낫던 쥴을 알쟈 잇스리오 그쳐럼 싱각하미 마음이 스스로
울울하야 신긔 불평한지라 드디녀 이왕 츈풍화月에 음풍영月로 셰月을
허던 구습을

확연히 혁거하고 신학문 신스업을 경영코즈 뜻을 뢰졍하얏스나 비유컨
디 칠야슴경 무지공쳐에 길을 찻지 못홈 갓도다 선희싱왈 경셰종이라
홈은

1906년 3월 21일

세상을 경계하야 찌오치는 쇠북이라 할지니 그디의 일은바 시계 즈명
종은 져근 경셰종이라 종현 쌍쌍이니 약현 쑹쑹이니 종로 인경이라 광
화문 인경이라

하는 것은 기위 큰 경셰종이라 할 만하도다 일젼에 엇던 곳을 지나다가
본즉 짐지고 가던 스람 한아이 짐을 버셔 로변에 놋코 열어 스람들의
후쥬로 다토는 것을 정신업시 셔셔 보다가 오졍 치난 종소리를 듯고 놀
나 희를 치어다 보며 즈탄하여 왈 발셔 오졍이 되얏도다

1906년 3월 22일

부절업슨 구경을 탐ᄒ다가 한정이 잇ᄂ 시간을 허슝하얏스니 일에 낭
피가 젹지 아니토다 하고 급급히 짐을 지고 총총이 가난 것을 보니
가히 게론 쟈를 부즈런하계 인도하난 경종이라 할 만하거날 근일 졍계
관인이나 신ᄉ 신상간에 시계 ᄌ명종을 치례건으로 만걸어 두난디
졍부 관리로 말하게 드면 디신 이하 참셔관 쥬ᄉᄱ지라도 ᄉ진ᄒ고 파
사하ᄂ데 디하야 그 일졍ᄒ 시간이 잇거마난 ᄉ진한 ᄶ난 시간에
별노 상관이 업게 알고 파ᄉ할 ᄶ난 그 시간을 □□□□□ □가량 상오
열시에 ᄉ진할 쟈□ □□□나 혹 하오 일이시간에 ᄉ진ᄒ얏더리도
파ᄉ할 시간만 되고 □[나]면 공ᄉ의 유무와 긴급지완을 불계하고 허여
지난 고로 공연이 월급만 먹고 단이난디 심지어 엇던 쟈난 공문을 슈졍
하다가 파ᄉ할 시간이 되얏다난 말을 듯고 쓰던 공문의 글ᄌ를 반자 불
셩ᄒ고

1906년 3월 23일

나가난 쟈이 더러 잇셧다 ᄒ니 그런 경우에난 경세종이 아니라 희ᄉ종
이라 할 만하도다
그러ᄒ즉 각부에 관리가 비록 쳔만명이 잇기로셔 무슴 일을 ᄒ다 ᄒ리
오 그 즁에 아모 것도 아니 ᄒ고 날마다 왓다 갓다 ᄒ야 버슬 ᄌ리를
ᄌ긔에 소일자리로만 알 ᄲᆫ 아니라 염치업시 월급이 박한니 관리의 익슈
가 부죡ᄒ니 ᄒ면서 공문이 젹쳬ᄒ야도 한가지를 속히 치판할 싱각도 아
니하고 한 글ᄌ를 쓰기도 싱각지 아니하지 그러케 놀고 단이난 관리난
비록 몃 빅명 몃 십명이 잇더리도 일ᄒ난 ᄉ람 한아만 못할지니 엇지
외국 ᄉ람들이 보면 용관이라 아이하며 감익하ᄌ 아니하리오 졔 나라

의 계 일하기를

남의 나라의 남의 일하듯 ᄒ야 필경 보호감독의 압졔를 밧으면셔도 마암과 힝실을 곳칠 싱각이 업고 다만 각박ᄒ다 원통ᄒ다 남만 원망ᄒ니 그 원망이 쓸 데 잇나 소위 쥬무ᄒᄂ 디신이 하로 협판국장 참셔관 쥬ᄉ까지 그러케 일들 하기 슬혀하난 까닥에 통신원을 쎄앗긴다 외부를 혁파ᄒ다 ᄒ야

1906년 3월 24일

국건이 감삭하고 독립 긔초가 업셔질 디경이되 오히려 졍신을 찰이지 못하고 엉벙하ᄂ 슈작으로 시졍 기선을 ᄒ다 인지 틱용을 ᄒ다 하되 이 쎠것 무없을 실시하엿다난 말을 듯지 못하얏스나 인지 틱용은 착실ᄒ 인지를 틱용하ᄂ 모양인대 그 ᄉ람들의 힝젹을 의론하면 관찰 군슈로 탐학 민지에 유명한 자 아니면 남북촌 ᄉ랑으로 도라 단이며 아참이나 잘하ᄂ 자이니 그 사람 틱용하기도 극란하고 각부 디신이 ᄎ례 거름으로 한아 둘식 호쳔하야 셔임하고 공쳔이 더 ᄌ칭하□ 시졍 기선 다 보앗네 그런 ᄉ람들의게ᄂ 경셰종도 쓸 더 업고 디포알이 나온다 하면 정신이 날ᄂ지

호문싱왈 우리나라 ᄉ람도 물건 졔죠하난 지죠가 업다 하지 못할지라 그 훈장 만드난 지죠난 어느 틈에 비왓단지 훈장은 잘 만들어 직품 ᄯ라 ᄎ고 보니

보기난 훌륭ᄒ되 실젹을 궁구ᄒ면 훈장이 앗갑도다 션희싱왈 훈장이란 두 글ᄌ의 의무가 분명한디 우리나라에 그 훈장을 ᄎ난 ᄌ난 부장 참장 각부 디신과

기타 고등관리가 졔일이 차고 보니 군부로 의논ᄒ면 근리 각쳐에 봉긔 ᄒᄂ 화젹당

1906년 3월 25일

한 기도 잡지 못한 즈의게 무슴 군공이 잇다 ᄒ며 각부 디신으로 의론
ᄒ면 나라 결단 니난 쟈의게 무슴 훈토가 잇다 ᄒ리오 그 훈장 밧은 쟈
들이 만일 일분이라도 스람의 마음이 잇스면 엇지 황공코
붓그럽지 안으리오마난 그 싱각 져 싱각 도시 업고 다만 호긔 바람으로
쥴에 쥴에 츠고 단일 뿐 아니라 공문상 성명 우에 훈일등 훈이등을 더
셔 특셔로 써노으니
무엇으로 훈일등이며 무엇으로 훈이등인가 나라 망케 ᄒ난 일에 더ᄒ
야 공을 쓰은다 ᄒ면 일등 이등을 셔로 닷톨 만하거니와
그 외에난 한앗토 훈장이 당치 아니하도다 공연이 국지를 허비하야 훈
장을 졔죠하며 그 일을 판할 츠로 표훈원을 셜치하고 관리를 마련하야

1906년 3월 27일

허다 경비가 미년에 긔 빅만인즉 지금 국지가 경갈하여 긔 빅 긔 천만
을 외국으로 차관한다난 판에 표훈원 갓흔 거슨 혁폐하엿스면 죠흘 듯
하도다
호문싱왈 일본 스람들□ □□□을은 쓸 디 업난니 하며 □□□ 만으니
젹으니 하야 혁파도 하즈 감익도 하즈 하되 실상 무용의 표훈원 갓데 난
아모 말도 아니하난 모양이니 그 사람들이 아즉 그 형편을 즈셔히 아지
못흠인가 실노 의혹할 일이로다 선희싱왈 그 사람들이 엇지 몰오리오
마는
그 훈장이 일본으로 건너가는 것이 졀반이나 되니 져의게 일분이라도
리익이 텰지언졍
죠금도 방익될 것 업고 우리나라의는 무용의 것인즉 무엇이 관계하야

남의 듯기 실은 말을 하기 죠아하리오 지금 한일 량국이 이러케 관계가 엇난 판에

한국의 히 되는 일은 곳 일본의 리 되난 일이 만은지라 우리나라 국지 소룡됨을 관렴할 바 잇스리오 젼졍을

1906년 3월 28일

류통시긴다 흐며 농공실업을 발달시긴다 하고 차관하야 쥬기를 즈청하 야 계약을 셩립하얏다 하니 우리나라 형편으로 보면 싱지홀 도리는 업고 여간 잇던 지물이 날마다 외국으로 흘너 나가니 졔 비록 빅쳔만원을 추 관하야 온더도 그 돈이 얼마 부지를 못홀 터이오 공연이 빗만 되야 비록 몃 십년에라도 갑하 볼 슈 업스리니 차관하는 날은 나라 파라 먹는 날 이라 그런 일 져런 일을 물론 하고 모다 나라 결단 낼 일은 훈일등 훈 이등의 훈장찬 사람들

슈즁으로 죠차 나오는 터인즉 더관결 표훈원이라는 칭호와 훈장이라는 말이 실히 덕당치 못하도다 호문싱왈 근리 우리나라 정부 관리나

일반 인민의 소위를 보게 드면 한아토 즈유로 하는 일은 업고 모다 남 의 지휘를 기다릴 쑨만 아니라 당연이 홀 만흔 일도 무엇을 거리씨는 스단이 잇는 것갓치

1906년 3월 29일

쥬져하다가 필경에 남이 먼져 축슈하는 디경에 일으면 문득 남을 원망 하야 즈긔의 힝치 못흔 험을은 죠금도 싱각치 아니하니 그 실수를 의로 하면

니가 남을 쥰 것이지 남이 내 것을 쎄아슴이 아니라 그러한 고로 극히
셰미한 일노 말홀진 더 근일 한셩 오셔니에 청결 위싱법을 실시혼다고
소예군을 셜치하야 구루마를 끌고 단이며 각 방곡에 싸인 오예물을 쳐
가는디 그 소예군도 혼즈는 오예물을 쳐가지 못하는지 일본인 일명이
그 소예군을 령솔하야 끌고 단이면셔 일일이 갈아쳐 쥬엇야 그것을 치
울 쥴 아니 그런 것을 보고 싱각하면 우리나라 사람의 셩질이 우마와
달음이 업셔

남의게 끌여 단이기를 죠히 여겨 그러혼지 남들이 대졉하기를 우마와
갓치 하야 그러혼지 남의게 끌여 단이난 일이 심히 이달도다 선희싱왈
우마라 하는 짐싱은 스람이 끌고 단이지 아니하면 부릴 슈 업는 것인디
사람을 사람이 쯔을고 단이며 쳔죵 만물을 모다 입으로 닐너셔 하고보면

1906년 3월 30일

우마를 부리는 것 갓흘지라 우리나라 사람이 그런 경우를 당하는 일이
한두가지 아닌 즉 그 형편이 우마와 갓다 흠이 용혹무괴혼 말이어니와
실졍을

싱각하면 가련하고 한심혼 일이 만토다 그 까쏙을 더강 론란ᄒ면 쳣지
는 교육이 업고 학문이 업셔 무엇을 엇더케 ᄒ면 죠흘는지 방향을 뎡쳐
못ᄒ야

무슴 일에던지 결단ᄒ는 쥬심이 업셔 항상 쥬져 미결ᄒ는 것이오 둘지난
의뢰ᄒ는 마음 핑즁ᄒ야 쟈유 권리 무엇인지 모로고 보니 빅사 만스에
모다 어대를 의지하여야 할 쥴로 아는 것이라 그러혼 즁에 니가 알고도
능히 힝치 못하는 일도 잇고 압졔 쎄력에 엇지 홀 슈 업셔 부득이 하야
힝하는 일도 잇고 의뢰홀 마음으로

1906년 3월 31일

유공불급하게 시힝하는 일도 잇고 당장 젹은 리를 취하야 협잡으로 힝
하는 일도 잇는지라 그 소예군 갓흔 것으로 말하야도
그러케 쓸여 단이는 것을 질겨흠은 아니라 위싱쳥결의 일체 ᄉ무를 경
무 고문관이 감독하는 고로 일인 퓌장을 니여 그 소예군을 령솔케 흠이
어니와
우리나라 인민도 교육만 잘 ᄒ고 보면 엇지 다른 나라 ᄉ람만 못ᄒ다
질언ᄒ리오 호문싱왈 그는 그러ᄒᆯ여니와 교육을 ᄒᄌ ᄒ면 학교를
만히 셜시ᄒ여야 ᄒᆯ 터이오 학교를 셜시ᄒᄌ면 교ᄉ가 잇셔야 ᄒᆯ 터인
ᄃ 근리 경셩 ᄂ외와 각 지방에 여간 학교 명식이 잇스되 그 교ᄉ라는
자는
어로불변ᄒ는 삭고 교관갓흔 ᄌ이 무슈ᄒ니 무슴 지죠로 교육이 발달
되기를 발아리오 션희싱왈 그 ᄶᅡ쏙은 달은 연고 아니라 학부 ᄃ신이 그
학교 교관을
벼살ᄌ리로 알고 교육은 엇더캐 되던지 위션 권리나 부리ᄌ는 경륜에셔
나오는 바어니와 그 폐단이 여러 가지 엿[잇]스니 ᄃ강 학교 교ᄉ 중에
일본 ᄉ람의 월급은 가량 뷕원이면 본국인의 월급은

1906년 4월 7일

월급은 십오원이나 이십원에 지나지 못ᄒ즉 ᄃ단 억울ᄒ 일이로다 그
월급의 다소가 학문의 고하를 ᄶᅡ라 정ᄒ 것 갓흐면이어니와 그러치도
안코
나라 권리로 압졔에 고빙이 만은지라 그런 고로 우리나라 동포 중에도
신구학문을 졍통ᄒ 자이 업는 바이 아니로ᄃ 소위 관법[립]학교에 교관

을 불원홈은

그 교관을 공명으로 취치도 안코 그러캐 박훈 월급을 싱계로 알 슈도 업셔 비록 스립학교에 가셔 명예교사는 될 지언졍 학부 관할에는 잇지 아니하랴 하나니

그 근경을 감안이 싱각하면 훈심훈 일이 훈두가지 아니로다 근일에 일인의 힝수을 보면 어는 쎄는 경무 관리를 감익하고 어는 쎄는 경무를 확장훈라 관리를 증익후나 쳥치안는 츠관후여 쥬며 교육발달 즈칭후고 일인 교수 고빙후며 경찰 확쟝 지칭후고 일인 경부 고용후며 농공상업 실시훈다

1906년 4월 8일

일인 기수 달여다가 츠관 훈돈 긔 빅만원 져의끼리 분식후고 불상훈 우리 국민 동녹도 못보고셔 그 돈을 갑즈 후면 원통훈 일 그 안인가 일인으로 말후즈면

져의 돈 져의 먹고 나종에 렴체 업시 훈국 정부 디후야셔 차관훈 돈 변리라고 년년이 독촉하며 긔훈이 되얏는이 과훈 되얏는이 구츅이 막심홀 제 솜씨 죠캐 체약훈 모모 디신 져 혼즈 당홀손가

그 앙화 그 여독은 젼국 인민 당홀지라 그디와 날지라도 이쳔만 즁 한 아이니 우리인들 편안홀가 그러홀 리 만무후지

호문싱왈 근일에 잔채는 잘덜 후데 통감부 긔쳥식의 원유회라 모 디신의 만찬회라 날마다 낭즈후니 시화셰풍 금일이오 국틴민안 금일이라 아모 근심 다 업고 □독악낙이 뎨일이지 션희싱왈 근일 잔쳐 의론후면 일인의게는 낙셩연이오 우리나라 디관들의게는 푸닥거리나 달음이 업도다

1906년 4월 10일

낙셩연 일홈 죠아 홍치 운치 잇거니와 푸닥거리 의론ᄒ면 우환질고 못 견디여 스씨 부득ᄒᄂ 바라 일홈은 잔치이나 졍황은 각각 인더 어리셕은 더신들은
이 마ᄋᆷ 져 마ᄋᆷ이 모다 비거셕양풍이라 어느 잔치에 쌔지ᄂ 데 한 곳 업시 유공불급 참셕ᄒ야 믹쥬 한잔 어더 먹고 쳔셰만셰 부르면서 반졈 슈터 업고 보니
얼골도 쌘쌘ᄒ고 빗속도 편안ᄒ지 희희낙낙 웃ᄂ 일은 무슴 죠흔 일이 잇나 쳔치 즁에 상쳔치라 입을 버려 우슬 씩에 개쏭이나 너어 쓰면 비위에나 역홀ᄂ지
호문셩왈 디방 소문 들어본즉 화젹당은 봉긔ᄒ야 빅쥬칠야 볼계ᄒ고 칼을 둘너 시위하며 춍을 노아 횡힝할 졔 부요ᄒᆫ 즈 빈ᄒᆫᄒᆫ 자 늘근이 졀문이가
불우지변를 당하여서 상황망죠 분쥬하야 풍비박산허여 지미옥셕이 구분이라 얼동이 공허하니 화젹당의 득의로다 지산의 유무더로 뜻을 따라 탈취ᄒᆫ 후
춍화도 ᄒ고 가며 살ᄒ히도 ᄒ고 가니 화광은 춍텬ᄒ고 호곡지셩은 진동ᄒ야 졍황이 참혹ᄒ니 소위 디방 관찰군슈 졔 아모리 무도ᄒᆡ도 마ᄋᆷ에 측은이 알터로더

1906년 4월 11일

측은지심 고스ᄒ고 화젹당의 뒤를 죠차 도젹을 긔포ᄒ다 슌교 슌졸 니여 노아 화젹의 졉쥬이니 즉시 알게 아니 힛다 가진 죄목 얼거가며 구지 타지

악한 형법 화젹보다 우심ᄒ고 돈을 쥬지 아니ᄒ면 무죄 평민 결박ᄒ야 착입관 졍하게 드면 군슈라 하ᄂᆞᆫ 즈ᄂᆞᆫ 먹을 자비난 쥴 알고 불문곡직 ᄒ옥ᄒ야

빅단으로 공갈ᄒ니 가련ᄒᆫ 이 빅셩이 누구를 밋을손가 그 즁에 밋친 션비 일본을 비척ᄒᆫ다 창의통문 발ᄒᆡᆼᄒ야 의병을 모집ᄒᆫ다 긔 빅명 긔 신명을

셩군 작당ᄒ야 가며 빅셩을 요동ᄒᆫ즉 일홈은 의병이나 ᄒᆡᆼ위ᄂᆞᆫ 화젹이라 모모쳐로 도회ᄒ야 거ᄉ홀 일 의론홀 졔 일헌병 일슌ᄉ가 이숨인만 가고 보면

ᄉ산분쥬 도망ᄒ야 그 즁에 슈ᄉᄂᆞᆫ 즈 멋멋만 포착되면 취초봉초ᄂᆞᆫ 초ᄒ야 무고싱령 홈희ᄒ니 이란격셕 가소롭고 앙급지어 원통토다

션희싱왈 실지을 의론하면 화젹이디 치홈도 졍부에셔 졍부 노릇 못하ᄂᆞᆫ 까닥이오 의병이 창궐홈도 졍부에셔 졍부 노릇 잘 못하ᄂᆞᆫ 까닥이오 싱령이 도탄에 들어 싱명 지산 보존치 못하고 ᄉ방으로 유리홈도 졍부에셔 졍부 노릇 잘못ᄒᆫ 까닥이라 소위 화젹당도 이쳔만 즁에 든 인민이오 소위 의병도 이쳔만 즁에 든 인민이라 당초 졍부에셔 디방 관리를 틱츌하고 돈을 밧지 아니하야 박탈민지 아니 하얏스면

1906년 4월 12일

인민이 각기 제 지산 졔가 보하야 각안기업홀 것인데 졍부에셔 먼져 큰 부란당은 각도에 ᄒ아식 져근 부란당은 각군에 ᄒ앗식 나려 보니여 졔 각기 졔 슈단디로 민지를 탈취하되

누가 금혈지 잇스리오 그런 고로 여간 잇ᄂᆞᆫ 지산을 큰 부란당 져근 부란당의게 몰슈히 쎄앗긴 후 부모 쳐즈 류리하야 긔한이 도골ᄒᆫ 농공상업간에

귀속이 업고 본즉 스세 부득이 도젹이 되는 것이니 이는 졍부에셔 양민
을 모라다가 도젹을 만드러 쥬미오

의병으로 말홀 지라도 졍부에셔 일을 잘하야 국권을 손상치 아니하고
독립을 유지하야 일본 압졔 업셔스면 의병인들 잇스리오 도시 졍부의
셔 시긴 비라

다시 할 말 무엇 잇나 ᄒ며 호문싱 선희싱이 셔로 허희장탄ᄒ고 일어셔
니 이ᄯᅥ 셕양은 셔산에 걸여잇고 계으른 시는 슈풀로 도라 가더라 인ᄒ
야 구양용의 지은 바 셕양 지산에 인영이 산란ᄒ고

금죠는지산림지이부지인지 낙의 글귀를 을푸며 산에 나려 각기 집으로
도라가니다

夢登天門

1906년 5월 27일

吁嚧子ㅣ一夢이 悠悠ᄒ야 飛到玉淸天中ᄒ니 時에 玄穹高上帝 玉皇大天尊이 設朝于靈宵寶殿ᄒ시니 諸天諸君과 三界萬靈이 參拜蹈舞訖에 有一道白虹이 直衝南天門外ᄒ니

上帝問於左右ᄒ신ᄃ 千里眼順風耳奏曰 必下界之忠臣義士의 幽枉之氣로소이다. 已而洪丘□人이 奏曰 地藏王이 使秦廣王으로 賷表而至ᄒ니다. 上帝 命宣ᄒ시니 秦廣王이 蹈舞而入ᄒ야 雙手獻表ᄒ니 仙童이 接獻ᄒᄃ

表略曰 幽冥敎主 地藏王菩薩은 謹上奏ᄒ노니 下界남瞻部州 大韓國義士 李建奭이가 見國家之危亡ᄒ고 慷慨陳疏ᄒ다가 爲日兵所執ᄒ야 拘於囹圄에 半年喫苦ᄒ야 抗言不屈이라가 嘔血而死ᄒ니 魂到森羅殿ᄒ야 欲赴天陛陳訴故로

謹使秦廣王으로 偕此忠魂ᄒ야 同赴玉淸天中ᄒ오니 伏侯聖裁ᄒ노이다 ᄒ야난 上帝命宣李建奭이 入ᄒ시니 建奭이 膝行匍匐ᄒ야 哭不□聲ᄒ야 不能成禮ᄒ고 伏於階下ᄒ니 上帝曰 汝ㅣ有何冤枉ᄒ야 作此貌樣고. 建奭이 奏曰 五百年 宗社와 四千里 疆土와 二千萬 生靈이 迫於溝壑이로소이다.

臣嘗讀聖人之書에 福善禍淫은 天之道也라 ᄒ얏사오ᄂ 臣觀近日에 □□違背이압기 敢問于天ᄒ노이다. 上帝曰 生靈이 如何溝壑이며 天理가 如何無禍福을 從實敷奏ᄒ라. 建奭 奏曰 往在乙未 八月에 彼日人이 同我亂賊ᄒ야 戕我國母ᄒ니

臣이 至痛이 在心ᄒ야 不戴一天키로 陳疏國皇ᄒ얏스나 國力이 未振ᄒ야 大讎를 未報ᄒ니 臣嘗自信ᄒ되 天道好還ᄒ야 作惡受禍가 必有其日이라 ᄒ얏더니 何期皇天이 不吊ᄒ야 國勢가 益危ᄒ고 外患이 益熾ᄒ야

日俄開仗之時에 彼以狡猾手段으로 誘脅我賊臣ᄒ야 締結議定書ᄒ니 土地田畓과 墳墓森林을 或稱軍用ᄒ며 或稱鐵道ᄒ고 隨處勒奪ᄒ야 襁褓□壑ᄒ고 白骨이 飄風ᄒ야 人泣鬼哭이 伏想聲聞于天이오며,

朝廷權利와 人民利益을 盡皆攫奪ᄒ야 人夫ᄂ 無雇而 擔役ᄒ야 失農而 截死ᄒ고 義士ᄂ 執縛이 拷掠ᄒ야 無罪而 催死ᄒ고 人民은 勒稱妨害ᄒ고 無辜而 砲殺ᄒ야 冤氣漲天이오며,

及其新條約締結ᄒ야 率兵圍闕ᄒ야 脅我君父ᄒ고 迫我宰臣ᄒ니 其中亂賊이 爲之창迫라. 於是에 全國이 鼎沸ᄒ고 人民이 憤菀ᄒ야 宰執이 白靖ᄒ며 烈士가 殉義ᄒ고 又其被縛被抱者가 不計其數라.

臣 於其時에 亦爲陳疏라가 被拘日營이옵더니 接見某□所戴夢天錄ᄒ온즉 因侍從武官長 閔泳煥等 告訴ᄒ야 有敎若曰 不義者 敗ᄒ고 賣國者 殃이라 ᄒ셧스니 臣이 濡忍不死ᄒ고 計日而 □러니 何期外人之 逞毒이 日甚一日ᄒ고 諸賊之跋雇가 月加一日ᄒ야 生靈之危凵이 迫在呼吸ᄒ오니 臣이 於是乎身抛下界ᄒ고 魂到上淸ᄒ야 訴此至冤이로소이다. 未完

1906년 5월 29일

續

上帝曰 汝不聞乎아. 天之假助不善은 非助之也라. 厚其凶惡而 降之
罰ᄒᆞᄂᆞ니 汝其退待ᄒᆞ고 汝之忠節이 可嘉니 早生陽界ᄒᆞ야 世世享福
ᄒᆞ라. 建奭이 大驚大哭曰 臣之冒萬死而 一進訴者ᄂᆞᆫ 爲國而已오 非爲
自己니 超換轉生은 非臣所願이오.

現韓國人民이 朝不慮夕이오니 寧受違命之誅이언정 不忍受自己之
福이로소이다. 伏乞天尊大慈大悲ᄂᆞᆫ 극降天威ᄒᆞ사 福善禍淫의 大權能
으로 大韓二千萬衆의 刀山鉞水之厄을 卽速脫免케 ᄒᆞ시면

臣이 雖□七十二獄ᄒᆞ야 經億萬刦이라도 感戴洪恩이 永永無極이로
소이다 ᄒᆞ고 叩頭流血에 哭聲이 徹霄ᄒᆞ니 上帝願諸天而 問之ᄒᆞ시ᄃᆡ
諸天이 奏曰 日本人은 怙勢貪利ᄒᆞ고 抛棄德義ᄒᆞ야 詐僞成風ᄒᆞ고 巧
猾爲能하니 其違背天道者 多矣오.

韓國은 雖乏勢力이ᄂᆞ 人品이 淳良ᄒᆞ야 優於德義ᄒᆞ니 天道ᄂᆞᆫ 虧盈
이 福謙이라. 現二千萬衆의 沈淪苦海를 不可不急救로소이다. 上帝曰
詢謀僉同ᄒᆞ니 朕志決矣라. 議命秦廣土曰 朕將有大處分於東洋世界矣
니 汝與地藏王引路王菩薩로 監臨下界ᄒᆞ야 一切忠義之魂을 一切超
換ᄒᆞ야 早生陽界ᄒᆞ라 ᄒᆞ시고 又命文昌星君曰 多生賢俊于韓國ᄒᆞ야
輔佑國君ᄒᆞ야

匡扶社稷ᄒᆞ라 ᄒᆞ시고 又命文曲星君曰 使韓國으로 益加勉旃ᄒᆞ야
信奉聖教ᄒᆞ야 承受天体케 ᄒᆞ라 ᄒᆞ시고 又命司命星君曰 爾令韓國土
地司命으로 保佑生靈ᄒᆞ야 永鞏江山ᄒᆞ라 ᄒᆞ시고

又命一班武將ᄒᆞ야 원討有罪ᄒᆞ라 ᄒᆞ시니 於是에 李天王叱타太子雷
帥皓翁廉貞破軍貪狼武曲天罡地殺金星十方五方八方雲雷雷公變雷霹
靂及日値功曹의 武將 等이 進前承命ᄒᆞ니 上帝方行下令ᄒᆞ실ᄉᆡ

葛仙翁이 奏曰 天機深奧에 不可輕泄이라 今下界所謂吘噓子者가

伏在殿下ᄒ니 速令下去然後에 下令ᄒ심이 恐合事宜로소이다. 於是
建虜이 顧謂吁噓子曰 余得請於帝矣라 可復□權이니 君速下去ᄒ야
告我同志ᄒ라.

吁噓子ㅣ 匍匐出南天門外ᄒ니 旌旗蔽空ᄒ고 雷皷轟天이라. 戰慄
以醒ᄒ니 駭汗이 滿身이라. 急起走筆ᄒ야 送于報舘ᄒ야 告于同胞ᄒ
노라. 完

大 府에 六十九歲翁이 有ᄒ니 自号를 丘翁이라. 月前에 上京하야 滄浪子를 來見ᄒ고 禮畢後에 跪而 問曰 先生은 曾遊海外ᄒ야 各□學問과 覽見이 有餘ᄒ즉 翁에 疑眩을 解釋케 ᄒ소셔. 滄子曰 有何學問이리오마는 顧聞ᄒ나이다. 丘翁曰 大丘는 原來 三南要衝이오 嶺南首府라. 繁華之場이오 都會之地 故로 閱人도 多數ᄒ고 見事도 多端ᄒ되 近日形便과 如히 怪當ᄒ 거슨 會所大聞인 바 有不知者 三ᄒ니

本郡守 朴重陽氏가 赴任未幾에 皮한 이와 官奴輩를 郡舍大廳에 升坐ᄒ라 ᄒ고 朴郡守가 出席曰 現今擘破門閥ᄒ 世界에 老兄들은 何尙守舊ᄒ야 □人의 賤待를 甘受ᄒᄂ잇가. 自今以後로 無論官民班當ᄒ고 如前히 賤待ᄒᄂ 者가 有ᄒ거든 來告ᄒ시면 斷當嚴處하리다. 하엿스니 外各國 文明ᄒ 政畧도 是爲急務인지 一不知也오.

朴郡守가 暫時 觀察署理로 宣化堂과 澄淸閣과 其他 大廳과 房屋을 ——히 外人의게 借與ᄒ엿스니 一道 公廨를 一郡守로 自意私給ᄒᄂ지 一不知也오. 民事에 對ᄒ야 每日 非我所關이라. 往呈于□視ᄒ라. 我는 外交만 擔任ᄒ얏다. 하야 晝夜로 日本人家에 常在ᄒ니

近日 觀察郡守의 責任規則을 改定ᄒ얏ᄂ지 三不知也라. 然則 朴重陽氏를 自政府로 日語能通ᄒ고 外規의 達鍊ᄒ 人材라 ᄒ야 選用ᄒ얏거늘 吏民間에 冤聲이 如此浪藉ᄒ니 此是救民홀 擇人이오 殺民홀 擇

人이오 顧先生은 詳교ᄒ소셔.

滄子曰 是何言也오 外各國에도 尊卑貴賤上下가 더욱 分明하고 俱
흑問이 有ᄒ 人은 地閥不計ᄒ야 上等으로 待遇ᄒ며 雖一草一土라도
外國의 讓與홀 理由가 決코 無ᄒ거든 況莫重公廨乎며 地方官의 職任
은 治民인디 外交가 何關이며 ᄯ 外人의게 阿諂ᄒᄂ 것슨 何謂外交乎
아 僕은 外國에 遊覽홀 時의 此等 政略을 未見ᄒ얏더니 日본에 가셔
卒業ᄒ 人은 近日의 아마도 別樣 학問이 新出ᄒ얏나보오 相笑而 罷
ᄒ얏더라.

至冤莫伸

1906년 10월 10일

南來人의 傳說을 聞호즉 高山雲溪居 金氏婦人이 趙氏 家의 出嫁
호야 不幸早喪其夫호고 只率一個孤兒而 固窮守節이 無愧於松竹矣
러니 去三月分의 同閈居 朴仁壽爲名者가 敢生不測之心호야 暮夜無
知에 入閨欲奸則 壯哉婦人이여. 據理大責호야 抵死不從호고 翌日의
一邊血書鳴寃于該郡호며 一邊急通于珍山居 시三從姪 趙炳弼氏 家
러니

炳弼氏가 不勝憤歎호야 呈郡雪寃 次로 往探彼□則 噫. 彼朴仁壽가
自知其罪호고 隱避不見이라. 如此禽犢之類을 不可仍置之意로 呈單
子該郡則 題音內□自洞중隨其人來期於捉□云 故로 卽爲到付러니 朴
仁壽가 朝出暮入호야 常隱跡於其從叔 朴淵轍 家나 然該洞民은 壓於
朴哥之威勢호야 不敢施行當令호니 該□가 不勝憤寃호야 此意各□通
于珍山矣러니 죠炳弼氏ᄂ 適其時出他호고 其仲第 炳赫氏가 率若箇
宗戚호고 隨該寡호야 跟捕 次로 追入於仁壽所在□則 □彼 淵轍이 隱
匿仁壽호고 反□□杖之習으로 假稱失物호고 粧出□無호야 欲爲脫空
渠姪之罪하ᄂᆫ 故 炳弼이가 坐 仁壽의 劫奸未遂之律과 淵轍의 誣訴
之律을 裁判호랴고 本府의 呈訴則 題辭 內에 朴淵轍은 捉查嚴懲호고

朴仁壽는 星火押上호라 혼 故로 該郡에 到付호야 捉囚혼지 □□日에
럽略左右호야 旋卽 放釋호고 又□告不理院호야 多付勢札호야 請囑
左右호야 曖昧혼 趙雲西 金性학 盧喜先을 府獄의 捉囚혼 故로 該寡
가 自家의 雪耻는 姪舍호고 反使白玉無瑕之□으로 橫被惡名혼 거슬
憤抑히 여기어 從步徃府호야 繫皷鳴寃則 □□觀察이 廳若不聞호니
쏘 呈書鳴寃혼則 朴淵轍과 裁判을 시기거날 該寡가 入庭問曰 죠金盧
三人은 何故捉囚乎며 朴仁壽는 何不捉懲乎아 혼則 觀察의 所答이 夜
入人家가 六箇月禁獄인 故로 捉囚호얏고 朴仁壽는 未可捉得 故로 不
治라 호거날 未完

1906년 10월 11일

續

　該寡가 勵聲言曰 以夜入人家論之則 非無端而 入이라. 推捉仁壽
次로 吾率宗戚若個人하고 仁壽의 從叔 淵轍 家에 追入호얏스니 何不
可之有乎며 쏘 夜入人家之罪治之則 金盧 兩人은 無瑕호고 吾率趙雲
西炳赫而已라. 旣爲治之論之則 吾旣首入이라. 何不治吾而 治無罪之
金盧兩人乎아 혼則 觀察이 但曰 此案은 無關於該案이라 호고

　驅出호니 該寡가 仰天痛哭曰 世上의 有鍼多勢者는 能以曲爲直호
고 如此貧寒之人은 徹天之寃을 莫伸호니 以何顔歸見凶夫乎아 호고
仍이 歸家호야 未得雪寃則 以死自셔 호고 一邊은 炳弼氏가 平理院의
呈訴호야듯니 題辭內到卽 如法判決호야 無復呼寃홀 事라 혼 故로 卽
往本府호야 平理院狀과 帖連호야 呈訴호얏더니 題音도 不爲호고 該
寡血書與各項訴狀도 不爲出給호고 朴淵轍로 裁判을 不爲호거날

　炳弼이가 入庭호야 上項事을 條條說明호고 朴仁壽는 겁奸未遂로
絞罪로 處호고 淵轍은 誣人反坐律로 處호야 달나고 호즉 觀察의 所答

이 朴仁壽은 從此照律이고 汝矣兄夜入人家之罪로 依律홀 터이니 汝
兄來前代囚ᄒ라 ᄒ거날 炳弼이가 新程式의 連坐업시물 말ᄒ고

쏘 仲兄推捉罪人 次로 官隷을 帶同ᄒ고 該寡을 隨ᄒ야 追入仁壽所
在處 淵轍 家ᄒ얏스니 無可爲罪요 設或爲罪라도 罪有輕重大小之分
이은디 엇지 牢囚淵轍ᄒ야 渠姪仁壽을 査捉지 안코 反囚無罪人乎며
當初의 朴仁壽 겁奸未遂가 無以爲罪라 題敎ᄒ섯스면 엇지 仁壽을 跟
捕ᄒ야 淵轍之家의 追入之理가 有乎며

星火捉來라 ᄒ셔쓰니 跟捕치 안ᄒ오면 何以捉得乎잇가 ᄒ즉 但曰
不然不然ᄒ고 汝兄來待前主人保囚ᄒ라 ᄒ니 金性學은 無罪라 放送
故 損害金을 推給之意로 呈訴則 題辭 內에 參酌欲送이거날 何不退
而 自靖고. 誠不思之甚이 ᄒ얏다니 旣是無罪則 何以謂之參酌이며

旣無此程式則 何以謂之退而 自靖인지 觀者無不鼻笑ᄒ고 炳弼은
伸寃 次로 金性학은 損害金葉九百兩推給 次로 平理院의 呈訴裁判ᄒ
다고 傳說이 多多ᄒ데 全州遞察 韓鎭昌氏는 旣如是어니와 平理院의
셔는 依法判決홀는지 ᄒ다더라. 完

1906년 10월 21일

甲이 閑坐러니 乙이 至ㅎ야 告以時事曰 聞方有稅銃之說焉이러라.
甲曰 何說고. 乙曰 鄕邑에 爲防賊之計ㅎ야 洋銃을 買來에 慮其중□
之侵奪ㅎ야 從其所親ㅎ야 軍部印許를 請于將官이면 將官이 從所請
許施矣러니 請者ㅣ 繼踵而 至커날 爲其將官者ㅣ 利心萌動ㅎ야 印許
一張에 新貨一元을 受ㅎ더니 利萌이 漸長ㅎ야 及至鄕邑民銃을 收錄
成冊ㅎ고 每一柄에 新貨一元을 受ㅎ고 印許一張을 授云ㅎ더라.

甲曰 此說이 果然이면 二千里 江山이 殆將虛矣리라. 乙曰 何其然
耶아. 甲曰 兪此鄕邑에 賊警이 大熾ㅎ야 或燒舍표人ㅎ며 討財牽牛ㅎ
니 商者 不商ㅎ고 農者 不農ㅎ니 生民塗炭이 未有甚於此時者也라.
故로 自部郡으로 □有令示ㅎ야 敎民防賊ㅎ야 使備銃槍ㅎ야 曉之以
安利之道ㅎ니

於是에 民各准備ㅎ야 務爲約束ㅎ니 賊患이 稍熄이라. 然後에 農者
有牛ㅎ고 商者有錢이라. 富翁이 滅燭而 安寢ㅎ고 樵夫ㅣ 解蓑이 飽
宿ㅎ니 此皆賴於防賊之令也라. 除此ㅎ야 自府郡으로 詳廉各□ㅎ야
果有約束을 嚴整ㅎ고 器□를 盛備ㅎ야 賊患이 先務어던 特加□令ㅎ
야 勸而 褒之ㅎ고 有異術奇謀者를 必使人存問ㅎ고 □□□□熟者를

以藥丸施賞이면 器必加備ᄒ고 技必加鍊ᄒ 約必加肅ᄒ고 이賊必自消
ᄒ야 牛馬를 放牧不收ᄒ고 夜不閉門ᄒ리니

以固邦本之術이 無過於此也니 此乃各府郡之所當急務也어날 此之
不有ᄒ고 但欲以궤計어民ᄒ야 巷閭民銃을 收錄成冊ᄒ야 某郡某面에
銃幾柄稅幾元을 載之原案ᄒ고 以爲常准ᄒ야 春秋徵之면 以至百年之
後에 貧富換易ᄒ고 死生이 屢變이라. 汝之幾代祖所立之銃稅라. 託ᄒ
야 每幾元을 逐戶嚴徵이면 以彼救死不贍之殘民으로 徵此無土不少之
稅랍이면

勢不自保ᄒ야 丐乞流離ᄒ니 前徵原戶ᄂ 已爲絶戶ᄒ고 轉而 爲洞
徵ᄒ니 十室殘村으로 徵此幾十元之虛稅면 洞亦豈能久保哉아. 無洞
乃止요 無民乃已니 然則 三千里 江山이 其不虛而 何哉오. 嗚呼라. 炎
凉은 吉日이 同今日이요 好惡은 人心이 亦我心이니 生此之世ᄒ야 同
爲吾民者ㅣ 執無此心哉리오. 若稅銃之說이 果其眞也면

如干銃柄을 寧投之江埋之山ᄒ고 卽於今夕에 爲賊人所害언졍 立銃
防賊ᄒ다가 徵其稅納은 民必不肯也리라. 乙曰 不然ᄒ다. 夫稅銃者ᄂ
隨所有也라. 今日有則 徵之ᄒ고 明日不有則 不徵이니 奚至以百年爲
憂哉아. 甲曰 必如君言이면 此ᄂ 急敎民不防賊也라.

盖今之鄕邑에 其曰 立銃者ㅣ 饒戶則 自當一二三柄ᄒ고 其次則 二
三戶 五六戶에 一柄其次則 或以洞中 或以戶斂ᄒ니 論以饒則 大面에
二四요 小面에 或未一二ᄒ니 若欲逐而 稅之면 其심然肯랍者 幾人焉
고. 夫彼貧戶之盡力收斂者와 或其洞錢之蕩갈辦備者ㅣ 必曰 賊患은
非貧漢之事也라ᄒ고 未完

1906년 10월 23일

續

或自放賣ㅎ고 欲賣不得則 必至埋山投江ㅎ리니 然則 其爲饒戶者
ㅣ 勢孤心危ㅎ야 不得已卜宅於大城名都ㅎ야 自爲姑息之計矣리니 貧
富ㅣ 相離ㅎ고 隣里各心이면 由此而 貧民이 無假貸路ㅎ고 田家에 無
耕作之資□雨順風調而 歲自歉ㅎ고

主聖國平而 民不保ㅎ니 曾前防賊約條는 竟爲瓦解라. 賊人이 遇時
ㅎ고 居民이 失産이라. 人皆王常이요 村皆綠林이리니 爲民遠慮ㅣ 豈
有大於此哉아. 丙이 在傍曰 聞今稅銃이 非逐民□□ㅎ야 一一徵之也
라. 但稅其獵夫之銃也라.

或其擔銃出境ㅎ야 逐兎獵雉ㅎ다가 若爲兵丁所奪이면 乃以軍部印
許准考則 必無橫奪之慮요 若無印許면 知其賊徒니 爲此者는 欲其辨
良民賊徒之計也이라. 甲曰 此又不然ㅎ다. 只以軍部印許로 欲辨良民
與賊徒면 此는 我先自欺之道也라. 彼賊人이 必先我而 得印許矣리니
是 豈明辨之道乎아.

曰 若氓之擔銃出境者를 兵丁이 若其遇之면 雖十奪이라도 未有不
可也니라. 曰 何謂也오 甲曰 一而 이合心ㅎ고 一方이 同約ㅎ야 面有
面長ㅎ고 方有約長ㅎ니 各洞砲員이 欲其逐兎獵雉면 各其면 長約長
이 圖章을 持ㅎ고 往來於約條內自信之地면 何면에 無山이며 何山에
無獸리오.

或遇兵丁이면 足以發明이오 若使村氓으로 各持軍部印標ㅎ야 無難
遠涉이면 彼賊徒ㅣ 雜進併行ㅎ야 郡邑市邸에 散入團聚ㅎ야 事出不
意ㅎ리니 故로 擔銃亂行之徒는 雖人人이 遇則 奪之未有不可也니라.
然向之得軍部印許者ㅣ 賂以一元云者는 必非將官之爲也라.

其門下用事者 乘機得計ㅎ야 弘其囊橐也. 今此民銃稅답之說도 亦
皆朱門垂□之士ㅣ 暗織心機ㅎ야 病民賣國之計也라. 其爲在朝柱石之
臣과 在外牧民之官이 이安肯而 出此等言也리오

孟子曰 上下交征利면 而國이 危矣라 ㅎ시고 孟獻子曰 與其有取斂
之臣으론 寧有盜臣이라 ㅎ니 使此二聖으로 爲愚人也則 可커니와 □

二聖으로 其知道云爾則 豈可不爲寒心哉아. 此言이 淺近나니 世或容
之면 庶可少助於爲國牧民之道矣리니 書到何處에 僉尊君子는 忘勞
膽出ᄒ야 以聞于世을 希望. 完

東海之濱에 有一老狐ᄒ니 惑人之術과 眩人之才가 百獸에 超出ᄒ고 西山之北에 有一엉獅ᄒ니 貪暴成性ᄒ야 動輒害人ᄒᄂ지라 엉獅가 老狐의 詐譎홈을 聞知ᄒ고 火慾이 陡發ᄒ야 呑喫之心을 不禁홈이 凶牙를 磨ᄒ며 猛爪를 張ᄒ고 東海로 向홀 時에 老狐가 驚恟ᄒ야 罔知所爲ᄒ다가 沈默良久에 乃怳然□悟曰

吾以眩惑之術로 自有妙弄이라 ᄒ고 變幻其身ᄒ야 其首를 藏ᄒ고 其尾를 隱호미 宛如人形ᄒ야 自顧其身ᄒ야도 是人也오 以人看來ᄒ야도 亦是人也라. 乃以巧言俊色으로 誘惑於人曰 凶彼엉獅가 偃然東下ᄒ니 其心를 回測너라.

惟吾同人은 並心合力ᄒ야 以拒其禍라 홈이 人이 其言을 廳ᄒ고 只見其形에 不見其質홈이 有信無疑ᄒᄂ지라 狐乃欣然ᄒ야 意氣得得에 挺身前進하니 東里西隣이 或以同聲而 □ᄒ며 或以 助勢而 완ᄒ더라. 엉獅ㅣ 見其聲勢不利ᄒ고

斂젹退去홈이 호乃乘勢而 歸ᄒ야 豪氣萬丈이라. 捷脘大談曰 以吾之詐譎權能으로 有何不做며 有何可畏리요 ᄒ야 跳跳跟跟에 無忌無憚ᄒ야 暫幻之人形을 不□其失□□失홈이 原有之本形이 不□其顯而自顧이라.

形旣顯出에 □可再幻ᄒ야 □心其性이 隨以露顯홈이 或掘人墓而

作窟ᄒ며 或攫隣鷄而 爲食ᄒ야 漸至於爬人之肌ᄒ고 吮人之血ᄒ야 禍將不測ᄒ더라.

此是韓人俚語 故로 略據其要하ᄂ니 末梢의 如何究竟은 容俊他日하노라.

余ㅣ 頃夜夢中에 過一山麓ᄒᆞᆯᄉᆡ 何許老人이 對坐相談홈으로 傍聽之ᄒᆞ엿스나 似非個人所有 故로 玆用廣布ᄒᆞ노니 請勵精看了어다.

(甲) 我等은 임의 黃泉客이 되엿스니 아모 것도 不能ᄒᆞ나 其生存ᄒᆞᆫ 人物들은 至今에 무엇하ᄂᆞᆫ지 깜〃ᄒᆞ오.

(乙) 여보. 깜〃ᄒᆞᆫ 말이야 測量ᄒᆞᆯ 슈 잇소. 그러나 民智ᄂᆞᆫ 半開ᄒᆞᆫ 모양입듸다. 國債報償에 爭先損義ᄒᆞᄂᆞᆫ 거시.

(甲) 五百年 壓制 下에셔 下民이 作事ᄒᆞ기 難ᄒᆞᆯ걸. 政府官吏들이 어셔 精神을 좀 채려스면.

(乙) 여보. 그런 말삼 마오. 政府官吏들에 無腸公子가 精神이란 무엇시요. 아모 쩌든지 國家興亡이 民心에 잇ᄂᆞᆫ 거시니 民智가 漸開ᄒᆞ여 自由權을 恢復ᄒᆞᄂᆞᆫ 늘에ᄂᆞᆫ 政府官吏들은 自然히 쥐군역 찾소.

(甲) 民智가 半開ᄒᆞᆫ다니 참 반가오. 그러나 아즉 머럿소. 如차ᄒᆞᆫ 時代에 博士圖得ᄒᆞ려 誠心으로 新學이나 修得ᄒᆞ얏스면 族譜改刊ᄒᆞᄂᆞᆫ 錢財로 國債나 報償ᄒᆞ얏스면 博士ᄂᆞᆫ 博思ᄒᆞ고 族譜ᄂᆞᆫ 足保ᄒᆞ지. 나 그 兩班놈들 見聞이 凶惡ᄒᆞ지. 國家와 民生이 今日 此極에 至홈이 四色黨派의 遺罰로 謁定ᄒᆞ오. 早稻田學校일 듯지 못ᄒᆞ든지.

(乙) 참 爽快ᄒᆞᆫ 말삼이오 그러ᄒᆞᆯ 쑨 아니라 許多ᄒᆞᆫ 것 만으나 중已破矣지. 나ᄂᆞᆫ 民智開發ᄒᆞ 가만 축슈ᄒᆞ오

(甲) 至今 報紙는 幾箇所가 有ᄒ되 每日申報는 春秋筆權을 握有ᄒ
얏스나 其他 皇城 帝國은 某處에 拘束ᄒ야 홀 말도 못ᄒ고 國民報는
本是 某會에셔 發刊ᄒ는 거시니 某處에 齒牙요 其餘는 不足掛論이니
民智開發이 何處에서 做生홀가.

(乙) 每日報는 道德心으로 民心을 或揚之 或責지ᄒ고 其他 某人 發
刊ᄒ는 거슨 陵侮를 主唱ᄒ니 善惡이 皆師라는 말과 굿치 善者는 贊
而 助之ᄒ고 惡者는 戒而 懲之ᄒ며 ᄯ 一當百이란 말이 잇지안쇼.

(甲) 나는 近日 新聞를 보면 심ᄉ가 나데. 제 나라 爲ᄒ기는 彼此一
般이지. 툭ᄒ면 排日思想이니 排日運動이니 ᄒ엿스니 五臟을 쎄가도
가마니 잇셔야 渠心에 滿足홀는지 언제는 附日홀 쥴 알엇는지.

(乙) 그것 노야 마시오. 排日이란 句語가 어셔 排日ᄒ라는 激動이요.
盜賊이 발 제린 것과 제 밋 들어 남 뷔기요.

(甲) 이미기는 나가셔 무엇ᄒ는지 西坂이 自裁ᄒ 일 싱각 못ᄒ고 제
욥만 발광ᄒ나 不期日에 前功可惜될 걸.

(乙) ᄒ는 일 만치. 軍港地占領이며 一千三百萬圓의 借款를 强加ᄒ
니 蠶食홀 妙策은 참 神出鬼沒ᄒ지.

(甲) 電郵兩司를 引繼 有年에 肥己만 ᄒ더니 財政機關을 ᄯ 引繼ᄒ
다니 過食ᄒ면 致病ᄒ지. 過食ᄒ 病에는 藥도 無用ᄒ고 吐ᄒ는 거시
第一이지.

(乙) 참 ᄒ는 일 可憎ᄒ지. 皇室를 尊嚴ᄒ다 ᄒ면셔 押近不恭ᄒ기
일슈요. 今番 早稻田事件도 莫大ᄒ 自責을 言辭로만 一個 學生놈의
게 歸咎ᄒ니 前日 英皇을 英王이라 譯述홀 時에 同國에 受責ᄒ 일 싱
각 못ᄒ는지.

(甲) 肅淸宮禁ᄒ다고 門票를 授受ᄒ고 出入ᄒ게 ᄒ니 遊劇場 아니
어든 門票란 무엇시요. 渠輩는 無難出入 ᄒ는 것을 肅淸宮禁이리오
참 肅淸홀 人은 某〃 嘗膽客이지.

(乙) 肅淸을 眞實로 尙知ᄒ엿소 某公使가 來駐ᄒ다는디 畏怯ᄒ야

某處ᄒ구 絶脉시긴 거시지.

(甲) 개년 나무러 무엇ᄒ게. 나 눈먼 것만 可憐ᄒ지. 國債報償ᄒᄂᆫ데 所謂 富者란 것들은 아즉 五□를 出義ᄒ지 아니ᄒ니 多數히 隱合ᄒ여 장차 壹千參百萬圓을 獨當ᄒ려ᄂᆫ지.

(乙) 이것저것 다 말ᄒ면 限이 업소. 生存ᄒᆫ 人物들은 生存ᄒᆫ 罪로나 그러라지. 우리ᄂᆫ 무슨 罰로 地下에셔 집도 업시 彷徨ᄒ게 되엿ᄂᆫ지.

自評

其他 言辭가 多有奇絶ᄒ고 或有漏說이나 第終乙之結言을 像想컨더 右老人이 아마 鉄道附近地에 在ᄒ든 墳墓로셔 破逐ᄒᆫ 神魂인가 ᄒ노라.

有一個 韓人이 與日本 遊士로 遇從日 久에 情契 頗熟이라. 一日은
韓人이 問於日士曰 貴我兩國이 原非兄弟之國이며 其人이 非同種之
民族乎아 今者 貴國이 侵佔我兄弟之疆土ᄒ며 虐害我同種之民族ᄒ
니 何其不仁之甚이며 貴國이 曾以扶식我韓之獨立으로 聲明于天下矣
리니 終乃食言渝盟에 勒置保護之下ᄒ고 一切 外交權 政治權 實業權
敎育權을 細大不遺ᄒ고 罔不囊括而 攫取之ᄒ야 使我韓人으로 略無
一點生機케 ᄒ니 是卽 俄人之行於波蘭者也오 法人之施於越南者也
니 何其蔑棄人道가 至此之極也오.

日士曰 吁라. 子何見之不明이며 辨之不審也오. 夫人必自侮而 後에
人이 侮之ᄒ고 國必自我而 後에 人이 伐之ᄒ나니 以波蘭 越南之歷史
로 觀之ᄒ면 凡天下有心之人이 莫不哀之憐之ᄒ나 其實은 波蘭이 自
亡也오 非俄人이 亡之也며 越南이 自滅也오 非法人이 滅之也라. 今
以日韓之關係로 言之ᄒ면 我日本이 何嘗有侵佔疆土ᄒ고 虐害人民之
主義耶아. 其實은 韓人이 自召其侵佔也오 自敢其虐害也라 ᄒ노라.

余가 來此貴國하야 觀於政界社會ᄒ니 所謂 世祿之家와 大官〃屬
이 但知有身ᄒ고 不知有國ᄒ며 但知有家하고 不知有民ᄒ야 對我日
人ᄒ야 先意承迎을 惟恐不及하야 一切 權利를 無不讓與ᄒ니 此非自
敢滅亡者乎아.

又 觀於士림社會ᄒ니 峨冠博帶로 坐則 屈膝하고 立則 如痴ᄒ야 號召其徒曰 我輩ᄂᆞᆫ 聖人之徒오 大明遺民이라. 近世 所謂 新學問이 皆夷狄之道니 決不可留意며 所謂 新聞紙가 亦有異端邪說이니 決不可掛眼이라. 吾黨中에 若有語及世界形便者면 是ᄂᆞᆫ 雜念也오 妄想也니 切宜戒之ᄒ라. 日後에 有眞人이 自某中出ᄒ야 銃穴生水ᄒᄂᆞᆫ 神妙之技를 使用ᄒ면 彼鐵艦輪舶이 自當退去ᄒ리라 ᄒ니 此輩가 口讀雪賢之書ᄒ고 名在四民之首ᄒ야 昏迷狂妄이 如是具甚ᄒ니 此非自敢滅亡者乎아.

又 觀於人民社會ᄒ니 或甘於利誘ᄒ며 或겁於威脅ᄒ야 以其所有之家屋田土로 拱手讓渡于外人ᄒ고 又 有一種奸民이 將其同胞之所有ᄒ야 使之賣渡于外人ᄒ되 爲其媒介ᄒ야 取其口文之餘利로 看作能事ᄒ니 以此觀之ᄒ면 不出數年에 全韓人民之田土家屋이 盡入於外人之買收ᄒ리니 此非自取滅亡者乎아. 吾子ᄂᆞᆫ 幸勿歸怨於他人ᄒ고 反諸己而 省之ᄒ라.

於是 韓人이 氣結臆奮ᄒ야 沈默良久라가 喟然而 嘆曰 在吾韓人에 固有自作之孽이나 以東亞大勢로 言之ᄒ면 憤國之侵佔我疆土ᄒ고 虐害我同種者가 恐未必爲貴國之霸利也니 何不長慮却顧乎아. 螳螂捕蟬에 黃雀이 在後ᄒ니 將若之何오.

東西人種之禍가 自此而 作矣라. 此則 貴國이 小利를 食ᄒ고 大義를 棄홈으로 由ᄒ야 世界競爭이 終無休息之期니 豈不寒心哉아. 反省之責은 不但在吾韓人이라. 亦在於貴國이라 ᄒ노라. 於是에 日士가 亦爲之慨然發嘆ᄒ고 揮涕而 起라 ᄒ니 盖其問答이 對此兩國人士ᄒ야 實爲□□之資 故로 爲之揭載如此ᄒ노라.

九月 五日 上午 拾點鍾에 有一老嫗가 率一女僕ᄒᆞ고 來叩本舘ᄒᆞ야 曰 本人은 慶尙南道 晉州郡 墨洞村居 金姓 女也라. 早年喪夫ᄒᆞ고 中歲哭子而 一縷殘喘이 苟延不死ᄒᆞ야 年今六十九라. 幸有兩孫兒가 在於膝下ᄒᆞ야 相依爲命일시 家置私塾ᄒᆞ고 敎以文字ᄒᆞ니 兩孫兒가 頗聰明ᄒᆞ야 得其先生ᄒᆞ야 受新聞紙讀之ᄒᆞ니 本人이 亦以接讀ᄒᆞ야 討論其意趣ᄒᆞᄂᆞᆫ대 現今 吾韓民族이 陷於千層地獄ᄒᆞ야 受外人之鉗制ᄒᆞ며 被外人之剝割ᄒᆞ야 諸般苦楚가 罔有紀□ᄒᆞ되 爲吾韓人者ᄂᆞᆫ 皆欲恨含淚ᄒᆞ고 不敢出一言 發一聲ᄒᆞ야 以鳴其苦痛慘劇之情ᄒᆞ니 是可謂 生存之人命乎아. 貴社 社長끠읍셔 以外國紳士로 特垂大慈大悲之念ᄒᆞ시와 我大韓同胞의 代表가 되야 伸洩我寃痛ᄒᆞ며 喚醒我耳目ᄒᆞ야 發明世界之公理ᄒᆞ며 維持天下之公論ᄒᆞ시니 貴報ᄂᆞᆫ 卽我韓之一線生脉也라. 迨□之時ᄒᆞ야 若無貴報이런딜 吾韓人民은 耳도 無ᄒᆞ며 目도 無ᄒᆞ며 口도 無ᄒᆞᆫ 肉塊而已니 雖被他人之□敝食이나 哀告一聲을 亦不得聞ᄒᆞ엿슬지라.

本人이 雖是一個女子나 □與孫兒로 講論貴報ᄒᆞ면 感激之深은 不覺涕淚之沾襟이오 爽闊之快ᄂᆞᆫ 殆若沈病之去體라. 貴社長은 果是我韓에 無量洪福을 貪予ᄒᆞ시ᄂᆞᆫ 活佛이오 一般 社員도 必皆吾國의 忠義之士이올지라. 是以로 本人이 擬欲一次來問ᄒᆞ야 表其感謝之忱者ㅣ

久矣로대 或家幹으로 以ᄒ며 或身恙으로 以ᄒ야 趁未登程이옵다가
今乃得暇ᄒ야 不遠千里ᄒ고 訪問貴社ᄒ야 平日所蘊ᄒ 區〃敬意를
卸布하노라 ᄒ더라.

本記者ㅣ 曰 大韓은 東土의 文明吉國이오 一般民族이 皆禮義成俗
한 優等人種이라. 採其風謠ᄒ건디 閭巷間 婦女童穉가 往往히 特異ᄒ
忠愛之情을 發現ᄒ니 是孰使之然哉아. 盖其天性之間有者라. 嗚呼.
大韓이 其有望乎인져. 人民之愛國이 如此ᄒ니 豈□終於夷國耶아. 彼
一遇老嫗之心이 卽合國同胞之心이니 寧不可□哉아. 噫. 彼政界上 賣
國六官은 盜憎主人으로 仇觀本報가 客或有之어니와 所謂 社有中同
業界에도 攻擊不報가 蔑有餘地ᄂ 抑壓心腸□ 是可曰 大韓人種也아.

1907년 9월 7일

▲偉大훈 教訓

實業界 成功훈 許多物中에도 出身於卑賤ㅎ야 千幸萬苦의 困地悲境훈 奮力衝過ㅎ고 偉業을 能成훈 로—씨의 經歷은 實로 吾人의게 偉大훈 教訓을 與ㅎ는도다. 壯□□□□□□□退之勇이여. 氏의 □□를 欽羨ㅎ며 氏의 品性을 □□□□□ㅣ 多ㅎ되 吾人의 氏로 □師홈은 氏의 事業과 氏의 品性□□□ㅎ고 實로 氏의 奮鬪와 씨의 勇氣와 씨의 堅忍에 在홈이라.

嗚呼라. 好事는 多魔戲오. 造化는 無□□이라. 晚□不料之天災가 使씨之事業으로 半途而 歸於烏有하민 匠之眼孔窄〃之輩는 歸씨於失敗之列이고 多以沒常識者로 待之ㅎ니 一起一蹶에 面目이 大違로다. 偉彼紐育市之大鐵橋여. 一時 使全□之人으로 聳動耳目□使之賞讚大美國物質的文明之□度는 是誰之功課耶아. 其餘大小之事業은 不遑枚舉而 吾人의 □를 欽慕홈은 不在氏之事業而 在乎氏之奮鬪라. 씨以弱齡으로 流寓異邦ㅎ야 鬪千幸而 排□難ㅎ며 耐祚寒而 斥暑雨ㅎ야 能히 遠大훈 志氣를 不撓ㅎ고 完美훈 事業을 得成훈 經歷은 足히 懦夫가 奮起ㅎ며 蕩子가 慚死ㅎ리로다.

▲氏의 幼時奮鬪

씨는 □英國愛蘭之人也라. 氏之祖父는 素以富豪로 被約束手形背書之誤ㅎ야 家産分散의 處分을 受ㅎ 以後로 便作一塞窘之人일시 至於父代토록 能이 家運을 挽回치 못홈을 其父慨嘆ㅎ야 祖業回復之任을 暗托于씨之 身上ㅎ고 朝夕勉勵以此事로대 一家生活이 全然無路ㅎ야 未辦學資 故로 未免退學ㅎ니 纔修初學이나 씨之自尊自大之心은 一層鞏固ㅎ야 實로 씨의 一身이 都是自尊自大之心이오 其外는 更無他物이로다.

故로 自勉自勵ㅎ야 遂不陷于絶望이라. 晚年에 씨語人曰 余 少時에 常刺激余心ㅎ야 發憤余精홈은 非特志在乎恢復祖業ㅎ며 挽回家運也라. 進可爲全歐實業界之偉人ㅎ며 退不失奮鬪家之地□云〃ㅎ니 以此觀之면 最初氏之欲望은 有似無空策이로대 氏之自尊自大之心은 益〃堅固 故로 使其身으로 投於浪□之輩이라도 彼等之惡習이 毫不感染ㅎ며 陷于絶望之地라도 少不落心ㅎ며 臨于天崩地場的大事라도 少無顔色은 氏의 特長이로다. 未完

1907년 9월 11일

▲氏의 少年時代奮鬪

其後 家運이 益衰ㅎ야 沈淪於悲困之極이라. 當時 愛蘭情況은 人多地狹ㅎ야 實業이 萎靡홈으로 如干從事之人이라도 生計困絀ㅎ고 或有屬望的事業이면 許多有力之人이 爭先奔赱에 疾足者ㅣ 先占焉ㅎ니 以若赤身空拳之一少年으로 焉有用武之地哉아. 愛蘭은 地狹ㅎ야 不能遂丈夫之志라 ㅎ고 彼蕩〃양〃ㅎ 大西洋天一方에 隔土ㅎ 美國이 天地間에 將來之目的을 屬ㅎ나 囊橐一空에 渡船沒策이라. 然이나 氏의 矢心鐵腸은 受一敗則 益堅ㅎ며 喫一困則 愈壯이로대 旣難渡美에

不能恢復祖業이라. 丈夫出世에 若所志未就면 生不如死라 ᄒ고 遂決
志望海踏去之際에 有一紐育□船이 任風過岸타가 望見一少年이 將欲
投身ᄒ고 急派小舟ᄒ야 救得同歸ᄒ니 舟人이 叩其由而 壯其志ᄒ야
遂同舟進發홀시 未到中程에 以天氣不順으로 海嘯風烈ᄒ야 所駕之舟
가 幾乎顚覆일시 身不慣於駕舟ᄒ고 又兼船僕之役에 其苦痛情況은
不言可想而 氏之凜〃然銳氣가 安肯爲苦痛之所制者哉아. 當嬉然泰然
히 終能無事航海ᄒ야 遂得出脚于大地ᄒ니라.

▲氏의 靑年時代奮鬪

子然一身으로 孤立大地ᄒ니 時年이 十五라. 直至紐育市街ᄒ야 濶
步彷황ᄒ니 時維九月에 自覺單衫이 不勝寒薄이라. 日暮塗窮에 接足
無處로다. 美洲雖大나 隻身을 難容이라. 擧目에 有山河之異ᄒ고 自顧
에 有形影□吊라. 空拳寸心外는 一無所有엔만은 猶張拳自語曰 我有
自信力ᄒ며 我有忍耐力ᄒ며 我有熱沸心ᄒ니 有何不成이리오 ᄒ고 遂
□邂逅同鄕人之勸告ᄒ야 乃投身于뉴실시호우입鐵工場ᄒ야 從事于製
鐵ᄒ니 此工場은 强健ᄒ 少年들이 技術을 硏究ᄒ야 將來立身基礎를
作ᄒ는 處라.

一邊으로 言ᄒ면 流寓異邦ᄒ야 無親無助之靑年으로 安全타 言키
難ᄒ도다. 千百戢工 中에 能히 損友를 避ᄒ며 惡習感染을 免홈은 實
로 至難之事라. 然이나 斷然코 此等誘惑을 峻拒ᄒ며 惡習에 不染ᄒ
고 甚至於飮酒가 有害ᄒ다 ᄒ야 不飮一適ᄒ며 喫烟이 衛生에 有損ᄒ
다 云ᄒ야 不吸一口ᄒ고 百般行已가 嚴且格也라. 至於性質ᄒ야는 溫
良且順ᄒ며 愛友至篤ᄒ야 或有同僚中 不和之人이면 諄〃然 忠告而
懇勸ᄒ야 使一般戢工으로 盡歸於氏之感化之中ᄒ니 名雖同僚나 隱然
以尊長으로 事之待之러라. 時移物換ᄒ야 十數星霜을 於焉送之ᄒ니
年正二十有五라. 自顧自身에 十年間 磨鍊技術과 貯蓄資力이 足以獨
立自營에 遂解희 工場ᄒ고 始活動于社會之表面ᄒ니라. 未完

1907년 9월 12일

▲ 獨立自營

商工視察次로 西部諸洲를 遊歷호시 西部는 人稀地沃에 於農有望이나 於工不合홈을 認知호고 復去紐育호야 同僚職工과 共同職鐵所를 設立호니 元來 資力이 不豊에 規模且小라. 且 競爭이 日甚에 以小敵大는 至難之事라. 然而 以氏之묘筭과 職工之敏腕으로 皷勇邁進호니 筭無不中호고 事無不成이라. 不幾年而 事業이 益盛호야 遂架紐育之鐵橋호야 使全歐聳動터니 苦海無邊에 運退是非로다. 据置器械가 俄然破裂호야 工場粉碎에 人名을 亦損이라. 嗚呼라. 謀事在人이오 成事在天이로다. 可憐타. 로―지氏는 又作一貧民호도다. 未完

1907년 9월 17일

▲ 奮鬪에 勝利

同事者 見此不意之變災호고 皆紛〃避匿호야 一無應援者에 善後沒策이라. 然而 씨가 毫無落心호고 乃從容言曰 事業은 吾之性命也라. 此業未復之日은 乃吾最後之日也니 吾當獨據호야 再興此業하리라. 且 今者之失敗가 非吾運籌之誤오 乃一時之數奇也라. 以로―지之腕力으로 捲土重來는 決非難事라 호고 遂決志運動이나 氏ㅣ 本非鬼神이라. 以赤手空拳으로 計將那裡出來리오. 苦心慘澹에 困難非當터니 此亦一時로다. 氏之德望이 素著호고 技藝非凡은 遠近所共知者也라. 故로 不幾年에 自遠近來者ㅣ 不計其數오 左右有力之人이 亦多相助호야 已往之業을 經之營之호야 計日而 成호니 其規模壯大와 機具完備가 此前에 毫無遜色이라. 此豈非奮鬪之結果哉아. 大哉라. 奮鬪之效力이여. 完

晨夕이 乍凉에 秋意가 宛然이라. 二階上四疊席에 書燈을 相對ᄒᆞ야 實業界畜産論을 次第로 閱覽터니 案頭에 警夜鍾은 十時롤 징〃ᄒᆞ고 枕上에 喚睡魔ᄂᆞᆫ 兩眸에 昏〃ᄒᆞ니 借問黑감何處在오. 蒼凉夜色單衾寒이로다.

俄而요. 一雙蝴蝶이 翩쳔飛入ᄒᆞ야 前路롤 引導ᄒᆞᄂᆞᆫ지라 余亦浩然若兩脇生翅ᄒᆞ야 飄〃然蕩〃然 行到一處ᄒᆞ니 宮闕이 宏壯ᄒᆞ고 丹靑이 照耀ᄒᆞᆫ대 黃金大字로 白玉殿이라 題額ᄒᆞ고 守門軍卒이 如龍如虎ᄒᆞ야 執戟而 立ᄒᆞ얏스니 天上玉京 分明ᄒᆞ다. 方向을 未定ᄒᆞ고 道路上에 躊躇터니 自東邊으로 大路上에 超軒三座가 前導後擁에 連絡而 來ᄒᆞᄂᆞᆫ지라 仔細定睛而 看ᄒᆞ니

第一位ᄂᆞᆫ 閔忠公이시요 第二位ᄂᆞᆫ 趙忠公이시요 弟三位ᄂᆞᆫ 崔忠臣이시더라. 頭戴金冠ᄒᆞ고 身着朝服ᄒᆞ시연ᄂᆞᆫ대 儼然威儀ᄂᆞᆫ 使人敬服ᄒᆞ더라. 余ㅣ 不勝欣悅ᄒᆞ야 恭手拜禮ᄒᆞ고 跟隨其後ᄒᆞ야 卽入白玉殿ᄒᆞ니

上帝끠옵셔 玉塔에 臨御ᄒᆞ시고 仙官이 羅列ᄒᆞ얏ᄂᆞᆫ대 三忠臣은 鞠躬四拜를 畢ᄒᆞ신 後 殿上에 侍立ᄒᆞ셧ᄂᆞᆫ대 勅語를 下ᄒᆞ사 賣國奴를 押入ᄒᆞ라 ᄒᆞ신디 法官이 下敎롤 傳論ᄒᆞ니 軒〃健卒이 一時에 聽命ᄒᆞ고 一個漢을 足下履地ᄒᆞ게 星火捉入ᄒᆞ니 波蘭敎會에 賣國黨 首領이라 ᄒᆞ더라. 其罪를 數ᄒᆞᄂᆞᆫ대 너는 엇더ᄒᆞᆫ 心腸으로 祖國을 忘却ᄒᆞ고

私權을 鞏固홀 愚計로 外人의게 依附ᄒ야 疆土를 賣渡ᄒ고 生靈을 殄滅ᄒ야 膏腴를 吸取ᄒ니 罪惡이 盈天에 罍刻을 難貸라. 拔舌地獄 司法官의게 押付ᄒ야 苦楚ᄒ 刑罰을 一〃執行ᄒ라 ᄒ신대 左右에 邏卒이 一時吶喊ᄒ고 風雨ᄀ치 押出ᄒ더라.

余欲觀光ᄒ야 其所到處에 隨往ᄒ니 陰風이 怒號에 腥雲이 慘담ᄒ고 寒雨가 蕭颯에 白日이 依迷ᄒ대 臺上에 司法官이 高坐ᄒ고 臺下에 無數鬼卒이 執戟而 立ᄒ고 各項刑具를 一〃準備 ᄒ얏더라.

其 무슨 회 首領이라 ᄒ는 罪人을 拿入ᄒ야 勅敎를 傳諭ᄒ고 刑罰을 執行ᄒ는디 斷舌拔目ᄒ고 割耳削鼻ᄒ고 斷手割膝ᄒ니 流血淋漓를 目不忍見이오 哀呼慘酷을 耳不忍聞이더라.

少焉에 油확을 大沸ᄒ고 其中에 投入ᄒ더라. 余ㅣ 看此光景ᄒ니 肅然而 恐ᄒ야 不能久立ᄒ고 卽出門外ᄒ야 更到白玉殿ᄒ니

上帝끠옵셔 寶塔에 御坐ᄒ시고 三忠臣은 依前侍立ᄒ시야 祖國에 生靈保存과 疆土維持와 獨立回復홀 事件을 次第上

奏ᄒ시니 天顔이 和悅ᄒ샤 忠心을 稱賞ᄒ시고 當有處分矣리니 容俊幾日ᄒ라 ᄒ시더라.

少頃에 法官을 更爲命召ᄒ샤 捉待ᄒ 安南政府 賣國賊臣을 一體拿入ᄒ야 嚴行訊問ᄒ고 依律勘處ᄒ라 ᄒ신디 健卒 數百名이 덜미 집퍼 次第拿入ᄒ야 其 罪目을 數ᄒ는대 天地肇判ᄒ 後에 亂臣賊子가 何代無之리오만은 如汝等之設謀逞毒은 萬古所無라. 或濫懷篡逆에 渠奪其位ᄒ야 欲享富貴나 厭其穢德ᄒ야 每〃誅戮이어니와

爾等則 以何獸心으로 自國疆土를 讓渡異國ᄒ고 本朝官爵을 獻納他人之計로 符同外人ᄒ야 脅迫君父가 罔有紀極ᄒ고 殺戮生靈이 莫此爲甚ᄒ니 極惡大憝는 合置重辟이라. 卽爲押送于湯踏地獄ᄒ야 具格嚴判을 如上項賣國奴ᄒ라.

勅語가 嚴重ᄒ신則 法官이 俯伏奉命ᄒ고 卽行押領ᄒ는대 左右鬼卒이 如疾風而 馳入ᄒ야 爲先結縛에 兩肩相接ᄒ고 加之鐵鞭에 下手

猛毒ᄒ니 衆賊哀呼之聲에 毛骨이 疎然ᄒ고 兩耳에 砭入ᄒ야 大驚而
起ᄒ니 南柯一夢 分明ᄒ다. □〃ᄒ 電車은 絡繹이 不絶ᄒ고 耿〃ᄒ
書燈影은 依俙而 不滅ᄒ디 징〃ᄒ 警夜鍾은 十二時를 始報ᄒ더라.

만영승이라 ᄒᆞᄂᆞᆫ 사름은 흑룡강 쟝군 막하의 영관이라 작년 녀름에 향마적이 벌쎄ᄀᆞ치 니러ᄂᆞ거늘 영관이 쟝군의 명령을 밧드러 향마적을 치다가 ᄒᆞᆫ 둘이 지나도록 공을 일우지 못ᄒᆞ니 엇더ᄒᆞᆫ 사름이 쟝군의게 참소ᄒᆞ여 말ᄒᆞ되 영관이 향마적으로 더브러 부동ᄒᆞ엿다 ᄒᆞᆫᄃᆡ 쟝군이 그 참소ᄒᆞᄂᆞᆫ 말을 고지 듯고 영관을 죽인지라

영관의 안희 일쟝쳥이라 ᄒᆞᄂᆞᆫ 부인이 크게 원통히 녀겨 그 믹씨 화호졉과 쟝쳔화라 닐쿳는 쟝부와 셔로 의론ᄒᆞ여 영관의 부하 오빅인을 거느리고 나가서 졔계합이빈에서 쳥국 리수로 이빅여리 되는 디방 타랍합참과 다이참의 두 디방에 웅거ᄒᆞ여 형셰가 대단히 셩ᄒᆞᆫ지라 쳥국 졍쟝군이 긔 통령을 파송ᄒᆞ여 쳐셔 멸코져ᄒᆞ나 싸홈ᄒᆞ다가 여러 번 패ᄒᆞ여 봉텬쟝군의게 구원병을 쳥ᄒᆞ니 죠쟝군이 팔면셩의 셔통령을 명ᄒᆞ여 녀쟝군의 군ᄉᆞ를 치라ᄒᆞᆫᄃᆡ 셔통령이 마디 칠빅오십긔와 대포 일문을 가지고 녀쟝군을 크게 파ᄒᆞ니 녀쟝군이 간신히 몸을 쎼쳐 몽고로 다라낫다가 졍병 이쳔명을 모집ᄒᆞ여 거느리고 뢰뎡ᄀᆞᄐᆞᆫ 형셰로 흑룡강에 다시 와셔 마옥곤 쟝군과 싸와 승패는 아직 결단치 못ᄒᆞ엿ᄂᆞᆫᄃᆡ 일쟝쳥이라는 녀쟝군은 나히 이십삼세요 화호졉이라는 녀인은 나히 이십셰에 꼿ᄀᆞᄐᆞᆫ 얼골과 누에ᄀᆞᄐᆞᆫ 눈셥이 춤 졀더 미인이요 쟝쳔화는 나히 이십삼세인ᄃᆡ 그도 얼골이 쥰슈ᄒᆞᆫ 대쟝부라 ᄒᆞ니 그 ᄉᆞ실이 죡히 쇼셜가의 지료가 될 만ᄒᆞ더라

1907년 10월 6일

내가 년젼에 동협에 유람ᄒ야 산아리 고촌을 지나다가 맛춤 날이 져므러 뉘집에 빌어자더니 ᄒ밤즁에 홀연히 창밧그로 여러 사롬이 짓거리며 드러오ᄂᆞᆫ 즁에 무슴 물건 ᄒ나를 ᄭᅳ을고 오ᄂᆞᆫ 소리가 귀를 놀내ᄂᆞᆫ지라 내가 처음에ᄂᆞᆫ 도적놈들이 오ᄂᆞᆫ가 의심ᄒ엿더니 필경에 집안사롬들이 문을 열고 우스며 나가 맛ᄂᆞᆫ 것을 보니 이ᄂᆞᆫ 그 집쥬인이러라 내가 ᄯᅩᄒᆞᆫ 놀나 니러나 안졋더니 이윽고 쥬인이 탁쥬 ᄒ병을 가지고 샤랑으로 나와 나를 보고 샤과ᄒ여 ᄀᆞᆯᄋᆞᄃᆡ 쥬인이 늦게 도라와 쥬무시ᄂᆞᆫ 손님의 잠을 ᄭᅢ게 ᄒ엿스니 죄송ᄒ오 ᄒ거눌 내가 니러나 다시 샤례ᄒ고 인ᄉ를 셔로 ᄒᆞᆫ 후에 관솔불 아리셔 슈작ᄒ며 슐을 먹다가 가만히 보매 쥬인의 얼골에 샹ᄒᆞᆫ 흔젹이 잇ᄂᆞᆫ지라

그 연고를 무른ᄃᆡ ᄃᆡ답ᄒ여 ᄀᆞᆯᄋᆞᄃᆡ 나ᄂᆞᆫ 본시 이 마을에 거싱홈으로 동셩지친이 단취ᄒ여 니웃을 ᄒ고 동구밧 빅리 산쳔을 나가보지 못ᄒ고 평싱의 소업은 기음ᄆᆡ고 농ᄉ홀 ᄲᅮᆫ이러니 근년에 호환이 심ᄒ야 날마다 기르ᄂᆞᆫ 개와 돗흘 물어가셔 온 동리에 육츅이 업셔지게 되매 이 마을은 강구연월에 태평시ᄃᆡ를 누리ᄂᆞᆫ ᄭᅡ닭으로 일직이 방비ᄒᆞᄂᆞᆫ 게칙을 연구홈이 업셔 총과 칼과 ᄀᆞᆺᄒᆞᆫ 병쟝긔를 두지 못ᄒ엿스니

뎌 즘승들도 이거슬 만홀히 보고 일일은 동즁 어룬의 집에 와셔 침범ᄒ
야 사름을 해코져 ᄒ며 형세가 심히 급박ᄒᆫ 고로 내가 단신으로 팔을
쏩내여 표범의 니마를 치다가 그 발톱에 글키여 조곰 샹ᄒ엿스나 표범
도 쏘ᄒᆫ 사름의 졍신을 쎼앗지 못ᄒ고ᄂ 능히 사름을 잡아먹지 못ᄒᄂ
지라

분긔를 이긔지 못ᄒ야 우리 동족형뎨 이십인으로 더브러 약속을 단단
히 ᄒ고 쏘 일후의 화를 예방코져 ᄒ야 풍부ᄀᆺᄒᆫ 력ᄉ의 주먹을 들고
원슈 갑흘 ᄆᆞ음을 결단ᄒ야 ᄒᆫ번 싸와 잡앗더니 그 후로ᄂ 호환이 다시
업노라 ᄒ거ᄂᆯ 내가 굴ᄋᆞ디 쟝ᄒ다 쾌ᄒ다 ᄒ니 쥬인이 ᄒᆫ번 웃고 굴ᄋᆞ
디 녯말에 닐ᄋᆞ지 아니ᄒ엿ᄂᆫ가 두 사름만 ᄆᆞ음을 ᄀᆺ치ᄒ면 그리ᄒᆫ 거
시 금을 능히 ᄭᆫᄂ다 ᄒ엿스니 이졔 우리 형뎨 이십인의 단합ᄒᆫ ᄆᆞ음으
로 힘이 다ᄒ도록 ᄒᆫ가지로 쐬ᄒ여 ᄒᆫ 표범을 잡은 거시 무슴 칭찬홀
거시 잇ᄂ뇨 우리 이십형뎨가 범잡ᄂ 수단이 셩습이 되어 미양 농ᄉᄒ
고 겨를 잇ᄂ 쌔에ᄂ ᄉ방으로 돈니며 놀다가 산즁에 잇ᄂ 표범도 능히
두드려 잡ᄂ 고로 년릐에 수십 쟝 표피를 풀아 가계가 조곰 풍족ᄒᆫ지라

1907년 10월 8일

아짜 ᄒᆫ가지 쩌들고 오던 사름들은 곳 나의 이십형뎨오 그 ᄭᅳ을고 오던
물건은 곳 표범 ᄒᆫ마리라 ᄒ여 문을 열고 쓸을 향ᄒ여 불을 빗최여 보
이니 과연 얼골은 쩌르고 허리ᄂ 길다라 ᄒ고 어룽더룽ᄒᆫ ᄒᆫ낫 즘싱이
라 놀나 무러 굴ᄋᆞ디 일즉 드르니 호랑이ᄂ 사름의 무셔워ᄒᄂ 바이라
ᄒ더니 이졔 그디의 말과 ᄉ실을 보건디 호랑이가 오히려 사름을 두려
워홀 만ᄒ다 ᄒ겟슨즉 그디의 강대ᄒᆫ 긔안은 탄복ᄒ겟스나 얼골에 샹
ᄒᆫ 흔젹은 익셕ᄒ도다
쥬인이 썰썰 우스며 굴ᄋᆞ디 공은 호랑이의 셩질을 알지 못ᄒᄂ도다

더는 흉악흔 계교를 힝코져 흐매 노긔가 등등흐야 찬 바룸을 쏨으며 쒸
여 위엄을 뵈이는 거슨 사룸의 정신을 몬져 쎼앗고져 홈이니 이굿치 흘
즈음에 그 중정을 단단이 가져 경겁흐는 무음을 두지 말고 즈긔의 정신
을 더욱 출혀 일치 아니흐면 사룸은 고샤흐고 비록 조고마흔 즘싱의 무
리라도 제가 감히 해치 못흐고 제가 오히려 피흐여가믄 곳 실상 증험흘
거시라 이로 말미암아 보건디 사룸이 되어 엇지 호랑이를 두려워흐리
오 호랑이가 사룸을 두려워흔다홈이 가흐거눌 내 얼골에 사쇼흔 상쳐
를 말흘진디 그째에는 불힝흔 줄노 알앗거니와 이졔 싱각흐면 다힝흔
일노 알 만흐도다

만일 그 째에 위험흔 경계를 지내지 아니흐엿스면 오눌날에 일경에 호
환을 알지 못흐고 벼긔에 편안이 누어 잠자는 복력을 엇지 엇엇스며 쏘
번기불굿흔 눈으로 번쩍번쩍 번득이며 둘녀드는 뎌 사오납고 용밍흔
즘싱을 능히 두두려 잡을 싱각이 엇지 잇스리오 그러나 내가 뎌 표범의
젼톄에 취흐는 바는 다만 아롱아롱흔 썹질 뿐이오 그 쎼와 고기는 취흐
지 아니흐노라 내가 무르되 엇지흐여 그러흔고 흐니 디답흐여 굴으디
그 고기는 우리집에서 기르는 닭과 돗헤 고기맛과 굿지 못흐고 그 쎼는
우리집에셔 기르는 소와 물의 쎼만 굿지 못흔 배라 흐더니 그 이튼날
아춤에 그 표범의 지쳐홈을 보니 과연 썹질만 취흐고 쎼와 고기는 다
브리더라

이졔 내가 힉외에 나와 풍쇽과 물티를 만히 구경흐다가 우연이 이젼에
범잡든 사룸의 말을 싱각흐고 무음에 감동흐는 바ㅣ 잇셔 우리 류학싱
여러분의게 흔번 경고흐노라

□□昔에 大洋孤島에 有一梢工ᄒ니 募集船客에 甚力且慮ᄒ야 募得數百人ᄒ야 滿載一船ᄒ고 張帆渡洋타가 中流에 忽招他船ᄒ야 獨自移搭而 去여늘 滿船客人이 茫茫大海에 不知方向ᄒ고 船且不完ᄒ디 無可代梢□則 勢將呂沒乃已라. 衆人이 齊聲大哭曰 爾胡陷吾衆於死地오. 詬罵不已ᄒ야 聲飜大洋이라. 梢工이 莞爾而 笑ᄒ고 回라. 登船ᄒ니 衆人이 □天喜地ᄒ야 問曰 何心으로 我衆을 死地에 欲棄乎아. 梢工이 曰 此船이 年久破傷ᄒ야 不可安心航海 故로 畧干船賃을 欲收ᄒ야 船隻을 修補ᄒ고 大陸에 □行ᄒ야 漁採를 駕遷則 可使諸君으로 興業ᄒ리라 하엿더니 船中 一二人이 猜我妬我하야 逐出遠外 故로 吾已任地ᄒ고 □臥一隅에 但避謗산ᄒ야 免其謗산이라가 反而思之則 以一二人之 故로 大衆을 海中에 陷棄ᄒᄂ 거시 非仁人의 所可爲라. 更欲□檣ᄒ대 猜□者가 又欲阻戲여늘 梢工이 不答ᄒ고 和□大洋으로 □前頭經策ᄒ니 其必勞力哉진뎌.

벼슬 구ᄒᆞ는 쟈여

국문판 1907.12.12. 론셜

어제 밤 비온 뒤에 바룸은 불고 방은 찬디 손을 불고 찬 등잔을 디ᄒᆞ야
신문을 보다가 셔안을 의지ᄒᆞ야 정신이 몽롱ᄒᆞᆫ 중에 강남 수쳔 리를 잠
□에 힝홀졔 길가에 엇던 관인 ᄒᆞᆫ 분이 사모를 쓰고 팔쟝을 끼고 섯ᄂᆞᆫ
디 신쟝은 구쳑이나 되고 얼골은 붉고 슈염은 긴디 가슴에 쓰기를 텬하
대쟝군이라 ᄒᆞ엿거눌 슗혀보매 섯ᄂᆞᆫ 곳에 서셔 ᄒᆞᆫ 발도 동ᄒᆞ지 아니ᄒᆞ
며 ᄒᆞᆫ 눈도 두루지 아니ᄒᆞᄂᆞᆫ지라 압ᄒᆞ로 갓가히 가셔 ᄒᆞᆫ번 읍ᄒᆞ고 무러
굴ᄋᆞ디 공은 무슴 벼슬이며 셩명은 뉘라 ᄒᆞ시ᄂᆞ뇨 디답ᄒᆞ되 나의 셩은
쟝이오 일홈은 승이며 벼슬은 쳑후관이니 여거셔 길의 원근과 리수를
관할ᄒᆞ고 잇ᄂᆞᆫ지 여러 ᄒᆡ라 직무를 위ᄒᆞ야 풍우와 상셜을 피치 아니ᄒᆞ
매 거연히 늙어셔 지금은 브라는 것도 업고 다만 고향에 도라가 늙은
몸을 편히나 잇다가 죽기를 브라노라 ᄒᆞ거눌 다시 무르되 공의 당당ᄒᆞᆫ
긔샹으로 뎌런 적은 벼슬에 늙ᄂᆞᆫ 거시 실노 앗가온 바ㅣ로다
쳥컨디 잠간 안져셔 힝역의 곤홈을 쉬일 동안에 담화나 홈이 엇더ᄒᆞ뇨
굴ᄋᆞ디 나의 이 쳑후관이라 ᄒᆞᄂᆞᆫ 직칙은 먼 디를 슗히는 일이라 만일
잠간이라도 안졋다가 직분을 일ᄒᆞ면 이ᄂᆞᆫ ᄉᆞᄉᆞ일노 공ᄉᆞ를 폐홈이니
그디의 쳥을 드를 수 업노라 ᄒᆞ거눌 내가 말ᄒᆞ되 근일에 각 디방관들을
볼진디 그 직소를 쳔단히 쩌나셔 혹 일이삭 ᄉᆞ오삭식 셔울셔 두류ᄒᆞ여
도 샹부에셔 칙망ᄒᆞ엿다는 말은 드를 수 업고 도로혀 그 사룸들이 권문

셰가에 츌입ㅎ야 주긔 ᄆᆞᆷ에 편ㅎ고 리로온 ᄃᆡ나 풍후ㅎ고 놉흔 ᄃᆡ로 쳔젼ㅎ여 가는 것만 보겟스니 공도 잠간 그 고집흔 ᄆᆞᆷ을 놋코 권도를 써셔 가만히 셔울 올나가셔 쥬션을 ㅎ면 공의 풍치와 지됴로 엇지 대관을 엇어ㅎ지 못ㅎ리오

쟝군이 대노ㅎ여 ᄭᅮ즈ᄃᆡ 그ᄃᆡ는 더러온 사롬이로다 관인이라 ㅎ는 거슨 적고 큰 거슬 물론ㅎ고 그 벼슬을 ㅎ는 날은 그 직칙을 극진히 ㅎ는 거시 신즈의 도리어놀 이졔 그ᄃᆡ가 사롬을 불의의 일노써 동ㅎ야 나를 시험ㅎ니 엇지 쟝쟈를 ᄃᆡ졉ㅎ는 ᄯᅳᆺ이리오 내 비록 여긔 잇셔 경셩이 멀고 쥬션이 업슬지라도 나의 직무만 극진히 ㅎ면 즈연 샹관이 알고 쳔거ㅎ야 승차가 될 거시어놀 엇지 ᄉᆞ곡흔 길을 ᄯᅩᆺ차 비리의 ᄒᆡᆼᄉᆞ로 공톄를 손샹케 ㅎ리오 나는 비록 초야에셔 썩을 지언뎡 이ᄀᆞᆺ치 비리의 ᄒᆡᆼ실은 ᄒᆡᆼ치 아니ㅎ노라 ㅎ거놀 내가 니러나 흔번 졀ㅎ고 ᄭᅮ즈ᄃᆡ 공은 진실노 텬하대쟝군이로다 내 잠간 망녕된 말노 공의 귀를 더러이엿스니 원컨ᄃᆡ 용셔ㅎ라 ㅎ고 몸을 니러 ᄒᆡᆼ홀시 시벽닭의 소리를 듯고 놀나 ᄭᆡ다르니 남가일몽이라 인ㅎ야 져술ㅎ야 셰샹에 구구히 벼슬 구ㅎ는 사롬을 경계ㅎ노라

1907년 12월 15일

▲甲乙丙丁 石榻上에 甲乙老人이 相對ㅎ야 甲乙로 論評ㅎ다.

(甲) 現今 局勢가 日非하야 八城이 鼎沸하고 生靈이 魚肉되되 袖手傍觀에 止戢ㅎ는 方策이 無ㅎ니 當局ㅎ 內閣大臣은 尸位素餐이 이 아인가.

(乙) 여보 그 말 마오. 當局大臣은 自己地位를 維持ㅎ기에 念不及他하고 地方民情은 他人의 任擲ㅎ얏스니 生령魚肉 꿈 밧길새.

(甲) 그리ㅎ면 自己食口로 仕宦圖差ㅎ 餘暇는 잇셔도 安民ㅎ 餘暇는 업단 말이오

(乙) 글엇치오. 今番 郡守奏本에도 總理食口니 內大食口니 農大食口니 三分五裂에 각其分排ㅎ다가 奏本이 延拖ㅎ니 그 밧게 무삼 思想이 쏘 잇깃소.

(甲) 當局大臣이 賣國賊名은 듯지마는 其亦人類이면 似有廉恥라. 蒼生이 塗炭에 陷ㅎ고 局勢가 一髮에 危ㅎ 때 豈不顧念이리오

(乙) 仕宦에 着味ㅎ 者는 鴉片에 吸烟과 恰似ㅎ니 一次順服ㅎ면 精神이 昏迷ㅎ야 廉恥가 全沒ㅎ야 甚至於 社會上에 名譽가 有ㅎ다는 某氏도 郡守七八窠를 適食ㅎ다는 소문이 잇습듸다.

(甲) 無君子면 莫治野人이오 無野人이면 莫養君子라 ᄒ니 當局執政者ᄂ 百姓을 依賴치 아니ᄒ고 外人만 依賴ᄒ니 百姓은 誰를 依賴ᄒ나

(乙) 져런 君子들ᄂ 國家를 賣食ᄒ다 外人를 依賴ᄒ다 ᄒ지마ᄂ 우리 野人들이야 井中之蛙라 外人도 不知로다. 祖國思想이 第一인즉 賣國ᄒᄂ 君子들을 依賴ᄒ 슈 업지

(甲) 然則 現今時代에ᄂ 依賴 二字 쓸 대 업고 外人도 依賴말고 君子도 依賴말고 우리 野人끼리 自由生活이 第一이오

(乙) 自由生活 됴흔 쥴은 뉘 모르리마ᄂ 人皆重足에 朝不慮夕ᄒ야 生命은 以是而 難保ᄒ고 財産은 以是而 敗殘ᄒ니 束縛中에 在ᄒ고야 自由를 엇지 ᄒ오.

1907년 12월 17일

續

(甲) 三軍之帥ᄂ 可奪이여니와 匹夫之志ᄂ 不可奪이라 ᄒ니 個箇人이 自由精神을 腦髓에 灌入ᄒ야 百折不回ᄒ면 雖在束縛之中이라도 覊絆을 可脫ᄒ깃지오.

(乙) 雖然이나 然然者流ᄂ 言必稱 自由니 開明이니 ᄒ면셔 自由事爲ᄂ 不行ᄒ고 外人의 心腸을 換着ᄒ며 外人의 言動을 贊助ᄒ니 此等 行動을 엇지 自由라 ᄒ리오 個人箇人의 自由ᄂ 萬不可望이오

(甲) 此等者流ᄂ 卽不過外人의 奴隷라. 立云則 立ᄒ고 坐云則 坐ᄒ야 猶恐不及ᄒ니 韓國同胞라 不筭이 可也지오.

(乙) 예. 近日에 ᄀ 社會가 成立ᄒ야 各樣 新事業과 新規則를 組織ᄒ나 兩人도 不能一心ᄒ고 一會도 不能三年ᄒ니 團體를 何成ᄒ며 國權인들 何望가.

(甲) 아니오. 그런 것이 아니오. 重病之餘에 一朝蘇完ᄒ야 孟賁 오獲 ᄀ튼 勇猛이 突地에 出홈은 原無其理라. 數百年 壓制下에 呻吟하던 韓國人民이 驀眼間에 團結力과 進步力이 大발키는 難望이나 一番苦痛에 一次覺悟하야 拾餘年來로 會니 社會니 公私立學校가 在〃設立ᄒ니 此가 韓國前途之望이지오.

(乙) 그 말이 그럴 듯ᄒ나 現今 世界 각 國中에 國權墮失ᄒ 國民이 獨立精神을 奮발ᄒ야 國權恢復ᄒ 事가 잇나요.

(甲) 아, 잇다 뿐이오. 現今 世界에 第一等 强國이라 稱ᄒᄂ 邦國도 他人의 羈絆을 受치 아니ᄒ던 者 一個도 無ᄒ니 不必一一說明이어니와 距今 四五拾年間에 幾乎減亡된 伊太利 國民이 自由獨立의 能力을 奮발ᄒ야 國勢가 雄强ᄒ 地境에 到達ᄒ얏쇼. 伊太利國은 歐州南部에 半島國이오. 韓國은 亞洲東南에 半島國이니 나는 韓國도 伊太利 ᄀ치 될 쥴노 希望허오.

(乙) 그럿치만 엇지 허여야 人皆國結ᄒ야 國乃獨立ᄒ깃쇼.

(甲) 生此父母之國ᄒ야 人〃이 各自以愛國熱誠으로 立心地作精神ᄒ야 知有國而 不知有個人하고 知有同胞而 不知有一身ᄒ야 新思想을 換起ᄒ고 新知識을 發達ᄒ면 自由權의 挽回와 獨立權의 恢復이 自在於其中이지오

(乙) 올쇼. 올쇼. 나도 그처럼 바라거니와 一般同胞도 다 바라기를.

▲東方이 將曙ᄒ야 啓明星 붉은 곳에 太上老君 坐定ᄒ야 開明時 大障碍物를 낫낫치 點考ᄒ다.

▲名賢이니 忠節이니 白骨先祖 門閥만 誇張하니 餘蔭이 或 잇더야 可憎ᄒ다. 져 兩班 왓는야. 예. 等待ᄒ엿소.

▲道袍行衣 쯸쳐입고 두 무릅을 되여 쓸러 修齊治平 說道ᄒ나 其中의는 未必有라. 可笑롭다. 져 學者 왓는야. 예. 等待ᄒ엿소

▲三家村中 學堂內에 강미돈의 生涯ᄒ야 天皇씨 地皇氏에 他人子弟 誤了ᄒ니 可憐ᄒ다. 져 學究 왓는야. 예. 等待ᄒ엿쇼.

▲학교니 集會니 前時代에 업던 일 암만 ᄒ야도 못된다고 敎育을 妨害ᄒ니 可痛ᄒ다. 져 腐儒 왓는야. 예. 等待ᄒ엿쇼.

▲南田北畓 싸인 財物 分錢粒米 씀을 니니 慈善事業 무엇시며 敎育事業 ᄒ 슈 잇나. 可惜ᄒ다. 守錢奴 왓는야. 예. 等待ᄒ엿쇼.

▲不孝不睦 執탈ᄒ고 饒民의게 號令ᄒ야 젼財를 奪取ᄒ니 殘忍薄行 ᄒ는고나. 頑惡ᄒ다. 土豪軍 왓는야. 예. 等待ᄒ얏소.

▲世上은 何如턴지 門閥을 일치말ᄌ 鄕校齋任 圖得ᄒ니 鄕曲兩班의 氣習이라. 醜鄙ᄒ다. 져 齋仕 왓는야. 예. 等待ᄒ엿소.

▲相地官과 觀相쟝이 地理人事 論評하야 未來事를 能言하니 惑世誣民 ᄒ는고나. 痛憎ᄒ다. 術客輩 왓는야. 예. 等徒ᄒ얏쇼.

▲算筒은 살낭살낭 방울은 쏠랑쏠랑 巫黨판슈 疊惑ᄒ야 妖怪之說 便信ᄒ니 愚蚩ᄒ다. 져 女人 왓느야. 예. 等待ᄒ얏쇼.

▲美色을 作妾ᄒ야 糟糠之妻 薄待ᄒ니 家道가 紊亂減이라. 傷和氣ᄒᄂᆫ고나. 可歎ᄒ다. 져 蕩子 왓느야. 예. 等待ᄒ엿쇼.

▲상투는 꼿꼿 網巾은 팅팅 이마잘끈 동여매고 째무든 宕巾 눌너썻다. 或是 腦髓에 新精神이 들쩍 念慮턴가. 혹시 身體에 衛生될가 念慮런가. 可觀이로다. 져 외쌀이 왓느야. 예. 等待하엿쇼.

▲天下名醫 華佗 불너라. 이 頑固輩의 腐敗心腸 彼針으로 引出ᄒ야 開明水에 洗滌ᄒ고 新空氣를 噓入ᄒ야 文明城에 共躋케 ᄒ라.

▲門外에 畜場에셔 六畜이 會集ㅎ야셔 其功勞을 誇張ㅎ다.

(牛) 나는 鄕曲道路로 周行ㅎ면셔 主人家 일만 홀 쑨 아니라 눔의 田을 耕ㅎ기와 눔의 卜을 馱ㅎ는디 善ㅎ여도 미질 不善하여도 치직질ㅎ는 것을 不計ㅎ고 他國 사람의 일이라도 力을 不惜ㅎ고 잘 ㅎ여주지.

(馬) 나는 重하나 輕ㅎ나 실탄 말도 못ㅎ고 盡死力而 卜馱ㅎ는디 近日에는 尤極困難ㅎ 거슨 □兵인지 무엇인지 留馬□執ㅎ야 各地方으로 驅馳ㅎ니 여물죽도 어엿시 엇어먹지 못ㅎ고 짐삭도 잘 밧지 못ㅎ지.

(狗) 나는 大門間으로 방을 슴고 外賊을 직히노라니 晝夜장천 돈잠도 잘 못즈지.

(雞) 나는 □萬夜安 家 〃戶〃 깁히 든 잠 깁히 든 꿈 어셔 씨라고 목을 느리고 홰를 치면셔 울어 쌔롤 일치안코 □告ㅎ니 사롬이 다 씨여 제쌔 알게ㅎ지.

(羊) 나는 性質이 元來 純良ㅎ야 남이 이리 來하라면 이리 來ㅎ고 뎌리 往하라면 뎌리 往ㅎ야 指揮命令을 恒常 服從ㅎ니 使ㅎ기는 第一이지.

(豕) 여보게. 즈니들 功勞라고 즈랑 ㅎ지마오. ○他國샤람의 일을 잘 ㅎ여주니 칫직 마져 쓰지. ○짐삭도 못벗고 둔니니 죽도 못엇어 먹어 쓰지. ○벗겻적 직혀□ 네 집안이 평안ㅎ냐. ○스롬이나 씨여셔 눔의 奴

隷가 되엿느냐. ○남의 指揮에 服從ㅎ여 몃날이나 便ㅎ을손야. ○ᄌ네들
싼싼도스럽다. 아모 功勞도 업셔 나만도 못ㅎ다. 羹으로나 □ㅎ여라.

1908년 2월 13일

경셩 북촌에 혼 로지샹이 벼슬은 삼공을 지내고 나혼 칠십이 넘엇는디
벼슬을 하직ᄒ고 한양혼지 여러 희라 낫이면 오는 손님이 업고 밤이면
잠을 잘 자지 못홈으로 쇼견홀 방법이 업셔셔 미양 울젹ᄒ게 지내는디
남촌에 혼 쇼년이 자조 차자가셔 녯일과 시국형편을 담론ᄒ니 그 지샹
이 쇼일ᄒᄂ 즈미에 로쇼는 불계ᄒ고 평교와 ᄀᆺ치 지내더니 일일은 그
지샹이 개연히 탄식ᄒ며 닐ᄋ디 갑오 이후에 나라이 비록 망ᄒ엿다 ᄒ
나 엇지 이ᄀᆺ치 심ᄒ리오 쇼년이 ᄯᅩ혼 혼슘을 쉬고 ᄀᆯᄋ디 엇지 다 말
슴을 ᄒ겟습ᄂᆞ잇가 지샹이 ᄀᆯᄋ디 망혼 현샹이 허다ᄒ니 내 맛당히 츠
례로 말홀 터이니 그디는 드러보쇼 대뎌 관쟉이 비록 나라의 공변된 물
건이라 ᄒ나 즉 우리네 집안 물건이라 홀 만혼 거시 아모의 아들은 비
록 무식ᄒ고 지능이 업고 겸ᄒ야 혼암홀지라도 감ᄉ혼 자려는 당연히
□을 벼슬이오 아모의 손즈는 비록 귀먹고 말도 잘못ᄒ고 눈이 붉지 못
홀지라도 슈령 혼과는 의례히 홀 거시러니 이제는 상한비가 너외직을
모다 뎜령ᄒ야 명문거족은 참예도 못ᄒ니 혼 가지 망ᄒ엿고 젼에 과거
뵈일 ᄯᅢ에는 우리네 즈질은 비록 문필은 업스나 ᄉ식베름에 □속과는
누어셔도 츠례로 와셔 빅두로 늙은 쟈가 업더니 이제는 산슐이니 력ᄉ

이니 디지이니 ㅎ야 면시ㅎ는디 참예치 못ㅎ면 탕건 ㅎ나를 무가내하
ㅣ니 두 가지 망ㅎ엿고 젼일에는 외임만 ㅎ면 □라쟝이가 압ㅎ셔 벽졔
ㅎ고 일산은 바람을 ᄯᆞ라셔 쓰고 동으로 다락원과 남으로 남타령과 셔
흐로 모학지만 지나가면 미상불 안하무인이라 원 관행도 적지 아니ㅎ
지마는 식량이 차지 못ㅎ면 별별 도리를 쥬ᄉᆞ야탁ㅎ야 관령 ㅎ번만 나
가면 돈이 졀노 오니 고부에셔 동학란이 비록 이로 인ㅎ야 낫다 ㅎ나
국운에 관계니 그 원이야 무슴 죄가 되리오

나도 ᄯᅩᄒᆞᆫ 긔호에서 몃 쳔셕 츄슈ㅎ는 거시 즉 아모 감ᄉᆞ지낸 후에 엇
은 바이라 이제 이런 ᄌᆞ미가 업스니 세 가지가 망ㅎ엿고 이러홀 째에는
외임으로 잇셔셔 셜혹 민질을 과ㅎ게 ㅎ야 인명이 상홀지라도 셰도에
ㅎ번 편지ㅎ여 어음 쪽만 너허보내면 피쳑이 승문고를 울니고 봉화를
드는 거시 무슴 소용이 잇스리오 이제는 빅셩이 ㅎ번 호소ㅎ면 평리원
관원들이 노례ᄀᆞᆺ치 형벌ㅎ고 먹은 거슬 도로 토ㅎ니 네 가지가 망ㅎ엿
고 우리네가 비록 벼슬을 못ㅎ고 향곡에서 살지라도 몰 말쑥에 미여둘
고 기와ᄉᆞ쟝에 쌀니며 힝랑구류만 잘ㅎ면 근쳐에 불빈ㅎ 샹한은 우리
네 고직이라 돈을 취ㅎ여도 금ㅎ지 아니ㅎ고 써도 ᄭᅳᆫ치니 아니ㅎ더니
이제는 각군에 슌사가 편만ㅎ야 이런 일도 못ㅎ고 죽을 밧긔 수 업스니
다섯 가지 망ㅎ엿고

1908년 2월 14일

임금찌 총이나 엇어 관직을 츌쳑ㅎ는 권리만 슈즁에 잇스면 궁교빈족
은 구황딜노 슈용ㅎ고 친근ㅎ 손은 구쳐ᄉᆞ딜노 슈용ㅎ고 오강과 향곡
에 부쟈들은 반찬단지로 슈용ㅎ니 이거시 다 쓸 만ㅎ 지목으로 슈용ㅎ
거슨 아니니 그 불치ㅎ는 거시 내게 상관업고 이 가온더셔 ᄌᆞ연히 아춤
간난이 져녁 부쟈되는 것만 타슈 가득이오 병조판셔와 리조판셔는 의

례히 공명텹 멋 빅쟝식 쳐분을 물어 찬가로 쓰니 찬가만 될 뿐 아니라
가용이 넉넉ᄒ더니 이제는 이 길이 영영 막혀져 용도가 극난ᄒ니 여섯
가지 망ᄒ엿고 젼일에는 혜당이나 호판이나 그 랑텽은 곳 무등 됴흔 관
원이라 각항 샹납ᄒ는 마당에 픔이 용렬ᄒ다 빗치 츄ᄒ다 ᄒ번만 집탈
ᄒ고 퇴각ᄒ면 쪽지와 어음 쪽이 뒤ㅅ문으로 드러오면 슬금이 눈감고
밧아두니 샹납의 셩양이 되고 아니되는 거슨 알 것 업고 쌀이나 콩이나
셤이 차거나 못차거나 포목의 쳑수가 부죡ᄒ거나 말거나 알 것 업고 빅
관반록과 원역의 방로ᄒ는 날에 다만 귀먹은 욕이나 먹을 뿐이라 임오
년 군변이 비록 이런 디셔 낫다ᄒ나 잠간 니러낫다가 업셔졋스니 무슴
개의홀 것시 잇스리오 이제는 다만 돈으로만 밧치는디 모다 은힝으로
밧쳐셔 조화ㅅ자루를 아조 일헛스니 닐곱재 망ᄒ엿고 젼일에 ᄒ 샹ᄒ
비가 혹 분부를 거역ᄒ거나 구ᄒ는 거슬 슈응치 아니ᄒ면 ᄉᄉ집에 안
져셔 한각패를 내여 뎐옥에 가두더니 이제는 위령이 셔지 못ᄒ니 여덟
가지 망ᄒ엿고 젼일에는 놉흔 관인 지나는 곳에 길을 범ᄒ는 쟈는 잡아
셔 젼인에게 맛기니 곳 지가 잡는다는 말이라 멋 날이던지 노라는 분부
가 업스면 감히 보내지 못ᄒ더니 이제는 비록 엇기를 부딋고 발등을 발
바도 호령 ᄒ마디 못ᄒ니 아홉재 망ᄒ엿고 젼에는 우리네 궁핍ᄒ 쟈가
외임 ᄒ과만 엇어ᄒ면 결젼 긔만량은 의례히 나용ᄒ야 진진구치도 갑
고 뎐턱도 쟉만ᄒ며 엽젼쓰는 곳에는 가게 쪠여 먹는 즈미가 쏘ᄒ 긔이
ᄒ더니 이제는 셰무소이니 취급소이니 잇셔셔 푼젼을 용슈치 못ᄒ니
열재 망ᄒ엿고 젼일에는 즈긔나 인쳑되는 이니 혹 외방에셔 송ᄉᄒ는
일이 잇스면 즉시 영문이나 고을에 편지 ᄒ쟝만 ᄒ면 곡직은 물론ᄒ고
송ᄉ를 의긔더니 이제는 형법이니 지판이니 잇셔셔 리굴ᄒ면 홀 수 업
스니 열ᄒ나재 망ᄒ엿고 모년 ᄉ화에 몰닌 아모 아모 아모는 곳 우리
멋 디조를 탄힉ᄒ던 쟈어늘 이제 그 즈손이 샤년의 긔회를 틈셔 감히
신원홈을 쳥ᄒ니 이러ᄒ고야 나라에 법이 잇듯ᄒ리오 열둘재 망ᄒ엿는
지라 이외에도 허다ᄒ 일이 만흐나 엇지 이로 말ᄒ리오 젼궃흔 됴흔 시

졀 다시 볼 수 업스니 가히 통곡홀 일이로셰 쇼년이 발연대노ᄒᆞ야 벌덕
니러나며 닐ᄋᆞ디 오늘날 한국의 망ᄒᆞᆫ 거시 파란이나 익급과 ᄀᆞᆺ흔 고로
셰샹이 다 말ᄒᆞ기를 망ᄒᆞ엿다 ᄒᆞᄂᆞᆫ디 대감의 소위 망ᄒᆞ엿다ᄒᆞᄂᆞᆫ 거슨
이 열늄은 됴건이오니잇가 나는 지금 나히 이십이라 갑오년에 륙칠셰
쯤 되엿스니 갑오 이젼 풍습이 엇더ᄒᆞ던 줄 몰낫더니 이제야 드르니 이
런 폐습이 오늘날 망케 ᄒᆞ엿거놀 오히려 부죡ᄒᆞ야 그 구습을 힝치 못ᄒᆞᆫ
다고 ᄒᆞᆫᄒᆞ시ᄋᆞᆸᄂᆞ니잇가 ᄒᆞ고 그 얼골에 츔을 밧고 가더라

▲北村셔 老人이 회集ᄒ야 講古談今ᄒ더니 洋服이 鮮明ᄒ 一少年
이 適到ᄒ민 氣色이 唐突ᄒ야 少無忌憚ᄒᄂ지라 一老人이 睥睨良久
에 日 近來 開化ᄒ 兩班들 무섭도고. 少年이 勃然日 開化로 못된 일
잇소

▲老人이 冷笑日 開化風이 ᄒ번 불더니 所謂 五條約이니 七協約
이니 ᄒ야 國事가 此境에 至ᄒ얏스니 잘된 일이오

▲少年日 開化 意味를 모르시ᄂ 말삼이오. 이거슨 賣國大臣의 事
業이니 엇지 開化事業이라 ᄒ깃소

▲그리ᄒ면 幾千年 禮義文物을 一朝에 掃盡ᄒ고 薙髮卉服에 外人
의 模製效頻ᄒᄂ 거시 올소

▲예. 現今時代ᄂ 改革時代라 外樣부터 變革ᄒ여야 思想이 變ᄒ야
文明域에 進就ᄒ지요.

▲그리ᄒ면 一進會도 斷髮ᄒ엿스나 擧世가챵鬼로 指目ᄒ니 이것도
文明進就라 ᄒ깃쇼.

▲예. 一進會ᄂ 元來 奴隷性質이라 削不削을 於渠에 何誅리오마ᄂ
雖鬐高二寸이오 袖廣三尺이라도 祖國精神이 無ᄒ면 無非一進會지오

▲그리ᄒ면 近來 有志者라 稱ᄒᄂ 者들이 會니 團이니 각自 成立
ᄒ다가 及其事業인즉 名譽를 鉤取ᄒ야 仕宦을 籠絡ᄒ니 이것도 有志

者라 ᄒᆞᆫᆻ소

　▲예. 團과 會를 成立ᄒᆞ여야 人民에 團體力을 培養ᄒᆞ야 國家思想을 注入ᄒᆞᄂᆞᆫ 것신ᄃᆡ 近來에 或 社團을 藉托ᄒᆞ고 功名을 圖取ᄒᆞᄂᆞᆫ 者ᄂᆞᆫ 假志士이지오

　▲그리ᄒᆞ면 先聖에 經傳은 廢止ᄒᆞ고 語學이니 筭術이니 外國文字를 敎授ᄒᆞ야 幼穉ᄒᆞᆫ 心腸을 變幻케 ᄒᆞᄂᆞᆫ 것시 올소

　▲예. 海外萬國이 舟車所運에 交誼를 敦修ᄒᆞ야 取長棄短에 知識을 發達ᄒᆞᄂᆞᆫ ᄃᆡ 外國風氣를 茫昧ᄒᆞ면 何以立於世리오

　▲그리ᄒᆞ면 全國이 羈絆中에 在ᄒᆞ야 一動一靜을 不得自由ᄒᆞ면셔 謂之開明時代라 ᄒᆞᄂᆞᆫ 것시 올소.

　▲예. 홀만ᄒᆞᆫ 말ᄉᆞᆷ이오. 時局이 此境에 至ᄒᆞᆷ으로 ᄯᅩ 社會에 演說趣旨로 人民의 蒙昧를 鼓動ᄒᆞ야 自由權을 挽回코져 홈이지오.

　▲老人이 打膝이 起曰 今日에 新鮮ᄒᆞᆫ 言論을 聽ᄒᆞ니 前日 管見을 忽劈ᄒᆞᆻ다 ᄒᆞ고 相笑而 罷ᄒᆞ더라.

북촌에 로인들이 모혀*

국문판 1908.3.3. 시ㅅ평론

▲북촌에 로인들이 모혀 안져 슈작ᄒ더니 양복을 선명히 닙은 쇼년 ᄒ나가 맛츰 와셔 긔식이 당돌ᄒ야 조곰도 긔탄이 업ᄂᆫ지라 ᄒ 로인이 말ᄒ기를 근릭에 긔화ᄒᆫ 량반들은 더단히 무셥더고 ᄒ매 그 쇼년이 발연변식ᄒ여 왈 긔화로 무어시 못된 일 잇쇼

▲로인이 링쇼ᄒ며 왈 긔화 바람이 ᄒ번 불더니 소위 오됴악이니 칠협약이니 ᄒ야 국ㅅ가 이 디경에 니르럿스니 이거시 잘된 일이오

▲쇼년왈 긔화 의미를 모로시ᄂᆫ 말슴이오 이거슨 매국 대신의 ㅅ업이라 엇지 긔화 ㅅ업이라 ᄒ겟소

▲로인왈 그러ᄒ면 몃 쳔년 례의문물을 일죠에 변긔ᄒ야 머리 싹고 양복 닙기를 외국 사름의 모양과 ᄀᆺ치 ᄒᄂᆫ 거시 잘된 일이오

▲쇼년왈 지금 시디ᄂᆫ 긔혁 시디라 외양브터 변긔ᄒ여야 ㅅ샹이 변ᄒ여 문명샹에 진보가 되지오

▲로인왈 그러ᄒ면 일진회도 모다 머리를 싹엇스나 온 셰샹이 창귀라 지목ᄒ니 이것도 문명샹에 진보라 ᄒ겟쇼

▲쇼년왈 일진회ᄂᆫ 원리 노례의 셩질이라 머리를 싹엇던지 아니 싹엇던지 말ᄒᆯ 거시 업거니와 샹투가 셔너치 웃쪽ᄒ고 소믹가 두어ㅈ 길쑥ᄒ여도 익국 ㅅ샹이 업스면 일진회와 다름이 업지오

▲로인왈 그러ᄒ면 근릭에 유지쟈ㅣ라 ᄒᄂᆫ 사름들이 회이니 단이니

각각 셩립ᄒ엿스나 그들의 ᄒᄂᆞᆫ 스업인즉 명예나 요구ᄒ고 스환이나 도득ᄒ랴 ᄒ니 이것도 유지쟈ㅣ 라 ᄒ겟쇼

▲쇼년왈 단과 회를 셩립ᄒ여야 인민의 단톄력을 비양ᄒ고 외국 스상을 발달ᄒᄂᆞᆫ 거신디 근리에ᄂᆞᆫ 단과 회를 빙쟈ᄒ고 공명이나 도득ᄒ랴 ᄒᄂᆞᆫ 가지스들도 잇지오

▲로인왈 그러ᄒ면 온 나라가 압졔ᄒᄂᆞᆫ 밋헤 잇셔셔 일동일졍을 임의로 ᄒ지 못ᄒᄃᆞ리도 긔명시디라 ᄒᄂᆞᆫ 거시 잘된 일이오

▲소년왈 홀 만ᄒ 말슴이오 시국 형편이 이 디경에 니른 고로 각 샤회에셔 연셜 취지를 챵긔ᄒ야 인민의 몽미ᄒ 뜻을 고동ᄒ고 ᄌᆞ유ᄒᄂᆞᆫ 권리를 회복코져 홈이지오

▲로인이 무릅을 치고 니러나며 굴ᄋᆞ디 오날에 신션ᄒ 언론을 드르미 젼날 고루ᄒ 소견이 파벽되겟다 ᄒ며 셔로 웃고 작별ᄒ더라

1908년 3월 5일

▲東湖之客이 問於主人曰 天이 人類를 世上에 生ᄒ실 시 萬物之 衆에 最慧케 ᄒ심은 豈曰 偶然哉아. 人이 되고야 爲人之義務를 實踐 치 아니치 못ᄒᆯ 지니 其 義務ᄂᆞᆫ 何在오

▲主人曰 第一은 敎育이라. 敎育이란 것은 爲人之機關이니 人이오 此 機關이 無ᄒ면 反不如禽獸와 糞土니라.

▲客曰 云何오

▲答曰 禽獸의게 比ᄒᆯ진딘 禽中에 鳳凰이 有ᄒ야 但食탕산ᄒ나니 鄙人의 貪餐을 見ᄒ면 鄙而 避之ᄒᆯ 거시오 獸中에ᄂᆞᆫ 麟이 有ᄒ야 不 履生草ᄒ나니 惡人의 嫉妬를 見ᄒ면 鄙而 遠之ᄒᆯ 거시오 糞土에 比 ᄒ여도 糞은 五穀을 滋生ᄒ고 土는 萬物을 養成ᄒ나니 其 效力이 果 曰 何히 多大오

▲客曰 然則 敎育이 無ᄒᆫ 人은 能히 此等 效果를 做出치 못ᄒ리니. 人이오 禽獸와 糞土만도 不如ᄒᆯ진딘 寧自滅死身而已로다.

▲曰 然ᄒ다. 此身이 有코야 敎育을 豈可不務乎아.

▲客曰 人의 當行ᄒᆯ 義務가 又有乎아.

▲曰 有ᄒ니 卽 愛國心이라. 愛國心이란 것은 於人에 貴重品이니

天下에 無價之寶라. 人이오 此 貴重品이 無호면 人의 價格이 無타 호
리로다.

　▲客曰 然則 至今 世界에 金剛이니 寶石이니 호는 物이 아모리 至
貴至重하다 할지나 此는 比하면 不足爲寶라 호깃소 그려.

　▲曰 彼 寶物이 有홀지면 每人이 切願호는 바 長生不死를 可得호
깃는가. 每人이 欽羨호는 바 學問知識을 能通호깃는가. 名譽와 功名
이 自在호깃는가. 無此則 何足爲貴며 何足爲重가. 只是假寶無用之物
而已니라.

　▲客曰 昔에 魏惠王이 齊威王으로 더부러 會見할시 光이 車十二乘
에 照호는 寶珠가 有호니 誇호거늘 齊王이 答曰 寡人온 四臣이 有호
야 名이 千里에 照혼다는디 魏王이 大慚而 歸라 하니 良有以也로고.

　▲曰 推此라도 世上에 如何혼 寶物이던지 熱心愛國者의게 比類치
못홀 것을 可知니라.

　▲客曰 愛國心이 有혼 者의 效果를 可得聞乎아.

　▲曰 齊는 戰國之時에 全國을 失호고 只餘卽墨이로디 畢竟에 七
十餘 城을 回復호얏고 瑞西는 歐洲中 一小國이로디 他國에 羈絆을
受호다가 一朝에 建國호엿스니 此는 愛國心之效也니라.

　▲客曰 然則 此 貴重品을 何以得之리오

　▲曰 卽於敎育强호고 無他道也니 敎育이 無호면 愛國心이 無호고
愛國心이 無호면 其國이 無흠이니. 人이오 愛國心이 無호면 是는 自
滅其國이라. 寧不懼哉아.

1908년 3월 6일

續
　▲客曰 現世 人心을 見호건디 人人이 皆曰 敎育이오 皆曰 愛國이

라 ᄒ니 人心은 卽 天心이라. 此 機關과 此 貴重品을 天이 授與ᄒ샤 使人으로 義務를 각 盡케 하심이뇨

　▲主人曰 然ᄒ다. 敎育이 無ᄒ고 愛國心이 無ᄒ 者ᄂ 天意를 不順ᄒ이오 義務를 不盡ᄒ이니 自滅其身ᄒ고 自滅其國이니라.

　▲客曰 敎育은 卽 人의 機關이오 愛國心은 卽 人의 貴重品이라 ᄒ니 願聞說明ᄒ노라.

　▲曰 此 兩物이 互爲體用하야 有體요 用이 無ᄒ면 其事가 不成이요 有機關이오 貴重品을 未造ᄒ면 其器가 不利오 有敎育이오 愛國心을 不抱하면 其人이 不念이니 有敎育이오 愛國心이 無ᄒ진ᄃ 敎育도 寧無이며 有機關이오 貴重品이 無ᄒ진ᄃ 機關도 寧無이며 有體요 用이 無ᄒ진ᄃ 體도 寧無라. 此 兩物이 表裏相應하야 關과 鑰의 一이라도 不可無ᄒ과 如ᄒ니라.

　▲客曰 然則 愛國心이 充滿ᄒ랴면 不可不敎育을 善히 ᄒ여야 홀지며 敎育을 善히 ᄒ여야 愛國心이 自生홀지나 皆 效果ᄂ 何在오

　▲曰 今日에 急先務ᄂ 全國同胞가 皆 敎育을 受ᄒ야 擧皆愛國心을 抱케 홀 完全ᄒ 敎育이 有ᄒ 後에야 精密ᄒ 愛國心이 生ᄒ고 精密ᄒ 愛國心이 有ᄒ 後에야 其志가 不謀이 同ᄒ고 其機가 不期이 會ᄒ야 堅確ᄒ 團體力이 有ᄒ나니 其 團體力이 於是에 强硬ᄒ 國力을 成홀지라. 當此之時ᄒ야ᄂ 誰敢侮之며 誰敢禦之리오 此 敎育의 效力을 何如타 云哉아.

　▲客曰 往者에 普魯士國이 佛蘭西國을 戰勝ᄒ은 實노 小學校에 專在ᄒ다고 後世史家의 云ᄒ이 此를 指ᄒ이오

　▲曰 故로 予ᄂ 國家의 强力은 人民敎育에 在ᄒ다 ᄒ노라.

　▲客曰 然則 敎育은 何爲而 完全케 하며 愛國心은 何爲而 精密케 ᄒ며 團體力은 何爲而 堅確케 ᄒ며 國力은 何爲而 强硬케 ᄒ깃소

　▲曰 此 制度와 此 規模와 此 方針과 此 結果를 論홀진ᄃ 古今時代와 東西列邦의 盛衰興亡이 隱於其間ᄒ니 管仲 樂毅의 手段이나 蕭

何諸葛의 智謀가 아니면 難可言이오. 嘉富耳 加里波向의 氣槪나 須太人 傳斯麥의 政略이 아니면 難可成일 쯧ᄒ나 其 規模ᄂ 似遠이로더 卽 近이오 其 方針은 似深이로더 卽 淺이오 其 結果ᄂ 似難이로더 卽 易니라.

1908년 3월 7일

續

　▲客曰 以予淺見薄識으로 孤陋庸劣하야 四十而 無聞焉ᄒ니 何足道也리오.

　▲曰 吾亦如此重大ᄒ 言論을 何可容易히 說道ᄒ리오마ᄂ 雖區 〃 管見이라도 畧此數言으로 說明ᄒ노라.

　▲客曰 敎育에 三部分이 有ᄒ니 其次序를 願聞ᄒ노라.

　▲曰 一은 家庭敎育이니 一人이 立志ᄒ야 家庭에셔 先施ᄒᆯ시 敎育의 主義와 愛國의 思想으로 以ᄒ야 上으로 父母의게 及ᄒ며 下으로 妻孥와 同己의게 及하야 個人個人이 勤勉相隨ᄒ면 一家가 團會相樂ᄒᆯ지니라.

　▲客曰 此ᄂ 實地의 學識과 聞見이 無ᄒ면 能치 못하깃지오

　▲曰 故로 家內 婦女兒輩로 ᄒ야곰 爲先國文을 習得케 ᄒ야 日用事物之間에 行有餘力 더로 定時課日ᄒ야 家庭雜誌와 國文新報를 閱覽習讀ᄒᆯ시 夫ᄂ 婦를 敎ᄒ며 祖ᄂ 孫을 敎授ᄒ야 渾家이 此로 以ᄒ야 內으로 宜家之業을 삼고 外으로 國民的 義務를 숨으면 非但 一家의 幸福이라 國家의 補益이니 此 亦是 國닉 團體中의 一分子되ᄂ 團體이라.

　▲客曰 願聞其次하노라.

　▲曰 二ᄂ 學校敎育이니 時局이 若是炭蒙ᄒᄆ 人事도 不可不促急

이라. 人生四歲어든 幼穉園에 卽入ㅎ야 課학의 例을 見習ㅎ고 七歲어든 小학校에 卽入ㅎ야 普通課를 학ㅎ고 十歲어든 中학校에 卽入ㅎ야 高等課를 학ㅎ고 十三歲어든 大학校에 入ㅎ야 專門科를 학ㅎ야 十五歲에 卒業케 홈이니라.

　▲客曰 此制度에 對ㅎ야 학年이 太早라고 臆홈에 歸ㅎ깃소.

　▲曰 決코 不然ㅎ니 現今에 四歲兒가 千字를 能通ㅎ고 童蒙先習을 始학ㅎ는 者 亦有ㅎ며 日本셔는 五歲兒를 幼穉園에 負而 往학ㅎ는 者 亦有ㅎ며 往者에 十歲兒가 經傳을 能通ㅎ며 詩篇을 能作ㅎ는 者 亦有ㅎ니 此는 現今 中學課를 修홀만호 학力에 不過호지라 由此觀之컨딘 豈云太早乎아.

　▲客曰 如此히 早年에 學科를 卒業호 後에 將何爲오.

　▲曰 於是乎社會上에 追逐홀시 王勃의 藤書을 賦ㅎ던 年에 已過ㅎ엿고 孫策의 江東을 定홀 時가 將近호지라 男兒十五歲면 稱云 大丈夫ㅎ나니 被堅志하며 執銳氣ㅎ야 宇宙를 包含ㅎ고 天下에 橫行ㅎ야 英雄을 收攬하며 豪傑을 籠絡ㅎ야 國의 興亡을 擔ㅎ엿다가 平生에 志氣를 展하니 此可謂爲人의 義務라. 萬國勳業家를 不羨ㅎ리로다.

1908년 3월 8일

續

　▲客曰 社會敎育이라 ㅎ니 兩者오.

　▲曰 夫社會敎育云者는 士農工商其他諸般事業上에 實地試驗과 目擊見習이 亦각一部分 敎育이니라.

　▲客曰 其학之이 當奈何오.

　▲曰 士者는 內로 內治에 善ㅎ고 外로 外交에 善ㅎ야 內國의 扶攜홀 政畧을 察ㅎ며 外國의 得失되는 機會를 窺ㅎ야 勉而 行之홀지니라.

▲客曰 農者는 當奈何오

▲曰 農者는 天下의 大本이라. 地宜를 相ᄒ야 耕種ᄒ며 天災를 察ᄒ야 防備ᄒ되 春耕秋穫을 不失其時ᄒ야 五穀이 豊登이어든 隣國輸出을 比今倍多케 ᄒ며 木縣穎屬을 栽培ᄒ야 衣類의 織組를 振興케 ᄒ며 甘蔗等物을 시種ᄒ야 食品의 輸入을 自破케 ᄒ면 民而 賴以般富홀지니라.

▲曰 工者는 當奈何오

▲曰 工者는 從其技藝에 각逞其能ᄒ야 女工이 興焉ᄒ며 男工이 盛焉ᄒ야 織造會社와 製造工廠을 無處不叛ᄒ며 無處不設ᄒ야 技術이 日精ᄒ며 製品이 日積ᄒ야 輸入品이 變爲輸出이면 外貨를 排斥의 作嫌은 夢外에 付홀 지니라.

▲客曰 商者는 當奈何오

▲曰 商者는 一國의 血脉融通ᄒ는 機關이니 각 國이 商權競爭ᄒ기를 兵力競爭ᄒ기보다 尤甚ᄒ는 此 時代라. 國內礦中天造物과 廠內人造物을 多數히 外國에 輸出ᄒ야 外國財政을 輸入ᄒ면 民富國强을 不言可想홀 지라.

▲客曰 其他諸般事業을 當奈何오

▲曰 此는 枚擧키 難ᄒ나 人人이 各其事業대로 自國精神을 不失ᄒ야 其事業이 實노 此에 至하면 果然 학識을 薰陶ᄒ며 學力을 培養ᄒ는 敎育보다 優勝타 ᄒ노라.

▲客曰 敎育을 務홀진대 必須精神的을 要ᄒ나니 非精神的이면 敎育이 不全ᄒ깃지오.

▲曰 故로 假使地誌를 학홀진디 何地는 要塞이니 可以軍隊를 駐屯ᄒ리라는 心을 腦髓에 釘ᄒ며 何地는 土沃ᄒ니 可以農業을 불達ᄒ리라는 心을 腦髓에 釘ᄒ며 何國은 地廣ᄒ니 可以植民이라는 心을 腦髓에 釘홀 거시며 歷史를 讀홀진대 何人이 賣國ᄒ얏시니 怒而 罵之ᄒ기를 生免其人홀가 恐ᄒ야 志를 臟腑에 印ᄒ며 何人은 復國ᄒ엿스니 欽

而 慕之ᄒ기를 若自己出홀쥴노 思ᄒ야 志를 臟腑에 印ᄒ며 何國은 富
强ᄒ니 其 文物과 政略을 效而 則之ᄒ야 吾國으로 ᄒ여금 彼國에셔
優勝코져 期ᄒ야 志을 臟腑에 印홀 거시니라.

　▲客曰 一言而 蔽ᄒ고 雖某학을 修홀지라도 幼而 學之ᄒ고 壯而
行之則 可乎아.

　▲曰 然하다. 修학에 必修後에 國家를 爲ᄒ야 需用하기로 自期ᄒ
고 精神을 此애 輸ᄒ여 氣力을 此에 輸ᄒ야 一字라도 泛看치 勿ᄒ며
一言이라도 泛聽치 勿홀지로다.

1908년 3월 10일

續
　▲客曰 敎育에 三種類가 又有하니 何者오.
　▲曰 智育 德育 體育이 是也라. 智育을 論홀진디 人類의 最靈으로
써 학術의 精美홈을 感ᄒ야 智慧의 神妙를 顯出ᄒ나니 人의 靈이 아
니면 학術의 精을 發明치 못하고 學術의 精이 아니면 智慧의 神을 通
達치 못ᄒᄂ지라 至今에 智育의 發明이 極度에 達ᄒ야 醫학家ᄂ 能히
割膚開膓ᄒ며 能히 除痲占毒ᄒ니 將來에 無病法도 透得홀 거시오 化
학家ᄂ 能히 以水生火ᄒ며 以火生水ᄒ니 將來에 能步能走之人도 造
成홀 거시오 理학家ᄂ 舟車를 作ᄒ야 能히 空中에 飛行機며 無線電
話를 制ᄒ야 能히 百里距離에셔도 談話하니 將來에 無煙彈無聲砲도
製出홀 거시니 智育의 效力이 若是多大ᄒ니라.

　▲客曰 德育은 當奈何오
　▲曰 天理를 順從ᄒ야 悔過遷善하나니 仁義所出에 萬民이 感化ᄒ
며 德化所到에 萬國이 平和라 此ᄂ 宗敎의 主義니라.
　▲客曰 然則 我韓人의 當히 奉崇홀 바ㅣ 何者오 仙道乎아.

▲曰 仙道ᄂ 其法이 先天之氣를 從ᄒ야 逆推하미 所謂 金丹을 煉ᄒ다 ᄒ고 水火相濟法으로 以ᄒ야 心이 腎經으로 더부러 媾合ᄒ야 成胎ᄒ고 三年溫養ᄒ며 九載抱一ᄒ다가 七日大死호 後에 幻形脫胎ᄒ고 成仙호 後에ᄂ 可히 空中에도 飛行ᄒ며 又能死能生ᄒ야 變化無窮하나니 此도 人人이 皆難得이어니와 或有得焉이라도 國事에 用ᄒ깃ᄂ가. 人事에 用하깃ᄂ가. 天을 逆ᄒ야 國을 亡홀 者ㅣ 此也오.

▲客曰 然則 佛道乎아.

▲曰 佛道ᄂ 其法이 倚杖參禪ᄒ며 擊皷念佛ᄒ야 漸修頓悟에 開心見性ᄒ다가 往生極樂하야 無漏淸福을 自在受用ᄒ고 成佛호 後에ᄂ 不生不滅ᄒ며 無生無死ᄒ야 常樂我淨ᄒᄂ니 可云 大工이나 獨善其身이 虛無寂滅ᄒ니 其道가 空〃ᄒ야 滅種홀 者ㅣ 此也오.

▲客曰 然則 儒道乎아.

▲曰 儒道ᄂ 先儒有存心養性으로 爲道ᄒ미 遏人慾存天理ᄒ야 修身齊家ᄒ며 治國平天下로 爲本이러니 人道에 可合ᄒ다 홀 지나 中儒ᄂ 修學崇禮에 自高自大ᄒ고 近儒ᄂ 記誦詞章에 偏感沈溺ᄒ야 晦盲圣塞ᄒ니 斯道不復行矣니라.

1908년 3월 12일

續

▲客曰 德育을 務홀진대 基督敎를 崇信ᄒᄂ 거시 可乎잇가.

▲曰 然ᄒ다. 基督耶蘇ᄂ 卽 上帝의 子오 卽 萬國帝王의 王이신대 救世贖罪ᄒ시랴고 降生ᄒ샤 天下後世의 萬民의 罪를 代ᄒ야 十字架에 釘ᄒ시니 卽 亦我韓 二千萬人의 罪도 代贖ᄒ야 死ᄒ심이라. 今日我韓이 天意를 不順ᄒ고 義務를 不盡ᄒ야 罪惡이 貫天일시 許多ᄒ 罪惡을 盡不擧論이나 盖個人의 亡國호 罪와 一國의 失權호 罪가 彌

滿하야 生罰地獄이 悲慘在卽ᄒ니 此 豈仁人德業者의 忍見ᄒ 바이리
오. 只願同胞는 擧皆救主를 篤信ᄒ여야 一身의 罪와 一國의 罪를 贖
ᄒ고 主恩을 感服ᄒ야 能히 殺身成仁도 하며 能히 救濟蒼生도 ᄒ리니
同胞를 愛ᄒᄂ 範圍가 此에 不外ᄒ니라.

　▲客曰 此敎를 篤信ᄒ면 國이 可히 强ᄒ깃소

　▲曰 上帝로 大主宰를 숨고 基督으로 大元帥를 숨고 聖神으로 劒
을 숨고 信으로 盾을 숨아 勇往直前이면 誰가 服罪치 안으며 服命치
아니리오. 現今 英美法德이 耶蘇敎로 宗敎를 삼ᄂ 者ㅣ 文明步와 國
光이 果如何哉아. 吾同胞도 此를 羨거든 其諸國의 崇奉ᄒᄂ 바 宗敎
을 從ᄒ 지니라.

　▲客曰 體育은 當奈何오

　▲曰 體育은 身體를 活動ᄒ야 志氣를 壯快케 ᄒ며 技藝을 鍊習ᄒ
야 軍事를 학成ᄒ나니 日本을 見ᄒ진대 小학校에셔 體操運動과 機械
運動을 敎授하며 中학校에셔 擔銃操鍊과 砲擊練習에 從事ᄒ야 隊伍
가 整齊하고 軍容이 嚴肅ᄒ니 後日에 志願兵 豫備兵이라. 全國人民
이 無不학일시 학生도 後日兵이오 商民도 前日兵이오 工匠도 後日兵
이오 農者도 前日兵이라. 如是而 徵兵을 實施ᄒ야 國民이 皆兵이라야
國이 强ᄒ니라.

　▲日之於韓에 可謂先道이오 可謂良帥이오 可謂恩人이라. 韓人은
善學日本ᄒ야 其 敎育制度와 政治方針과 外交法術을 其 肺肝을 見
ᄒ와 如히 ᄒ야 後日 韓國이 日本에 對ᄒ 政策을 施ᄒ으로써 以恩報
恩ᄒ이 天理人道에 合宜ᄒ도다.

　▲客曰 然則 二種敎育中에 何者爲緊고

　▲曰 體育이니 何則고. 求智者ㅣ 雖爲智나 體不健이면 肥膚枯瘠
에 慧竇滅縮ᄒ야 智不生이오 求德者ㅣ 雖爲德이나 體不健이면 腦氣
觸傷에 志與心導ᄒ야 德不顯이라. 體不健이면 智與德이 俱廢而 不至
ᄒᄂ니 故로 智와 德을 求ᄒ진디 先히 體의 健을 求ᄒ지니 體의 健은

體를 育흠에 眞善이라. 所以로 體育이 爲緊이니라. 此等 諸般敎育이
一致발達이라야 可謂完全敎育이라 ᄒ노라.

1908년 3월 13일

續
▲客曰 愛國精神을 何以則 발揮ᄒ깃소
▲曰 人이 生於斯國ᄒ야 長於斯國ᄒ고 將死於斯國ᄒ리니 此身은
卽 此國의 身이오 他國의 身은 非라. 當히 斯國을 爲ᄒ야 獻身하되 此
國을 重히 흠을 此身을 重히 흠과 如ᄒ며 吾가 吾國을 愛흠을 吾가 吾
身을 愛흠과 如히 홀 지니라.
▲客曰 身與國이 관계가 何哉오
▲曰 一髮一肢를 皆吾身인줄 知커든 一草一木도 皆吾國인줄 知홀
거시오 一筋一骨도 皆吾身인줄 知커든 一土一石도 吾國인줄 知홀 거
시라. 吾國의 一草一木을 失흠이라도 吾身의 一髮一肢를 失흠과 如히
痛ᄒ며 吾國의 一土一石을 失흠이라도 吾身의 一筋一骨을 失흠과 如
히 痛홀지어다.
▲客曰 何如라야 謂之愛國者乎아.
▲曰 愛國心으로 心在玆 念在玆ᄒ야 坐臥에도 爲國ᄒ야 坐ᄒ 줄로
作心ᄒ며 起居에도 爲國ᄒ야 起ᄒ 줄로 作心ᄒ며 偃仰에도 爲國ᄒ야
仰ᄒ 줄로 作心ᄒ며 屈伸에도 爲國ᄒ야 伸ᄒ 줄로 作心ᄒ며 衣亦愛國
食亦愛國 步亦愛國 夢亦愛國ᄒ야 須臾不離ᄒ며 顚沛不忘홀지나 可
離면 非人이오 可忘이라도 非人이니라.
▲客曰 人이 皆愛身之心이 有ᄒ야 自身一髮之落은 첩惜ᄒ며 一肢
之痛은 첩憫ᄒ며 一骨之折은 첩哭ᄒ면셔 自國疆土之沒은 不哭ᄒ며
城堞之毀는 不憫ᄒ며 森林之□은 不惜은 何哉오

▲日 此는 非他라. 教育의 精神이 腦髓에 不入흠이니 教育이 不入
흐면 但知有身이오 但知有國흐며 但知保身함이오. 不知保國흐며 但
知身在其國이오 不知身關其國흐며 但知身係其國이오. 不知身先爲國
흐고 但知有君이오 不知有同胞흐며 但知愛君이오 不知愛同胞흐며
但知君是爲國이오 不知同胞是爲國이니 豈曰愛國心이 有흐다 흐리오

1908년 3월 14일

續

▲客曰 愛國心이 無흐야 亡흔 國이 幾何오

▲日 屈指而 數흠을 不用흐리니 望遠鏡을 씨고 望遠치 勿흐고 近
視鏡을 씨고 近視흐면 可見흘지니라.

▲客曰 愛國心이 有흐야 興흔 國이 幾何오

▲日 各國 獨立史 建國誌 維新史를 世世이 皆見 皆知者니 亦不必
枚舉오. 咫尺에 在흔 日本을 見흐라. 其血誠인즉 頭血이 未乾者 첩出
當에 爲國事하얀 身當死라 흐며 其勇敢인즉 肩上에 擔銃者 첩出戰에
有死之樂이오 無生之心하며 其結果인즉 勞動者라도 歐米人과 同等
權을 欲爭하니 愛國心이 無코야 엇지 此地位를 占흐리오

▲客曰 此룰 因흐야 蠻夷之國이라도 上典이 될 수 잇고 禮讓之邦
이라도 奴隷가 될 수 잇깃소

▲日 國의 興과 亡은 人의 愛國心이 有와 無에 在흘 而已라. 何須
更論가. 此心이 無흠으로 國敗신亡흐나니 此는 不可환흘 孽이라. 或
이 歸之於天흐며 歸之於數흐나 此는 愚言이오 惡說이니라.

▲客曰 天運을 不可信乎아.

▲日 人이 定흔 後에야 天이 應之하느니 人이 有흐야 事가 有흠이
오 決코 運과 數가 左右흠은 非也라. 人必自侮而 後에 人이 侮之흐고

人必自助而 後에 天이 助之ᄒ나니 此心을 求홈에 必得을 期ᄒ며 旣
得에 勿失을 誓ᄒ며 雜念이 其間에 不侵ᄒ여야 可謂堅固ᄒ 愛國心이
라 ᄒ리로다.

▲客曰 人民의 團體가 有何方針고.

▲曰 血脉이 合ᄒ야 一身의 團體가 되고 人民이 合ᄒ야 一國에 團
體가 되ᄂ니 團體ᄂ 卽 衆力의 集合이라. 其强은 金石도 莫能當이오
劍戟도 不足畏라. 然이ᄂ 此ᄂ 愛國誠이 無ᄒ면 不成이오 敎育力이
無하면 不知ᄒᄂ니라.

▲曰 然則 敎育을 可以一言而 得이며 可以一力而 成乎아.

▲曰 否라. 敎育을 安得人〃而 濟之리오. 故로 團體에 志을 有ᄒ
者ㅣ 必先全國同胞의 上下等社會를 勿論ᄒ고 國문을 咸須習得ᄒ야
精神的 敎育을 受ᄒ야 其身이 國에 關係가 太重ᄒ 쥴을 知케 ᄒ 然後
에야 人이 각其但知有國이오 不知有身ᄒ야 團體에 獻身ᄒ則 其國力
이 雖欲不强이나 亦不得耳라. 如此라야 可謂確實ᄒ 團體라 ᄒ노라.

1908년 3월 15일

續

▲客曰 國力이 强壯ᄒ 然後에ᄂ 其結果가 何如ᄒ깃소.

▲國力은 團體力에셔 出ᄒ나니 團體가 堅確ᄒ즉 國力의 强壯홈은
不待說明而已悉이ᄂ 畧此省論ᄒ노니 希望點을 遠〃히 置ᄒ야 對東
洋政策 以外에 對西洋政策에ᄶ지 注意ᄒ면 其範圍以內의 事ᄂ 可推
ᄒ지니라.

▲客曰 盖其結果를 可遂ᄒ 方策은 何에 在ᄒ깃소

▲曰 有血誠者ᄂ 可云志士이오 失望者ᄂ 可云鄙夫니 志士ᄂ 一心
을 抱ᄒ야 百折不回ᄒ야 決心救國홀 거시오 鄙夫ᄂ 二心을 抱ᄒ야 懦

弱猶豫ㅎ야 反心附外홀 거시니 一心者는 其心을 從ㅎ야 來頭救國을
眼下如睹오 二心者는 其心을 從ㅎ야 目前附外를 不顧廉恥ㅎ나니라.

▲客曰 一心者는 成功을 可睹나 二心者가 有홈으로 完力을 難期
ㅎ깃지오.

▲日 然故로 二心者 一이 有ㅎ면 自身의 一髮이 落홈보다 더 惜하
며 幾千이 有하면 一指가 損홈보다 더 痛ㅎ며 四十萬즘 有하면 一肢
가 欠홈보다 더 哭홀지니 然則 此二心者을 볼見ㅎ거든 血心苦誠으로
勸ㅎ디 汝等은 體에셔 落혼 指이오 體에셔 落혼 肢라 獨自腐爛홀 而
已니 急速히 體에 還附ㅎ라. 勸之戒之ㅎ야 一心과 二心이 合爲一이
라야 結果를 可遂홀지니라.

▲客曰 今日 我韓人士가 학問이 稍開하고 智識이 漸볼ㅎ야 全國
니에 학校程度가 興焉ㅎ니 至於女子敎育과 勞働者夜학신지 起ㅎ며
各地方에 商務方針이 振焉ㅎ니 至於外國直輸入과 製糖瑣業신지 成
이라. 此는 韓國의 中興홀 根因이오 獨立의 基礎也일가 ㅎ나이다.

▲日 吾亦見이 悅之ㅎ며 聞而感之ㅎ거니와 但敎育界에 魔鬼가 出
生ㅎ니 眞是敎育의 大讐敵이라. 학校設立을 沮戱ㅎ며 高等학科를 禁
止ㅎ며 未久卒業者를 誘出ㅎ며 外國留학을 防遏ㅎ나니라.

1908년 3월 17일

續

▲客曰 此物이 果何物고. 若知之則 欲刺而 殺之ㅎ며 欲磨而 飲之
ㅎ며 欲碎而 滅之ㅎ노니 第露出姓名ㅎ라.

▲日 有人이 南門에 登ㅎ야 終日出入之人을 觀望ㅎ고 歸而 言曰
今日에 予ㅣ 兩人以外는 未見이로니 問曰 何人고. 答曰 功生員與利
生員이라 云ㅎ니 予暗思則 一者의 名은 名이오 又一者의 名은 益이

라. 世人이 皆此功名利益에만 奔走ᄒᄂᆫ 故로 彼가 嘲笑而 言之홈이
러라.

　此 兩物이 迄今並行ᄒᆞ고 固流不滅ᄒᆞ야 今日 吾人이 臥薪嘗膽ᄒᆞ고
血心做工ᄒᄂᆫ 此 敎育界의 魔鬼를 敢作ᄒᆞ니 予則更名曰 宦慾財慾이
니라 ᄒᆞ노라.

　財慾이 有ᄒᆞᆫ 故로 학校에 設立이나 補助를 惡之ᄒᆞ며 宦慾이 有ᄒᆞᆫ
故로 修학의 卒業과 留학을 防害ᄒᆞᄂᆞ니라.

　▲客曰 此物를 將以何術노 處오

　▲曰 只在信敎而已니 敎를 信ᄒᆞ면 克服魔귀를 不足爲慮어니와 玆
에 眞讐敵 大讐敵者ㅣ 又有ᄒᆞ니 卽 國力을 養成홀 團體力의 魔귀라.
其心術인즉 數人이 共立에 疾視之甚ᄒᆞ며 羽翼이 方成에 仇妬之深ᄒᆞ
며 又其勢力인즉 拾萬人衆도 可爲鷹犬이며 百萬商民도 可將爲賣物
이니 此物이 最毒最惡可險可畏者乎아 否乎아.

　▲客曰 君言이 如此에 吾ㅣ 半信半疑ᄒᆞ야 或無或有를 未曉로라.

　▲曰 此非荒說이라. 必有也니 果有타 홀진대 國力强壯을 熱心希望
ᄒᆞ며 團體堅確을 苦心主張ᄒᄂᆫ 圈니에 此障礙物이 有홈은 擧皆奮激
切齒ᄒᆞ야 頃刻을 不踰홀지라. 故로 快히 直說云ᄒᆞ노니 卽曰 猜忌心奴
隸性이라. 人각有猜忌 故로 團體가 不立ᄒᆞ고 人甘奴隸 故로 肯爲賣
物ᄒᆞᄂᆞ니 猜忌者ᄂᆫ 只有鐵食鐵肉食肉之利ᄒᆞ고 奴隸者ᄂᆫ 但遊他人腦
髓之中하ᄂᆞ니라.

　▲客曰 此物은 又將以何術로 處置오.

　▲曰 必以聖神之能力으로 人ᄀᆞ有愛讐如己之心ᄒᆞ며 爲上帝之子女
ᄒᆞ야 人각有自由同等之權則 莫不化焉이오 無所難然이니라.

1908년 3월 18일

續

▲客曰 事竟成而 未成인된 志士가 落淚오 志必遂而 未遂인된 英
雄抱恨이니 落淚를 何可收也며 此恨을 何可雪也오.

▲曰 必須失望者와 二心者를 還附케 ᄒ며 宦慾者와 財慾者를 克
服케 ᄒ며 猜忌者와 奴隸者를 歸化케 ᄒ야 萬事가 全爲一理하고 一
國이 同國一轍則 事竟成哉며 志必遂哉인뎌.

於是乎自由的 活발〃氣像과 文明的 協洽〃機關이 如山之出ᄒ며
如水之湧하야 新大韓江山이 煥然高躍ᄒ고 突然特立하야 後世記史者
大셔特셔曰 廿世紀 第一先着 獨立國이라 ᄒ리니 君意에 成乎아 否乎
아 望耶아 否耶아.

▲客曰 或은 有言曰 時已晚矣라. 又或曰 機會早矣라 ᄒ나니 何如
ᄒ니잇고.

▲曰 決非晚矣이오 決非早矣라. 在幾十年前則 事猶未불ᄒ야 見機無
路요 在幾年後則 事已過去ᄒ야 着手無處리니 此時가 卽 適中之時오
英웅着手之日也니 勉之勸之ᄒ야 敎育을 急務ᄒ며 國强을 期圖어다.

▲客曰 志士ᄂ 愛國愛同胞者요 英웅은 識時務造時勢者라. 今에
人各有愛國之心ᄒ니 志士로ᄂ 각相自許어니와 英웅은 以爲特異物이
라 ᄒ야 不敢自處ᄒᄂ니 英웅이 今有乎아 否乎아.

▲曰 此ᄂ 誤解之甚이로다. 英웅은 非別物이라. 善說善文善淚에
能感人ᄒ며 能嚇人ᄒ며 能激人者도 亦是也라.

演說而 能感人者도 今有之矣며 文章而 能嚇人者도 世知矣며 下淚
而 能激人者도 予見之矣로니 多數ᄒ 英웅이 我韓에 豈云無乎아. 予
ᄂ 以爲호대 有志者ㅣ 盡是英웅이라 ᄒ노니 何也오 此等 演說家와
문章家와 落淚客을 不見乎며 不相乎아. 識英雄者ᄂ 識英雄之英雄이
오 友英雄者ᄂ 友英雄之英雄이오 英雄을 밋ᄂ 者도 英雄이오 愛之

有者도 英雄이오. 英雄을 敬之라도 英雄이오. 慕之라도 英雄이니 何有志者라 ᄒᆞᄂᆞᆫ 者ㅣ 英웅으로 自處홈이 不爲不可로다. 至於識時務造時勢ᄒᆞ야ᄂᆞᆫ 亦可云 有難이나 群英雄 合에 天意도 可勝이오 天機도 可奪이라. 時務의 不識을 何患이며 時勢의 未造를 何患이리오

言罷에 東湖之客이 唯以而 退ᄒᆞ더라. 完

ᄒ로는 친구를 모화 세상 소문으로 셜왕셜리 ᄒ다가 슐이 취ᄒ야 안셕을 의지ᄒ여 누엇다가 우연히 잠이 들엇더니 별안간에 웬 하인 셋이 옥황상뎨의 죠칙을 밧들고 와셔 급히 부르거늘 황겁히 의관을 졍졔히 ᄒ고 그 하인을 ᄯ라 ᄒᆫ 곳에 니르니 궁궐이 굉장ᄒ고 시위가 엄슉ᄒ야 황공부복홈을 ᄭᅢ닷지 못ᄒ겟ᄂᆫᄃᆡ 상뎨ᄭᅴ셔 뎐상에 림어ᄒ시고 죄를 론칙ᄒ야 ᄀᆞᄅᆞ샤ᄃᆡ 종사의 존망은 비록 필부라도 칙임이 잇ᄂᆞ니 너도 ᄯᅩ ᄒᆫ 션비의 몸이 되여 이러ᄒᆫ 경졍 시ᄃᆡ에 긔예를 발명ᄒ고 학문을 연구ᄒ야 인민으로 ᄒ야곰 우미홈을 변ᄒ야 긔명케 ᄒ며 국셰로 ᄒ야곰 미약홈을 변ᄒ야 강셩케 ᄒ지 못ᄒ고 쓸 ᄃᆡ 업ᄂᆫ 녯글만 닑으며 부질업시 시ᄉᆞ나 평론ᄒ니 세상에 션비잇ᄂᆫ 보름이 무엇인고 졍치법도ᄂᆫ 비록 긔혁ᄒᆫ다 ᄒ나 외교권을 임의 내여 주고 ᄒᆡᆼ졍권ᄭᅡ지 일헛스미 외국에 왕리ᄒᆞᄂᆫ ᄉᆞ신은 죠ᄉ나라의 린상여와 ᄀᆞᆺᄒᆫ 사름이 업고 각부 쟝관은 남뎐 고을 좌슈와 ᄀᆞᆺ치 ᄉᆞ연은 보지 안코 도쟝만 찍어 주어 ᄒᆫ가지 령갑이라도 두셔도 업고 실효도 업셔 딜셔만 문란케 ᄒ며 민심만 의혹케 ᄒ니 이러ᄒ고야 유신홀 긔망이 엇지 잇스리오 너도 ᄯᅩᄒᆫ 유교를 숭상ᄒᆞᄂᆫ 사름이라

녯 션비의 말을 듯지 못ᄒᄒ엿ᄂᆞᆫ냐 몸을 기르기ᄂᆫ 쟝슈ᄒ도록 ᄒ고 나라를 위ᄒᆞ야ᄂᆫ 영구히 누리도록 ᄒ라 ᄒ엿스니 이로 좃차 볼진ᄃᆡ 인력이

하늘의 조화를 이긔는 것이어눌 엇지호야 쥬식에만 침혹호야 요촉홈을
주청호면셔 인명은 지텬이라 호며 힝동을 비패히 호야 하등 사롬 되기
를 둘게 녁이면셔 사롬의 션불션을 원리 텬분이라 호니 텬하고금에 엇
지 이러홀 리치가 잇스리오

나라를 위호는 것도 또호 이와 굿흔지라 그 긔강과 법도를 문란케 호야
스스로 위틱호 디경에 니르면셔 쇄신홀 스상은 일호 반뎜도 업시 텬수
요 국운이라 무가내하라고 호니 참 이러홀진디 뎐단이가 엇지 졔ᄉ나
라를 회복호엿스며 구쳔이가 엇지 오ᄉ나라의 원슈롤 갑헛스리오 지금
너의 한국이 비록 미약홀지라도 토디가 오히려 늠어잇스며 인민이 오
히려 늠어잇스니 만일 관민샹하가 동심 합력호야 싱각호는 바는 오직
이국홈으로써 두뇌를 슴고 일슴는 바는 오직 동포를 ᄉ랑홈으로써 목
뎍을 슴아 황텬을 감동케 호는 지셩이 잇슬지딘 그 빅셩과 그 토디만
가지고도 넉넉히 강국이 되야 류대쥬에 횡힝호리니 이것이 곳 니른바
인력이 하늘의 조화를 이긘다 호는 것이라

네가 이러케 홀 줄은 아지 못호고 나라의 흥망을 다만 텬운으로 돌녀보
내여 하늘을 원망호니 이는 너로 인호야 텬하 사롬이 모다 분발호는 스
상을 쓴코 속슈무칙케 호는 것이니 이것은 늠ᄭ지 해롭게 호는 것이라
맛당히 주금위시호야 회과ᄌ신호야 호 사롬으로브터 열 사롬의게 니르
고 열 사롬으로브터 빅 사롬 지어 쳔 사롬 만 사롬ᄭ지 다 일심으로 진
보홀지어다 호시거눌 죠칙을 다 들은 후에 홀연히 씨여보니 곳 남가일
몽이라 이것이 비록 쑴일만뎡 사롬의 션불션과 나라의 셩패존망이 다
ᄌ긔의게 잇는 것이오 텬운에 잇지 아니호 것을 가히 알지니 나의 호
쑴이 죡히 젼국 동포의 깁흔 쑴을 씨칠만 호기에 신보샤로 쵸호여 보내
여 광포호노라

記者ㅣ 日昨夜에 月明을 乘ᄒ야 鐘路大街로 彷徨獨行ᄒ더니 何許 三〃五〃 靑年者가 作伴ᄒ야 무슴 說話로 亂酬하ᄂᆫ대 傾耳細聽ᄒᆫ즉 其可取의 言論이 甚多이기 左에 摘錄ᄒ노라.

一人曰 近來社會上 有志者라 名稱ᄒᄂᆫ 人이 衆多ᄒ야 或舌로 同胞頑夢을 叫醒ᄒ며 或筆로 靑年志氣를 喚起ᄒ니 將來韓國이 此로 由ᄒ야 拯濟ᄒᆯ 望이 有ᄒᆯ가. 一人曰 噫라. 吾도 此等人士를 敬ᄒ며 愛ᄒᄂᆫ 바어니와 但吾가 此等人士에게 惜하ᄂᆫ 바ᄂᆫ 專一ᄒᆫ 心力이 無ᄒ며 簡單ᄒᆫ 目的이 無ᄒ야 一手ᄂᆫ 某學會에 着ᄒ며 一手ᄂᆫ 某協會에 着ᄒ고 一脚은 某報館에 立하며 一脚은 某會社에 立ᄒ며 一口로ᄂᆫ 敎育敎育ᄒ며 一口로ᄂᆫ 實業實業ᄒ야 華盛頓 俾斯麥 康德斯賓塞의 事業을 我一人이 都做ᄒ랴 ᄒᄂᆫ 듯하니 古人이 不云ᄒᆫ 바 吾人一方寸에 如何許多事를 盡着ᄒ리오 ᄒ얏스니 此가 可惜處니라.

一人曰 年來 新聞上에 揭載된 학교만 許ᄒ야도 其數已夥ᄒ니 推此以往에 학교設立이 續〃不絶ᄒ리니 韓國이 此로 由ᄒ야 恢復ᄒᆯ 道가 有ᄒᆯ가. 一人曰 噫라. 目下 학교의 接踪繼起ᄒᆷ은 無不贊成ᄒᄂᆫ 바나 太半 朝興暮廢ᄒ고 昨創今仆하야 他人의 贊成寄附金만 盡耗ᄒᄂᆫ 弊가 常多하니 其 발起 諸氏의 實踐心이 名譽心보다 不足ᄒᆷ은 可知라. 故로 발起人 姓名을 廣告로 一布ᄒ면 哥倫布가 南美洲를 발見ᄒᆫ 듯

시 自快ㅎ며 趣旨書 全幅을 新紙에 一揭ㅎ면 俾斯麥이 巴黎城에셔 凱還흔 듯시 自負ㅎ야 後來야 何如ㅎ던지 當場에 某也가 某학校設立 ㅎ얏다ᄂ 一言을 聞ㅎ면 此를 自己 一生 事業의 大結果로 遽僑하니 此가 可惜處너라.

一人日 數十年 以前事를 思ㅎ건대 俄人이 我國을 呑하던지 日人이 我國을 呑ㅎ던지 是ᄂ 皆不問ㅎ고 但我一身만 茂朱九天洞이나 丹陽 金谷이나 智異山靑鶴동 等地에 入ㅎ야 我 一身이나 無恙安遇ㅎ고 我 子孫이ᄂ 無故生長ㅎ면 我의 能事畢矣라ᄂ 思想만 有ㅎ더니 挽近以 來로 此等 魔雲이 稍稍開霽ㅎ야 國家의 悲境을 遭ㅎ미 獻身的 精神 으로 冒險前進者가 間有ㅎ니 韓國의 來頭에 喜消息이 有홀가. 一人 日 噫라. 此 一般人은 往往 其 浮熱客氣가 多ㅎ고 誠心忍力이 少ㅎ야 項羽의 沈船破釜甑하ᄂ 決心으로 北宮氏의 不膚撓 不目逃ㅎᄂ 堅忍 心을 兼흔 듯하야 東海도 可超며 太山도 可踰오 白刃도 可蹈라가 居 然時移事往ㅎ고 雲收雨退ㅎ면 前事를 渾忘ㅎ야 越膽이 忽甘ㅎ고 魯 酒가 忽厚ㅎ니 此가 可惜의 處너라.

日 然則 今日 大韓을 何以ㅎ면 振興홀고. 日 熱誠으로 士杵를 作하 며 實心으로 基礎를 作ㅎ며 知誠으로 工匠을 作ㅎ며 團結로 城郭을 作ㅎ며 正義로 槍砲를 作ㅎ며 愛國 二字ᄂ 茶飯으로 知ㅎ며 獨立 一 語ᄂ 生命으로 視ㅎ면 韓國의 大飛躍이 不遠可覘라 ㅎ더라.

深山之底 絶壑之濱에 有狐가 窟焉ᄒ야 其族을 生殖ᄒ고 傍近村落에 有猫가 宅焉ᄒ야 其子를 産育ᄒ더니 一日은 狐와 猫가 相遇於田間ᄒ야 跳랑舞蹈ᄒ고 叱咤呼叫ᄒ야 其技能을 角ᄒ며 其口舌을 爭ᄒ다가 蒼山日暮에 四無人聲이라.

狐乃謂猫曰 爾의 智慧와 才能이 不及吾族ᄒ고 地位와 勢力이 大遜吾族ᄒ니 爾의 群子를 將ᄒ야 我의게 供獻ᄒ면 吾가 實心庇護ᄒ고 極力馴化ᄒ야 吾族과 共히 福樂을 享케 ᄒᆯ지니 爾ᄂ 我를 猜疑치 말고 我를 信賴ᄒ며 我를 對抗치 말고 我를 歡迎ᄒ라. 若其不然이면 爾가 他族의 侵害를 受ᄒ고 呑噬를 被ᄒ리니 吾言을 不聽ᄒ면 後雖悔之나 噬臍莫及ᄒ리라 ᄒ대

猫ㅣ曰 天之生物에 有萬不齊ᄒ야 其種類가 不同ᄒ고 性質이 각殊ᄒ고 職分이 互異ᄒ니 其種을 各保ᄒ고 其性을 各遂ᄒ고 其職을 각守홈이 天理의 當然ᄒ 物則이니 何可强而 同之ᄒ며 抑而 易之리오 且古書에 云ᄒ되 非我族類면 其心이 必異라 ᄒ니 今에 爾가 吾의 子를 庇護하고 馴化ᄒ다 홈은 不過是甘言利誘的 說話라. 爾의 狡猾ᄒ 性質과 殘忍ᄒ 野心은 一般獸類가 皆所稔知니 爾가 비록 我를 誑誘ᄒ고 恐嚇코ᄌ ᄒᄂ 吾가 엇지 居然히 爾의 術中에 墮落ᄒ리오 ᄒ고 正色而 起ᄒ거날

狐 於是에 仰天一咳ᄒᆞ고 厲聲이 罵ᄒᆞ야 曰 爾何不諒이 若是其甚고 大抵 萬物 中에 最靈最貴ᄒᆞᆫ 者ᄂᆞᆫ 人類라. 天地의 化育을 叅贊ᄒᆞ며 上帝를 代하야 庶物을 治理ᄒᆞᄂᆞᆫ 道德과 權能이 有ᄒᆞ니 其性靈과 智慧와 才藝를 我獸類와 比較ᄒᆞᆯ진대 千百層 以上에 卓越ᄒᆞᆫ 者오

東洋半島에 大韓人種은 實로 慈祥靈敏ᄒᆞᆫ 優等人種이 아닌가. 試觀ᄒᆞ라. 大韓上等社會에 大官 某ᄂᆞᆫ 六十萬 大會員을 驅使ᄒᆞ야 外人의게 供獻ᄒᆞ야 庇護를 懇乞ᄒᆞ며 大官 某ᄂᆞᆫ 四拾萬 會員를 指揮ᄒᆞ야 外人의게 供獻ᄒᆞ야 功勞를 발표ᄒᆞ며 某會長은 全國儒林을 威脅ᄒᆞ야 外人의게 供獻ᄒᆞ야 馴化를 要求ᄒᆞ니 是皆識時達變ᄒᆞᄂᆞᆫ 敏活手段이라. 爾가 獸類 中 孱弱之種으로 如是執拗ᄒᆞ야 變通을 不知ᄒᆞ니 畢竟 自滅自亡ᄒᆞᆯ 而已로다.

猫가 此言을 聽了에 勃然大怒曰 爾가 人類의 行爲를 引証ᄒᆞ야 我를 誘脅코저 ᄒᆞ나 此ᄂᆞᆫ 其一을 徒知하고 其二ᄂᆞᆫ 未知흠이로다. 大抵 人類가 禽獸보다 靈ᄒᆞ고 貴ᄒᆞ다 ᄒᆞᄂᆞᆫ 것은 道德과 智慧가 禽獸보다 卓異ᄒᆞᆫ 故라. 然이나 現今世界에 人類의 行爲를 觀ᄒᆞ건디 自己의 官爵을 圖得하기 爲ᄒᆞ야 詬天辱父者도 有ᄒᆞ고 自己의 勢力을 取得하기 爲ᄒᆞ야 販君賣國者도 有ᄒᆞ고 自己의 利益을 圖謀ᄒᆞ기 爲ᄒᆞ야 殘害同族者가 接踵相望하니 如彼行爲ᄂᆞᆫ 可히 人類로 論ᄒᆞᆯ 者가 아니오 吾獸族의 深恥痛罵ᄒᆞᄂᆞᆫ 者어늘 爾乃以此嚇我乎아.

狐乃鼓掌稱善曰 爾의 自主ᄒᆞᆯ 思想과 自保ᄒᆞᆯ 方針은 吾가 贊成ᄒᆞᆯ지언정 妨害ᄂᆞᆫ 不可ᄒᆞ고 吾가 扶植ᄒᆞᆯ지언정 壓迫은 不當이라 ᄒᆞ고 大笑一場에 各歸其所ᄒᆞ더라.

035 여호와 고양이의 문답

국문판 1908.3.27. 론셜

심산궁곡 무인쳐에ᄂᆞᆫ 여호가 사러 그 종족을 면졉ᄒᆞ고 촌락 근쳐에ᄂᆞᆫ 고양이가 사러 그 ᄌᆞ손을 양육ᄒᆞ더니 ᄒᆞ로ᄂᆞᆫ 여호와 고양이가 밧머리에셔 맛나 귀를 느리고 춤을 츄며 불을 들고 지됴를 넘어 각기 쟝기를 ᄌᆞ랑ᄒᆞ며 언변을 닷토다가 셔산에 눌이 ᄯᅥ러지고 ᄉᆞ방에 인젹이 고요ᄒᆞ지라

여호가 고양이ᄃᆞ려 말ᄒᆞ되 네가 지혜와 지능이 모다 우리만 못ᄒᆞ고 디위와 셰력이 우리만 못ᄒᆞ니 너의 여러 ᄌᆞ손을 모다 내게 밋기면 내가 실심으로 보호ᄒᆞ고 셩력으로 교도ᄒᆞ야 우리와 ᄀᆞᆺ치 힝복을 누리게 ᄒᆞᆯ지니 너는 나를 일호라도 시긔ᄒᆞ지 말고 단단히 밋으며 나를 항거치 말고 깃거이 환영ᄒᆞᆯ지어다 만일 네가 내 말과 ᄀᆞᆺ치 아니 ᄒᆞ면 필경 다른 즘싱에게 침해를 당ᄒᆞ야 멸망홈을 면치 못ᄒᆞ리니 네가 지금 내 말을 듯지 아니ᄒᆞ면 후회막급ᄒᆞ리라 ᄒᆞ거늘 고양이가 디답ᄒᆞ되 하ᄂᆞ님이 만물 내시미 유만부동ᄒᆞ야 그 종류도 부동ᄒᆞ며 셩질도 부동ᄒᆞ며 직분도 ᄀᆞᆺ지 아니ᄒᆞ야 각기 져의 종족을 보젼ᄒᆞ며 각기 져의 셩질을 좃츠며 각기 져의 직분을 직힘이 텬리에 당연ᄒᆞᆫ 일이어늘 엇지ᄒᆞ야 강계로써 귀일케 ᄒᆞ고져ᄒᆞ며 억륵으로써 변혁코져 ᄒᆞᄂᆞ뇨 녯글에 니르되 원릭 내의 종류가 아니면 그 심장이 반ᄃᆞ시 다르다 ᄒᆞ엿스니 지금 네가 나의 ᄌᆞ손을 보호ᄒᆞ고 기도ᄒᆞ여 준다는 말은 불과시 감언리셜노 ᄭᅩ이는 말이니

너의 간특훈 셩질과 잔악훈 심장은 우리 일반 즘싱 동포의 다 아는 바이니 네가 비록 나를 속이며 위협ᄒ드리도 나도 쏘훈 본성과 본심을 일치 아니훈 쟈라 엇지 거연히 너의 간계에 샌지리오 ᄒ고 얼골빗을 엄숙히 ᄒ고 꾸짓거늘

여호가 그졔야 하눌을 우러러 보고 기리 탄식ᄒ더니 소리를 크게 ᄒ야 고양이를 호령ᄒ여 굴ᄋ디 너의 미련홈이 엇지 이ᄀ치 심ᄒ뇨 대뎌 만물지즁에 ᄀ쟝 신령ᄒ며 ᄀ쟝 귀훈 쟈는 인류라 텬디의 조화를 찬조ᄒ며 샹뎨를 디표ᄒ야 여러 즁싱을 관리ᄒ는 도덕이 잇스니 그 지혜와 지됴가 우리 즘싱 동포에게 비교ᄒ면 쳔빅 비가 나흘 거시오 쏘 동양 반도에 대한 인죵은 실노 즈샹ᄒ고 령민훈 우등 인죵이 아니리오마는 대한 샹등 샤회에 대관 모씨는 륙십만명 회원을 모라셔 외국인의게 밧치고 보호를 익걸ᄒ며 쏘 대관 모씨는 ᄉ십만명 회원을 지휘ᄒ야 외국인의게 밧치고 그 공로를 발표ᄒ며 모회쟝은 전국 유림을 위협ᄒ야 외국인에게 밧치고 기도ᄒ여 주기를 ᄀ쳥ᄒ엿스니 이것이 모다 시셰를 통달ᄒ고 변화불측훈 민텹훈 슈단이라 너는 우리 즘싱 동류 즁에도 ᄀ쟝 잔약훈 죵족으로 이ᄀ치 미혹훈 소견을 고집ᄒ고 변통홀 줄을 아지 못ᄒ니 필경 즈멸즈망홀지로다

고양이가 이 말을 듯고 발연대노ᄒ야 굴ᄋ디 네가 인류의 힝위를 인증ᄒ야 나를 쏘이고져 ᄒ나 이것은 그 첫재만 알고 둘재는 아지 못ᄒ는 것이로다 대뎌 인류가 금슈보다 신령ᄒ고 귀ᄒ다 홈은 도덕과 지혜가 금슈보담 탁월훈 ᄭ닭이어놀 현금 셰계의 인류의 힝위를 볼작시면 즈긔의 관직을 도득ᄒ기 위ᄒ야 하눌을 꾸짓고 어버이를 릉욕ᄒ는 쟈도 잇스며 즈긔의 셰력을 유지ᄒ기 위ᄒ야 임군을 속이고 나라를 ᄑᄂ는 쟈도 잇고 즈긔의 리익을 도모ᄒ기 위ᄒ야 동포를 잔학ᄒ는 쟈가 비비우지ᄒ니 이러훈 쟈는 가히 인류라 칭ᄒ지 못홀지며 우리 즘싱 동류 즁에셔도 깁히 붓그러워 ᄒ는 바어놀 네가 이로써 나를 쏘이고져 ᄒᄂ냐 훈디

여호가 이에 박쟝대쇼ᄒ고 굴ᄋ디 너의 즈쥬홀 ᄉ샹과 즈보홀 방침은

내가 찬셩홀 지언뎡 방해ᄒᆞᄂᆞᆫ 것은 불가ᄒᆞ며 내가 붓드러 주ᄂᆞᆫ 것은 가
ᄒᆞ거니와 압졔ᄒᆞᄂᆞᆫ 것은 부당ᄒᆞ다 ᄒᆞ고 일쟝대쇼ᄒᆞᆫ 후에 각귀 기소ᄒᆞ
더라

▲時針은 拾點을 已指허고 日輪은 三丈을 已昇허얏는디 □獄ズ흔 壹士室이 엇더케 黑暗하던지 殘燈을 □挑하고 其中 四五個 □볼靑衿이 相對하야 무슴 니약이를 하노라고 두런두런 짓거린다.

▲壹個 어- 쇠쪼각좀 만어쓰면. 人生이 落地ㅎ면 쇠쪼각이 第壹이라. 쇠쪼극만 잇스면 庸劣흔 놈도 英雄되고 徹賤흔 놈도 兩班되지. 어- 나도 쇠쪼각만 만으면 法部디臣 趙重應씨 ズ치 日女 흔아 뫼셔다 노코 左夫人 右夫人에 등 더웁고 비 더웁게 잘 놀아볼썰.

▲又 壹個 어- 벼슬좀 ㅎ여보앗스면. 守舊판이던지 開化판이던지 벼슬이 第壹이지. 벼슬만 놉히 ㅎ면 月俸이니 歲饌이니 賂物이니 하는 各項名目에 臥食홀 八字된데. 쏘 只今도 手叚만 잘 부리면 시골富者더러 째려잡지. 셜마. 어- 나도 리址鎔 夫人 리鈺卿 ズ흔 안히나 잇셔 外國사롬들이나 잘 다니며 보게 ㅎ얏더면 內部디臣좀 ㅎ여볼썰.

▲又 一個 어- 나도 甲午年에 東学이나 하엿더면 或是 大道敎主가 되여 馬車셔실에 긔운좀 펴볼 터인디 空然히 東学하면 죽는다 소리애 못하얏지. 今日이라도 그런디로 天道敎나 ㅎ여볼짜.

▲又 一個 어- 나도 □條約 時節에 얼는 宣言書나 하얏더면 農商工部대臣을 ㅎ던지 觀察使 맛슬 보던지-. 不失壹郡守는 싸실 터인디 空然히 逆賊소리 무셔워 못하얏지. 宣言書만 갓치 ㅎ얏스면. 宋秉畯시

尹始炳시 뒤가리는 法 어디 잇나. 今日이라도 그런대로 壹□□나 드러
볼까.

　▲最後 壹個 허허. □等네. 다 夢中 □이로세. 只今 大韓금庫가 뉘
것인가. 只今 官報에 揭載되는 姓名이 다 누구던가. 돈도 權利잇셔야
保存ᄒ고 벼살도 權利잇셔야 保全하지. 우리가 오늘놀 別數 업지. 二
千萬 입으로 國權 民權 獨立 自由롤 부르지지며 나아가 보세.

▲北山下 頹窓前에 杜鵑花 兩三枝가 春色이 離披ᄒᆞ대 白髮主人翁의 春興이 忽生ᄒᆞ야 □隣□老人을 請邀酬酌ᄒᆞᄂᆞ대 談屑이 霏〃하더라.

▲여보. 伊藤박文氏가 渡來ᄒᆞ야 園遊會를 設ᄒᆞᆫ 後에 무슴 所聞 잇슬 터인디 尙此寥〃ᄒᆞ니 웬일인지. 예. 伊藤시가 須知分을 爪牙ᄀᆞ치 恃하얏더니 砲□을 當ᄒᆞ미 手足을 如失ᄒᆞᆫ듯 臥席呻吟ᄒᆞ든 餘症이 未快인가.

▲여보. 宋農人가 大運動을 籠絡ᄒᆞ고 伊藤博文氏와 同伴歸國ᄒᆞᆫ다고 世界에 喧藉ᄒᆞ더니 有何事件인지 歸期가 杳然ᄒᆞ다지. 허허. 宋씨가 歸來ᄒᆞ면 一進會 中에셔 大官이 無數히 生出ᄒᆞᆫ다 ᄒᆞᆷ으로 意氣가 揚〃ᄒᆞ미 南北村 獵官者流가 欽羨ᄒᆞ야 爭頭衆□ᄒᆞ더니 忽地에 落望이 되니 一進會가 第壹狼狽이지오

▲여보. 摠相 리完用氏 以下 각 大臣은 伊藤박文氏의 一等元□이라히 시가 歸任ᄒᆞᄂᆞᆫ 日이면 勢力이 壹層宏大홀 줄노 世人이 知料ᄒᆞ더니 近日에 무슴 戒嚴홀 事가 有ᄒᆞ던지 夜不成眠ᄒᆞ야 憂心悄〃ᄒᆞ다니 웬일이오 모를 것 무엇 잇소. 兎死狗烹이란 文字 모르오 自古로 成功者ᄂᆞᆫ □라 ᄒᆞ니 此所謂狼顧豺疑지오.

▲여보. 今番 統監府 園遊會에 南北村 케케묵은 宰相을 請邀□□ᄒᆞ얏다니 아마 新너閣□ 組織홀 機微지오 글셰요 老宰가 當局ᄒᆞ면

國事가 잘 되오릿가. 누가 알깃소. 쏘 보와야 알지오

　▲여보. 近日에 郡守奏本이 豊年이 드럿짜는대 누가 다 ᄒ양는지. 예. 郡守奏本을 대강 드르니 老論家 知□□이 多粲ᄒ다지오 그러면 그럿치 우리 破壞時代라 ᄒ여도 우리 老論이 제법이지. 여보 그 말 마오. 今日을 當하야는 金貫子 玉貫子가 狗屎에 □□麤히 넉여 三尺幼兒도 唾之哂之ᄒ는 此時代에 老論自矜ᄒ는 頑習이 □存하오 腸子가 無乎아. 腦髓가 腐乎아.

嶺左에 一頑固生이 有ᄒ야 少時에ᄂ 一進士 壹及第를 目的ᄒ고 詩賦表策 等 功令文字에 孜〃專攻ᄒ다가 甲午 乙未頃에 淸日戰爭의 대砲聲이 其槐花의 迷夢을 攪ᄒ야 將來時代ᄂ 增廣謁聖 等 名詞가 永廢될 쥴을 自覺ᄒ고 我의 生命을 永遠不壞의 樂土에 託ᄒ리라 하야 膝을 跪ᄒ고 心經 近思錄에 滋味를 寄ᄒ야 近十年 光陰을 坐送ᄒ더니 旣而 오橘中의 仙碁를 未了ᄒ야 壹夜풍雨에 三千里 江山이 艐舟갓치 泛泛하미 二千萬의 慘景이 忽然 其腦際에 頻觸ᄒᄂ지라. 如此ᄒ 頑固心腸에도 此時를 當ᄒ미 眼際에 雙淚가 不覺間에 流出ᄒ더라.

於是에 此 一片 感情의 使ᄒ 비되야 塵冠을 彈ᄒ고 門에 出ᄒ며 曰 吾가 京城에 往ᄒ야 時局의 대勢나 壹觀察ᄒ리라 ᄒ고

芒鞋竹杖으로 數日의 勞를 費ᄒ야 皇城에 入ᄒ니 時ᄂ 光武 十年 五條約 締結ᄒ 後 凡十餘日이라. 疏廳의 紳儒ᄂ 已散ᄒ고 閭巷의 沸議도 稍靜ᄒ더

上으로 仰ᄒ즉 朝廷의 尊嚴이 依舊ᄒ며 下으로 俯ᄒ즉 人民의 生存이 依舊ᄒ고 南村北里의 仕宦家ᄂ 依舊히 獵官捷徑에 奔走하며 東閃西忽의 挾雜兒ᄂ 依舊히 欺騙故習에 熱中ᄒ고 其他 靑樓歌舞와 紅亭遊戱가 莫不依舊히 太平氣象을 畵出ᄒ지라.

生이 於是에 自疑ᄒ여 曰 近今 辯士가 舌을 掉ᄒ매 必曰 亡國이라

ㅎ며 文人이 筆을 下ㅎ미 必曰 亡國이라 ㅎ나 余로 觀ㅎ건디 此等 言
說은 壹切狂談에 不過ㅎ도다. 現狀을 看ㅎ라. 今日을 何故로 亡國이
라 示ㅎ는고 今日 所亡者는 只是先王의 齋章과 先聖의 禮敎오 國家
는 非亡이라 ㅎ야

如此自信ㅎ며 如此自解ㅎ고 于是에 入山讀書ㅎ야 儒道扶持이나
홀 思想이더니 一日은 偶然이 案上에 存在ㅎ 萬國史 一帙을 抽ㅎ야
列邦에 興廢를 閱ㅎ다가 忽然悲感이 交集ㅎ야 乃喟然曰 今日時代는
乃如此ㅎ 時代로다.

優勝劣敗하고 弱肉強食하는 時代로다. 如此ㅎ 時代에 坐ㅎ야 我가
數拾年來로 何事를 做하얏던가 ㅎ고 卽日에 頑固의 舊染을 快滌하기
로 自誓ㅎ고 新聞도 購覽ㅎ며 新書籍고 閱讀ㅎ더니

居未幾에 社會의 狀態를 觀察ㅎ고 一獨心疾을 得흔지라 對人言語
에 暴怒謾罵가 甚多ㅎ야 日語學者를 遇ㅎ면 卽扼腕曰 爾가 三寸격舌
을 恃ㅎ고 外人의 勢를 依ㅎ야 同胞를 謀害ㅎ는 者] 아닌가 ㅎ며 西
文學者를 遇ㅎ면 卽切齒曰 爾가 幾句蜜行文을 資ㅎ야 文明紳士로 自
處ㅎ고 祖國을 唾罵ㅎ는 者] 아닌가 하며 斷髮者를 遇하면 曰 爾가
一進會나 아닌가 ㅎ며 衣服燦 〃者를 遇하면 曰 爾가 偵探奴나 아닌가
ㅎ야 無故히 嗔ㅎ며 無故히 恚ㅎ며 無故히 笑ㅎ며 無故히 喜ㅎ야 其
言論行動이 專혀 狂客과 同흔지라. 由是로 朋友가 皆絶ㅎ며 社會에셔
不容ㅎ미 于是에 故山으로 返하야 頑固生이라 復號ㅎ고 隱不出이라
云ㅎ더라.

記者曰 頑固生은 狂熱이 太過하야 厭世觀이 遂生ㅎ얏도다. 若海難
關이 當前ㅎ야도 此를 躍過ㅎ며 凄風迷霧가 四起ㅎ야도 此를 排除ㅎ
여야 於是乎大丈夫의 事라 可謂홀지어늘 不過幾日間 狂嗔狂恚로 腐
敗ㅎ 社會를 改革코즈 하다가 不如意의 歎을 발ㅎ고 爾然自退ㅎ얏스
니 其 志氣가 何其劣弱흔가. 一友人이 此語를 傳ㅎ기에 其畧을 記ㅎ
야 有志者의 一覽에 供ㅎ노라.

령남에 훈 완고싱이 잇눈디 쇼시적에눈 진ᄉ나 급뎨 ᄒ나를 목뎍을 슴고 시부와 표칙 등 과문에 젼력ᄒ다가 갑오 을미년 간에 청일젼징 대포 소래에 혼미훈 꿈을 ᄭ여 쟝리 시디에눈 증광이나 알셩 과거눈 영영히 폐지될 줄을 스스로 ᄭ듯고 나의 싱명을 영원이 썩지안눈 락토에 의탁 ᄒ리라 ᄒ야 무릅을 ᄭ울고 심경과 근ᄉ록에 ᄌ미를 붓쳐 근십년을 안져셔 셰월을 보내더니 ᄒ로ᄉ밤 풍우에 삼쳔리 강산이 비ᄭ치 ᄶ러가고 이쳔만 싱령이 도탄에 들어 이원셩이 ᄌ로 들니미 이 ᄯ릭롤 당ᄒ야눈 이러훈 완고의 심쟝에도 부지불각에 두 눈에 눈물을 흘니더라

어시에 일편 심졍이 감동되여 몬지 뭇은 갓을 썰쳐 쓰고 문밧긔 나서며 골ᄋᄃ 내가 셔울에 가셔 시국의 대셰나 훈번 슓혀 보리라 ᄒ고

죽쟝망혜로 수일을 걸어 황셩에 도달ᄒ니 ᄯ눈 광무 십년에 오됴약을 톄결훈 후 십여일이라 소졍에 신ᄉ와 유싱들은 임의 허여지고 려항 간에 불울훈 물졍도 적이 간졍되엿눈디

우ᄒ로 우러러 본즉 죠뎡에 존엄훈 거시 의구ᄒ며 아래로 니려다 본즉 인민의 싱활ᄒ눈 거시 역시 의구ᄒ고 남북촌 ᄉ환가들은 의구히 렵관ᄒ눈 쳡경에 분주ᄒ며 동셤셔홀ᄒ눈 협잡비눈 의구히 긔인편지ᄒ눈 구습에 열이 낫고 기타 쳥루쥬ᄉ에 가무ᄒ며 오유ᄒ눈 것도 쏘훈 의구히 태평긔샹일너라

완고싱이 이에 스스로 의심ᄒᆞ야 ᄀᆞᆯ9디 근리에 변스들이 혀를 놀니면
반ᄃᆞ시 나라이 망ᄒᆞ엿다 ᄒᆞ며 글ᄒᆞᄂᆞᆫ 사ᄅᆞᆷ들이 붓을 들면 반ᄃᆞ시 나라
이 망ᄒᆞ엿다 ᄒᆞ나 나보기에ᄂᆞᆫ 이런 언론은 도모지 광담이로다 현금 상
티를 보건디 무슴 연고로 오ᄂᆞᆫ 날에 나라이 망ᄒᆞ엿다 ᄒᆞᄂᆞᆫ고 오ᄂᆞᆯ 날에
망ᄒᆞᆫ 거슨 다만 선왕의 법도와 선현의 례의오 나라이 망ᄒᆞᆫ 거슨 아니라
ᄒᆞ야 이러케 스스로 밋으며 이러케 스스로 희리ᄒᆞ고 이에 산에 드러가
글을 닑어 유도나 부지ᄒᆞᆯ ᄉᆞ샹이러니
일일은 우연히 칙상 우에 싸하노흔 월남 망국스 ᄒᆞᆫ 권을 ᄭᅦ내여 보다가
홀연히 비감ᄒᆞᆫ ᄆᆞ음이 싱겨 슯히 탄식ᄒᆞ여 ᄀᆞᆯ오디 오ᄂᆞᆯ날 시디가 이러
ᄒᆞᆫ 시디로다 우승렬패ᄒᆞ고 약육강식ᄒᆞᄂᆞᆫ 이 시디로다 이러ᄒᆞᆫ 시디에
안져셔 내가 수십 년리에 무슴 ᄉᆞ업을 ᄒᆞ엿ᄂᆞᆫ가 ᄒᆞ고 즉일에 완고의 구
습을 쾌히 써셔 ᄇᆞ리기로 밍셰ᄒᆞ고 신문도 구람ᄒᆞ며 신학문칙도 열람
ᄒᆞ더니
오래지 아녀셔 샤회의 상티를 슯혀보고 뮈워ᄒᆞᄂᆞᆫ ᄆᆞ음이 난지라 사ᄅᆞᆷ
을 디ᄒᆞ야 언담ᄒᆞᆯ 제 셩을 내며 욕을 ᄒᆞᄂᆞᆫ 거시 무수ᄒᆞᆫ디 일어 비호ᄂᆞᆫ
쟈를 맛나면 팔을 쏨내며 ᄀᆞᆯ9디 네가 오랑키의 말을 비화가지고 외국
사ᄅᆞᆷ의 형셰를 의뢰ᄒᆞ야 동포를 모해ᄒᆞᄂᆞᆫ 쟈 아닌가 ᄒᆞ며 양셔를 비호
ᄂᆞᆫ 쟈를 맛나면 절치ᄒᆞ며 ᄀᆞᆯ9디 네가 쑈불랑 글시를 비화가지고 문명
ᄒᆞᆫ 신스로 ᄌᆞ쳐ᄒᆞ야 조국을 릉모ᄒᆞᄂᆞᆫ 쟈ㅣ 아닌가 ᄒᆞ며 단발ᄒᆞᆫ 쟈를 맛
나면 ᄀᆞᆯ9디 네가 일진회가 아닌가 ᄒᆞ며 의복이 찬찬ᄒᆞᆫ 쟈를 맛나면 ᄀᆞᆯ
9디 네가 정탐군이 아닌가 ᄒᆞ야 무고히 ᄭᅮ지즈며 무고히 뮈워ᄒᆞ며 무
고히 웃스며 무고히 깃버ᄒᆞ야 그 언론과 힝동이 젼혀 밋친 사ᄅᆞᆷ과 ᄀᆞᆺ흔
지라 이로 말미암아 친구가 다 ᄭᅳᆫ허지고 샤회에셔도 용납지 아니ᄒᆞᄆᆡ
이에 고향으로 도라가셔 완고싱이로라고 다시 부르며 두문불츌ᄒᆞᆫ다 운
운ᄒᆞ더라
긔쟈 ᄀᆞᆯ9디 이 완고싱은 밋친증이 태피ᄒᆞ야 셰샹을 슬혀□[ᄒᆞ]ᄂᆞᆫ 싱각
이 드디여 싱겻도다 괴로온 디경과 어러온 경우가 압헤 당ᄒᆞ엿슬지라

도 쒸여 지나가며 쳐량흔 풍진과 혼암흔 운무가 스면□[에]셔 니러날지
라도 비척□[흐]여 업시 흐여야 어시호 대쟝부의 스업이라 홀지어늘 불
과 긔일에 밋친 무음이 나셔 부패흔 사회를 긔혁고져 흐다가 불여의흠
을 탄식흐고 거연히 즈퇴흐엿스니 그 지긔가 엇지 그리 용렬흔가 흔 친
고가 와셔 이 말을 젼흐기로 대략을 긔록흐여 유지흐신 졔씨의 흔번 열
렬흐시기에 드리노라

040 회기ᄒᆞᄂᆞᆫ 쟈ᄂᆞᆫ 방셕홈을 엇ᄂᆞ니라

국문판 1908.6.18. 론셜

녯 니약이에 닐ᄋᆞᄃᆡ 본죠 셩묘죠 ᄯᅢ에 엇던 살인죄인을 잡아 가두엇ᄂᆞᆫᄃᆡ 옥을 직흰 쟈가 슘가지 못홈으로 밤에 칼을 벗고 담을 넘어 도망ᄒᆞ엿ᄂᆞᆫ지라 차ᄉᆞ롤 만히 발ᄒᆞ야셔도 찻지 못ᄒᆞ고 라졸을 풀어 ᄉᆞ면으로 졍탐ᄒᆞ여도 엇지 못ᄒᆞᄆᆡ 여러 날을 두고 찻다가 형영이 업ᄂᆞᆫ 고로 부득이 ᄒᆞ야 죄슈가 도망홈으로 현록홀 ᄲᅮᆫ이러니 그 후 두어돌 만에 엇던 사롬이 형조셔리청에 드러와셔 ᄯᅡ에 업ᄃᆡ여 고ᄒᆞ여 골ᄋᆞᄃᆡ 아모돌 아모날에 살인 죄인으로 도망ᄒᆞ엿던 아모ᄂᆞᆫ 다시 와셔 ᄌᆞ현ᄒᆞᄂᆞ이다 ᄒᆞᄂᆞᆫ지라 셔리들이 대경ᄒᆞ야 밋지 아니코 골아ᄃᆡ 네가 밋친 사롬이 아닌가 그 죄인은 두 눈이 셩ᄒᆞᆫᄃᆡ 너ᄂᆞᆫ ᄒᆞᆫ 눈이 멀엇ᄉᆞ니 아니오 그 죄인은 얼골에 살이 젓ᄂᆞᆫᄃᆡ 너ᄂᆞᆫ 파리ᄒᆞ니 아니오 ᄯᅩ 월옥도주ᄒᆞ던 죄인이 엇지 도로 와셔 ᄌᆞ현ᄒᆞ고 죽으려 홀 리가 잇겟ᄂᆞ냐 너ᄂᆞᆫ 비록 그 사롬이라 ᄒᆞ여도 우리ᄂᆞᆫ 밋지 아니ᄒᆞ노라 그 사롬이 눈물을 씨쓰며 닐ᄋᆞᄃᆡ 살기를 됴와ᄒᆞ고 죽기를 슬혀홈은 사롬의 샹졍이나 나ᄂᆞᆫ 산 사롬의 ᄌᆞ미가 실노 업ᄂᆞᆫ 고로 일각이라도 속히 죽기만 ᄇᆞ라노라 대개 내가 처음에 사롬을 죽이고 잡히여 갓치던 날에ᄂᆞᆫ 뎨일 무셔운 거시 죽ᄂᆞᆫ 거시라 그럼으로 별 궁리를 다ᄒᆞ야 살기만 ᄉᆡᆼ각ᄒᆞ다가 옥을 넘어셔 밤에 도망ᄒᆞᄂᆞᆫᄃᆡ ᄯᅩ 얼골을 본 형상ᄃᆡ로 두면 잡힐가ᄒᆞ야 ᄒᆞᆫ 눈을 스ᄉᆞ로 ᄶᅵᆯ너 멀게 ᄒᆞ고 두어 달을 지너ᄆᆡ 신셰를 ᄉᆡᆼ각건ᄃᆡ 이ᄀᆞᆺ치 ᄇᆡᆨ년을 사ᄂᆞᆫ 거시 일죠에 쾌히 죽는 것만 못ᄒᆞᆫ지라 밤즁에 쥬막에셔 잠을 깁히 드럿다가도 쓸□[에]셔 락엽소리만 나면 어디 관차가 나를 잡으려 오ᄂᆞᆫ가 ᄒᆞ야 가슴이 두군두군 ᄒᆞ고 봄시에 경치됴흔 명즈에 가셔 놀다가도 슈풀 ᄉᆞ이에 사ᄅᆞᆷ의 그림즈만 얼는ᄒᆞ면 엇던 포교가 나를 잡으려 오ᄂᆞᆫ가 ᄒᆞ야 두 눈이 쏭구러지고 팔진미를 디ᄒᆞ여도 그 맛을 알지 못ᄒᆞ며 갓옷을 닙어도 더운 줄을 알지 못ᄒᆞ야 형용만 즈연 날마다 파리ᄒᆞ니 슯ᄒᆞ다 날ᄀᆞᆺᄒᆞᆫ 쟈ㅣ 과연 살아잇는 즈미가 잇ᄂᆞᆫ가 그런고로 오늘날 스스로 와셔 속히 죽기를 쳥ᄒᆞ노라 ᄒᆞᄂᆞᆫ지라 법관이 이 말을 듯고 그 졍상을 민망이 녁이며 ᄯᅩ 그 말이 ᄆᆞ음이 이믜 나타낫다 ᄒᆞ야 죄를 감등ᄒᆞ야 뎡비를 보니엿더라

외ᄉᆞ씨가 ᄀᆞᆯᄋᆞᄃᆡ 내가 이 니약이를 듯다가 탄식홈을 ᄭᅢ닷지 못ᄒᆞ엿노라 대개 사ᄅᆞᆷ의 셩품이 근본 착ᄒᆞᆫ것마ᄂᆞᆫ 다만 졍욕의 동ᄒᆞᆫ 바ㅣ 되여 ᄒᆞᆫ 싱각을 잘못ᄒᆞ믹 쳔리의 그릇됨이 되ᄂᆞ니 자고이리로 뎌극악대디의 죄를 지은 쟈인들 그 처음에야 엇지 이거슬 즐겨ᄒᆞ엿스리오마ᄂᆞᆫ 다만 부귀를 탐ᄒᆞᄂᆞᆫ 결과로 부지불각에 졈졈 이런 악ᄒᆞᆫ 일을 지음이로다

그러나 그 허령ᄒᆞᆫ 일뎜 량심은 맛ᄎᆞᆷᄂᆡ 업셔지지 아니ᄒᆞ야 잇다금 죵용ᄒᆞᆫ 밤에 잠을 일우지 못ᄒᆞ고 두세번 탄식홈을 면치 못ᄒᆞᆯ 터이나 이믜 업지른 물을 다시 거두지 못ᄒᆞ며 범을 툰 형셰가 ᄂᆞ리기 어려우믹 뎌 눈을 ᄲᅵ고 자최를 감초던 살인죄인을 봇밧ᄂᆞᆫ 쟈ᄂᆞᆫ 잇스나 뉘웃쳐 즈현ᄒᆞᄂᆞᆫ 일을 비ᄒᆞᄂᆞᆫ 쟈ᄂᆞᆫ 업셔셔 만겁이나 되ᄂᆞᆫ 디옥에 스스로 드러가니 슯ᄒᆞ다 일직이 드르니 ᄒᆞᆫ 싱각을 스스로 시롭게 ᄒᆞ면 빅 가지 악ᄒᆞᆫ 것이 다 업셔진다 ᄒᆞ니 뎌 나라를 망ᄒᆞ고 빅셩을 학디ᄒᆞᄂᆞᆫ 죄인들은 쳔만 인의 ᄭᅮ짓ᄂᆞᆫ 것도 두려워 아니ᄒᆞ고 쳔츄 ᄉᆞ긔에 토죄ᄒᆞᄂᆞᆫ 것도 싱각지 못ᄒᆞᄂᆞᆫ가 아모됴록 일직이 회기ᄒᆞ여 이젼 악을 쾌히 씻고 상뎨ᄭᅴ 면죄 문빙을 밧을지어다

▲동창에 둘이 빗쳐 밤이거든 오경인디 놉흔 벼기롤 의지ᄒ고 잠간 죠을다가 슴짝 놀나 도리키니 일봉서간이 칙상우에 잇ᄂ지라 반갑에 쎄여본즉 죵각 원셜회에서 온 쳥텹인 고로 즉시 가셔 참예ᄒ미 회쟝에 인 명은 쥬셕이 되여 안꼬 각식 죵들이 ᄎ례로 연셜을 ᄒᄂ디 언ᄉ가 심히 격결ᄒ야 사롬의 ᄆ음을 감동홀 만ᄒ더라

▲니각죵이 말ᄒ기를 나ᄂ 만리대양을 건너 한국으로 올 제 이 나라이 당당독립데국으로 알고 니각에 드러가셔 째와 날을 보니여도 각부대신 이 회의에 기량방침과 진췌언론은 드를 수 업고 셔로 싀긔ᄒ야 디위들 만 닷토니 원통ᄒ야 못 살겟쇼

▲샤회죵이 말ᄒ기를 나ᄂ 만리대양을 건너 한국으로 올 제 각 샤회에 드러가셔 동심합력되기를 날노 기ᄃ려도 열심교육ᄒᄃ고 외양으로 말 만ᄒ며 명에의 벼슬이나 ᄒ기에 골몰분주ᄒ니 원통ᄒ야 못 살겟쇼

▲셰가집 죵이 말ᄒ기를 나ᄂ 만리대양으로 한국에 건너올 제 교목셰 신과 동거ᄒ야 츙의 슝샹홈을 지셩으로 권고ᄒ되 익국ᄉ샹은 고샤ᄒ고 만복경륜이 부귀에만 허욕나셔 좌쳥우촉ᄒᄂ 졍티가 구구ᄒ니 원통ᄒ 야 못 살겟쇼

▲규문죵이 말ᄒ기를 나ᄂ 만리대양으로 한국에 건너올 제 도쟝안에 깁히 걸녀셔 문명긔초가 가뎡에 잇ᄂ 줄노 날마다 권고ᄒ여도 학문샹

에 몽미ᄒ야 ᄌ녀교육 희티ᄒ니 원통ᄒ야 못 살겟쇼

▲손님즁으로 모식이 화려ᄒ 됴흔 시 ᄒ나가 말ᄒ기를 나ᄂ 오동의 봉황이라 지취가 고명ᄒ고 힝위가 인션홈은 셰샹사룸이 다 아시려니와 방탕ᄒ 남녀들이 슈즁에 넛코 번복ᄒ야 신셰를 그릇치고 ᄌ산을 탕패ᄒ니 원통ᄒ여 못 살겟쇼

▲회쟝 인뎡이 답ᄉ로 말ᄒ기를 여러분의 원통ᄒ신일이 다 나의 허물이오니 실노 붓그럽ᄉ오나 나도 즁앙대로에 잇셔셔 쥬야로 경고ᄒ것마ᄂ 부패ᄒ 인물들이 구습을 곳치지 아니ᄒ니 아모조록 일심으로 권면ᄒ야 문명셰계에 ᄀᆽ치 나아가기를 ᄇ라노라 ᄒ더라

壹頑固生과 壹新學少年이 崇禮門 樓上에셔 相遇ᄒ얏더니

先生이 依欄徘徊ᄒ다가 喟然長歎曰 美哉. 此舍湯의 山河여. 惜哉. 今日 現象을 致ᄒ얏도다.

昔者에 百濟 始祖 溫祚가 拾臣으로 漢江에 濟ᄒ야 負兒岳에 登ᄒ야 山川形勝을 周覽ᄒ고 此가 可居之地라 ᄒ야 都ᄅᆞᆯ 定ᄒ고 城을 築ᄒ더니 邇來에 歷代帝王이 皆此地ᄅᆞᆯ 重視ᄒ야 累〃히 城闕을 加築ᄒᄂᆞᆫ대 新羅ᄂᆞᆫ 此에 北京을 置ᄒ며 高麗ᄂᆞᆫ 此에 남京을 置ᄒ더니 本朝에 至ᄒ야 遂此에 定鼎ᄒ니 此城의 年齡을 計컨대 盖至今 二千餘年이라. 此 二千餘年間에 惟我官吏가 此 城內에 在ᄒ며 惟我人民이 此 城內에 在ᄒ더니 而今에 當ᄒ야ᄂᆞᆫ 街路에 縱橫하ᄂᆞᆫ 者ㅣ 太半 外人이오 閭閻에 錯雜ᄒ 者ㅣ 許多外人의 家屋이니. 嗚呼라. 作俑者ㅣ 其 誰오 四門을 不閉에 電車가 往來ᄒ고 南山을 鑿破에 地形이 頓非ᄒ니 吾가 作俑者ᄅᆞᆯ 不得不咎로다.

少年이 曰 先生의 心은 可ᄒ나 先生의 所見은 不可하도다. 今에 先生의 語ᄅᆞᆯ 聞컨대 但只 城門만 閉ᄒ며 關險만 保하고 鎖攘主義ᄅᆞᆯ 復唱ᄒ면 國家가 無憂ᄒᆯ 줄노 信ᄒᄂᆞᆫ가. 此ᄂᆞᆫ 歐美 三尺童子가 聞하야도 鼻笑ᄅᆞᆯ 發ᄒᆯ 비로다.

今日은 萬古新闢의 世界라. 汽船이 作에 浩〃無際의 太平洋이 其

廣을 失ᄒ며 鐵道가 出에 茫〃不毛의 西伯利亞가 其遠을 失ᄒ얏스니 此 世界에 坐ᄒ야는 비록 巉巖大城을 喜馬拉耶山ᄀ치 高築ᄒ며 崔嵬 門樓를 埃及大金子塔갓치 新創ᄒ더리도 實로 自衛에 不足ᄒ지며 人 笑만 適招ᄒ지니 何益이 有ᄒ리오.

先生이 果然 國家를 爲하야 國城을 築코즈 ᄒᄂ가. 余가 壹新法을 提示ᄒ노라.

愛國精神으로 基礎를 作ᄒ며 各種科學으로 土杵를 作ᄒ고 權利思 想으로 石材를 作ᄒ며 殖産興業으로 工匠을 作ᄒ야 今日에 一寸을 築ᄒ며 明日에 壹尺을 築ᄒ야 五年不成이어던 十年으로 期ᄒ며 十年 不成이어던 百年으로 期ᄒ야 太極八卦 獨立旗를 遠大ᄒ 目的地에 竪 ᄒ고 念〃前進ᄒ면 其庶矣인져.

先生이 意甚不然ᄒ야 頑抗不屈ᄒ고 泥古主義를 執하야 說是說非 ᄒ더니 少年이 萬國歷史를 擧ᄒ야 其 盛衰興亡ᄒ 往跡을 擧ᄒ야 壹 場痛論ᄒᄆ 先生이 乃唯〃라 ᄒ고 携手同去ᄒ더라.

記者曰 伊人이 爲誰오. 雲樹迢〃에 我懷實勞로다.

혼 완고션싱과 혼 신진쇼년이 남대문 문루에셔 셔로 맛낫는디

션싱이 란간을 의지ᄒ여 셧다가 위연히 기리 탄식ᄒ여 굴ᄋ디 이 금탕 ᄀᆺ흔 아름다온 산하가 오늘날 이 가련흔 형상이 되엿도다

녯적에 빅졔국 시조 온조 씨가 신하 열 사람을 ᄃ리고 한강을 건너 북악에 올나가셔 산천의 형셰를 둘너보고 이거시 살만흔 짜이라 ᄒ야 도읍을 뎡ᄒ고 셩을 싸앗더니

그 후에 백디 뎨왕들이 모다 이 짜을 즁히 보와셔 여러 번 셩궐을 슈츅ᄒ는디 신라는 이곳에 북경을 셜치ᄒ고 고려는 이곳에 남경을 셜치ᄒ엿나니 본조에 니르러 인ᄒ야 이곳에 도읍을 뎡ᄒ니 이 셩의 나흘 계교ᄒᆯ진디 지금이 쳔여 년이라 이 이쳔여 년간 오직 우리나라 관리가 이 셩니에 잇셧스며 오직 우리 인민이 이 셩안에 잇더니 오늘날을 당ᄒ여ᄂᆫ 가로에 횡힝하는 쟈ㅣ 태반이나 외국인이오 려염에 착잡흔 거시 거반 외국인의 가옥이니

오호-라 누가 이 디경에 이르게 ᄒ엿ᄂ뇨 ᄉ대문을 닷지 아니ᄒ고 뎐챠가 왕리ᄒ며 남산을 푸문허셔 디형이 변ᄒ엿스니 나는 이 디경 되게 ᄒᆯ 쟈를 부득불 원망ᄒ리로다 쇼년이 굴ᄋ디 션싱의 소견은 올치 아니ᄒ도다 이제 션싱의 말을 드르니 다만 셩문이나 닷고 험흔 산천만 보젼ᄒ엿스면 국가가 근심이 업슬줄노 밋ᄂ늬잇가 이거슨 구라파나 미국의

삼척동즈가 드러도 코으로 우슴을 발홀 바ㅣ로소이다

오늘날은 만고에 새 세계라 화륜션이 나셔 호호망망흔 태평양도 넓은 줄 모로고 텰도가 나미 몃 만리의 셔빅리아가 먼 줄을 모르니 이 세계에 안져셔는 큰 셩을 히몰나야산만치 놉히 싸코 문루롤 한무뎨의 션인 쟝만치 놉히 지을지라도 실노 직희기가 어려울거시오 눔의 우슴ㅅ거리만 될지니 무슴 리익이 잇스리잇가

션싱은 과연 국가를 위ᄒ야 큰 셩을 쌋코져 ᄒ실진디 나는 흔 가지 새 법을 지시ᄒ리이다 익국정신으로 쥬초롤 숨고 각죵 학문으로 달고질을 ᄒ며 권리의 ᄉ샹으로 셕지를 숨으며 식산흥업으로 공쟝을 숨아 오늘에 흔치를 쌋고 리일에 흔자를 싸아셔 흔 희에 일우지 못ᄒ거든 십년으로 긔약고 십년에 필역지 못ᄒ거든 빅년으로 긔약ᄒ야 태극팔쾌 독립긔를 광대흔 짜에 셰우고 젼진ᄒ면 거의 될듯 하오이다

션싱이 뜻에 그럿치 아니케 녁여 항거ᄒ야 굴복지 아니ᄒ고 완고의 쥬의롤 고집ᄒ야 올타 그르다 말ᄒ더니 쇼년이 태서 력ᄉ롤 들어 그 셩쇠흥망의 구젹을 일쟝셜명ᄒ미 션싱이 그졔야 그럿타 ᄒ고 손을 쓰을고 훔쯰 가더라

　긔쟈ㅣ 굴ᄋ디 그 사롬은 엇던 사롬인고 구름나무가 멀고머니 나의 회포가 실노 슈고롭도다

夢耶아 眞耶아. 梧月이 俙〃ᄒ대 朦朧依枕터니 兩翼이 忽生ᄒ야 壹
處에 飛至ᄒ니 天門은 九重開ᄒ고 寶座ᄂ 七層高터라.

中央 第壹位에 天容이 正大ᄒ시고 風采가 森嚴ᄒ신 壹位王子가 坐
하셧ᄂ대 門者ㅣ 指曰 是ᄂ 朝鮮 始祖 檀君이시니라.

左第壹位에 龍顔이 沈毅ᄒ고 鳳目이 睜圓ᄒ 壹大王이 侍立ᄒ얏ᄂ
대 是ᄂ 廣기土王이라 ᄒ며 右第壹位에 蚪髥이 上指ᄒ고 猿臂가 特
長ᄒ 壹大臣이 侍立ᄒ얏ᄂ대 是ᄂ 泉蓋蘇文이라 ᄒ며 左第二位에 狀
貌가 嚴驚ᄒ고 意氣가 軒昻ᄒ 壹將軍이 侍立ᄒ얏ᄂ디 是ᄂ 乙支文德
이라 ᄒ며 右第二位에 身體가 健大ᄒ고 音聲이 洪亮ᄒ 壹武夫가 侍
立ᄒ얏ᄂ디 是ᄂ 崔瑩이라 ᄒ며 手中에 電光이 閃〃ᄒ 壹口大劍을 帶
ᄒ고 左右로 查察ᄒᄂ 者ᄂ 是 忠武公 李舜臣이라 ᄒ며 其餘次第 侍
立ᄒ 者ᄂ 皆是歷代聖君賢臣이라 ᄒ더라.

無何에 靑少年이 白簡을 抱ᄒ고 出班前奏曰 新羅 忠臣 朴堤上은
謹再拜痛哭壹言ᄒ노이다. 方今 大東半島에 劫運이 慘澹하야 三千里
疆土가 壑舟에 泛ᄒ얏스며 二千萬 生命이 塗炭에 陷하야 志士ᄂ 熱
死ᄒ고 英雄은 枯死이온 바 亡國은 姑舍ᄒ고 滅國이 在卽ᄒ온지라 臣
이 丹心의 拳〃ᄒ을 不勝ᄒ와 盡思夜度으로 陛下子孫의 生存을 圖謀
코즈 ᄒ온 즉 病源의 由來ᄒ이 壹朝가 아니오며 魔毒을 吹噓ᄒ 者 壹

人이 아니오라.

大抵 四千餘年間에 無數奸夫民賊이 卑劣思想을 鼓吹ᄒ며 壓制虐燄을 加煽ᄒ야 國家의 精神을 殺ᄒ며 民族의 幸福을 剝ᄒ야 神聖至尊ᄒ 大東帝國이 今日 此 慘境에 達ᄒ얏스오니 臣愚ᄂ 窃念컨디 元惡을 不誅하면 後人이 何를 觀ᄒ야 警戒ᄒ며 本源을 不淸ᄒ면 末流가 何를 由ᄒ야 澄淸ᄒ오릿가. 故로 臣意ᄂ 以爲ᄒ대 此等罪人을 不可不照律嚴懲ᄒ온 後에야 將來 子孫이 勤懲홀 비 有홀지라. 玆에 奸夫民賊 等의 罪惡을 臚列ᄒ야 上奏ᄒ옵ᄂ이다.

歷史ᄂ 愛國心의 源泉이라. 故로 史筆이 强하여야 民族이 强ᄒ며 史筆이 武ᄒ여야 民族이 武하ᄂ 비어날 彼 金氏 諸人이 三國 事蹟을 撰出ᄒ미 卑劣ᄒ 政策을 讚美ᄒ며 强勁ᄒ 武氣를 摧折홀시 新羅 文武王이 唐兵을 擊破ᄒ고 本國 統壹ᄒ 功을 以小敵大로 貶하며 隨唐巨寇가 野心을 抱하고 高句麗 侵犯ᄒ 事를 中朝動兵으로 尊ᄒ얏스니. 嗟. 彼 拜外의 僻見者여. 彼가 獨立精神을 抹殺ᄒ 者이오니 此ᄂ 歷史家의 罪人이오며

新羅 末葉에 崔朴 諸氏가 雕虫小技를 抱하고 唐朝에 登第ᄒ야 唐衣를 衣ᄒ며 唐士에 食ᄒ더니 居然 自己生長ᄒ 祖國을 全忘ᄒ고 惟唐을 是寵ᄒ며 惟唐을 是歌ᄒ야 其 歸國ᄒ 後로 崇拜 支那主義를 滿抱ᄒ야 彼國을 我國이라 ᄒ며 我國은 小國이라 ᄒ야 幾百年 魔醉題로 大東大士를 昏倒케 ᄒ얏스니 此ᄂ 文學家의 罪人이오며

幾千載 以來로 東國 君王의 蠻昧者 卑劣者가 雖有ᄒ나 其中에 最蠻昧ᄒ며 最卑劣ᄒ 者ᄂ 高麗王 晧(明宗) 王전(元宗)이 是라. 不過 女眞 蒙古 壹恐喝에 雙膝이 自跪ᄒ야 講和乞命ᄒ며 媚敵苟活홀시 尹麟瞻이 國號上에 大字를 加ᄒᄌ ᄒ미 是가 敵國의 意를 忤ᄒ 議論이라 하야 遠城에 竄하며 崔春命이 壹孤城의 殘兵으로 大敵을 擊破ᄒ미 是가 敵國의 怒를 抵觸擧措라 ᄒ야 牢獄에 下ᄒ니 盖 東國 山河의 憔悴無顔이 從玆로 始ᄒ지라. 此ᄂ 帝王家의 罪人이오며

麗末에 腐敗혼 民氣를 振作ᄒ야 數萬紅寇를 平하며 明將僕眞을 斬ᄒ며 累度倭寇를 鏖退ᄒ야 西征大計를 定ᄒ던 者ㅣ 都統制使 崔瑩이 아닌가. 當時 南裴 諸臣 等이 此를 事大主義에 大悖혼 罪逆이라 ᄒ야 死刑에 處ᄒ얏스니 此人 等은 人臣中의 罪人이오며

其他 薛仁貴는 狗彘의 富貴를 貪하야 賊兵의 先鋒으로 祖國에 突寇ᄒ얏스며 雙翼은 外來異族으로 詩賦取士의 制를 定ᄒ야 千餘年 東國先子의 腦를 腐壞ᄒ얏스며 其他 某〃獨夫民賊 等은 或 小智를 巧弄ᄒ야 民氣를 剗除ᄒ며 或 文弱을 煽吹ᄒ야 武功을 壓抑ᄒ얏스니 此皆萬死無釋의 罪人이라. 陛下 子孫이 此 罪魁 等의 凶毒을 深被ᄒ야 奄臨 無生氣의 民族을 作ᄒ얏스니 此等 罪를 明白嚴懲혼 後에야 現今 人物의 覺悟를 可望이오며

再者 現王朝에 至ᄒ야 至今 五百十 餘 年間에 無數奸臣鄙夫가 産出ᄒ야 文字의 獄案으로 言論自由를 剝奪ᄒ며 樂天의 主義로 自主精神을 探殺ᄒ고 黨派私鬪에 勇ᄒ야 國家公益을 不計ᄒ며 煩惱宦海에 汨ᄒ야 民族興亡을 不恤하야 年〃 變化혼 者는 惟是壓制의 政策이오 日〃 增積혼 者는 惟是依賴의 思想이니 此輩를 壹日 不誅ᄒ면 其 遺傳혼 惡業이 社會와 國家를 滅盡ᄒ리니 此를 不可不調査懲辨이니이다.

奏畢에 列位諸公이 拍掌贊成ᄒ며 大韓帝國萬歲를 一呼ᄒ는 聲이 天地를 徹ᄒ는지라.

倏然 驚覺ᄒ니 晨鷄가 壹聲을 正鳴ᄒ더라.

몽즁인가 진경인가 오동나무에 둘그림즈는 희미훈더 몽롱히 벼기롤 의
지하야 조을더니 홀연 몸에 두눌익가 난닷이 눌아셔 훈 곳에 다다르니
하눌문은 겹겹히 열니잇는더 보비의 자리가 층층히 놉핫더라
즁앙 뎨일위에 용모가 정대훈시고 위의가 슘엄훈신 일위 왕쟈가 안즈
섯는더 문직훈 쟈가 가르쳐 굴ᄋ더 이는 죠션 시조 단군이시니라 훈고
좌편 뎨일위에 룡의 얼골과 봉의 눈으로 일위 대왕이 시립훈는더 이는
고구려의 광기토대왕이라 훈며 우편 뎨일위에 교룡의 슈염이오 진납의
팔노 일위 대신이 시립훈엿는더 이는 쳔합소문이라 훈며 좌편 뎨이에
샹모가 엄위훈고 의긔가 헌앙훈 일위 쟝군이 시립훈엿는더 이는 을지문
덕이라 훈며 우편 뎨이위에 신테가 강대훈고 음셩이 홍량훈 일위 무부
가 시립훈엿는더 이는 최영이라 훈며 번기가 번쩍이는 쟝검을 손에 들
고 좌우로 사찰훈는 쟈는 츙무공 리슌신이라 훈고 그 늠은 사람들은 츠
례로 시립훈엿는더 모다 시조 단군 이하 력더의 셩군과 헌신들이러라
조곰 잇다가 훈 쇼년이 칙 훈 권을 품고 츌반주왈 신라 츙신 박뎨샹은
삼가 지비통곡훈읍고 훈 말숨을 알외ᄂ이다 지금 대동반도국에 겁운이
비참훈야 삼쳔리 강토가 키업는 비를 씌움과 ᄀᆞᆺ흐며 이쳔만 싱명이 도
탄에 잇셔셔 지스는 틋셔 죽고 영웅은 말나셔 죽스오니 나라이 망홈은
고샤훈고 종족의 멸홈이 당쟝에 잇스온지라 신이 단단무타훈온 ᄆᆞ음으

로 춤아 보지못ᄒᄋ와 밤낫으로 폐하의 ᄌ손을 보호ᄒᆞᆯ 방침을 싱각ᄒ온즉 그 병든 근본이 오리엿스며 독해를 씻친 쟈ㅣ 여러 사름이라 대뎌 ᄉ쳔 여 년 동안에 무수ᄒᆞᆫ 간신민적이 비루ᄒ고 용렬ᄒᆞᆫ ᄉ샹을 고동ᄒ고 압 제ᄒᄂᆞᆫ 사오나온 불꼿을 더ᄒᄋᆞ 국가의 정신을 죽이고 민족의 힝복을 박탈ᄒᄋᆞ 신셩지존한 대동뎨국이 오늘날 이 참혹ᄒᆞᆫ 디경에 달ᄒᆞ엿ᄉ오 니 신은 그윽히 싱각건더 큰 죄악을 용셔ᄒᆞ오면 후ᄉ사름이 무엇을 보 고 중계ᄒᄋᆞ며 근원을 맑히지 아니ᄒᆞ오면 하류가 엇지 맑으리잇고 그런 고로 신의 뜻은 이런 죄인을 불가불 죠률엄징ᄒ온 후에야 쟝리 ᄌ손이 본밧고 징계ᄒᆞᆯ 바ㅣ 잇스리라 ᄒᄋ와 이에 간신과 민적 등의 죄악을 로렬 ᄒᄋ와 왈외옵ᄂᆞ이다 력ᄉᄂᆞᆫ 나라를 ᄉ랑ᄒᄂᆞᆫ ᄆᆞ음의 근원이라 그런 고로 ᄉ긔짓ᄂᆞᆫ 붓을 가진 쟈ㅣ 강ᄒᆞ면 그 나라의 민족이 강ᄒᄂᆞᆫ 바ㅣ 어늘 삼 국 ᄉ적을 찬슐ᄒᄋᆞ미 용렬ᄒᆞᆫ 정칙을 찬슝ᄒᆞ엿스며 강경ᄒᆞᆫ 무긔를 억졔ᄒ ᄋ야 신라 문무왕이 당나라ᄉ군ᄉᄅᆞᆯ 쳐셔 파ᄒ고 본국을 통일ᄒᆞᆫ 공을 칭 슝치 아닐 뿐 아니라 적은 나라으로 대국을 항거ᄒᆞ엿다 ᄒᄋ야 폄하ᄒᆞ엿 스며 슈ᄉ나라와 당나라이 야만의 욕심을 품고 고구려를 침범ᄒᆞᆫ 거슬 중국에셔 동병ᄒᆞ셧다ᄒᄋ야 존슝ᄒᆞ엿스니 뎌 외국을 슝비ᄒᄂᆞᆫ 편벽된 소 견으로 독립정신을 말살ᄒᆞᆫ 쟈ㅣ니 력ᄉ가의 죄인이오며 신라 말년에 최 치원 등이 글ᄉᄌᆞ나 ᄒᄂᆞᆫ 적은 지됴를 품고 당나라에 과거를 보와 등과 ᄒ고 당나라 옷을 닙고 당나라 ᄯᅡ에셔 살다가 ᄌ긔 싱쟝ᄒᆞᆫ 조국을 젼혀 니져버리고 오죽 당나라를 놉히더니 귀국ᄒᆞᆫ 후에도 지나를 슝비ᄒᄂᆞᆫ 주 의를 ᄀ득 품고 그 나라를 나의 나라이라 ᄒ고 본국은 쇼국이라 ᄒᄋ야 쳔 여 년 후ᄭᅵ지 대동인ᄉ의 정신을 혼미케 ᄒᆞ엿ᄉ오니 이는 문학가에 죄 인이오며 몃 쳔년이리로 동국 군쥬들 중에 암미ᄒᆞᆫ 쟈도 잇고 비루용렬 ᄒᆞᆫ 쟈도 잇ᄉ오나 그 중에 ᄀ쟝 암미비루 용렬ᄒᆞᆫ 쟈는 고려ᄉ임금 왕호 와 왕년이니 불□시 녀진이나 몽고나 ᄒᆞᆫ번 공갈ᄒᄂᆞᆫ디 두무릅히 스ᄉ로 ᄭ구러져셔 화친을 쳥ᄒᄋᆞ 목슘을 빌며 뎍국을 아첨ᄒᄋᆞ 살기를 구챠로이 도모ᄒᆞᆯ시 윤린쳠이 국호에 큰 대ᄉᄌᆞ을 쓰쟈ᄒᄋᆞ미 이거시 뎍국의 뜻을 거슬니는 의론이라 ᄒᆞ야 윤씨를 뎡비보내엿스며 최츈명이 외로온 셩을 웅거ᄒᆞ야 잔약ᄒᆞᆫ 군ᄉᆞ로 큰 디덕을 쳐셔 파ᄒᆞᄆᆡ 이거슨 덕국의 노를 뎌 쵹ᄒᆞᄂᆞᆫ 거조ㅣ라 ᄒᆞ야 옥에 가두윗스니 대개 동국산하가 쵸췌무안홈이 이ᄯᆡ브터 시작ᄒᆞᆫ지라 이ᄂᆞᆫ 뎨왕가에 죄인이오며

고려 말년에 부패ᄒᆞᆫ 민습을 썰쳐셔 홍구 수만 명을 토평ᄒᆞ고 명나라ㅅ 쟝슈 복진을 버히며 여러 번 왜적을 물니치고 셔ᄒᆞ로 지나라를 도모ᄒᆞᆯ 계칙을 뎡ᄒᆞ엿더니 그 ᄯᆡ에 남씨 비씨 졔신들이 이것을 대국 셤기는 쥬의에 크게 패역ᄒᆞᆫ 죄인이라 ᄒᆞ고 도통졔ᄉᆞ 최형을 ᄉᆞ형□[에] 쳐ᄒᆞ엿스니 이런 쟈들은 신하 즁에 죄인이오며 그 외에 셜인귀ᄂᆞᆫ 개와 도야지의 부귀를 탐ᄒᆞ야 도적의 션봉이 되어 조국을 침노ᄒᆞ엿스며 쌍긔ᄂᆞᆫ 외국 에셔 쟈로 시부로 션비를 취ᄒᆞᄂᆞᆫ 법을 뎡ᄒᆞ야 쳔여 년 동국 션비의 졍 신을 부패케 ᄒᆞ엿고 그 외에도 여러 악ᄒᆞᆫ 임군과 간신들이 혹 적은 지 혜를 공교히 써셔 인민의 긔운을 썩그며 혹 문치의 약ᄒᆞᆫ 거슬 쥬쟝ᄒᆞ야 무비의 공을 압졔ᄒᆞ엿스니 이ᄂᆞᆫ 다 만ᄉᆞ무셕의 죄인이라 폐하의 ᄌᆞ손 이 이 여러 죄인들의 흉독을 닙어셔 엄엄ᄋᆞ야 싱긔가 업ᄂᆞᆫ 민족이 되엿 스오니 이런 죄를 명빅히 징벌ᄒᆞᆫ 후에야 지금 인물도 ᄭᅴᄃᆞᆺ기를 가히 ᄇᆞ 랄거시오며 ᄯᅩ 지금 죠뎡에 니르러ᄂᆞᆫ 오빅십 여년 간에 무수ᄒᆞᆫ 간신과 비부들이 나셔 문ᄌᆞ의 옥을 셜치ᄒᆞ고 언론의 ᄌᆞ유를 박탈ᄒᆞ며 대국을 셤기ᄂᆞᆫ 쥬의로 ᄌᆞ쥬의 졍신을 말살ᄒᆞ고 당파ᄭᅵ리 ᄉᆞᄉᆞ싸홈에ᄂᆞᆫ 용밍이 잇고 국가의 공변된 리익은 불계ᄒᆞ며 벼슬에 부귀만 탐ᄒᆞ고 민족의 흥 망은 불고ᄒᆞ야 희마다 늘어가는 거슨 다만 압졔의 졍칙이오 날마다 더 ᄒᆞᄂᆞᆫ 쟈ᄂᆞᆫ 오즉 의뢰의 ᄉᆞ상이니 이런 무리들을 ᄒᆞ로라도 머물너 두면 그 유젼ᄒᆞᄂᆞᆫ 악독의 결과ᄂᆞᆫ 필경 사회와 국가를 멸망ᄒᆞ고야 말지니 이 것을 불가불 속히 쳐단ᄒᆞᆯ 거시니이다

알외기를 다ᄒᆞᄆᆡ 렬위졔공이 박쟝찬미ᄒᆞ고 대한뎨국 만세를 세 번 부 르는 소리 텬디가 진동ᄒᆞᄂᆞᆫ지라 놀나 ᄭᅢᄃᆞ르니 신벽 닭이 처음으로 울 더라

▲夕陽이 在山ᄒᆞ고 蟬聲이 滿樹ᄒᆞᆫ대 四角帽子를 着ᄒᆞᆫ 兩個少年이 壺酒相對ᄒᆞ야 壹盃壹盃復壹盃에 世上事를 問答ᄒᆞᆫ다.

▲問 李道宰氏가 其子를 爲ᄒᆞ야 直閣을 圖差ᄒᆞ얏다니 씨의 思想도 如此ᄒᆞᆫ가.

答 惡라. 是何言也오. 氏가 平日 盛名之下에 此等 頑習을 行ᄒᆞ얏스리오 決코 其職의 華美를 小貪ᄒᆞ고 其子의 義를 取흠이니라.

問 何謂也오.

答 壹直閣이 該氏 門閥에 損益이 無ᄒᆞᆫ즉 씨의 素性이 淸直ᄒᆞᆫ 故로 人心의 詐僞를 恐ᄒᆞ야 其心을 直ᄒᆞ고 其詐를 閣ᄒᆞ라는 意는 其子의 佩符를 作코져 흠이니라.

▲問 尹用求씨가 此時代를 當ᄒᆞ야 世道를 厭絶ᄒᆞ고 琴書로 自娛ᄒᆞᆫ다니 씨가 國恩이 偏重ᄒᆞᆫ 地에 獨□其身이 臣道에 得當흘ᄭᅡ.

答 君은 安石이 不出이면 其於蒼生에 何오. 云ᄒᆞᆫ 句語만 見ᄒᆞ고 時至而 動則 能成絶代之功이라 云ᄒᆞᆫ 句語는 不知者也로다.

問 然則 此時를 舍ᄒᆞ고 何時를 更待乎아.

答 草堂의 大夢만 覺하면 出世之時가 自至니라.

▲問 李容元氏가 近日 仕宦界에 別般運動이 有ᄒᆞ야 總相椅子에 據ᄒᆞᆫ다는 者도 有ᄒᆞ고 大提學을 拜ᄒᆞᆫ다는 說도 有하니 八旬暮境에

苟〃치 아닌가.

答 是誠何言고 子는 臣道를 不知ᄒ는 者로다. 古不云乎아. 鞠躬
盡瘁ᄒ야 死而後已라 ᄒ니 씨가 老當益壯ᄒ올 ᄲ아니라 今日을 當ᄒ야
報國之心이 豈無ᄒ리오

▲問 近日에 閔泳徽氏와 尹孝定氏가 互相公函ᄒᆫ 事에 對ᄒ야 其
結果가 何如ᄒ올ᄭᅡ.

答 閔氏가 近來 敎育界에 熱心홈은 世所共知어늘 畿湖학會에
對ᄒ야 越□ᄒ올 理가 有ᄒ리오. 窃想건대 近日 錢荒의 所致로 아직 叙
力지 못ᄒᆫ 故이라.

若叙力ᄒᆫ 日이면 씨의 熱心으로 畿湖學會는 宜例히 擔着
ᄒ려니와 其心所及에 自己家屋을 西北學會에 寄附까지 ᄒ올 쥴노 確信
ᄒᄂᆫ대

尹氏가 公函을 遽送ᄒ얏스니 忍耐性이 少ᄒ다 謂ᄒ올지나 閔
氏의 堅確ᄒᆫ 英姿를 豈可容易而 動乎아. 尹氏는 誠善激者也니라.

▲問 現政府는 何如ᄒᆫ가.

答 願 君은 止ᄒ라. □已暮矣오 時將促矣니 異日을 更俟ᄒ고 학
校에 往ᄒ올지어다.

▲梧桐秋夜에 淸風이 徐起ᄒ고 片月이 俙ᄒᄆᄃ 枕上壹夢에 南北村을 周行ᄒ다가 花開洞 某亭子에 至ᄒᆫ즉 朴齊純 閔泳綺 兩氏가 對坐ᄒ야 觀鎭坊會의 首任을 被選ᄒᆫ 後에 自己의 歷史와 人心의 向背ᄅ 論述ᄒᄂᄃ 可聽의 言이 有ᄒ더라.

▲閔 여보 大監. 余ᄂᆫ 向日 觀鎭坊에셔 自治會를 發起ᄒᆫ다 ᄒ기에 大端 憂慮ᄒ얏소

▲朴 여보. 余ᄂᆫ 該會의 發起ᄒᆷ을 聞ᄒ고 大端 喜悅ᄒ얏ᄂᄃ 大監은 何ᄅ 因ᄒ야 憂慮ᄒ얏소

▲閔 余의 憂慮ᄒᆫ 所以ᄂᆫ 無他라. 余輩가 前日 名譽가 太高ᄒ야 志士의 筆端과 辯士의 舌端에 無數低仰ᄒ얏스며 閭巷婦孺까지 晝夜 稱道ᄒ야 萬口의 膾炙를 作ᄒ얏ᄂᄃ 今에 自治會가 組織되면 余輩가 展足의 地가 無ᄒᆯ 쯧하야 憂慮ᄒ얏거니와 大監은 何ᄅ 因ᄒ야 喜悅ᄒ얏소

▲朴 笑哉라 大監의 言이여. 天生否字資格에 不過ᄒ깃도다. 大凡 英雄의 處事가 時勢ᄅ 因ᄒ야 利導ᄒᆯ지라. 曩者에ᄂᆫ 時宜를 因ᄒ야 政府首椅를 據ᄒ고 全國을 掌中에 取舍ᄒ얏거니와 壹自風潮가 變ᄒᆫ 後로 樞院에 退居하야 權利의 時代를 無情閒送ᄒ고 掌握의 風雲이 寂寞ᄒ야 鬱肚의 熱火ᄅ 難禁이러니 幸히 自治會가 □□ᄒ다 ᄒ더니

此洞 人士의 □度로 再三 思量ᄒ즉 此等 美擧을 能히 做去홀 者ㅣ 無
ᄒ지라. 此會가 不起면 已어니와 若組織홀 境遇에ᄂ 余輩를 舍ᄒ고
其孰能之리오. 此乃喜悅所以也로라.

　▲閔 大監의 言을 聽ᄒ니 可謂 高大壹等이오 可字의 資格이로다.

　▲朴 此ᄂ 余의 不敢當 不敢當이로다.

　▲閔 是ᄂ 大監의 謙言이로다. 前後 歷史를 觀ᄒ야도 人望所歸에
大監의게 不及者가 多ᄒ지라. 前者 政黨社會에셔도 大監 參政下에
在ᄒ얏고 今日 民黨社會에도 大監 會長下에 在ᄒ얏스니 人望을 不可
奪이오 資格을 不可欺로다.

　▲朴 往事ᄂ 勿論ᄒ고 余輩가 旣히 民會首領이 된 以上에ᄂ 不可
不注意홀지니 彼 民會에셔 前日 吾輩를 仇視ᄒ든 人士들이 今忽 吾
輩指揮下에 甘處ᄒ야 首領에 位를 讓홈은 決코 余輩의 學問을 取홈
도 아니오 地位를 取홈도 아니오 必是 該會의 財政의 困難을 因홈이
오 心腹은 아닌즉 余輩가 此時를 因ᄒ야 前日 罪過를 贖免치 못ᄒ면
異日이 更無홀지니 余ᄂ 此 洋屋을 賣ᄒ고 大監은 桂洞 洋屋을 賣ᄒ
야 期於此會를 擴張成立ᄒ고 永久維持ᄒ야 使彼人士로 傾心趨服케
ᄒᄋ시다. 古語에 曰 人孰無過리오 改之爲貴라 하얏스니 大監은 實노
注意哉어다.

　▲閔 善哉 善哉라. 大監의 言이여. 使余로 모塞이 頓開ᄒ니 敢不佩
服가.

　▲兩民의 言論이 實行 곳ᄒ면 非特該會에 幸福이라. 該氏等의게도
幸福이오 其影響所及에 無數ᄒ 社會의 幸福이 將現ᄒ리로다.

오동츄야 둘밝은디*

국문판 1908.9.4. 시ᄉ평론

오동츄야 둘밝은디 몸이 곤뇌ᄒ야 셔안을 의지ᄒ고 죠을더니 홀연 몸을 늘녀 ᄒᆞᆫ 곳에 다다른즉 박졔슌 민녕긔 량씨가 셔로 맛나 ᄌᆞ긔들이 관진방회의 두령이 된 후 ᄉᆞ정을 언론ᄒᄂᆞᆫ 말이 가히 드를 만ᄒᆞᆫ지라 좀 착ᄒ여 듯다가 ᄌᆞ정치ᄂᆞᆫ 소리에 놀나 ᄭᅵ니 남가일몽이러라

▲민씨왈 나ᄂᆞᆫ 관진량방에셔 향일에 ᄌᆞ치회를 발긔ᄒᆫ다 ᄒᆞ기로 대단히 근심ᄒᆞ엿소

▲박씨왈 여보 나ᄂᆞᆫ 그 회의 발긔홈을 듯고 대단히 깃버ᄒ엿ᄂᆞᆫ디 대감은 무슴 ᄭᆞ닭으로 근심ᄒᆞ엿소

▲민씨왈 나의 근심ᄒᆞᆯ ᄭᆞ닭은 다름이 아니라 우리들이 젼일 명예가 놉ᄒ셔 유지쟈의 붓긋과 호변긱의 혀긋으로 무수히 오르ᄂᆞ릴뿐 아니라 려항간에 우부운밍ᄭᅡ지라도 만구입담으로 칭도ᄒ엿ᄂᆞᆫ디 지금 ᄌᆞ치회가 조직되면 우리들은 용납ᄒᆞᆯ ᄯᅡᆼ이 업슬 ᄯᅳᆺᄒ야 근심ᄒᆞ엿거니와 대감은 무어슬 인ᄒ야 깃버ᄒ엿소

▲박씨왈 우습다 대감의 말이여 텬싱 부ᄉᆞᄌᆞ 즈격에 지나지 못ᄒ겟소 대뎌 영웅은 시셰를 ᄯᅡ라 쳐변ᄒᄂᆞᆫ 거시라 향쟈에ᄂᆞᆫ 정부슈셕에 안져셔 온 나라를 쟝악 즁에 롱락ᄒ엿거니와 시셰가 ᄒᆞᆫ번 변ᄒᆞᄆᆡ 즁츄원으로 나와셔 됴흔 시디를 허송ᄒ기에 심회가 답답ᄒᆞ더니 다ᄒᆡᆼ이 ᄌᆞ치회를 발긔ᄒᆫ다 홈으로 그 동리 사ᄅᆞᆷ들의 정도를 싱각ᄒᆞᆫ즉 이ᄀᆞᆺ치 됴흔 ᄉᆞ

무를 능히 홀 쟈ㅣ 업슬지라 이 회를 발긔치 아니면 이어니와 조직ᄒᆞᆫ
경우에ᄂᆞᆫ 우리 외에 누가 능히 담임ᄒᆞ리오 ᄒᆞ야 깃버ᄒᆞ엿소
▲민씨왈 대감의 말을 드르니 가위 샹등인이오 가ᄉᆞᄌᆞ의 ᄌᆞ격이로다
▲박씨왈 아니라 이ᄂᆞᆫ 나의 불감당ᄒᆞᆫ 말이로다
▲민씨왈 대감은 엇지 이쳐럼 겸샤ᄒᆞᄂᆞ뇨 전후 리력을 보아도 인망이
대감에게 밋칠 쟈가 업ᄂᆞᆫ지라 전일 정부당 사회에셔도 대감 참졍 밋헤
잇셧고 지금 인민당 샤회에셔도 대감 회쟝 밋헤 잇스니 인망을 쎄아슬
쟈가 업고 ᄌᆞ격을 당홀 사람이 업도다
▲박씨왈 왕ᄉᆞᄂᆞᆫ 물론ᄒᆞ고 우리가 이믜 민회에 두령이 되엿슨즉 불가
불 쥬의홀지라 뎌 민회가 전일에 우리를 원슈ᄀᆞᆺ치 보다가 오늘날 오리
슈하에 잇셔셔 지휘를 밧고져 흠은 우리의 학문도 취흠이 아니오 디위
도 취흠이 아니라 희회외 지졍이 곤난흠을 위흠이니 이ᄂᆞᆫ 졍히 늄의 입
을 막을 됴흔 긔회라 나도 양옥을 풀고 대감도 양옥이나 풀아셔 그 회
에 보조ᄒᆞ야 인심슈습이나 ᄒᆞ여보옵시다 대감은 부디 주의ᄒᆞ여보시오
▲민씨왈 장ᄒᆞ다 대감의 말이여 졀졀히 뎍당ᄒᆞ니 엇지 명심치 아니ᄒᆞ
리오 ᄒᆞ더라
▲이 언론은 비록 허황ᄒᆞᆫ 쑴결에 드른 말이나 이ᄀᆞᆺ치 실시만 되면 그
회에만 힝복이 될쑨 아니라 그 두분의게도 힝복이 되리라 ᄒᆞ노라

▲月明露下에 秋夜正深이라. 萬戶에 砧聲은 已歇호고 行路에 人跡은 初絶호대 惟有凉風이 導人호야 出門徘徊호니 壹帶官墻은 如橫素練이요 淸淸溪 白白沙에 兩人이 相對호야 關東학會를 論評호더라.

▲甲曰 近日 關東학會의 情形이 着〃進步호야 成立의 望이 有홈을 君이 知之乎아.

▲乙曰 余가 詳知치 못호나 其 槪容을 聞호즉 近日 各 學會가 發起혼 中 關東學會는 特히 成立지 못홀 줄노 確信호노라.

▲甲曰 君이 於關東학會에 何其蔑視가 若是滋甚也오

▲乙曰 吁〃悲夫라. 余於關東에 蔑視之理가 豈有리오만은 畿湖학會로 此例를 作호야 推測홀진대 畿湖는 乃是三道九拾餘郡의 雄州巨府라. 名門巨族과 富商大賈가 □〃叢〃호건만은 設會將週에 就緒之道가 □□杳矣어든 而況關東은 海山이 窄雜혼 壹偏方이라. 其地가 畿湖兩□ 雄州에 不過호고 其財가 畿湖壹貳富客에 不及호리니 其成立을 何可望焉고.

▲甲曰 愚哉라. 君言이여. 眞小兒之□□□□ 畿湖□ 雖曰 □廣財阜나 不過是□餠이라. □何用焉고. 大凡大下□가 □乎人이어늘 畿湖人□노□호면 所謂名公巨卿이라. 富商大賈라 稱호는 者는 盡□夢에 夢人이오 其外에 熱心者 幾箇人이 存焉이라. 盡是赤手空拳이니 不得

而 成홈이어니와 關東은 雖曰 山僻小方이나 有如南宮억 南相鶴 朴義
秉이 存焉ᄒ야 熱心做去ᄒ니 其成立이 必無難矣리라.

▲乙曰 是誠何言고. 如南宮억者ᄂᆫ 社會上 第壹 屈指者라 ᄒ야도
妄言이 아니라 ᄒ깃스나 是人也ㅣ 亦是 畿湖 熱心者中 壹例라. 其手
가 赤이어니 不必擧論이오 至於南相鶴ᄒ야ᄂᆫ 巨額을 損付ᄒ엿스니
關東의 第壹 熱心家라 ᄒᆯ지나 其損壹千圓을 壹年에 排朔ᄒ다 ᄒ니
假使 南氏로 □金額을 壹手損付라도 其 學會에 對하야ᄂᆫ 此 金額으
로 成立된다 謂키 難ᄒ대 若排朔을 ᄒ면 該氏 名譽上에ᄂᆫ 千圓損金
이 壯則 壯矣나 該會로 論ᄒ면 實收入이 不過是百圓이니 南氏의 損
金이 名譽를 取홈인지 學會를 愛홈인지 斷言키 難ᄒ고 至於朴義秉ᄒ
야ᄂᆫ 財□으로 言ᄒ야도 關東에 第壹이오 爵位로 言ᄒ야도 關東에 第
壹이라 ᄒ깃거날 衆人을 對ᄒ야ᄂᆫ 個人마다 拾兩을 得ᄒ거든 五兩을
出ᄒ고 百兩을 得ᄒ거든 五拾兩을 出ᄒ즈 ᄒ엿스니 該氏의 年俸이 數
千圓이라. 此言을 實踐ᄒᆯ진댄 쭘少ᄒ여도 千圓以上을 宜損이어날 壹
百五拾圓을 出ᄒ엿스니 此ᄂᆫ 不過是能言鸚鵡이 不足掛□이오. 其他
江陵의 李□□ 襄陽의 崔允貞은 非但 關東의 財政家인 卽 國內의 財
政家라 稱ᄒ 者인대 尙此參〃ᄒ니 畿湖학會□ 現今의 損□이 萬圓□
□에 達ᄒ여도 成立키 難ᄒ다 ᄒᄂᆫ대 而況關東은 畿湖보다 倍加□力
이라도 成立을 斷言ᄒᆯ 슈 無ᄒ거든 其 影響의 下落이 不知幾于百丈
인즉 烏可成立乎아. 君이 稱余曰 小兒之見이라 ᄒ더니 君은 乃是胎
塊中人也로다.

▲甲이 笑曰 明確哉아. 君言이여. 余가 君言을 □□□ 關東諸□□
에 傳ᄒ깃노라.

 未來韓半島問答

山雲子

1908.9.18. **寄書**

秋風이 新起ᄒ고 宿雨가 初歇하얏ᄂ대 山雲子ㅣ 愴感이 方切ᄒ얏
ᄂ대 悽〃然 獨坐ᄒ얏더니 忽然 門外 剝啄數聲에 容貌ᄂ 리黑ᄒ고
布衣가 襤縷ᄒ 壹客이 곽然히 余를 揖하야 曰 子가 山雲이 아닌가. 余
ㅣ 愕然히 問ᄒ야 曰 我ᄂ 山雲이어니와 子ᄂ 何許人으로 此無能잔伏
ᄒ 人物을 惠顧ᄒᄂ가. 客이 喟然 曰 我의 號ᄂ 嗚乎子라. 所見도 嗚
乎오 所思도 嗚乎오 所言도 嗚乎라. 此二拾世紀 新舞臺의 好個光陰
을 壹嗚乎中에 送ᄒ더니 天地를 俯仰ᄒᄆ 立談ᄒᆯ 者ㅣ 無ᄒ야 彷황躊
躇ᄒ다가 子를 訪ᄒ야 子의 手를 握ᄒ고 子의 言을 聞ᄒ기 爲ᄒ야 來
ᄒ얏노라.

余ㅣ 其言을 聞ᄒ고 慨然히 發ᄒ야 曰 悲夫라. 子여. 子의 嗚乎가
子의 身만 爲흠도 아니며 子의 家만 爲흠도 아니라. 韓半島를 爲ᄒ야
嗚乎흠이니 엇지 同志者의 淚를 揮ᄒ고 髀를 拊ᄒᆯ 處가 아니리오. 然
이나 子가 現在의 韓半島만 見ᄒ고 未來의 韓半島ᄂ 不見ᄒᄂ도다. 今
日 嗚乎의 韓半島가 엇지 來日 快榮의 韓半島가 되지 아니흠을 知ᄒ
ᄂ가. 客이 於是에 愀然整矜하야 曰 奇異ᄒ다. 子여. 오怪하다 子여.
願컨디 子로 더부러 余의 所懷를 論ᄒ야 余의 所悲를 觀코자 ᄒ노라.
余ㅣ 曰 諾다. 子ᄂ 其言ᄒ라. 客이 愴然히 淚를 拭ᄒ며 言ᄒ야 曰 吾
ᄂ 聞ᄒ니 道德世界에ᄂ 公理가 公理오 强權世界에ᄂ 勢力이 公理라

ᄒ니 天下에 所謂 公理ᄂ 空言에 付ᄒᆞᆯ 而已오 勢力만 有ᄒᆞᆫ지라 然則 弱者가 强者를 不敵ᄒᆞᆷ은 實로 天演의 公例로다. 噫嘻悲夫라. 弱ᄒᆞᆷ이 我邦과 如ᄒᆞ고 엇지 今日 强權演幕下에 生存을 得하리오 窃想컨대 未來 韓半島의 嗚乎가 今日 韓半島의 嗚乎보다 壹層 尤甚ᄒᆞᆯ지라. 엇지 悲傷치 아니ᄒᆞᆫ가. 余ㅣ 曰 子의 言이 可ᄒᆞ기ᄂ 可하나 不然ᄒᆞᆫ 理가 子의 言과 如히 弱者ㅣ 敗하고 强者ㅣ 勝ᄒᆞᆷ은 實로 公例나 今日 韓半 島가 弱ᄒᆞᆷ으로 반다시 滅亡ᄒᆞᆫ다 ᄒᆞᆷ은 決코 不可ᄒᆞ니 今日은 비록 弱ᄒᆞᆯ 지라도 我輩가 能히 奮發ᄒᆞ며 能히 忍耐ᄒᆞ야 强大ᄒᆞᆫ 新大韓을 建設ᄒᆞ 면 엇지 生存만 得ᄒᆞᆯ 쑨이리오. 抑亦 全地球의 勢力을 吾輩의 手로 握 하야 世界主人翁이 됨도 不難ᄒᆞ다 ᄒᆞ노라. 客이 曰 然ᄒᆞ다. 然ᄒᆞ면 能 히 生存ᄒᆞ리라 ᄒᆞᆷ은 然ᄒᆞ나 顧컨대 此 萎摩積弱ᄒᆞᆫ 韓國을 何道로 能 히 强케 ᄒᆞᆯ고. 余ㅣ 曰 韓國의 衰弱ᄒᆞᆫ 原因은 壹朝壹夕의 故가 아니라 由來ᄒᆞᆫ지 已久ᄒᆞ얏ᄂᆫ대 其 惡原因을 除去ᄒᆞ면 惡結果ᄂ 退去하고 善 結果가 歸來ᄒᆞᆯ지니라. 客이 曰 其 原因을 顧問ᄒᆞ노라. 余ㅣ 曰 嗚乎라. 余ㅣ 此에 到ᄒᆞ야 寧히 無言코ᄌ ᄒᆞ노라. 夫其原因이 許多ᄒᆞᆫ 中에 第 壹은 卽 民族裂缺이 是라. 此 裂缺ᄒᆞᆫ 民族을 喚起ᄒᆞ야 完全ᄒᆞᆫ 團體를 組成ᄒᆞᆫ 後에야 可ᄒᆞ니라. 客이 曰 我 民族의 裂缺이 已久라. 今此同舟 의 溺을 遭ᄒᆞ얏스되 猶且往〃히 分離의 狀態가 有ᄒᆞ니 實로 寒心ᄒᆞᆫ 處로다. 然則 如何라야 能히 我 民族으로 裂缺을 變ᄒᆞ야 團體를 成ᄒᆞ 리오. 余ㅣ 曰 彼 千百年 歷史를 讀컨디 幾個男兒의 事蹟으로 充ᄒᆞᆷ에 不過ᄒᆞ나 大凡壹國이던지 壹地方이던지 其間에 幾千萬人이 個〃豪傑 男兒가 團體의 精神을 鼓舞ᄒᆞ야 着〃히 進取ᄒᆞ면 我 大韓이 須臾에 壹大團體를 成ᄒᆞᆯ지니 如斯ᄒᆞ면 엇지 强大ᄒᆞᆫ 韓半島가 되지 아니ᄒᆞᆷ을 患ᄒᆞ리오 客이 曰 善哉라. 子의 言이여. 子의 言과 如ᄒᆞᆯ진대 我가 將 次 嗚乎를 變ᄒᆞ야 快樂ᄒᆞ며 歎을 變하야 笑ᄒᆞ며 哭을 變하야 歌ᄒᆞᆯ진뎌 하고 退ᄒᆞ거날 余가 其 問答을 記ᄒᆞ야 絶望者에게 警告ᄒᆞ노라.

가을 바름은 시로 니러나고 싸인비는 처음으로 긔엿는디 산운ㅈ │ 창
감흔 ᄆᆞ음이 홀연 동ᄒᆞ여 쵸연히 홀노 안졋더니 홀연 문 밧긔셔 문을
쑤드리는 소리가 나며 얼골은 검고 의복은 람루흔 긱이 드러와셔 나의
게 읍ᄒᆞ고 ᄀᆞᆯᄋᆞ디 그디는 산운이 아닌가 내가 괴이히 녁여 무러 ᄀᆞᆯᄋᆞ디
나는 산운이어니와 그디는 엇던 사람이완디 이 무지무능ᄒᆞ야 칩복흔
나를 차ᄌᆞ왓느뇨 긱이 흔번 탄식ᄒᆞ고 ᄀᆞᆯᄋᆞ디 나는 오호ㅈ │ 라 ᄒᆞ는 사
롬인디 보는 바 │ 슯흔 물건이오 싱각ᄒᆞ는 바 │ 슯흔 일이며 듯는 바 │
슯흔 소리라 오늘날 이십셰긔 이 시디의 셰월을 다만 슯흔 가온디셔 보
니며 하늘을 쳐다보고 ᄯᅡ흘 굽어보미 가히 더브러 말흘 쟈 │ 업기로 방
황쥬져ᄒᆞ다가 그디의 청풍을 듯고 차ᄌᆞ옴은 그디의 손을 잡고 그디의
긔위흔 말슴을 듯고져 홈이로라 내가 그 말을 듯고 그 ᄯᅳᆺ을 슯히 녁여
개연히 디답ᄒᆞ여 ᄀᆞᆯᄋᆞ디 슯흐다 그디의 슯허홈이 그디의 몸만 위홈도
아니오 그디의 집만 위홈도 아니라 대한전국을 위ᄒᆞ야 슯허홈이니 엇
지 ᄯᅳᆺ이 ᄀᆞᆺ흔 쟈 │ 눈물을 뿌리고 가슴을 어루만져 탄식지 아니ᄒᆞ리오
그러나 그디는 당장에 형편만 보고 쟝리의 형편을 싱각지 못ᄒᆞ는도다
오늘날 슯흔 디경에 잇는 한국은 쟝리에 쾌락흔 디경에 잇는 한국이 되
지 아니흘 줄을 알고 엇지 아느뇨 긱이 ᄀᆞᆯᄋᆞ디 아혹ᄒᆞ다 그디의 말이여
오활ᄒᆞ다 그디의 말이여 나는 그디의 말을 히득흘 수 업스니 원컨디 그

디로 더브러 나의 슯흔 바 소회를 의론ᄒ고져 ᄒ노라

내가 디답ᄒ디 그디의 의론을 듯고져 ᄒ노라

긱이 눈물을 씻고 ᄀᆯ으디 나는 드르니 도덕을 숭상ᄒᆞ는 셰계에는 공별된 리치를 공변된 리치도 시힝ᄒ고 권리를 숭상ᄒᆞ는 셰계에는 셰력을 공변된 리치로 시힝ᄒ다 ᄒ니 그런즉 텬하에 공변된 리치라 ᄒᆞ는 거슨 븨연 말 쑨이오 셰력만 숭상홈이라 약ᄒᆞ 쟈가 강ᄒᆞ 쟈를 디덕지 못홈은 어린ᄋᆞ히라도 아는 바ㅣ라 슯흐다 약ᄒ기로 우리 한국 ᄀᆞᆺᄒᆞ 쟈ㅣ 엇지 이 권리를 숭상ᄒᆞ는 이 시디에 싱존ᄒ기를 엇으리오 나는 싱각건디 쟝리의 한국은 오늘날 한국보다 슯흠이 일층 더 심ᄒ올지니 엇지 상심치 아니리오

내가 ᄀᆯ으디 그디의 말이 그러ᄒᆯ 듯ᄒ나 그러치 아닌 리치가 쏘ᄒ 잇스니 그디의 말슴과 ᄀᆞᆺ치 약ᄒᆞ 쟈는 패ᄒ고 강ᄒᆞ 쟈는 이긔는 거슨 실노 공변된 리치나 오늘날 한국이 약ᄒ다 ᄒ야 반드시 망ᄒ다 홈은 결단코 그럿치 아니ᄒ니 오늘날은 비록 약ᄒᆞᆯ지라도 우리 무리가 능히 실력을 분발ᄒ고 능히 고초를 감내ᄒ야 강대ᄒ 대한 뎨국을 건셜ᄒᆞᆯ진디 엇지 싱존홈만 엇을 쑨이리오 온 디구의 셰력을 우리 쟝악에 넛코 셰계에 쥬인이 됨도 어렵지 아니리라 ᄒ노라

긱이 ᄀᆯ오디 그러나 강ᄒ면 능히 싱존ᄒ다 홈은 나도 말ᄒᆞ는 바ㅣ어니와 이ᄀᆞᆺ치 심히 약ᄒᆞ 나라를 무슴 도로 능히 강ᄒ게 ᄒ겟ᄂᆞ뇨

내가 ᄀᆯ으디 한국의 쇠약홈은 ᄒ로 아춤에 된 거시 아니라 그 근인이 오리엿스니 그 악ᄒᆞ 근인을 쓴흐면 악ᄒᆞ 결과가 업셔지고 션ᄒᆞ 결과가 도라 올지니라 긱이 ᄀᆯ으디 그 근인을 가히 엇어 듯겟ᄂᆞ뇨 내가 ᄀᆯ으디 그 근인이 여러 가지가 잇스나 첫지는 민족의 단합지 못홈이니 이 단합지 못ᄒᆞ 민족을 불너 ᄭᅵ워셔 완젼ᄒ 단톄를 조직ᄒ면 가히 강ᄒ게 홀지니라 긱이 ᄀᆯ으디 우리 민족의 ᄆᆞ음이 리산ᄒᆞ 지가 오랜지라 이제 홈끠 물에 ᄲᅡ진 경우를 당ᄒ여도 조곰도 리산ᄒᆞ ᄆᆞ음을 도로힘을 볼 수 업스니 엇지ᄒ여야 가히 이 리산된 ᄆᆞ음을 단합게 ᄒ리오 내가 ᄀᆯ으디 녯적

스긔를 볼진디 훈 사룸이 영특ᄒ면 몃 쳔만의 민족이 그 사룸의 부리는
바ㅣ 되여 진퇴좌우를 그 사룸의 임의로 ᄒ엿거니와 이는 다만 그 위풍
과 샤력으로 민심을 습복게 홈이오 실샹 민심을 단합게 홈이 아니라 지
금 셰계는 사룸사룸이 즈쥬의 텬연을 능히 아는 고로 녯적 혼둔시디와
ᄀᆺ치 훈 사룸의 영호홈으로는 인민의 단합을 능히 ᄒ지 못ᄒ는지라 대
개 인민을 단합코져 홀진디 학문이 아니면 능히 홀 수 업ᄂ니 몃 쳔만
인민을 교육으로 인도ᄒ야 나라를 ᄉ랑ᄒ고 동포를 ᄉ랑ᄒ고 즈긔를
ᄉ랑ᄒ는 리치를 찌둣고 싱명지산을 보호ᄒ는 법을 알아셔 몃 쳔만인
이 개개히 호걸의 ᄆᆞ음을 가지고 호걸의 ᄉ업을 홀 줄노 스스로 밋을
만큼 학력이 견실히 된즉 즈연 동셩상응ᄒ고 동긔샹구ᄒ는 리치에 권
ᄒ고 지쵹ᄒ는 쟈ㅣ 업셔도 단합은 스스로 되리니 인민을 단합ᄒ고 지
원을 넉넉ᄒ게 ᄒ고 실력을 견확ᄒ게 ᄒ면 쟝리 한국으로 ᄒ여곰 강대
훈 한국이 되게 홈이 엇지 어려우리오 긱이 굴ᄋ디 그디의 말슴과 ᄀᆺ흘
진디 나는 쟝춧 오호를 변ᄒ야 쾌락이라 ᄒ리로다 ᄒ거눌 인ᄒ야 이 문
답을 대강 긔록ᄒ야 여망이 업다고 혼탄만 ᄒ는 쟈들을 경고ᄒ노라

052 大監과 進賜

1908.9.24. 雜報

▲丹楓溪 寶花屋에 兩人이 相對ᄒ야 密勿ᄒ 酬酌이 眞是使人으로 可憎可笑ᄒ더라.

▲掌中에 風雲이 起伏하고 舌端에 禍福이 出入者ᄂ 椅上에 踞坐ᄒ 大監이 是也오 巧言令色으로 搖尾乞憐ᄒ야 座末에 侍立者ᄂ 進賜가 是也로다.

▲大監曰 君이 風雨寒暑를 不關ᄒ고 每日 余 門下에 趨進하니 實愛吾而 然耶아 抑有所懷而 然耶아.

▲進賜 拱手 對曰 侍生之所以趨侍者ᄂ 數尺腐腸에 所懷積壘ᄒᆯ 쑨 아니라 大監을 仰恃ᄒᆷ이 嬰兒의 父母를 望ᄒᆷ과 如ᄒ오나 壹日을 敢 빌치 못ᄒ얏더니 天幸으로 下問ᄒ시니 感深이로이다.

▲大監이 阿然 笑曰 君이 於余에 如此之誠이 有ᄒ던가. 若然則 其所懷를 勿諱詳陳ᄒ라.

▲進賜가 避席 再拜曰 感哉라. 大監之言이여. 我國이 幾百年 仕宦을 崇拜ᄒ던 餘習이 尙存ᄒ야 優著ᄒ 학문과 卓越ᄒ 知識이 有하야도 不官者ᄂ 人이 賤之ᄒ고 人面獸心에 狼子狗徒라도 爲官者ᄂ 人이 貴之어날

侍生은 已往에 判任官 名色으로 在ᄒ다가 茂力所致로 失奪ᄒ 後 幾年을 寥〃ᄒ미 他人의 凌侮를 難堪인즉 大監의 德澤으로 壹要

任을 得叙ᄒ얏스면 苑無餘恨이로이다.

　▲大監曰 君言을 聽ᄒ니 似或然矣나 余가 君의 私情만 施給지 못 ᄒ을지니 君이 余의 所請을 先施ᄒ까.

　▲進賜曰 生之死之를 企恃大監인디 엇지 拒逆ᄒ을 理가 有ᄒ오릿가.

　▲大監曰 余ᄂᆞᆫ 好色者라 君의 妻妾을 余에게 許ᄒ까.

　▲進賜曰 不敢請이언뎡 固所願이로이다.

　▲大監曰 余ᄂᆞᆫ 貪財者라 君의 財産을 余에게 讓ᄒ까.

　▲進賜曰 此ᄂᆞᆫ 再問ᄒ실 것이 無ᄒ오이다.

　▲大監曰 君의 兄弟姊妹로 余의 奴隷를 作ᄒ까.

　▲進賜曰 若侍生의 所願대로 要任壹窠를 施給ᄒ야 永久勿替ᄒ시 면 妻妾도 可許며 財産도 可讓이며 兄弟姊妹도 可奴ᄒ을 뿐 아니라 侍 生의 所營者ᄂᆞᆫ 勿論巨細ᄒ고 掃盡貢獻ᄒ오리다.

　▲大監曰 君言이 旣如是則 當依施어니와 他日에 後悔치 말나.

　▲進賜가 唯〃 稱謝曰 於今에 所願을 成就ᄒ얏스니 後悔之理가 豈有리오 ᄒ고 再拜而 退ᄒ더라.

　▲此等 鄙悖人種은 當投諸水火 然後에야 文明을 可期로다.

황국단풍 됴흔 집에 두 사롬이 샹디ᄒ야 비밀ᄒ게 슈작홈이 가쇼롭고
가증ᄒ다

▲손 ᄒ번만 놀녀도 풍운조화가 무수ᄒ고 말 ᄒ마디만 ᄒ여도 화복 귀
쳔이 ᄌ지ᄒ 쟈는 교외에 거러 안진 대감이시오 아쳠ᄒᄂᆞᆫ 모양으로 이
걸복걸ᄒ며 좌셕 ᄉ즈헤 뫼시고 섯는 쟈는 나아리시로다

▲대감왈 ᄌ네가 풍우와 한셔를 불피ᄒ고 날마다 내 집 문하에 등디ᄒ
니 실노 나를 ᄉ랑ᄒ여 그러ᄒᆫ가 무슴 소회가 잇셔서 그러ᄒᆫ가

▲나아리 디왈 시싱의 등디ᄒᄂᆞᆫ 바는 적은 창ᄌ에 싸힌 소회가 잇슬
ᄲᆞᆫ 아니라 대감을 밋음이 어린 ᄋ희가 ᄉ랑ᄒᄂᆞᆫ 어미를 ᄇ라는 것과 ᄀᆞᆺ
ᄉ오나 진졍의 말슴 ᄒ마디를 감히 고치 못ᄒ엿습더니 텬ᄒᆼ으로 하문
ᄒ옵신즉 불승감격ᄒ오이다

▲대감이 빙그레 우스며 왈 ᄌ네가 내게 무슴 진졍이 잇던가 그러ᄒᆫ즉
소회를 숨기지 말고 ᄌ셰히 말ᄒ라

▲나아리가 물너서셔 지비ᄒ고 왈 감격ᄒ오이다 대감의 말슴이여 우리
나라이 몃 ᄇ년에 ᄉ환을 숭샹ᄒ던 여습이 샹존ᄒ야 우등ᄒ 학문과 탁
월ᄒ 지식이 잇셔도 벼술을 못ᄒ 쟈는 놈이 쳔ᄒ게 넉이고 불학무식 홀
ᄲᆞᆫ 아니라 금슈ᄀᆞᆺ흔 무리라도 벼술만 ᄒ면 놈이 귀ᄒ게 넉이거늘

▲시싱은 이왕에 판임관 명식으로 잇다가 무셰ᄒ 소치로 쎄앗긴 후에

멋멋 히를 적적히 지내온즉 눔의 업수히 녁임을 견더기 어렵亽오니 대
감의 덕틱으로 요임훈 자리 벼슐을 엇어호오면 죽어도 여훈이 업겟느
이다

▲대감왈 즈네의 말을 드르미 혹 그러홀 쯧호나 내가 그더의 亽졍만
시힝호여 주지 못홀지니 그더가 나의 소쳥을 몬져 시힝호랴눈가

▲나아리왈 죽고 살기를 젼슈히 대감만 밋습눈디 엇지 거역홀 리치가
잇亽오릿가

▲대감왈 나눈 호식하눈 사름이라 즈네의 쳐쳡을 내게 허급호겟눈가

▲나아리왈 불감텽이언뎡 고 소원이로소이다

▲대감왈 나눈 탐지호눈 사름이라 즈네가 지산을 내게 다 주랴눈가

▲나아리왈 이눈 두 번도 무르실 거시 업느이다

▲대감왈 즈네의 형뎨와 즈녀를 나의 노례로 주랴눈가

▲나아리왈 만일 시싱의 소원터로 요임벼슬 훈 자리만 허급호샤 영구
히 갈니지 안케 호시면 쳐쳡과 지산과 형뎨 즈미를 드릴 쑨 아니라 시
싱의 가진 바룰 무론 대쇼호고 다라도 밧치 오리다

▲대감왈 즈네의 말이 이왕 이又흔즉 맛당히 허시호려니와 이 다음에
후회치 말나

▲나아리가 지삼 칭샤호며 왈 이졔 소원을 셩취호엿亽오니 후회홀 리
가 엇지 잇亽오릿잇가 호고 두 번 졀훈 후에 물너가더라

이又치 비루훈 인종은 물에나 불에 다 더[던]진 후에야 문명국이 되리
로다

秋燈이 明滅훈대 几에 依ᄒ고 閒坐ᄒ더니

隔壁隣舍에 數人이 相對話ᄒ거날 耳를 傾ᄒ야 聽훈즉 如左ᄒ더라.

(甲)曰 余는 洋燭을 爲業코ᄌ ᄒ야 拾數資本家와 團結ᄒ고 壹光力 社를 設훈 後에 燭材를 購ᄒ며 燭工을 募ᄒ야 燭製造에 從事하야 第壹 次 着手放賣훈즉 各會社及閭閻人家에서 皆曰 此燭이 品美ᄒ며 此燭 이 價廉ᄒ다 ᄒ야 多數買用ᄒ더니 及其第二度의 製造훈 바를 放매훈 즉 該燭의 吐烟의 松胱[광슐]과 如ᄒ고 放臭가 又惡ᄒ야 人의 鼻口를 觸ᄒ미 自然 買用者가 漸少훈지라. 其 原因을 探훈즉 專혀 心炷가 不 良훈 然故이기에 東京에 注文ᄒ야 良好훈 心炷를 輪渡하라 하ᄂ 彼가 良好훈 心炷는 不與ᄒ고 但只 惡品만 送出ᄒᄂ 故로 空然히 資本만 浪費ᄒ고 該業을 倒覆하얏스니. 噫라. 洋燭의 利益도 其亦不少하거늘 只是心炷製造法을 不知ᄒ야 日人의 掌中에 其利가 專歸케 ᄒᄂ도다.

(乙)曰 余는 倭石鹼[왜비누]를 製造하야 自家의 利益도 摘ᄒ며 國人 의 需用도 供코ᄌ ᄒ야 日本에셔 石鹼製造를 卒業훈 者 壹人을 雇用 ᄒ얏더니 희人이 紙上에 卒業 쑨이오 實地試驗은 無ᄒ얏던지 拾試에 拾不驗이오 百試에 百不驗이라. 是以로 幾千元金만 壑舟에 付送ᄒ얏 노라.

(丙)曰 余는 鐵工場을 設ᄒ고 鎔鐵新法을 試코ᄌ ᄒ야 鎔鐵을 卒業

훈 我國人을 用하야도 不成이오 此術을 已熟훈 日本人을 雇用호야도 不成이라. 噫라. 我國人은 不善學호고 日本人은 秘不傳호니 鎔鐵 壹 術도 我國에 俳佈호기 難호다 호리라.

甲乙丙 三人이 話를 旣竟하미 相對咄嘆훌 而已러라.

記者曰 嗚呼라. 公等이여. 此時가 엇지 如此히 咄嘆훌 時인가. 全國 人의 生滅은 其 貧富에 係호고 全國人의 貧富는 商工業 발達 不발達 에 係훈 바니 商工業者는 全國人의 生命될지어날 現今 韓國에는 燐 寸「셩량」壹個도 惟外國의 輸入호는 비며 石油 壹匙도 亦外國의 슈 入호는 비라. 本地에 슈出品은 甚少하고 惟外國物의 슈入 뿐이니 其 民이 貧弱殄滅의 境을 免코즈 혼들 豈得호리오 此時에 生훈 公等은 空然히 咄嘆만 호지 말고 愈〃히 商工界에 猛進奮鬪를 試훌지어다.

公等이 此言을 聞호면 必曰 吾輩가 財團을 集호야 爲先 製造等에 着手호미 乏人材의 嘆이 有훈지라. 於是乎不得不日人을 雇用훌지나 雇用호는 日人이 其術의 盡試를 不肯하며 於是乎不可不日本에 往호 야 學得코즈 호나 敎授호는 日人이 其秘의 盡傳훔을 不肯호니 此는 吾輩의 過境失敗에 可驗훌지어늘 今에 徒然히 曰 爾가 實業을 學호 라. 爾가 製造를 學호라. 爾가 商工界에 競爭호라 하니 此가 皆時勢를 不知하는 故가 아닌가 훌지나

此等 失敗 此等 險阻를 因호야 悲觀退步호면 自殺穴에 入훌 而已 니 知者는 行하며 不知者는 學호고 日本에 往호야 不善敎커던 西國 에 往하며 自己가 年已晚커던 子弟를 送호고 心腐腦裂토록 硏究훌지 어다. 萬壹 〃時失敗로 由호야 退步호면 競爭烈猛 潮中에 飢葬훌지며 自己는 或免훌지라도 子孫은 不免호리니 戒哉어다.

嗚呼라. 全國 大利權은 他手에 盡入호고 區〃實業도 如此未進호니 壹國生命이 何地에 稅駕훌는지 只今 餘望은 唯是有志者 有資本者가 其 心血을 敎育實業에 盡호면 壹線生路가 有호리니 壹時失敗로 退沮 치 말지어다.

실업계에 실패훈 쟈의 가련훈 담화

국문판 1908.11.5. 론셜

가을밤에 잠을 일코 등ㅅ불은 ㄱ믈ㄱ믈ㅎ눈디 밤 긴 거슬 훈ㅎ면셔 셔
안을 의지ㅎ여 안졋더니 벽을 젹훈 니웃집에셔 두어 사름이 셔로 디ㅇ
여 말ㅎ거눌 귀를 기우리고 드르니

훈 사름이 글ㅇ디 나는 양쵹을 믄드러 영업을 ㅎ고져 ㅎ여 ㅈ본가 몃
사름으로 더브로 일광 회샤를 조직훈 후에 쵹믄들 지료를 사며 쵹믄드
눈 공쟝을 모집ㅎ야 쵹을 믄드러 첫 번으로 방매훈즉 각 샤회와 려염가
에셔들 모다 닐ㅇ디 이 쵹의 픔이 아름답고 갑이 싸다ㅎ여 다수히 사셔
쓰더니 두 번재 제조훈 바룰 폴민 그 쵹불의 연긔눈 관솔 연긔와 ㄳ고
내음식가 쏘 괴악ㅎ여 사름의 코룰 쏘눈지라 그럼으로 ㅈ연 사셔 쓰눈
쟈가 졈졈 적어지니 그 근인을 탐지ㅎ여 본즉 젼혀 심주가 됴치 못훈
연고이기로 동경에 주문ㅎ여 됴훈 심주룰 퇵ㅎ여 보내라 ㅎ엿더니 맛
춤니 됴훈 거슨 아니 보내고 일향 악픔만 보내눈 고로 공연히 ㅈ본만
랑비ㅎ고 영업은 결단이 낫스니 슯ㅎ다 양쵹의 리익도 쏘훈 적지 아니
ㅎ거눌 다만 심주 제조ㅎ눈 법을 알지 못ㅎ여 일인의 쟝즁에 그 리익이
모다 드러가게 ㅎ눈도다 ㅎ고

쏘 훈 사름이 글ㅇ디 나는 왜비누를 제죠ㅎ여 ㅈ긔의 리익도 눕기려니
와 국민의 슈용도 공급코져 ㅎ여 일본에셔 비누 제조ㅎ눈 법을 졸업훈
쟈 훈 사름을 고용ㅎ엿더니 그 사름이 말노만 졸업이라 ㅎ고 실디 시험

은 업셧든지 열번 시험ᄒ여도 열번 아니 되고 빅번 시험ᄒ여도 빅번 아
니 되ᄂᆫ지라 그런 고로 멋 쳔원 ᄌ본만 공중에 씌여 보내엿노라 ᄒ고
ᄯ 혼 사름은 굴ᄋᄃ 나ᄂᆫ 텰고장을 셜립ᄒ고 쇠를 녹이ᄂᆫ 새 법을 시
힘코져 ᄒ여 쇠를 녹이ᄂᆫ 법을 졸업혼 본국 사름을 고용ᄒ여도 되지 아
니ᄒ고 그 법에 익슉혼 일본 사름을 고용ᄒ여도 되지 아니ᄒᄂᆫ지라 슯
ᄒ다 본국 사름은 잘 비호지 못ᄒ고 일본 사름은 쳥기와 쟝슈의 힝ᄉ를
모방ᄒ니 쇠 녹이ᄂᆫ 법도 우리나라에ᄂᆫ 젼습ᄒ기가 어렵도다 ᄒ고 세
사름이 이 말을 맛치고 셔로 디ᄒ여 혼탄만 홀 ᄲᅮᆫ이러라
긔쟈ㅣ 굴ᄋᄃ 오호ㅣ라 이 세 사름이여 이 ᄢ가 엇지 이ᄀᆺ치 혼탄만
홀 ᄶ인가 젼국 사름의 죽고 사ᄂᆫ 것이 간난ᄒ고 넉넉혼디 둘녓스며 젼
국인의 간난ᄒ고 넉넉혼 거슨 상업과 공업의 발달홈에 둘녓슨즉 상업
과 공업은 젼국인의 싱명이라 ᄒ여도 과혼 말이 아니여늘 지금 한국에
셔 셕류황 혼 갑이라도 외국에셔 슈입홈을 기ᄃ려 쓰며 무명혼 쟈ㅣ라
도 외국에셔 직조혼 거슬 쓰ᄂᆫ 바ㅣ라 본국에셔 슈출ᄒᄂᆫ 물픔은 도모
지 업고 오즉 외국 물픔의 슈입ᄒᄂᆫ 것 ᄲᅮᆫ이니 그 빅셩이 빈약ᄒ고 멸
망ᄒᄂᆫ 경우를 뎐코져 혼들 엇지 면ᄒ리오 이 ᄢ에 나셔 공연히 혼탄만
ᄒ지 말고 더욱 공업과 상업계에 힘써 나아가셔 분력ᄒ여 경징홈을 시
험홀지어다 공등이 이 말을 드르면 필연 굴ᄋᄃ 우리가 직정을 모와 위
션 제조ᄒᄂᆫ디 챡슈ᄒ매 지료가 불미혼 거시 혼탄이오 사름은 부득이
ᄒ여 일본인을 고용ᄒ여도 일본인이 즐겨 그 법을 다 쓰지 아니ᄒ며 부
득이 ᄒ여 일본에 가셔 비호고져 ᄒ나 교슈ᄒᄂᆫ 일인이 즐겨 그 법을
다 젼슈치 아니ᄒ리니 이ᄂᆫ 우리가 이믜 실패당혼 일을 보완도 증험홀
바이ㅣ늘 이졔 말노만 너희ᄂᆫ 실업을 비호라 너희ᄂᆫ 제조를 비호라 너
희ᄂᆫ 상공업에 경징ᄒ라 ᄒ니 이ᄂᆫ 다 시셰를 알지 못ᄒᄂᆫ 연고가 아닌
가 홀 듯ᄒ나
이런 실패홈과 이런 협조혼 일을 인ᄒ여 탁쳑 퇴보ᄒ면 죽ᄂᆫ 짜으도 나
아갈 ᄲᅮᆫ이니 아ᄂᆫ 쟈ᄂᆫ 힝ᄒ며 알지 못ᄒᄂᆫ 쟈ᄂᆫ 비호디 일본에 가셔

더희가 잘 ᄀᄅ치지 아니ᄒ거든 셔국으로 가며 ᄌᄀ가 나히 느졋거든 ᄌ데롤 보내며 ᄆᄋᆷ이 썩고 뇌슈가 진토록 연구ᄒᆯ지어다 만일 ᄒᆫ번 실패ᄒᆷ을 인하여 퇴보ᄒ다가ᄂ 경징ᄒᄂ 밍렬ᄒᆫ 풍랑 중에 주려 죽을지며 셜혹 ᄌᄀᄂ 면ᄒᆯ지라도 ᄌ손은 면치 못ᄒ리니 경계ᄒ고 두려워ᄒᆯ지어다 오호 | 라 전국에 큰 리익과 권셰ᄂ 모다 ᄂᆷ의 손으로 드러가고 구구ᄒᆫ 실업도 이ᄀᆾ치 진보치 못ᄒ니 일국 싱명이 어ᄂ 디경에 니를ᄂ지 지금에 ᄇ랄거ᄉ 다만 뜻이 잇ᄂ 쟈와 ᄌ본잇ᄂ 쟈들이 그 ᄆᄋᆷ과 피를 실업교육ᄒᄂ디 다ᄒ면 일션싱믹이 잇스리니 일시 실패ᄒᆷ으로 져상ᄒ야 퇴보치 말지어다

056 答客問
1908.11.18. 論說

壹日에 記者 ㅣ 隱几開坐러니 壹鄕客이 來訪ᄒ야 揖하고 問ᄒ야 曰
余ᄂ 鄕谷愚夫라. 東西列强의 政策消息이 余耳에 不到ᄒ며 古今興亡
의 歷史文字가 余眼에 不照ᄒ야 壹聲盲的 人物로 自過ᄒ더니 近日
世人의 談話를 聞ᄒ야도 殖民地라ᄂ 句語가 多有ᄒ고 內外國 報紙를
讀하야도 亦 殖民地라ᄂ 文字가 多有ᄒ니 盖殖民地가 何이기로 殖民
地 〃〃〃ᄒ나뇨

記者 ㅣ 曰 有是哉라. 問이여. 吾人이 今日時代에 坐ᄒ야 殖民地 性
質을 不可不研究며 殖民地 歷史를 不可不知로다.

盖今日 二十世紀ᄂ 民族競爭의 大舞臺라. 壹種優强ᄒ 民族이 劣弱
ᄒ 民族의 土地에 侵入ᄒ야 其 土人을 或 同化하며 或 駈逐ᄒ며 或
殄滅ᄒ고 其地에 飮ᄒ며 其地에 食ᄒ고 其地에 衣ᄒ며 其地에 住하나
니 此가 卽 殖民地라.

近日 世界 各民族이 此 植民主義를 着着發揮하미 其 勢力이 甚히
轟壯하고 其 競爭이 甚히 劇烈ᄒ고 其 政策이 甚히 爛熳ᄒ야 昨日 峩
然하던 壹國家가 今日에 茫〃然 殖民地가 되며 昨日 巍然ᄒ던 壹民
族이 今日에 戢戢然히 魚肉이 되ᄂ도다.

客曰 慘哉라. 植民主義여. 毒哉라. 植民主義여. 古代에도 亦有ᄒ니
彼 希臘과 如ᄒ 國은 殖民歷史上에 最히 著名ᄒ 者나라.

客曰 今日 所謂 殖民地도 亦 古代希臘의 殖民地와 同壹ᄒᆞᆫ가.

曰 惡라. 是何言이며 是何言고. 古代希臘의 殖民地ᄂᆞᆫ 壹新國家ᄅᆞᆯ 建設케 ᄒᆞᆯ 目的으로 人民을 移殖ᄒᆞᆫ 故로 殖民地의 獨立을 承認ᄒᆞᆫ 事도 有ᄒᆞ얏거니와 今日 所謂 殖民地ᄂᆞᆫ 純然히 此와 不同ᄒᆞ야 强國이 其 人民을 增殖ᄒᆞ며 其 土地ᄅᆞᆯ 擴張홈으로 惟壹ᄒᆞᆫ 目的을 숨ᄂᆞ니라.

客曰 然則 殖民地가 保護國과 如何ᄒᆞᆫ가.

曰 保護國은 完全獨立의 勢力이 不足ᄒᆞ야 他强國의 扶助를 受ᄒᆞᄂᆞᆫ 國으로 壹種或數種의 政權이 强國의 掣肘ᄅᆞᆯ 被홀 ᄲᅮᆫ이니 殖民地ᄂᆞᆫ 不然ᄒᆞ야 國家의 形體가 都無ᄒᆞ야 其 狀態가 恰似히 無人空地를 新開拓ᄒᆞᆫ 者와 同ᄒᆞ니라.

客曰 殖民地가 屬國과 如何ᄒᆞᆫ가. 曰 屬國은 他强國의 附屬ᄒᆞᆫ 바ㅣ 되야 其 壹切 統治權이 他强國에 在홀 ᄲᅮᆫ이나 殖民地ᄂᆞᆫ 不然ᄒᆞ야 强國의 民族이 移殖ᄒᆞ야 土人은 淘汰漸減을 遭ᄒᆞᄂᆞ니라.

客曰 殖民地가 連合國과 如何ᄒᆞᆫ가.

曰 連合國은[物ㅣ 連合을 指홈] 數個의 弱國이 强國과 對峙코ᄌᆞ ᄒᆞ야 其 政府를 共同設置홈으로 目的을 숨을 ᄲᅮᆫ이나 殖民地ᄂᆞᆫ 不然ᄒᆞ야 其 土地ᄅᆞᆯ 占領홈으로 目的을 숨ᄂᆞ니라.

客曰 然則 土人은 如何ᄒᆞᆫ 境에 至ᄒᆞᄂᆞᆫ가.

曰 嗚乎라. 記者ㅣ 是ᄅᆞᆯ 忍言하리오 토人은 良田美畓이 有ᄒᆞ야도 耕食치 못ᄒᆞ고 家屋이 有ᄒᆞ야도 住居치 못ᄒᆞ고 礦業權도 無ᄒᆞ고 漁業權도 無ᄒᆞ고 林業權도 無ᄒᆞ야 只是戢鱗委翅ᄒᆞ고 壹隅에서 쥬〃ᄒᆞ야 最劣最慘ᄒᆞᆫ 敗族이 될 ᄲᅮᆫ이니라.

客이 聽罷에 愕然無語ᄒᆞ고 垂頭咄嘆而已러라.

일일은 긔쟈ㅣ 안셕을 의지ᄒ여 한가히 안줏더니 엇던 쇠고을 손이 와
셔 셔로 하헌을 맛친 후에 긔이 골ᄋ디 나는 향곡에 우미ᄒ 사롬이라
동셔 렬강국의 정치샹 쇼식이 나의 귀에 니르지 아니ᄒ며 고금 흥망의
력ᄉ가 눈에 걸니지도 아니ᄒ미 일개 귀먹고 눈먼 인물노 지내더니 근
일에는 셰샹 사롬의 말ᄒ는 것을 드러도 골ᄋ디 식민디라 ᄒ는 말이 만
코 닉외국에셔 발간ᄒ는 신문지롤 보와도 쏘ᄒ 식민디라는 구졀이 만
히 잇스니 대뎌 식민디라는 것은 무엇이기로 말에도 식민디 문즈에도
식민디 식민디가 엇지 그리 만ᄒ뇨
긔쟈ㅣ 골ᄋ디 우리가 이 시디에 잇셔셔 식민디의 셩질을 불가불 연구
ᄒ지며 식민디의 리력을 불가불 알 거시로다
대뎌 오늘날 경징 시디에 강ᄒ 민족이 약ᄒ 민족의 토디에 침압ᄒ여 그
본토 민족과 혹 홈끠 셧겨 살기도 ᄒ고 혹 쏫ᄎ내기도 ᄒ며 혹 지멸ᄒ
기도 ᄒ고 그 짜에셔 의지식지ᄒ며 그 짜에셔 거쥬ᄒ고 싱육ᄒᄂ니 이
거시 곳 식민디라
근일에 셰계 각 민족이 이 식민디쥬의를 졈졈 발달ᄒ미 그 셰력이 심히
굉장ᄒ며 그 경징홈이 심히 밍렬ᄒ고 그 졍칙이 심히 란만ᄒ여 젼일에
의연히 일개 완젼ᄒ 나라이 오늘날 망망ᄒ 일개 식민디가 되는 쟈도 잇
스며 젼일에 의연히 션션ᄒ 일단 민족이 개개히 어육이 되는 쟈도 잇ᄂ

니라

긱이 골ㅇ디 참혹ㅎ다 식민디쥬의여 혹독ㅎ다 식민디쥬의여 녯적에도
이런 일이 잇셧는가

골ㅇ디 그러ㅎ다 녯적에도 쏘흔 잇스니 희랍국은 녜브터 식민ㅎ는 일
노 뎨일 유명흔 나라이니라

긱이 골ㅇ디 오늘날 소위 식민이라 홈도 녯적 희랍국의 식민과 ㄱ흐뇨

골ㅇ디 녯적 희랍국의 식민디는 일개 새 국가를 건셜홀 목뎍으로 인민
을 옴겨 살니는 고로 식민디의 독립을 승인흔 일도 잇거니와 오늘날 소
위 식민디는 전연히 이와 ㄱ지 아니ㅎ여 강흔 나라들이 그 인민을 번식
케 ㅎ고 그 토디를 확쟝ㅎ는 거스로 목뎍을 숨느니라

긱이 골ㅇ디 그런즉 식민디는 보호국과 엇더ㅎ뇨

골ㅇ디 보호국은 완젼흔 독립의 셰력이 부죡홈으로 다른 강국의 보호
를 밧아서 그 나라에 흔두 가지 권한만 그 강국의 졀졔를 밧을 쑌이나
식민디는 그럿치 아니ㅎ니 국가의 형톄가 도모지 업셔셔 그 샹퇴가 완
연히 사롬업는 뷔인 쌍을 새로 긔척흔 것과 ㄱ흐니라

긱이 골ㅇ디 그러면 식민디가 쇽국과 엇더ㅎ뇨

골ㅇ디 쇽국이라는 거슨 다른 강국에 부쇽흔 바ㅣ 되여 그 일체 졍치롤
모다 그 강국의 지휘디로 홀 쑌이어니와 식민디는 그러치 아니ㅎ니 강
국의 인민이 옴겨 살아서 본토 인죵은 일니어 멸망ㅎ는디 니릇느니라

긱이 골ㅇ디 그러면 식민디가 련합국과 엇더ㅎ뇨

골ㅇ디 련합국은 약흔 나라 두엇이 강흔 나라를 항거ㅎ기 위ㅎ여 그 졍
부만 통합ㅎ여 그 힘을 젼임케 홀 쑌이어니와 식민디는 그러치 아니ㅎ
여 그 토디롤 뎜탈홈으로 목뎍을 숨느니라

긱이 골ㅇ디 그러면 그 본토 인죵은 엇더케 되느뇨

골ㅇ디 오호ㅡ라 긔쟈는 춤아 말을 못ㅎ겟노라 본토ㅅ사롬은 량뎐옥답
이 잇셔도 제 것이 아니오 고디광실이 잇셔도 제 것이 아니며 광산이나
어업도 가진 권한이 업셔셔 다만 흔편 모퉁이 박척흔 쌍으로 몰녀가셔

물마른 너에 고기와 궃치 참혹혼 경우를 당홀 섇이니라
긱이 이 말을 듯고 혀를 츳고 탄식만 홀 섇이러라

1908년 12월 10일

긔쟈ㅣ 즁부 엇던 방곡을 지나다가 슌사 스오인이 흠의 가며 정셰 탄식으
로 셔로 문답ᄒᆞᄂᆞᆫ 거슬 드르니 그 졍셰도 가긍ᄒᆞ기로 대강 긔록ᄒᆞ노라
갑이 닐ᄋᆞ디 여보게 셰샹만ᄉᆞ가 무물이면 불셩이라 ᄒᆞᄂᆞᆫ 말이 올테
을이 굴ᄋᆞ디 별안간 무물불셩이란 말이 웬말인가
갑이 닐ᄋᆞ디 ᄌᆞ네ᄂᆞᆫ 금번에 승등이나 ᄒᆞ엿ᄂᆞᆫ가
을이 굴ᄋᆞ디 나도 못ᄒᆞ엿네
갑, ᄌᆞ네 금년에 감봉이나 슈유ᄒᆞᆫ 일이 잇셧ᄂᆞᆫ가
을, 감봉도 ᄒᆞᆫ 일 업고 슈유도 ᄒᆞᆫ 일 업네
갑, 글노 볼지락도 ᄌᆞ네가 만일 슐잔이나 ᄌᆞᆺ초와 권임 경부를 디졉ᄒᆞ엿
스면 승등을 ᄒᆞ엿겟지마ᄂᆞᆫ ᄌᆞ네가 아모 흠졀 업ᄂᆞᆫ 것만 밋고잇ᄂᆞᆫ 고로
승등을 못ᄒᆞᆫ 것 아닌가
을, 슐잔 디졉ᄒᆞᆫ다고 되겟나마ᄂᆞᆫ 엇더튼지 공평치ᄂᆞᆫ 못ᄒᆞᆫ 거시 승등ᄒᆞᆫ
사름을 보면 슈유쟝도 잇고 병쟝도 잇고 감봉도 ᄒᆞᆫ ᄌᆞ가 잇스며 혹 엇
던 사름은 봄에 승등ᄒᆞ고 가을에 ᄯᅩ ᄒᆞᄂᆞᆫ ᄌᆞ도 잇데

1908년 12월 11일

긔쟈ㅣ 즁부 엇던 방곡을 지나다가 슌사 ᄉ오인이 홈씌 가며 졍셰 탄식으로 셔로 문답ᄒᆞ는 거슬 드르니 그 졍셰도 가긍ᄒᆞ기로 대강 긔록ᄒᆞ노라 (속)

갑, ᄌᆞ네 웨 그리 어리셕은가 그거시 웬일인가 그런 고로 내가 무물불셩이라 ᄒᆞᆫ 말이 그 말아닌가

을, 그러치마는 우리네 월급이 불과 칠팔원이니 타는 날에 쌀ᄉᆞ되나 사고 외샹갑이나 주면 남는 거시 잇셔야 이 입 뎌 입 씻겨 보지

갑, 그러키에 긔가 막히지 그러나 뎌 사ᄅᆞᆷ들도 잇셔셔 그런 줄을 모르는지

을, 그거시야 알 수 잇나 일어ᄉᆞ마디나 ᄒᆞ는 사ᄅᆞᆷ이 이럿타 뎌럿타 ᄒᆞ면 그 사ᄅᆞᆷ은 응응ᄒᆞᆯ ᄲᅮᆫ이지 무엇을 아나

갑, 그리ᄒᆞ여도 그 사ᄅᆞᆷ과 졍슉만 ᄒᆞ면 보와주나보데 누구는 일인을 닛지방이라 ᄒᆞᆫ ᄭᆞ닭에 등을 을녓다데

을, 뎜검ᄒᆞᆯ ᄯᅢ마다 훈시ᄒᆞᆫ 거슬 보면 대단히 공직ᄒᆞ지마는 힝ᄉᆞ는 말아니야

갑, 이말 뎌말 ᄒᆞᆯ 것 잇나 이 것 ᄃᆞ니는 것만 불찰이지마는 하도 분ᄒᆞ여 그 말일셰

을, 분ᄒᆞᆫ 말이야 나도 말마디나 ᄒᆞ고 복장을 버셔 메여치고 말고 십으나 일인이 보면 ᄉᆞ지곡직은 모르고 도로혀 완패ᄒᆞ다 ᄒᆞᆯ 터이기로 ᄎᆞᆷ고 말엇네

갑, 잘ᄒᆞ엿네 일인이 보면 틀닌 사ᄅᆞᆷ만 되엿지 변명이나 ᄒᆞᆯ 수 잇나

을, 우리도 일어나 비화 통졍만 ᄒᆞ고 보면 그런 � 뎌런 ᄭᅩᆯ 아니 보지

갑, 이 사ᄅᆞᆷ ᄌᆞ네 슌사만 ᄃᆞ니려나

을, 아니야 무엇을 ᄒᆞ든지 일어만 알어야ᄒᆞ겟데

客이 禮山邑으로부터 來ㅎ야 히郡近事를 傳ㅎᄂ 者] 有하여 曰 去拾二月分에 邑內市日을 當하야 日警吏一人이 市人에게 對ㅎ야 經濟恐慌의 現狀을 說ㅎ얏ᄂ디 彼의 言에 曰 嗟乎라. 今日 韓國이 貧弱을 免코즈 흔들 엇지 可得ㅎ리오.

大抵 國家의 貧富ᄂ 輸入슈出品의 孰多孰少로 判ㅎᄂ디 即今 韓國에ᄂ 輸出品이 多흔가. 輸入品이 多흔가. 遠者ᄂ 姑勿論ㅎ고 即目前의 所見으로만 論하야도 韓國의 슈出物이 能幾何인가.

韓國의 輸出物이라 하ᄂ 것은 唯彼 米·太·牛 三者 뿐이오 其外에ᄂ 皆輸入이라.

身上의 衣着은 倭木唐木이 是며 家間의 器用은 唐器倭器가 是오 其他 外國物品의 海舶輪車로 슈來ㅎᄂ 者] 潮頭가 滾滾ㅎ듯 ㅎ니 韓國同胞가 엇지 貧窘을 免홀 수가 有ㅎ리오

大抵 利를 爲ㅎ야 往ㅎ며 利를 爲ㅎ야 來홈을 古今 何代人이 不然하리오만은 只今은 輪船鐵道에 地球가 大闢ㅎ야 天涯가 比隣이오 萬里가 咫尺이라. 亘古不相通ㅎ던 黃白 각種이 牙를 磨ㅎ며 爪를 張ㅎ야 利 壹字를 爭ㅎᄂ디

韓國同胞ᄂ 空然히 舊株를 尙守ㅎ야 時勢의 變遷을 不知ㅎ고 但此 「米太牛」 三者를 賣ㅎ야 許多外國物을 買用ㅎ니

噫라. 米 壹斗에 其價가 幾拾錢에 不過ᄒ며 太 壹升에 其價가 幾拾
分에 不過ᄒ며 牛 壹隻에 其價가 幾十圓에 不過 ᄒ거늘 此些小産物
로 日〃外來ᄒᄂ 絲布器皿等物을 交換코ᄌ ᄒ니 其國이 엇지 不貧ᄒ
며 其民이 엇지 不窘ᄒ리오

從今으로 韓國同胞ᄂ 壹切注意ᄒ야 必也可及的디로 外國物은 勿
貴ᄒ고 土産物을 是用ᄒ라고 移時를 演說ᄒ얏더라.

嗚呼라. 此가 비록 日人의 言이나 即 韓國人 頂門上의 壹針이 될지
로다.

彼 日人이야 果然 實心으로 韓國同胞에게 勸告홈인지 抑或表面으
로 韓國同胞에게 勸告 홈인지 又或勸告라 假託ᄒ고 隱〃히 韓國同胞
困苦의 現狀을 冷笑홈인지 此ᄂ 不問ᄒ고.

但只 其 語句만 取ᄒ야 三復ᄒ라. 今 韓國經濟界의 現狀이 即 彼日
人의 言과 如히 外國物 슈入은 日加ᄒ고 土産物 슈出이 日減ᄒᄂ 所
以가 아닌가.

經濟者ᄂ 國民死活의 機關이거날 今者에 國民의 需用件을 思ᄒ건
디 燐寸이 何來며 石油가 何來며 石炭이 何來며 卷烟이 何來며 구쓰
가 何來며 紙物이 何來며 鉛筆이 何來며 銅鐵이 何來며 茶品이 何來
며 絲布가 何來며 砂罍가 何來오 此皆 倭物이 아니면 唐物이며 唐物
이 아니면 洋物이오 又壹會館을 設ᄒ미 茶罐交椅가 無非泥峴件이며
壹學校를 創ᄒ미 時종石板이 皆是大阪製라. 全國內 無多ᄒ 殘錢分銅
이 日〃外國으로 走ᄒ니 엇지 可驚홀 비 아니리오 故로 彼日人이 韓
國人의 外物太嗜홈을 嘲홈이니

彼가 비록 日人이나 此言은 可히 銘心홀 비로다.

雖然이나 現今時代에 坐ᄒ야 徒然히 口를 張ᄒ야 外物을 不用ᄒ다
ᄒ면 是ᄂ 實際上 難行의 事이니 한國同胞를 爲ᄒ야 計컨대 爲先 目
下에ᄂ 可及的으로 토産을 必用하며 壹邊으로ᄂ 汲〃히 外物을 倣造
홈이 可ᄒ다 ᄒ노라.

頭에 塵冠을 斜着ᄒ며 身에 弊衣를 僅掩ᄒ고 蕭 〃 壹□髮翁이 節杖을 背曳ᄒ고 京城知舊家를 來訪次로 城안에 到達ᄒ니. 아〃. 終南山이 破碎되고 崇禮門이 幻形ᄒ얏네. 世上事가 虛無ᄒ다. 拾年만에 再到ᄒ니 京城이 舊日京城이 아니로셰.

그러나 온 즈음에 觀景이나 ᄒ고 가리라 하야 졀쏙잘쏙 다리를 끌고 城內에 入ᄒ니

世誼도 無用이오 知舊도 無用이오 親戚도 無用이라. 初仕壹窠難上天이오 銅錢半個不現影이로다.

어하. 世上도 氣믹혀라. 某洞 某判書의 子弟를 往訪ᄒ니 門面에 步行客主라 大書特書 써부치고 손치기에 精神업셔 壹次閑談 못ᄒ여보며 某家 某先正의 後裔를 往訪ᄒ니 門前에 柴塵니여 훈못두못 나무풀기에 奔走ᄒ여 壹次情談 못ᄒ여보고

不如歸 壹聲에 京城을 下直홀시 廣通橋에 到ᄒ니 白髮皓鬢 彼何人고. 我와 ᄀ치 老頹ᄒ얏도다. 面目은 甚慣ᄒ나 剃髮洋服에 舊容이 突變이라. 諦視良久에 兩眼이 詠〃터니 久乃認得ᄒ니 當□萬□舊酒徒로다.

近前握手ᄒ니 何相見之晚也오. 銅津沙磧이 太支離로다.

積懷를 暢叙ᄒ며 時事를 討論ᄒ다가 鄕人曰 噫라. 近日 人情의 太

薄홈이 何故로 此極에 至ᄒ얏나뇨 ᄒ고 入城後 經歷을 語ᄒ니 友人이
歔欷發歎ᄒ다가 良久에 乃曰 吾子ᄂ 眞個是口目不冤者로다.

往時 京城의 情形을 回想ᄒ면 惟彼泥峴 壹方이 外國人의 居留地
러니 今則 擧京城이 駸〃히 泥峴을 作ᄒ나니 子가 此言을 不信커던
遠處ᄂ 姑舍ᄒ고 目을 壹擧하야 左右를 回顧ᄒ라. 柿廛도 外人의 것
이며 魚物廛도 外人의 것이며 닭의 알도 外人이 파ᄂ 것이며 生薑도
外人이 파ᄂ 것이오 卷烟도 外人이 파ᄂ 것이오 성냥도 外人이 파ᄂ
것이오 其他 百物이 皆是外人이 파ᄂ 것이오 또 眼前에 商廛 뿐 아니
라 各洞에 周行ᄒ며 門牌를 細察ᄒ면 이것도 外人의 집이며 뎌것도
外人의 집이니.

此가 皆何故를 由홈인가. 只是謀生이 無路ᄒ야 鄕谷으로 逃走홈 故
로다.

古詩에 云호디 屹干山頭凍殺雀아 何不飛去生處樂고 ᄒ얏스나 今
日은 生處가 何處인가. 今日은 南村에셔 살 수 업다고 北村으로 가며
明日은 北村도 살 수 업다고 鄕谷으로 가나 又明日에 鄕谷도 살 수 업
스면 어대로 갈고. 支那의 蜑族과 ᄀ치 海中에셔 生活홀까.

蜑族은 何時에부터 漢族에게 見逐홈 族인지 只今 數萬餘名이 海中
에셔 船舶으로 家屋을 作하며 捕魚로 生涯를 作ᄒ나니라.

韓文의 林蜑洞蜑이란 句語를 據홈則 唐時에ᄂ 猶是土地가 有ᄒ던
民族이라 ᄒ더라.

昔日에ᄂ 吾國人이 門을 閉ᄒ고 窟中에 生長홈 故로 비록 貧寒ᄒ
더러도 엇지〃〃 歲月을 過하다가 好運이 突來ᄒ면 千金太守 萬兩財
産을 得ᄒᄂ 數도 有ᄒ고 不然홀지라도 東取西貸에 壹命을 支過ᄒᄂ
道理도 有ᄒ더니

今日은 天地가 壹邊ᄒ야 六洲各種이 撼門太入하야 利 壹字를 爲ᄒ
야 刀를 含ᄒ고 踊躍하나니 今日을 昔日로 知ᄒ다가ᄂ 溝壑애 葬홀
而已로다.

況經濟界의 恐황이 日迫ᄒ야 巍〃門戶에 外面豪富를 쟝ᄒᄂ 其人
도 內容을 察ᄒ면 家券田券이 個〃泥峴에 在ᄒ야 鵲巢鳩居가 目前에
在하나니

이 世上이 이런 世上이라. 世誼親戚이 다 무엇인가.

吾子ᄂ 速〃히 歸ᄒ야 子弟를 率ᄒ고 才□터로 心力더로 樵群이 되
던지 農夫가 되던지 人力車軍이 되던지 或 財力이 稍有커던 子弟로
하야금 學校에 工夫ᄒ야 經濟方法을 잘 硏究ᄒ라.

此日 此時ᄂ 經濟競爭時代라. 國家나 個人이나 其 存亡生死가 經
濟何如에 係ᄒ니라.

日已晚ᄒ니 吾子ᄂ 且去ᄒ라 ᄒ더라.

旅館 三更에 殘燈은 明滅ㅎ더 何許兩三人이 爐를 擁ㅎ고 對坐ㅎ야 所懷를 討論ㅎ는대 其 悽凉ㅎ 談話가 可히 壹聞흘만ㅎ더라.

壹老人이 喟然長歎曰 余가 以往에 自思호대 只今은 門閥도 無用이오 勢力도 無用이라. 兒孩를 外國에 留學케 ㅎ야 老年에 榮光이나 得見흘까 ㅎ고 如干儲金을 傾ㅎ야 孫兒를 外國에 送하야 政治學을 學ㅎ라 ㅎ얏더니 七八年間에 政治를 卒業ㅎ고 歸來ㅎ미 初仕窠나 得하얏스나 此世上에 仕宦이 何物인가. 實業이 第一이지. 近日 外人이 逐″渡來ㅎ야 開墾地에 着手ㅎ야 農業을 擴張ㅎ는디 吾兒도 農業학이나 卒業ㅎ얏더면 農業이나 奮勵ㅎ야 吾家에도 利益이 되고 國家에도 有補ㅎ얏슬 것인디 只今이야 後悔흔들 何及흘까.

壹鄕人이 此言을 聞ㅎ더니 默然良久에 曰 噫라. 吾家에도 亦 此等 事가 有흔지라. 以前에야 어디 新학問이란 名稱이나 有하얏는가. 近年에 至ㅎ야 人皆曰 新학問을 工夫ㅎ야 된다. 新學問을 工夫ㅎ야 된다. ㅎ기에 余가 弟를 京城에 送ㅎ야 新學問을 工夫ㅎ라 ㅎ얏더니 余의 弟가 法律學校에 入學ㅎ야 去年에 卒業을 ㅎ얏지만 數年留학에 幾頃田 幾斗畓을 賣盡ㅎ얏는디 法律을 食ㅎ는가. 法律을 衣ㅎ는가. 嗚呼라. 今此我國에 工業이 無ㅎ야 民力이 日로 衰退ㅎ고 國財가 日로 枯渴ㅎ는대 吾弟로 工業이나 學하얏더면 燐寸壹個飛陋壹匣을 製造ㅎ더

라도 資生도 可作ᄒ며 國富도 漸進ᄒ얏슬 것이 아닌가.

又壹少年이 臂를 奮ᄒ며 희噓ᄒ야 曰 公等의 事도 亦可歎ᄒ 事이지만 余는 四五年 前에 外國에 往ᄒ야 礦業학교에 入학ᄒ랴 ᄒ는디 其時 壹友人이 勸止ᄒ야 曰 礦業은 학ᄒ야 何用ᄒ는가. 警察학교에 入ᄒ야 警察이나 학ᄒ라 하기에 余가 其言을 從ᄒ야 警察專門을 卒業하고 歸國ᄒ則 四五年間에 滄桑이 壹變ᄒ야 全國官廳에 外人만 充滿ᄒ얏는대 警察官吏나 되고즈 ᄒ나 外人의 發從指示를 唯〃ᄒ기 可恥ᄒ고 不然ᄒ쟈니 生業이 無路로다.

嗚乎라. 近來 我國에 金銀銅鐵等 各種 礦物이 外人의 手로 日走하는디 我도 初心과 如히 礦業을 학ᄒ얏더면 礦業이나 競爭ᄒ야 我의 生活은 姑舍ᄒ고 國家의 天然的 財産을 萬分의 壹이라도 外人에게 不歸케 ᄒ얏슬지로다.

三于者ㅣ 言을 畢ᄒ 相顧咄嘆而已러라.

記者ㅣ 聽罷에 曰 悲夫라. 諸君이여. 如今에야 知하얏는가. 自今이라도 咄嘆치만 말고 外國에 留학ᄒ던지 內地에셔 工夫ᄒ던지 必也實業학에 着眼ᄒ야 實業을 致〃硏究하라.

然이나 記者의 此言이 政治法律等 학問을 卒業홈은 絶對的 不可라 홈이 아니라 但只 此等 학問을 卒業ᄒ는 者는 少數가 되고 實業학을 卒業ᄒ는 者는 多數가 됨이 可ᄒ다 홈이로다.

려관에셔 삼경ᄭ지 안졋스미 쇠잔훈 등잔ㅅ불은 감감ᄒᄂᆫ디 엇던 사름
두셋이 화로를 ᄭᅵ고 마조 안ᄌ셔 각기 소회를 의론ᄒᄂᆫ디 그 쳐량훈 말
이 가히 훈번 드를 만ᄒ더라

훈 로인이 위연히 탄식ᄒ여 굴ᄋ디 내가 이왕에 스스로 싱각ᄒ디 지금
은 문벌도 쓸 디 업고 셰력도 쓸 디 업스미 ᄋ희들을 외국에 보내여 류
학ᄒ여 로러에 영광을 볼가 ᄒ고 여간 지졍을 준비ᄒ여 손ᄌ 하나흘 외
국에 보내여 졍치학을 비호라 ᄒ엿더니 칠팔 년만에 졍치를 졸업ᄒ고
도라오미 초ᄉᄂᆫ 엇어ᄒ엿스나 이 셰샹에 ᄉ환은 ᄒ여 무엇 ᄒ리오 실
업이 뎨일이지 근일에 외국사름들이 련ᄒ여 건너와셔 진황디를 긔ᄀᆫᄒ
기에 착슈ᄒ여 농업을 확쟝ᄒᄂᆫ디 우리 ᄋ희도 농학이나 졸업ᄒ엿던들
농업에나 뎐력ᄒ엿스면 우리 집에도 리익이 되고 국가에도 유조ᄒ엿슬
거시어늘 지금에ᄂᆫ 후회막급이로다

훈 사름이 이 말을 듯더니 훈춤 잇다가 굴ᄋ디 슯ᄒ다 우리 집에도 이
런 일이 잇도다 이젼에야 어디 신학문이라는 명칭이 잇셧ᄂᆫ가 근일에
니ᄅ러는 사름마다 굴ᄋ디 신학문을 공부ᄒ여야 된다 신학문을 공부ᄒ
여야 된다 ᄒ기로 나도 아오를 경셩에 보내셔 신학문을 공부ᄒ라 하엿
더니 나의 아오가 셔울에 와셔 법률학교에 입학ᄒ여 작년에 졸업인지
ᄒ엿지마는 수 년을 류학ᄒᄂᆫ 동안에 밧 몃칠갈이 논 몃 말락을 다 풀

여 업시ᄒ엿스니 법률을 먹나 닙나 가련ᄒ도다

이제 우리나라에 공업이 업셔셔 민력이 날마다 쇠퇴ᄒ고 국지가 날마다 경갈ᄒᄂ 이 째에 우리 아오도 공업이나 비횃던들 셕류황 ᄒ 개나 비누 ᄒ 갑이라도 제조ᄒ엿스면 ᄌ성도 되고 국가의 부요ᄒ에도 일조가 되엿슬 거시어늘 엇지 후회ᄒᄂ들 쓸 디 잇스리오

쏘 엇던 쇼년이 팔을 쏩내며 허회탄식ᄒ여 ᄀᄅᄋᄃ 당신네 일도 쏘ᄒ 가히 탄식ᄒ 만ᄒ거니와 나ᄂ 스오년 전에 외국에 가셔 광업학교에 입학코져 ᄒ엿더니 그 째에 맛춤 엇던 친구가 권ᄒ여 ᄀᄅᄋᄃ 광업은 비화 쓸 데 업스니 경찰학교에나 입학ᄒ라 ᄒ거늘 그 말디로 경찰전문을 졸업ᄒ고 도라오니 스오년 간에 샹뎐과 벽희가 밧괴여 전국 관졍에 외국인만 츙만ᄒ엿스니 경찰관리가 되고져 ᄒᄃᆯ 외국인 ᄒ라ᄂ 디로 ᄒ기ᄂ 붓그럽고 말자ᄒ니 싱계가 무로로다 오호 ㅣ라 근릭에 우리나라에 금은동텰 등 각죵 광업이 모다 외국사름의 슈즁으로 날마다 드러가니 나도 처음 ᄆᄋᆷ과 ᄀ치 광산학이나 졸업ᄒ엿던들 광업이나 ᄒ엿스면 싱활도 될 거시오 국가의 텬산물을 만분지일이라도 외국인에게 가지 아니케 ᄒ엿슬 거시어늘 엇지 가셕지 아니리오 세 사름이 말을 맛치고 셔로 보며 탄식만 ᄒ더라

긔쟈 ㅣ 이 말을 듯고 ᄀᄅᄋᄃ 슯ᄒ다 제군이여 지금에야 알엇ᄂ가 지금이라도 탄식만 ᄒ지말고 외국에 가셔 류학을 ᄒᄃᆫ지 닉디에셔 공부를 ᄒᄃᆫ지 실업학문에 착념ᄒ여 부즈런이 연구ᄒ지어다

그러나 긔쟈의 이 말은 정치 법률 등 학문은 졸업ᄒ여도 아조 쓸 디 없다 ᄒ이 아니라 다만 실업학문을 졸업ᄒᄂ 쟈 ㅣ 정치 법률 학문을 졸업ᄒᄂ 쟈보다 더 만흠이 가ᄒ다 ᄒ노라

ᄒᆞᆫ 날은 본 긔쟈ㅣ 안셕을 의지ᄒᆞ여 한가히 안졋더니 홀연 동챵 아러에셔 은은히 말ᄒᆞᆫ 소리가 들니ᄂᆞᆫ지라 긔를 기우리고 드르니 엇던 두어 사롬이 마조 안즈셔 금슈의 말을 ᄒᆞ더라

ᄒᆞᆫ 사람이 굴ᄋᆞ디 내가 년젼에 산영군을 ᄯᅡ라가셔 토끼를 쫏츠가더니 그 토끼가 뒤ㅅ발을 올니여 여러 토끼에게 급흠을 통긔흠으로 여러 토끼가 모다 도망ᄒᆞ여 피ᄒᆞᆫ지라 나ᄂᆞᆫ 이엇을 보고 동류의 셔로 구원흠을 깁히 감동ᄒᆞ엿노라

쏘 ᄒᆞᆫ 사롬이 굴ᄋᆞ디 나ᄂᆞᆫ 엇던 륜리학 션싱의 연셜을 드른즉 코끼리 쎼가 들에 ᄂᆞ려오고져ᄒᆞ면 ᄒᆞ나를 보내여 위험흠이 업슴을 슲힌 연후에 여럿이 ᄂᆞ려온다 ᄒᆞ니 대개 ᄒᆞ나히 여럿을 위ᄒᆞ여 위험을 탐지흠은 실노 경탄홀 바ㅣ 아닌가

쏘 다른 사롬이 굴ᄋᆞ디 나ᄂᆞᆫ 어느 ᄒᆡ에 아비리가를 갓더니 산곡간으로 비비라 ᄒᆞᆫ는 즘승이 ᄒᆞᆫ 쎼가 ᄂᆞ려왓다가 개쎼롤 맛나 셔로 싸호더니 어린 비비 ᄒᆞᆫ 머리가 여러 개의 가온디 드러셔 죽ᄂᆞᆫ 소리를 ᄒᆞ민 홀연 두어 늙은 비비가 급히 다라드러 개쎼롤 헛치고 드러가셔 어린 비비롤 업고 다라나ᄂᆞᆫ지라 뎌 늙은 비비의 즈비ᄒᆞᆫ ᄆᆞ음과 용밍ᄒᆞᆫ ᄆᆞ음은 실노 장ᄒᆞ도다

쏘 다른 사롬은 굴ᄋᆞ디 나ᄂᆞᆫ 작년 가을에 황ᄒᆡ 근쳐로 가다가 바다의

한 쩨 새롤 보고 춍을 노화 잡으려 흐즉 여러 새가 놀나셔 눌어가는
디 불힝히 흔 새의 눌기가·샹흐여 놉히 눌지 못흐거놀 다른 새 삼ᄉ
마리가 도로와셔 샹흔 새를 좌우로 부익흐여 눌어가거놀 내가 쏘 쫏
츠가셔 춍을 노흐니 다른 새 여러 머리가 모혀 오더니 셔로 부익흐여
더욱 썔니 눌어 바다ㅅ가온디 셤으로 피흐여 드러가는지라 내가 그
의리를 감동흐여 춤아 다시 춍을 놋치 못흐엿노라

이 말을 맛치고 셔로 디흐여 탄식흐여 골ᄋ디 금슈도 뎌희 동류를 셔
로 구원홈이 뎌러흐거놀 흐믈며 사롬이야 말홀 것 잇스며 금슈도 뎌
희 동류를 위흐여 의험흔 거슬 무릅쓰고 몬져 탐지흐거놀 흐믈며 사
롬이며 금슈도 ᄌ비흔 ᄆᆞ음과 용밍흔 ᄆᆞ음이 뎌러흐거놀 흐믈며 사
롬이며 금슈도 의리가 뎌러흐거놀 흐믈며 사롬이리오 흐더라

본 긔쟈ㅣ 듯기를 맛치미 놀나고 탄식흐여 골ᄋ디 이는 한국동포 이쳔
만인에게 공포홀 만흔 말이라 흐고 인흐여 그 말을 긔록흐노라

壹日에 本記者ㅣ 倚机閒坐러니 叔然 東窓下에 談話聲이 隱〃相聞
ᄒᆞᄂᆞᆫ지라 耳를 傾ᄒᆞ고 聽ᄒᆞ니 何許數人이 對坐ᄒᆞ야 禽獸를 說ᄒᆞ더라.

가 余가 往年에 壹獵師를 從ᄒᆞ야 兎를 逐ᄒᆞᄂᆞᆫ디 其 兎가 後足을 鳴
ᄒᆞ야 其 群兎에게 急을 告ᄒᆞᆷ으로 群兎가 仍皆逃避ᄒᆞᄂᆞᆫ지라. 余ㅣ 此
를 睹ᄒᆞ고 彼의 同類相救를 甚感ᄒᆞ얏노라.

나 余ᄂᆞᆫ 其 倫理學 講師의 演論을 聞ᄒᆞᆫ則 象群이 野에 下코ᄌᆞ ᄒᆞ면
먼져 壹象으로 ᄒᆞ야금 先導를 作ᄒᆞ야 危險을 探ᄒᆞᆫ 後에야 其 群象이
下去ᄒᆞᆫ다 ᄒᆞ니 盖彼壹象이 同群을 爲ᄒᆞ야 危險을 冒ᄒᆞᆷ은 實로 可驚
ᄒᆞᆯ 바ㅣ 아닌가.

다 余ᄂᆞᆫ 某歲에 亞弗和加에 旅行ᄒᆞᄂᆞᆫ대 山谷間으로 狒〃의 壹隊가
下來ᄒᆞ랴다가 犬群을 遭ᄒᆞ야 且戰且走ᄒᆞᄂᆞᆫ디 不幸히 壹兒비가 犬群
에게 被圍ᄒᆞ야 悲聲으로 呼號ᄒᆞᆫ즉 忽然 數匹 老비가 急走하야 犬圍
를 衝ᄒᆞ고 兒비를 召去ᄒᆞᄂᆞᆫ지라. 彼 老비의 慈悲心과 勇敢心은 實로
壯ᄒᆞ도다.

라 余ᄂᆞᆫ 客秋에 黃海沿岸에 遊ᄒᆞ다가 壹海鳥羣을 見ᄒᆞ고 射擊을 試
ᄒᆞᆫ즉 羣鳥가 驚飛ᄒᆞᄂᆞᆫ디 壹鳥ᄂᆞᆫ 不幸히 羽翮이 被傷ᄒᆞ야 高飛치 못ᄒᆞ
ᄂᆞᆫ지라. 他鳥 數雙이 還飛ᄒᆞ야 傷鳥를 左右扶翼ᄒᆞ고 飛去하거날 余又
射擊ᄒᆞ니 他鳥가 又多數飛集ᄒᆞ더니 相代扶翼ᄒᆞ고 益益疾飛하야 희島

로 避入ᄒᄂᆞᆫ지라. 余ㅣ 其 義勇을 感하야 참아 復射치 못하얏노라.

　因ᄒᆞ야 相對嘆息曰 禽獸도 同類相救가 如彼ᄒᆞ거날 況人인가. 禽獸도 同群을 爲ᄒᆞ야 危險을 冒홈이 如彼ᄒᆞ거늘 況人인가. 禽獸도 慈悲心과 勇敢心이 如彼ᄒᆞ거늘 況人인가. 禽獸도 義勇이 如彼ᄒᆞ거늘 況人인가 ᄒᆞ더라.

　本記者ㅣ 聽畢에 瞿然히 驚ᄒᆞ며 凄然히 悲ᄒᆞ며 忸然히 愧ᄒᆞ여 曰 此ᄂᆞᆫ 韓國同胞 二千萬의게 提供홀 만ᄒᆞᆫ 美談이라 ᄒᆞ고 因ᄒᆞ야 其言을 記ᄒᆞ노라.

▲담비 먹고 슐 안먹는 白主事가 어느날은 슐만 먹고 담비 不喫 康
副尉롤 ᄎᄌ가니 담빗대는 안내노코 슐床부터 吩付ᄒ미 슐은 사다 워
세 쓰료. 이리뎌리 酬酌間에 消寂삼아 辯論ᄒ다.

▲[白) 슐이란건 伐性狂藥이라ᄂ대 웨 잡수오 康 情近親故 遠來
時와 珍羞盛饌 對ᄒ 時와 與人交際 談論 時와 萬事傷心 憂愁 時와
山水樓臺 登臨 時와 花朝月夕 됴흔 ᄶ에 아니먹곤 못살겟소

▲(白) 酒客들의 恒茶飯 말 흔이 □托 그러치만 슐 못먹어 죽은 鬼
神 古今天地 어디잇나. 그만것을 못 ᄯᆫ으리. 酒之爲害 알고보면 죽드
리도 안먹을쎨. 康 죽ᄂ대면 안먹지만 속버릇을 노치 못히

▲[白) 슐의 害를 드러보오 앗가운 돈 浪費ᄒ니 經濟妨害 敗家되고
腹臟 發熱火起ᄒ니 衛生妨害 減壽되고 셩ᄒ 精神 昏迷ᄒ니 或歌或哭
發狂ᄒ다. 이러한 줄 모르시오 (康) 그리셔는 못 먹지오

▲(白) 그 쑌더러 甚ᄒ며는 잘ᄂ드시 喧噪타가 □幕拘留 捷徑이오
他人是非 가로맛ᄒ 毆打殺人 容易ᄒ고 飢腹猝充 觸冷되야 路上僵尸
尤可畏라. (康) 果然 伐性狂藥이니 盟誓ᄒ고 꼭 ᄯᆫ켓소

▲(康) 담비란건 損精毒物이라ᄂ딕 웨 잡수오 (白) 對客에ᄂ 初人
事오 食後에ᄂ 第壹味오 입 텁텁에 藥이 되고 님 싱각에 벗이 되고 梧
桐秋雨 吟咏 時와 旅館寒灯 不眠 時에 아니먹곤 못견디오

▲[康) 當身님도 말을 마오. 그것뎌것 다 핑계오. 銃에 마져 碎骨ᄒ
들 堅忍舞退 勇□커든 그□것을 못견대리. 烟之爲害 알고보면 決心코
셔 안먹을껼. [白) 害된다면 안먹지만 입버릇이 굿어져셔.

▲(康) 烟의 害롤 드러보오. 飢寒不關 空□□에 經濟關係 不無ᄒ고
腦力減消 神氣縮에 衛生關係 不無ᄒ고 口中燃火 腹吐烟에 □表乖常
可憎ᄒ다. 이러ᄒ 줄 모르시오 (白) 그리셔는 못 먹지오

▲[康) 그 쑨더러 甚ᄒ며는 寸陰是競 이 時代에 黃금時間 虛費ᄒ야
作事妨害 懶怠ᄒ고 풍勢急處 落火되면 人家灰燼 될 쑨더러 生命財産
亦危로다. [白) 果然 損精毒物이니 盟誓ᄒ고 쑥 쓴켓소.

▲兩人 互相 談笑間에 酒草不喫 全牧師가 在傍타가 勸□키를 自
今爲始 同盟ᄒ야 戒酒戒烟ᄒᄌ ᄒ대 左右諸人 可決ᄒ야 酒草幷喫 朱
哨官도 此 同盟에 加入ᄒ 後 趣旨書롤 廣□하다.

▲더 셔산에 히 걸치고 져녁 연긔 ᄌ옥ᄒ여 황혼턴디 되엿ᄂᆞᆫ디 소ᄂᆞᆫ
졀노 ᄂᆞ려오고 계견들도 모혀들며 쥐들ᄭᆞ지 왕릭ᄒᆞᆫ다 더 금슈들 모혀
안져 회의셕을 비셜ᄒᆞ고 ᄎᆞ례ᄎᆞ례 출셕ᄒᆞ야 각기 졍원 말ᄒᆞᄂᆞᆫ디 그 모
양이 가관일세

▲머리 우에 두ᄲᅮᆯ나고 비썩이 큰 쇼 ᄒᆞ나가 몬져 나와 ᄒᆞᄂᆞᆫ 말이 일본
의회 그 결과로 우쳑슈츌 금지라지 일인들과 혐의업고 역ᄉ키에 근로
커ᄂᆞᆯ 내 힝동을 구속ᄒᆞ며 임의 매미ᄒᆞ려 ᄒᆞ니 한국턴디 싱겨나셔 소노
릇도 어려워라

▲ᄭᅩ리말어 등에 지고 머리숙인 개 ᄒᆞ나가 썩 나오며 ᄒᆞᄂᆞᆫ 말이 개기
르는 규측ᄭᆞ지 닉부에셔 반포라지 슈츌이나 금ᄒᆞᆫ다면 본토에나 살지마
ᄂᆞᆫ 내 목에다 테롤 메고 테업스면 죽인다니 한국턴디 싱겨나셔 개노릇
도 어려워라

▲량편 귀를 ᄶᅩᆼ곳ᄒᆞ고 슈염 ᄲᅥᆺ친 쥐 ᄒᆞ나가 ᄶᅩ 나와셔 ᄒᆞᄂᆞᆫ 말이 흑
ᄉ병을 예방코져 쥐롤 모다 잡ᄂᆞᆫ다지 내 신셰롤 말ᄒᆞᆯ진디 ᄌ유ᄒᆞᄂᆞᆫ 미
믈이라 별반 해 업건마ᄂᆞᆫ 불문곡직 박살ᄒᆞ니 한국턴디 싱겨나셔 쥐노
릇도 어려워라

▲머리 우에 화관쓰고 광치됴ᄒᆞᆫ 닭 ᄒᆞ나가 나죵 나와 ᄒᆞᄂᆞᆫ 말이 닭죽
이란 신쟝경은 경쟝이후 업셧다지 규측마련 업건마ᄂᆞᆫ ᄶᅩᆯ각발이 간 디

마다 내 소리 곳 듯고보면 갑도 업시 잡어가니 한국텬디 싱겨나셔 닭노
릇도 어려워라
▲사룸 샤회 드러가셔 호원키룰 결의ᄒ고 총 파송ᄒ랴다가 셔로 반디
ᄒ눈 말이 (닭)약육강식 이 시디에 약ᄒ고눈 못 살겟지 (개쥐)년젼 일을
싱각ᄒ도 의인해ᄒ 우리들이 그 보복을 면ᄒᆯ손가 일후나 다시 다시 보
세 (쇼)듯 양텬대쇼러라

現今 經濟의 恐荒이 日大□□□ 雨澤이 又□足ᄒ야 天時人□가 交
□壓迫ᄒ미 □情嗷〃가 極度에 達ᄒ야 言 □□俟ᄒ 바어니와 日前에
記者가 西南□地를 遊遊ᄒ던 壹行客과 遇ᄒ야 其 談話를 聞ᄒ미 又
□層 凄□의 感을 不勝ᄒ지라. 其 大畧을 撮錄ᄒ건디 左와 如ᄒ니

客曰 余가 年前에 偶然히 □事故를 因ᄒ야 □□□地를 遊歷ᄒ시 莊
麗ᄒ 南동과 膏沃ᄒ 田地는 太半 外人의 居住次 占領되야 산河光景
이 人으로 ᄒ야금 起感ᄒ는 者ㅣ 已自不少ᄒ며 □今□에 □到ᄒ야 伊
□를 回想ᄒ미 便是太古華胥의 日月이오 太古堯舜의 乾坤이로다. 而
今에는 江山不可復識에 歎의 累起ᄒ는도다.

經濟窘急의 情形을 隨ᄒ야 人民의 生活이 益〃히 □聊ᄒ미 眼□의
瘡□□ᄒ기 爲ᄒ야 心□□肉을 □下흠을 大惜ᄒ야 土地家屋을 外人
의게 典執 或□渡ᄒ야 時月糊口의 □을 是做ᄒ는 者ㅣ 比□ᄒ니 如此
ᄒ면 幾年을 不過ᄒ야 韓人은 自家私土壹斗落도 保全ᄒ는 者ㅣ 無흠
은 □內事이니 엇지 憤歎處가 아니리오

然則 目前生活이 層〃困難ᄒ리니 人民敎育을 何道로 唱ᄒ며 國家
思想은 何術로 保ᄒ리오. 時機가 如此 急迫ᄒ디 其中 文字를 稍解ᄒ
고 名譽가 稍高ᄒ 上等人物은 尙且門을 閉ᄒ고 枕을 高ᄒ야 舊時代
思想을 膠守ᄒ고 新世界 風潮를 全昧ᄒ야 壹貳志士의 設校흠을 反對

ᄒ며 許多靑年의 入學홈을 呵禁ᄒ니 其 頑昧가 可悶ᄒ며 又學校設立
者로 言홀지라도 眞正ᄒᆫ 愛國思想에 基因ᄒ야 我國家를 何以恢復ᄒ
며 我民族을 何以振興홀가 ᄒᄂᆫ 者ᄂᆫ 其人을 不可見이오. 但只 斯世
에 生하야ᄂᆫ □打□打를 向ᄒ야 與時推□홈이 第壹件 上策이라 日語
를 □ᄒᆫ 然後에 日人과 交涉홀 터인즉 日語를 不可不學이며 法律을
解ᄒᆫ 然後에 裁判所主事 壹窠를 始得홀 터인즉 法律을 不可不학이라
ᄒ야 壹□학□을 爲國獻身的으로 勸獎치 안코 只是苟生苟活的으로
訓導코ᄌ 홈이니 其 子弟가 비록 絶奇ᄒᆫ 資質이 有홀지라도 彼가 何
를 從ᄒ야 正覺을 得ᄒ리오. 其 卑劣홈이 可惜이로다. 嗚乎라. 今日
可憂의 事가 奚但壹件 쑌인가. 經濟가 如是 甚急ᄒ며 敎育이 如是 甚
難ᄒᆫ대 又雪上의 霜을 加ᄒ야 旱騷가 如是 甚緊ᄒ니 國民資生의 道
理와 進步의 方針에 壹策이 全無ᄒ나니 此를 誰와 共히 硏究ᄒ리오.

  記者曰 吁라. 客言이 誠然ᄒ도다마ᄂᆫ 雖然이나 經濟의 紓救와 敎育
의 振興을 今日 政府에 可望홀 비 아니니 我의 祝ᄒᄂᆫ 바ᄂᆫ 惟善男信
女가 各其 □□의 力을 盡ᄒ야 遊衣遊食의 數炎를 減殺홀 而已며 頑
蒙□□의 □□를 □□홀 而已라. 如是히 進行ᄒ면 國民의 知□力이
彼 沛然의 □□□□의 苗와 如홀지니라.

  且客은 天災를 是憂ᄒᄂᆫ가. 只今은 遊手□食의 災가 旱災보다 甚ᄒ
며 魑魅跳梁의 災가 旱災보다 甚ᄒ나니 客은 此를 憂ᄒ고 彼ᄂᆫ 勿憂
ᄒ라.

  人事를 盡ᄒ면 天降의 災도 可救어니와 人災가 極하면 天賜□□도
失ᄒ나니라.

1909년 7월 15일

우셰즈는 단군 이후 스쳔여년 시더 사름이라 일즉 교화가 붉지 못ㅎ고 풍쇽이 아롬답지 못ㅎ 것을 근심ㅎ야 혹 쳥년을 교육ㅎ며 혹 지스를 권고ㅎ고 혹 완고를 경□ㅎ기 위ㅎ야 셰샹에 도라든닌지 멋 희에 ㅎ 사람도 씨둣 쟈 업고 도로혀 지목ㅎ기를 광패ㅎ 쟈ㅣ라 ㅎ며 죠롱ㅎ기롤 허황ㅎ 쟈ㅣ라 ㅎ야 인류로 디졉지 아니ㅎ거늘 우셰즈ㅣ 즈탄즈가ㅎ다가 창즈 속에 더운 피가 쓸음을 금치 못ㅎ야 일일은 표연히 멀니 놀 뜻을 두미 손에 잡고 일반 동포에게 권고ㅎ랴던 일쳬 잡지와 월보를 다 집어 더지고 니러서니 그 힝장을 볼작시면 쳥려쟝 일개와 셔시집신 일쌍이며 조고마ㅎ 보스짐 뒤에 소라 표즈 ㅎ 개를 둘엇더라 십리 빅리 쳔리를 뎡쳐업시 든니다가 ㅎ 곳을 다다르니

산명슈려 뎌 동텬이 별유텬디 비인간이니 폭포슈는 빅룡포가 둘녀잇고 무림슈쥭은 쳥포쟝을 둘너잇는디 우느니 잉무 원앙이오 조으느니 노루 사슴이며 츔츄느니 빅학이오 기화요초는 이 셰샹에셔 보지 못ㅎ던 바ㅣ라

우셰즈ㅣ 홀노 방황ㅎ며 스면을 도라보니 각식 식물과 동물은 긔긔괴괴ㅎ 즁에 동물 즁 ㄱ쟝 령귀ㅎ 사름은 즈긔 일신 외에 ㅎ나도 못볼너

라 보ㅅ짐에 둘엇던 표쥬를 쩨여 들고 폭포가에 나아가셔 희고 맑은 물을 두세 번 쩌 마시고 긔엄긔엄 쏘 훈 고기에 올나가니 층암절벽은 버려 잇고 빅운은 막막훈더 뵈이ᄂ니 쳥텬이오 들니ᄂ니 물소리라 구븨구븨 긴 등을 도라 샹샹봉에 올나가셔 전후 좌우를 ᄂ려다보니 동셔양 낫연긔ᄂ 눈압헤 ᄂ즉ᄒ고 태양태음과 모든 별이 머리 우헤 멀지 안타 금잔듸ᄂ ㅅ면에 평포ᄒ고 쳔년 늙은 회화나무ᄂ 록음이 울울훈더 오쏙오쏙 괴셕이오 번듯번듯 반셕이라

1909년 7월 16일

우셰즈ㅣ 괴셕 우에 보ㅅ짐을 버셔 눗코 반셕으로 옴겨 안즈 시원훈 바롬을 쏘이더니 홀연 인젹이 나며 훈 늙은 즁이 머리에 치포곳질을 쓰고 억기에 오식가ㅅ를 메이고 손에 셕쟝을 들고 발에 빅운리를 신고 휘젹휘젹 올나오더니 한슘 쉬며 관셰음보살 쥬져안지며 나무아미타불 겻희 사롬을 보ᄂ 듯 못 보ᄂ 듯 다시 긴 소리로 계음일쟝을 부르니

　어어어봉헌일판향 으으으
　덕용란ㅅ외니이이 어어어
　근반진ㅅ계 으으으엽슈보슈미이이이
　어어어 불샹ᄒ다 뎌 창싱들
　으으으 극락셰계 어더 두고
　어어어 칼산디옥 왜 찻슴나
　으으으 방아질 작도질 뎌 형벌을 으으으 압허훈들 뉘말닐가
　어어어 불샹ᄒ다 뎌 창싱들
　으으으 몸망ᄒ고 나라ㅅ지
　어어어 나라업ᄂ 뎌 귀신들

으으으 참혹ᄒ다 뎌 죄악을
어어어 닥치ᄂ니 형벌이오
으으으 부르ᄂ니 노례귀라
어어어 싱젼에 나라일코
으으으 환싱훈들 어디 가나
어어어 어둠침침 염라부에
으으으 쳔년만년 긱귀로다
어어어 불샹ᄒ다 뎌 창싱들
으으으 어셔어셔 지식 넓혀
어어어 망국죄인 되지 마라
으으으 불샹ᄒ다 뎌 챵싱들
어어어 남무아미타불

그 소리가 쳐량강개ᄒ 쳥산이 참담ᄒ고 류슈가 오열ᄒ니 원긱의 눈물이 옷깃을 젹시더라
우셰자ㅣ 손을 드러 길게 읍ᄒ고 무ᄅᆮ디
　대ᄉᄂ 어ᄂ 명산에 잇스며 어디로 향ᄒ며 법호ᄂ 무엇이라 ᄒᄂᆱ
그 즁이 합쟝ᄒ여 공근히 답례ᄒ고 닐ᄋᆮ디
　쇼승의 칭호는 원쟝법ᄉㅣ라 ᄒ읍ᄂ디 지금 총령을 넘어 쳔리 졍희를 지나 이 곳에 왓거니와 이 산은 우리 불가의 유명훈 슈미산이라
셔싱은 뉘신지 엇지 이 곳에 니르시ᇙ

1909년 7월 17일

우셰즈ㅣ왈 나ᄂ 대한 뎨국에 우셰즈ㅣ라 칭ᄒᄂ 광긱이니 우리 민족의 부패흠과 국셰의 빈약흠을 근심ᄒ야 월보와 잡지를 발간ᄒ야

셰샹 사룸을 긔도ᄒ기로 일을 숨더니 ᄒ나도 씌닷ᄂ 쟈ᄂ 업고 졈졈
비참ᄒ 디경에 ᄲ지민 내 비록 불ᄀᆺᄒ 열혈이 쓰르나 ᄒ 손으로 건질
수 업ᄂ 고로 ᄌ연 화에 씌여 셰계에 멀니 놀어 흉회를 펼가 ᄒ다가
우연히 이 곳에 왓거니와 나도 이왕 불경을 대강 열람ᄒ여 계음과 인
도를 만히 알엇스나 지금 대ᄉ의 부르ᄂ 계음은 이왕에 보도 듯도 못
ᄒ엿스니 그 계음은 무슴 ᄯ이며 소ᄅᄂ 엇지 그리 비챵ᄒ뇨
법ᄉㅣ왈 쇼승이 이번에 옥경으로 가다가 염라부에 잠간 들넛더니
염라부 ᄉ무가 빅여 년 이리로 대단히 분답ᄒ디ᄂ디 참혹ᄒ 형벌을
당ᄒᄂ 쟈도 무수ᄒ고 슈치되ᄂ 욕을 당ᄒᄂ 쟈도 무수ᄒ야 광경이
슈참ᄒ기로 경관에게 그 소이연을 무른즉 눈쌀을 찡긔며 디답ᄒ디
빅여 년 젼에ᄂ ᄉ무가 이다지 번극ᄒ지 안터니 근ᄅ에ᄂ 뎌 망국 민
족들을 쳐치ᄒ기에 대단히 골몰ᄒ야 안비를 막기ᄒ며 ᄯ 이젼에ᄂ
사룸의 샹벌을 쳐결ᄒ야 동셔양 각국에 륜회환싱케 ᄒ더니 지금은
망국 민족 즁에 죄 업ᄂ 쟈를 환싱케 ᄒ고져ᄒ나 다른 됴흔 나라에
보내려 ᄒ면 그 곳 산쳔 신령이 다 슬희여ᄒ고 제 나라로 보내려 ᄒ
즉 그 곳은 타국에 식민이 이믜 구역마다 ᄀ득이 찻스니 다시 변통무
로요 ᄯᄂ 환싱케 ᄒ 만ᄒ ᄌ격도 몃 개 못 되니 이럼으로 염라부가
쟝ᄎ 터지게 된지라

1909년 7월 18일

익급 인도 파란 월남 여러 나라의 몃 억만 인죵이 오ᄂ 디로 다시 가
든 못ᄒ니 이런 좁은 구역에 모라 두기만 ᄒ면 몃 ᄒ 못 되여셔 염라부
ᄂ 망국 민족의 셰계가 되겟ᄉ즉 그 아니 걱정이뇨 이 일노써 부즁에셔
날마다 회의를 ᄒ나 지금ᄭ지 결말이 업스니
혹은 제 나라를 제가 망ᄒ고 갈 곳이 업스니 여긔 두어 무엇에 쓰리

오 아모리 참혹홀 지라도 디옥 몃 만간을 더 지어 그 속에 모라 너코
그 문을 영영 봉쇄흐면 도로나 좀 졍결흐리라 흐고 혹은 망국 인죵이
히마다 늘고 둘마다 더흐니 디옥을 짓는 디로 차면 쌍도 한명이 잇지
현금 세계상에 빈약흐고 우미흔 나라이 간간히 잇스니 그 나라들이
츠레로 망흐면 우리 부즁은 더욱 곤난치 아니리오 찰하리 뎌 인죵들
을 소나 몰이나 개나 도야지로 환싱케 흐야 뎌 빈약흔 나라에 보내여
우리 부즁을 안졍케 홈이 됴타 흐고
혹은 모라다가 불에 틱오쟈 흐고 혹은 물에 씌우쟈 흐며 혹은 모다
방아에 바슈쟈 흐고 혹은 미ㅅ돌에 갈쟈 흐야 공론이 불일흐나 나는
보건디 뎌 망국 인죵에 짐짓 작죄흔 쟈도 잇고 모로고 작죄흔 쟈도
잇스나 ᄀ쟝 무죄흐고 불샹흔 쟈는 나라를 위흐여 몸을 도라 보지 아
니흐다가 힘이 밋지 못흐야 즈살흐든지 혹 뎍인의게 죽은 사롬들이
야 엇지 망국인으로 디우롤 흐리마는 환싱홀 곳은 쏘흔 업스니 그 아
니 참혹흐며

1909년 7월 20일

쏘 그 사롬들이 익걸복걸흐디 우리 민족을 살녀달나 우리 민족을 구
완흐여 달나 우리 민족을 실노 뎌 디경에 모라 너흐면 우리는 몬져 가
겟다 흐야 무수히 상지흐니 그 졍경을 춤아 괄시홀 수 업고 그 츙직을
과연 박디홀 수 업슴으로 아직 결뎡치 못흐엿스나 쟝춧 별 방침을 쓸
터인디 뎌 츙군 익국흐든 스롬을 겻혜 두고는 춤아 거조흐기 어렵기로
샹뎨끠 주달흐야 모모졔씨는 텬당으로 가게 혼다 흐니 쇼승이 그 말을
듯고 모골이 송연흐야 도라오던 츠이라 이곳에 니르러 본즉 동셔양이
눈압혜 버려 잇스니 뎌 속에 쏘 몃 나라의 망국 인죵이 잇슬지 알지 못
홈으로 우리 불가의 대ᄌ대비흔 모음으로 계음 흔편을 새로 지어 불넛

더니 션싱이 무르시니 감히 은휘치 못ᄒ노이다

우셰자ㅣ 그 외모는 소리롤 듯고 이믜 긔식이 비참ᄒ든 ᄎ에 ᄯ오 이 셜
명을 드르니 엇지 감동치 아니리오 인ᄒ여 방셩대곡ᄒ다가 맛춤ᄂ 불
셩인ᄉᄒ거놀

법ᄉㅣ 만단위로 ᄒ되

　청컨디 션싱은 졍신을 찰혀 쇼승의 말슴을 드르소셔 그 광겸을 목도
ᄒ 쇼승도 견디는디 남의 나라 흥망셩쇠에 그리 슬허홀 일이 무엇이니
잇고

우셰ᄌㅣ ᄒ 손으로 금잔듸를 뜻으며 ᄯ오 ᄒ 손으로 반셕을 두다리고 민
족민족 ᄒ고 부르니

1909년 7월 21일

법ᄉ왈 인도 이급은 망ᄒ 지 빅년식이나 다 되엿고 파란 월남은 ᄯ오ᄒ
니웃나라이 아니라 엇지 션싱은 이ᄀ치 과도히 슬허ᄒ시ᄂ뇨

　우셰ᄌㅣ 일향 아모 말이 업고 다만 이고 하ᄂ님 하ᄂ님 소리 뿐이라

　법ᄉㅣ 홀일 업시 잔디밧헤 물너 안ᄌ ᄒ슘을 쉬고 남무아미타불을
외오더라

　우셰ᄌㅣ 법ᄉ를 향ᄒ여 왈 여보 대ᄉ 내 말슴 드러보시오 나는 인도
이급의 민족을 슬허ᄒᄂ 것이 아니라 우리 대한 민족을 슬허ᄒ며 파
란 월남의 국ᄉ를 슬허ᄒᄂ 것이 아니라 우리 대한 국ᄉ를 슬허ᄒ노
라 우리 신셩ᄒ신 단군의 ᄌ손의 디옥이 목젼에 잇도다 여보 대ᄉ 우
리 대한에 졀ᄉᄒ 민영환씨를 혹 맛나 보앗는지 과연 대ᄉ의 말슴과
ᄀ홀진디 민츙졍도 환생홀 긔한이 묘연ᄒ리로다

　법ᄉㅣ 왈 션싱은 참으시오 쇼승은 염라부에셔 대한 국민 엇더타 ᄒ
ᄂ 말은 못 드럿스나 셜령 대한이 위티ᄒ 디경이라도 민지가 긔명되

야 정치법령이 붉어지면 극락세계 엇지 못되오리잇가
우셰즈ㅣ 눈물을 씻고 니러 안즈 가ㅅ 삼장을 부르니

1909년 7월 22일

데일쟝 불상ᄒ다 민츙졍은 츙국의민 그 아닌가 셰셰싱싱 됴흔 짜에 부
귀영화를 누리련만 아마도 환싱은 무긔ᄒ니 텬당에나
데이쟝 신셩ᄒ신 우리 민족 단군 후예 그 아닌가 례악문물 뎌 의관으로
텰문 디옥이 웬일인가 우리 동포 어셔 ᄭᆡ오 깁흔 잠을
데삼쟝 뎌긔 가ᄂᆞᆫ 뎌 기력아 빅두산이 어디민뇨 원쟝법ㅅ 이 말ᄉᆞᆷ을 젼
히 주쇼 우리 국민 텬당 디옥을 다 ᄇᆞ리고 셰셰싱환
그 소리 쟝렴 단렴과 평셩 샹셩이 쳐쳐졀졀ᄒ야 심양강샹 밤둘에 비파
셩을 듯ᄂᆞᆫ 듯 연남시 가을 바룸에 젹쥭셩을 맛난 듯 남ᄋᆞ의 강훈 챵ᄌ
라도 거의 거의 슬어질 듯ᄒ민
법ㅅㅣ 듯다가 셕쟝으로 짜을 두다리면셔 방셩대곡ᄒ여 왈
　몰낫셰라 몰낫셰라 국민 관계 몰낫셰라 우리 시님 셕가셰존ᄭᅴ셔 쳔
　승지국 ᄇᆞ리시고 발이ᄭᅥ 흔개와 셕쟝 ᄒ나로 텬하에 쥬류ᄒ셧스나
　나라의 관계ᄂᆞᆫ 말ᄉᆞᆷ 업셧스니 우리 불도의 목뎍은 텬하도 불관이오
　국가도 불관이오 다만 일신이 쳥졍훈 짜에셔 양싱ᄒ다가 텬당에 오
　르기가 데일 발원이러니 지금 션싱의 말ᄉᆞᆷ을 드른즉 일신도 여ᄉᆞ오
　텬당도 불관ᄒ고 언필칭 국가라 민족이라 ᄒ니 션싱의 도가 참 광졔
　챵싱ᄒᄂᆞᆫ 본의라 국민 관계가 이러툿시 지즁ᄒ도다
우셰즈ㅣ 왈 대ᄉᆞᄂᆞᆫ 수리로 슬허ᄒ거니와 나ᄂᆞᆫ 진뎡으로 슬허ᄒ노니 방
ᄌ 우리 한국 형편이 말이 못 되엿스니 쥰쥰무지 뎌 챵싱들 엇지ᄒ면
구원ᄒ리오
법ㅅㅣ 왈 나도 ᄯᅩ훈 진뎡으로 슬허ᄒᄂᆞᆫ 일이 잇스니 뎌 망훈 나라 즁에

인도는 곳 우리 조국이라 그 나라 폭원이 광대ㅎ고 물산이 풍부ㅎ야 동양에 뎨일 락토] 라 ㅎ더니

1909년 7월 23일

그 빅셩의 지식이 몽미ㅎ야 일개 영국 샹더의게 망ㅎ 바] 되여 그 민족이 염라부 디옥에 가셔 더 고싱을 당ㅎ니 그 아니 가련ㅎ가 이번에 염라부에 갓슬 찐에 그 참혹ㅎ 생경을 보고 다만 보통 주비ㅎ 마음으로 불샹ㅎ다 ㅎ엿더니 지금 션싱의 말슘을 드른즉 진품 관계가 이굿치 소중ㅎ고 쏘 텬당의 락이 환싱ㅎ눈 락만 못ㅎ다ㅎ니 소승도 환싱ㅎ랴면 갈 곳이 전혀 업고 비록 텬당에눈 왕리ㅎ나 망문투식ㅎ눈 과긱과 다른 것이 업스니 텰학박스의 말에 전문학이 보통 지식만 못ㅎ다ㅎ더니 나와 몃 십년 전심ㅎ던 우리의 지식으로눈 지금 션싱의 말슘이 아니면 국민 관계의 진리를 찌듯지 못ㅎ엿스리로다 불샹ㅎ다 우리 인도 이억만 민족이여 갈 디 업시 텰문 디옥이로다 몰낫셰라 국민 관계 이러ㅎ가
우셰즈] 왈 대스눈 이왕을 슬허ㅎ고 나눈 쟝리를 슬허ㅎ니 피츠가 다 당쟝 슬음은 아닌즉 이왕 슬음은 회복ㅎ기를 싱각ㅎ고 쟝리 슬음은 면ㅎ기를 싱각홈이 가ㅎ니 우리 헌헌ㅎ 팔쳑 남으가 엇지 으녀즈의 티도로 울고 세월을 보내리오 량국 형편을 토론ㅎ야 션후지칙을 연구홈이 엇더ㅎ뇨
법스가 가사ㅅ자락으로 눈물은 씻고 니러 안즈 ㅎ슘 쉬며 관셰음보살 남무아미타불

1909년 7월 24일

우셰즈ㅣ왈 우리나라는 황희와 일본히 스이에 돌츌혼 삼쳔리 반도국으
로 몃 빅년 지나에 관계가 잇슴을 인호여 텬하 대셰에 어둡고 쏘 국민
의 지식이 몽미호야 고식치계로만 구챠 히 지내다가 현금 뎌 디경이 되
엿거니와

인도곳흔 대국은 면젹이 쳔여만 방리오 인구가 이억여 만이니 가령 인
도인 수십 인이 영 인 일명을 디뎍홀 지라도 족히 뎌당홀 거시어눌 엇
지호야 버들스입 만흔 젹은 영국에 뎌 러툿 참혹흔 디경을 당호ᄂ뇨
법스ㅣ왈 우리나라 이억여 만 민족이 뎌 이쳔여 만 인죵에게 이 학디를
당호는 것은 다름 아니라 민심이 희산호야 단테가 못 되엿스니 비록 다
수흔 국민이라도 쇼수의 단결된 디뎍 을 뎌당치 못홈이로다

우리 인도의 망흔 연원을 궁구호면 우리 불도의 죄라 호는 지목은 면치
못홀지라 젼국 남 녀 즁에 총명호고 영민호다는 쟈는 다 고샹호다 즈칭
호야 국스이니 민족이니 호는 거슨 언론도 업고 일신만 닥그면 극락 세
계로 도라간다 호고 혹 두문불츌호며 혹 명산에 드러 가미 민국 대세는
샹관이 업시 일편향을 봉헌홈으로 셰월을 보내니 나라 일은 뉘가 호며

1909년 7월 25일

쏘 그 다음에 조곰 지식잇다 호는 쟈는 허황흔 비거만 밋고 운수만
기다려 외국에 쟝챵대포는 쓸 디 업고 째만 도라오면 뎌희가 즈멸혼
다 호야 두 손꼿 밋고 안줏스니 나라 일은 뉘가 호며 그눔아 쥰츌무
식흔 쟈들이야 비록 몃 억만인이라도 쓸 디 업거니와 영국인이 드러
올 때를 당호야 문졍도 호고 담판도 호여 약됴를 호든지 항거를 호엿
스면 엇지 이 디경이 되엿스리오마는 뎌희는 외국인을 혼번 보미 텬

신을 맛난 듯 아귀를 본 듯 일시에 쥐구녕 게구녕을 차쟈 훗허졋스며 그 중에도 뎨일 가쇼 탄홀 일은 훈 농부가 밧츨 갈며 가셕함을 엇어 열고 본즉 그 속에 참셔가 잇스되 모년 모월 모일에 텬신이 강림ᄒ야 외국사롬을 다 죽인다 훈지라 그 농부가 그 참셔롤 전국에 전포ᄒ미 전국 사롬들이 영국의 압졔롤 괴로와 ᄒ야 긔반을 벗슬 도리를 셔로 연구ᄒ고 분발홀 즈음에 이 글을 보고 다 희불ᄌ승ᄒ야 셔로 말ᄒ되 뎌 영국이 아모리 강셩ᄒ여도 필경은 망홀 날이 잇도다 우리나라 사 롬은 아못됴록 몸을 조심ᄒ야 독스ᄀᆺ고 옷빗치ᄀᆺ흔 영국인과 겨르지 말고 짜흘 달나든지 집은 달나든지 걱졍말고 다 주고 모년 모월 모일 만 기다리면 그 째는 우리 하ᄂ님이 뎌희들을 다 죽이실지라

1909년 7월 28일

아모리 뎌희들이 모든 거슬 다 뎜령ᄒ야도 필경은 우리 인도ㅅ사롬 의 일을 ᄒ여주는 거시라 ᄒ야 아모 계칙업시 토디 가옥외에도 각항 물 건을 쳥구ᄒᄂ 디로 부슈텽뎡ᄒ며 다만 기ᄃ리ᄂᆫ니 모년 모월 모일이 러니 그 희를 당ᄒ미 전국 사롬들이 농상공업을 다 폐지ᄒ야 영인에게 맛기고 그 날이 니르미 큰 경졀이나 맛난듯이 곳곳이 노름 노리ᄒᄂ □ 황이 대단ᄒ며 하놀만 쳐다보더니 그 날이 다 지나고 그 밤이 도라오미 청텬명월에 철업ᄂ 닭은 훈홰 두홰 울도록 텬신이 ᄂ리기ᄂ 고샤ᄒ고 디귀도 오지 아니ᄒ니 전국 사롬이 그졔야 허황홈을 ᄭᅵ다르나 후회막 급이라 엇지 홀 수 업셧고

쏘 영인이 방곡을 임의 ᄒ야 임두곡도 매미가 업스니 불상훈 인도 사 롬들은 농스 훈 포긔 못 짓고 무엇을 먹으며 무엇을 닙으리오 아모리 인죵은 만으나 뎌 병뎡 량족훈 강덕을 엇지 항거ᄒ리오 가위 불망이 ᄌ망이라 그 참셔ᄂ 엇더훈 못슬 놈이 믄드러셔 인도 전국 민죡을 속

이고 영인은 울안에□ 썩을 밧게 ㅎ엿눈지 그 아니 분ㅎ고도 통곡홀
일이뇨 쏘 이샹흔 말 흔 마더가 잇스니 대한 말노 번역ㅎ면 셜마라 ㅎ
눈 말인더 인도 전국 사룸들이 셜마 셜마 ㅎ눈 말이 압의 쓴치지 아니
ㅎ야 큰 바룸이 부러도 셜마 큰비가 와도 셜마 언필칭 셜마 ㅎ더니

1909년 7월 29일

영인이 처음에 변방을 침노ㅎ미 셜마 엇더ㅎ랴 니디에 드러와도 셜
마 엇더ㅎ랴 지경을 관할ㅎ야도 셜마 가옥을 쎄앗겨도 셜마 흔편으로
죽으면셔도 셜마 셜마 ㅎ야 쥐에게 쏫기눈 닭과 ㅈ치 먹통에 거의 올나
오도록 알지 못ㅎ고 셜마ㅅ쇼리 흔 마더에 쳔여 만 방리 됴흔 강산이
다 쩌나갓스니 엇지 아니 원통ㅎ리오
　대한국에도 만일 이ㅈ흔 비긔와 셜마ㅅ소리가 잇스면 필경은 뎌 인
도의 젼철이 멀지 아니ㅎ리로다
　우셰ᄌ | 왈 그 비긔나 셜마는 오히려 헐후ㅎ도다 우리나라 형편은
창졸간에 다 말홀 수 업거니와
　비긔로 말홀지라도 도션 비결이니 졍감록이니 토뎡비긔이니 ㅎ눈 여
러 가지 말이 ㅎ나도 실디눈 업고 어리셕은 사룸 밋츨 만흔 칙이 몃
권이오 쏘 셜마보다 심흔 말이 잇스니 혹은 아니 된다 혹은 홀 수 업
다 ㅎ야 세샹에 홀 일은 ㅎ나도 업시 견디다가 지금 뎌러흔 어려은
디경을 당ㅎ야 진개 아니 된다 진개홀 수 업다 ㅎ야 교육을 ㅎ여도
아니 된다 양병을 ㅎ여도 홀 수 업다 화륜션 압혜눈 아니 되겟다 대
포 머리에눈 홀 수 업다 내지 몃 빅년이라도 아니 되겟다 몃 쳔년이
라도 홀 수 업다 ㅎ니 그 빅셩의 정도로 엇지 된다눈 일과 홀 수 잇
다눈 말이 잇스리오

나는 드르니 인도국이 지금은 보통으로 중등 학식이 된다 ᄒᆞ니 비긔라 셜마라 ᄒᆞᄂᆞᆫ 지각이야 늠어 잇스리오 불원간에 샹등 지식이 되면 외면으로라도 문명 졍의를 쥬쟝ᄒᆞᄂᆞᆫ 뎌 영국이 엇지 샹등 인민의 ᄌᆞ유를 허락지 아니ᄒᆞ며 셜혹 허락지 아니ᄒᆞᆯ 지라도 ᄌᆞ유ᄂᆞᆫ 내게 잇ᄂᆞᆫ 것이니 북미합즁국을 보지 못ᄒᆞᄂᆞᆫ가 그와 ᄀᆞᆺ치 필경 독립이 되ᄂᆞᆫ 날에ᄂᆞᆫ 뎌 염라부에 ᄀᆞᆺ치 여잇ᄂᆞᆫ 사름들ᄭᆞ지 쇽량ᄒᆞ여 환싱케 ᄒᆞ려니와

우리 대한은 국민의 보통 지이식 잇ᄂᆞᆫ 쟈도 몃 사름이 못되니 어느 ᄯᆡ에 즁등이니 샹등이니 ᄒᆞᄂᆞᆫ 것을 바르며 수빅 년 이리로 소위 졍치니 법률이니 군뎨이니 교육이니 ᄒᆞᄂᆞᆫ 문구를 말ᄒᆞᆯ진뎌 ᄎᆞᆷ아 붓그러워 말을 못ᄒᆞ겟노라

법ᄉᆞㅣ 왈 인도와 대한 형편을 말노ᄂᆞᆫ 다ᄒᆞ기 어려오니 우리 동ᄒᆡᆼᄒᆞ야 옥경에 가셔 그 형편을 ᄌᆞ셰히 목도ᄒᆞᄂᆞᆫ 거시 엇더ᄒᆞ뇨

우셰ᄌᆞㅣ 왈 나ᄂᆞᆫ 쇽인이라 옥경에 엇지 임의로 가며 간들 엇지 그 형편을 목도ᄒᆞᆯ 방법이 잇스리오

법ᄉᆞㅣ 왈 션싱이 비록 쇽인이나 잠시 나의 뒤를 ᄯᆞ라가면 옥경에셔 괄더기 업슬 터이오 ᄯᅩ 옥경에 원찰더가 잇스니 그 곳에 올나보면 다만 인도와 한국만 볼 ᄲᅮᆫ 아니라 텬하 만국형편이 모다 눈 압헤 잇스니 션싱은 동ᄒᆡᆼᄒᆞ기를 ᄉᆞ양치 마르쇼셔

우셰ᄌᆞㅣ 왈 내 이믜 ᄒᆡᆼ역을 앗기지 아니ᄒᆞ고 이곳ᄭᆞ지 왓다가 하ᄂᆞᆯ이 지시ᄒᆞ샤 고명ᄒᆞᆫ 대ᄉᆞ를 맛낫스니 동ᄒᆡᆼᄒᆞᆷ은 불감쳥이언뎡 고 소원이로이다

1909년 7월 31일

법스ㅣ 바랑에셔 실과와 차를 내여놋코 돌 우헤 차관을 걸고 옥ㄱ흔 시
암물을 쩌다가 붓고 솔스방울노 불을 쩌여 차를 다리여 괴셕 우헤 그러
안즈 각각 흔표즈를 짜라 마시고 실과를 먹으니 졍신이 쇄락ㅎ야 표연
히 인간 밧긔 나온 듯ㅎ더라

다과를 맛친 후에 시음물에 손을 씻고 각각 힝장을 단속ㅎ야 압서거니
뒤셔거니 빅운가으로 셔셔히 나아갈시 력로에 구경흔 명산대찰이며 문
답흔 리셜 학셜은 이로 다 긔록홀 수 업더라

흔 곳에 니르니 가든 길이 쓴치고 젼후좌우가 다 졀벽이라 명스는 비단
ㄱ치 들너잇고 고셕은 빅옥ㄱ치 버려잇는디 눌즘승 길즘승은 영향도
업고 다만 긔화이초가 스이스이 만발흔디 두 사름이 돌우에 안즈 두어
시간을 쉬고 다시 바위틈으로 도라가니 동학은 점점 좁아지며 다시는
졉촉홀 곳이 업고 다만 쳔쟝 만쟝되는 셕벽 우에 쇠스슬을 느리고 고즈
ㅎ나를 둘앗는디 즈셰히 치어다보니 그 모졔가 영국 론돈에 디하 텰도
를 통ㅎ는 길과 ㄱ치 뚝게롤 덥고 황금 대즈로 셧스되 옥경 남문이라
ㅎ엿는지라

우셰즈ㅣ 왈 옥경문이 뎌러툿 굿게 닷치엿스니 엇지 열며 쏘 쳔쟝 만쟝
을 엇지 오르리오

법스ㅣ 왈 션셩은 넘려마르쇼셔 이 문이 본러 즈시로브터 유시ㅅ지 열어
두고 그 다음에는 닷치느니 우리가 디더 와셔 시간을 어긔엿스나 쇼승
은 익히 왕리흔 고로 도리가 잇스니 다만 션셩은 쇼승의 뒤만 짜르쇼셔

1909년 8월 1일

두 사름이 그 텰스 교즈에 안즈셔 텰스를 두어 번 흔드니 홀연 돌문이

결노 열니며 긔계 돌니는 소리가 나더니 텰스가 점점 짤너지며 교즈는
짜라 올나가더라 문에 니르러는 문 직흰 쟈가 법스를 영졉ᄒ여 경례ᄒ
고 우셰즈의 명쳡을 밧아 이윽히 보다가 말ᄒ되 이 사름의 셩명은 싱소
ᄒ니 잠간 잇셔 텬명에 품흔 후 명령을 기ᄃ림이 가홀가 ᄒ노라 ᄒ거늘
법스ㅣ왈 바랑을 열고 지필을 내여 보증셔 일장을 써셔 주니 ᄒ엿스디
　우셰즈
　쥬지 디구셩 동반구 한국 직업 독셔
　우인이 옥경에 유람ᄒ기 위ᄒ야 남문에 입홀 시에 초증셔를 졍홈
　년월일 보증인 원장법스
쓰기를 맛초디 슈문쟝을 주며 두어 말노 셜명ᄒ니 슈문쟝이 밧아 슈디
에 너코 홍긔를 둘너 허입ᄒ는지라 량인이 드러가다가 흔 언덕에 올나
브라보니 과연 빅옥셰계라 구쳔팔빅 방리 쯤 되는 들에 고루거각이 즐
비ᄒ야 그 졔도는 양옥ᄀᆞᆺ치 칠팔층 혹 십여 층인디 모다 빅옥을 각기 지
엇고 즁앙에셔 스방으로 통흔 대로와 방방곡곡에 쇼로는 모다 금강셕ᄀᆞᆺ
흔 돌을 짜라 틔끌 흔 졈이 업고 은빗 ᄀᆞᆺ흔 큰 하슈는 즁심을 ᄭᅴ여 흐르
는디 무지긔ᄀᆞᆺ흔 텰교는 곳곳 ᄲᅥ쳐 왕리ᄒ는 사름이 락역부절ᄒ더라
우셰즈ㅣ 평싱에 처음 보는 쟝관이라 법스를 불너 닐ᄋ디 꿈에도 싱각
지 못ᄒ던 옥경을 눈으로 보니 가위 쳔계 관청이라 쳥컨디 대스는 즈셰
히 ᄀᆞ르치쇼셔

1909년 8월 3일

법스ㅣ왈 션싱은 드르쇼셔 디구셩 가온디 조고마흔 파리쓰 피득보 론
돈 워슁돈이라 ᄒ는 소위 대도회도 몃 히 동안에 다 구경ᄒ기 어렵거든
ᄒ믈며 옥경을 낫낫치 말ᄒ리오 그러나 그 거쳐와 음식이나 대강 말ᄒ
리이다 셩즁에 허다흔 가옥은 동양 온돌과 셔양 란로ᄀᆞᆺ흔 것은 업시 태

양셩의 도ㅅ수를 맛초아 ㅅ시한온이 평균ㅎ며 쥬야도 업스니 등촉이
쓸 디 업고 각식 물화ㄴ 각 셩신에셔 조공밧아 어용ㅎ미 슐과 ㅊ와 과
실과 그 외에 여러 가지 진슈승찬과 일용즙물이 다 본 곳 소산이 아니
라 디구 각 경셩에 외방 물건이 모혀 들듯 각 셩신에셔 진샹ㅎㄴ이다
우셰즈ㅣ 왈 각 셩신에셔 조공ㅎ다 ㅎ니 우리 디구셩에셔도 필연 조공
ㅎㄴ 물건이 잇스리로다
법ㅅㅣ 왈 디구셩에셔 소산ㅎㄴ 용샹ㅎ 물건이야 엇지 옥경 소용에 합
당ㅎ리오 ㅊㅊ 이곳 경황을 보시면 즈연 알니이다
우셰ㅣ 왈 우리 이믜 이에 니르럿스니 쳥컨디 법ㅅ는 슈고를 앗기지 말
고 골고로 인도ㅎ여 구경케 ㅎ여 주쇼셔
법ㅅㅣ 왈 이런 광디ㅎ 셰계를 낫낫치 구경ㅎ기 심히 어려우니 위션 텬
당브터 가ㅅ이다 ㅎ고 의관을 졍졔ㅎ 후에 손을 셔로 닛쓰을고 대로로
좃ㅊ가다가 하슈를 건너 동편으로 수십 리를 힝홀시 길에 둔니는 사롬
들이 무론 남녀로쇼ㅎ고 낫낫치 의복이 션명ㅎ고 용모가 단졍ㅎ디 혹
ㅅ슴도 타고 혹 학도 타고 혹 쳥려쟝으로 보힝도 ㅎ미 긔샹이 무비 츈
풍화긔니 짐짓 셩인샤회이나 신션총즁이러라

1909년 8월 5일

홀연 호 고귀호 문을 당ㅎ니 머리를 들어 볼 때에 광치가 눈을 쏘는 빅
옥 현판에 큰 글즈로 보션문이라 썻더라
보션문 안에 드러 셔 보니 졍면은 십여 층인디 쟝광이 각 수빅 미돌이
오 동셔힝각은 광이 십여 미돌이오 쟝이 수빅 미돌을 쎄쳣스니 각식 진
슈보옥으로 꾸며셔 휘황찬란호 것이 사롬의 졍신이 현황ㅎ더라
우셰즈ㅣ 문왈 졍면은 보션당이오 동셔힝각은 보션지니 다 연향ㅎㄴ
집이라 명졀이나 혹 경졀□ 당ㅎ면 샹뎨끠셔 ㅅ찬ㅎ샤 대셩인 대츙신

과 효즈렬부를 명당에 모흐고 그 늠어 쳘인군즈는 동셔횡각에 모흐고
이샹흔 풍악과 여러 가지 식물노 더졉흐느니 이는 다 인간에 업는 바ㅣ
니라
우셰즈ㅣ 왈 즉금은 그 여러 사름들이 다 어디 잇느뇨
법스ㅣ 왈 평샹시는 각기 쳐소가 잇느니 뎌 북문 밧그로 나가면 즈연 알
니이다 흐고 우셰즈를 인도흐야 뎐각과 후원을 다 구경흔 후에 북문 밧
그로 나가니 그 곳이 극히 광활흐야 슈셕이 쳥결흐고 림쳔이 유슈흔디
초가도 잇고 의가도 잇스니 그 졔도가 극히 졍쇄흐야 혹 긔이흔 쏫나무
로 취병을 틀어 문도 내고 혹 디를 심어 울도 숩고 혹 바위를 뚤어 길
도 내고 혹 셕간슈를 더여 련못도 프고 각식 화초와 괴셕이 일망무졔흔
디 틈틈이 스통오달흔 길이 거믜줄 얼키 듯흐엿더라
이러 뎌러 두루 구경홀 졔 혹 쥬렴 속에셔 거믄고 소리도 나며 혹 명즈
우에셔 이삼 로인이 바둑도 두며

1909년 8월 8일

혹 쏫가지를 썩거 들고 쏫밧헤셔 왕리흐는 부인도 잇고 혹 치식옷을 닙
고 피리도 불며 공도 치는 ㅇ희들도 잇스며 엇던 사름은 관을 버셔 셕
벽에 걸고 돌을 의지흐여 글을 보는디 학은 춤을 츄고 솔방울은 졀노
써러지니 운치가 이곳치 쳥한흐더라
법스가 우셰즈를 다시 인도흐야 조고마흔 셕교를 건너 흔 집을 차져가
니 그 집이 ㄱ쟝 졍쇄흔디 문압헤셔 스슴이 놀며 소나무 가지에 거믄고
를 걸고 괴셕 우에 차관을 노왓스며 쳠하에 쥬렴을 드리워 노코 젹젹히
사름은 업더라
법스ㅣ 왈 즁문 압헤 나아가 부르니 흔 동즈ㅣ 나오는지라
법스ㅣ 왈 너의 시님이 계시냐

동즈ㅣ 왈 우리 시님은 어졔 요지연에 가셧다가 오늘 아춤에 도라오셔
셔 지금 취침ᄒ셧ᄂ이다
법ᄉㅣ 왈 나는 원쟝법ᄉㅣ라 ᄒᄂᆞ는 사름인ᄃᆡ 너의 시님과 동문 슈업ᄒᆞᆫ
계분이 잇스니 긔침ᄒ시기를 기ᄃ려 나의 옴을 고ᄒ라
동즈ㅣ 드러가더니 이윽고 ᄒᆞᆫ 로승이 나오거놀
법ᄉㅣ 합쟝 비례ᄒ니 로승이 답례ᄒ고 곳 인도ᄒ여 안으로 드러가며
반갑게 슈작ᄒ되 그동안 어ᄃ로 유람ᄒ시다가 지금이야 오시뇨
법ᄉㅣ 좌뎡ᄒᆞᆫ 후에 닐ᄋᆞᄃᆡ 쇼승은 근리에 디구셩에 유람ᄒᆞᆯ시 인도국
으로브터 총령을 넘어 염라부에 잠간 들녓고 지금 이곳에 왓기로 대ᄉ
를 심방ᄒ노이다
로승왈 차쟈 오시니 감샤ᄒ오이다 동힝ᄒ신 손님은 뉘시니잇가
법ᄉㅣ 왈 손님은 디구셩 동반구 한국에 사ᄂᆞ는 우셰즈ㅣ라 ᄒᆞᄂᆞᆫ 사람인
ᄃᆡ 츙국이민ᄒᄂᆞᆫ ᄆᆞ음이 근졀ᄒ여 민지를 발달ᄒ기로 즈임ᄒ더니 ᄉᆞ불
여의ᄒ미 셰계샹으로 도라ᄃᆞ니며 유람ᄒ다가 슈미산에셔 쇼승을 맛나
그 ᄯᅳᆺ을 말ᄒᄂᆞᆫ디 쇼승으로 더브러 지긔가 샹합ᄒ기로 이곳ᄭᆞ지 동힝
ᄒ엿ᄂ이다
로승이 다시 문 밧게 나아가 우셰즈에게 합쟝 비례ᄒ니 우셰즈ㅣ 답례
ᄒ고 무ᄅᆞ디

1909년 8월 10일

대ᄉ는 누구시완ᄃᆡ 나ᄌᆞ흔 쇽직을 이ᄀᆞ치 관ᄃᆡ를 ᄒ시ᄂᆞ뇨
로승왈 션셩의 셩화를 인즉 듯지 못ᄒ엿슴으로 즉시 영졉지 못ᄒ엿스
니 션셩은 용셔ᄒ소셔
쇼승은 희월존즈라 칭ᄒᄂᆞᆫ디 뎌 법ᄉᄭᅵ 놉흔 일홈을 듯ᄉ온즉 쇼승이
무슴 복력잇셔 오늘날 션셩이 왕림ᄒ시니 폐호에 싱식이 적지 아니ᄒ

여이다

우셰즈ㅣ 존즈롤 짜라 당샹으로 올나갈 시 스면을 슓혀보니 수빅 권 경문은 문갑 우에 싸여잇고 벽람가스는 홰ㅅ더에 걸여잇고 고실은 연상 우에 넘쥬로 눌러 노앗는디 각식 문방졔구는 フ쟝 졍결ㅎ야 그림 속과 방불ㅎ더라

　　▲東方에 委인島란 셤이 잇눈대 그 中에 千年 묵은 老狐 ᄒ나가 잇셔셔 幻術이 奇絶ᄒ지라 어여쁜 美人態度를 단장ᄒ고 人類界에 썩 나셔보니 □種 肉眼者들이 그 □態에 □醉ᄒ야 落日□樓上에 □子輩가 絶代佳人 만ᄂ드시 精神이 아득ᄒ고 □子가 희미히셔 各其 壹夜緣을 밋지랴고 左瞻右顧에 秋波가 爛熳ᄒ더라.

　　▲南石四拾里地에 엇더ᄒ 美術館 ᄒ나이 잇셔 〃照妖鏡을 만드는대 白져로 밧탕하고 黑土로 粧飾ᄒ고 形管으로 磨礱ᄒ야 西洋의 有名ᄒ 美術家 嫺熟ᄒ 手段으로 便利ᄒ 罷機 스다노코 壹晝夜만 지니면 萬餘枚式 트러니는대 그 中에 輸出法이 쏘 神速ᄒ야 半旬이 다 못되면 東西洋에 遍布ᄒ더라.

　　▲老狐가 巧態를 부리고 人類界에 橫行ᄒ되 態히 그 □身을 쳐 破ᄒ는 者ㅣ 업더니 照妖鏡을 한번 對ᄒ미 그러케 어여쑤던 美態는 어디로 가고 슷탕이 우□ 쏘리아홉기 소복ᄒ고 코밋터 쥬둥이만 쑈족ᄒ고 金身우에 노랑텰만 앙금ᄒ고 비쇽의 狼子□□ 雲霧ᄀ치 즈욱ᄒ더라.

　　▲狐가 一場 大乞□□□自□□ 美術館을 對ᄒ면은 怨警ᄀ치 시려ᄒ고 虎豹ᄀ치 무서워셔 니 모양이 쏘 비치니 니 妖術이 쏘 □히나 밤낫업시 걱정ᄒ고 □□마다 注目하야 美術館을 撼倒쿄져 百方妖術을 日□ᄒ더라.

▲蚍蜉가 大樹를 撼ᄒ고 魑魅가 □鼎을 觸홈□□ 徒勞□ 益에 홀
슈가 업셔 自□□ 美術館 外에 □□竄伏ᄒ얏다가 照妖鏡을 貿去□□
□丨 □ᄒ면 꼬리를 삿희다 밧싹끼고 두발목을 반죽드러 照妖鏡을 □
取히다 塵空中에 뭇드랴고 허위쥭 허위쥭

▲狐兮 〃〃여. 寶鏡을 怨치 말고 爾心하□하며 寶鏡을 □지 말고
爾形을 逃홀지어다. 怨ᄒᄂ 氣象과 □하ᄂ 貌樣까지 此鏡中에 露現ᄒ
나니 欲掩反彰이라 何益之有리오

동방에 위인도라 ᄒᆞᄂᆞᆫ 셤이 잇ᄂᆞᆫᄃᆡ 그 중에 쳔년 묵은 여호 ᄒᆞ나가 잇셔셔 환술이 긔교ᄒᆞᆫ지라 어엿쓴 계집의 모양으로 환형ᄒᆞ고 인류 즁에 나셔 본즉 방탕ᄒᆞᆫ ᄌᆞ뎨들은 졀디가인을 맛ᄂᆞᆫᄃᆞ시 졍신이 아득ᄒᆞ고 안졍이 희미ᄒᆞ여 각기 ᄒᆞ로ᄉᆞ밤식을 결련ᄒᆞ랴고 좌쳠우고ᄒᆞ며 셔로 눈ᄉᆞ즛들을 ᄒᆞ더라

남방 돌우물 골에 ᄯᅩ 미슐관 ᄒᆞ나가 잇셔셔 요물 빗최는 거울을 ᄆᆞᆫᄃᆞ는ᄃᆡ 빅져 바탕에 흑연으로 쟝식ᄒᆞ고 황모로 련마ᄭᆞ지 홀 ᄲᅮᆫ더러 유명ᄒᆞᆫ 미슐긱이 편리ᄒᆞᆫ 긔계로 ᄒᆞ로ᄉᆞ밤 동안에 만여 개식이나 졔죠ᄒᆞ야 동셔양으로 날마다 슈출ᄒᆞ더라 그 늙은 여호가 공교ᄒᆞᆫ 틱도를 부리며 인간으로 횡힝ᄒᆞ나 능히 그 젼신을 아는 쟈ㅣ 업더니 요물 빗최는 거울을 ᄒᆞᆫ번 디ᄒᆞ민 졀식으로 어엿부던 모양이 간 디 업고 다리ᄉᆞ이에 아홉 ᄭᅩ리와 코 밋헤 ᄲᅩ족ᄒᆞᆫ 주둥이와 젼신에 노랑 털만 잇슬 ᄲᅮᆫ 아니라 속에ᄂᆞᆫ 시랑ᄀᆞᆺᄒᆞᆫ ᄆᆞ음이 ᄀᆞ득ᄒᆞ더라

여호가 그 거울을 보고 크게 놀내더니 그 후로ᄂᆞᆫ 미슐관을 디ᄒᆞ여 원슈ᄀᆞᆺ치 믜워ᄒᆞ고 호랑ᄀᆞᆺ치 두려워셔 내 모양이 ᄯᅩ 보일까 내 심슐이 드러날까 밤낫업시 걱졍ᄒᆞ며 시시마다 쥬목ᄒᆞ야 미슐관을 업시랴고 가진 요술을 다 부린다

이는 긔아미가 큰 나무를 ᄲᅦ랴ᄒᆞ고 당랑어가 슈레박회를 막으랴ᄒᆞᄂᆞᆫ

격이라 슈고만 드리고 유익홈이 업는 고로 그 후브터는 미슐관 밧긔 은
신ᄒ고 슙엇다가 요물 빗최는 거울을 사는 쟈ㅣ 잇스면 쏘리를 삿헤다
밧쫙 찌고 두 발목을 반짝 드러 그 거울을 쎼아셔다가 진토 즁에 믓으
랴고 이를 무한이 쓰는 모양일네
　여호여 여호여 보비거울을 원망치 말고 네 ᄆ옴을 곳치며 보비거울
　을 쎼앗지 말고 네 형용을 변홀지어다 원망ᄒ는 긔샹과 쎼앗는 모양
　ᄭᅵ지 그 거울 속에 보이느니 음격코져 ᄒ는 거시 도로혀 로츌되는지
　라 무엇에 유익ᄒ미 잇스리오

1909년 7월 22일

蚊虻이 비록 微小ᄒ나 侵而 不驅則 人의 肌膚를 嚙ᄒᄂ지라. 故로 蚊을 見ᄒᄆ 劍을 拔홈은 不可ᄒ니 手를 揮홈은 不得已의 事라. 彼 大韓新聞은 元來 蚊虻의 後身으로 夏節을 當ᄒᄆ 得得히 自揚ᄒ고 □報를 對ᄒ야 惡喙를 頻試ᄒᄂ □□日□報 押收를 見ᄒᄆ 彼가 無限ᄒ 光榮을 得ᄒ얏다 ᄒ야 狂叫亂吠의 侵辱을 又加ᄒ지라 彼 纖細ᄒ 體部에 大劍을 加키ᄂ 實노 不忍의 事인 故로 但히 婉順ᄒ 手腕을 揮ᄒ야 驅除法을 施하노라.

[彼報) 幾年間 我國暴徒를 煽動ᄒ야 幾萬名人□을 自滅케 ᄒ던 大韓每日報ᄂ 去十八日에 何等 惡說이 有ᄒ얏던지 押收를 □當ᄒ얏다 云 〃

爾說과 如히 □報를 果然 義兵을 煽動ᄒ얏다 홀지라도 本報ᄂ 愧홀 바ㅣ 無ᄒ고 畏홀 바ㅣ 無ᄒ거니와 爾輩ᄂ □□을 殲滅ᄒ고 忠憤을 □壓ᄒ기로 血誠祝願홈은 爾輩도 自認ᄒ깃지. 果然 義兵이 自勁力은 無ᄒ고 他勁力만 □홀진대 엇지 □報□ 煽□□만 受ᄒ고 爾輩의 鎭壓力은 不受ᄒ얏더냐. 本報ᄂ 人類上 □□心이 有ᄒ야 感化力이 有ᄒ고 爾報ᄂ 蚊虻의 微聲과 如ᄒ야 人類ᄂ 感化力이 無ᄒ 줄노 認定홈이냐.

(彼報] 每日報가 惡口氣로 我國을 侮辱ᄒ며 觀光團이 渡來ᄒ미 歡迎旗를 捧ᄒᄂ 妖□이 紛紛ᄒ며 新統監이 赴任ᄒ미 歡迎歌를 作ᄒᄂ 奴舌이 쥬〃ᄒ며 舊統監이 入城ᄒ미 歡迎頌을 作ᄒᄂ 奴筆이 揚〃이리 ᄒ얏스니 其 狂悖ᄂ 勿論ᄒ고 愚痴가 莫甚 云〃예. 져에 鄕曲 壹兩班이 有ᄒᄃ 其 鄰家奴隷를 對ᄒ면 必也 죵놈죵놈이라 呼稱ᄒ거날 □奴가 心內不平ᄒ더니 壹日은 兩班을 對ᄒ야 曰 서방님. 왜 小人다려 죵놈이라 ᄒ오 이놈. 네가 죵놈 아니냐. 예. 죵놈이야 죵놈이지만은 죵놈더러 쏙 죵놈이라야 맛지오 ᄒ얏더니 本報 所謂 奴舌奴筆等은 正히 爾輩를 謂홈이라. 卽今 世界가 文明ᄒ야 奴隷를 解放ᄒᄂᄃ 爾輩ᄂ 獨히 奴隷를 甘作ᄒ기로 實地 名稱을 斥呼ᄒ얏더니 爾도 쏘ᄒ 鄕曲 奴輩의 不平을 懷ᄒ얏고나. (未完)

1909년 7월 23일

前號 續

(彼報] 今夫我國은 日本保護에 在ᄒ니 맛당히 能保護國의 補導를 受ᄒ야 他日進步를 圖ᄒᆯ 따름이라 云云

南山老木에 烏鳥가 巢를 構ᄒ고 雛를 育ᄒ더니 壹日은 北山鴟효가 烏鳥를 說ᄒ야 曰 我가 爾室을 守護ᄒ면 鷙鳥가 不侵ᄒᆯ 것시니 爾ᄂ 但히 爾雛의 飼養物을 攫取來ᄒ라. 烏鳥가 其說을 依ᄒ야 從外來ᄒ니 其雛壹首가 無ᄒ지라 鴟효를 疑ᄒᄃ 효曰 我가 爾室을 護ᄒᄂᄃ 爾子를 豈食ᄒ리오. 爾가 我를 不信커던 但히 後日을 看ᄒ라. 烏가 其言을 信ᄒ얏더니 再回에 二子가 無ᄒ고 三回에 三子가 無ᄒ야 畢竟恩斯前斯히 盲ᄒ 子를 □□히 효 腹中에 葬ᄒ얏더라. 烏鳥의 □□□□蚊虻이 □□ᄒ리오. 今日韓 天□에 坐ᄒ야 尙히 保護를 謳歌ᄒ며 他日을 遲待홈은 彼 효鳥咽門에 跨ᄒ야 □宵高翔을 夢홈이로다. (彼報)

我國民이 每日報 籠絡術 中에 陷ᄒᆞ야 於是에 許위 李康年 閔肯鎬 等이 反旗를 竪ᄒᆞ야 國民生命의 慘禍를 招ᄒᆞ얏다 云 〃

허이민 제씨는 한국의 충의남자라. 한국을 위ᄒᆞ야 십을 싱ᄒᆞ며 한민을 위ᄒᆞ야 혈을 류ᄒᆞ얏거날 이가 피를 반기라 칭ᄒᆞᆯ진디 이는 정녕 한인이 아닌 쥴은 불언자명이로다. 연이 이배필하에 왕 〃 아국자를 로흠은 하야오. 미지케라. 이소위아자ㅣ 과연 일본을 위흠이냐. 억혹한국을 위흠이냐. 만일 한국으로 간주ᄒᆞ면 도저히 설화가 불성ᄒᆞ니 자후는 일본자를 직서ᄒᆞ야 진정흔 한인의 이목을 眩치 말지어다. [未完]

1909년 7월 24일

前號 續

(彼報) 每日報社에셔 偸食흔 國債報償□의 訴訟이 起ᄒᆞᄂᆞᆫ 日에는 國民의 血憤이 起ᄒᆞ야 每日報의 挾雜을 頓悟하리라 云 〃

心腸이 換ᄒᆞ야 目瞳이 倒흔 者ᄂᆞᆫ 蒼天이 黑ᄒᆞ고 白日이 黃ᄒᆞ다더니 信哉라. 爾의 換腸倒目은 於此尤證이로다. 公判에 暴露ᄒᆞ야 壹世가 共知ᄒᆞ되 爾輩ᄂᆞᆫ 尙히 □□ᄒᆞ야 偸食의 荒說을 往 〃 誣揭ᄒᆞ니 爾ᄂᆞᆫ 虛無를 搆ᄒᆞ야 人을 陷코져 ᄒᆞ나 適히 爾의 換腸만 表示흠이니 爾計가 쏘흔 拙ᄒᆞ도다.

(彼報] 每日報ᄂᆞᆫ 鴆毒과 如ᄒᆞ며 鴉片烟과 如ᄒᆞ며 砒상丸과 如ᄒᆞ다 云 〃

本報의 性質은 爾가 最히 善解ᄒᆞ얏도다. 病을 □□□ 藥은 必也 溫補酷烈 兩性이 具ᄒᆞ야 □人의 □를 □ᄒᆞ면 其元이 復ᄒᆞ고 各邪가 此를 遭하면 其氣가 縮ᄒᆞᄂᆞ니 爾ᄂᆞᆫ 韓國內의 寓ᄒᆞ야 韓國魂을 撲滅ᄒᆞ여 韓國□□ 釀成ᄒᆞᄂᆞᆫ □□邪物이니 本報가 爾로 □ᄒᆞ야 鴆毒과 鴉煙과 비상의 酷性이 無ᄒᆞ면 此ᄂᆞᆫ 無□흔 大和湯이라. 엇지 其 可하리오 眞

正호 韓人이 本報룰 讀ㅎ면 精神을 喚醒키는 청心丸과 如ㅎ고 國脉
을 延長키는 延齡丹과 如ㅎ고 寶力을 培養키는 大補湯과 如ㅎ니라.
韓人이 아닌 者야 此味룰 豈知ㅎ리오.

　嗟. 爾 蚊虻아. 夏熱이 方盛ㅎ고 昏夜가 沉〃ㅎ민 爾輩의 跳□은 宜
乎無怪도다만은 片時得意 즈랑말고 案□曆書 숣혀보라. 大暑는 酷吏
去ㅎ고 金□은 不□來라. 蜉蝣ス흔 너의 輩는 泡沫ス치 스러질지니 네
情景을 生覺ㅎ면 可憐ㅎ기 싯업도다. [完]

客이 東萊로 從來ᄒᆞᄂᆞᆫ 者ㅣ 記者에게 語ᄒᆞ야 曰 滊車 中에셔 日本 壹旅人을 遇ᄒᆞ야 無聊 中에 共히 筆談으로 相酬ᄒᆞ더니 該日人이 七字詩 壹聯을 題與ᄒᆞᄂᆞᆫ디 曰

秃山〃〃又秃山

行〃見〃盡秃山

이라 ᄒᆞ얏스니 此盖 我國 山嶽의 童濯ᄒᆞᆷ을 嘲ᄒᆞᆷ이라. 大抵 東萊에 始ᄒᆞ야 京師에 至ᄒᆞᆷ이 千思의 遠이로ᄃᆡ 其間에 壹點靑色을 帶ᄒᆞᆫ 山은 惟水原隆陵 壹處 ᄲᅮᆫ이오 其餘ᄂᆞᆫ 白石만 齒〃ᄒᆞ며 赤土만 童〃ᄒᆞ야 數尺의 木도 得見키 甚難ᄒᆞ니 日人의 此嘲를 甘愛ᄒᆞᆯ 而已나 然이나 談酬의 筆端이 忽然 將來의 希望心을 惹動ᄒᆞ며 又 彼 冷笑의 場□에 □愧의 色을 作ᄒᆞᆷ이 不可ᄒᆞᆫ 故로 卽時 筆을 據ᄒᆞ야

君若拾年後來見

今日秃山盡茂竪

이라 云 □□□□□ 答示ᄒᆞᆫ대 日人이 冷睨良久見 又 壹聯으로 回示ᄒᆞ야 曰

盖年以後雖靑山

此則皆是日人管

이라 ᄒᆞ니 盖此 日人이 漢文에 短ᄒᆞᆫ지 或諧諧的으로 任意 胡寫ᄒᆞᆷ

인지 其 下字가 甚朦朧不成說이니 其意를 考호즉 蓋曰 幾年 以後에
는 森林을 養成호야 此等 禿山이 靑山을 盡作홈은 吾도 亦信호나 但
其森林의 營業者와 靑山의 所有權는 韓人에 不在호고 日人에 在호다
홈이니. 嗚呼라. 今日 我韓 國勢를 觀호미 三千里 尺〃寸〃의 土를 鳩
居에 讓호며 二千萬 點〃謫〃의 血을 鯨吸에 任호 時니 彼의 此言을
敢發홈이 無怪이나 然이나 此 雍容談酬의 場에 此等 氣殺을 受홈에
憤慨의 情이 突發호는지라. 卽 答曰

請君無妄想 我國亦有人

이라 호얏더니 彼가 此를 見호고 아연히 壹笑호고 馬鹿 二字를 書
投호는지라. 噫라. 彼가 無禮의 說로 談場에 遽加하니 비록 死人이라
도 氣奮홀 비나 然이나 我는 主人이오 彼는 日人이니 相對의 場에 我
가 不得不 韓信의 侁出을 學홀지라. 故로 不平의 腔을 抑호고 默然히
彼를 顧호다가 良久에 壹句를 書호야 曰

□□君果日本人

이라 호얏더니 彼가 勃然히 色을 變홈은 拳乎相毆호랴 호며 亂詬를
不止호니라.

嗚乎라. 自今에 凡營利興業에 屬호 事가 皆外人의 壟斷에 歸호야
我國人은 自行치 못혼다 호나 自家私山의 森林을 養호며 自家私園에
果樹를 培홈은 誰가 禁호관디 此를 不爲호느뇨

森林者는 國의 巨大혼 利源이라. 建築의 事業이 此가 아니면 不興
호며 輸出의 商業이 此가 아니면 不盛호느니 此 利源이 衰退호면 英
雄이 有혼들 何를 藉호야 活助호며 志士가 有혼들 何를 憑호야 進步
하리오. 故로 森林의 盛衰로 國家의 興亡을 可占홀 지어날. 嗟. 我國
民이여. 此에 不留意홈이 엇지 此에 至호뇨

彼 日人의 我를 嘲홈이 雖可弄이나 亦可佩로다.

貴報는 全國同胞의 信仰호는 비니 時〃로 經客의 經을 讀호듯시 森
林 貳字로 血勸홈을 望호노라. 余는 今且 鄕谷에 歸호야 此를 着手코

즌 ᄒᆞ노라 ᄒᆞ더라.
    以上은 皆客의 言이라. 此에 畧記ᄒᆞ야 有志者에 供ᄒᆞ노라.

▲花開洞에 엇던 기 ᄒ나가 朴代身이 牌를 ᄎ고 썩 生覺ᄒ히보니 平生 김싱으로 賤待밧다가 壹朝애 人類佩號가 無限ᄒ 榮光인즉 그 中에 大臣의 代身은 □體가 훈륭ᄒ혼지라. 長安坊曲에 단니기로 뉘가 나를 抗禮ᄒᆯ쏘. 이리뎌리 橫行ᄒ다가 磚동 골목 썩 ᄂᆞ려서니 엇던 기 ᄒ 마리 나셔며 어. 同品官 ᄂᆞ려오나. (朴牌) 心中에 안니돠셔 너는 名色이 무엇시냐. 나는 □□內 사는 閔輔國일세. 그러면 曾經輔國이 時任大臣만 못ᄒ니라.

(閔牌) 니 지쳬를 보랴거던 이리 오니라. 두리 作伴ᄒ야 屛門으로 나려가니 人力車軍들이 壹齊히 ᄂᆞ셔셔 져긔 閔輔國 大監 行次ᄒ신다. (朴牌) 大憤曰 爾가 大監 稱號는 듯는다만 兩次條約ᄒ 功勞도 업고 무슴 지쳬 자랑이냐. 兩牌가 相關ᄒᆯ 제에 엇더ᄒ 身長이 數尺쯤 되고 머리 우에 두 귀 나고 목에 오라바 잔쪽 동인 大蟒 ᄒ나가 드러와셔 眞品大臣 여긔 왓다.

(閔牌) 너는 號牌도 업는 게 名色이 무엇시냐. (망) 號牌만 第壹 가는 쥴 아는고나. 너가 갑中判決노 執行은 當ᄒ엿다만 銘旌을 보아라. 卷烟갑을 여러노니 內部大臣 朴齊純之柩. (閔牌) 眞品大臣이로구. 언졔 뎌 慘禍를 當ᄒ엿셔. 同朝之誼에 吊喪ᄒ야볼짜. 어ー이. 어ー이. 〃. 〃. 〃〃.

긱이 동리로셔 올나와셔 긔쟈에게 말ㅎ여 글ㅇ디 긔챠ㅅ속에셔 일본으로
좃ㅊ 건너오는 엇던 일인 ㅎ명을 맛나셔 슴슴ㅎ든 초에 필담으로 슈작을
ㅎ는디 그 일인이 닐곱즈 글 ㅎ귀를 써셔 주거눌 닑어보니 ㅎ엿스디
　중대강이 즁뎌강 간 디마다 즁뎌강
이라 ㅎ엿스니 이는 대개 우리 한국의 산이 모다 쟈산됨을 죠롱홈이라
대뎌 동리에셔브터 셔울에 오는 동안이 쳔 리나 되는디 그 시이에 ㅎ
덤 푸른 빗츨 씐 산은 다만 슈원 룡릉 ㅎ 곳 쑌이며 그 외에는 흰 돌과
붉은 흙 쑌이오 두어 자 되는 나무도 엇어보기 심히 어려온즉 일인의
이 죠롱을 밧을밧긔 수 업스나 그러나 슈작ㅎ는 붓긋헤 홀연 쟝리의 희
망ㅎ는 ㅁ음을 격동ㅎ며 쏘 뎌의 죠롱ㅎ는 마당에 붓그러온 빗츨 뵈이
는 거시 불기ㅎ 고로 즉시 붓을 들어셔 글ㅇ디
　십년 후에 쏘 와보라 더벙머리 아니 될가
ㅎ여 써셔 뵈이니 일인이 ㅎ참 보다가 쏘 ㅎ 귀를 써셔 뵈이니 ㅎ엿스되
　이후 비록 청산되나 이는 필경 일인 경영
이지 ㅎ엿스니 그 일인이 한문이 부죡홈인지 죠롱ㅎ는 글을 뜻이 분명
케 쓰지 아니코져 ㅎ여 그러홈인지 그 글귀 잠간 모호는 ㅎ나 대개 그
뜻인즉 십년 이후에는 슘림을 양셩ㅎ여 이런 즁대강이 되엿던 산이 혹
모다 푸른 산이 될거슨 뎌도 밋는 바이니 다만 그 째에는 그 슘림의 영

업흐는 쟈도 외국인이오 그 쳥산의 소유권을 가진 쟈도 한국에는 업고 일인에만 잇다 흠이니 오호ㅣ라 오늘날 우리 한국 국셰를 보건더 삼쳔 리 안에 혼 치 혼 쟈 되는 싸을 모다 놈에게 스양흐며 이쳔만인의 혼 덤 혼 방울 피를 모다 놈이 쎄라먹게 흐는 이 째에 그 사롬이 이 말을 감히 발셜흠이 괴이치는 아니흐니 그러흐나 이러케 옹용흐게 슈작흐는 밀에도 이런 분긔롤 도드는 말을 듯는 거시 통분흐고도 개탄흐여 즉시 혼 귀을씨 콜으더

　　허ㅅ된 싱각 그만 두소 아국에도 사롬 잇지

흐엿더니 그 사롬이 이거슬 보고 혼번 우스며 쌔가 두 즈를 써셔 더지 는지라 희라 더ㅣ가 담화흐는 마당에 거연히 무례혼 말을 흐니 비록 죽 은 쟈ㅣ라도 분긔를 춤지 못홀 바ㅣ어눌 엇지 혈긔가 잇고 이거슬 보리 오마는 그러나 나는 쥬인이오 더는 긱이라 셔로 더혼 마당에 부득불 춤 는 거시 가홀 듯혼 고로 불평혼 ㅁㅇ음을 억졔흐고 묵묵히 더를 보다가 이윽고 혼 구졀을 써 콜으더

　　그더는 과연 일인이로다

흐엿더니 더ㅣ 발연변식흐여 거의 쥬먹을 들어 치려흐고 무수히 후욕 을 하더라

오호ㅣ라 직금에 무릇 리를 경영흐고 업을 흥긔흐는 모든 일은 다 외국 사롬에게로 가고 우리나라 사롬은 참예치 못혼다 흐나 즈긔 스스사산 에 슴림을 기르며 스스사동산에 과목을 비양흐는 거슨 금홀 쟈가 어더 잇셔서 이거슬 아니 흐느뇨

슴림이라 흐는 거슨 나라 리익의 큰 근원이라 건축흐는 스업이 이거시 아니면 흥긔흐기 어렵고 슈출흐는 스업이 이거시 아니면 셩흐기 어려 오니 이 리익의 근원이 마르면 비록 영웅이 잇슨들 무엇을 지뢰흐여 활 동흐며 지스가 잇슨들 무엇을 빙쟈흐여 진보흐리오 그런 고로 슴림의 셩흐고 쇠혼 거스로 국가의 흥흐고 망흐는 거슬 볼지어눌 슯흐다 우리 국민이여 이에 류의치 못흠이 엇지 이 디경에 니르뇨

일인의 죠롱ᄒᆞᆫ는 거시 비록 가통은 ᄒᆞ나 ᄯᅩ한 가히 즁계ᄒᆞᆯ 만ᄒᆞ도다
귀샤 신문은 젼국 동포의 신앙ᄒᆞᆫ는 바ㅣ니 ᄶᅢᄶᅢ로 소경의 경을 넑듯이
슘림 두 글ᄌᆞ를 혈셩으로 권흠을 ᄇᆞ라노라 나는 지금 싀고을노 도라가
셔 이에 착슈코져 ᄒᆞ노라 ᄒᆞ더라
이샹은 모다 긔의 말이라 이에 대강 긔록ᄒᆞ노니 유지쟈는 혹 류의ᄒᆞ여
볼가 ᄒᆞ노라

화긔등에 엇던 개 ᄒ나가 박 대신의 디신패롤 차고 싱각ᄒ여보니 평싱
에 즘승으로 쳔디를 밧다가 일죠에 인류의 패호홈도 무한영광인디 ᄒ
물며 대신의 디신패를 찻슨즉 디톄가 훈륭ᄒ지라 쟝안방곡을 다 ᄃ니
기로 누가 나를 항례ᄒ리오 ᄒ고 이리 뎌리 횡힝ᄒ다가 박동 골목을 썩
드러가니 엇던 개 ᄒ 마리가 나셔면셔 인ᄉ를 쳥ᄒᄂ지라 디신패가 아
니 쏘아셔 ᄒᄂ 말이 이놈 너는 명식이 무어시냐 ᄒ즉 그 개의 말이 나
는 이 동리 사는 뎐보국일셰 ᄒ며 서로 호패를 샹고ᄒᄆ 민패는 분명ᄒ
나 박패는 디신패라 민패가 대로ᄒ여 왈 이놈 네가 디신으로 능히 나를
항례ᄒᄂ다 ᄒ거놀 박패왈 이놈 네가 암만 보국이라 ᄒ여도 나와 ᄀᆺ치
두 번이나 됴약ᄒ 공명이 잇겟ᄂ냐 ᄒᄆ 민패의 말이 나의 디톄를 보라
거든 이리 오라 ᄒ고 둘이 작반ᄒ야 병문을 썩 나가니 인력군들이 일졔
히 니러서며 쉬쉬쉬 뎌긔 민보국 대감 힝츠 ᄒ신다 ᄒ거놀 박패가 그것
을 보고 ᄌ탄ᄒ되 셰상에 챠함이라 ᄒᄂ 것은 쓸 디 업ᄂ 거시로다 대
신도 챠함은 귀졉을 밧지 못ᄒᄂ고니 홀 즈음에 신쟝은 수 쳑이나 되고
박승으로 목을 잔쓱 ᄆ인 대망이 ᄒ나가 난 대 업시 드러 와셔 민패드
려 ᄒᄂ 말이 이 놈 나의 디신은 네가 홀대ᄒ려니와 내게도 그리ᄒ겟ᄂ
냐 ᄒᄂ지라 민패가 쏘 대로왈 너는 호패도 업시 명식이 무어시냐 ᄒ즉
대망왈 너는 호패만 뎨일노 아ᄂ냐 내가 비록 판결집힝은 당ᄒ엿스니

명경이 즈지ᄒ니 와셔 보라 ᄒᄂᆫ 고로 가셔 권연갑을 열고 본즉 너부대
신 박졔슌 지구라 썼더라 민패가 그거슬 보고 ᄒᄂᆫ 말이 진픔대신이로
다 언졔 뎌 참화를 당ᄒ엿ᄂᆞ뇨 동죠지의에 됴상이나 할까 어이어이

1909년 8월 11일

젹션ᄒ면 여경이 잇고 젹악ᄒ면 여앙이 잇ᄂ니라

　　　본의환금인득ᄌᄒ고
　　　립심매수반슈쳐롤
　　　셰간유유텬공교ᄒ야
　　　션악분명불기기를
　　　이 글 ᄯᆺ을 희셕홀진디 금을 엇어셔 본쥬를 차쟈주고져 ᄒ다
가 인ᄒ여 ᄌ긔의 일헛던 아ᄃᆯ을 ᄎᆺ고 형슈를 풀고져 ᄒ다가 인ᄒ
여 ᄌ긔의 ᄉ랑ᄒᄂ 쳐를 일헛ᄂ 지라 이거슬 볼진디 셰샹에 다만
하ᄂ님이 우희 계시샤 션ᄒ고 악ᄒ거슬 슯히신즉 분명히 속일 수
업다ᄒᄂ ᄯᆺ이러라
　이 ᄯᅢ는 방츈 화시 호시졀이라 삼월은 이믜 반괴ᄒ고 빅화ᄂ 만발이
라 도풍은 온화ᄒ고 텬긔ᄂ 쳥량홀 졔 겸ᄒ여 시화셰풍의 태평가가 란
만ᄒ다 경셩 동문밧 쳥운ᄉᄂ 경쳐도 졀승ᄒ거니와 문외슈리디에 잇셔
셔 공경대부의 공퇴여가의 탕ᄌ호긱의 홍도ᄒᄂ 때에ᄂ 미미히 이곳에
삼삼오오로 작반유람ᄒᄂ 고로 이 졀 승려들이 셩니 ᄉ대부의 부긔호

샹을 모다 친ᄒ더라

　일일은 그 절에 무근의 텬화가 니러나셔 동학이 일시에 회록을 당ᄒ여 ᄉ즁졔승이 간신히 몸을 구ᄒ엿스나 잠시 우거ᄒ 곳도 급ᄒ거니와 뎨일 시급ᄒ 거시 불샹을 뫼실 곳이 업ᄂ지라 (미완)

1909년 8월 12일

　젹션ᄒ면 여경이 잇고 젹악ᄒ면 여앙이 잇ᄂ니라 (쇽)

　여러 승려들이 의론ᄒ고 굿즁패를 ᄭ며가지고 문안에 여러 아는 각 루호에 가셔 권션ᄒ여 시조를 거두어다가 ᄉ원을 즁슈ᄒ고 쳣재ᄂ 부쳐님의 풍우를 면ᄒ시게 ᄒ고 둘재ᄂ 승려들의 노슉을 면케ᄒᄂ 거시 샹칙이라 ᄒ고 일변 각식을 셜비ᄒ여 가진 풍악에 괴괴ᄒ 연극을 ᄭ며가지고 문안으로 향ᄒᄂ디 연로에셔 집집에 사ᄅᆷ사ᄅᆷ이 모다 늙은이를 붓들며 ᄋ희들을 ᄭ을고 나와셔 구경들을 ᄒ다

　이 때에 동문 압헤 ᄒ 사ᄅᆷ이 잇스니 셩은 리오 명은 빅옥이라 양죽 부모가 도라가고 아오 형뎨를 ᄃ리고 잇스니 큰 아오ᄂ 즁옥이오 ᄆᆺ헤 아오ᄂ 계옥이라 빅옥은 고양에 사는 왕씨에게 쟝가들어 입죽ᄒ 아들을 셩ᄒ엿고 즁옥은 양씨를 취ᄒ엿스며 계옥은 년긔가 오히려 어린 고로 아즉 취쳐쳐 아니ᄒ엿더라

　형뎨 즁에 즁옥은 다만 술이나 취ᄒ고 잡기로 셰월을 보니며 그 안히 양씨도 ᄯᅩᄒ 셩힝이 불션ᄒ여 왕씨로 더브러 동셔간 화락지 못ᄒ더라 이 날에 홀연 인동 풍악소리가 먼 곳으로브터 점점 곳가오며 쿵쾅소리에 일동남녀가 무슴 급ᄒ 일에 ᄶᅩᆺ겨가ᄂ 것 ᄀᆺ치 각각 신을 것구로 신으며 밋쳐 문을 찻지 못ᄒ여 더듬으며 업더지며 잣바지며 그 무엇인가 셔로 무르며 ᄲᅱ여 나가니 이ᄂ 다른 것이 아니라 곳 쳥운ᄉ 승려들의 ᄭ민 굿즁패러라 번잡 말은 다ᄒ 것 업□[다] (미완)

1909년 8월 13일

젹션ᄒ면 여경이 잇고 젹악ᄒ면 여앙이 잇ᄂ니라 (쇽)

각셜 리빅옥이 다만 일ᄌ를 두엇스니 일홈은 희동□[이]라 나히 졍히
칠셰에 긔골이 쥰슈ᄒ고 얼골이 관옥 ᄀᆺ호믹 빅옥의 부쳐ㅣ 보옥ᄀᆺ지
[치] ᄉ랑ᄒ더니 이날 남녀노쇼 일동이 구경에 졍신을 일코 ᄋ희의 업
ᄂ 거슬 니졋더라

이날 일쟝 분요를 지내고 져녁밥을 디ᄒ여 보니 집안식구가 다 잇스
나 다만 희동 일인이 업ᄂ지라 빅옥의 부쳐ㅣ 그계야 급히 대문 밧그로
나가셔 ᄉ면 부르며 일동을 모다 돌어[아]도 죵젹이 업ᄂ지라 홀 일 업
시 그날 밤을 지내니 ᄆ음이 변[번]뇌ᄒ며 가슴이 틋ᄂ 듯ᄒ다가 날이
붉은 후에 굿즁패의 간 곳마다 ᄯ라가며 죵젹을 탐문ᄒ여도 형영을 볼
수 업ᄂ지라 수일을 지내믹 빅옥이 울민홈을 춤지 못ᄒ여 그 니웃 부쟈
의 집에 가셔 ᄌ본 몃 빅환을 취ᄒ여 동협과 남즁으로 돈니며 각기 디
방 소산물품을 무역ᄒ여 쟝ᄉ를 ᄒ며 ᄋ희의 거취를 탐지ᄒ더니 이러
구러 삼ᄉ년을 왕리ᄒ며 비록 리ᄂ 젹이 늡엇스나 ᄋ희의 음션은 묘연
ᄒ지라 날이 졈졈 오랠ᄉ록 싱각이 더옥 ᄀ졀ᄒ여 일일은 빅옥이 두 아
오와 그 안히 왕씨를 작별ᄒ고 집을 ᄯ나셔 다시 쟝ᄉ를 경영홀 시 길
에셔 혼 사롬을 맛나나 곳 ᄌ본이 넉넉혼 사롬인디 함경도로 왕리ᄒ며
포상을 크게 ᄒᄂ 쟈ㅣ라 빅옥의 위인을 혼번 보고 그 진실홈을 밋으며
그 샹리에 붉음을 탄복ᄒ여 홈ᄭᅴ 돈니기를 쳥ᄒ거ᄂᆯ (미완)

1909년 8월 14일

젹션ᄒ면 여경이 잇고 젹악ᄒ면 여앙이 잇ᄂ니라 (쇽)
빅옥이 흔연히 허락ᄒ고 홈ᄭᅴ 영업혼지 수삭에 일일은 그 지쥬가 빅옥

드려 닐 이디 물화를 만히 무역ᄒ여 가지고 평안도 의쥬에 가셔 북경으로 왕리ᄒᄂᆞᆫ 쟝ᄉᆞ와 당물화도 교환ᄒᆞ고 ᄉᆞ덕쳔에셔 나ᄂᆞᆫ 쥼향라ᄂᆞᆫ 경성과 남쥼에셔 귀ᄒᆞ게 닙ᄂᆞᆫ 것이라 만히 무역ᄒᆞ여다가 미매ᄒᆞ여 리익이 눕은 날수로[록] 지공을 후히 갑흘 터이니 그디 홈ᄭᅴ 감이 엇더ᄒᄂᆗ 빅옥이 닐 이디 우리 긔위 동ᄉᆞᄒᆞᆫ 지 수삭에 셔로 의합ᄒᆞ니 무ᄉᆞᆷ 일이든지 가히 리익이 될 만ᄒᆞᆫ 것이 잇스면 엇지 수고를 앗기리오 ᄒᆞ고 두 사ᄅᆞᆷ이 물건을 슈습ᄒᆞ여 길을 ᄯᅥ나 여러 날 만에 의쥬에 니ᄅᆞ미 물식이 심히 번화ᄒᆞ고 빅물이 즁후ᄒᆞ나 다만 그때에 맛춤 그곳에 흉년이 되여 쟝ᄉᆞ의 일이 흥왕치 못홈으로 즉시 도라오지도 못ᄒᆞ고 여러 히를 두류ᄒᆞ니 빅옥은 졀믄 사ᄅᆞᆷ이라 오리 긱디에 잇스미 ᄌᆞ연 챵가에 수ᄎᆞ 츌입을 ᄒᆞ엿더니 익운이 미진ᄒᆞ여 일신에 풍류챵을 올닌지라 일노 인ᄒᆞ여 집으로 도라올 낫도 업고 ᄯᅩᄒᆞᆫ 쟝ᄉᆞ일이 여의치 못ᄒᆞ미 지쥬에게도 오리 잇기가 렴치업ᄂᆞᆫ 고로 여간 맛허보던 회계를 슈졍ᄒᆞ여 쥬고 작별ᄒᆞ기를 고ᄒᆞ니 그 지쥬가 여러 히 홈ᄭᅴ 고초를 지낸 졍리와 ᄯᅩ 그 몸에 병이 잇슴을 싱각ᄒᆞ고 당초에 얼마쥬기로 언약ᄒᆞᆫ 수효에 갑절을 회계ᄒᆞ여 쥬거늘 빅옥이 ᄉᆞ양ᄒᆞ다가 마지 못ᄒᆞ여 밧어가지고 약간 당물화와 그곳 소산 물품을 사셔 힝장을 슈습ᄒᆞᆫ 후에 지쥬를 작별ᄒᆞ고 길을 ᄯᅥ나 도라오더니 (미완)

1909년 8월 17일

격션ᄒᆞ면 여경이 잇고 격악ᄒᆞ면 여앙이 잇ᄂᆞ니라 (속)

몃 날 만에 평양에 니ᄅᆞ러ᄂᆞᆫ 뒤를 보기 위ᄒᆞ여 엇던 뒷ㅅ간에 드러간즉 푸른 보ㅈ에 무ᄉᆞᆷ 물건을 긴긴히 ᄯᅡᆫ 거시 잇ᄂᆞᆫ지라 집어셔 풀어본즉 진동이라 식인 마뎨 은 네덩이가 잇거늘 빅옥이 즉시 도로 처음과 ᄀᆞᆺ치 ᄯᅡ셔 놋코 싱각ᄒᆞ디 이런 임쟈 업ᄂᆞᆫ 물건을 취ᄒᆞ여도 거릿길 것은 업스나 다만 녯사름이 일홈 업눈 지물을 취치 아니ᄒ며 물건을 엇으미 쥬인을 차쟈 주엇스니 내 이제 나히 삼십이 넘도록 ᄒ낫 ᄌ식이 잇는 것도 진니지 못ᄒ엿스니 이ᄀ혼 뜬 지물을 무엇에 쓰며 ᄯ혼 이것을 일흔 사름이 다시 차쟈왓다가 업스면 그 ᄆ음이 엇더ᄒ리오 ᄒ고 뒤보기를 맛치고 나와셔 그겻히 셔셔 좌우를 술피며 죵일을 기ᄃ려도 ᄎᄂ 쟈는 업고 날은 이믜 어둔지라 부득이ᄒ여 쥬뎜에 드러가 밤을 지내고 이튼날 길을 써나 수일만에 희쥬에 니르러 쥬뎜에 들미 맛춤 엇던 사름이 그 방에 몬져 드러잇ㅁ[눈]지라 홈ᄭ 져녁밥을 맛친 후에 셔로 한담을 ᄒ더니 그 손이 닐ᄋᄃ 나는 일성에 소홀 탓으로 지물을 일헛노라 ᄒ거놀 빅옥이 무르ᄃ 무슴 지물을 어디셔 일헛ᄂ뇨 그 사름이 닐ᄋᄃ 수삼일 젼에 의쥬에서 ᄎᄌ가지고 오던 마뎨 은 이빅량즁을 평양ㅁ[에]셔 뒤ㅅ간에 노코 뒤를 보다가 올 때에는 니져ᄇ리고 와셔 날이 져물미 쥬뎜에 드러 잘 때에 옷ᄭ을 풀고 본즉 그제야 그 보퉁이 싼 건시 업슴을 ᄭ듯고 싱각ᄒ니 이믜 여러 십리를 왓고 시간이 ᄯ혼 오리엿슨즉 도로 차쟈 가야 쓸디 업슬지라 (미완)

1909년 8월 18일

  젹션ᄒ면 여경이 잇고 젹악ᄒ면 여앙이 잇ᄂ니라 (쇽)
그런고로 아모리 잉ᄒ여도 엇지홀 수 업시 차즐 싱각도 아니ᄒ고 이곳ᄭ지 오기는 왓스나 ᄆ음에는 대단 운운ᄒ여 잠을 일우지 못ᄒ노라 빅옥이 ᄯ 무르ᄃ 그 보가 무슴 빗치며 모양이 엇더ᄒ고 은이 몃량ㅅ즁이뇨 그 사름이 닐ᄋ미 은은 이빅량즁에 원보가 네덩이오 싼보눈 푸른 뵈로 ᄆ든 거시로라 빅옥 왈 그ᄃ 셩함은 뉘라 ᄒ시며 거쥬는 어ᄂ 곳이뇨 그 사름이 닐ᄋᄃ 나의 셩은 손이오 일홈은 봉죠ㅣ라 일직 의쥬에서 여러 ᄃ를 살다가 십여년 젼에 숑도로 이ᄉᄒ여 지금 남문 안에셔 큰 직쥬를 열고 싱업을 ᄒ거니와 쳥컨디 그디의 존셩대명은 뉘라 ᄒ시며 어느 고을에 살으시요 어디로 향ᄒᄂ뇨 빅옥 왈 나는 경셩 동문밧긔 사는 리빅옥이라 수 년 젼에 쟝ᄉ초로 의쥬에ᄭ지 갓다가 쟝ᄉ도 여의치 못ᄒ고 신병을 엇어 여러 둘을 신고ᄒ다가 간신히 병을 곳치고 이제야 집으로 향ᄒᄂ 길이라 숑도는 셔울노 가는 길이니 그곳ᄭ지 동힝ᄒ여 그곳에셔 작별홈이 엇더ᄒ뇨 손봉죠가 그 ᄯ은 알지 못ᄒ고 다만 디답ᄒ디 형□[이] 만일 동힝코져 ᄒ실진디 불감쳥이어니와 고소원이로다 (미완)

1909년 8월 20일

젹션ᄒ면 여경이 잇고 젹악ᄒ면 여앙이 잇ᄂ니라 (쇽)

당야에 두 사ᄅᆷ이 자고 이튼날 아춤을 먹은 후 ᄯ나 동힝ᄒ여 숑도에 니르러 손씨의 집에 드러가미 차를 나아와 디졉ᄒ고 쥬인이 닐ᄋ디 긔위 동힝ᄭ지ᄒ여 내 집에 오셧스니 ᄒ로ㅅ밤 쉬여셔 셔회나 ᄒ고 가시는 거시 엇더ᄒ뇨 빅옥왈 잇치 후디ᄒ시니 감샤무디ᄒ오며 나는 딕에ᄭ지 온 거슨 다름이 아니라 무ᄉᆷ 물건이 잇셔 형의게 젼ᄒ고져 홈이로라 하고 회즁으로셔 적은 보퉁이를 내여 노ᄒ며 닐ᄋ디 이거슬 내가 평양에셔 뒤를 보다가 엇엇ᄂ디 차즈러 오는 사ᄅᆷ을 기ᄃ려 그 날 죵일을 지내여도 아모도 ᄎᆺ는 사ᄅᆷ이 업는지라 부득이 ᄒ여 가지고 오다가 의외에 형을 맛나 은ᄌ 일흔 말ᄉᆷ을 드른즉 여합부졀 이것인고로 다시 무를 것 업시 젼ᄒ노라 손봉죠ㅣ 그 보퉁이를 보니 ᄌ긔 손으로 싼 모양이 그디로 잇는지라 일변 반갑기도 ᄒ거니와 일변 그 사ᄅᆷ의 쳥렴ᄒ야 은을 엇어 쥬인을 차쟈주는 놉흔 의를 탄복ᄒ고 련망히 니러나 샤례ᄒ고 닐ᄋ디 은형은 텬하 의인이라 나는 이믜 일헛던 거신즉 졀반은 공ᄒ것과 일반이니 졀반은 은형에게 드리코져 ᄒ노라 빅옥이 고샤ᄒ고 밧지 아니ᄒ여 왈 내 만일 졀반이라도 이 지물을 가질 욕심이 잇실진디 ᄂᆞᆷ의게 명예를 취ᄒ기 위ᄒ여 쥬인을 차저준 후에 졀반은 밧지 말고 젼수히 가져다가 십분 일만 허비ᄒ여도 명예를 엇기가 어렵지 아니커늘 엇지 구구히 졀반을 취ᄒ리오 봉죠ㅣ 왈 연즉 나의 ᄆᆞ옴이 심히 셥셥ᄒ니 쳥컨디 다만 몃량이라도 취ᄒ여 경셩ᄭᅡ지 가시는 로비를 보티이시면 젹이 셥셥ᄒᆫ ᄆᆞ옴을 위로ᄒ겟노라 빅옥이 ᄯᅩᄒᆫ 즐겨 빗[밧]지 아니ᄒ거늘 봉죠ㅣ 감동ᄒᄂᆞᆫ ᄆᆞ옴을 금치 못하여 진심으로 쥬효를 판비ᄒ여 디졉ᄒ며 은근ᄒᆫ 졍회를 슈작ᄒᆯ 졔 봉죠ㅣ 싱각ᄒ디 이런 됴흔 사롬을 맛나기 어려우니 혹쟈 이 사롬이 아들이 잇슬진디 나의 십이세 된 녀ᄋᆞ와 결혼을 ᄒ여 셔로 ᄌᆞ조 왕리ᄒᄂᆞᆫ 거시 심히 합당ᄒ도다 ᄒ고 쥬비간에 손봉죠ㅣ 빅옥ᄃᆞ려 무르디 존형이 혹 령랑이 잇스며 금년에 몃 살이나 되엿ᄂᆞ뇨 빅옥이 령랑이라 홈을 드르미 ᄌᆞ연 심회가 동ᄒ여 눈물이 흐름을 ᄭᅢ둧지 못ᄒ고 닐ᄋᆞ디 쇼뎨 다만 ᄒᆞᆫ 아들이 (미완)

1909년 8월 22일

젹션ᄒ면 여경이 잇고 젹악ᄒ면 여앙이 잇ᄂᆞ니라 (쇽)

잇더니 칠년 젼에 굿즁패의 노는 것을 보고 구경ᄒ러 나갓다가 길을 일헛ᄂᆞᆫ지 엇던 사롬이 ᄭᅬ여갓ᄂᆞᆫ지 다시 드러오지 아니ᄒ미 내가 일노 인ᄒ여 장ᄉᆞ로 나셔셔 ᄉᆞ방으로 든니며 춧다가 지금ᄭᅥᆺ 춧지 못ᄒ엿고 다른 아들은 업노라 봉죠ㅣ 왈 령랑을 몃 살에 일헛스며 일홈은 무엇이며 상모는 엇더ᄒ뇨 빅옥이 닐ᄋᆞ디 그때에 나히 바야흐로 뉵세오 일홈은 희동이오 얼골이 희고 쥰슈ᄒ게 싱겻더니라 봉죠ㅣ 이 말을 듯고 얼골에 깃분 빗츨 ᄯᅴ고 믄득 하인을 불너 귀에다가 무슴 말을 ᄒ더니 그 하인이 고기를 ᄭᅳ덕이고 가는지라 조곰 잇다가 엇던 ᄋᆞ희가 안으로셔 나오는디 나흔 열삼스세쯤 되고 의복이 화려ᄒᆞ며 미목이 졍슈ᄒᆞ더라 빅옥을 보고 혼번 읍ᄒᆞ며 봉죠를 디ᄒᆞ여 닐ᄋᆞ디 부친은 희동을 엇지 부르시니잇가 ᄒᆞ눈지라 빅옥이 드르미 그 일홈이 즈긔 아들의 일홈과 갓ᄒᆞ며 쏘혼 면목도 셔로 의희ᄒᆞ거눌 홀연 얼골에 쳐량혼 빗츨 씌고 봉죠드려 무러 골ᄋᆞ디 이 ᄋᆞ희눈 령랑이뇨

　봉죠ㅣ 닐ᄋᆞ디 이눈 나의 친싱즈가 아니라 칠 년 전에 엇던 사름이 이 ᄋᆞ희를 드리고 와셔 말ᄒᆞ기를 본릭 셔울 사름으로 년전에 상쳐를 ᄒᆞ고 이 ᄋᆞ희를 드리고 살더니 흉년이 들미 살 수가 업셔셔 평안도 디방으로 일가를 차쟈가눈디 로슈가 업스니 이 ᄋᆞ희를 두고 돈 몃십 량만 주면 일가를 차져본 후에 다시 와셔 차져가겟노라 하기로 돈 오십량을 주고 밧어두엇더니 혼번 간 후에 다시 오지 아니ᄒᆞ기로 즈세히 무른즉 이 ᄋᆞ희눈 곳 경셩 동문 밧긔 스눈 사름의 아들인디 굿즁패 구경ᄒᆞ러 나갓다가 엇던 사름에게 속아셔 이에ᄭᅵ지 왓다ᄒᆞ며 쏘 뎌의 부친 셩명을 능히 말ᄒᆞ눈디 지금 형의 존함을 드른즉 그와 ᄀᆞ흔고로 특별히 뎌를 불너 보시게 ᄒᆞ노니 (미완)

1909년 8월 24일

　젹션ᄒᆞ면 여경이 잇고 젹악ᄒᆞ면 여앙이 잇느니라 (쇽)
　쳥컨디 형은 즈세히 긔억ᄒᆞ여보라 희동이 이 말을 듯더니 문득 눈물 홀님을 금치 못ᄒᆞ눈지라 빅옥이 쏘혼 눈물을 흘니며 닐ᄋᆞ디 네 원편 무릅혜 검은 사마귀 둘이 잇느뇨 희동이 텬망히 단님을 글으고 바지를 것어 원편 다리를 내여 뵈이니 과연 무릅혜 검은 사마귀 둘이 잇눈지라 부즈ㅣ 셔로 확실ᄒᆞ게 알미 그졔야 셔로 붓들고 일장을 통곡ᄒᆞ다가 빅옥이 몸을 니러 봉죠의게 사례ᄒᆞ여 골ᄋᆞ디 만일 귀부에셔 이 ᄋᆞ희를 거두어 두지 아니하엿던들 오늘날 골육이 셔로 디[다]시 모도히[하]기를

엇지 브라리오 봉죠ㅣ 글으디 형이 오늘날 은을 엇어셔 취흐지 아니흐
시고 쥬인을 차쟈주는 셩흔 덕이 잇는고로 하늘이 존가를 인도흐샤 이
로 니르러 부즈ㅣ 셔로 맛나게 흐심이니 내가 무슴 치하롤 밧을 공효가
잇스리오 다만 희동이 형의 령랑인 줄을 알지 못흐고 티만흔 일이 만흐
니 이롤 죄송히 넉이노라 빅옥이 쏘 희동을 명흐여 시로이 손쟝끠 졀을
흐여 그 양육흔 은혜를 샤례흐라 흐니 봉죠ㅣ 문득 몸을 니러 답례코져
흐거놀 빅옥이 붓드러 머므르고 례를 맛친 후에 희동으로 흐여곰 빅옥
의 겻헤 안게 흐고 봉죠ㅣ 왈 나의 쏠이 잇셔 나히 바야흐로 십이세라
톄모 지질이 비록 출즁흐지는 못흐나 령랑의 건즐은 밧들만 흐며 텬셩
이 효순흐오니 령랑으로 더브러 결혼코져 흐나 존형의 쯧을 알지 못흐
여 감히 쳥흐노니 다힝히 브리지 아니흐시면 평싱의 진진지의로 오늘
날 셔로 맛난 거슬 닛지 아니흘가 흐노라 빅옥이 그 말숨이 진졍에셔
나옴을 보미 다만 흔연히 응락흐더라 (미완)

1909년 8월 25일

적션흐면 여경이 잇고 적악흐면 여앙이 잇느니라 (쇽)

이 날 진일토록 쥬긱이 환텬희디흐여 놀고 당일 밤에 부즈ㅣ 흔탑에
셔 홈끠 자고 이튼날 빅옥이 쥬인을 작별흐고 길을 쩌나고져 흐거놀 봉
죠ㅣ 굿지 만류흐고 별노히 연셕을 비셜흐고 셔로 뎡흔 사돈을 디졉흘
시 술이 반갑에 니르러 봉죠ㅣ 돈 륙십환을 가지고 빅옥을 향흐여 닐으
디 령랑이 우리 집에 잇션지 몃 히에 만홀히 지닌 일이 만스오니 이제
샤쇼흔 물건으로 례물을 슴어 권도로 쳔근흔 졍리를 표흐고져 흐노니
브라건더 샤형은 막지 말지어다 빅옥이 닐으디 나와 ᄀᆺ흔 한미흔 사롬
으로 외□히 고문에 의탁흐여 혼인의 허락흐심을 무릅쓰니 맛당히 빙
례드리는 일을 몬져 힝흘지어눌 아즉 치지흠은 다만 긱리죵젹으로 구

챠히 홀 바ㅣ 아니기로 감히 말도 아니혼 바ㅣ러니 도로혀 이곳치 후히
ᄒ시니 이는 결단코 승당치 못ᄒ리로다 봉조ㅣ 닐ᄋ더 이는 내 사회에
게 주는 거시니 사형은 간섭ᄒ실 바ㅣ 아니오 만일 반듯시 밧지 아니ᄒ
실진더 이는 곳 혼ᄉ를 허락지 아니ᄒ심이니 엇지 셥셥지 아니리오 빅
옥이 말지 못ᄒ여 ᄋ즈로 ᄒ여곰 밧게 ᄒ고 샤례ᄒ라 혼 후 쏘 너실에
드러가셔 (미완)

1909년 8월 26일

젹션ᄒ면 여경이 잇고 젹악ᄒ면 여앙이 잇ᄂ니라 (쇽)

쟝모끠 뵈옵고 샤례ᄒ게 ᄒ고 이날 늦도록 슐을 챵음ᄒ고 밤을 지닐
시 빅옥이 싱각ᄒ더 내가 금을 차쟈주고 이를 인ᄒ여 부즈ㅣ 셔로 맛낫
스며 쏘혼 혼ᄉᄭ지 뎡ᄒ엿스니 이는 모다 하늘의 ᄯᅳᆺ이오 인력으로 일
울 바ㅣ 아니니 보답홀 바를 싱각홀진더 다른 □이 업고 다만 즈금 이
후로 더욱 즈션혼 ᄆ음을 굿게 직희고 츄호ㅣ라도 불의지ᄉ를 범치 아
니홈이 나의 직분이로다 이날ㅅ 밤을 편히 지닌후 이튿날 힝쟝을 슈습
ᄒ여 가지고 손봉죠를 작별ᄒ고 써날시 손봉죠ㅣ 련련혼 졍을 금치 못
ᄒ며 쏘 희동을 륙칠 년이나 양육ᄒ다가 일죠에 뎌의 부친을 맛나셔 감
을 보미 비록 불구에 사회로 마즈을 터이나 당쟝에 셥셥혼 ᄆ음은 실노
비홀 더가 업ᄂ지라 인ᄒ야 십리밧긔ᄭ지 나가 셔로 손을 잡으며 눈물
을 먹음고 작별ᄒ더라

각셜 이때에 빅옥이 손씨를 작별혼 후에 ᄋ즈를 압헤 세우고 경성으
로 향ᄒ여 림진강을 다다르니 이 날 풍셰가 심히 험ᄒ여 뎌편에셔 건너
오던 비 혼 쳑이 중류를 겨우 지나셔 비가 바름 물ㅅ결을 ᄯᅡ러 혼바탕
조리질을 ᄒ더니 밋쳐 이편 가으로 오지 못ᄒ고 비□[가] 업허지며 비
에 잇던 사름들이 모다 물에 ᄲᅡ지ᄂ지라 언덕 우헤셔 보던 샤름들이 그

경샹을 보고 다른 비를 불너 급히 가셔 사룸□[을] 건지라 ᄒᄂᆫ 소릭 진
동ᄒᆞ디 비ㅅ사룸들이 셔로 미루며 관망만 ᄒᆞ고 즐겨 드러가 건지지 아
니ᄒᆞ거눌 빅옥이 싱각ᄒᆞ디 사룸의 목숨 ᄒᆞ나를 구ᄒᆞᄂᆫ 거시 칠충보탑
을 쌋ᄂᆫ 것보다 낫다ᄒᆞᄂᆫ 녯말이 잇스니 내 이믜 돈이 업스면 홀 일 업
거니와 돈을 가지고 목전에셔 수십명 인싱이 죽ᄂᆫ 거슬 보고 모르ᄂᆫ톄
ᄒᆞ면 엇지 인경이라 ᄒᆞ리오 ᄒᆞ고 즉시 손봉죠의 주던 돈 륙십환을 집어
내여 손에 들고 (미완)

1909년 8월 27일

적션ᄒᆞ면 여경이 잇고 적악ᄒᆞ면 여앙이 잇ᄂᆞ니라 (쇽)

크게 불너 골ᄋᆞ디 너희 만일 그 비에셔 쌘진 사룸을 모다 건져 그 싱
명을 구홀진디 여긔 금화 륙십환이 잇스니 모다 내여주리라 ᄒᆞ니 여러
비ㅅ 사람들이 이 말을 듯고 적은 비를 가지고 닷토와 드러가셔 잠시ㅅ
동안에 그 파션을 당ᄒᆞᆫ 사룸들을 모다 건져내엿더라 빅옥이 여러 비ㅅ
사룸들에게 돈을 ᄂᆞ호와 주어 보닌 후에 물에 쌘졋던 사룸들이 일제히
와셔 빅비 샤례ᄒᆞᄂᆫ지라 빅옥이 닐ᄋᆞ디 사룸이 되여 동류의 위험홈을
보고 구ᄒᆞᄂᆫ 거슨 의례히 홀 일이라 무슴 샤례홈을 밧을 거시 잇스리오
여러 사룸들이 일졔히 닐ᄋᆞ디 만일 은인을 맛나지 아니ᄒᆞ엿스면 우리
수십 명이 슈즁고혼이 되엿슬 거슬 은인이 살니시니 엇지 감샤치 아니
리오 이러케 말홀 즈음에 홀연 환텬희디홀 쇼식이 빅옥을 놀내니 이ᄂᆫ
무슴 희쇼식이뇨 엇지 꿈에나 싱각ᄒᆞ엿스리오 그 파션을 당ᄒᆞᆫ 여러 사
룸 즁에 ᄒᆞᆫ 사룸이 물에셔 놀난 졍신으로 처음에ᄂᆫ 밋쳐 엇던 사룸을
분변치 못ᄒᆞᆼ엿다가 물을 토ᄒᆞ고 적이 졍신이 나셔 ᄇᆞ라보미 그 돈을 주
어 사룸을 건지게 ᄒᆞ던 쟈ᄂᆫ 곳 ᄌᆞ긔 빅형이라 반가온 ᄆᆞ음에 엇지 홀
줄 모르고 눈물을 흘니며 목이 메여셔 형을 부르ᄂᆫ 소릭에 빅옥이 놀나

슯혀보니 이는 곳 즈긔의 씃헤 아오 계옥이라 형을 부르며 닐으디 형님은 어디로서 이제야 이에 오시니잇가 빅옥이 급히 나아가 그 손을 잡고 서로 반가온 눈물을 씨스며 그동안 무고혼 맘을 뭇고 하늘을 우러러 샤례하여 닐으디 천만 쯧밧긔 하느님끠셔 나를 보니여 나의 아오를 구혼게 호시니 하느님의 은턱을 엇지 보답호리오 호고 인호여 힝쟝을 풀고 마른 옷 혼 벌을 내여 계옥을 닙힌 후에 으즈를 불너 슉부를 보라호고 인호여 져간 삼스 년 긔고는 말 훌 것 업고 금을 엇어서 임쟈를 차쟈주고 아돌을 맛나셔 혼인을 명혼 젼후시말을 혼번 말호니 계옥이 신긔히 넉이기를 말지 아니호더라 빅옥이 무르디 네 엇지호여 이곳에 니르뇨 계옥이 탄식호고 닐으디 지닌 □[일]을 말호쟈 호면 이로 다 못호겟스니 형님은 밧비 도라가스이다 만일 지체호다가는 그동안 집에 무슴 변고가 잇슬는지 알지 못호리로소이다 (미완)

1909년 8월 29일

젹션호면 여경이 잇고 젹악호면 여앙이 잇느니라 (쇽)

각셜 빅옥이 집을 쩌나셔 의쥬로 간 후에 일런 삼년에 쇼식이 업거늘 그 안히 왕씨 으즈를일코 쥬쇼로 번뇌호던 중 쟝부가 쏘혼 혼번 나간지 삼년에 싱스간 쇼식이 업스미 더욱 모옴이 탓는 듯호더라 그러나 중옥은 본시 부랑혼 인스로 그 형이 나간 뒤에는 더옥 긔탄이 업셔셔 셩루쥬스와 잡기판에 잡류비와 결단이 되여 날마다 방탕히 놀더니 일일은 드러와셔 왕씨에게 말호디 내 맛춤 의쥬 디방에셔 온 사름[람]을 맛나 형님의 쇼식을 무른즉 임의 작년에 그곳에셔 악혼 병을 엇어 죽엇다 호더이다 왕씨 모르미 가슴이 막혀 일쟝통곡호고 다시 정신을 수습하여 싱각혼즉 이 쇼식이 확실히 밋을 수는 업스나 다만 중옥이 덕확혼 쇼문을 드럿다 젼혼즉 밋지 아닐 수 업는지라 인호여 소복을 밧고와 닙고

잇더니 즁옥이 불측혼 므음을 품고 수씨를 여러 번 권호여 기가호라 호
눈지라 왕씨 굿지 듯지 아니호고 계옥이 쏘혼 간호여 막으미 즁옥이 계
교를 일우지 못호고 앙앙불락호더라 일일은 왕씨 계옥을 쳥호여 닐으
디 쳔 번 듯는 거시 혼 번 보는 이만 굿지 못호다 호니 비록 쟝부의 죽
음이 뎍확호다 호나 다만 길이 멀어셔 진뎍혼 말을 듯기가 어려온즉 혼
번 가셔 뎍실혼 거슬 탐문호여 옴이 엇더호뇨 계옥이 닐으디 수씨씌셔
말숨이 업셔도 벌셔브터 이 므음이 잇스나 만일 내가 집을 쩌나면 즁형
이 더욱 불량혼 일을 긔탄시홀가 넘녀 | 로소이다 왕씨 왈 이는 내 엇더
케 호든지 흉계에 쎈지든 아니호리니 아모됴록 속히만 둔녀오소셔 계
옥이 즉시 힝장을 슈습호여 쩌나니라

차셜 즁옥이 일향 방탕호다가 잡기에 빗을 만히 지고 (미완)

1909년 9월 1일

젹션호면 여경이 잇고 젹악호면 여앙이 잇느니라 (쇽)

므음이 졍히 조급호더니 일일은 우연히 엇던 사룸을 맛나 말을 드른
즉 엇던 관인 혼나히 시로 상쳐호고 가합혼 사룸을 구혼다 호거눌 즁옥
이 그 사룸을 드리고 즈긔집으로 와셔 그 형수를 어느 틈으로 보게 호
고 닐으디 이는 곳 나의 형수 | 라 시로 긔거호여 졍상이 불상홈으로 여
러번 권호여 기가호라 호디 셩졍이 개결호여 즐겨듯지 아니호고 그져
잇스나 만일 나를 빅환만 주면 드려가게 호리라 그 사룸이 그 지식이
졀등홈을 보고 그 관인에게 가셔 말호디 이런 사룸을 우연히 맛낫지 만
일 구호고져 할진디 십년을 구호여도 엇기 어려운 즉 지물을 앗기지 말
고 드려오라 호니 그 판인이 즉시 돈 빅환을 내여주거눌 그 사룸이 가
지고 가셔 즁옥을 주고 드려갈 일을 의론홀시 즁옥이 왈 만일 잘못호면
일이 틀니기가 쉬우니 오늘 밤에 교군을 드리고 와셔 건장혼 사룸 두엇

이 제잡담ᄒᆞ고 드러가면 녀인들만 잇스리니 다만 흰 빈혀 쏫즌 사룸이 곳 왕씨라 붓드러 교군에 담어 가지고 가게 ᄒᆞ라 그 사룸이 그 계교ㅣ 심히 됴타ᄒᆞ고 즉시 그 관인에게 가셔 교군과 사룸을 쥰비ᄒᆞ여 보니라 쥬옥은 집에 드러와 슈씨에게 감히 ᄒᆞᆫ말도 못ᄒᆞ고 다만 그 안히 양씨롤 디ᄒᆞ여 닐ᄋᆞᄃᆡ 오늘밤에 슈씨는 아모 곳으로 가게 되엿는지라 나는 집에 잇셔 그 발악ᄒᆞ는 거슬 보기 슬희여 몬져 피ᄒᆞ노니 황혼째에 사룸들이 와셔 슈씨를 붓드러 교군에 담어 갈터이라 ᄒᆞ고 말을 홀 즈음에 밧긔 사룸의 자최가 잇는지라 쥬옥이 말을 다 못ᄒᆞ여 흰 빈혀로 긔록ᄒᆞᆫ 말을 밋쳐 못ᄒᆞ고 밧그로 나가니 이는 하놀이 왕씨를 도와 그 흉계를 져희홈이라 왕씨가 맛춤 오다가 그 붓드러 교군에 담어간다는 말을 드르니 이는 곳 즈긔를 두고 말홈이라 (미완)

1909년 9월 2일

  젹션ᄒᆞ면 여경이 잇고 젹악ᄒᆞ면 여앙이 잇ᄂᆞ니라 (속)
  십분 의아ᄒᆞ여 즉시 그 방으로 드러가니 양씨가 니러 맛지도 아니ᄒᆞ고 링락ᄒᆞᆫ 긔식이 잇거놀 왕씨 왈 그ᄃᆡ 날노 더브러 여러 ᄒᆡ 동셔된 은졍이 업다 홀 수 업스니 무슴 □[일]이 잇든지 나는 그ᄃᆡ가 은휘치 아니ᄒᆞ고 다 말ᄒᆞ기를 브라노라 방즈 내 오다가 드르니 슉슉의 ᄒᆞᄂᆞᆫ 말숨은 곳 니[나]를 두고 말숨ᄒᆞᄂᆞᆫ 거시 아닌가 양씨 믄득 변식을 ᄒᆞ며 닐ᄋᆞᄃᆡ ᄉᆡ집을 갈 터이거든 가겟지 미리 빈가 업허지도 아니ᄒᆞ여 몬져 물노 드러가고져 하ᄂᆞᆬ 왕씨 이런 편잔을 보ᄆᆡ 십분 번뇌ᄒᆞ나 노노히 말ᄒᆞ여도 쓸ᄃᆡ업는 고로 즈긔방으로 도라와셔 눈물을 먹음고 이리뎌리 하ᄃᆡ 쟝부와 ᄋᆞᄌᆞᄂᆞᆫ 하락이 엇지 된 지 모르고 계옥이 ᄯᅩᄒᆞᆫ 나가고 업슨즉 내 다만 홀노 잇셔셔 조만에 필연 뎌의 권투에 써러질가 념려ᄂᆞᆫ ᄒᆞ엿스나 엇지 오늘날 이 디경에 니를 줄 알엇스리오 내 찰하리 이 몸이 죽어

이 세상을 닛고 몸을 정결케 혼이만 갓지 못호도다 쥬의를 명호고 안즈
셔 쟝부와 우즈를 싱각호고 혼탄호며 오열톄읍 호더니 날이 져물미 양
씨 즈조 대문 압헤 나가 밧글 숢히는 그 거동 본즉 십분 짐직홀지라 좌
불안석호여 무움이 칼노 버히는 듯호여 방문을 닷어걸고 혼 줄 노쓴을
가져 들ㅅ보에 미이고 등상 우희 올나셔셔 하늘을 우러러 혼마디 황텬
은 나를 굽어 숢히소셔 호고 길이 탄식혼 후에 목을 노쓴으로 미이고
등상에셔 느려쒸니 등상이 넘어지며 싸헤 쩌러진지라 다만 왕씨의 명
이 진홀 쌔에 니르지 아니호미 그러케 굴근 노쓴이 졀노 쓴허지며 싸에
쩌러졋더라 (미완)

1909년 9월 3일

젹션호면 여경이 잇고 젹악호면 여앙이 잇느니라 (쇽)

양씨가 맛춤 밧글 숢히러 나갓다가 왕씨의 방에셔 무슴 늣기는 소리
남을 듯고 가셔 위로코저 호야 갓가히 간즉 별안간 태산이 문허지는 소
리가 나며 사름의 숨이 지는 악셩이 들니거놀 급히 문을 열고져 혼즉
문이 걸녓는지라 어시호 그 즈결코져 홈인 줄 알고 박망이를 차쟈 문을
부수고 캄캄 어둔 방으로 급히 드러가다가 발이 걸니여 업허지며 놀나
셔 혼이 나간지라 겨우 엉긔여 니러나셔 부억으로 석류황을 가질너 가
다가 머리가 압흐로 쩌러지미 방ㅅ바닥을 더듬어 손에 붓들니는 디로
빈혀를 집어 찔으고 나가셔 석류황을 차쟈가지고 드러와셔 불을 혀고
보니 왕씨가 싸헤 가로 넘어져셔 입에 게겁품을 흘니며 목에 노쓴이 걸
니여 잇는지라 급히 그 노쓴을 풀어 놋타가 홀연 드르미 밧긔 왁짜호며
문을 두드리고 드러오는 소리를 드르미 왕씨를 담으러 오는 줄 알고 급
히 나가셔 왕씨의 방을 닐너주고져 호여 겨우 방문 밧긔를 나셔미 그
사름들이 발셔 등ㅅ불을 붉히고 압헤 당두호여 등ㅅ불을 들어 빗최여

보미 곳 흰 빈혀를 쏫즛눈지라 불문곡직ㅎ고 잡어 모러가지고 나가셔
교군에 집어 너흐며 여러 사룸들이 일졔히 옹위ㅎ여 가니 양씨 소릭를
지르며 아니라고 발명ㅎ나 그 사룸들이 엇지 즐겨 밋으리오 교군에 너
코 문을 닷으며 풍우굿치 모러가니라 차셜 왕씨 목을 믹고 써러져셔 일
시 혼졀ㅎ엿다가 양씨가 그 믹거슬 풀어노흐미 다시 □여나셔 밧긔셔
사룸의 써드눈 소릭롤 드르미 즈긔를 도적ㅎ러 온 줄 짐작ㅎ고 □변 겁
이나셔 살이 썰니며 가만히 드르니 양씨롤 붓드러 가눈 모양이라 감히
내여다가 보지도 못ㅎ더니 (미완)

1909년 9월 4일

적션ㅎ면 여경이 잇고 적악ㅎ면 여앙이 잇느니라 (쇽)

조곰 잇다가 문밧기 고요ㅎ거눌 그졔야 나가셔 슮혀보니 양씨눈 종
젹이 업고 써들던 사룸도 ㅎ나 업눈지라 ㅁ음에 싱각ㅎ디 뎌희 필연 나
를 도적ㅎ려 왓다가 양씨롤 그릇 잡어 갓도다 ㅎ고 즉시 대문을 닷어걸
고 드러와셔 방에 불을 혀고 빈혀를 츠즈니 즈긔 빈혀눈 간디 업고 양
씨에 칙싴 빈혀가 잇더라 상에 누어 잠을 일우지 못ㅎ고 밤시도록 울다
가 날이 붉은 후 니러나셔 소셰ㅎ고 다른 빈혀를 츠즈 쏫고져 홀 즈음
에 밧긔셔 문을 열나고 소릭를 ㅎ거눌 드른즉 이 곳 즁옥의 음셩이라
왕씨 즈긔를 풀녀 ㅎ던 소위를 싱각ㅎ미 십분 앙앙 불쾌ㅎ여 짐짓 디답
도 아니ㅎ고 잇다가 혼참을 오릭 부른 후에야 말지 못ㅎ여 양씨의 빈혀
를 집어 쏫고 나가셔 문을 열어주니 즁옥이 일심에 왕씨눈 이믜 잡혀가
고 즈긔 안히 홀노 잇스리라 싱각ㅎ엿슴으로 밋쳐 슮히지 아니ㅎ고 쑤
지즈미 무슴 잠을 그리 늣게 ㅎ다가 얼듯 보니 즈긔 안희가 아니오 곳
즈긔 형슈 왕씨라 졸디에 가슴이 막히고 얼골에 불을 담어다가 붓는 듯
ㅎ며 그 머리를 보미 전일 업던 칙싴 빈혀를 쏫즌지라 더욱 놀나고 의

심이 나셔 무르디 양씨는 어디로 갓습느잇가 왕씨 닐으디 이는 슉슉이 즈긔가 민드러낸 일이라 필경 즈셰히 알거시어늘 엇지호여 날드려 뭇느뇨 즁옥이 무르디 엇지호여 슈씨는 빈혀를 시로 못줏느잇가 왕씨 왈 내 작일에 슉슉이 드러와셔 동셔에게 호는 말을 잠간 드르미 곳 나를 두고 호는말인줄 분명히 알고 즉시 내 방으로 드러가셔 싱각호미 내 찰하리 이 몸이 죽어 그 욕을 보지 아니리라 쥬의롤 뎡호고 노은을 엇어 목을 미엿더니 양씨가 와셔 구호다가 박긔셔 써드는 소리를 듯고 급히 나가는 것만 혼미혼 즁에 알쑨이오 (미완)

1909년 9월 5일

격션호면 여경이 잇고 격악호면 여앙이 잇느니라 (쇽)

그 후에는 엇지 되엿는지 알지 못호여 쏘 나는 슉슉이 나를 풀어 강포혼 쟈로 호여곰 나롤 도적호여 가게 홈을 짐작호는고로 감히 나가셔 보지 못호다가 이윽혼 후에야 밧긔 아모 긔쳑이 업기로 나가셔 본즉 양씨는 간 디 업고 써들던 사룸도 그림즈를 보지 못홀지라 즉시 문을 걸고 드러가셔 잘 쑨이오 다른 일은 몰낫더니 아춤에 니러나셔 빈혀롤 차즌즉 나의 흰 빈혀는 간디 업고 양씨의 식빈혀가 잇기로 권도로 집어 쏘졋노라 즁옥이 ᄆ음이 트고 열화가 삼쳔쟝이나 소스 니러나지마는 이믜 즈긔의 잘못혼 일이라 누구를 혼홀 수도 업고 다만 ᄆ음으로 은근히 샹호는지라 혼즈말노 닐으디 아즈미롤 풀녀다가 도로혀 안히롤 풀엇스니 이를 쟝춧 엇지호리오 다시 가셔 몰너오쟈 호여도 밧은 돈을 이믜 졀반이나 넘어 썻스니 무엇으로 무르며 쏘 그 사룸이 이믜 갓슨즉 어디 가셔 차즐 곳이 업는지라 홀노 가슴을 치며 혼탄만 홀 쑨이다가 다시 싱각호디 혼 번 호다가 못호엿스니 두 번 호기를 말지 아니홈이 가호니 쏘 다시 묘혼 자리를 차쟈 슈씨를 풀어셔 혼편으로 그 안히 일

흔 밋쳔을 찻고 흔편으로 오늘날 흔을 풀니라 흐고 방장 밧그로 나가려
흘시 다만 보미 밧그로 좃츳 오륙인이 드러오거눌 얼듯 보니 이눈 별
사롬이 아니오 곳 즈긔의 형과 으오가 희동을 차쟈가지고 짐ㅅ군 삼명
에게 무슴 짐을 지워 드리고 오눈지라 즁옥이 흔번 보미 무안흐여 형과
으오를 볼 낫치 업셔셔 (미완)

1909년 9월 7일

적션흐면 여경이 잇고 적악흐면 여앙이 잇느니라 (쇽)
급히 뒤ㅅ문을 열고 도망을 흐여 거쳐 업시 갓더라
챠셜 왕씨 졍히 그 싀슉 즁옥으로 더브러 말을 흐더니 즁옥이 일언반
ㅅ가 업시 급히 뒤흐로 나감을 보고 괴이히 녁일 즈음에 문ㅅ간이 분요
흐며 엇던 사롬들이 짐ㅅ군수 삼인을 령솔흐고 드러오눈디 흔나흔 의
쥬에 가셔 죽엇던 즈긔 남편 빅옥이오 흔나흔 짓헤 싀슉 계옥인디 열삼
ㅅ셰 된 쥰슈흔 아희를 압셰우고 짐ㅅ군은 문ㅅ간에 머므르고 드러오
니 이눈 싱각이 닐어 근졀흠으로 죽은 귀신이 와셔 눈에 뵈임인가 하눌
이 불샹히 녁이샤 죽은 남편으로 흐여곰 다시 살어오게 흐심인가 텬샹
으로 좃츳 느려오눈가 짜흐 좃츳 소ㅅ오르눈가 깃부고 반가옴을 니긔
지 못흐여 눈물이 비오듯 흐며 신을 것구로 신고 마당으로 뛰여 느려가
셔 쟝부와 싀슉을 맛즈 당샹으로 올나오며 뎌 슈지눈 누구이뇨 무를제
희동이 어머니를 부르니 반가온 즁에 밋쳐 으즈의 싱각도 못흐엿다가
그 어머니를 부르눈 소리를 듯고 즈셰히 다시 보니 그 ㅅ이 심히 쟝셩
흐고 쥰슈흔지라 연고를 무른디 빅옥이 금을 차쟈주고 으즈를 맛난 일
과 혼인을 뎡흔 일과 륙십환을 허비흐여 파션흔 사롬을 건지다가 계옥
을 구흐여 맛나던 젼후ㅅ실을 일쟝셜명흐니 왕씨 쏘흔 즁옥의 실계흐
던 일을 말흐고 가즁이 화락흐야 태평을 누리더라 (완)

秋雨 계ᄒ고 秋夜 凉ᄒᄂᄃ □孤燈을 挑ᄒ고 篁林 小屋裡에 □□三
人이 膝을 促ᄒ야 談話하니라. 甲曰 余가 近日 新紙를 讀ᄒᄌ 某港
某紳士ᄂ 日本 大阪 火災에 壹百圓을 寄付ᄒ얏스니. 噫라. 是人이여.
乙巳五條에 深恩을 感ᄒ며 丁未七協約에 大德을 荷ᄒ야 塵刹로 佛恩
을 報홈인지. 然이나 目下自國에 某郡은 水災를 驚ᄒ며 某郡은 旱災
를 泣ᄒ야 溝壑에 流離ᄒᄂ 同胞가 多ᄒᄃ 彼의 壹分도 補助홈을 未
聞ᄒ깃고 遠隣의 災만 是哀是救ᄒ니 此所謂「所薄者厚 所厚者薄」이
아닌가. 余ᄂ 是人이 大學을 未讀홈을 恨ᄒ노라.

乙曰 近日에 畜犬取締令이 壹下ᄒᄆ 所謂 韓人의 犬은 人을 見ᄒ
야도 敢吠치 못ᄒ며 盜를 遭ᄒ야도 敢噬치 못ᄒᄂᄃ 余가 日□某洞에
過ᄒ則 日人의 狗가 韓人의 小兒를 囓ᄒ지라. 兒의 父母가 該洞 巡査
에게 呼訴ᄒᄃ 巡査가 反히 叱退ᄒ야 曰 여북 변〃치 못ᄒ여야 狗에
게 昻囓하나냐 ᄒ니. 噫라. 韓國의 人은 日本의 狗만도 不如ᄒ지 巡査.
〃〃여. 君이 率獸食人홈을 忍□ᄒᄂ가. 余가 是人의 孟子를 未讀홈
을 恨ᄒ노라.

丙曰 日昨 養正義塾 學生 新募集에 法律 經濟 兩□의 應募者가 都
合無幾라 ᄒ니. 噫라. 少年諸君이여. 諸君이 法部廢止에 發憤하야 學
問을 廢却ᄒ면 將且 政治界에 活動ᄒ야 此를 恢復ᄒ깃ᄂ가. 恐컨대

窮廬悲歎에 歲月만 虛送ᄒ고 □□彷황에 人事만 蹉跎되리니 爲己爲
人의 義ᄂᆞᆫ 學者의 常誦ᄒᆞᆯ 비니 余ᄂᆞᆫ 諸君이 論語를 未讀흠을 恨ᄒ노
라 ᄒ더라.

　記者ㅣ 几에 憑ᄒᆞ야 良久히 聽ᄒ다가 喟然 歎曰 他山의 石이 可히
玉을 攻ᄒᄂᆞ니 今에 滔〃히 維新을 說ᄒᄂᆞᆫ 者여. 此 格言을 取ᄒᆞ야 紳
에 書ᄒᆞᆯ지어다.

가을ㅅ비는 기이고 가을ㅅ밤은 셔늘훈디 일개 외로운 등ㅅ불을 도드고 디밧 속 적은 집안에셔 슈구ᄒᆞᄂᆞᆫ 사ᄅᆞᆷ 세히 무릅흘 모호고 안즈셔 셔로 말들을 ᄒᆞ더라

갑이 ᄀᆞᆯ으디 내가 근일에 신문지를 보니 어ᄂᆞ 항구 엇던 신ᄉᆞ들이 일본 대판 화지에 구휼금 일빅환을 긔부ᄒᆞ엿스니 슯ᄒᆞ다 이 사ᄅᆞᆷ들이여 을ᄉᆞ년 오됴약에 깁히 은혜를 밧고 명미년 철됴약에 크게 덕을 닙어셔 절을 지어 부쳐의 은혜를 보답코져 훔인가 그러나 목하에 즈긔 나라 어ᄂᆞ 고을은 슈지로 결단이오 아모 고을은 한지로 격디가 되어 구학에 업더지고 ᄉᆞ방에 류리ᄒᆞᄂᆞᆫ 동포가 만흔디 뎌 신ᄉᆞ네ᄂᆞᆫ ᄒᆞᆫ 푼도 보조훔을 듯지 못ᄒᆞ겟고 타국 지앙은 이련히 넉이고 구휼ᄒᆞ니 이거시 진소위 박ᄒᆞ게 훌 쟈에 후ᄒᆞ게 ᄒᆞ고 후ᄒᆞ게 훌 쟈에 박ᄒᆞ게 훈다ᄂᆞᆫ 말이 이를 두고 훈 말이 아닌가 나ᄂᆞᆫ 이 사ᄅᆞᆷ의 대학 못 닑은 것을 훈ᄒᆞ노라

을이 ᄀᆞᆯ으디 근일에 개 길으ᄂᆞᆫ디 단속령을 실시ᄒᆞ미 소위 한국사ᄅᆞᆷ의 집 개ᄂᆞᆫ 사ᄅᆞᆷ을 보와도 감히 짓지 못ᄒᆞ고 도적을 맛나도 감히 물지 못ᄒᆞᄂᆞᆫ디 내가 일젼에 여ᄂᆞ 동리로 지나다 가 본즉 일인의 집 개가 한국에 적은 ᄋᆞ희를 무ᄂᆞᆫ지라 그 ᄋᆞ희의 부모가 그 동리 슌사의게 호소훈디 슌사가 도리혀 꾸지져 쫏츠며 ᄒᆞᄂᆞᆫ 말이 엇더케 변변치 못ᄒᆞ게 ᄒᆞ다가 개의게 물니고 호소가 무엇이냐 ᄒᆞ니 슯ᄒᆞ다 한국의 사ᄅᆞᆷ은 일본의 개

만도 못혼지 슌사여 슌사여 너는 즘승을 드리고 사룸을 잡어먹는 일을
엇지 참어 보느뇨 나는 이 슌사가 밍자 못닐근 거슬 흔흐노라
병이 굴으디 일전에 양정의슉에서 학싱을 새로 모집흐는디 법률과와
경졔과에 입학흐기를 원흐는 쟈ㅣ 몃치 못되더라 흐니 슯흐다 쇼년들
이여 법부를 폐지혼디 분을 내여 학문을 폐흐면 쟝춧 졍치샹에 활동흐
여 이 권리를 회복홀 쟈ㅣ 잇겟는가 두리건디 궁혼 집속에셔 슯히 탄식
만 흐고 셰월을 허송흐며 도로에서 방황만 흐여 만ᄉ가 다 틀니게 될
쑨이라 즈긔를 위흐여 비호는가 눔을 위흐여 비호는가 나는 그 쇼년들
이 론어를 닉지 못혼 거슬 흔흐노라
긔쟈ㅣ 칙상을 의지흐여 안즈셔 이윽히 듯다가 혼 번 탄식흐고 굴으디
타산의 돌이 가히 옥을 다ᄉ리느니 이제 도도히 유신을 말흐는 쟈는 이
격언을 취흐여 ᄆ음에 식여 직흴지어다

079 頑人頑夢

1909.9.25. 論說

傳言曰 金 鶴峯先生 誠壹 氏 後孫 金翊□ 시가 官吏에 賂ᄒᆞ며 日人에 賂ᄒᆞ야 千方百計로 臨川書院 (卽 鶴峰享) 復設을 運動ᄒᆞ더니 畢竟 其志가 成就되야 掌禮院 認許ᄅᆞᆯ 得ᄒᆞ고 各面에 役夫ᄅᆞᆯ 募ᄒᆞᄆᆡ 累千名이 集ᄒᆞ며 各邑에 儒□을 招ᄒᆞᄆᆡ □萬名이 來ᄒᆞ니 壹時에 距踊□躍ᄒᆞ며 儒門의 幸福을 祝ᄒᆞᆯ식 其 盛大ᄒᆞᆫ 景況을 論ᄒᆞ면 奚國 獨立宴도 此에 猶讓ᄒᆞᆯ지라. 壹邑蚩氓이 門外의 □塵은 不問하고 三年醉客이 棺□의 酣夢을 尙作ᄒᆞ야「寓言에 曰 古者에 千日酒에 醉ᄒᆞᆫ 人이 埋葬後 三年에 其 棺을 開視ᄒᆞᆫ즉 始醒ᄒᆞ얏다 云〃」昇平□崇儒□□의 舊□聲에 復作ᄒᆞᄆᆡ 安東郡內 許多大□物을 □蜂起□□ᄒᆞ야 權 松巖 好文 시의 後孫 權秦億 시는 靑城書院 (卽 松巖享) 復設을 運動ᄒᆞ며 金寶日堂 可行 시의 後孫은 默溪書院 (卽 寶日堂享) 復設을 운□ᄒᆞ더니 彼 禮□者가 壹〃히 其 請願에 認許ᄒᆞᆫ지라. 於是乎雙肩에 襤褸ᄒᆞᆫ 道袍를 掛ᄒᆞ고 三代禮樂을 夢ᄒᆞ는 者ㅣ 日로 多ᄒᆞ다더라. 此說이 壹播ᄒᆞᄆᆡ 壹□熱血者가 □을 拒ᄒᆞ며 袂를 攘ᄒᆞ야 掌禮卿을 唾罵하며 日人官吏를 憤恨ᄒᆞ며 安東儒林을 □嘲ᄒᆞ거날.

記者曰 嗟乎라. 彼 □犬又ᄒᆞᆫ 掌禮卿이여 何足責이며. 外人인 日人官吏야 何足說이리오. 吾儕는 但彼 安東儒林의 頑迷ᄒᆞᆷ을 恨ᄒᆞᆯ ᄲᅮᆫ이로다. 然이나 彼 儒林輩가 如此 乾坤에 坐ᄒᆞ야 如此 頑夢을 作ᄒᆞᆷ은 是

가 其 天性의 惡흠이 아니오 但 其 知識의 昧흠이라. 玆에 筆鉏을 揮
ᄒ야 其罪를 討치 안코 몬져 龍門의 巨斧를 擧ᄒ야 其 頑腦를 □破코
ᄌ ᄒ노니. 嗟乎. 金權 諸시여. 嗟乎. 安東儒林 諸시여.

今日이 何日이며 此時가 何時이뇨 大韓民族의 四千二百四拾餘年
을 享有ᄒ 國家가 壹時에 墮落ᄒ야 三千里 山河의 夕照가 凄凉ᄒ며
二千萬 生靈의 刧운이 慘담ᄒᄃ 君等이 何地에 向ᄒ야 幾代祖의 魂
靈을 安享코ᄌ ᄒᄂ가. 嗟乎. 金權 諸시여.

今日이 何日이며 此時가 何時이뇨 祖國歷史가 他人의 蹂躪을 受
ᄒ야 將且 檀君子孫은 數間의 頹廢를 莫保홀지며 朝鮮國民은 壹畝의
荒田도 難守홀 터인대 君輩가 何地에 向ᄒ야 書院書規를 獨講코ᄌ
ᄒᄂ가. 嗟乎. 安東儒林 諸시여.

今日이 何日이며 此時가 何時이뇨 國權이 已去ᄒ고 民困이 已甚
ᄒ니 萬壹 鶴峯 諸賢의 遺靈이 有ᄒ면 비록 百尺의 巨字를 建ᄒ며 八
珍의 奇味를 羅하야 大祭를 行홀지라도 此에 忍享치 아니리니. 嗟乎.
金權 諸시여. 嗟乎. 安東儒林 諸시여.

昔者에 淸朝 康熙皇帝가 支那를 統壹ᄒ고 支那人의 復國思想을
□滅ᄒ 意도 四方豪傑을 招集ᄒ야 先聖禮樂을 講ᄒ며 中原文獻을 說
ᄒ야 藝文館 內에 其 □를 □□케 ᄒ더니 今에 君輩ᄂ 何故로 此孽을
自作ᄒ나뇨

嗚乎라. 大東學會가 孔子를 尊흠이 아니며 安東書院이 先賢을 慕
흠이 아니라. 只是 他人의 傀儡됨이니 君輩ᄂ 早悔홀지어다.

記者曰 又聞컨대 安東에 幾個志士가 心血을 費ᄒ야 協東學校를 設
立ᄒ얏더니 此 書院 復設의 風潮에 壹貳頑者들이 艶羨心을 大作ᄒ야
虎溪書院을 復設ᄒ고 □校□屬□ 儒物을 奪得홀 운□이 有ᄒ다니 果
然歟아. 吾儕ᄂ 此를 詳採再揭ᄒ랴니와 但 書院은 往者 戊辰年에 □
勅令으로 毁撤ᄒ 者인대 掌禮院卿 成歧운은 何人이완대 任意로 復設
을 認許ᄒᄂ지 此가 又可怪로다.

　　▲仁川港口 群鼠輩가 □□勢力 憑藉ᄒ야 百般惡行 다 하다가 虎列刺가 發生ᄒ믹 滅□令에 亡命ᄒ여 漢城으로 避難올졔 漢城 內에 蒼蠅輩난 駆逐令에 쏙겨나셔 오다가다 셔로 만나 각其 歷史 評論ᄒ졔 그 說話가 可笑로다.

　　▲(蠅) 可憎하다. 너의 鼠輩. 좀도젹질 手段 나셔 虎列倀鬼 甘作ᄒ여 自國人種 害ᄒ다가 撲殺令에 남은 목슘 苟〃亡命 可怜코나. 慘酷ᄒ사 네의 身世 어늬 곳에 容身ᄒ까.

　　▲(鼠) 니 歷史는 이러하니 撲殺令이 싸다만은 네 行事를 볼작시면 責人則明 可笑롭다. 逐奧營營 다니면셔 生命機關 남의 食物 廉恥업시 쎌어먹고 剝割人民 일삼다가 虎列刺에 揚〃ᄒ여 微菌虫을 引導하여 流毒全國 ᄒ려다가 駆逐令에 魂飛魄散 더럽기도 쑥이 업다. 네 罪惡을 勘處차만 琉璃獄이 맛당ᄒ다.

　　▲(蠅) 욍―〃〃. 네 말 잠간 들어보니 네 行爲나 니 行事나 同功□體 되엿스니 世人 唾罵 免ᄒ소냐. 하로 밧비 悔悟ᄒ여 諸罪惡事 다 버리고 將功贖罪 ᄒ여보세.

　　▲(鼠) 찍작 〃〃 찍―찍. 됴ᄒ시고 네 말디로.

인쳔항구 쥐무리들 제 지조을 가쟝 밋고 못된 짓만 ᄒ다 가셔 괴질병이
발싱ᄒ미 박살령에 도망ᄒ여 한셩으로 피란올 제 한셩너의 파리 쎄는
구츅령에 쫏겨나셔 오다가다 서로 맛나 각기 리력 평론홀 제 량편 말이
다 우습다

▲(파리) □[원]통ᄒ다 너의 쥐들 좀도적질 수단 나셔 괴질병의 챵귀 되
여 본국 인죵 해ᄒ다가 박살령에 남은 목슴 구구ᄒ게 피란ᄒ니 가련ᄒ
다 너의 신셰 어딜 가면 살겟니냐

▲(쥐) 니 힝실은 그러ᄒ여 박살당히 싸다마는 네 형ᄉ를 볼작시면 더
군다나 가쇼롭다 닙시 맛고 나러ᄃᆞ녀 싱명긔관 늄의 음식 렴치 업시 덤
뷔어셔 샌러먹기 일숨더니 괴질병에 츔을 츄고 괴질 버레 인도ᄒ여 젼
국 멸망ᄒ랴다가 구츅령에 혼이 나니 더럽기도 짝이 업다 네 죄악을 징
치츠면 류리옥이 맛당ᄒ다

▲(파리) 왱－왱－쇄－쇄－ 네 말 잠간 드러보니 네 형위나 내 행ᄉ나
동공인 톄 일반이니 츄흔 죄명 면홀소냐 ᄒ로 밧비 회기ᄒ야 악흔 행실
다 ᄇᆞ리고 쟝공쇽죄 ᄒ여보세

▲(쥐) 찍－찍－찍－찍－ 얼ᄉ수 됴타 됴흘시고 네 말디로 ᄒ여보자

▲霜風은 蕭瑟ᄒ고 酒灯은 初懸ᄒᄃᆡ 屛門社會 三四人이 濁醪一椀 痛飮後에 멍셕ᄌ리 둘너안져 투젼ᄒᆞᆫ목 ᄶ여노코 우리 심심ᄒ니 牌나 ᄒ번 잡어보세.

▲허. 죠흔 말일세. 무슴 니기 ᄒ여볼가. 지금 警官은 오락가락 ᄒᄂᆞᆫ ᄃᆡ 돈 쇼리를 ᄂᆡ다가ᄂᆞᆫ 쥬리경방망이를 칠거시오 ᄯᅩ 此 時代ᄂᆞᆫ 世界 各國이 優劣을 競爭ᄒᄂᆞᆫ 時代가 아닌가. 우리도 各國 代表로 勝負나 ᄒ번 決斷ᄒ세.

▲(甲) 그리 ᄒ세. 至今 世上은 勢力밧긔 더 죠흔 것 잇나. 나ᄂᆞᆫ 東洋天地에 惟一 强國되ᄂᆞᆫ 日本의 代表로 아기牌나 보겟네.

▲(乙) 東洋만 第一인가. 至今 西洋에셔도 强權이 膨脹ᄒ고 東洋ᄭᅡ지 勢力을 覬覦ᄒ기ᄂᆞᆫ 俄國이 第一일네. 나ᄂᆞᆫ 俄國 代表로 ᄒᆞᆫ牌 보겟네.

▲(丙) 그 사름. 勢力은 다 무엇이여. 이 世上은 먹넌게 第一이니 東西洋을 統計ᄒ여도 財産이 만키ᄂᆞᆫ 美國이 第一이라데. 나ᄂᆞᆫ 美國 代表로 ᄒᆞᆫ牌 보겟네.

▲(丁) 나ᄂᆞᆫ 勢力도 업고 財産도 업다고 ᄌᆞ네들이 만만이 보고 먹을 ᄌᆞ비로 아네 그려. 나ᄂᆞᆫ 그ᄃᆡ로 本國心을 일치 안코 朝鮮 代表로 物主나 됨세.

物主가 투젼을 쥐고 兒기牌 호張式 各 其를 닌 뒤에 物主牌를 쎄여 두고 (甲) 쎄여라. 올타. 단장에 디고 (乙) 쎄여라. 올타. 나도 단장에 디고 (丙) 쎄여라. 올타. 나도 단장에 디고. 最後 物主가 쎕는디 혼장을 쎄여 보니 스물혼곳시라. 입맛 슬쪅 쪅 다시며 헐 슈 업시 쎗겻고 쓰라지 잡은 목슴이어 혈 슈 업시 석장지 드러가고 아기牌를 잣치소. (甲) 그러소. 시오야장의 왓너냐. 갑오라. 갑ᄌ쑤리로구나. 오늘이야 못 먹나. (日字四畫 本字五畫 合計九畫) (乙) 이칠네 저칠네. 이 갑오는 뉘 갑오만 못혼가. 갑오라. 갑ᄌ쑤리로구나. (人邊二畫 我字七畫 合計九畫) (丙) 허. 갑가 너무 만타. 이것 殊常ᄒ구나. 나오도 갑오는 슘류이라는 갑오 일세. (羊字六畫 大字三畫 合計九畫) 物主는 갑오 등쌀에 精神을 일코 곳쌍을 쎕어 간신히 쥐여 보다가 高聲大喊 ᄒ는 말이 올타 올타 장쟝 귀ᄒ니 (朝字十二畫 션字十七畫 合計二十九畫) 벼락갑오 쏘 낫고나. 四對格으로 쓰러라. 네 所謂 걉오가 몃살 먹어 뒤여진 게냐.

▲甲乙丙 허허. 눈ㅅ구녕 쎈홀 일 쏘 보앗고 목구녕의 반은 넘어간 것도 되 쎄앗기네 그려. 갑오 잡고도 못 먹는 身世 다시 볼 것 잇나. 밤 은 깁허오고 人力車 부르는 잡놈도 업고 고만 各散歸家ᄒ야 니 집이나 직혀보세.

샹풍은 쇼슬ᄒ고 슐등은 도요ᄒ디 병문 친구 삼ᄉ인이 탁쥬 두어 그릇 식을 흠신 먹은 후에 멍석자리에 둘너 안저 투젼 ᄒ 목을 ᄭ여 노코 ᄒ는 말이 우리 심심ᄒ니 패나 ᄒ 번 잡어보세 허 됴흔 말일세 무슴 내기를 홀쏘 지금 경찰관은 오락가락 ᄒ는디 돈 소리를 내다가는 감옥서 구경을 홀 거시니 안 되겟고 지금 시디는 세계 각국이 우등되기를 경징ᄒ는 시디가 아닌가 우리도 각국 디표가 되여 승부나 ᄒ 번 결단ᄒ여 보세

(갑) 그리ᄒ세 지금 세샹은 셰력 밧긔 더 됴흔 것 업스니 나는 동양 텬디에 뎨일 강국되는 일본의 디표가 되여 이기패나 보겟네

(을) 동양만 뎨일인가 지금 셔양에셔도 권리가 됴코 동양에셔도 셰력이 어지간ᄒ기는 아라ᄉ가 뎨일일네 나는 아라사 디표가 되여 ᄒ 패 보겟네

(병) 그 사롬들 셰력은 다 무엇시란 말인고 이 셰샹은 먹는 것이 뎨일이니 동셔양을 통계ᄒ여도 지물 만키는 미국이 뎨일이라데 나는 미국 디표가 되여 ᄒ 패 보겟네

(졍) 나는 셰력도 업고 지산도 넉넉지 못ᄒ다고 ᄌ네들이 만만히 보고 먹을집이로 아네그려 아모턴지 나는 그디로 본국심을 일치 안코 죠션국 디표로 물쥬가 됨세 물쥬가 투젼을 량편 손에 갈너 쥐고 가시목을 두어 번 툭툭 친 후에 이기퍼를 투젼ᄒ 장식 죽 돌너주고 물쥬의 패 ᄒ 장은 ᄭ여셔 발밋헤 너코 물쥬가 (갑)에게 투젼을 내여 밀며 ᄭ여라 ᄒ

즉 (갑)이 쏙 잡어 쎄더니 올타 단쟝에 뒷다 물쥬가 쏘 (을)에게 내여 밀 며 쎄여라 흔즉 (을)이 쏘 쏙 잡어 쎄더니 올타 나도 단쟝에 쬬부럿다 물쥬가 쏘 (병)의게 너여 밀며 쎄여라 흔즉 (병)이 쏙 잡어 쎄더니 올타 나도 댓다

익기패 셋이 모다 단쟝에 쬬부럿눈디 최후에 물쥬가 발밋헤 너헛던 패 ㅅ쟝을 내여셔 왼손에 쥐고 ᄇ른손으로 드러가 흔 쟝을 쑵어보니 두 쟝 에 스물흔 긋시라 입맛을 쩍쩍 다시며 혼ᄌ말노 홀 수 업시 쎗겻고나 ᄯᅡ라지 잡은 목슴이 살 수 잇나 ᄒ고 셕쟝 치 드러가 쑵어 들고 익기패 들 패 지치오

(갑) 그리홉시다 시오야 쟝에 왓느냐 갑오라 갑ᄌ 쬬리로구나 오늘이야 못 먹을까
　　　(일본이라는 일ㅅᄌ는 네 획이오 본ㅅᄌ는 다섯 획이니 합ᄒ여 아홉)
(을) 이 칠손이가 비지쌈을 철철 흘니고 올나오는구나 내 갑오는 뉘 갑 오만 못흔가 갑ᄌ 쬬리로고나
　　　(아라ㅅ라는 아ㅅᄌ가 아홉획)
(병) 삼산 남포 그늘 속에 뎌 홰치는 뎌 빅로야 요것은 삼륙이라는 갑오
　　　(미국이라는 미ㅅᄌ가 아홉획)
물쥬는 긋헤ㅅ쟝ᄭ지 셕 쟝을 손에 훔켜 쥐고 익기패 세시 모다 갑오를 내여 노코 방바닥을 치는 통에 정신을 일코 안졋다가 좌우간에 긋헤ㅅ 쟝을 보기나 보리라 ᄒ고 죠여가며 보다가 올타올타 달머라달머라 ᄒ 더니 방바닥을 두 쥬먹으로 닙다 치며 쟝구지구 북지구 노둘노 등 덩실 노리 가자 요것슨 쟝쟝구 벼락 갑오라는 거시오 ㅅ디격으로 쓰러라 먹 자 네 소위 갑오라는 거슨 몃 살 먹어 두여진 것들이냐
(갑을병) 허허 긔가 막힐일 다 보겟고 목구녕에 거진 다 넘어간 거슬 도 로 쎼앗기네그려 갑오를 잡고도 물쥬의 갑오를 못 당ᄒ네그려 갑오 잡 고도 못 먹는 신셰 다시 볼 것 무엇 잇나 밤은 깁허오고 인력거 부르는 잡놈 반개도 업네 고만 집으로 도러가셔 제집들이나 잘 직혀보세

記者가 向者에 南韓 沿岸으로 從來혼 一히客을 遇ᄒ엿ᄂᄃ

其客이 曰 ᄭ라. 余가 東으로 江原道 沿히에 遊ᄒ며 南으로 慶尙
全羅 兩道 沿히에 遊ᄒ미 處處에 漁船이 如雲ᄒ야 隊로 進退ᄒ며 隊
로 散聚ᄒᄂᄃ 其 漁夫ᄂ 모다 九州人이 아니면 大阪兒라. 余ㅣ 仰天
嘆息을 不已ᄒ엿노라 ᄒ더라. 又 頃日 濟州島에셔ᄂ 韓日人의 漁業競
爭이 극烈혼ᄃ 韓人은 生業을 失ᄒ고 凍餒에 驅ᄒ야 或 山頂에 登ᄒ
야 自殺을 遂혼다 ᄒ더라.

記者ㅣ 曰 噫라. 此가 엇지 南韓 沿히 ᄲ뿐이며 又 엇지 濟州 ᄲ뿐이리
오. 近者 東洋拓殖會社에셔 西道 沿히의 漁業을 經營홈은 世人의 已
知ᄒᄂ 바어니와

噫라. 今年內에도 日人의 漁船이 西道 沿히에 出漁혼 者가 一百數
十隻이오. 每船에 漁獲혼 價値가 八百圓에 達혼다ᄂᄃ 又 彼 東洋拓
殖會社가 着手ᄒᄂ 日에ᄂ 其 光景이 當如何ᄒᆯᄂ지.

噫라. 彼 韓人同胞가 從來에 閉門鎖戶혼 小天地에 閑臥ᄒ야 外人
의 漁業競爭과 如혼 것은 夢想치도 아니ᄒ던 바ㅣ라. 彼 西道 沿히 同
胞도 已往 無事時節에 在ᄒ야 (延平바다에 돈 실녀 가자)ᄂ 漁歌나 閑
唱ᄒ며 今日에 不漁ᄒ면 明日에 漁ᄒ고 此村이 不漁ᄒ면 彼村이 漁
ᄒ야 히中의 産을 庫中의 物로 知ᄒ더니 今此競爭이 奇絶혼 時代를

遭ㅎ야 勢力이 旣無ㅎ고 機具가 又乏ㅎ니 其 得失의 如何는 不問에
可知홀 바로다.

噫라. 西道 沿히 同胞여. 同胞는 或 此에 注意ㅎ는 者ㅣ 有혼가.

大抵 韓國 沿히는 漁産이 甚히 豊足ㅎ야 可히 世界 三代漁場에 名
을 爭홀만혼 者라. 韓國同胞의 乃祖乃父가 四千餘年이나 此를 保守
ㅎ야 今日 同胞에게 傳授홈은 徒然히 他人의 來漁를 爲홈이 아니어늘

乃者 同胞가 一首鯨 一尾魚를 專有치 못홈은 果然 誰의 罪오

只今 日本漁民이 潮가 驅ㅎ드시 滔滔入來ㅎ야 四面 沿히에 日尤密
布ㅎ나니

同胞가 奮力競爭ㅎ야도 오히려 退敗를 徒作ㅎ야 枯死를 難免ㅎ깃
거날 如此히 沉衰가 日甚홈은 實로 一嘆을 不禁홀 바로다.

日前 農商工部 水産局에셔 韓日漁業協定書의 紀念日이라고 紀念
宴을 盛設ㅎ고 漫興이 滔滔라 ㅎ니. 噫라. 此又 엇지 一奇聞이 아닌가.

客이 地方으로 從호야 記者를 來見호고 禮를 叙호 後에 曰

近者 森林法 發布 以來로 地方人民이 山林測量의 必要를 知호고 千辛萬苦를 費호야 森林을 測量호 後에 其 申告證明의 道를 不知호야 躕躇호는 中에

或 農商工部로 直接 申告호랴 호야 上京逗留호는 者도 有호며 或 郡守에 向호야 證明을 請호는 者도 有호디

農商工部에셔는 申告를 受호고도 確實호 證明件을 不與호다 호야 一時 地方人民이 測量圖를 負호고 郡衙로 往호야 證明을 請호즉 所謂 郡守된 者는 或曰 此非郡守所管이라 호야 退却도 호며 或曰 規式을 不知호니 姑待 後日호라 호야 留置도 호며 又 第一可怪호 者는 頃者 度支部에셔 土地測量의 不必要로 發訓호 後에 此를 山林測量도 禁止홈이라 호야 百般으로 靳持호야 證明을 不與호는 故로 人民이 於是에 百念이 瓦解호야 測量圖를 休紙로 供호고 自家山坂을 向호야 淚만 灑호는 者] 多호다 호더라.

記者曰 噫라. 其然호리로다. 大抵 只今 政府에셔 人民生死에 精神이 不到홀 뿐더러 所謂 地方 官吏는 外人에게 納媚호야 批頰이나 得免호기에 區區호며 上官에게 趨附호야 斗祿이나 得保호기에 汲汲호 中에 又最可嘆홀 者는 法令 一條를 正當히 解釋호는 者] 幾希호야

假令 測量에 關한 法令을 論ᄒ야도 此를 果然 郡守가 證明을 與홈이 可ᄒᆫ지 觀察使가 證明을 與홈이 可ᄒᆫ지 農商工部가 證明을 與홈이 可ᄒᆫ지 不知ᄒᄂ니.

吁. 可惜이로다. 彼가 旣히 誠力이 無ᄒ고 又 智識이 無ᄒ니 엇지 人民의 福利를 不壞ᄒ리오

然이나 人民된 者ᄂ 能히 益益不惰ᄒ야 目的을 達ᄒ고야 已ᄒ면 亦 可憂홀 바 無ᄒ거니와 乃者 申告證明의 道가 明白ᄒ야 政府가 鼓舞ᄒ고 官吏가 盡力홀지라도 오히려 山林測量을 夢外로 看ᄒᄂ 人民이 許多ᄒ던 中에 如此히 障碍困難을 遭ᄒ믹 乃于于然 相顧ᄒ야 尤其等閑過去ᄒ리니 此가 可憂홀 바라.

噫라. 測量期間이 於焉間에 二個星霜을 過ᄒ엿거늘 其間 依法實行ᄒᆫ 者ㅣ 幾個人이뇨

只今에ᄂ 其 期限이 無幾ᄒᆫ지라 尤可汲汲홀 바니

望ᄒ건디 官吏된 者ᄂ 一半分이라도 人民의 福利를 思ᄒ야 證明을 急急許施ᄒ며 人民된 者ᄂ 益益勉强ᄒ야 自家山林을 壑舟에 輸送치 말지어다.

記者가 屢屢히 測量에 對ᄒ야 言을 發홈은 實로 徒然홈이 아니니라.

▲옛젹에 一小兒가 有ᄒ니 初에ᄂᆞᆫ 大言을 발ᄒ다가 終에ᄂᆞᆫ 小言을 作ᄒᄂᆞᆫ지라. 一日은 大雪을 見ᄒ고 曰 此가 쌀ᄀᆞᆺᄒ면. 父曰 무엇ᄒ게. 兒曰 粥을 쑤어먹게. 一日은 夏雲을 見ᄒ고 曰 此가 綿花ᄀᆞᆺᄒ면. 父曰 무엇ᄒ게. 兒曰 쥐구녁 막게. 又 一日은 卒然 叫曰 天下의 鐵을 聚ᄒ엿스면. 父曰 汝가 此鐵을 將何用고. 兒曰 大劍을 鑄ᄒ리이다. 父曰 汝가 此劍을 將何用고. 兒曰 此劍을 持ᄒ고 龍床下에 入코ᄌᆞ ᄒ나이다. 父가 其 不測의 言을 發ᄒᆯ가 恐ᄒ야 이놈. 그것이 무슴 소리냐고 責望ᄒ다가 更히 그 終末까지 大言됨을 喜ᄒ야 復問曰 龍床下에 入ᄒ야 將何爲오. 兒曰 上監님 발톱을 짝거드리랴 ᄒ나이다.

近日 □進學生이 發軔ᄒᆯ 初頭에ᄂᆞᆫ 或 李舜臣으로 自期ᄒ며 或 華盛頓으로 自期ᄒ다가 終末에 □□官 一員을 作ᄒ며 辯護士 一位를 得ᄒ면 便히 志滿意足ᄒ야 俾斯麥의 聯邦事業이나 成就ᄒᆫ 듯ᄒ나니 此가 此 小兒의 同類가 아닌가.

▲옛젹에 一愚兒가 有ᄒ니 右手를 不用ᄒ고 左手를 用ᄒᆷ으로 父母가 恒常 呵責ᄒ야 右手를 改用케 ᄒ고ᄌᆞ ᄒ되 畢竟 不能ᄒ더라. 一日은 其母와 相向坐ᄒ야 同食ᄒ니 母의 右手 잇ᄂᆞᆫ 便이 即 兒의 左手 잇ᄂᆞᆫ 便이라. 兒가 勃然히 其母의 手를 指ᄒ여 曰 (어마니도 이便 손으로 먹으면셔 나는 이便 손으로 못 먹게 ᄒ니 웬일이오) ᄒ며 怒氣가

發ㅎ야 面色이 赤ㅎ거늘 母가 其愚를 悶ㅎ야 再三 誨論ㅎ되 맛춤닉
覺悟치 못ㅎ더라.

　近日 志士가 或 山林에 臥ㅎ야 一事를 不作ㅎ면셔 諸葛亮의 隆中
으로 自處ㅎ며 或 奴性을 抱ㅎ야 外人에게 趣附ㅎ면셔 越句踐의 會稽
로 自處ㅎ야 外面에 相對됨만 知ㅎ고 內容의 反對됨은 不知ㅎ니 此가
此 愚兒의 同類가 아닌가.

▲喪服鳶. 一片空山에 春林이 蒼蒼ᄒᆫᄃᆡ 一首母雉가 衆雛를 率ᄒ고 下ᄒᆫ다. 天鳶이 飛過ᄒ다가 兩□을 張ᄒ고 猛烈히 下搏ᄒ니 一雛ᄂᆫ 葉底에 伏ᄒ며 一雛ᄂᆫ 林間에 隱ᄒ야 衆雛가 各各 巧避ᄒ니 鳶이 望籬의 歎을 發ᄒ고 空手로 歸去ᄒ더라. 翌日에 一計를 按出ᄒ야 頭에 孝巾을 戴ᄒ며 身에 喪服을 着ᄒ고 儼然히 下ᄒ야 枯草를 食ᄒ거ᄂᆞᆯ 母雉가 前問曰 鳶님. 近日에 이디지 窘塞ᄒ오 엇지 惡草를 잡습닛가. 鳶曰 否라. 余가 日昨에 父喪을 遭ᄒ야 食肉을 못ᄒᄂᆫ 故니라. 母雉가 此를 癡信ᄒ고 其子를 出ᄒ야 無慮히 狎遊ᄒ더니 鳶이 呼雨一聲에 衆雛를 ――히 攫食ᄒ거ᄂᆞᆯ 母雉가 怒詰曰 賢公도 若此히 欺詐ᄒ나잇가. 鳶이 笑曰 余가 今日에 卒然히 虛勞病이 發ᄒ야 不得已 用權食肉ᄒ노라.

近世에 平和를 唱ᄒ며 正義를 說ᄒᄂᆫ 强國이 無非 此 喪服 닙은 鳶이니 腐儒輩ᄂᆫ 文明 二字를 誤解치 말지어다.

▲再盲兒. 夕陽路傍에 行人이 稀少ᄒᆫᄃᆡ 一過客이 地를 叩ᄒ며 坐哭ᄒᆫ다. 鄕村 一學究가 過ᄒ다가 其故를 問ᄒᆫᄃᆡ 客曰 余ᄂᆫ 四十年 盲人이라. 執ᄒᆯ 際ᄂᆫ 手가 目이 되며 行ᄒᆯ 際ᄂᆫ 足이 目이 되야 無目의 苦를 不知ᄒ더니 今日 行路의 次에 兩眼이 忽開ᄒ야 仰ᄒᆫ즉 天日이 照耀ᄒ며 俯ᄒᆫ즉 山川이 悅惚ᄒ야 寸步도 能行ᄒᆯ 수가 無ᄒ야 是以

坐哭ㅎ나이다. 學究 笑曰 爾目을 緊閉ㅎ야 依前히 盲人을 作ㅎ면 無憂ㅎ리라 ㅎ더 該過客이 再拜曰 先生의 言이 果是ㅎ이다.

近日 山林 頑固客들이 往往 新世界의 風潮를 遇ㅎ야 津頭에셔 坐哭ㅎ는 者ㅣ 許多ㅎ더 指南의 車로 此를 引導ㅎ는 者는 無ㅎ고 徒히 幾個오 儒가 此를 誤導ㅎ야 頑根을 長保ㅎ나니 禍哉라. 斯世여. 再盲人의 多홈이 엇지 此에 至ㅎ뇨

▲헌 누덕이 감발훈 소곰장사 하나이 隆冬풍日 시미기 홀홀 날니는 날에 소곰 흔짐 잔쏙 지고 傷寒病 든 놈 喘促ᄒ듯시 헐금씨금ᄒ며 艱辛히 黃澗 秋풍嶺 밋헤 니르러셔 고기를 쳐다보니 山은 하늘에 짝부터 잇고 눈은 길길히 싸혀 넘어갈 싱각 전혀 업다. 쥬막을 차져 드러가셔 棲宿홀시 이더지 치운 날에 이더지 險호 山을 엇지 넘으리오 아모 써라도 날이 좀 풀닌 後에나 나셔리라 ᄒ엿더니 秋풍嶺 고기 우에 속빈 古木 나무가 오늘 밤에도 우루루ᄒ며 닌일 밤에도 우루루ᄒ야 밤마다 우루루 소리가 끗치지 안는지라. 이 소리에 겁이 나셔 동졀춘졀 다 지니고 보리가 눌웃눌웃ᄒ도록 고기 넘ㅅ기는 姑舍ᄒ고 아리묵에 쏙 드러안져 門밧게도 나셔지 못ᄒ니라.

(監商躑躅)

評曰 죠고마훈 艱難에 겁을 니여 勇斷치 못ᄒ는 者는 이 소곰쟝사 아니될 者가 드무니라.

▲쏘악이 훈 마리가 왼여름을 두고 瓦家를 몃百間 지을까. 艸家를 몃十間 지을까. 洋製屋을 지을까 ᄒ야 항아리장사가 甕算ᄒ드시 밤낫 經營ᄒ다가 秋풍이 우루르 니러나리라. 쓸더업다. 艸家 瓦家 다 고만두어라. 藏身之策 急急ᄒ다 ᄒ고 말은 갈닙 우에 시알만치 어리ᄒ고 고속으로 드러가니라.

(샹虫經營)

評曰 大抵 天下事가 小를 積ㅎ여야 大를 成홀지어늘 彼 愚夫는 往往히 王山ヌ치 큰일을 一朝에 成코자 ㅎ고 功塔의 漸츅홈은 不肯ㅎ니 其終에 쏘악이 집만 지을 而已로다.

　西人이 澳洲를 쳐음 發見홀 際 土蠻이 森林 中에셔 突出ᄒ야 人을
遇ᄒ면 口를 張ᄒ고 攫食ᄒ거늘 兵威로 壓ᄒ야도 不止ᄒ며 人道로 說
ᄒ야도 不聽ᄒᄂ지라. 耶蘇敎會에셔 此를 敎導코ᄌ ᄒ야 無數히 宣敎
師를 派送ᄒ야 天父의 使命으로 土蠻를 說諭ᄒ더니 說諭만 不行홀
ᄲᅮᆫ 아니라 幾多의 宣敎師를 一一히 土蠻의 腹中에 葬送ᄒ엿더라. 敎
會에셔 徒히 憂歎홀 而已더니 一個手足 斷絶된 病身敎師 一人이 出
曰 我가 能히 此를 引導ᄒ리라 ᄒ고 印度膏로 手足을 製着ᄒ고 澳洲
에 渡ᄒ야 山林에 向ᄒ니 羣蠻이 爭出ᄒ야 噉食코ᄌ ᄒ거늘 該敎師가
笑曰 汝等은 亂來치 말지어다. 我가 我身을 分ᄒ야 汝等을 飽食케 ᄒ
리라 ᄒ고 左手를 拔ᄒ야 左來者에게 投ᄒ며 右手를 拔ᄒ야 右來者에
게 投ᄒ고 又 其 左足右足을 拔ᄒ야 投ᄒ니 羣蠻이 크게 驚怪ᄒ야 敢
히 食지 못ᄒ거날 이에 天國의 福音을 宣ᄒ야 各其 悔改홈을 勸ᄒ야
羣蠻殺人의 俗을 漸革ᄒ니라.

　評曰 戰爭홈에 人을 殺ᄒ기 城에 盈ᄒ며 弱國을 呑ᄒ야 一種族 數
百萬 數千萬되ᄂ 人口를 滅盡ᄒ면셔 儼然히 文明人道의 邦國으로 自
處ᄒ고 彼 野蠻人을 反識ᄒ니 一人을 食ᄒᄂ 罪가 一國을 食ᄒᄂ 罪
와 何如오. 莊生의 云혼 바 竊鉤者誅 竊國者侯가 此를 謂홈이 아닌가.
嗚乎라. 彼 食人의 蠻은 僞造의 手足을 斷ᄒ야 能히 感化식혓거니와

此 食國의 蠻은 비록 眞個의 手足을 斷ㅎ야도 能히 悔改케 ㅎ기 難홀
진져.

▲柳 슈雲 辰仝이 幼時에 畵를 喜ᄒ야 父兄이 글씨 쓰라고 됴희를 쥬면 亂墨으로 揮灑ᄒ야 風竹도 그리며 雨竹도 그리며 枯竹瘦竹도 그리고 글씨는 한 字도 쓰지 안커날 父가 怒ᄒ야 죵아리를 치더니 슈雲이 坐泣ᄒᆫ지 良久에 席上에 亂墜ᄒᆫ 淚點을 仍히 指爪토록 톡 통기니 點點이 竹葉이오 葉葉이 神畵라. 父가 此를 見ᄒ고 歎曰 汝는 天生의 畵家니 我가 此를 强沮홈이 不可ᄒ다 ᄒ고 自後로ᄂ 其 畵竹홈을 다시 禁止치 안터니 마츰ᄂ 本朝 名畵가 되니라.

評曰 固着ᄒᆫ 天性은 革코ᄌ 홈이 不可ᄒ며 特長ᄒᆫ 天資ᄂ 變코ᄌ 홈이 不可ᄒ거날 已往 士人家에셔ᄂ 兒가 生ᄒᄆ 其 性質이 商에 近ᄒᆫ지 農에 近ᄒᆫ지 一切不問ᄒ고 惟佶屈敖牙ᄒᆫ 漢文을 授ᄒ다가 不能ᄒ면 輒曰 此ᄂ 無才ᄒᆫ 豚犬이라 ᄒ니 엇지 可ᄒ리오 然이나 父母가 子를 敎홈에 其 材質에 近ᄒᆫ 것을 求홈이 可ᄒ 뿐 아니라 卽 自己가 學홈에도 ᄯᅩᄒᆫ 性質에 適ᄒᆫ 바를 求홈이 可ᄒ니라.

▲韓石峰의 母親은 賣餅을 業ᄒ고 其子(卽 石峰)를 遣ᄒ야 書를 學케 ᄒ더니 數年 만에 歸來ᄒ엿거늘 母가 暗中에 燈을 滅ᄒ고 數個 字를 題케 ᄒᆫ 後에 仍히 火를 張ᄒ고 就視ᄒ니 字畵이 或大或小ᄒ며 或斜或誤ᄒ야 辨識ᄒ지 못ᄒᆯ지라. 母가 笑曰 汝가 數年 遊學에 何를 學ᄒ엿나뇨 汝의 遊學이 汝母의 餅業만 不如ᄒ다 ᄒ고 다시 燈을 滅ᄒ

고 餠을 造ᄒᆞ야 火前에 視ᄒᆞ니 大小輕重이 個個如一ᄒᆞ더라. 石峰이 感奮ᄒᆞ야 再次 膝下를 辭ᄒᆞ고 遠方에 遊ᄒᆞ야 求師就學ᄒᆞ지 多年에 大書家가 되니라.

評曰 雖小技의 成就라도 家庭敎育에 係홈이 如是ᄒᆞ져.

▲支那古說部에 云ᄒ엿스되 一縣官이 居官에 甚廉ᄒ야 民財를 秋毫도 不犯ᄒ엿스되 爲人이 元來 癡闇ᄒ야 奸鄕猾吏의 籠絡으로 官事가 板蕩되엿더라. 死後에 冥府에셔 其罪를 鞫ᄒ더니 縣官曰 我가 作官에 民財는 一芥도 不取ᄒ고 水만 飮ᄒ엿거날 何故로 我를 罪ᄒ나뇨 冥府曰 汝가 誤事의 罪는 大ᄒ고 廉의 功은 小ᄒ니 萬一 廉의 一字만 是求홀진딘 木人을 庭에 置ᄒ면 水까지 飮치 아니리니 君보다 更勝치 아니홀가.

國民된 者ㅣ 國民義務를 不知ᄒ고 惟政府만 是仰ᄒ다가 及其 國亡에 靦然自解曰 是는 政府의 罪오 我에게는 無關이라 ᄒ니 萬一 冥府에셔 罪를 論ᄒ면 此等 廉吏와 同科ᄒ리니. 嗚乎라.

▲羅馬時에 一天文學者가 日中의 黑子를 發現ᄒ고 王씌 奏聞ᄒᆫ디 王이 下諭曰 汝의 此言이 必誤로다. 我가 亞利矢突의 全集을 □ᄒ야 此等 說이 無ᄒ니 汝의 此言이 必誤로다.

學術을 明코ᄌ 홀진딘 眞理에 據홈이 可ᄒ거날 古代에 東西를 無論ᄒ고 惟古人의 言을 是從ᄒ야 我眼의 黑ᄒ 者라도 古聖曰 白이라 ᄒ엿스면 我亦曰 白이라 ᄒ며 我眼에 白ᄒ 者라도 古賢曰 黑이라 ᄒ엿스면 我亦曰 黑이라 ᄒ야 奴隷의 習이 學理上 一大障碍를 作ᄒ엿거니와 現今은 自由時代니 凡我學者는 古人의 奴가 되지 말지어다.

　　▲機警, 崔忠愍(瑩)公 幼時에 山에 遊ᄒ더니 衆人이 聚譁ᄒ거날 其故를 問ᄒ즉 盖山中人이 檻을 設ᄒ고 一老虎를 捉ᄒ엿더니 一村童이 戲ᄒ너라고 檻上으로 徐行ᄒ다가 一足이 偶陷ᄒᄆ 虎가 其口를 張ᄒ고 來含ᄒ야 嚙치도 아니ᄒ며 放치도 아니ᄒ는지라. 衆人이 相議ᄒ되 虎를 放出코ᄌ ᄒ나 出ᄒ 後에 衆人을 傷ᄒᆯ가 可恐이오. 虎를 射殺코ᄌ ᄒ나 殺ᄒᆯ 時에 該童의 足을 傷ᄒᆯ가 可慮이니 此를 如何ᄒ이 可ᄒ가 ᄒ야 聚譁ᄒ이더라. 公이 此를 見ᄒ고 卽時 竿頭에 一말을 掛ᄒ야 假人足을 粧ᄒ야 檻間으로 投ᄒ니 虎가 急히 童子의 足을 捨ᄒ고 假足을 來含ᄒ거날 於是에 無事히 虎를 殺ᄒ니라.

　　▲公德, 李梧里(元翼) 少時에 巷路로 夜行ᄒ다가 偶然히 葉三文을 溝中에 墜ᄒ지라 村人을 募集ᄒ야 炬를 執ᄒ고 溝를 探ᄒ야 該錢을 搜出ᄒ니 其費가 葉一兩에 至ᄒ더라. 人이 此를 譏ᄒ야 曰 一兩錢을 棄ᄒ야 三文錢을 得ᄒ니 此是愚人의 事라 ᄒ거날 公이 笑曰 不然ᄒ다. 我 一人으로 言ᄒ면 此 一兩을 費ᄒ야 彼 三文을 得ᄒ니 損만 有ᄒ고 益이 無ᄒᆯ 듯ᄒ나 全國으로 言ᄒ면 此 固有ᄒ 一兩錢은 損失됨이 아니오 三文錢만 不得ᄒ이니 何損이 有ᄒ뇨

哲人의 面目

劍心

　▲操修 趙靜庵(光祖) 先生이 年이 十六에 春夜의 月色을 乘ᄒᆞ야
書를 讀ᄒᆞ더니 隣家 一少女가 墻外에셔 竊聽ᄒᆞ다가 뉴亮ᄒᆞᆫ 讀聲에 其
春懷를 不勝ᄒᆞ야 墻을 踰ᄒᆞ야 來ᄒᆞ거늘 先生이 色을 正ᄒᆞ야 女子修身
의 道로 諄諄히 諭ᄒᆞ며 曰 窬墻穿穴은 禽獸의 行이니 汝가 罪를 悔ᄒᆞ
거던 我의 撻楚를 受ᄒᆞ라 ᄒᆞ고 桑枝를 折ᄒᆞ야 其脚을 撻ᄒᆞ엿더니 該
女子가 出家 後에 淑女가 되야 閨範으로 聞ᄒᆞ더라.

　▲耿介 李退溪(황) 先生이 其 所居의 隣에 一李樹가 有ᄒᆞ디 其枝
가 先生家의 墻內로 延ᄒᆞ야 離離紅熟ᄒᆞᆫ 其實 一個가 地에 落ᄒᆞ엿거
날 先生이 兒子輩의 拾食ᄒᆞᆯ가 恐ᄒᆞ야 此를 將ᄒᆞ야 墻外로 投ᄒᆞ니 其
志操의 耿介홈히 如此ᄒᆞ더라.

　▲探究 徐花潭(敬德) 先生 幼時에 野에 出ᄒᆞ야 菜를 採케 ᄒᆞ더니
凡三日을 空筐으로 入ᄒᆞ거늘 父母가 其由를 問ᄒᆞᆫ디 曰 第一日에 見
ᄒᆞ던 죵달시가 第二日에 其飛의 高가 幾丈을 加ᄒᆞ며 第三日에 又 幾
丈을 加ᄒᆞ민 此를 探究코ᄌ ᄒᆞ야 採菜를 忘ᄒᆞ니이다. 父母曰 汝가 然
則 其理를 解ᄒᆞ엿나뇨 曰 此는 無他라. 地氣의 溫度가 日升홈으로 彼
鳥의 飛가 日高홈이라. 故로 兒는 此鳥의 名(죵달)을 改ᄒᆞ야 從地理라
ᄒᆞ고자 ᄒᆞ노이다.

▲奴隷工夫 東窓下에 兒孩 三四名이 모혀안저 노는디 其中 一兒
가 洋洋自得의 態로 자랑ᄒ야 曰 나는 幼時ㅅ 적부터 우리 큰딕 兩班
의 고움을 사랴고 玉洞簫불기 春香歌ᄒ기 舞童춤츄기를 잘 비홧는디
니가 洞簫를 ᄒ번 불미 나아리 마님이 격節을 ᄒ고 소리를 ᄒ번 ᄒ미
셔방님이 拍手를 ᄒ고 춤을 ᄒ번 츄미 娥氏가 喝采를 ᄒ다 ᄒ거놀 座
中 兒孩들이 모다 그 劣性을 笑ᄒ엿다더라.

噫ᄒ다. 요시이에 日語ㅅ 조박 算術낫치나 비화가지고 奏判任ㅅ 個
나 엇어ᄒ랴고 헐썩거리며 다니는 者들은 뎌 큰딕 兩班의 고움ㅅ는 奴
兒가 아닌가.

▲挾雜教育 或人이 其子뎨를 對ᄒ야 말ᄒ기를 무슴 노릇을 ᄒ던지
돈만 버러라 ᄒ며 쏘 말ᄒ기를 제것 업시 잘 먹는 것은 萬古 英雄豪傑
이니라 ᄒ야 그 子뎨에게 正義人道는 ᄀ라치지 아니ᄒ고 挾雜의 心을
鼓吹ᄒ니 그것은 可謂挾雜教育이야.

슬ᄒ다. 요시에는 時代가 變ᄒ야 挾雜도 못ᄒ게 되엿건만 挾雜家들이
엇지 그리 於斯盛인지 그 理由를 싱각건디 다름 아니라 몟 百年을 挾雜
教育만 식인 까닭이어. 父가 子에게 教ᄒ는 것도 挾雜 兄이 弟에게 教ᄒ
는 것도 挾雜 長이 幼에게 教ᄒ는 것도 挾雜이닛가 挾雜家가 多出ᄒ 밧
게 잇나. 언제나 큰 決雲劍을 엇어다가 뎌 挾雜學校를 부셔닐짜 ᄒ노라.

095 古談
1909.12.4. 談叢

▲古談(一) 넷젹 希臘에 훈 어리셕은 사룸이 잇눈디 自己 집에셔 養畜ᄒᄂᆫ 蜜蜂이 쏫을 가져오노라고 날마다 비리타스 놉흔山을 넘어왓다 넘어갓다 ᄒᄂᆫ 것을 보고 미우 그 勞苦ᄒᄂᆫ 것을 불샹히 녁여 이에 그 蜜蜂의 羽翼을 쯘허버리고 쏫을 만히 짜다가 벌桶 압헤 두엇눈디 그 後부터는 그 蜜蜂이 蜜을 釀치 못ᄒ엿다 ᄒ더라.

슬프다. 이 蜜蜂이 蜜을 釀치 못흠은 勞動치 못훈 所以가 아닌가. 吾人도 이와갓하 勞動을 아니ᄒ고는 아모 것도 되지 아니ᄒ거늘 韓國에는 往往 놀기만 됴화ᄒ고 勞動ᄒ기는 슬혀ᄒᄂᆫ 사룸이 만흐니 實로 훈 번 嘆息홀 만ᄒ도다.

▲古談(二) 넷젹 훈 사룸이 亞剌比亞로 旅行을 ᄒ다가 路를 失ᄒ야 荒沙曠野로 드러가니 비는 곱흐고 人家는 업눈지라. 忽然 一大米囊이 路邊에 잇는 것을 보고 크게 깃버 열어보니 米는 업고 黃金 쑨이라. 그 사룸이 仰天嘆息曰 余가 平生에 黃金을 願ᄒ엿더니 只今 荒沙白草中에 餓孚가 되엿스니 此 黃金이 雖多ᄒ나 將何用고 ᄒ엿다더라.

슬프다. 黃金이 貴ᄒ기는 ᄒ나 生命이 잇슨 뒤에야 黃金도 所用이 잇나니 只今 韓國에 엇던 사룸들은 黃金에 精神이 팔녀 제 生命부터 잇는 國家를 害ᄒ니 亦是 可憐훈 人生이로다.

▲古談(三) 李太白은 支那 大文章이라. 少時에 匡山으로 드러가 글

工夫를 ᄒ다가 치 成功을 못ᄒ고 苦楚를 익이지 못ᄒ야 山外로 나오는디 洞口에셔 호 老嫗가 鐵杵를 갈거놀 李氏가 보고 怪異히 녁여 問曰 그것은 갈아 무엇 ᄒ나뇨 嫗曰 바놀을 민달고져 ᄒ노라 ᄒ디 李氏가 그말을 듯고 크게 感動ᄒ야 도로 드러가 부즈런히 工夫를 ᄒ야 文章이 되엿다더라.

　슬프다. 무슴 일이던지 久勤積苦치 아니ᄒ고는 成功을 못ᄒ거날 只今 엇던 사롬은 무슴 일을 始作ᄒ다가 죠곰 어려우면 버리고 버리고 ᄒ야 今日 東明日西 又明日南ᄒ니 참 앗갑도다.

ᄒᆞ로는 學究가 兒童들에게 初命晉大夫魏斯趙□韓□을 가라치ᄂᆞᆫᄃᆡ ᄒᆞᆫ 兒孩가 뭇기를 先生님. 晉大夫가 어니 나라ㅅ 사ᄅᆞᆷ임닛가. (學究) 大國 사ᄅᆞᆷ일다. (兒孩) 그러면 우리가 大國 사ᄅᆞᆷ임닛가. (學究) 아닐다. (兒孩) 그러면 우리나라에ᄂᆞᆫ 녯젹에 사ᄅᆞᆷ이 업셧나요. 왜 大國 사ᄅᆞᆷ의 니이기만 ᄒᆡ요. 學究가 大聲喝道曰 요놈. 小國놈이 大國에 對ᄒᆞ야 敢히 犯□ᄒᆞᆫ 말을 ᄒᆞ나냐 ᄒᆞ더라더라.

歙ᄒᆞ다. 이것이 다 몟 百年來로 事大主義를 鼓吹ᄒᆞᆫ 惡結果가 아닌가.

ᄯᅩ ᄒᆞ로는 山外客이 偶來ᄒᆞ엿다가 學究를 對ᄒᆞ야 曰 우리가 以往에ᄂᆞᆫ 孔子만 聖人인 쥴 알엇더니 도리켜 싱각ᄒᆞᆫ즉 釋迦도 一聖人 耶蘇도 一聖人이더고. 學究가 勃然大怒曰 응. 洋夷ㅅ 가운ᄃᆡ 무슴 聖人이 잇셔. 釋迦와 耶蘇를 우리 大聖至聖 孔夫子끠다가 비겨 ᄒᆞ고 齒를 切ᄒᆞ며 腕을 揮ᄒᆞ며 세길 네길 쒸더라더라.

슬프다. 頑固家들이 支那 聖人만 아는 것이 이ᄀᆞᆺᄒᆞᆫ지라. 뎌 支那 사ᄅᆞᆷ은 自尊自大키나 爲ᄒᆞ야 그러ᄒᆞ거니와 韓國사ᄅᆞᆷ들은 무슴 ᄭᅡᆰ에 그러ᄒᆞᆫ가. 亦一嘆ᄒᆞᆯ 일이로다.

ᄯᅩ ᄒᆞ로는 郵遞夫가 便紙를 來傳ᄒᆞᄂᆞᆫ지라 學究가 이것을 보고 大驚大怒ᄒᆞ야 曰 응. 夷狄의 바람이 드러왓곤. 응 ᄒᆞ며 그 便紙를 地에 擲ᄒᆞ고 杖을 亂揮ᄒᆞ야 郵遞夫를 逐ᄒᆞ다가 그 便紙 것봉을 보니 以往 親

故의 便紙라. 學究가 大怒 罵曰 응. 그놈도 夷狄 다 되엿곤. 응. 그놈
ᄒ며 不日로 絶交書를 써 보니더라더라.

슬프다. 頑固家가 文明反對ᄒᄂᆫ 것이 다 이 짜위니 참 可惜ᄒᆫ 일이
아닌가.

▲ 姜邯贊과 加富爾

加富爾가 劣弱호 伊太利에셔 生호야 餉을 籌호며 兵을 養호야 墺地利를 격退호고 姜邯贊이 殘敗호 高麗에셔 生호야 餉을 쥬호며 兵을 養호야 契丹을 擊退호엿스니 其 雌伏兎脫의 手段이 略同호엿도다.

然이나 加富爾 以後의 伊太利ᄂ 其强이 如彼호며 姜邯贊 以後의 高麗ᄂ 其弱이 依舊호니 同一호 英雄의 建設호 國家로 强弱의 差가 若此홈은 何故오. 是ᄂ 無他라. 一則 顯宗은 庸劣호야 伊太利 國王又치 圖治호지 안코 亂이 旣平호민 嬉戱홀 而已며 一則 高麗朝 臣民이 蒙昧호야 伊太利 國民又치 奮발치 안코 兵이 旣退호민 昏睡홀 而已니 엇지 伊太利又치 强홈을 得호리오

是故로 伊太利 國民은 當日에 加富爾가 一日만 無호면 瞽者가 相을 失호며 乳兒가 母를 失호 듯시 황황히 求호엿거늘 姜邯贊은 一次 靖亂 以後에 閒地에 擲호야 政事를 與聞치 못호엿스니. 噫라.

▲ 悲哉 韓國英雄의 歷〻

三國時代 乙支文德 金庾信 諸公 歷〻의 殘缺홈은 一般 同慨호ᄂ 비라. 然이나 是ᄂ 或 時代가 疏遠호 所致라 호랴니와 即 姜邯贊 崔瑩 諸公은 六百年 內外의 人物이로디 其 事蹟이 荒落호며 金時敏 鄭起龍 諸公은 二三百年 內外의 人物이로디 其 行狀이 疏略호고 即 李忠

武 盟山誓海의 義跡도 其 自筆호 日記及狀啓가 아니더면 吾輩가 其
行事의 如何를 可考홀 處가 無홀지니. 嗚乎라. 當時 敵愾捍外의 腔血
을 抱호고 補天擎日의 手腕을 揮호 大人物로 百餘年이 纔過호면 後
世 國民이 幾乎相忘의 域에 置호니. 惜哉라.

▲屏門軍과 大統領

余가 數年前에 일즉 某洞口에 過ᄒ더니 屏門軍 兩人이 對語ᄒᄂᆫ디 甲曰 竊聞컨디 美國 大統領이 眞箇好爵이라 ᄒ데. 我가 美국에 入ᄒ야 此나 圖得홀싸. 乙曰 汝가 何才로 此를 能得ᄒ리오. 甲曰 大황帝 陛下의 傳敎를 어더 부쳐도 아니될싸.

劍心曰 此가 비록 一笑話이나 五百年 專制의 威嚴을 可히 想見ᄒ것도다. 然이나 只今에ᄂᆫ 笑話의 中에도 傳敎를 得코ᄌ ᄒᄂᆫ 屏門軍은 無ᄒ고 統監府의 命令이나 說ᄒ며 日憲兵의 勢力이나 仰ᄒ니 哀哉로다.

▲竊盜者의 國家主義

年前에 警務廳에서 一竊盜者를 捉ᄒ야 此를 刑코ᄌ 훈디 彼가 抗言曰 余가 何罪가 有ᄒ관디 刑코ᄌ ᄒᄂᆫ뇨 警官曰 爾가 盜者이거니 엇지 無罪타 ᄒ나뇨 彼曰 今日 國家의 憂가 外국의 侵侮에 在치 아니ᄒ가. 曰 然ᄒ다. 彼曰 然즉 今日에 能히 外국人을 弱케 ᄒ며 貧케 ᄒᄂᆫ 者ㅣ 有ᄒ면 是가 我 국家의 功臣인가. 罪人인가. 曰 功臣이니라. 彼가 乃昂然曰 然즉 余가 비록 竊盜이나 日人의 物貨를 盜ᄒ며 西洋人의 物貨를 盜ᄒ야 外國人만 害하엿고 本國人의 物은 秋毫도 犯치 아니ᄒ엿거날 何罪로 余를 罪ᄒ나뇨

劍心曰 此가 비록 竊盜이나 然이나 오히려 能히 同胞를 愛ᄒᆞ나니
彼 同胞를 賣ᄒᆞ야 己의 榮華를 圖ᄒᆞᄂᆞᆫ 亂賊輩와 同語ᄒᆞᆯ 비 아니로다.
且 世界의 英雄이란 것은 無他라. 自國을 爲ᄒᆞ야 他國을 盜ᄒᆞᄂᆞᆫ 者니
엇지 此 竊盜와 異타 ᄒᆞ리오. 但彼ᄂᆞᆫ 手段이 大ᄒᆞ야 大盜가 되고 此ᄂᆞᆫ
手段이 小ᄒᆞ야 小盜가 되니라.

099 巴립西가 年이 十八에 / 一畵師가 有ㅎ더* 劍心

1909.12.23. 談叢

▲巴립西가 年이 十八에 法京 巴里에 遊ㅎ싀 一日은 伊太利 盃勻을 見ㅎ고 其 奇妙를 學코져 ㅎ야 數年을 硏究호 後에 竈를 築ㅎ야 造를 試ㅎ다가 一次 失敗ㅎ고 再次 試驗에 又 失敗ㅎ고 三次 試驗에 又 失敗ㅎ고 四次 試驗에 漸成의 機가 有ㅎ거놀 於是乎歡然 大喜ㅎ야 益益勉力홀싀 家産이 已傾ㅎ야 薪炭의 費가 無혼지라. 其 門扉를 折ㅎ며 其 几案을 斫ㅎ야 燃料에 供ㅎ거놀 其妻가 隣人에게 走告혼즉 隣人이 모다 狂者라고 笑ㅎ더라. 然이나 熱誠所注에 終是 成功ㅎ야 大美術家로 其名이 世를 震ㅎ니라.

噫라. 忍耐의 果가 此에 至ㅎ도다.

▲一畵師가 有ㅎ더 一日은 其 洞內에서 失火ㅎ야 自己 家에 火가 延及ㅎ는지라. 洞人이 다 奔走ㅎ야 或 驚惶ㅎ며 或 呼泣ㅎ되 惟獨 此 畵師는 其 火光이 空에 聳ㅎ고 煙焰이 日을 蔽홈을 見ㅎ고 手舞足蹈를 不已ㅎ거놀 洞人이 다 驚怪ㅎ야 問혼더 畵師曰 余가 火에 對혼 畵를 硏究ㅎ는지 數年에 其妙를 不得ㅎ엿더니 只今 彼 火焰을 見ㅎ미 自然 胸竹이 滿成ㅎ는지라. 故로 喜ㅎ노라 ㅎ더니 果然 其 畵師가 神妙를 通ㅎ야 名이 國을 傾ㅎ엿다더라.

噫라. 誠心의 力이 此에 至ㅎ도다.

▲時夜ᄂᆞᆫ 寂寞ᄒᆞ고 壁燈은 明滅ᄒᆞᄃᆡ 엇던 新進派 兩少年이 會坐ᄒᆞ야 두런두런 이야기ᄒᆞᆫ다.

▲(甲) 나ᄂᆞᆫ 年前에 하도 아슬아슬ᄒᆞᆫ 境遇를 다 當ᄒᆞᆺ스니. (乙) 무슴 境遇가 그러케 아슬아슬ᄒᆞ단 말인가. (甲) 압다. 義兵이 ᄒᆞᆫ참 熾盛ᄒᆞ야 벌쎄ᄀᆞ치 이러날 졔 걱졍은 그ᄀᆞᆺᄒᆞᆫ 걱졍이 업데. (乙) 오. ᄌᆞ네가 富豪로 著名ᄒᆞ니ᄶᅡ 軍需錢을 쎗가짜버셔 그러케 걱졍것네 그려. (甲) 아닐세. 軍需錢이야 눈치만 보아셔 도망만 잘 ᄒᆞ면 免ᄒᆞᆯ 수가 잇지만 近年에 니가 日語卒業을 ᄒᆞ엿ᄂᆞᆫᄃᆡ 義兵이 그러케 熾盛ᄒᆞ면 日人이 다 쪽겨갈 □이오. 日人만 다 업셔지면 니 日語를 쎠먹을 곳이 잇나. □年 工夫가 一朝에 阿彌陀佛이 될테닛짜. 그게 걱졍이지. 그째ᄂᆞᆫ ᄒᆞ도 아슬아슬ᄒᆞ더니 요시ᄂᆞᆫ 발을 쑥 벗고 잔다네.

▲(乙) 나ᄂᆞᆫ 新學問이 □□□에 아모 것도 滋味가 업스□□□지 맛듸릴 게 잇데. (甲) 무엇이 그러케 맛듸릴 게 잇단 말인가. (乙) 압다. 女學校 實施되ᄂᆞᆫ 게 □□ 고쇼ᄒᆞ여 以前 頑固時代에야 우리가 남의 집 處女와 □□의 일홈은 姑舍ᄒᆞ고 그림ᄌᆞ나 구경ᄒᆞᆯ 수가 잇나. 至今은 女學校의 敎師나 任員을 하나 圖得하야 ᄒᆞᆫ □席에서 言語를 交換ᄒᆞ면 눈療飢에 別別 滋味가 다 잇데.

傍聽子曰 新進界 中에 若箇 妄悖子가 有ᄒᆞ야 □學의 累를 貽홈은

尙矣어니와 而今에 供呂波를 讀ᄒ면셔 其夢은 통譯主事에 遊ᄒ고 外
國의 風潮를 飽喫ᄒ야 卒業生의 微號를 □ᄒ면셔 退妓의 □을 卜ᄒ다
가 天水의 厄을 遭ᄒᄂ 者ㅣ 往往有之ᄒ니 彼 兩個 妄子輩에 比ᄒ면
其間이 能幾何오 噫嘻라.

밤은 드러 삼경되여*

국문판 1910.1.18. 시스평론

▲밤은 드러 삼경되여 스면이 젹젹ᄒ고 등ᄉ불은 반작반작ᄒᄂ디 엇던 신진파 쇼년 둘이 안져셔 두런두런 니약이롤 혼다

(갑) 나는 년젼에 참 아슬아슬혼 일도 보앗지

(을) 무어시 그러케 아슬아슬 ᄒ더란 말인가

(갑) 압다 의병이 혼춤 치셩ᄒ여 벌ᄯ긔갓치 니러나ᄂᆞᆫ디 걱졍은 그런 걱졍이 업데

(을) 오 ᄌ네가 부호로 유명홀 터이니까 군슈젼이나 혹시 내라홀가 보아셔 그러케 걱졍을 힛지그려

(갑) 아닐세 군슈젼이야 눈치만 보아셔 도망만 잘ᄒ면 면홀 수가 잇지마는 근년에 내가 일어 졸업을 ᄒ엿ᄂᆞᆫ디 의병이 그러케 치셩ᄒ면 일인이 다 쫏거갈 터이오 일인만 다 업셔지면 내 일어를 엇다가 써먹나 십년 공부 도로아미타불 될 터이니까 그리셔 걱졍이 되어 그 ᄯᅢᄂᆞᆫ 하도 아슬아슬 ᄒ더니 요ᄉᆞ이ᄂᆞᆫ 발을 쭉 ᄲᅦ고 자겟데

(을) 나는 신학문이 싱긴 뒤에 아모 것도 ᄌᆞ미가 업스되 혼 가지 맛드릴 거슨 잇데

(갑) 무어시 그리 맛드릴 게 잇단 말인가

(을) 압다 녀학교 실시되ᄂᆞᆫ 거시 뎨일 고소ᄒ여 그젼 완고시디에야 우리가 눕의 집 쳐녀와 아씨의 얼골은 고샤ᄒ고 그림ᄌᆞ나 구경을 홀 수가

잇던가 지금은 녀학교의 교〈나 임원을 ᄒ나 엇어ᄒ여 ᄒ 좌셕에 참례
ᄒ여 언어를 샹통ᄒ면 눈료긔에 별별 ᄌ미가 다 잇데
　방텽쟈ㅣ 왈 신진파 즁에 뎌곳흔 망패ᄒ 쟈가 잇셔셔 신학문계에 루
츄ᄒ 말이 랑쟈ᄒ거니와 지금 이러과를 비ᄒ면셔 그 꿈은 흥샹 통역
쥬〈에 잇고 외국문명을 흡슈ᄒ여 졸업힛다 ᄌ랑ᄒ면셔 음힝등〈에
몸을 ᄇ려 지판〈지 당ᄒ 쟈가 죵죵 잇〈니 지금 이 망패ᄒ 쟈 두명
에게 비ᄒ면 기울도 틀도 아니ᄒ 쯧

一友人이 來言ᄒ여 曰 星湖ᄉ說에 砲를 防ᄒᄂ 法을 載ᄒ엿스되 其術을 試치 못ᄒ얏스며 年前 大院王이 砲를 防ᄒᄂ 機를 創ᄒ다가 其效를 奏치 못ᄒ엿스며 甲午東學의 徒가 銃耳生水의 說을 唱ᄒ엿스나 此ᄂ 妖妄說에 不過ᄒ되 今日 吾儕ᄂ 眞個防砲의 妙方을 得ᄒ엿노니 願컨디 貴社의 筆을 借ᄒ야 二千萬 國民에게 傳布ᄒ야 不義者가 來ᄒ거던 此를 擊退ᄒ며 不法者가 來ᄒ거던 此를 擊退ᄒ야 檀祖에 舊物을 光復ᄒ며 東洋의 樂國을 新建ᄒ고 拿破崙 成吉思汗의 怪傑을 屈ᄒ야 其膝을 跪케 ᄒ며 蚩尤 冒頓의 魔王을 斬ᄒ야 其頭를 懸ᄒ고 前朝 豫言者 道銑氏의 秘記 中에 載ᄒᆫ 바 三十六國이 來朝ᄒ다ᄂ 句語를 實現케 ᄒ랴 ᄒ노라.

記者曰 噫라. 近人某가 砲丸을 不入케 ᄒᄂ 防牌環甲漆甲 等을 製造ᄒᄂ 方法이 有ᄒ다더니 此를 云ᄒᆷ이며 近日 法蘭西에셔 一種 防砲의 新噐械를 硏究中이라더니 此를 云ᄒᆷ인가.

友人曰 否라. 此가 아니라 吾의 妙方은 此等을 云ᄒᆷ이 아니라 盖檀君이 建國ᄒᆯ 時에 上帝가 授ᄒ신 天符라. 刀劍이 此를 遇ᄒ면 其鋒이 折ᄒ며 弓矢가 此를 遇ᄒ면 其촉이 碎ᄒ며 山砲野砲가 遇ᄒ면 其丸이 不發ᄒ며 步兵馬軍이 遇ᄒ면 其步가 不前ᄒᄂ 故로 上古에 用ᄒ면 上古에 强者가 되며 中古에 用ᄒ면 中古에 强者가 되며 近世에 用ᄒ면

近世에 强者가 되며 小用ᄒᆞ면 其國을 保ᄒᆞ며 大用ᄒᆞ면 天下를 服ᄒᆞ나
니 檀君이 各部를 統一ᄒᆞ며 異族을 征服홈이 卽 此符를 用홈이라.

其後에 廣開土王이 此符를 得ᄒᆞ야 羣蠻을 伐ᄒᆞ야 國土를 廣闢ᄒᆞ엿
스며 乙支文德이 此符를 得ᄒᆞ야 强隨를 退ᄒᆞ야 國史를 光輝ᄒᆞ엿스며
蓋蘇文이 此符를 得ᄒᆞ야 唐軍 百萬을 擊却ᄒᆞ엿스며 大祚榮이 此符를
得ᄒᆞ야 渤海를 建ᄒᆞ며 金庾信이 此符를 得ᄒᆞ야 新羅를 强케 ᄒᆞ며 姜
邯贊이 此符를 得ᄒᆞ야 契丹을 逐ᄒᆞ엿스며 數千의 孤軍으로 紅巾 二
十萬을 鴨綠江에 蠻호 崔瑩도 此符를 得호 故며 一百二十의 殘兵으
로 日軍 數萬을 閑山島에 破호 李舜臣도 此符를 得호 故라. 此符를
得ᄒᆞ면 鄕谷의 殘民이 될지라도 貪暴官吏의 徵索이 無홀지며 此符를
得ᄒᆞ면 惡世의 人生이 될지라도 不法君主의 壓制를 免홀지며 此符를
得ᄒᆞ면 凶國을 可興홀지며 衰民을 可興홀지오 此符를 得ᄒᆞ면 隣侮를
可禦홀지며 外兵을 可防홀지어날

惜乎라. 我 國民이 此符를 忘호 故로 不法과 不義를 甘受ᄒᆞ야 雜稅
를 增ᄒᆞ면 癡泣홀 뿐이며 壓迫을 與ᄒᆞ면 孤憤홀 뿐이니 엇지 可憐치
아니뇨 故로 余는 此符를 傳ᄒᆞ노니 符에 何言을 云ᄒᆞ엿나뇨 曰 爾胸
에 剛毅를 佩ᄒᆞ며 爾手에 正義를 杖ᄒᆞ고 爾의 同族을 團結ᄒᆞ야 不法
不義者를 禦ᄒᆞ라. 水가 山은 陷ᄒᆞ야도 剛毅의 爾는 陷치 못홀지며 火
가 木은 燒ᄒᆞ야도 正義의 爾는 燒치 못ᄒᆞ리라 ᄒᆞ엿나니 此를 熟讀ᄒᆞ
며 此를 堅守ᄒᆞ면 他日 我 民族이 自由의 鍾을 鳴ᄒᆞ야 六洲에 雄飛ᄒᆞ
리라 ᄒᆞ더라.

記者曰 嗚乎라. 東셔가 雖遠ᄒᆞ고 古今이 雖殊ᄒᆞ나 畢竟 勝利의 眞
訣되는 者는 此 剛毅 뿐이며 正義 뿐이며 鞏固호 團結 뿐이라. 英國의
權利請願과 法國의 人權宣言과 美國의 獨立과 伊太利의 統一이 皆
此三者에셔 成하엿나니 此 三者만 有ᄒᆞ면 彼 大砲가 果然 何物이 되
리오

103 동창이 발가오미 보관문을*

국문판 1910.1.25. 시ᄉ평론

▲동창이 발가오미 보관문을 턱턱 열어노코 동즈 불너 상우에 몬지를 쓸허ᄇ리고 긔쟈 션성이 안져셔 문방ᄉ우를 지휘흔다

▲관성쟈ㅣ아 지금 산림간에 뭇쳐잇셔 슈구파로 즈쳐ᄒᄂᆫ 쟈의 힝동을 네가 혹 드럿ᄂᆫ냐 그 쟈들이 그 일홈은 노례문셔에 잇건마ᄂᆫ 그 몸은 가쟝 청결흔 톄ᄒ며 그 입으로ᄂᆫ 인의이니 인이이니 말을 ᄒ면셔도 동포의 참혹흔 화ᄂᆫ 초월ᄀᆺ치 보ᄂᆫ니 그 쟈들의 일홈은 완고귀라 너ᄂᆫ 그 쟈들의 정형을 력력히 그려내여라 녜 텽령ᄒ엿소

▲셕향후ㅣ아 향곡의 부호로 유명ᄒ야 그 눈은 고량진미의 독이 발ᄒ여 쎡엇고 그 귀ᄂᆫ 황금니음시로 ᄒ여 귀먹쟝이가 되어셔 풍랑이 문젼에 드러오ᄂᆫ지 벽력이 머리 우에 ᄂᆞ리ᄂᆫ지 막연부지ᄒ고 공익이라면 머리를 흔들며 의연이라면 십리만치 다러나ᄂᆫ 쟈ᄂᆫ 그 일홈이 슈젼로ㅣ라 너ᄂᆫ 그쟈들의 심ᄉ법을 력력히 그려내여라 녜 텽령ᄒ엿소

▲현향쟈ㅣ아 셰계의 대셰도 불관ᄒ고 강약도 불계ᄒ야 일이라고ᄂᆫ 손톱만치도 아니ᄒ고 텬운만 말ᄒ야 운수가 도라오면 군함대포가 일시에 져졀노 쇼멸홀 줄노 밋ᄂᆫ 쟈ᄂᆫ 일홈이 오괴귀라 너ᄂᆫ 그쟈들의 화상을 력력히 그려내여라 녜 텽령ᄒ엿소

▲져 션성은 늙은지라 그림그리기에 슈고ᄒ기가 어려우니 됴희만 빌니시오 녜 그리ᄒ오리다

▲긔계공슈 불너라 녜 디령ᄒ엿소
▲이 우헤 그려노흔 인물은 한국의 국력을 손샹ᄒ고 문명을 져희ᄒᄂ
죄가 잇셔셔 불가불 그 모양디로 샤진을 박혀야ᄒ겟스니 너ᄂ 불변식
샤진으로 이 됴회에 샤진을 력력히 박히라 녜 분부디로 ᄒ오리다
▲이 인물들을 조쳐ᄒᄂ 방법은 별별량칙이 잇스니 리일 다시 지휘ᄒ
려니와 동즈ㅣ아 날이 져므럿스니 문방스우를 졍졔케 ᄒ여라 녜

壁을 隔흔 鄰舍에 孤燈이 耿"ᄒᄂᆫ디 甲乙丙丁戊 五學生이 相對話
ᄒ거날 几를 依ᄒ야 聽ᄒ니 甲曰 余ᄂᆫ 先祖 文忠公의 營置흔 家屋이
某郡에 在흔디 家後에ᄂᆫ 果樹 千株가 儼立ᄒ며 門前에ᄂᆫ 沃畓 千畝가
羅列ᄒ고 左室에ᄂᆫ 金生과 率居의 書畵類를 藏ᄒ며 右室에ᄂᆫ 退溪 栗
谷의 文集 等을 充ᄒ고 十餘代 祖"孫"이 是에셔 生ᄒ며 是에셔 長
ᄒ엿더니 不意 某年 某月 某日 何來回祿의 風에 全家를 灰燼에 付ᄒ
고 至今까지 其 餘겁이 在心흔지라. 是以로 夜"마다 眼만 閉하면 當
日 慘狀을 再演흘시. 불이야. 一聲에 水桶을 負하고 火를 撲ᄒ너라고
甚苦로다. 乙曰 余ᄂᆫ 幼時에 家甚貧ᄒ야 老父ᄂᆫ 大粥으로 十年을 過
하며 老母ᄂᆫ 短褐로 三冬을 送ᄒ고 長兄은 黃精을 採ᄒ며 穉妹ᄂᆫ 遺
穗를 拾ᄒ야 支離흔 慘生涯를 做ᄒ고 盲福의 入門을 俟ᄒ다가 彼蒼이
無情ᄒ사 某年 春旱災를 遇ᄒ민 不得已 牛皮를 冒ᄒ고 四處로 求乞
ᄒ더니 但只 親戚 朋友間에 許多嘲侮만 被흘 쑌이라. 畢竟 擧家口를
溝壑에 葬ᄒ고 至今끈지 其 餘痛이 在胸흔지라. 是以로 夜"마다 眼만
閉ᄒ면 ᄼ親ᄼ兄이 一室에 同集ᄒ야 晩春夢嶺에 惡菜를 喫ᄒ며 生計
를 謀하너라고 甚苦로다. 丙曰 余ᄂᆫ 年前에 暫時 商業을 留意ᄒ고 三
南 等地에 往ᄒ야 米穀을 貿易흘시 偶然 一行步에 數千金의 利를 得
ᄒ고 意氣가 甚히 揚"ᄒ더니 歸路에 日暮無人의 嶺에셔 馬中軍이라

던지 孟監役이라던지 一蓬頭突髮의 賊魁를 遇ᄒ야 沒數히 被奪하고 至今까지 其 餘憤이 未定ᄒ지라. 是以로 夜″마다 眼만 閉ᄒ면 此 草賊輩에 向하야 大討滅을 行ᄒ너라고 甚苦로다. 丁曰 難禁者ᄂ 私오. 難斷者ᄂ 情이로다. 余가 生下ᄒ 一乳下兒가 有ᄒ디 年 今三歲라. 此가 아즉 幼稚園에 入ᄒ 年齡도 未達하엿지만은 余가 此를 何以ᄒ면 俾斯麥 글리스톤 ᄀᄐ 人物이 되게 ᄒ며 몰쎄 닐손 ᄀᄐ 人物이 되게 ᄒ가 ᄒᄂ 見卵求時의 大早想에 被驅ᄒ야 夜″마다 眼만 閉ᄒ면 此에 某術學을 授ᄒ며 某技藝를 敎ᄒ너라고 甚苦로라. 言訖에 戊가 拳을 握하고 大叫曰 君輩ᄂ 眞夢中 說夢者로다. 皇祖 檀君의 傳授ᄒ신 四千載 國家가 如是 衰頹ᄒ되 爾가 奚暇애 私家의 休戚만 夢ᄒ며 半島山河의 奠居ᄒ 二千萬 同胞가 如是 困苦ᄒ디 爾가 奚暇에 私族의 苦樂만 夢ᄒ며 全國의 實業이 如是 殘微ᄒ디 爾가 奚暇에 一時 私業의 失敗를 夢하며 全國의 敎育이 如是 蔑裂ᄒ디 爾가 奚暇에 一個 私兒의 前途를 夢ᄒ나뇨 先儒氏ㅣ 云ᄒ디 夢寐의 如何로도 可히 自家 學問의 進退를 驗ᄒ다 ᄒ지 아니ᄒ엿ᄂ가 ᄒ디 甲乙丙丁 四人이 皆拜謝曰 吾儕가 過를 知ᄒ노라 하더라. 記者ㅣ 聽ᄒ지 長久에 几를 推하고 作曰 嗚乎라. 夢에도 家를 忘ᄒ고 國를 愛하며 私를 거ᄒ고 公을 尙하라고 相勉ᄒ니 嗚乎라. 韓國의 前途 厚望을 此에 卜ᄒ진져.

벽을 격훈 니웃집에 외로온 등ㅅ불이 경경훈디 갑과 을과 병과 뎡과
무 다섯 학싱이 모혀 안즈셔 셔로 말을 ㅎ거눌 안셕을 비겨안즈셔 귀
를 기우리고 즈셰히 드르니 갑이 굴ㅇ디 나는 션조 문츙공이 작만ㅎ
신 집이 아모 고을에 잇눈디 집뒤에눈 과목 몇 쳔쥬가 느러셧고 문압
헤눈 됴훈 면잡 몇 십셕직이가 쌀녀 잇스며 훈편 방에눈 김싱의 필텹
과 솔거의 그림텹ㅈㅌ훈 거슬 싸헛고 쏘 훈편 방에눈 퇴계 률곡의 문집
등 셔칙으로 치와셔 십여 디를 샹젼ㅎ며 즈즈손손히 이 집에서 나고
이 집에셔 자럿더니 쯧밧긔 아모 히 아모 둘 아모 날에 어디셔 난 디
업눈 불이 나셔 젼가를 몰쇼ㅎ고 지금까지도 놀난 가슴이 홍샹 풀니
지 아니ㅎ야 밤마다 밤마다 눈만 감으면 그 불붓던 경샹이 꿈에 뵈이
눈디 불이야ㅅ소리를 지르고 물통을 져다가 불을 쓰노라고 심히 괴로
이 지니노라 을이 굴ㅇ디 나는 어렷슬 때에 집이 심히 간난ㅎ여 부친
은 콩쥭으로 십 년을 지니셧스며 모친은 뵈것을 닙고 삼동을 지니셧
고 형님은 나물을 키며 누의는 이삭을 주어다가 가련훈 싱애를 지리
ㅎ게 ㅎ며 혹시 눈먼 복이 올가 ㅎ고 기드리더니 ㅎ날이 무심ㅎ샤 어
ㄴ 히ㅅ봄 한지를 당ㅎ여 부득이 쇠가죽을 무릅쓰고 스쳐로 돈니며
구걸ㅎ다가 디만 친쳑 붕우간에 허다훈 죠쇼만 밧고 필경은 집안 식
구를 모다 구학에 장ㅅㅎ고 지금까지 그 이통훈 무옴이 가슴에 막혀

셔 밤마다 밤마다 눈만 감으면 도라가신 부모와 형뎨가 흔집에 모혀 느진 봄 보리ㅅ고기에 악훈 초식을 먹으며 싱계를 쇠ㅎ노라고 심히 괴롭게 지니노라 병이 굴ㅇ디 나는 년전에 잠시 샹업에 류의ㅎ여 삼남 등디에 가셔 쌀을 무역ㅎ야 우연히 흔 힝보에 수쳔 금리를 눔겨셔 일시 의긔가 양양ㅎ더니 도라오는 길에 날은 져믈고 사롬은 업는디 령을 넘어오다가 마즁군이라든지 밍감역이라는지 ㅎ는 봉두돌빈흔 불한당 괴슈를 맛나셔 몰수히 쎼앗기고 지금까지 분흔 ㅁ음이 팅즁ㅎ여 밤마다 밤마다 눈만 감으면 이 불한당들을 향ㅎ여 싸홈을 ㅎ노라고 심히 괴로히 지니노라 뎡이 굴ㅇ디 금ㅎ기 어렵고 쓴키 어려운 거슨 ㅅ정이라 나는 어린 ㅇ희 흔나히 잇는디 지금 난지 삼세라 아즉 유치원에 드려보놀 째도 못되엿지마는 이것을 엇지ㅎ면 쎄스마크와 클리스톤 ㄹ흔 큰 정치가를 믄들ㅅ고 ㅎ며 엇지ㅎ면 모긔와 닐손ㄹ흔 큰 전공을 일울 사롬이 되게 홀고 ㅎ여 알을 보고 시벽에 울기를 ㅂ라는 급흔 싱각이 팅즁하여 밤마다 밤마다 눈만 감으면 아모 학과를 ㄹ른치며 아모 기술을 ㄹ른치노라고 심히 괴롭게 지느노라 ㅎ더니 말이 맛치며 무가 주먹으로 짜을 치며 크게 소리를 놉혀 굴ㅇ디 그디 등은 진개쑴ㅅ속에 쑴을 쑤는 쟈ㅣ로다 단군황조의 젼슈ㅎ신 ㅅ쳔년 국가가 이ㄹ치 쇠퇴ㅎ엿거늘 너는 무슴 겨를에 ㅅㅅㅅ집의 셩쇠를 쑴쑤며 삼쳔리 산쳔에 사는 이쳔만 동포가 이ㄹ치 곤난ㅎ게 되엿거늘 너는 어느 겨를에 ㅅㅅㅅ집안에 고락을 쑴쑤며 전국에 실업이 이ㄹ치 쇠잔ㅎ거늘 너는 어느 겨를에 일시 ㅅㅅㅅ영업의 실패흔 거슬 쑴쑤며 즉금에 교육이 이ㄹ치 썰치지 못ㅎ거늘 너는 어느 겨를에 일개 너의 아둘의 젼정만 쑴을 쑤느뇨 젼ㅅ사롬이 닐ㅇ기를 몽미간에 엇더케 ㅎ는 것으로도 가히 그 학문의 잘되고 못될 것을 징험흔다 ㅎ지 아니ㅎ엿느뇨 ㅎ니 갑과 을과 병과 뎡 네 사롬이 모다 졀을 ㅎ고 샤례ㅎ여 굴ㅇ디 과연 잘못ㅎ엿노라 ㅎ더라

긔쟈―듯기를 다ㅎ고 안셕 밀치며 니러나셔 굴ㅇ디 오호―라 쑴에도

집을 니져브리고 나라를 스랑ᄒ며 스스ㅅ싱각을 브리고 공변된 거슬
슝샹ᄒ라고 권면ᄒ니 오호ㅡ라 한국의 젼도를 이에 가히 알지로다

▲지난 겨울 猛烈호 바룸에 病들엇던 오얏나모가 갑작이 滔蕩호 봄 바룸을 쏘이미 失攝이 되어 쓸러졋눈디 그 나모 그늘 아러 엇던 婦人이 머리를 숙이고 안즈 부그럼 折半 호슘 折半을 먹음고 自己의 子婦라 홀눈지 妾이라 홀눈지 名詞 짓기 힘드는 호 美人의게 向호야 「이익. 말을 홀 수도 업고 아니홀 수도 업다만은 할 수 잇늬. 이리 밧싹 다가 안즈라. 네게 호 마듸 홀 말 잇다.」 「네. 무슨 말슴을 호시렴잇까.」 「오냐. 이즘에 各 新聞을 너도 보앗지. 우리 家門에 醜聞이 浪藉호니 大監이 日本으로 건너가시던지 네가 어듸로 避接을 가던지 호여야지. 新聞上에 집안 凶이 끈칠 시 업시 나니 眞情 보기 슬타.」 「에. 그 別말슴을 다 호심니다. 날기 업셔도 萬里 가는 것은 新聞이람니다. 이졔 各居호다고 新聞上에 이왕 난 그 凶이 업셔지겟슴니까.」 「이익. 답 〃도 호다. 니가 말을 호노라니 新聞을 憑藉호 것이지 大監이 病院에서 나오실 쩌에는 氣運이 充實호시더니 不過 幾日에 病患이 더러케 復發호셧는데 너는 그냥……」 「졔가 답 〃히요 어머님이 답 〃호외다. 同居호면 身病 느신다고 걱정호시지만은 만일 各居호면 쏘 心病이 나실 터인즉 身病도 못 곳치고 心病까지 나시면 엇지 호나요.」 호면서 隨問隨答을 런히 호눈듸 「大監끠셔 앗씨 어셔 나오시람니다.」 호는 말을 듯고 美人은 발쩍 니러셔셔 쏘루루 나가면셔 입을 비죽거리고 婦人은 火가 쩌올나셔

「어셔 나가보아라. 메치던지 잣바지던지 나는 몰으깃다.」 ᄒ더라.
　傍聽子 評曰 頑ᄒ고 庸ᄒ 이 자가 塵聚를 不恥ᄒ며 驚奔을 是樂ᄒ
니 禮義東方에 爾獨冒頓이로다. 天道가 엇지 無心ᄒ리오 뎌 넘어 所
多馬雅摩拉을 못 보는다.

지난 겨울 밍렬훈 바름에 병드럿던 오얏나무가 갑작이 호탕훈 봄ᄉ바름을 쏘이미 실셥이 되어 쓰러졋ᄂ디 그 나무ᄉ그늘 아리 엇던 부인 훈나히 머리를 푹 슉이고 안져 훈슘을 드리쉬고 내쉬더니 ᄌ긔의 ᄌ부라고도 훌 만호고 ᄌ긔의 싀앗이라고도 훌 만훈 미인을 향호야 「이익 말을 훌 수도 업고 아니 훌 수도 업고나 이리 좀 닥어 안져라 네가 훈 마디 훌 말 잇다」 「네 무슴 말ᄉ이야요」 「오냐 요시 각 신문을 너도 보앗지 우리 가문에 츄훈 소리가 하도 랑쟈호니 대감이 일본으로 건너가시든지 네가 잠간 어디로 가셔 잇든지 호여야지 신문상에 집안 흉이 ᄯᆫ칠 시가 업시 나니 진경 보기슬더라」 「에그 별말ᄉ을 다 호심늬다 ᄂ리 업셔도 ᄉ희에 ᄯᅥ돌고 발 업셔도 만리가ᄂ 거슨 신문이람늬다 지금 각거훈다고 신문에 이왕 난 흉이 업셔지겟슴닛가」 「이익 답답도 호다 내가 말을 호노라니 신문을 빙쟈훈 거시지 대감이 병원에셔 나오실 ᄯ에ᄂ 긔운이 됴호시더니 멋칠 안되여 병환이 더러케 복발호셧ᄂ디 너ᄂ 그냥…」 「제가 답답희요 어마님이 답답호외다 동거호면 신병나신다고 격정호시지마ᄂ 만일 각거호면 심화ᄉ병이 나실 터인즉 신병도 못곳치고 심화ᄉ병ᄭ지 나시면 엇지 희요」 호면셔 슈문슈답을 련희 호ᄂ디 대감ᄭ셔 아씨 어셔 나오시람늬다 호ᄂ 소리가 밧긔셔 나ᄂ지라 미인은 발ᄶᅡᆨ 니러서셔 쏘루루 나가며 입을 훈번 빗죽호고 그 부인은 동의ᄉ덩이

굿흔 불이 가슴에 치미러 ᄒᆞᄂᆞᆫ 말이 「어셔 나가거라 쓰러지든지 잣바지
든지 나 모른다 후후」
　방텽쟈ㅣ 왈 완악ᄒᆞ고 용렬흔 이 쟈가 사롬의 ᄒᆡᆼ위는 일호도 아니ᄒᆞ
고 즘승의 ᄒᆡᆼ위보다도 더 흉즉ᄒᆞ니 텬도가 엇지 무심ᄒᆞ리오

저자	게재란	제목	날짜	본문 표기
	野乘	젹션여경녹	1905.8.11~8.29.	국문
朱希眞	野乘	西江月	1905.9.1~9.9.	국문
	雜報	甲乙耦談	1905.10.27.	국한문
우시싱	雜報	향긱담화	1905.10.29~11.7.	국문
	雜報	山人說夢	1905.11.5.	국문
	雜報	소경과 안즘방이 문답	1905.11.17~12.13.	국문
	雜報	의틱리국아마치젼	1905.12.14~21.	국문
	雜報	鄕향老로訪방問문醫의生싱이라	1905.12.21~1906.2.2.	국문
	寄書	路上問答	1906.1.4.	국한문
	雜報	淵齋송先生傳	1906.2.3.	국한문
	小說	靑쳥樓루義의女녀傳젼	1906.2.6~2.18.	국문
	小說 / 雜報	車거夫부誤오解히	1906.2.20~3.7.	국문
	雜報	時시事사問문答답	1906.3.8~4.12.	국문
吘嘘子	雜報	夢登天門	1906.5.27 / 29.	국한문
大丘來函	雜報	三不知問答	1906.9.11.	국한문
	雜報	至冤莫伸	1906.10.10~11.	국한문
竹軒生	雜報	甲乙問答	1906.10.21 / 23.	국한문
北郭居士	寄書	狐假人形談	1906.11.2.	국한문
日本留 夢遊生	寄書	時事問答	1907.4.24.	국한문
	論說	韓日人問答	1907.7.10.	국한문
	論說	老嫗解	1907.9.7.	국한문
東京留學生 述	雜報	讀美國實業家로ー씨傳	1907.9.7 / 11 / 12 / 17.	국한문
日本留 夢遊生	寄書	晨夕이 乍凉에 秋意가 宛然이라*	1907.9.26.	국한문
友殊山人	寄書	梢工說	1907.11.16.	국한문
	雜報	旗亭甲乙	1907.12.15 / 17.	국한문
	雜報	頑固點考	1907.12.29.	국한문
	雜報	六畜爭功	1908.1.29.	국한문
	雜報	老少問答	1908.3.3.	국한문
西湖子	雜報	西湖問答	1908.3.5~18.	국한문
	論說	街談一束	1908.3.22.	국한문
觀物生	寄書	狐와 猫의 問答	1908.3.24.	국한문

冬靑山人 (譯)	新譯海外 稗談	第一章 俄皇官中의 人鬼	1908.3.29~4.5.	국한문
二喜堂主人 (譯)	新譯海外 稗談	第二章 俾斯麥의 狼狽	1908.4.7~16.	국한문
東籬子 (譯)	新譯海外 稗談	第三章 白絲線	1908.4.17~28.	국한문
	雜報	喝破頑夢	1908.4.17.	국한문
	雜報	老人酬酌	1908.4.22.	국한문
心靑生 (譯)	新譯海外 稗談	第四章 美利堅의 愛國幼年會	1908.4.29~5.1.	국한문
錦頰山人	偉人遺蹟	水軍弟一偉人 李舜臣	1908.5.2~8.18.	국한문
	論說	記南州之一頑固生	1908.6.9.	국한문
	論說	城上舌戰	1908.7.29.	국한문
	論說	許多古人之罪惡審判	1908.8.8.	국한문
	雜報	兩少年問答	1908.8.26.	국한문
	雜報	夢踏花亭	1908.9.4.	국한문
	雜報	甲乙問答	1908.9.10.	국한문
山雲子	寄書	未來韓半島問答	1908.9.18.	국한문
	雜報	大監과 進賜	1908.9.24.	국한문
	論說	實業界失敗者의 可憐話	1908.11.5.	국한문
	論說	答客問	1908.11.18.	국한문
	論說	禮山來人의 言을 記홈	1909.1.6.	국한문
	論說	俗談으로 京鄕兩客의 語를 撮錄홈	1909.1.12.	국한문
	論說	學界의 悲觀的 談話를 記홈	1909.1.21.	국한문
	論說	禽獸說	1909.5.9.	국한문
	雜報	兩戒同盟	1909.5.25.	국한문
	論說	西南遊客의 談	1909.6.29.	국한문
傍觀子	雜報	寶鏡照妖	1909.7.20.	국한문
	雜報	蚊虻驅除	1909.7.22~24.	국한문
	論說	記客言	1909.7.25.	국한문
	雜報	兩狗壹蟒	1909.7.25.	국한문
	論說	瑣言	1909.9.8.	국한문
	論說	頑人頑夢	1909.9.25.	국한문
啞俗生	雜報	蠅鼠相詰	1909.10.23.	국한문
	雜報	屛門技戲	1909.11.12.	국한문
	論說	西道沿海의 漁場	1909.11.14.	국한문
	論說	山林測量에 對호 一嘆	1909.11.16.	국한문
劍心	談叢	옛젹에 一小兒가 有호니*	1909.11.21.	국한문
劍心	談叢	喪服鳶 / 再盲兒	1909.11.23.	국한문

劍心	談叢	監商蹣躇 / 蝗蟲經營	1909.11.24.	국한문
劍心	談叢	西人이 澳洲를 처음 發現홀 際*	1909.11.25.	국한문
劍心	談叢	柳艸雲 / 韓石峰	1909.11.26.	국한문
劍心	談叢	支那古說부에 云ᄒ엿스되 / 羅馬時에 一天文學者가*	1909.11.27.	국한문
劍心	談叢	偉人의 頭角	1909.11.28.	국한문
劍心	談叢	哲人의 面目	1909.11.30.	국한문
劍心	談叢	奴隸工夫 / 挾雜敎育	1909.12.3.	국한문
劍心	談叢	古談	1909.12.4.	국한문
劍心	談叢	一深深山村에 一頑固學究가 잇다	1909.12.5.	국한문
錦頰山人	偉人遺蹟	東國臣傑 崔都統	1909.12.5~1910.5.27.	국한문
劍心	談叢	姜邯贊과 加富爾 / 悲哉 韓國英雄의 歷ᄉ	1909.12.14.	국한문
劍心	談叢	屛門軍과 大統領 / 竊盜者의 國家主義	1909.12.16.	국한문
劍心	談叢	巴립西가 年이十八에 / 一畵師가 有ᄒ되*	1909.12.23.	국한문
	雜報	時夜ᄂ 寂寞ᄒ고 壁燈은 明滅ᄒ되	1910.1.18.	국한문
	論說	防砲神法	1910.1.23.	국한문
	論說	隱几聽五學生談夢	1910.3.8.	국한문
正冠生	雜報	李下才談	1910.3.9.	국한문

저자	게재란	제목	날짜	본문 표기
	소설	라란부인젼 근세 뎨일 녀중 영웅	1907.5.23~7.6	국문
	쇼셜	국치젼	1907.7.9~1908.6.9	국문
	잡보	흑룡강의 녀쟝군	1907.9.27.	국문
동경류학싱	론셜	범잡는 말	1907.10.6~8.	국문
	론셜	벼슬 구ᄒᆞᄂᆞᆫ 쟈여	1907.12.12.	국문
김시언	긔셔	로쇼문답	1908.2.13~14.	국문
	시ᄉᆞ평론	북촌에 로인들이 모혀안져*	1908.3.3.	국문
쥭ᄉᆞ싱	긔셔	몽즁ᄉᆞ	1908.3.8.	국문
	론셜	여호와 고양이의 문답	1908.3.27.	국문
	론셜	남방의 ᄒᆞᆫ 완고싱의 일을 긔록홈	1908.6.9.	국문
금협산인	쇼셜	슈군의 뎨일 거룩ᄒᆞᆫ 인물 리슌신젼	1908.6.11~10.24.	국문
	론셜	회기ᄒᆞᄂᆞᆫ 쟈는 방셕홈을 엇ᄂᆞ니라	1908.6.18.	국문
	시ᄉᆞ평론	동창에 둘이 빗쳐*	1908.7.21.	국문
	론셜	완고와 신진의 문답	1908.7.29.	국문
	론셜	허다ᄒᆞᆫ 녯 사롬의 죄악을 심판홈	1908.8.8.	국문
	시ᄉᆞ평론	오동츄야 둘 밝은딕*	1908.9.4.	국문
산운ᄌᆞ	긔셔	한국의 쟝릭	1908.9.18.	국문
	시ᄉᆞ평론	황국단풍 됴흔 집에*	1908.9.24.	국문
덕국 소덕몽	쇼셜	매국노(나라ᄑᆞᄂᆞᆫ 놈)	1908.10.25~ 1909.7.14. (미완)	국문
	론셜	실업계에 실패ᄒᆞᆫ 쟈의 가련ᄒᆞᆫ 담화	1908.11.5.	국문
	론셜	긱창문답	1908.11.18.	국문
	잡보	긔쟈ㅣ 즁부 엇던 방곡을*	1908.12.10~11.	국문
	론셜	학계에 비참ᄒᆞᆫ 말을 긔록홈	1909.1.21.	국문
	론셜	금슈의 말	1909.5.2.	국문
	시ᄉᆞ평론	뎌 셔산에 히 걸치고*	1909.6.26.	국문
	쇼셜	디구셩 미릭몽	1909.7.15~8.10.	국문
	시ᄉᆞ평론	동방에 위인도라 ᄒᆞᄂᆞᆫ*	1909.7.20.	국문
	론셜	긱의 말을 긔록홈	1909.7.25.	국문
	시ᄉᆞ평론	화긔동에 엇던 개 ᄒᆞ나가*	1909.7.25.	국문
	신쇼셜	보응	1909.8.11~9.7.	국문

	론설	가을ㅅ비는 기이고*	1909.9.8.	국문
	쇼셜	미국독립ㅅ	1909.9.11~1910.3.5.	국문
아쇽싱	시ㅅ평론	인쳔항구 쥐무리들 제 지조을*	1909.10.23.	국문
	시ㅅ평론	샹풍은 쇼슬ㅎ고*	1909.11.12.	국문
	시ㅅ평론	밤은 드러 삼경되여*	1910.1.18.	국문
	시ㅅ평론	동창이 발가오미 보관문을*	1910.1.25.	국문
금협산인	쇼셜	동국에 뎨일 영걸 최도통전	1910.3.6~5.26.	국문
	론셜	안셕을 의지ㅎ여 다섯 학싱의 쇽니약이 ㅎ는 말을 듯는다	1910.3.8.	국문
	시ㅅ평론	지난 겨울 밍렬ㅎ 바롬에*	1910.3.9.	국문
	쇼셜	옥랑전	1910.8.16~8.28.	국문